À PROPOS

2. L'ARGENT DU MONDE

« UN THRILLER EXTRÊMEMENT INTÉRESSANT ET
FORMIDABLE À LIRE. »
SRC – Indicatif Présent

« JEAN-JACQUES PELLETIER,
C'EST NOTRE GRISHAM OU LE CARRÉ À NOUS.
SES ROMANS À SAVEUR D'ESPIONNAGE,
PUBLIÉS CHEZ ALIRE, TIENNENT EN HALEINE
LES QUÉBÉCOIS ET DEVIENNENT
DES BEST-SELLERS À TOUS COUPS. »
Le Journal de Montréal

« ET POURTANT, CES THRILLERS D'ESPIONNAGE
INTERNATIONAL ET DE MAGOUILLES FINANCIÈRES
TÉMOIGNENT D'UNE AMBITION FORT LOUABLE
DE CROQUER LA RÉALITÉ SOCIALE CONTEMPORAINE
DANS SA TOTALITÉ, D'EN REPRÉSENTER
L'INFINIE COMPLEXITÉ POUR MIEUX L'APPRIVOISER. »
La Presse

« DANS CE THRILLER ORIGINAL,
COMPLEXE ET CAPTIVANT,
JEAN-JACQUES PELLETIER PROPOSE UN VOYAGE
DANS L'UNIVERS DES FRAUDES FINANCIÈRES
ET DE LA MANIPULATION DES INDIVIDUS. »
Le Journal de Québec

« L'ÉCRITURE ÉVOCATRICE, INTELLIGENTE ET FLUIDE
DE JEAN-JACQUES PELLETIER FAIT ALTERNER
LE DIALOGUE PHILOSOPHIQUE, LES RÉFLEXIONS
CARTÉSIENNES ET L'HUMOUR DÉCAPANT
DANS UN STYLE BIEN FICELÉ,
À LA MÉCANIQUE RÉGLÉE AU QUART DE TOUR. »
Le Devoir

« EXCELLENT THRILLER.
LA VISION DU MONDE DE PELLETIER
EST FASCINANTE […] C'EST TRÈS TRÈS BIEN. »
SRC – Québec ce soir

LE BIEN DES AUTRES
(Volume 2)
LES GESTIONNAIRES DE L'APOCALYPSE –3

LE BIEN DES AUTRES
(Volume 2)

JEAN-JACQUES PELLETIER

ALIRE

Illustration de couverture
JACQUES LAMONTAGNE

Illustrations intérieures
ANDRÉ-PHILIPPE CÔTÉ

Photographie
YVAN BINET

Diffusion et distribution pour le Canada
Québec Livres
2185, autoroute des Laurentides, Laval (Québec) H7S 1Z6
Tél.: 450-687-1210   Fax: 450-687-1331

Diffusion et distribution pour la France
DNM (Distribution du Nouveau Monde)
30, rue Gay Lussac, 75005 Paris
Tél.: 01.43.54.49.02   Fax: 01.43.54.39.15
Courriel: liquebec@noos.fr

Pour toute information supplémentaire
LES ÉDITIONS ALIRE INC.
C. P. 67, Succ. B, Québec (Qc) Canada G1K 7A1
Tél.: 418-835-4441   Fax: 418-838-4443
Courriel: alire@alire.com
Internet: www.alire.com

Les Éditions Alire inc. bénéficient des programmes d'aide à l'édition de la
Société de développement des entreprises culturelles du Québec (SODEC),
du Conseil des Arts du Canada (CAC) et reconnaissent l'aide financière du
gouvernement du Canada par l'entremise du Programme d'aide au développement de l'industrie de l'édition (PADIÉ) pour leurs activités d'édition.

Gouvernement du Québec – Programme de crédit d'impôt pour l'édition
de livres – Gestion Sodec.

Dépôt légal: 1er trimestre 2004
Bibliothèque nationale du Québec
Bibliothèque nationale du Canada

10   9   8   7e MILLE

Y a pas que l'amour,
Y a de la haine aussi.
.Rita Mitsouko

La mort était extravagante.
Geneviève Amyot

Nous, on fabrique des bombes,
De plus en plus en plus de bombes.
Michel Pagliaro

AVERTISSEMENT AU LECTEUR

Certains lieux, certaines institutions et certains personnages publics qui constituent le décor de ce roman ont été empruntés à la réalité.

Toutefois, les événements qui y sont racontés, de même que les actions et les paroles prêtées aux personnages, sont entièrement imaginaires.

TABLE DES MATIÈRES

LIVRE 3

HIVER 2003

LA MORT AU POUVOIR

Les résistances au modèle de marché portent généralement de bonnes intentions. Leur seul défaut est de reposer sur une méconnaissance fondamentale de ce qui constitue l'humanité. Le propre de l'être humain est de générer de la marchandise à partir de lui-même. Qu'est-ce qui démarque le plus sûrement l'être humain des autres animaux ? La technique. Et qu'est-ce que la technique, sinon l'extériorisation progressive des organes et des facultés humaines sous forme d'objets et de processus mécanisés ?

Le marché est la dernière de ces extériorisations, celle de notre faculté d'échange.

Joan Messenger, *Le Fascisme à visage humain*, 5- Produire de la satisfaction.

LUNDI

MONTRÉAL, 2 H 58

Viktor Trappman était assis dans le siège du passager, son portable sur les genoux. Emmy Black conduisait.

Sur le siège arrière, trois hommes discutaient à voix basse. À l'exception du plus âgé, qui baragouinait un anglais approximatif, ils ne parlaient ni français ni anglais. Trappman était allé les chercher à Québec.

Ils avaient vingt-quatre heures pour revenir au terminal des croisières avant que le bateau reparte, ce qui était largement suffisant: l'opération elle-même ne prendrait tout au plus quelques heures.

De temps à autre, les trois hommes jetaient un regard en direction de la conductrice et ils échangeaient des sourires. Avant de repartir vers Québec, ils arrêteraient dans un endroit où il y aurait des filles comme elle. Trappman le leur avait promis.

La fourgonnette s'immobilisa devant les locaux d'Unité-Québec.

Les trois hommes descendirent par la porte arrière du véhicule et prirent leur équipement. Pour quelqu'un qui connaissait son métier, c'était un travail rapide et facile.

Bruxelles, 9 h 12

Dans la suite Toscani du luxueux hôtel Métropole, Esteban Zorco regardait la ville par la fenêtre. Il songeait à la réunion qui allait commencer dans quelques minutes. S'il n'en avait tenu qu'à lui, il l'aurait reportée d'un mois ou deux, le temps que l'opération au Québec soit terminée. Mais plusieurs des représentants avaient insisté.

Il fut tiré de ses réflexions par une discrète vibration contre ses côtes. Il mit la main dans la poche intérieure de son veston, sortit un petit ordinateur qui ressemblait à une version futuriste d'un BlackBerry et l'alluma.

Le texte d'une nouvelle de Reuters se mit à défiler.

Un sourire apparut sur le visage de Zorco. Un dirigeant palestinien modéré, qui avait été pressenti pour faire partie du futur cabinet, venait d'être tué dans son automobile par le tir de missile d'une patrouille israélienne.

Cela devrait suffire à contrer les efforts de paix pendant un bon moment, songea-t-il. La stratégie de Tsahal était impeccable : en démolissant de façon systématique les institutions des Palestiniens et en assassinant les leaders en vue, ils détruisaient tout ce qui pouvait, socialement et politiquement, leur donner une unité. Il en résultait un état de désintégration sociale et d'anarchie où la seule opposition possible était le terrorisme, ce qui justifiait Israël d'amplifier ses attaques préventives.

À moins d'interventions internationales pour arrêter Israël, la solution du conflit mènerait à l'élimination des Palestiniens du territoire de la Palestine. Pour les pays arabes environnants, cela signifierait un afflux encore plus important de réfugiés.

Cela entretiendrait la tension entre Israël et les pays arabes, ce qui serait excellent pour les affaires de Toy Factory : la demande d'armes continuerait d'augmenter, tant de la part des États, pour contenir leur population ou leurs ennemis, que de celle des groupes révolutionnaires et terroristes qui se multipliaient.

Zorco rangea son ordinateur de poche. Sa main se dirigea vers la petite table à côté de son fauteuil. Il appuya sur un bouton du téléphone.

— Oui ? demanda aussitôt la voix de son secrétaire, qui était dans un autre hôtel, dans une suite louée au nom de Zorco.

— Envoyez 750 000 $ au Mouvement Unifié du Grand Israël par les voies usuelles. Et transmettez-leur mes félicitations.

— Entendu.

— Envoyez le même montant au Jihad du Véritable Islam, avec un mot exprimant notre appui en ces temps difficiles. Et remerciez-les pour l'excellence de leurs renseignements.

— Je m'en occupe tout de suite.

Cet investissement n'était peut-être pas indispensable, songea Zorco, mais la communauté internationale s'agitait de nouveau pour trouver une solution négociée au conflit. Mieux valait être prudent et s'assurer que les efforts des bureaucrates naïfs et bien-pensants ne viennent pas perturber cette opération.

WESTMOUNT, 3 H 16

La fourgonnette entra dans Westmount. Après un trajet de quelques minutes, elle s'immobilisa devant une résidence imposante. Deux des hommes sortirent par la porte arrière, un par la porte de côté. Chacun avait un RPG-47.

Le premier visa la fenêtre du sous-sol que Trappman lui avait indiquée sur la photo. Les deux autres visèrent respectivement la baie vitrée du salon et une fenêtre au deuxième étage.

Cette fenêtre donnait sur la chambre des maîtres. Trappman savait que la chambre était inoccupée, le sénateur Lamaretto ayant invité le propriétaire et son épouse à passer la fin de semaine dans un manoir de Charlevoix.

Le prétexte de la rencontre était un séminaire privé sur les enjeux de la mondialisation. L'activité avait été organisée pour les cadres supérieurs de Hex-Media et quelques invités choisis. Personne ne pourrait soupçonner que l'absence du propriétaire sur les lieux de l'attentat avait été planifiée. C'était essentiel pour accréditer l'hypothèse de la tentative d'assassinat.

Par ailleurs, le choix de la victime était parfait. Anglophone et homme d'affaires en vue, Jim Lehman avait fait plusieurs interventions remarquées pour réclamer qu'on mette hors la loi les mouvements sécessionnistes. Il avait également été un des premiers à donner un appui inconditionnel au nouveau premier ministre, Reginald Sinclair.

Les trois projectiles atteignirent leur cible et explosèrent à l'endroit prévu. Une explosion plus forte que les précédentes suivit quelques secondes plus tard. « La réserve de carburant de la fournaise », songea Trappman.

Les trois hommes réintégrèrent rapidement la fourgonnette, qui s'éloigna à une vitesse normale. L'attaque avait duré moins d'une minute.

Toujours installé dans le siège du passager, Trappman activa le logiciel téléphonique de son portable, composa un numéro et appuya sur la touche d'appel. Le temps que le signal se rende au système de mise à feu et qu'il soit décodé, les bombes posées au local d'Unité-Québec explosaient, ravageant l'édifice et déclenchant un incendie d'une particulière violence.

BRUXELLES, 9 H 29

Zorco consulta sa montre, puis se leva de son fauteuil et se dirigea vers la porte qui menait au petit salon attenant à sa suite. Il était temps de rejoindre les membres du D7+1.

Pendant que les membres du G-7 ou du G-8 parcouraient le monde et se réunissaient de façon ostensible pour amuser le public, occuper les médias et fournir une cible aux manifestants de tout acabit, ceux du D7+1 se réunissaient de façon anonyme, sans assistants, pour s'occuper des problèmes de la planète.

Il s'agissait de hauts fonctionnaires de la Défense des pays du G7, auxquels s'ajoutait un représentant de la Russie. À travers le perpétuel changement des élus politiques, leur confrérie représentait la stabilité. Ils n'étaient jamais plus de cinq par pays à faire partie de l'organisation et ils occupaient les plus hautes fonctions permanentes dans leur ministère. Chaque groupe de cinq avait un représentant qui assistait aux réunions de coordination.

Depuis quelques années, le groupe se transformait fréquemment en D7+2: le représentant de la Chine se joignait alors à la réunion, au grand déplaisir de celui du Japon.

La mise sur pied de ce groupe était une des plus belles réalisations de Zorco. Elle lui avait valu son titre de directeur de Toy Factory.

Quand il entra dans la pièce, Zorco était tout sourire. Il était en mesure d'annoncer avec une relative certitude la neutralisation des efforts internationaux pour « régler » la situation palestinienne.

MONTRÉAL, 3 H 31

Emmy Black conduisait maintenant une luxueuse Jaguar. Trappman l'accompagnait. Les trois Russes les suivaient dans la fourgonnette. Ils se dirigeaient vers un endroit où il serait possible de faire disparaître le véhicule qui avait servi aux attentats. Ensuite, Trappman ramènerait les Russes au centre-ville. Il avait réservé des chambres dans un hôtel. Des filles les y attendaient. Chacun des hommes avait dans sa poche la clé d'une chambre.

Au moment où ils étaient entrés dans la fourgonnette, Trappman leur avait donné les clés pour les mettre en confiance.

— Ils sont à quelle distance ? demanda Trappman.

La femme jeta un coup d'œil au rétroviseur.

— Encore un peu trop près.

Elle accéléra.

— Maintenant, dit-elle au moment où elle jugea qu'ils étaient suffisamment éloignés de l'autre véhicule.

Trappman appuya sur une touche de l'ordinateur. Après un délai de quelques microsecondes, l'appareil émit un signal qui fut capté par un récepteur dissimulé à l'intérieur de la fourgonnette.

Celle-ci fut aussitôt enveloppée par la boule de feu que généra l'explosion d'une bombe incendiaire. L'instant d'après, une seconde explosion soulevait le véhicule et éparpillait ses restes sur le pont Mercier.

Emmy Black réduisit la vitesse et tendit le bras pour mettre en marche le lecteur de CD.

— Qu'est-ce que c'est ? demanda Trappman en écoutant les premières notes.

— Procol Harum. *Repent Walpurgis…* Je me suis toujours intéressée à la musique ancienne.

Hex-Radio, 3 h 37

> … PEU D'ESPOIR QUE LE MÉGAPROCÈS DES PRÉSUMÉS TERRORISTES DU GANG DÉBUTE AVANT L'AUTOMNE PROCHAIN. LES ACCUSÉS, À QUI LE TRIBUNAL A REFUSÉ TOUTE CAUTION, ONT L'INTENTION DE PORTER CETTE DÉCISION EN APPEL.
>
> ET VOILÀ, C'ÉTAIT LA FIN DES NOUVELLES EN BREF SUR HEX-RADIO. NOUS INVITONS MAINTENANT NOS AUDITEURS À SE PRONONCER SUR LA QUESTION DE CETTE NUIT : CROYEZ-VOUS À LA DISPARITION DU GANG ? VOUS POUVEZ NOUS APPELER OU ENCORE VOTER SUR NOTRE SITE INTERNET À L'ADRESSE SUIVANTE : WWW.HEX-RADIO.COM…

Bruxelles, 9 h 49

— Messieurs, dit Zorco en ouvrant le portable placé sur la table devant lui.

C'était le signal qui mettait fin aux conversations informelles et qui indiquait l'ouverture de la réunion.

— Le premier sujet à l'ordre du jour est Global Warming. Nous ferons également le point sur le contexte stratégique global.

— J'aimerais que nous parlions du sommet, fit le délégué de l'Allemagne. Le chancelier n'est pas très emballé par ce projet de réunion informelle avec un minimum de protection.

— Il s'agit d'un endroit retiré, inaccessible par le réseau routier. Que voulez-vous qu'il lui arrive ? Le pire serait qu'une délégation d'autochtones s'amène en canots. Cela ferait une publicité extraordinaire : les chefs des pays les plus riches à l'écoute des chefs amérindiens !

— Est-ce qu'il va y avoir une couverture aérienne ?

— Bien sûr. Il faut bien donner un peu d'exercice aux pilotes canadiens.

L'Allemand se tourna vers le représentant du Canada.

— Je ne veux pas vous offenser, dit-il, mais si vos avions sont comme vos hélicoptères...

— Je leur fais entièrement confiance, répondit le Canadien avec un sourire un peu forcé.

— Moi également, renchérit Zorco.

Puis il ajouta, avec un large sourire :

— Ce qui n'empêchera pas les satellites de la NSA d'assurer une surveillance du territoire vingt-quatre heures sur vingt-quatre et l'aviation américaine d'être prête à intervenir à la moindre alerte. Deux précautions valent mieux qu'une, n'est-ce pas ? ajouta-t-il en se tournant vers le Canadien.

Le représentant du Japon prit alors la parole.

— Est-ce bien prudent de tenir cette réunion alors que le projet Global Warming est en cours ?

— Nous serons en période de normalisation, répondit Zorco sur le ton bienveillant qu'on utilise pour expliquer à un enfant, sans qu'il se sente blessé, une chose qu'il aurait dû découvrir par lui-même.

— D'après ce que j'ai compris, même pendant cette période de normalisation, vous avez prévu qu'il y aurait certaines «activités».

— C'est vrai. Mais le sommet se tiendra dans un lieu inaccessible. Et puis, ça pourra être utilisé par les chefs d'État présents pour démontrer leur courage et leur détermination : en dépit des événements, ils poursuivent les entretiens prévus !... Sans compter que ce sera une occasion idéale pour eux de dénoncer le terrorisme et les dérives nationalistes qui l'engendrent.

— Présenté de cette façon...

— Personnellement, je trouve le contexte de ce sommet informel idéal. Nous l'appellerons le sommet de l'amitié.

— De l'amitié ? reprit le Français sur un ton dubitatif.

— Les chefs d'État donnent l'exemple du type de rapports amicaux qu'ils veulent rendre possible entre les pays et les cultures. Ce sera une occasion pour les médias de mettre en valeur leur côté humain, de souligner des aspects touchants ou insolites de leur personnalité... Il s'agit de les rendre sympathiques pour que, par association d'idées, la mondialisation qu'ils défendent apparaisse sympathique et soit associée à un climat d'amitié entre les peuples.

WESTMOUNT, 6 H 24

— Si ce n'est pas l'empesteur-chef !

L'interpellé se contenta de hausser les sourcils et de porter la totalité de son attention sur Rondeau.

Avec le temps, il commençait à discerner des schémas répétitifs dans l'usage que son subordonné faisait de sa maladie. Ainsi, il était rare que ce dernier se permette ce genre d'écart de langage quand ils étaient seuls. C'était habituellement signe de mauvaises nouvelles.

— Je ne vous attendais pas si tôt, reprit Rondeau.

De la buée sortait de sa bouche. Même si la neige avait presque disparu au cours de la dernière semaine, le fond de l'air demeurait frais.

— Des morts ? demanda Théberge.

— Trois.

— Vous savez qui ?

— La femme de Jim Lehman…

— Celui qui s'était prononcé en faveur de la partition ? demanda Théberge.

— Lui-même. Sa femme avait invité un couple d'amis à passer la fin de semaine avec elle pendant que son mari était en voyage.

— Vous avez vérifié ?

— Pour le mari ?

Théberge se contenta de marmonner un assentiment.

— Il était au Manoir Richelieu, reprit Rondeau. Un séminaire de formation sur la mondialisation et les stratégies internationales des entreprises. Quelque chose du genre… Un ami a appris la nouvelle dans Internet et l'a appelé. C'est lui qui nous a contactés.

— Vous avez entendu le message du GANG à la radio ?

— Il y a quelqu'un qui s'en occupe.

— Des indices ?

— Une voisine qui faisait de l'insomnie. Pendant qu'elle se préparait une tisane, elle a entendu une première explosion. Elle s'est précipitée à la fenêtre de la cuisine. Elle a vu les flammes qui sortaient par les fenêtres et un véhicule noir qui s'éloignait, tous phares éteints.

— Une fourgonnette ?

— Elle ne peut pas le dire avec certitude, mais ça pourrait être une fourgonnette.

Les deux hommes restèrent silencieux pendant un moment.

— On dirait que ça recommence, fit Théberge.

— C'est ce que je me suis dit.

Théberge jeta un regard en direction des pompiers, qui avaient commencé à récupérer leur matériel.

— Qu'est-ce qu'ils en disent ? demanda-t-il.

— L'explosion de la fournaise a compliqué les choses. Ils ont trouvé des traces de plusieurs explosions… Ça confirme ce que dit la voisine : elle en a entendu plusieurs rapprochées, puis une dernière un peu plus tard.

Théberge frissonna. Il jeta un dernier regard vers la maison en ruine.

— Allez, on va voir ce qui se passe à Unité-Québec.

— L'eczémateux est là-bas. C'est aussi une histoire de bombes.

— Je sais. Je l'ai eu au téléphone tout à l'heure.

— Deux attentats la même nuit.

— Trois, corrigea Théberge.

— Trois ?

— Un véhicule entièrement carbonisé. Trois personnes à l'intérieur… Une bombe incendiaire.

— Une nouvelle vague d'attentats ?

— Il y a quelqu'un qui fait son possible pour nous en convaincre.

Londres, 12 h 56

John Messenger était à peine assis devant Leonidas Fogg qu'un verre de porto se matérialisait devant lui.

— C'est ce qu'il y a de bien, dit-il, quand on a ses habitudes quelque part.

— Lorsqu'on a ses habitudes quelque part, répondit Fogg, on devient prévisible.

Messenger le regarda fixement.

— Vous avez raison, finit-il par dire. Être prévisible peut s'avérer dangereux.

Leonidas Fogg évita d'enfoncer le clou.

— Je parlais évidemment de l'univers où je dois opérer, dit-il. Dans le vôtre…

— Croyez-moi, les règles sont les mêmes. Et les prédateurs, probablement plus dangereux encore.

Pour la première fois depuis qu'il rencontrait le représentant des « commanditaires », Fogg crut discerner chez lui les traces d'un certain malaise.

— Est-ce qu'il y aurait un problème ? demanda-t-il.

— Non… Pas un problème.

Il trempa ses lèvres dans le porto et s'absorba quelques secondes dans l'appréciation du Fladgate 30 ans.

Fogg lui voyait faire le geste à chacune de leur rencontre. Il l'utilisait souvent pour se donner un temps de réflexion avant de répondre à une question qu'il trouvait délicate.

— Ces messieurs ont discuté à quelques reprises du « projet » Consortium, au cours des dernières semaines. De ses orientations...

Projet...

Il y avait des années que Messenger n'avait pas utilisé le terme. Sans doute voulait-il lui signifier que le Consortium, malgré son niveau avancé de développement, n'était toujours pas considéré par « ces messieurs » comme une entreprise de plein droit, bénéficiant d'une véritable permanence.

— Quelque chose les inquiéterait ? se contenta-t-il de demander.

— Inquiéter serait un mot excessif...

Il fit une pause que Fogg laissa se poursuivre.

— Il y a d'abord cette histoire de l'Institut, qui est réglée, bien sûr, mais... Enfin, certains trouvent qu'elle aurait pu l'être de façon... comment dire... plus concluante.

— Moi aussi, j'aurais préféré retrouver tous les corps.

— J'imagine...

Messenger se réfugia de nouveau derrière son verre de porto. Cette fois, il se contenta de le porter sous son nez et de le humer.

— Êtes-vous satisfait de la performance de Toy Factory ? demanda-t-il soudainement tout en continuant à humer son verre.

— Oui, répondit sans hésitation Fogg.

— Ces derniers temps, il y a eu un certain nombre de ratés.

— Rien qui puisse compromettre la rentabilité de la filiale. Les marges bénéficiaires demeurent supérieures aux attentes convenues.

— Et Meat Shop?

— Madame Hunter a fait un extraordinaire travail de reconstruction.

— C'est vrai… Mais elle a perdu plusieurs réseaux complets. C'est à croire que quelqu'un l'a prise pour cible…

Fogg laissa porter. Lui aussi était au courant des rumeurs. Et, contrairement à Messenger, il était probablement capable de mettre un nom sur cet ennemi qui s'acharnait sur les opérations de Meat Shop: Paul Hurt.

Jusqu'à ce jour, il n'avait rien dit, préférant laisser courir, car cela affaiblissait le clan des filles sans mettre en péril le Consortium. Si jamais Hurt changeait de cible, il serait toujours temps de partir en chasse contre lui.

— J'imagine mal que ces accidents de parcours, qui sont limités à deux filiales, soient de nature à troubler le sommeil de ces messieurs.

Messenger trempa de nouveau ses lèvres dans son verre. Avec plus d'insistance, cette fois, crut remarquer Fogg.

— Vous avez raison, finit par dire Messenger. Comme je vous mentionnais tout à l'heure, il serait excessif de parler d'inquiétude… Certaines remarques ont cependant été échangées sur l'existence de dissensions à l'intérieur du comité de direction… Bien entendu, personne n'a mis en doute vos capacités de leadership. Mais de telles rumeurs ne sont pas de nature à nourrir le confort et la confiance de ces messieurs.

Fogg résista à l'envie de répondre. Il sentait qu'une interruption aurait pu faire dévier la conversation et empêcher Messenger de lui dire tout ce qu'il était prêt à lui révéler.

— Et puis, reprit ce dernier, il y a le retard dans le projet d'unification de votre marché. Quand prévoyez-vous tenir une rencontre avec les représentants des principaux groupes?

— À l'été. Les modalités de la rencontre sont déjà arrêtées.

— D'ici là, vous aurez terminé ce projet que vous avez entrepris pour les Canadiens et les Américains. Je me trompe ?

— C'est maintenant une question de quelques mois… tout au plus…

Messenger prit son verre, le regarda et, après y avoir trempé les lèvres, il en but une pleine gorgée.

Fogg dut faire un effort pour ne pas laisser paraître sa surprise. Le quart du verre avait disparu.

— Un excellent porto, dit Messenger en redéposant son verre.

Puis il fixa son regard sur Fogg.

— Le Consortium bénéficie toujours du soutien total de ces messieurs. Mais, comme je vous le dis, il y a eu des questions. J'ai cru utile de vous en faire part.

— Je vous en remercie.

— Ce n'est peut-être rien, remarquez. Mais j'ai préféré vous en parler. Cela pourra vous permettre d'infléchir ou d'accélérer certaines de vos décisions… Comme vous me l'avez déjà dit, il est toujours plus facile de tuer les sources d'inquiétude dans l'œuf…

— … que d'attendre de se retrouver avec un problème majeur sur les bras, compléta Fogg. Je sais.

CKAC, 8 H 11

> … VIENT DE RECEVOIR UN MESSAGE DU GROUPEMENT POUR L'AFFIRMATION NATIONALE GLOBALE.
> LE GANG REVENDIQUE LA RESPONSABILITÉ DES ATTENTATS SURVENUS CETTE NUIT CONTRE LES LOCAUX D'UNITÉ-QUÉBEC ET CONTRE LA RÉSIDENCE DE JIM LEHMAN. ON SE RAPPELLERA QUE MONSIEUR LEHMAN, UN HOMME D'AFFAIRES CONNU, EST LIÉ DE FAÇON ÉTROITE À L'APLD ET QU'IL EST UN AMI PERSONNEL DU PREMIER MINISTRE SINCLAIR…

LONDRES, 13 H 18

Lorsque Messenger fut parti, Fogg se commanda à son tour un verre de porto.

Que Messenger ait parlé du « projet » Consortium, expression qu'il n'avait pas employée depuis plusieurs années, était un signal important. D'une part, on pouvait toujours décider de suspendre un projet, quel que soit le degré d'avancement des travaux.

D'autre part, le fait de parler du projet Consortium impliquait que d'autres projets étaient en cours. C'était au profit de ces projets que celui du Consortium pouvait être désactivé.

Dans les faits, on ne l'abolirait pas, songea Fogg, mais il n'était pas impensable qu'on le rationalise.

Le Consortium serait ramené à une sorte de secteur témoin que « ces messieurs » entretiendraient, au confluent de l'économie au noir et de l'économie criminelle, comme le prévoyait une des hypothèses initiales. Ce serait suffisant pour suivre de près l'évolution des marchés clandestins et permettre, au besoin, d'établir des contacts avec les principaux groupes criminels.

Mais rien n'était encore joué. Messenger lui avait subtilement indiqué des lignes d'intervention. La première était simple : il fallait au plus tôt mettre de l'ordre dans les filiales à problèmes. À la limite, il était possible de justifier l'existence de difficultés dans une des filiales. Mais pas dans deux. Un nettoyage s'imposait. Par où commencer ? Toy Factory ? Meat Shop ?

Dans cette dernière filiale, le problème majeur était, selon toute probabilité, lié à Paul Hurt. Toy Factory, pour sa part, était aux prises avec des actes de sabotage dont la responsabilité première incombait vraisemblablement au clan des filles.

Si Fogg s'attaquait à Meat Shop, il entrait en guerre plus ou moins ouverte avec elles, ce qu'il n'était pas sûr d'avoir les moyens de faire. Et s'il prenait des mesures à l'encontre de Toy Factory, cela renforcerait le clan des filles, ce qu'il ne pouvait non plus se permettre.

Il devait trouver une façon de sortir de ce dilemme – ce qui l'amenait à l'autre ligne d'intervention. Il était urgent de régler le problème que constituait la guerre des clans à l'intérieur du Consortium, lui avait dit Messenger à demi-mot. Cette rivalité, d'abord utilisée comme stratagème pour assurer le pouvoir de la haute direction, avait dégénéré en une guerre réelle que Fogg faisait mine de ne pas prendre au sérieux pour éviter un affrontement prématuré avec Xaviera Heldreth.

S'il neutralisait rapidement ces deux sources d'incertitude, cela serait suffisant pour rassurer « ces messieurs ». La poursuite de l'expansion du Consortium serait assurée.

Une chose continuait toutefois de tracasser Fogg : la nervosité qu'il avait perçue chez Messenger. Plus il y pensait, plus il y voyait l'indication qu'une véritable lutte de pouvoir se déroulait parmi « ces messieurs ».

Si une révolution de palais se préparait, rien ne pourrait garantir l'appui que les vainqueurs accorderaient au projet Consortium. Ou, du moins, à sa haute direction. Les auteurs de coups d'État, peu importe les milieux où ils opèrent, sont connus pour mettre rapidement des personnes à eux dans tous les postes stratégiques.

Subitement, Fogg se retrouvait avec beaucoup plus de problèmes à régler qu'il n'en avait en arrivant au club. Mais, comme Messenger le lui avait rappelé, les problèmes, il était préférable de s'y attaquer avant qu'ils aient eu le temps de se développer.

Il goûta alors au porto et trouva, comme à l'habitude, que la différence était mince entre le vingt ans et le trente ans. Le goût était un peu plus subtil, le sucre un peu moins insistant, peut-être. Et l'alcool un peu moins agressif… Une question de nuances.

Puis un sourire apparut sur ses lèvres. Il avait eu raison de laisser son esprit être accaparé par la dégustation : penser à autre chose était encore la meilleure façon de faire naître une idée sur un sujet préoccupant.

Il savait maintenant ce qu'il allait faire. Cela lui permettrait de résoudre tous les problèmes à la fois en plus de lui donner une position de repli, si jamais ses relations avec « ces messieurs » devenaient trop tendues.

Dans un premier temps, il enverrait un nouveau message à la directrice de l'Institut, accompagné cette fois de l'intégralité du document. Pour qu'elle puisse faire le lien avec ceux qu'il lui avait envoyés plus tôt.

Fogg était presque certain que F avait survécu. Il en voulait pour preuve le comportement de tous ceux qui avaient échappé à la série d'attentats déclenchés par Xaviera Heldreth : aucun n'avait refait surface. À l'exception de cet étrange Paul Hurt, bien sûr… Normalement, quelques-uns au moins auraient dû être recrutés par une autre agence.

Et puis, il y avait Poitras. Laissé à lui-même, le financier aurait eu peu de chances de survivre. La vie clandestine exigeait des compétences que l'argent ne suffisait pas à acheter. Du moins, pas sans laisser de traces. Son manque de formation l'aurait condamné.

Dans cette absence persistante et en quelque sorte « concertée » des rescapés de l'Institut, Fogg voyait une indication de la survie de l'organisation. Cela ne prouvait pas nécessairement que F elle-même avait survécu, mais les chances en étaient nettement meilleures que ce qu'il voulait bien admettre dans ses discussions avec Xaviera Heldreth.

Après avoir envoyé son message à F, il se dépêcherait de rencontrer Zorco et Daggerman pour les mettre au fait de son nouveau plan.

Il ne leur cacherait rien. Tout au plus se contenterait-il de ne pas leur parler de ses intentions pour l'éventualité, encore improbable, où le Consortium tomberait en disgrâce auprès de ses commanditaires.

Drummondville, 8 h 35

Pascale se faisait couler un espresso tout en prêtant une oreille distraite à la télé. Madame Turenne, comme se faisait appeler son hôtesse, était partie au casse-croûte depuis deux heures déjà. C'était elle qui faisait l'ouverture.

Pascale appréciait les heures de solitude où elle avait l'appartement pour elle. Ces heures étaient nombreuses. Madame Turenne allait régulièrement s'occuper d'un vieil oncle. Parfois, elle s'absentait pendant des jours, ce qui, à l'étonnement de Pascale, ne semblait jamais poser de problèmes à son employeur.

Sans vraiment s'habituer à sa nouvelle vie – le travail et les amis lui manquaient –, Pascale avait appris à occuper ses journées: elle effectuait des recherches dans Internet pour de futurs reportages, elle lisait et, surtout, elle suivait une multitude d'émissions d'informations à la télé. Souvent, elle regardait deux ou trois chaînes à la fois parmi la centaine disponible sur les multiples appareils que madame Turenne avait installés dans l'appartement.

Pourtant, malgré toutes ses recherches, malgré la télé, elle commençait à s'impatienter. La stratégie de l'inspecteur Théberge mettait du temps à porter ses fruits. Bien sûr, il avait réussi à la soustraire au montage de fausses preuves qu'on avait accumulées contre elle, mais l'enquête piétinait et il n'y avait toujours aucun coupable en vue. Même le mégaprocès des membres du GANG avait été reporté à la fin de l'automne.

Elle n'allait quand même pas rester enfermée dans cet appartement pendant des années!

... LA FEMME DE JIM LEHMAN ET DEUX AMIS DU COUPLE AURAIENT PÉRI. L'AUTRE ATTENTAT, CONTRE LES LOCAUX D'UNITÉ-QUÉBEC, SERAIT SURVENU À PEU PRÈS AU MÊME MOMENT. RDI A APPRIS DE SOURCES POLICIÈRES QU'UNE CAMÉRA, INSTALLÉE DANS L'ÉDIFICE VOISIN APRÈS LE PREMIER ATTENTAT CONTRE LES LOCAUX DU GROUPE POLITIQUE, AURAIT PERMIS DE FILMER LES AUTEURS DE...

Une fois son café prêt, Pascale le transporta sur la table de la cuisine, prit la télécommande et monta le son de la télévision.

... RAPIDEMENT REVENDIQUÉ. IL S'AGIRAIT D'UNE NOUVELLE CELLULE DU GANG, LA CELLULE DEVEREAUX. VOICI L'ENREGISTREMENT INTÉGRAL DU MESSAGE QUI A ÉTÉ TRANSMIS PAR TÉLÉPHONE À CKAC, TÔT CE MATIN.

Pascale, qui se préparait à feuilleter *La Presse*, resta figée. Non seulement le GANG avait repris l'action,

mais les auteurs des attentats avaient choisi de donner
son nom à un de leurs groupes.

Sans savoir pourquoi, elle songea à Boily, qui n'arrêtait pas de répéter que le nationalisme était une source
incontrôlable de fanatisme et de violence.

Elle concentra son attention sur l'écran.

… LE POUVOIR ANGLAIS ET SES LAQUAIS FRANCOPHONES ONT RÉPONDU
PAR L'AGRESSION. ILS ONT VOULU ÉCRASER NOTRE JUSTE DÉSIR DE
LIBERTÉ ET D'AUTONOMIE. ILS CROYAIENT MÊME AVOIR DÉCAPITÉ
NOTRE MOUVEMENT. MAIS NOUS NE NOUS LAISSERONS PAS INTIMIDER.
CEUX QUI ONT ASSUJETTI NOTRE PEUPLE VONT EN PAYER LE PRIX. LA
LONGUE DOMINATION À LAQUELLE ILS ONT SOUMIS NOS ANCÊTRES, ET
QU'ILS TENTENT AUJOURD'HUI DE MAINTENIR, ACHÈVE.

LA CELLULE DEVEREAUX EN APPELLE À TOUS LES VRAIS QUÉBÉCOIS
POUR QU'ILS SE SOULÈVENT CONTRE L'OCCUPANT. SEULE UNE ACTION
RADICALE PEUT CORRIGER UNE SITUATION RADICALEMENT INJUSTE.

AU STADE ACTUEL DE LA LUTTE, IL SUFFIT QUE DES CELLULES LOCALES
S'ORGANISENT DE FAÇON AUTONOME ET QU'ELLES POSENT LES ACTIONS
QU'ELLES JUGENT UTILES POUR FAIRE AVANCER LA CAUSE. UNE NOU-
VELLE COORDINATION VIENDRA LORSQUE L'OCCUPANT, CONVAINCU DE
LA FUTILITÉ DE SA RÉPRESSION, DÉCIDERA DE NÉGOCIER.

SI CERTAINS D'ENTRE NOUS TOMBENT AU COMBAT, CE SERA POUR
ÉVITER À NOS DESCENDANTS LE TOMBEAU CULTUREL QUE L'OCCUPANT
PRÉPARE À NOTRE NATION. PATRIOTES DU QUÉBEC, IL EST TEMPS DE
RECONSTRUIRE NOS SOLIDARITÉS.

VIVE LE QUÉBEC! VIVENT LES PATRIOTES! VIVE LE GANG!

Pascale était sidérée. De voir son nom ainsi associé
au terrorisme… Heureusement qu'elle ne travaillait
plus à TéléNat et que personne ne savait où elle se trouvait.

Un instant, elle songea à aller acheter tous les journaux. Puis elle eut peur que quelqu'un la reconnaisse.
Elle avait hâte que madame Turenne revienne du travail
et que Blunt reprenne contact avec elle.

Le visage du lecteur de nouvelles reprit possession
de l'écran.

… LES FORCES POLICIÈRES ONT ÉTÉ MISES EN ALERTE SUR TOUT LE
TERRITOIRE DE LA VILLE DE MONTRÉAL. LE MINISTRE DE LA SÉCURITÉ
PUBLIQUE TIENDRA UN POINT DE PRESSE CET APRÈS-MIDI ET…

Pascale se leva et se dirigea vers le téléphone. Après une hésitation, elle composa un numéro dont le code régional était le 514.

Vous avez bien rejoint le numéro que vous avez composé. Si vous laissez le vôtre, je vous rappellerai aussitôt que me le permettront les caprices de mon horaire.

— C'est moi, se contenta de répondre Pascale. J'aimerais que tu me rappelles.

Graff était la seule personne à savoir à quel numéro de téléphone la joindre. Malgré les réticences de Blunt et de madame Turenne, elle le lui avait donné dès la deuxième semaine de son installation à l'appartement.

Elle avait hâte de lui parler, de savoir ce qui se disait au sujet de cet attentat dans le milieu des médias.

... SUR LA SCÈNE INTERNATIONALE.

BEIJING A DÉNONCÉ LES MANŒUVRES QUE TAÏWAN ENTEND EFFECTUER EN MER DE CHINE. « SI CES DERNIÈRES ONT LIEU, TOUTES LES FORCES DU PAYS SERONT MISES EN ALERTE, A PRÉVENU LE PORTE-PAROLE DU GOUVERNEMENT CHINOIS. NOUS NE TOLÉRERONS PAS UNE TELLE PROVOCATION SANS... »

> Le marché a permis de formuler un ensemble de règles, indépendantes des individus, qui structurent les relations d'échange apparues antérieurement sous forme de troc, de vol ou de don.
>
> Cette technique [...] n'a pas immédiatement été saisie comme indépendante du milieu économique où elle est née, ce qui a ralenti son extension aux différents domaines de l'échange. C'est ainsi que le marché des idées a pris du temps à se développer. Quant au marché politique que constitue toute société, et qui est essentiellement un marché des libertés, sa véritable nature est encore largement méconnue.
>
> Joan Messenger, *Le Fascisme à visage humain*, 5- Produire de la satisfaction.

LUNDI (SUITE)

BAIE-D'URFÉ, 8 H 52

Maître Calabi-Yau était assis dans un fauteuil en compagnie d'Emma White.

— Vous maintenez la cérémonie ? demanda-t-il.

— Bien sûr. Nos informateurs doivent être récompensés pour leur travail.

— Qu'est-ce qu'ils ont apporté ?

— Le moyen d'accéder aux deux réseaux d'égout.

— Il y a deux réseaux ?

— Domestique et pluvial. Ce sont des systèmes séparés.

— À leur place, j'aurais demandé autre chose.

— Une rencontre personnelle avec Maître Calabi-Yau, ce n'est pas rien.

— Entre ça et une séance d'harmonisation corporelle !

— Ils en auront une. Mais avant, une rencontre avec le Maître va flatter leur *ego*.

— Vous ne craignez pas qu'ils parlent ?

— Pas à court terme. Ils sont trop pris par la fierté d'appartenir au club sélect des élus !... C'est pour ça qu'il est important qu'ils se sentent honorés. Qu'ils pensent qu'ils sont promis à un brillant avenir à l'intérieur de l'organisation.

— Avec le temps…

— Le temps est justement ce qu'ils n'ont pas. Dans quelques mois, tout sera terminé. Et après, s'ils disent quoi que ce soit, ils vont s'incriminer eux-mêmes.

— Fascinant… Vous n'avez toujours pas de nouvelles de Pascale ?

— Elle n'a pas encore refait surface. Peut-être a-t-elle décidé de se mettre au vert pour de bon…

— De sa part, ça m'étonnerait. Elle doit mijoter quelque chose.

— Vous pensez que la cellule Devereaux va la faire sortir de sa cachette ?

— J'aimerais bien. Ce serait amusant d'avoir une petite explication avec elle… Qu'elle puisse se rendre compte que j'ai toujours eu raison.

— Puisqu'on parle des exploits de la cellule Devereaux, il faut que j'aille à mon bureau. Je dois mobiliser quelques haut-parleurs.

RDI, 9 h 04

... DE CE NOUVEAU DRAME. J'AI AVEC MOI MONSIEUR JARVIS POTTER, RÉDACTEUR EN CHEF DU *PARTITIONIST*. MONSIEUR POTTER, BONJOUR.
— BONJOUR.
— MONSIEUR POTTER, QUE SIGNIFIE CE NOUVEL ATTENTAT POUR LA POPULATION ANGLOPHONE ?
— C'EST LE SIGNE QU'ELLE NE DOIT COMPTER QUE SUR ELLE-MÊME.
— QUE VOULEZ-VOUS DIRE ?
— TOUT D'ABORD, PERMETTEZ-MOI D'APPORTER UNE PRÉCISION : JE SUIS INTIMEMENT PERSUADÉ QUE LA MAJORITÉ DES FRANCOPHONES SONT DES

CITOYENS PARFAITEMENT CIVILISÉS ET RESPECTUEUX DES LOIS. JE VEUX ÊTRE TOUT À FAIT CLAIR LÀ-DESSUS... CELA DIT, IL EST NON MOINS CLAIR QU'IL EXISTE UNE MINORITÉ DE TÊTES BRÛLÉES QUI RÊVENT D'UN RETOUR AU XIXE SIÈCLE. ET IL APPARAÎT DE PLUS EN PLUS ÉVIDENT QUE LA MAJORITÉ CIVILISÉE NE PEUT PAS — OU NE VEUT PAS — CONTRÔLER CETTE MINORITÉ.

— D'OÙ LA NÉCESSITÉ POUR LES ANGLOPHONES DE COMPTER UNIQUEMENT SUR EUX-MÊMES ?

— EXACTEMENT. L'ATTENTAT DE CETTE NUIT MONTRE QUE LES NATIONAL-SÉCESSIONNISTES RADICAUX SONT EN TRAIN DE PASSER DU TERRORISME *SOFT* À DES FORMES BEAUCOUP PLUS VIOLENTES DE TERREUR... ALORS, SI LES FRANCOPHONES SONT INCAPABLES DE VIVRE AVEC LES AUTRES, LA SEULE SOLUTION, C'EST LA PARTITION. QU'ON DONNE AUX FRANCOPHONES DES ZONES RÉSERVÉES OÙ ILS POURRONT SE GOUVERNER COMME ILS LE DÉSIRENT. LE RESTE DU TERRITOIRE SERA RÉSERVÉ AUX ANGLOPHONES ET RATTACHÉ DIRECTEMENT AU GOUVERNEMENT FÉDÉRAL... C'EST LA SEULE SOLUTION POUR RÉDUIRE LES AFFRONTEMENTS.

— COMMENT VOYEZ-VOUS CES ZONES RÉSERVÉES ?

— COMME DES RÉGIONS AUTONOMES, AVEC LEURS PROPRES INSTITUTIONS ET UNE SOUVERAINETÉ CONFIRMÉE PAR L'EXISTENCE DE FRONTIÈRES. IL FAUDRAIT UN PASSEPORT POUR Y ENTRER OU EN SORTIR.

— CE QUE VOUS SUGGÉREZ, C'EST UN RÉGIME DE BANTOUSTANS !

— IL NE FAUT PAS SE LAISSER ARRÊTER PAR LES MOTS. LA PARTITION EST LE MOYEN NÉCESSAIRE POUR FAIRE CESSER CETTE VIOLENCE... IL FAUT SE RENDRE À L'ÉVIDENCE : LE SYSTÈME ACTUEL NE PERMET PAS DE LA CONTENIR. AU CONTRAIRE, IL L'ENTRETIENT !

— POUR QUELLE RAISON REVENDIQUEZ-VOUS DES ZONES FRANCOPHONES SUR UN TERRITOIRE ANGLOPHONE PLUTÔT QUE L'INVERSE ?

— PARCE QUE CE SONT LES FRANCOPHONES QUI VEULENT S'EXCLURE. À EUX D'ASSUMER LEUR CHOIX.

Montréal, 10 h 35

— Entrez ! fit l'inspecteur-chef Théberge.

Quand il vit que c'était le directeur, sa main se dirigea spontanément vers son agenda. Puis, voyant le regard que lui jetait son supérieur, il interrompit son geste.

— Revenez-en, fit Gagnon. C'était un accident.

— On n'est jamais trop prudent.

— Est-ce le conseil que vous proposez de donner aux anglophones de la ville ?... Soyez prudents !

— Ce ne serait pas une mauvaise idée.

— Vous avez des indices ?

— Les équipes techniques analysent les décombres. Aux locaux d'Unité-Québec, c'était du C-4 et des bombes incendiaires, à ce qu'il paraît. Chez Lehman, ils ont employé des sortes de bazookas.

— Est-ce que c'est en rapport avec la mystérieuse cellule souche ?

— Aucune idée… On a retrouvé ceci.

Théberge inséra une cassette dans le magnétoscope.

— Ça vient de la caméra installée sur l'édifice en face de celui d'Unité-Québec, expliqua-t-il.

On voyait un homme descendre d'une fourgonnette noire, aller porter des sacs à différents endroits autour de l'édifice et repartir.

— On peut distinguer le numéro de la plaque, fit remarquer le directeur.

— Ce ne sera pas très utile.

— Pourquoi ?

— On a retrouvé le véhicule complètement carbonisé. Les trois hommes qui étaient à l'intérieur – on pense que c'étaient trois hommes – ne pourront probablement pas être identifiés.

— Autrement dit, on n'a rien.

— Pas tout à fait. On a trouvé ça près du lieu de l'explosion de la voiture.

Théberge montra au directeur une carte plastifiée. Elle était dans un sac de polythène.

— Une clé de chambre d'hôtel, dit-il. Le Hyatt.

— Vous pensez pouvoir retrouver la chambre ?

— Non. La bande magnétique a été altérée. Il n'y a aucun moyen de retrouver le code qu'elle contenait. Mais elle nous a quand même appris quelque chose. On y a découvert des empreintes digitales.

— Comment pouvez-vous savoir que ce ne sont pas celles de la personne qui l'a ramassée ?

— Parce que c'est l'inspecteur Grondin qui l'a trouvée et qu'il portait des gants de coton à cause de ses allergies. Il a tout de suite eu le réflexe de la mettre dans un sac de plastique.

Le directeur fixa sur Théberge un regard partagé entre le soulagement et l'incrédulité.

— On a donc une piste ? finit-il par dire.

— Peut-être. Mais il n'est pas question d'en parler. Personne ne sait que l'explosion de la voiture est liée aux autres attentats.

— Dommage. À la conférence de presse, cela aurait fait quelque chose à donner en pâture aux journalistes.

— Quelle conférence de presse ?

— Celle que donne le ministre de la Sécurité publique à trois heures. Je suis venu vous dire que vous allez nous y accompagner.

— Vous ne voulez pas que j'envoie Rondeau ?

— Le ministre a insisté pour que ce soit vous.

Stonehenge, 18 h 06

Moh et Sam regardaient le champ de monolithes derrière la clôture grillagée.

— Tout ce qui a la moindre valeur, vous l'enfermez, dit Moh.

— Si on ne mettait pas de clôture, il n'y aurait plus de monolithes dans moins de dix ans, répliqua Sam. Tous les touristes essaient d'en arracher un morceau comme souvenir !

— C'est ce que je dis : vous faites partie d'une civilisation barbare.

— Je suppose que tes frères talibans sont plus civilisés !

— Je n'ai jamais contesté le fait que nous avons, nous aussi, notre part de débiles et d'illuminés. Mais chez vous, c'est le système dans son ensemble qui l'est. Et comme si ce n'était pas assez, nos débiles à nous, c'est vous qui les financez et c'est vous qui les entretenez en les provoquant !

Plus la situation se détériorait en Palestine, plus les discussions de ce genre se multipliaient entre Moh et Sam. Ce dernier savait que Moh désapprouvait les attentats suicide qui s'étaient poursuivis au moment où une entente négociée était possible. Quant à Moh, il savait que Sam trouvait les provocations et la stratégie d'agression de Sharon non seulement inadmissibles, mais surtout suicidaires du point de vue des intérêts à long terme d'Israël.

Néanmoins, la tension entre les deux pays se transposait dans leurs conversations. Les discussions sur la situation palestinienne se multipliaient. Et leur semi-retraite, en augmentant leur temps libre, n'arrangeait pas les choses.

Depuis l'attentat de Massawippi, leur rôle s'était limité à chaperonner Poitras de temps à autre, à suivre les traces de Hurt et à effectuer les menus travaux que Blunt leur demandait à l'occasion.

Comme celui-ci.

— Qu'est-ce que tu en penses ? demanda Moh après un moment de silence.

— L'auberge est à une heure. Même en faisant une visite aux deux jours, ça leur laisse amplement le temps de se réunir.

Tout comme les membres de la Fondation, dont ils devaient assurer la sécurité pendant leur séjour, ils avaient effectué le voyage jusqu'au champ de monolithes. Cela renforçait leur couverture de touristes vaguement portés sur l'ésotérisme.

Quelques mois plus tôt, ils avaient repéré une auberge dans un petit village situé à soixante kilomètres de là. Sam avait alors communiqué l'information à Kathy, ajoutant que, du point de vue de la sécurité, l'endroit offrait toutes sortes d'avantages. Ils continueraient d'y résider pour se familiariser davantage avec les lieux.

Cinq jours plus tard, la réponse leur était parvenue sous la forme d'un homme aux allures d'homme de loi qui se présenta à eux sous le nom de Jones 35. L'établissement était désormais la propriété de personnes sympathiques à leur cause, leur avait-il dit : il ferait en sorte que les quatorze chambres de l'auberge soient disponibles pour toute la durée de la rencontre.

Pour les gens du village, les membres de la Fondation se présenteraient comme un des innombrables groupes religieux qui venaient en pèlerinage dans la région.

LCN, 11 H 45

> ... REFUSE DE CONFIRMER QUE DES MENACES TERRORISTES AIENT ÉTÉ FORMULÉES CONTRE LA RÉUNION PRIVÉE QUE DOIVENT TENIR UN CERTAIN NOMBRE DE CHEFS D'ÉTAT À L'INITIATIVE DU PREMIER MINISTRE DU CANADA. CETTE RÉUNION, QUI N'EST PAS CONFIRMÉE OFFICIELLEMENT, AURAIT LIEU DANS UN CHALET APPARTENANT À L'HOMME D'AFFAIRES CANADIEN PAUL BOURGAULT, SUR LE BORD D'UN LAC DANS LE NORD QUÉBÉCOIS. TOUJOURS DANS LE DOMAINE DU TERRORISME, VINCENT COMTOIS, LE CHEF DU PNQ, A DÉNONCÉ LES ATTENTATS PERPÉTRÉS PAR LA CELLULE DEVEREAUX ET IL A NIÉ DU MÊME SOUFFLE TOUTE IMPLICATION...

MONTRÉAL, 11 H 48

— Je vous envoie un article, dit Trappman. Vous le publierez demain.

À l'autre bout de la ligne, l'interlocuteur protesta mollement.

— J'ai une surprise pour vous, reprit Trappman. Vous allez pouvoir faire le lien entre les deux événements et un troisième attentat... Une voiture incendiée... Mais je veux que cette nouvelle sorte aujourd'hui dans les médias électroniques... Vous avez seulement à annoncer que tous les détails seront dans le journal demain. Cela fera monter votre tirage... En prime, vous allez passer pour un prophète !... Je sais que vous aviez d'autres plans, mais nous avons un arrangement... Bien sûr. Elle vous sera livrée dans les heures qui suivront la publication de l'article. Tâchez de bien la traiter.

Quelques instants plus tard, Trappman raccrochait. C'était le dernier des haut-parleurs, comme il les appelait. Il en avait joint quatre. Emmy Black, pour sa part, en avait contacté trois.

— On va déjeuner ? demanda Trappman en se tournant vers elle.

— À condition de ne pas traîner. Je veux suivre la conférence de presse du ministre de la Sécurité publique.

Bruxelles, 17 h 54

Sur la projection murale, une représentation du monde était parsemée de points rouges, orange et jaunes.

Les points rouges représentaient les conflits déclarés, les points orange les foyers de lutte en voie de développement et les points jaunes les lieux de tension susceptibles d'être exploités.

— Je pense que ça conclut nos discussions sur ce sujet, fit Zorco.

Autour de la table, des hochements de tête marquèrent l'approbation du groupe.

Leurs réunions servaient à planifier la croissance équilibrée de la demande d'armement, dans le respect des zones d'influence commerciales et industrielles de chaque pays. Elles servaient aussi à négocier les irritants politiques et idéologiques qui perduraient dans certaines parties du monde.

Ils venaient de déterminer les priorités pour les trois années à venir. Chacun des responsables s'était vu assigner sa tâche. Les groupes qu'ils devaient soutenir avaient été identifiés et les budgets avaient été fixés de manière à ce qu'aucune victoire décisive ne puisse survenir. L'utilité de ces conflits était qu'ils se prolongent pour absorber la production mondiale d'armement : pas qu'ils se concluent au profit de l'une ou l'autre des parties.

Les responsables du D7+2 s'acquittaient de leur tâche avec rigueur et minutie. Leur avenir politique et financier dépendait de l'efficacité avec laquelle ils parvenaient à réguler la demande des produits de l'industrie militaire. Sans elle, ils pouvaient dire adieu au financement de leur organisation ainsi qu'aux privilèges dont ils profitaient.

— Avant de terminer, fit Zorco, je vais vous donner les dernières nouvelles sur le projet Global Warming.

Immédiatement, les murmures s'éteignirent.

— Le projet est entré cette nuit dans la phase trois. Nous ne prévoyons aucune difficulté pour déclencher la phase finale au moment prévu. J'aurai cependant besoin de la collaboration de l'un d'entre vous.

Il se tourna vers le Russe.

— Est-ce que vous pourriez utiliser vos contacts pour faire effectuer un tir de missile à partir du territoire iranien ? Il m'en faudrait aussi un autre à partir de l'Arabie Saoudite ou d'un des pays alliés des États-Unis.

— Vous parlez de tirs de missiles vers Israël ?

— Ce serait préférable. À la limite, vous pouvez y substituer une base américaine de la région, mais Israël est nettement mon premier choix.

— Ce serait plus facile à partir du Pakistan vers l'Inde.

— Mais moins efficace. Pour les Américains, si ce sont l'Inde et le Pakistan qui s'échangent des bombes, ça n'empêche personne de dormir. Mais si Israël est visé à partir d'un État arabe, surtout un pays de l'axe du Mal… L'idéal serait que le missile soit tiré à un endroit situé près de la frontière entre l'Iran et l'Irak. On pourrait utiliser l'incident pour justifier une initiative contre l'Iran.

Dans l'assistance, les regards se firent plus attentifs. C'était la première fois que Zorco évoquait explicitement l'extension du conflit vers l'Iran.

— Ce sera fait d'ici deux jours, promit le Russe.

— Alors, voilà ! Je pense que nous en avons terminé. Un dîner nous attend dans l'autre salon. J'ai pris la liberté de prévoir de la compagnie pour agrémenter le repas.

Pendant que le groupe se dirigeait vers le deuxième salon, Zorco retint le représentant des États-Unis.

— Et alors, le sommet ? demanda-t-il.

— J'en ai parlé à Decker. Le Président se fait encore un peu tirer l'oreille, mais ça devrait aller. Decker lui a promis qu'il pourrait abattre un ours avec un Colt 45.

Montréal, 15 h 22

— Le gouvernement ne se laissera pas dicter son comportement par une bande de terroristes, fit le ministre de la Sécurité publique. Par des illuminés qui rêvent de plonger le Québec dans les conflits ethniques, les ghettos culturels et l'intolérance sectaire… Tous les efforts seront mis en œuvre pour arrêter les auteurs de ces crimes inqualifiables et les traduire en justice.

Une haie de mains se dressa. Le ministre choisit une femme dans la première rangée.

— Monsieur le ministre, est-ce que les policiers ont des indices sur l'identité des terroristes ?

— Les autorités policières ont présentement une piste sérieuse. Je ne peux pas vous en dire plus sans risquer de compromettre leur travail.

— Croyez-vous qu'il s'agit vraiment du GANG ?

— C'est ce que prétendent les auteurs des attentats.

— Espérez-vous une arrestation rapide ?

— Le directeur Gagnon et l'inspecteur-chef Théberge ont toute ma confiance. Ce sont des policiers exceptionnels. Je suis persuadé qu'ils sauront mener cette enquête avec diligence et efficacité. Je m'en remets entièrement à eux.

— La Sûreté du Québec n'est pas impliquée ? demanda le représentant du *Journal de Montréal*.

— La Sûreté du Québec va assurer au SPVM un appui total. Toutes ses ressources sont à la disposition des responsables de l'enquête. Mais c'est le SPVM, et particulièrement l'inspecteur-chef Théberge, qui a la responsabilité des opérations. Il ne peut y avoir qu'une direction. Et comme c'est le groupe de Théberge qui a le plus d'expérience contre cet ennemi…

Théberge faisait des efforts pour garder son calme. Sous le couvert de louanges, le ministre lui faisait par avance endosser la responsabilité de l'échec si jamais l'enquête n'aboutissait pas.

— Croyez-vous que nous nous dirigeons vers un affrontement ethnique ? demanda le représentant du *Partitionist*.

— Sûrement pas. Ces actes sont le fait d'illuminés qui ne représentent en rien le sentiment général de la population.

— Les graffitis racistes et anti-anglophones continuent pourtant de se multiplier.

— Il est vrai que le nombre de graffitis à caractère intolérant s'est accru au cours des deux dernières années. Je vous ferai cependant remarquer qu'ils visaient autant les francophones que les anglophones. Par ailleurs, il ne faut pas confondre la révolution avec la grossièreté et le manque de civisme. Je regrette comme vous cette dégénérescence des mœurs qui supprime progressivement toutes les marques de respect et de savoir-vivre, mais de là à crier à la guerre civile…

Ce fut au tour de Chicoine, le reporter de *Techno-Police*, d'intervenir.

— Monsieur le ministre, à votre avis, pour quelle raison la cellule terroriste a-t-elle pris le nom de Devereaux ? Est-ce que c'est lié au fait que mademoiselle Devereaux est présentement introuvable ?

— Je ne savais pas que mademoiselle Devereaux était introuvable. Mais comme elle n'est pas accusée ou soupçonnée de quoi que ce soit, je suppose qu'elle peut aller où bon lui semble sans devoir au préalable avertir les médias.

— Ses liens ont pourtant été évoqués à plusieurs reprises avec…

— Le point sur cette question a déjà été fait, trancha le ministre. Au moment de l'arrestation de la première cellule du GANG, elle a été lavée de tout soupçon.

— Est-ce que c'est relié à la relation qu'elle entretenait avec l'inspecteur Théberge ?

Ce dernier s'approcha du micro.

— Permettez, dit-il en écartant légèrement le ministre.

Puis il regarda Chicoine.

— Je ne sais pas ce que vous espérez obtenir par ces insinuations, dit-il, mais je vous répète, pour la dernière fois, qu'il n'y a jamais eu de « relation », comme vous dites, entre mademoiselle Devereaux et moi. Elle était l'amie d'un de mes meilleurs hommes, un policier qui a été assassiné par des criminels qui ont fourni des armes aux terroristes que nous pourchassons. Dans le cadre de mon travail, je l'ai rencontrée à plusieurs reprises parce qu'elle a collaboré à l'enquête sur cette mort et qu'elle a reçu des menaces. Suggérer que nous avons eu un autre type de relation relève non seulement du délire le plus débridé mais de l'indécence.

— Mademoiselle Devereaux est la deuxième femme avec qui vous avez eu des relations sans avoir de relations, comme vous dites, et qui est par la suite devenue introuvable. Dominique Weber, elle aussi, a disparu. Est-ce qu'il y a un lien?

Théberge hésita un instant.

— Bien sûr, dit-il finalement. Les deux femmes ont été victimes de criminels qui ont tué leur ami et les deux ont survécu à des attentats. C'est sans doute suffisant pour les inciter à vouloir échapper à la voracité carnassière des paparazzi et au voyeurisme rapace de leurs lecteurs.

— C'est de la diffamation!

— Je ne diffame pas: j'opine!

— Les termes que vous employez…

— … proviennent tous d'un de vos articles, compléta Théberge.

— Vous me citez hors contexte!

— Je ne vous cite pas: j'utilise votre champ sémantique!

— Je vais vous poursuivre!

— Au nom de la liberté d'expression, sans doute! Il ne faut pas vous gêner…

— Vous l'aurez voulu!

— Je vous souhaite seulement de ne pas tomber sur le juge devant qui vous avez plaidé le contraire pour vous défendre, il y a deux ans.

Pour éviter que la situation s'envenime davantage, le ministre reprit le micro des mains de Théberge et conclut le point de presse. Le SPVM émettrait des communiqués de façon régulière, dit-il, pour que les journalistes soient convenablement informés des progrès de l'enquête.

Associated Press, 13 h 39

> … Le responsable de la puissante TNT Security Agency a déclaré que les États-Unis réaffirmaient leur tolérance zéro envers les pays qui soutiennent le terrorisme ou qui s'en rendent complices par la mollesse de leurs efforts pour l'éradiquer.
>
> Répondant à une question d'un journaliste sur la situation au Québec, Paul Decker a déclaré que, si son pays combattait le terrorisme à l'autre bout de la planète, il ne pouvait certainement pas y être indifférent lorsqu'il éclatait dans sa propre cour…

Montréal, 15 h 46

Trappman arrêta l'enregistrement de la conférence de presse et tourna les yeux en direction d'Emmy Black.

— Le lien de Pascale Devereaux avec les attentats précédents a bien été implanté, dit-il.

— Ce soir et demain, ils vont le reprendre aux informations.

— Quand Chicoine a parlé de Dominique Weber, Théberge a été déstabilisé. Cela n'a pas beaucoup paru, mais son regard a vacillé.

— Je suis certaine que son hésitation va avoir de l'effet sur le public.

— Il faut s'assurer que les éditorialistes reprennent correctement la nouvelle.

Leur conversation fut interrompue par une vibration du téléphone dans la poche de chemise de Trappman.

— Oui ?

— Ici votre ami de Washington.

— Je vous croyais à New York.

— Je suis à Bruxelles.

— Vous avez un problème ?

— Non. Je tiens seulement à m'assurer que vous n'en aurez pas.

— Qu'est-ce qui vous inquiète ?

— En combien de temps les appareils peuvent-ils atteindre leur objectif ?

— Moins de trente minutes.

— Et en combien de temps peuvent-ils décoller ?

— Si tout l'équipement est installé, dix minutes. Il suffit de dégager l'entrée des caches, de sortir les appareils et de lancer les moteurs.

— Je viens de parler avec un de nos commanditaires. Qu'arriverait-il si le voyage était retardé ?

— Retardé de combien ?

— Ça dépend…

— Un délai de vingt-quatre à quarante-huit heures ne devrait pas causer trop de problèmes.

— Et si c'est plus ?

— Amorcer une guerre civile est un processus délicat : une fois le jeu des représailles et des contre-représailles enclenché, les événements possèdent leur propre dynamique ; on ne peut pas décider arbitrairement de suspendre leur évolution.

— Je comprends… Comment se déroule la couverture médiatique ?

— Ils en redemandent !

— Je présume que vous n'allez pas les décevoir.

— Mon principe est de toujours en donner au client plus qu'il n'en demande !

— Il n'y a rien comme des clients satisfaits !

— C'est ma devise.

— Bien… Je vous laisse à ces bonnes intentions.

Après avoir raccroché, Trappman se dirigea vers son ordinateur portable et activa le logiciel de messagerie électronique.

— J'allais oublier un détail, dit-il à Emmy Black.

— Quel détail ?

— Notre fournisseur.

Il était important de se plaindre rapidement du manque de professionnalisme des trois exécutants qu'on lui avait envoyés et qui avaient fait sauter la voiture dans laquelle ils se trouvaient. Il exigerait un remboursement.

Pour contrer les éventuels soupçons de celui qui lui avait loué les trois hommes, la meilleure défense était l'attaque.

DRUMMONDVILLE, 18 H 24

Graff déposa une chemise cartonnée sur la table du casse-croûte.

— J'ai quelque chose à te montrer, dit-il. Une caricature que j'ai faite hier.

— Pour le journal?

— Pour l'émission.

Il sortit une feuille cartonnée d'une grande enveloppe blanche et la tendit à Pascale.

Un sourire apparut sur le visage de la jeune femme.

— Tu continues à tester Boily? dit-elle en relevant les yeux vers Graff.

— Il faut bien se faire plaisir.

— Ses petits amis de l'APLD ne vont pas apprécier.

— J'en ai fait une autre pour équilibrer.

Il sortit une deuxième feuille cartonnée de l'enveloppe blanche et la tendit à Pascale.

— Il ne pourra pas dire que je tape uniquement sur ses amis.

Pascale posa la première caricature sur la table et examina la seconde.

— C'est la thèse de Boily résumée en un dessin, dit-elle.

— Ça me permet de passer l'autre.

— Les graffitis et la mort... Tu n'exagères pas ?

— Ce n'est pas seulement les graffitis, c'est tous les discours de fanatisme et d'intolérance qui sont fondus dans le même personnage, répondit Graff en remettant les deux caricatures dans l'enveloppe.

Il fouilla dans son sac.

— Je t'ai aussi apporté ce que tu m'as demandé, reprit-il en sortant un lourd dossier qu'il déposa devant Pascale.

— Tu n'as pas eu de problème ?

— Ils sont habitués à me voir fouiller dans les archives pour mes sujets.

— Tu es vraiment un amour.

— Pourquoi tu t'intéresses à elle ?

— Je n'ai jamais compris pourquoi elle s'était retirée dans un monastère. Ça ne lui ressemble pas.

— Tu penses qu'ils la gardent prisonnière ?

— Je ne sais pas. Mais il faut bien que je m'occupe avec quelque chose.

— As-tu l'intention de demeurer ici encore longtemps ?

— Au début, je ne pensais pas rester plus d'une semaine ou deux. Mais je me suis habituée, si on peut dire. Je passe mes journées dans Internet.

— L'évasion virtuelle !

— Tu peux bien parler ! Toi, tu passes ton temps à fuir dans l'imaginaire !

Graff ignora la remarque et désigna d'un geste le dossier qu'il lui avait apporté.

— Le reste, c'est pour ton nouveau travail ? demanda-t-il. Celui dont tu ne peux pas parler ?

— Oui… Ça se peut que j'aie besoin de toi dans quelques jours.

— Mais tu ne peux pas me dire de quoi il s'agit, se moqua Graff.

— Pas tout de suite… Quand ça va être le temps, je te promets que je vais tout te dire.

— Quand ça va être le temps…

— Quand ça va être le temps.

— Bon.

La serveuse arriva avec leurs tasses de café.

— Si vous encombrez la table, je ne pourrai pas vous servir, moi !

Elle déposa volontairement une des deux tasses sur la chemise cartonnée jaune. Un peu de café se renversa, faisant une tache sur la chemise.

— Je vous l'avais dit ! fit la serveuse.

Elle déposa la deuxième tasse devant Graff.

— Moi, dans mon temps, reprit-elle, quand un gars s'intéressait à une fille, il n'avait pas besoin de lui apporter du papier. Un café suffisait comme prétexte.

Elle tourna les talons, laissant Graff sidéré et Pascale en proie à un fou rire.

— Mais... c'est quoi, ça ? finit par demander Graff.

— Au début, elle est un peu surprenante, répondit Pascale en riant. Mais elle a une bonne nature.

— Comment peux-tu dire ça ?

— J'ai loué une chambre chez elle.

— Et toi, Pascale Devereaux, tu la laisses te traiter comme ça !

— Je te l'ai dit, c'est juste un air qu'elle se donne.

— Et qu'est-ce qu'il y a derrière son « air qu'elle se donne » ?

La question sembla prendre Pascale au dépourvu.

— Je... je ne pourrais pas te le dire exactement. Mais elle passe des journées complètes à prendre soin d'un vieil oncle invalide... Elle ne peut pas être si mauvaise, non ?

— Elle doit surveiller l'héritage !

La serveuse revint avec des desserts.

— Il restait ça dans le réfrigérateur, dit-elle. Plutôt que de les jeter...

Elle posa les assiettes devant eux.

— Tu vois ! reprit Pascale lorsqu'elle fut repartie. Elle grogne, mais elle a bon cœur.

— Parce qu'elle nous traite comme des bacs de recyclage ?

— Tu exagères, reprit Pascale en riant de nouveau. Je te jure qu'elle a une bonne nature...

— Elle, peut-être, mais ses cheveux ! As-tu vu ses cheveux ? On dirait de la laine d'acier... Si je mettais ça dans une caricature, il y aurait des plaintes !

Mal à l'aise plus qu'elle ne l'aurait cru de voir madame Turenne être la cible des remarques de Graff, Pascale changea de sujet.

— À TéléNat, comment ça se passe? demanda-t-elle.

— La série sur le fanatisme va bien. Ils m'ont déjà offert de renouveler mon contrat pour la saison prochaine.

— Tu as eu raison d'accepter de faire l'émission.

— Peut-être…

— Pourquoi peut-être? Boily veut faire de la censure?

— Non. Mais il veut un spécial sur le nationalisme québécois. Et il veut ça dans trois jours.

— C'est quoi, l'urgence?

— Tu as vu ce qui se passe?

— Oui… J'ai même vu qu'un groupe d'illuminés utilise mon nom!

— Boily est persuadé que c'est le début d'une nouvelle vague. Il dit que c'est la responsabilité de la télévision de dénoncer les mouvements fanatiques.

— C'est bête à dire, mais il n'a peut-être pas complètement tort.

— Mais pourquoi est-ce qu'il ne demande rien sur les Orangistes de Toronto? Rien sur les partitionnistes et les extrémistes anglophones?

— C'est un ancien trotskiste…

— Je veux bien…

— Pour lui, c'est normal que le principal ennemi soit le nationalisme.

— Il m'a encore parlé de toi, hier. Il m'a demandé si j'avais de tes nouvelles.

— Qu'est-ce que tu lui as répondu?

— Toujours la même chose. Que j'avais eu deux ou trois appels dans les semaines qui avaient suivi ton départ, mais que je ne t'avais pas revue depuis et que je n'avais aucune idée de l'endroit où tu étais.

— Il est capable de faire surveiller ton téléphone.

— Tu n'exagères pas?

— La prochaine fois, appelle d'une cabine téléphonique.

— Comme tu veux… À propos, es-tu au courant du dernier coup d'éclat de Nature Boy ?

— Lequel ?

— L'eau dans la fontaine du ministre…

— Non.

— Il a remplacé l'eau potable d'une fontaine, dans le bureau du ministre de l'Environnement, par l'eau d'une rivière que le gouvernement avait refusé de faire décontaminer sous prétexte qu'elle était de qualité acceptable.

— Il est fidèle à sa recette : leur faire goûter leur propre médecine !

— Le ministre s'est retrouvé à l'hôpital. Mais il n'y aura pas de poursuites : ils ne veulent pas lui faire de publicité.

Sur ces entrefaites, la serveuse revint.

— Alors, vous vous décidez ? Vous soupez ici ?… Il faut que je le sache, moi !

— On va aller ailleurs, répondit Pascale.

— Si vous allez à l'appartement, n'en profitez pas pour foutre le bordel pendant que je ne suis pas là. Être jeune n'excuse pas tout.

Graff retint la réplique qui lui venait pendant que Pascale secouait lentement la tête en souriant.

— Promis, dit-elle. On va être sages.

— C'est mieux.

HEX-RADIO, 19 H 03

… L'INDIGNATION EST GÉNÉRALE. DE TOUTES PARTS, DES VOIX SE SONT ÉLEVÉES POUR CONDAMNER L'ATTENTAT.

PAR AILLEURS, LA CONFÉRENCE DE PRESSE DU MINISTRE DE LA SÉCURITÉ PUBLIQUE S'EST TERMINÉE DE FAÇON ABRUPTE APRÈS QUE L'INSPECTEUR-CHEF GONZAGUE THÉBERGE SE FUT OFFUSQUÉ DES QUESTIONS D'UN JOURNALISTE SUR SES RAPPORTS PERSONNELS AVEC PASCALE DEVEREAUX. TOUT EN RÉITÉRANT SA CONFIANCE ENVERS LE SPVM, LE MINISTRE A…

OTTAWA, 19 H 26

Le premier ministre Reginald Sinclair avait invité le sénateur Lamaretto à sa résidence officielle pour un souper en tête à tête.

— Toujours content de vos nominations ? demanda Sinclair.

Après les élections, Lamaretto avait été nommé à cinq conseils d'administration au sein de l'empire d'oncle Paul. Cela avait doublé son revenu annuel en plus de lui ouvrir les portes à toutes sortes de voyages pour faire de la représentation et de la prospection de marchés.

— Je n'ai pas à me plaindre, fit Lamaretto. Et vous ?

— Le pouvoir politique est une chose très surévaluée…

— Tout le monde ne peut pas diriger un empire financier.

— … mais je dois reconnaître qu'il y a des compensations.

— Pour ça…

— Quand je pense à la raclée qu'on a servie aux sécessionnistes !

— Ils ne sont pas encore complètement démolis.

— Non, mais ça s'en vient, d'après ce que j'ai compris.

— Vous parlez des attentats à Montréal ?

— Oui… Entre nous, je trouve qu'ils y vont un peu fort.

— Moi aussi.

— Mais on ne fait pas d'omelettes sans casser d'œufs.

— De là à mettre le feu au poulailler…

Le premier ministre regarda le sénateur Lamaretto pendant un long moment en silence.

— Vous m'étonnez, dit-il finalement. Je ne vous connaissais pas ce genre de réserves.

— Il y a quelque chose, dans toute cette histoire, que je ne trouve pas clair.

— S'ils se font prendre, est-ce qu'il y a un risque que quelqu'un puisse remonter la filière jusqu'à nous ?

— Non, de ce côté-là, on est blindés.

— Et ils font ce qu'on leur demande ?

— Oui.

— Alors, qu'est-ce qui vous inquiète ?

— C'est… c'est comme s'ils prenaient plaisir à foutre le bordel.

— C'est bien, les gens qui aiment leur travail, non ?

— Oui… mais c'est comme s'ils avaient d'autres… objectifs.

— Tant que les nôtres sont atteints.

— Vous avez probablement raison.

Quelques minutes plus tard, après l'apéro, Sinclair emmenait Lamaretto dans une petite salle à manger.

— J'ai trouvé le thème de mon prochain discours, dit-il ; je vais parler de « combattre les dérives meurtrières du nationalisme ».

— C'est une bonne expression ! Les dérives, ça nuance les choses. Vous n'avez pas l'air d'attaquer le nationalisme en bloc. En même temps, « dérives », ça fait désordre, absence d'orientation, danger… Avec « meurtrières », c'est parfait. Et le nationalisme qui est associé chaque fois à l'expression. Je vais faire en sorte que la formule soit reprise dans les médias.

— Dans votre plan, on décrète la loi sur les mesures d'urgence à quel moment ?

— Lorsque le premier ministre du Québec vous le demandera.

— J'aime ça. Ça nous laisse le rôle d'un gouvernement responsable, qui ne veut pas dramatiser la situation ou faire de la provocation en y ayant recours unilatéralement.

— Vous répondez aux besoins des provinces. Vous pourrez même vous payer le luxe d'hésiter, comme si vous agissiez à contrecœur.

— Et quand va-t-on me faire la grande demande ?

— D'ici une semaine, je dirais. Dix jours maximum.

— Si vite que ça ?

— Il ne faut jamais sous-estimer la virulence des manifestations sécessionnistes !

— Si vous le dites !

— Quand l'opération sera terminée, on ne devrait plus entendre parler du PNQ avant très, très longtemps. Ils vont être complètement discrédités.

— On va les détruire !

— Mieux : ils vont avoir l'air de se détruire eux-mêmes.

— Je vais laisser mon nom dans l'histoire comme celui qui a réglé définitivement le problème sécession-niste !

Les grains de sable qui tombent du sablier n'ont pas besoin de vouloir quoi que ce soit pour que leur accumulation finisse par former un cône. Les lois physiques y suffisent.

Si ces grains faisaient attention à ceux qui sont déjà tombés, s'ils se livraient à toutes sortes de contorsions pour modifier leur trajectoire, la structure à laquelle ces grains «bien intentionnés» donneraient naissance serait chaotique: c'est leur stricte obéissance aveugle aux lois naturelles qui leur permet de créer une structure ordonnée.

De la même manière, sur le plan social, c'est la stricte obéissance des individus à la loi fondamentale de la poursuite de ses intérêts qui permet à l'ensemble social de se produire comme structure ordonnée.

Joan Messenger, *Le Fascisme à visage humain*, 5-Produire de la satisfaction.

LUNDI (SUITE)

MONTRÉAL, 20 H 15

Quand Miville Neveu était entré dans le PNQ, ses amis nationalistes radicaux avaient crié à la trahison. On se demandait ce qu'il allait faire dans ce parti pseudo-nationaliste qui avait pour seule ambition de garder le pouvoir.

Ses nouveaux amis du PNQ, pour leur part, avaient accueilli sa conversion politique avec scepticisme. Mais comme il était rapidement devenu un ami personnel de Vincent Comtois, personne n'avait pu s'opposer à sa progression rapide dans la hiérarchie du parti.

À la longue, son passé radical avait même fini par devenir un atout. Lui aussi, dans sa jeunesse, avait voulu changer le monde. C'était une preuve de l'authenticité de ses convictions. Puis il avait compris qu'on ne peut pas tout changer. Qu'il fallait faire des choix. Composer avec les situations... Bref, qu'il faut être politique !

Seuls les membres de la cellule souche connaissaient les véritables idées politiques de Miville Neveu... Ils s'étaient réunis à son initiative. Chacun dirigeait une cellule en dormance. Leur tâche était de prendre la relève en cas d'échec du premier groupe de cellules.

Au fil de leurs rencontres, Neveu n'avait jamais fait la moindre référence au président du PNQ. Chacun tenait cependant pour acquis que Comtois était au courant des activités de son ami. Qu'il les appuyait secrètement. Son silence venait du fait que, en tant que chef du PNQ, il ne pouvait prendre le moindre risque d'être relié au GANG.

S'estimant heureux d'avoir été épargnés par la vague d'arrestations qui avait suivi la mort de Huchon, les membres de la cellule souche avaient d'abord limité leurs activités, se contentant de se réunir deux fois par mois pour discuter de la situation politique et d'éventuelles interventions.

Puis la décision avait été prise de passer à l'action.

Les quatre chefs de cellule ignoraient laquelle des trois autres était responsable des récents attentats, laquelle avait été choisie par Neveu pour amorcer la nouvelle vague de gestes de protestation. Ils ne savaient pas non plus laquelle avait revendiqué le nom de Devereaux.

— Je vous ai réunis ce soir, fit Neveu, pour vous expliquer ce qui s'est passé. Pourquoi il y a eu des morts.

Les visages se firent plus attentifs.

— Malgré un léger cafouillage, reprit Neveu, nous avons pleinement atteint notre objectif. Désormais, tout le monde sait que nous ne sommes pas morts et que l'humiliation de la nation québécoise ne pourra pas durer.

— Il n'était pas censé y avoir de morts, fit un des chefs de cellule.

— Huchon non plus n'était pas censé mourir, répliqua sèchement Neveu.

Puis il ajouta sur un ton radouci :

— C'est un bête accident. La femme était supposée être en voyage avec son mari. Elle a changé d'idée parce que des amis se sont annoncés à la dernière minute.

— Si les Anglais répliquent et qu'il y a des morts de notre côté, demanda un autre, qu'est-ce qu'on fait ?

— On va répliquer à notre tour, répondit Neveu. Maintenant, on ne peut plus reculer : ce serait admettre la défaite. Les conséquences pour la survie de notre culture seraient catastrophiques.

— Comme c'est nous qui avons causé les premiers morts, les médias vont dire que c'est à nous d'arrêter l'escalade.

— L'escalade, ce sont eux qui l'ont commencée avec la politique de multiculturalisme de Trudeau et avec sa politique d'immigration pour noyer la minorité francophone. Il a fait de notre pays un ramassis de cultures. Il a même eu la perversité d'utiliser la charte des droits et libertés individuels pour détruire tous les droits collectifs.

— Je sais bien, mais… des meurtres !

— On n'aura qu'à faire comme les Américains quand leurs bombes ne tombent pas au bon endroit et parler de dommages collatéraux.

— Ça va mettre une grande partie des gens contre nous.

— Au début, peut-être. Mais quand ils vont voir que nous sommes sur le point de réussir, ils vont se rallier… Cela dit, personne ne sera forcé de faire des gestes avec lesquels il se sentirait mal à l'aise. C'est l'utilité d'avoir plusieurs cellules qui fonctionnent de façon cloisonnée.

Un silence suivit.

— Je vous ai également réunis ce soir, reprit Neveu, pour vous expliquer ce qui va se passer et pour que vous sachiez que vous n'êtes pas seuls… Il y a des groupes qui vont répondre à l'appel de la cellule Devereaux. On va assister à la formation spontanée de cellules autonomes. Cela rendra la planification un peu plus difficile, mais la dynamique que ça va créer sera irrésistible.

— La situation va complètement nous échapper, vous voulez dire ! fit un de ceux qui n'avaient pas encore parlé.

— C'est à nous de conserver l'initiative.

— Et comment va-t-on faire ça ?

— La première chose est de maintenir la pression. Je vous contacterai dans une semaine pour un premier bilan de cette nouvelle phase. On évaluera alors s'il est pertinent de prendre position publiquement comme cellule de direction.

— Et d'ici là ?

— Je vais vous rencontrer à tour de rôle, en privé, pour mettre au point nos prochaines interventions.

DRUMMONDVILLE, 21 H 03

Horace Blunt regardait le jeu de go posé devant lui en écoutant distraitement le présentateur qui égrenait les plus récentes informations.

> ... A TENU À DÉMENTIR LES RUMEURS SUR L'ÉCLATEMENT DU PNQ À LA SUITE DE LA CUISANTE DÉFAITE DU PARTI AUX DERNIÈRES ÉLECTIONS.

Sur le jeu, Blunt avait placé trois nouveaux pions. Mais il ne comprenait toujours pas la logique du développement de l'adversaire.

Qu'est-ce que le Consortium, si c'était lui qui était derrière ces actions, pouvait bien avoir à gagner à multiplier ainsi les actes de terrorisme ? Quel avantage pouvait-il bien avoir à entretenir un climat de violence ?

Jusqu'à maintenant, ce qui avait caractérisé le comportement de cette organisation criminelle, c'était plutôt la discrétion. En fait, depuis Massawippi et la vague d'attentats contre l'Institut, deux ans plus tôt, le Consortium semblait avoir repris sa routine de gestion discrète et efficace de grands secteurs du crime organisé.

… SUR L'IMPACT DES DÉRIVES MEURTRIÈRES SURVENUES À L'INTÉRIEUR
DU MOUVEMENT SÉCESSIONNISTE. MONSIEUR COMTOIS A CEPENDANT
RECONNU QUE CERTAINS MEMBRES AVAIENT RETOURNÉ LEURS CARTES
DU PARTI À CAUSE — ET JE CITE — « DE L'ASSOCIATION MENSONGÈRE
ENTRETENUE PAR LES MÉDIAS ENTRE LE GANG ET LE PARTI NATIONAL
DU QUÉBEC ».

SUR LA SCÈNE INTERNATIONALE, LA RUMEUR PERSISTANTE QUANT À LA
TENUE D'UN SOMMET PRIVÉ QUI RÉUNIRAIT LES PREMIERS MINISTRES
DU CANADA, DES ÉTATS-UNIS ET DE QUELQUES PAYS EUROPÉENS…

Un signal sonore interrompit les réflexions de Blunt.
Il se dirigea vers son bureau et appuya sur deux touches
du clavier de son ordinateur portable.

Le visage de Stéphanie apparut à l'écran.

— Comment ça se passe au pays des neiges éter-
nelles ? fit la voix de sa nièce à travers les haut-parleurs
de l'ordinateur. Toujours satisfait de ton igloo ?

Blunt ne put réprimer un sourire. Stéphanie n'avait
jamais fait mystère de son aversion pour le climat québécois. La seule saison décente lui semblait l'automne.
Plus précisément, le début de l'automne : une forme
civilisée d'été.

— Tu m'appelles vraiment pour me parler de la tem-
pérature ? demanda-t-il.

— Je vais aller à Rome.

— Rejoindre Marcello, je suppose.

— Kathy est d'accord.

— Ce n'est pas Marcello qui m'inquiète : c'est Rome.

— Ce n'est pas si dangereux. Et je ne pouvais pas ne
pas y aller. Regarde !

Elle mit une pancarte de signalisation routière devant
l'écran.

R O M E
346 KILOMÈTRES

— Marcello me l'a envoyée par courrier spécial pour
que je n'oublie pas où il est.

Le voyage à Rome inquiétait Blunt pour des raisons
dont il ne pouvait pas parler à sa nièce. Là-bas, elle ne
bénéficierait d'aucune protection. Au mieux, un des Jones

exercerait une surveillance discrète. Mais il était impossible de penser à une protection rapprochée sans mettre « Marcello » dans la confidence. Et de cela il n'était pas question.

Tout compte fait, il valait probablement mieux la laisser aller là-bas toute seule. Elle aurait sans doute autant de chances de passer inaperçue qu'en demeurant dans une maison qui pouvait être associée à l'Institut.

— D'accord, dit-il.

— Je le savais ! J'avais parié avec Kathy.

— Et tu as gagné quoi ?

— C'est une affaire entre filles. Je te passe Mélanie.

… QUE LE QUÉBEC DEMANDERAIT AU GOUVERNEMENT FÉDÉRAL L'AIDE DE L'ARMÉE. LE MINISTRE DE LA SÉCURITÉ PUBLIQUE A QUALIFIÉ CETTE RUMEUR DE FARFELUE ET IL A RÉITÉRÉ SA CONFIANCE AU SERVICE DE POLICE DE LA VILLE DE MONTRÉAL, QUI ASSUME LA RESPONSABILITÉ DE L'ENQUÊTE.

QUANT À L'ASSOCIATION DU NOM DE PASCALE DEVEREAUX À LA NOUVELLE CELLULE TERRORISTE, RDI A ÉTÉ INCAPABLE DE JOINDRE LA CÉLÈBRE REPORTER POUR OBTENIR…

— Je veux juste te dire bonjour, fit Mélanie. Tu peux être rassuré, je suis plus sage que ma sœur. Je ne vais pas courir le monde pour m'exposer à tous les dangers.

— C'est uniquement parce que Piero demeure à Venise !

— Il y a de ça.

— Ça va toujours bien entre vous deux ?

— Oui. Il n'est pas toujours très « rapide », mais il est adorable.

— Je croyais qu'il était « superbrillant » !

— Pas rapide pour comprendre les filles.

— Oh…

— Il ne m'a pas encore acheté de chien.

— Effectivement, s'il ne t'a pas encore acheté de chien…

— Mais je ne me décourage pas. J'ai confectionné une laisse pour monsieur Gladu et j'essaie de lui apprendre à japper.

— À ton poisson ?

— Je me dis que Piero va finir par faire l'association et penser que ce serait intéressant d'avoir un chien.

— Pourquoi tu ne lui en parles pas ?

— Si je lui en parle, il ne pourra pas me faire la surprise !

— Évidemment.

— Kathy a raison. Toi non plus, tu n'es pas rapide rapide, question filles.

— Parlant d'elle…

— D'accord, d'accord !

… LE PORTE-PAROLE DU SPVM A PAR AILLEURS REFUSÉ DE COMMENTER LES ALLÉGATIONS DIFFUSÉES CET APRÈS-MIDI, DANS UN POSTE DE RADIO DE LA MÉTROPOLE, SELON LESQUELLES MADEMOISELLE DEVEREAUX SERAIT PASSÉE DANS LA CLANDESTINITÉ…

Le visage de Kathy remplaça celui de Mélanie sur l'écran.

— Moi aussi, j'ai pensé à t'envoyer une pancarte, dit-elle. Mais je me suis dit que tu préférais la discrétion.

Quelques minutes plus tard, Blunt retournait devant son jeu de go, essayant de deviner ce que seraient les prochains mouvements de l'adversaire et craignant de les avoir trouvés. Car la ligne de développement qu'il pensait avoir découverte ne menait nulle part. Nulle part sauf à une intensification de la violence.

Quelqu'un voulait relancer l'escalade. Mais dans quel but ?

MONTRÉAL, 21 H 38

Darcy Hempee leva son verre, entraînant un mouvement généralisé autour de la table.

— À notre victoire, dit-il.

— À notre victoire, répondirent en chœur les membres des Canadians for Freedom and Democracy.

— L'heure est grave, reprit Darcy Hempee. Ce sont nos vies qui sont menacées. Nous devons nous défendre. Agir avec détermination. Toute hésitation de notre part sera perçue comme un aveu de faiblesse.

— Est-ce que ça ne risque pas de provoquer une escalade ?

— L'escalade, ce sont eux qui l'ont amorcée avec leur nationalisme xénophobe ! Avec leur politique culturelle qui leur sert à brimer les droits linguistiques des minorités !... Sans parler de leur culture rétrograde et de leur nostalgie du système féodal français !

Darcy fit une pause.

Il était important de tuer dans l'œuf toute volonté de modération, ce qui n'était qu'un autre nom pour la faiblesse et la résignation.

— Ils mènent une politique d'assimilation culturelle fondée sur des critères racistes, reprit-il. Les Québécois de souche sont exactement comme les autochtones, les plumes en moins et le pouvoir en plus.

— Je ne comprends pas, fit un des membres.

— Ils valorisent une appartenance fondée sur la race et des valeurs ethniques : Québécois de souche ou autochtones de souche, c'est la même chose. Ce qu'il nous faut, c'est une vaste campagne d'essouchage ! Il est temps que la nationalité se définisse sur une base strictement juridique, par la reconnaissance d'institutions communes, quelles que soient les « racines » ou la langue des individus. Les racines, c'est bon pour les arbres et pour ceux qui ne sont pas sortis du bois. Il est temps d'arriver en ville. Notre tâche est d'aider le Québec à sortir du bois pour qu'il puisse s'intégrer au reste du pays. Les vrais patriotes, c'est nous !

Un nouveau toast souligna la fin du discours improvisé.

— Répliquer à leurs attaques, ça veut dire qu'il va y avoir des victimes, relança un autre membre.

— Toutes les guerres produisent des victimes, répondit Darcy Hempee.

— Les gens risquent de se dire qu'entre nous et les terroristes du GANG, il n'y a pas une grande différence.

— Je comprends votre point de vue. Sur le fond, je suis d'accord avec vous ; mais nous n'avons pas le choix.

Ce qu'on peut faire, cependant, c'est de choisir soigneusement nos cibles pour tâcher d'éviter les victimes innocentes.

Port de Montréal, 21 h 44

Trappman immobilisa son véhicule le long de la rue Saint-Antoine, le temps qu'André Maltais s'installe à côté de lui.

— Vous avez l'enveloppe ? demanda Maltais.

— Vous avez ce que je vous ai demandé ?

— Tout est dans le conteneur.

— Vous ne l'avez pas encore sorti du port ?

— Si vous pensez que je vais me promener en ville avec ça ! Je vous emmène chercher votre marchandise.

— Dans le port ?

— Vous avez une meilleure idée ?

— Ce n'est pas ce qui était entendu.

— J'ai fait exactement ce que vous m'avez demandé. Le conteneur a été mis sous une pile et il n'a pas été inspecté par les douaniers.

— Et pour récupérer le matériel, qu'est-ce que je fais ?

— Il suffit d'enlever deux ou trois conteneurs avec la grue et de récupérer le vôtre.

Trappman imaginait le bruit, le temps que prendrait l'opération.

— Pas besoin de vous inquiéter ! fit Maltais comme s'il devinait ses pensées. On fait ça tout le temps pour les motards et la mafia. Tant que vous êtes avec moi, il n'y a pas de problème. C'est une fois sorti du port que vous devez faire attention.

— Je n'ai pas l'intention de sortir le conteneur. Je veux seulement récupérer une partie de la marchandise.

— Avec le reste, je fais quoi ?

— Vous remettez le conteneur sous une pile. J'enverrai quelqu'un s'en occuper.

Une heure plus tard, Trappman ressortait du port avec le C4 et des détonateurs dans le coffre de sa voiture.

Montréal, 22 h 13

Le premier ministre du Québec, Richard Voisin, écoutait le bulletin d'informations avec Guy-Paul Morne. On y voyait le président du PNQ dénoncer la violence et offrir ses condoléances aux victimes.

— Il n'a plus aucune chance d'être élu, fit Morne.

— Ce n'est pas lui qui m'inquiète.

— Le pire qui peut arriver, c'est qu'il y ait quelques autres attentats et qu'on les arrête.

— C'est censé me rassurer ?

— Ils ne s'attaquent qu'aux Anglais.

— Et s'ils décident de s'en prendre aux « traîtres qui collaborent avec l'occupant » ?

— Votre protection a été augmentée. D'ici quelques semaines, tout devrait être terminé.

— La dernière fois qu'on en a parlé, tout devait déjà être terminé !… Les médias n'arrêtent pas d'évoquer l'intervention de l'armée.

— C'est sûr qu'ils ne demanderaient pas mieux : leurs tirages monteraient en flèche !

— À Ottawa aussi, ça se discute.

— Je suis au courant…

— Mais je ne comprends pas leur jeu : ils viennent juste d'être élus, ils n'ont pas besoin de créer une crise pour gagner des votes.

— C'est peut-être à cause des pressions des États-Unis. Depuis le 11 septembre, les Américains ne rigolent pas avec les questions de sécurité. Voir des bombes qui sautent à leur frontière…

— Peut-être…

— Si ça se prolonge trop, les États-Unis vont mettre Ottawa en demeure de régler le problème ou de les laisser venir le régler eux-mêmes.

— Vous avez lu trop de romans ! Ils n'oseraient jamais…

— Libérer un peuple de plus ou de moins !

… LES REPRÉSENTANTS DES PARTIS NATIONALISTES DE L'ENSEMBLE DU PAYS ONT DÉCIDÉ DE SUSPENDRE LEURS RELATIONS AVEC LE PNQ, LE TEMPS QUE LA SITUATION SOIT ÉCLAIRCIE.

Le porte-parole du Western National Party a par ailleurs affirmé que le PNQ serait exclu de façon définitive du regroupement si ses contacts avec le GANG étaient...

— Ils n'auront pas le choix, commenta Voisin. S'ils ne le font pas, leurs électeurs vont les lâcher.

— Surtout qu'une bonne partie de leurs membres rêvent déjà de se faire un pays débarrassé du Québec.

— Vous avez des nouvelles de l'enquête ?

— Ils n'ont toujours rien.

— Ce Théberge, on peut lui faire confiance ?

— C'est un bon policier. Un des meilleurs, à ce qu'on dit. Mais...

— Mais quoi ?

— Il n'est pas facile à contrôler.

— Cet après-midi, à la conférence de presse, je l'ai trouvé plutôt divertissant.

— Le ministre de la Sécurité publique, lui, l'a trouvé moins drôle.

— Ça...

— S'il trouve quelque chose qu'on désire enterrer, ce ne sera pas facile de s'entendre avec lui.

— C'est ridicule. Tout le monde a son prix.

— C'est un idéaliste.

— Même les idéalistes ont un prix. Il suffit de trouver ce que leur idéal les amène à vouloir.

— Je n'ai pas dit qu'il n'y avait pas moyen de l'influencer, j'ai dit que ce n'était pas facile.

Le premier ministre se leva.

— Allez, dit-il. Il faut faire acte de présence à Québec.

Ils descendirent du bureau du PM situé dans la tour est du complexe Desjardins, empruntèrent l'ascenseur qui menait directement aux derniers étages de la tour sud et se rendirent à l'héliport installé sur le toit.

— C'est quoi, cette nouvelle folie avec Nature Boy ? demanda Voisin pendant qu'ils marchaient. Vous n'êtes pas capables de l'arrêter ?

— Même si on pouvait, on l'accuserait de quoi ? D'avoir fait boire au ministre de l'Environnement de l'eau que ses fonctionnaires ont déclarée potable ?

La porte de l'ascenseur s'ouvrit sur l'héliport.

— On y va, fit le premier ministre. Plus vite on part, plus vite on sera revenus.

BAIE-D'URFÉ, 22 H 22

Depuis vingt heures, la salle était plongée dans l'obscurité. À vingt-deux heures, vingt-deux minutes, vingt-deux secondes, la tribrane apparut dans un cercle de lumière. Tout habillée de blanc selon son habitude, elle portait un masque noir.

— Nous sommes réunis ce soir devant le mur des fragmentations pour être témoins des progrès de deux disciples.

La salle s'éclaira progressivement. Derrière la tribrane, le mur blanc était parsemé de taches brunes dans lesquelles on pouvait reconnaître des formes géométriques. Pour la circonstance, tous les membres avaient revêtu une bure blanche.

— La marque du Maître a le pouvoir de concentrer les fragments d'énergie déformés ou mal intégrés, reprit la tribrane. Elle contribue ainsi à purifier le schéma vibratoire de son possesseur.

Polydore Campeau écoutait attentivement, s'efforçant de mémoriser tout ce que disait la femme.

— Parmi vous, reprit-elle, deux disciples ont mené à terme la première phase de cette purification. Le moment est venu de faire cristalliser à l'intérieur de cette marque l'énergie mortifère qu'ils ont accumulée pour qu'ils puissent ensuite s'en libérer.

Ils étaient une cinquantaine dans la salle. Polydore Campeau aurait aimé jeter discrètement un œil autour de lui pour voir s'il pouvait reconnaître certains des membres, mais le capuchon de sa bure, qui avançait de chaque côté de son visage, encadrait son regard et le limitait à ce qu'il y avait devant lui. Et, devant lui, il y avait d'autres capuchons, qu'il voyait de dos et qui dissimulaient d'autres têtes.

Deux disciples du premier rang firent deux pas en avant.

— Si vous voulez bien dégager votre bras droit, fit la tribrane.

Les deux disciples s'exécutèrent.

La tribrane prit un contenant sur une petite table à sa droite et badigeonna leur peau avec une sorte de crème à l'endroit où était tatouée la marque du Maître.

— Je demande maintenant aux disciples de se concentrer pour contenir toute leur énergie négative à l'intérieur du tatouage.

Deux minutes de silence suivirent.

— Maintenant, nous allons procéder à la stabilisation de cette énergie, reprit la femme. Je demande aux disciples d'utiliser leur technique de méditation pour contrôler la douleur.

Deux autres minutes de silence suivirent.

La tribrane prit ensuite une seringue sur la petite table et fit une injection dans le tatouage du premier disciple.

L'opération se déroula dans un silence total.

— La marque du Maître va maintenant se stabiliser, dit la femme après avoir injecté une partie du contenu de la seringue dans le bras du disciple. Les fragments d'énergie négative qu'elle a capturés vont se cristalliser et se fixer définitivement à l'intérieur du réseau dessiné par le tatouage.

Elle prit une autre seringue et répéta la procédure avec le deuxième disciple.

Contrairement au premier, celui-ci ne put réprimer une légère grimace.

— Les disciples sont maintenant prêts à aborder la prochaine étape de leur purification, dit alors la femme.

Les disciples reprirent leur place dans le premier rang. Deux nouvelles minutes de silence furent décrétées.

— Dans les prochains jours, déclara la femme en blanc à la fin du délai, les deux disciples recevront la marque du cœur du Maître. Ils amorceront alors la dernière des étapes qui mènent au rang de brane.

TÉLÉNAT, 22 H 51

> ... A ANNONCÉ CET APRÈS-MIDI LA TENUE D'UNE ENQUÊTE PUBLIQUE SUR
> LE TRAITEMENT DES ANGLOPHONES ET DES ALLOPHONES SUR LE TERRITOIRE
> DU QUÉBEC. INTERROGÉ SUR L'AMENDEMENT AVANCÉ PAR LE PNQ POUR
> ÉTENDRE L'ENQUÊTE À TOUTES LES MINORITÉS DANS L'ENSEMBLE DU PAYS,
> LE PREMIER MINISTRE SINCLAIR A REJETÉ D'EMBLÉE LA SUGGESTION.
> « NOUS NE GASPILLERONS PAS LES FONDS PUBLICS À ENQUÊTER SUR DES
> RÉGIONS DU PAYS OÙ IL N'Y A PAS DE PROBLÈME... »

SCHENECTADY, 23 H 10

Jonathan Horcoff en était à son troisième verre de Southern Comfort. Les affaires allaient de mieux en mieux. Il y avait d'abord les contrats de Trappman, qui lui avaient permis d'augmenter substantiellement le chiffre d'affaires du secteur Nouvelle-Angleterre. Et puis, il y avait eu le 11 septembre, la guerre en Irak...

La sécurité était maintenant une véritable obsession nationale. Dans tous ses magasins, les ventes d'armes avaient augmenté de façon spectaculaire.

Lorsque le carillon de la porte d'entrée se fit entendre, il étouffa un juron, déposa son verre et alla ouvrir.

Qui pouvait bien le relancer à cette heure ? Sans doute un client. Un de ceux qui avaient son adresse privée. Ils étaient plus d'une trentaine à qui il offrait le service vingt-quatre heures.

Horcoff fut surpris de ne pas reconnaître l'homme qui s'encadrait dans la porte. Probablement un nouveau. Les clients n'arrêtaient pas de changer de courrier.

— Vous désirez ?

Pour toute réponse, l'homme le mit K.-O. d'un coup de poing à la pointe du menton.

Quand Horcoff revint à lui, il était attaché sur une chaise dans une salle qu'il ne reconnut pas. Ses jambes étaient liées aux pattes du siège.

— Je n'ai pas l'intention de vous tuer si ce n'est pas indispensable, dit l'homme qui l'avait enlevé.

— Qui êtes-vous ?

— J'ai de nombreux noms. Je ne saurais lequel vous donner.

La voix était froide et impassible. Il n'y avait aucune trace d'ironie ou de moquerie dans la réponse.

— Qu'est-ce que vous voulez ? reprit Horcoff.

— Retrouver ceux à qui vous avez vendu des camions lance-missiles.

— Je ne sais pas de quoi vous voulez parler.

— C'est bien ce que je craignais.

L'homme sortit une grenade de la poche de son blouson de cuir, la mit dans la main gauche de Horcoff, la dégoupilla et lui plaça les doigts pour qu'il la tienne de manière à l'empêcher d'exploser.

La main de Horcoff dépassait l'accoudoir de la chaise et retenait la grenade à une soixantaine de centimètres du sol.

— Je vous recommande de bien la tenir, fit la voix impassible du kidnappeur. Si vous l'échappez, j'aurai le temps de sortir de la pièce. Pour vous, par contre, l'expérience risque d'être déplaisante.

— Vous êtes fou !

— Non, curieux. Je veux savoir à qui vous avez vendu les camions lance-missiles.

— J'en ai vendu une centaine depuis un an ! Autant en Afrique qu'en Europe orientale ou en Asie ! Pensez-vous que je connais les détails de toutes les ventes de mes succursales sur la planète ?

— Ceux qui m'intéressent, vous les avez négociés personnellement. Sur la réserve d'Akwesasne. Il y a trois ans.

Le visage de l'homme accusa le coup, mais il se contenta de se taire.

— Vos autres affaires ne m'intéressent pas, reprit l'homme au blouson de cuir. Je veux seulement le nom de votre client.

— Vous n'allez quand même pas me tuer pour ça !

— Des gens que j'aimais ont été tués avec ces missiles. Vous, vous n'avez été qu'un intermédiaire. Vous ne m'intéressez pas. Vous me donnez le nom que je veux et je m'en vais. Si vous refusez, vous sautez et je reste dans les environs pour voir qui va s'agiter autour de votre cadavre.

— Cela ne vous mènera nulle part.

— C'est à vous de décider. Si vous ne dites rien, je n'aurai pas d'autre choix que d'attendre pour voir qui va se manifester après votre mort. Par contre, si vous parlez…

— Même si je parle, vous allez me tuer !

En guise de réponse, l'homme au blouson de cuir sortit une deuxième grenade et la plaça dans la main droite de Horcoff.

— Dites-moi ce que je veux et je ne vous tuerai pas. Vous avez ma parole.

Il regarda sa montre.

— Dans deux minutes, si vous n'avez rien dit, je pars.

— Si vous partez, vous ne saurez rien.

— Je vous conseille de ne pas vous endormir. Ni de trop crisper les mains sur les grenades : vous allez vous fatiguer et finir par les échapper malgré vous.

Quelques secondes plus tard, Horcoff marmonnait un nom.

— Billy Two Rabbits.

— Pardon ?

— Billy Two Rabbits.

Cette fois, il avait parlé de façon claire et distincte.

— Lui, je le connais, fit l'homme au blouson de cuir : c'est un autre intermédiaire. Ce que je veux, c'est le nom du client.

— Vous ne savez pas à qui vous vous attaquez !

— Cela, ce n'est pas votre problème. Pour l'instant, vous devriez vous concentrer sur le fait que, dans un peu moins d'une minute, je vais m'en aller.

— Vous bluffez !

— Si vous êtes convaincu de ce que vous dites, vous n'avez qu'à contrer mon bluff. Dans quelques heures tout au plus, vous devriez savoir à quoi vous en tenir.

Quelques instants plus tard, Horcoff lui donnait un autre nom : Esteban Zorco.

Quand l'homme au blouson de cuir fut persuadé qu'il ne pouvait plus rien tirer de Horcoff, il se dirigea vers la porte.

— Eh, les grenades !

— Vous n'avez qu'à bien les tenir.

— Vous avez promis de me laisser la vie sauve !

— C'est ce que je fais. Je ne vous oblige pas à les laisser tomber.

— Mais…

— Libre à vous d'épargner votre vie en tenant fermement les grenades.

— Vous êtes une ordure !

— La colère exige une grande dépense d'énergie. Vous ne pourrez pas tenir très longtemps si vous vous mettez dans cet état.

Puis, sans s'occuper davantage des protestations de Horcoff, l'homme au blouson de cuir referma délicatement la porte derrière lui.

Il avait plusieurs heures devant lui pour fouiller le domicile de Horcoff, le trafiquant n'ayant pas de famille : ses quatre épouses l'avaient abandonné à tour de rôle à cause de ses activités extraconjugales.

> ... l'individu ne doit pas consommer uniquement de manière à satisfaire ses besoins physiques ; il doit aussi trouver le moyen de s'exprimer à travers sa consommation.
>
> Par l'exercice de son goût, qui se traduit par un style de consommation [...] l'individu consommateur assume la responsabilité de la libre production de lui-même.
>
> La consommation devient ainsi à la fois l'expression et le moyen de la liberté.
>
> Joan Messenger, *Le Fascisme à visage humain*, 6- Produire de la consommation.

MARDI

SCHENECTADY, 2 H 53

Le bruit réveilla Horcoff en sursaut. Sa main gauche était vide. À côté de lui, une grenade dégoupillée roulait lentement par terre.

Il sentit son cœur s'emballer et la douleur jaillit dans sa poitrine. L'idée qu'il avait dû échapper la grenade pendant son sommeil s'imposa brièvement à son esprit, puis elle fut submergée par un sentiment de panique.

Tout en s'efforçant de garder la main droite solidement fermée sur l'autre grenade, il entreprit de déplacer sa chaise par saccades pour s'éloigner de celle qui était par terre.

Il avait parcouru plus d'un mètre lorsqu'il réalisa que quelque chose clochait : normalement, une grenade dégoupillée mettait moins de temps à exploser. Elle était peut-être défectueuse...

Il entreprit alors de se libérer. Maintenant que sa main gauche était vide, il pouvait manœuvrer plus facilement pour se dégager des liens qui retenaient son poignet à l'accoudoir de la chaise.

Une dizaine de minutes lui suffirent pour se détacher.

Il s'empressa de remettre les goupilles sur les deux grenades puis il téléphona au directeur de Slapstick & Gaming International. Dans la boîte vocale, il laissa un message expliquant qu'il avait été attaqué.

Trois minutes plus tard, on le rappelait pour lui dire de retourner chez lui. Des gens y assureraient sa protection. Ils étaient déjà en route.

Horcoff raccrocha et mit une main sur sa poitrine. La douleur était encore perceptible. Même sans exploser, les grenades avaient failli le tuer.

MONTRÉAL, 3 H 12

Emmy Black conduisait la voiture.

Trappman, qui occupait le siège du passager, se concentrait sur son ordinateur portable. Des points lumineux rouges y clignotaient sur une carte de la province.

Les six membres des Canadians for Freedom and Democracy étaient en place. Trappman attendit que le chiffre des minutes, sur l'horloge située dans le coin droit de l'écran, arrive à treize. Puis il envoya le signal.

Dans les secondes qui suivirent, tous les points passèrent du rouge au jaune et cessèrent de clignoter, indiquant que les équipes amorçaient leur mission.

À trois heures quinze, tous les points étaient de nouveau verts et il en restait un seul qui clignotait. Lorsqu'il cessa de le faire, tous les points s'éteignirent d'un coup. La mission était terminée.

L'attaque simultanée servirait à démontrer la puissance de frappe de l'organisation. C'était de cette façon que Trappman était parvenu à vendre l'idée à Darcy Hempee.

Au départ, ce dernier avait été réticent. Il n'avait rien contre les attentats, mais il aurait préféré les attribuer au GANG, ce qui aurait permis à son groupe de continuer à agir dans l'ombre. Mais Trappman avait argumenté qu'une frappe simultanée et clairement identifiée aurait un effet supérieur à celui d'une escalade. Elle enverrait un message clair à tous les sécessionnistes : à la moindre provocation, les vrais Canadiens avaient les moyens de se défendre, partout sur le territoire.

La technique de l'attaque simultanée avait été inventée par Imad Mugnieh, le chef de la sécurité du Hezbollah libanais. Évidemment, dans le cas de Mugnieh, il s'agissait d'attentats suicide multiples et coordonnés. Les Canadians for Freedom and Democracy n'en étaient pas encore là. Mais la simple coordination des représailles à la grandeur du territoire québécois suffirait à frapper l'imagination des gens.

Darcy Hempee avait fini par se rendre aux arguments de Trappman. Puisqu'il n'y aurait pas de victimes, son groupe pourrait continuer à revendiquer une image plus modérée que celle du GANG.

Trappman ouvrit son logiciel de courrier électronique et relut le message qu'il avait préparé.

> NOUS SOMMES PARTOUT.
>
> NOUS AVONS LA POSSIBILITÉ DE FRAPPER PARTOUT.
>
> CETTE FOIS, NOUS NOUS SOMMES CONTENTÉS DE PRENDRE POUR CIBLES DES MAISONS. SI LA VIOLENCE RACISTE DES FRANCOPHONES NE CESSE PAS, LES PROCHAINES REPRÉSAILLES VISERONT LEURS OCCUPANTS.
>
> CANADIANS FOR FREEDOM AND DEMOCRACY

Trappman choisit cinq journalistes dans la liste de ses contacts et procéda à un envoi groupé. Chacun des destinataires travaillait dans un média différent. Trappman leur avait expliqué clairement ce qu'il attendait d'eux, ce que cela leur rapporterait de se conformer à ses directives et ce qu'il leur en coûterait de s'y soustraire.

LAVAL, 3 H 14

Vincent Comtois dormait depuis moins d'une heure. Le lendemain, il rencontrait l'exécutif de son parti pour un dernier bilan de la défaite électorale. On lui demanderait ce qu'il proposait pour reconstruire le PNQ. Et, plus concrètement, on lui demanderait comment sa démission s'intégrait dans ce plan.

Les années qu'il avait consacrées à la cause ne comptaient plus. Personne ne contestait le fait qu'il avait apporté une contribution inestimable, mais, de toute évidence, il n'était pas le chef dont le parti avait besoin pour franchir la prochaine étape. La prise du pouvoir était le seul critère sur lequel pouvait se fonder une décision stratégique aussi importante que celle du choix d'un chef.

Un changement à la direction contribuerait à donner au parti une image de renouveau, à laisser derrière lui ce qui l'associait aux terroristes du GANG. Ce qu'on attendait maintenant de Comtois était simple : s'éclipser pour le bien de la cause.

Et, comme si ce n'était pas assez, Sarah, la petite dernière, perçait des dents.

Il l'avait bercée pendant près d'une heure avant de pouvoir la recoucher dans son lit, temporairement installé dans le salon, le temps que les travaux dans sa chambre soient terminés.

Abattre un mur pour récupérer la petite pièce de lecture lui donnerait suffisamment d'espace pour qu'elle puisse garder sa chambre jusqu'à l'adolescence. Et, tant qu'à abattre un mur, autant en profiter pour redécorer, avait proposé sa femme.

Le résultat, c'était que Sarah, déjà d'humeur difficile à cause de ses dents, dormait depuis une semaine dans un endroit qu'elle ne connaissait pas, ce qui se reflétait sur la durée de son sommeil et sur la longueur des nuits de Vincent Comtois.

Heureusement, la chambre serait bientôt terminée.

Éveillé par un bruit qu'il ne reconnaissait pas, Comtois pensa qu'il avait oublié la bouteille de lait sur le comptoir et qu'elle était tombée par terre.

Le bruit se reproduisit. Plus fort. Cela ressemblait à un bruit d'explosion et de verre cassé.

Des cambrioleurs, songea-t-il en dévalant l'escalier. Sa main trouva par habitude l'interrupteur du plafonnier.

Il aperçut immédiatement les trous béants dans la baie vitrée et les éclats de verre qui avaient criblé la pièce. Son regard descendit vers le lit de Sarah. Sur la couverture, à côté de sa petite main, une tache rouge s'étendait lentement.

SCHENECTADY, 5 H 21

Les deux hommes arrivèrent dans une voiture noire de marque Chevrolet. Le premier avait un attaché-case à la main, l'autre deux. Ils ressemblaient à des punks recyclés en hommes d'affaires.

Jonathan Horcoff leur ouvrit avec empressement sans prendre le temps de déposer le verre de scotch qu'il avait à la main.

— Je suis heureux que vous soyez ici, dit-il.

En guise de réponse, le plus vieux, dont le crâne était entièrement rasé, se contenta de mettre un doigt devant ses lèvres. Pendant ce temps, l'autre ouvrit un des attachés-cases, en sortit un appareil électronique et entreprit d'inspecter les lieux.

Quelques minutes plus tard, il se tourna vers son collègue et fit un signe de tête.

Crâne rasé se tourna vers Horcoff.

— Nous pouvons parler, dit-il.

Horcoff leur raconta l'agression dont il avait été victime. Le plus jeune avait sorti une enregistreuse. Il y jetait à l'occasion de brefs coups d'œil pour s'assurer de son bon fonctionnement.

À la mention des grenades, le spécialiste de l'électronique se leva pour aller les récupérer sur le comptoir de la cuisine, où Horcoff les avait déposées.

— Est-ce que votre agresseur a mentionné le nombre exact de camions lance-missiles ? demanda Crâne rasé.

— Trois.

— Et il a dit qu'il avait perdu quelqu'un de proche ?

— Oui.

Les deux hommes se regardèrent.

Crâne rasé ouvrit à son tour sa valise et en sortit un ordinateur portable. Après quelques secondes d'ajustement, il tourna l'écran vers Horcoff et il se mit à faire défiler des photos.

— Si vous le reconnaissez, vous m'arrêtez.

Horcoff pointa du doigt la onzième photo.

— C'est lui, dit-il. Enfin, pas exactement lui, mais je le reconnais.

— Vous êtes certain ?

— Certain.

Crâne rasé ramena l'écran vers lui et cliqua sur la photo pour faire apparaître le dossier.

— Paul Hurt, se contenta-t-il de dire.

Puis il revint à Horcoff.

— Eh bien, dit-il, vous pouvez vous compter chanceux d'être encore en vie. C'est un des hommes les plus dangereux que nous connaissons. Et vos camions lance-missiles ont effectivement servi à assassiner un de ses proches.

Il fit une pause.

— Ce que je ne comprends pas, reprit-il, c'est que vous soyez encore vivant.

— Il m'a dit que c'étaient ceux qui avaient commandé les armes qui l'intéressaient.

— Et c'est pour cette raison qu'il vous a demandé pour qui vous travaillez ?

— Oui.

— Vous lui avez donné le nom de Slapstick & Gaming International ?

— Non… J'ai mentionné un autre nom.

— Je peux savoir quel nom, exactement, vous lui avez donné ?

— Celui d'un chef de la mafia qui est mort le mois dernier.

— C'est très habile de votre part.

Il se leva.

— Eh bien, si vous n'avez rien à ajouter, je crois que nous avons terminé.

Il remit l'ordinateur dans sa valise puis se dirigea vers la porte. Son collègue l'interpella.

— Tu peux m'attendre dans l'auto, dit-il. Il me reste un problème technique à régler.

Puis il se tourna vers Horcoff.

— Je vais avoir besoin de votre aide pendant quelques instants, dit-il en laissant un sourire apparaître sur ses lèvres. Ce ne sera pas long, mais il est important de sécuriser votre résidence.

Quelques instants plus tard, le technicien rejoignait son collègue dans l'auto. Il n'avait plus qu'une valise.

— Tout est sécurisé, dit-il.

Comme ils s'éloignaient à une vitesse prudente, une violente explosion secoua la maison de Horcoff.

Dissimulé dans une voiture garée en biais par rapport à la résidence, Hurt prit une feuille de papier dans la poche de son veston, la déplia, examina brièvement la liste de noms qui y apparaissait et il en raya un.

Il releva ensuite les yeux vers la voiture qui s'éloignait, fit démarrer son véhicule et entreprit de la suivre. Il allait continuer de remonter la filière. On verrait bien à quel nouveau maillon ces deux hommes de main le conduiraient.

Et si jamais il perdait leur piste, il transmettrait leur numéro de plaque à Chamane. Ce serait une occasion de tester la volonté de collaboration de l'Institut.

TÉLÉNAT, 6 H 05

> … «S'IL N'ÉTAIT PAS CLAIR QU'IL Y A DE LA DISCRIMINATION ENVERS LES ANGLOPHONES, IL N'Y AURAIT PAS D'ENQUÊTE PUBLIQUE », A DÉCLARÉ EN TERMINANT LE DIRECTEUR DU *PARTITIONIST*.
> TOUJOURS SUR LA SCÈNE POLITIQUE, LE NOUVEAU PARTI VERT A ACCUSÉ CELUI QU'IL APPELLE LE « MINISTRE DES PORCS » DE VOULOIR TRANSFORMER LE QUÉBEC EN PORCHERIE. IL A DÉNONCÉ COMME IRRESPONSABLE LA POLITIQUE DE SUBVENTION DES PRODUCTEURS, QUI A POUR EFFET DE…

BROSSARD, 6 H 13

Malgré la gravité de la situation, l'inspecteur-chef Théberge se surprit à sourire : pour une fois, c'était lui qui allait réveiller Rondeau.

— Qu'est-ce que vous voulez? grogna le policier, manifestement endormi.

— Je vous attends au bureau à sept heures trente, répondit Théberge sur un ton joyeux.

— Je vais en parler à mon délégué syndical!

Théberge ignora le commentaire.

— Je vous laisse le plaisir d'appeler Grondin, dit-il. Et, si vous avez le temps, essayez d'écouter les informations à la télé ou à la radio.

— Qu'est-ce que nos joyeux débiles ont encore fabriqué?

— Six attentats. Simultanés. À la grandeur de la province.

— Combien de victimes?

Dans la voix de Rondeau, la mauvaise humeur ouvertement affichée avait cédé la place à une sorte de souci retenu, comme s'il appréhendait la réponse à sa question.

— Jusqu'à maintenant, une seule.

— Un journaliste? demanda Rondeau, feignant de mettre de l'espoir dans sa voix.

— Désolé de vous décevoir.

— Rien n'est parfait.

— C'est un enfant.

— Merde!

Cette fois, la voix de Rondeau avait perdu toute trace d'ironie et de cabotinage.

— La fille du président du PNQ, ajouta Théberge.

— Oh merde! renchérit Rondeau. Est-ce que l'attentat a été revendiqué?

— Canadians for Freedom and Democracy.

— J'appelle le rachitique. On sera au poste à sept heures trente.

Après avoir raccroché, Théberge fixa pendant un long moment sa tasse de café, se demandant s'il devait la terminer. À coup sûr, la journée allait être mouvementée et son estomac serait mis à rude épreuve: ce n'était pas une mauvaise idée de le ménager.

… contredit l'affirmation du groupe terroriste selon laquelle il n'y avait eu aucune victime. Cette série d'attentats laisse présager une recrudescence…

Théberge alla vider le reste de sa tasse de café dans l'évier. Puis, entendant le pas de madame Théberge dans l'escalier, il entreprit de lui préparer son petit déjeuner.

Pour échapper quelques minutes encore à l'horreur dans laquelle le jetait son travail, il se replongeait dans la banalité rassurante des tâches quotidiennes.

DRUMMONDVILLE, 7 h 09

— Votre amie vient de partir, fit Pascale après avoir ouvert la porte.

— C'est vous que je viens voir, répondit Blunt.

— À cette heure-ci !

— L'avenir appartient à ceux qui se lèvent tôt.

Il passa devant elle et déposa une mallette sur la table de la cuisine.

— J'ai une proposition à vous faire, dit-il.

— Et que me vaut l'honneur… ?

— C'est un vrai gaspillage qu'une reporter de votre qualité soit condamnée à perdre son temps parce que des criminels ont mis sa tête à prix.

— Je ne perds pas mon temps, je travaille sur mes projets.

— Que diriez-vous de travailler sur la réalité ?

— Pour le compte de qui ?

— Pour moi. Je vous engage.

— Et qui est derrière vous ? Théberge ?

Blunt sourit.

— Non, répondit-il. L'inspecteur-chef Théberge n'est pas derrière moi… même s'il m'arrive de lui rendre service.

Il lui montra la mallette sur la table.

— J'ai ici quelque chose qui va vous étonner. Mais, d'abord, je vous laisse vous habiller et je prépare le café.

... Québec, Rimouski, Saguenay, Gatineau, Sherbrooke et Trois-Rivières. Dans chacun des cas, c'est la résidence du responsable régional du PNQ qui a été la cible de l'attentat. Il semble que les attaques aient été déclenchées simultanément, ce qui suppose l'existence d'une organisation ramifiée.
Joint ce matin par un collègue de TVA, le ministre de la Sécurité publique...

Lorsque Pascale revint, une tasse d'espresso l'attendait sur la table de la cuisine, à côté d'un ordinateur portable.

Elle nota la qualité de la *crema* dans la tasse avant d'en prendre une gorgée.

— Vous avez déjà travaillé dans un restaurant ? demanda-t-elle.

— J'ai une amie qui carbure à l'espresso... Vous êtes au courant de ce qui s'est passé cette nuit ?

— Les attentats ?... Oui. Pourquoi ?

— Je vais tout vous expliquer dans quelques instants. Pour le moment, nous allons nous concentrer sur ce petit bijou.

Il fit pivoter l'ordinateur vers Pascale et se plaça debout derrière elle.

— Comme vous le voyez, reprit-il, les touches du clavier ont une particularité discrète. Dix d'entre elles ont un petit point rouge dans le coin supérieur gauche. Posez les doigts de façon naturelle sur ces touches.

Avant qu'elle s'exécute, il appuya sur la touche de mise en fonction. Au bout de trois secondes, une question apparut à l'écran.

Mot de passe

— Dites votre nom à voix haute sans bouger les doigts, murmura Blunt.

Trop surprise pour protester, Pascale obtempéra.

— Pascale Devereaux.

Mot de passe accepté
Confirmez le Mot de passe

— Répétez votre nom, murmura Blunt. C'est une mesure de sécurité.

Pascale obéit de nouveau.

Mot de passe confirmé

— Il faut appuyer sur les touches et prononcer mon nom pour avoir accès à l'ordinateur? demanda-t-elle.

— C'est un peu plus compliqué. Les touches marquées d'un point rouge ont une surface thermosensible qui permet de lire vos empreintes digitales. Pour ce qui est du mot de passe, il doit être dit à haute voix et il ne peut l'être que par vous : l'ordinateur possède en mémoire une copie de votre empreinte vocale.

— Et si quelqu'un d'autre essaie d'utiliser l'ordinateur?

— En apparence, tout se déroule normalement. Mais c'est un faux contenu qui s'affiche pendant que le disque dur est effacé. Au même moment, la petite caméra dont l'objectif est dissimulé dans le coin de l'écran filme la personne qui utilise l'ordinateur et envoie les images par lien satellite sur mon ordinateur personnel.

— Par lien satellite?

— Un téléphone satellite est intégré au portable.

Pascale se tourna vers Blunt.

— Vous travaillez pour la CIA !

— Non, vraiment pas pour la CIA ! fit Blunt avec un sourire.

— Pour qui, alors?

— Ça, je ne peux pas vous le dire. Du moins, pas pour le moment. Ce que je peux faire, par contre, c'est vous montrer ce que nous savons de cette affaire qui a commencé avec la mort de votre ami, Patrick Gauthier, et qui s'est poursuivie jusqu'aux attentats de cette nuit. Êtes-vous intéressée?

— Pour quelle raison voulez-vous me montrer ça?

Une pointe d'agressivité et de méfiance perçait dans la voix de Pascale.

— Nous connaissons beaucoup d'éléments, répondit Blunt, mais plusieurs choses sont encore inexpliquées. Il y a des liens que nous avons de la difficulté à faire, des trous dans notre enquête que nous n'arrivons pas à combler. Un regard neuf, posé par une personne habituée au travail d'enquête et qui connaît bien le Québec…

— Je suppose que je ne pourrai jamais parler de ce que j'aurai appris, ironisa Pascale.

— Tant que l'affaire ne sera pas terminée… Par la suite, vous ferez ce que vous voudrez : ce sera à vous de juger s'il y a des choses que vous préférez taire pour ne pas nuire à des individus.

— C'est tout ? Je n'ai pas à signer de papiers, à…

— Votre parole me suffit.

— Ce n'est pas comme ça que j'imaginais une procédure de recrutement d'espion !

— Je m'en doute, fit Blunt en souriant.

Il se rappelait la tête qu'avait faite F quand il l'avait informée des détails de ce qu'il projetait.

Bien sûr, toutes sortes de précautions seraient prises à l'insu de Pascale. Mais, en dépit de ces précautions, il avait fallu que Blunt fournisse de longues explications à la directrice de l'Institut avant qu'elle accepte son plan.

— Pourquoi moi ? demanda Pascale.

— Vous avez les qualités requises. En plus, vous avez une motivation : je suis sûr que vous ne ferez pas le travail à moitié.

— Vous voulez m'utiliser !

— De la même manière que vous allez utiliser les ressources que je mets à votre disposition pour atteindre vos propres objectifs. Il se trouve que nos objectifs coïncident, même si les nôtres sont plus larges que le simple besoin d'éclaircir le meurtre de Patrick Gauthier, de votre collaborateur, Francis Lortie, et de votre frère.

— C'est un plan de l'inspecteur Théberge ?

— Il y a dans ce dossier des éléments dont l'inspecteur-chef Théberge lui-même n'est pas encore informé. Ce qui ne veut pas dire que vous devez lui cacher quoi que ce soit. Au contraire, vous pouvez avoir entièrement confiance en lui.

Blunt changea brusquement de ton. Un sourire apparut sur son visage.

— Dites-moi, comment ça se passe, votre cohabitation avec madame Turenne ?

— Bien… Mieux que je l'aurais cru, en fait. Il faut dire qu'elle s'absente souvent pour prendre soin de son vieil oncle…

— Vraiment… Vous connaissez son nom ?

— Oncle Joe… Je ne l'ai jamais entendue mentionner son nom de famille.

— Oncle Joe, reprit Blunt, dont le sourire s'élargit.

— Il paraît qu'il commence à être un peu sénile.

— Elle a beaucoup de mérite !

— Pour quelle raison dites-vous ça en riant ? Elle a effectivement beaucoup de mérite.

Quelques minutes plus tard, Blunt quittait Pascale en lui rappelant que ce qu'il attendait d'elle, avant tout, c'était un regard global qui permette de donner un sens aux renseignements qu'ils avaient recueillis.

— Je reviens vous voir en fin d'avant-midi. Vous me ferez part de votre décision.

Pascale acquiesça d'un signe de tête.

L'allusion de Blunt au fait qu'elle gaspillait son talent l'avait touchée plus qu'elle ne l'avait laissé paraître. Car il avait raison. Elle ne pouvait pas continuer pendant des mois à confiner ses enquêtes aux sites Internet et aux archives des médias accessibles en ligne.

— Je vais prendre l'avant-midi pour regarder ça, dit-elle.

Elle évita de mentionner l'idée très précise qu'elle avait de la manière dont elle allait orienter ses recherches et des suites qu'elle entendait y donner : elle ne voyait pas comment Blunt aurait pu être d'accord avec elle.

Londres, 12 h 41

Esteban Zorco s'était promis de manger légèrement pour être au mieux de sa forme pendant la réunion. Il avait à peine attaqué sa salade que son téléphone portable se manifestait. La sonnerie des appels prioritaires.

Il recula sur sa chaise et sortit l'appareil de la poche intérieure de son veston.

— J'écoute.

— Les deux nettoyeurs ont rendu visite à Horcoff.

— Tout est réglé ?

— Oui et non.

— Si vous étiez plus précis…

— Le fusible a bien joué son rôle : il a sauté pour protéger l'organisation du surplus de tension.

— Mais… ?

— Horcoff a reconnu celui qui lui a rendu visite. C'est quelqu'un que vous connaissez.

— Vous me le donnez, ce nom ? fit Zorco avec une trace d'impatience dans la voix.

— Paul Hurt.

— Quoi !… Vous êtes certain de ce que vous dites ?

— Oui.

— Restez près de votre cellulaire : je vous rappelle.

L'instant d'après, Zorco joignait Leonidas Fogg.

— Vous êtes seul ? demanda Zorco.

— Oui.

— Pouvez-vous me rappeler sur une ligne sûre ?

— Tout de suite.

Quelques minutes plus tard, Fogg était informé que Paul Hurt s'était manifesté.

— Ce qui me surprend, dit Fogg, c'est qu'il opère à découvert. Il croyait peut-être qu'il ne risquait rien parce que Horcoff devait mourir.

— Un professionnel n'aurait pas fait ce genre de mise en scène. Et il se serait assuré d'éliminer Horcoff avant de partir.

— Je sais, mais monsieur Hurt n'est pas seulement un professionnel. Il est aussi de multiples personnes.

— Je pense qu'il voulait qu'on l'identifie. On a examiné les deux grenades : elles avaient été vidées de leur charge. Il savait qu'on allait interroger Horcoff. À mon avis, il veut créer des remous. Il va probablement tenter de s'en prendre à d'autres représentants de Slapstick

& Gaming International. Le candidat le plus logique est Monky.

— L'adjoint de Horcoff…

— On pourrait s'en servir.

— Vous avez raison. Il ne faut pas laisser passer la chance d'ouvrir une ligne de communication avec l'Institut.

— Je savais que nous serions du même avis.

— Ne concluez pas trop vite. Laissez-moi d'abord vous expliquer ce à quoi je pense depuis un certain temps.

Quand Fogg eut achevé son explication, Zorco resta un moment silencieux.

— Vous croyez vraiment que ça peut marcher ? finit-il par demander.

— À la condition que tout reste strictement entre nous.

— J'avoue que je n'avais pas pensé à ça.

— Vous êtes d'accord ?

— Ça vaut la peine d'essayer.

— Alors, occupez-vous de prévenir rapidement Monky ainsi que tout le personnel concerné. Ce serait bête qu'ils soient pris de court et qu'ils sabotent cette occasion.

LCN, 7 H 48

« … NE SAURAIT TOLÉRER DE SEMBLABLES COMPORTEMENTS DANS UNE SOCIÉTÉ CIVILISÉE ». IL A DU MÊME SOUFFLE CONFIRMÉ QUE CETTE QUESTION FERAIT L'OBJET D'UNE RÉUNION SPÉCIALE DU CABINET AUJOURD'HUI MÊME. QUANT À SAVOIR SI LE GOUVERNEMENT ENVISAGEAIT DE DEMANDER L'AIDE DU FÉDÉRAL ET DE L'ARMÉE, LE MINISTRE DE LA SÉCURITÉ PUBLIQUE A DÉ-CLARÉ QU'IL N'Y AVAIT PAS DE MENACE À LA SÉCURITÉ DE L'ÉTAT ET QUE, PAR CONSÉQUENT…

LONDRES, 14 H 10

Xaviera introduisit Zorco et Heather Northrop dans la salle où Leonidas Fogg les attendait.

Sans appareil d'assistance respiratoire, se déplaçant de façon presque alerte sans utiliser sa canne, Fogg semblait aller de mieux en mieux.

— Nous avons trois sujets à l'ordre du jour, fit Xaviera. L'expansion de Paradise Unlimited, la situation actuelle au Québec et l'ensemble du projet Global Warming. Quelqu'un veut-il ajouter un point?

— Vous pouvez procéder, répondit Fogg après avoir consulté Zorco du regard.

— Bien. Je laisse la parole à madame Northrop.

Celle-ci baissa les yeux vers le dossier ouvert devant elle, puis elle le referma.

— Compte tenu du bon déroulement de notre projet-pilote, dit-elle, je propose de donner le feu vert à l'implantation de douze nouveaux centres d'influence. L'Église de la Réconciliation Universelle possède déjà les monastères à partir desquels elle peut construire des réseaux semblables à celui qu'elle a mis sur pied au Québec.

— Est-ce que l'expérience-pilote est vraiment concluante? demanda Zorco.

— Tous nos objectifs d'infiltration et d'accès à l'information ont été atteints. Monsieur Trappman va disposer de tous les renseignements et contacts nécessaires pour mener l'opération à terme. Notre part du travail est pratiquement terminée.

— Et pour la suite?

— Le Noyau est prêt à assumer son rôle aussitôt qu'une nouvelle structure politique sera mise en place.

— Où en êtes-vous avec votre guru?

— Il est bien encadré. Je suis sûre qu'il saura jouer son personnage avec efficacité et conviction jusqu'à la fin.

— Je veux bien admettre que vous ayez atteint vos objectifs, concéda Zorco, mais cela n'a pas été sans créer de vagues. Votre Église a fait l'objet d'une enquête. On s'interroge à son sujet dans les médias.

— Une reporter hystérique et un policier qui parle aux morts!

— Je vois que vous menez une existence intéressante, glissa Leonidas Fogg pour alléger l'atmosphère.

— Tout est maintenant rentré dans l'ordre, reprit la directrice de Paradise Unlimited.

— Ce policier a quand même appris l'existence d'une certaine Heather Northrop, insista Zorco. En termes de sécurité…

— Des mesures appropriées ont été prises. On leur a fourni des responsables pour les deux ou trois morts qui les excitaient.

— Selon mes sources, le policier dont vous parlez continue de s'intéresser à l'Église de la Réconciliation Universelle. Quant à la reporter, elle a disparu. Elle s'est littéralement volatilisée. Trappman a même dû introduire quelques modifications dans notre plan pour l'inciter à se manifester.

— Il y a un détail sur lequel j'aimerais vous entendre de nouveau, intervint Fogg. Pour quelle raison jugez-vous souhaitable de réunir les individus dont nous avons besoin à l'intérieur d'un regroupement politico-religieux ? Pourquoi ne pas simplement les acheter ou faire pression sur eux, tel que le prévoyait le projet initial ?

— C'est le même principe que les loges maçonniques européennes, s'empressa de répondre Heather Northrop. Elles permettent de réunir les élites politiques, militaires et industrielles à l'intérieur de réseaux qui assurent la cohérence et l'efficacité de leurs interventions. Chaque membre a l'obligation de porter assistance à ses frères… ou à ses sœurs. Cela a l'avantage de neutraliser les perturbations que pourraient introduire des changements de gouvernement ou de régime politique. Le groupe d'influence et de contrôle demeure stable.

— Que je sache, il n'y a pas tellement de femmes dans les loges maçonniques ! objecta Zorco.

— D'où la supériorité de notre organisation, justement !

— Je peux comprendre l'utilité des réseaux, s'empressa de répondre Fogg. Mais à quoi servent des rituels aussi élaborés ?

— Ils renforcent le sentiment d'appartenance et ils permettent de recruter une armée d'exécutants dans les rangs inférieurs. L'objectif est de disposer d'intervenants à tous les niveaux des organisations infiltrées.

— Je dois admettre que je trouve l'idée intéressante, concéda Zorco. Mais j'attendrais quand même la conclusion de notre projet actuel avant d'entreprendre un développement de cette ampleur. On sera alors en meilleure position pour évaluer l'efficacité de ce mode de regroupement des effectifs en période de crise.

Ce à quoi songeait surtout Zorco, c'était qu'une telle organisation donnerait un pouvoir considérable à la personne qui la contrôlerait. Un pouvoir qui pouvait modifier l'équilibre des rapports de force à l'intérieur du Consortium.

— Je suis d'accord avec vous, reprit Fogg. Il est indéniable que c'est une idée intéressante. Et c'est précisément pour cette raison que je suis d'avis de ne pas précipiter les choses.

Puis, s'adressant à Heather Northrop, il ajouta :

— Est-ce que cela serait acceptable de lancer immédiatement un deuxième projet-pilote pour qu'on puisse avoir un point de comparaison quand on voudra évaluer votre première expérience ? Je verrais bien un tel projet se dérouler en France ou en Italie... Je veux dire : dans un pays où des loges de type maçonnique sont solidement enracinées. Cela nous permettrait d'évaluer les possibilités d'implantation et la viabilité de vos réseaux dans un territoire qui est déjà occupé.

— Une des forces de ces réseaux, objecta Heather Northrop, c'est le caractère international des relations qu'ils permettent. En se confinant dans un seul pays...

— Pour le moment, précisa Fogg. Pour le moment...

— Je suis de votre avis, intervint Xaviera, jugeant qu'il ne servirait à rien de polariser la discussion. On peut très bien amorcer un projet dans un pays européen et s'en servir comme modèle pour raffiner nos stratégies d'implantation sur ce territoire.

Un silence suivit.

— D'autres commentaires ? demanda Fogg.

Heather Northrop jeta un regard en direction de Xaviera Heldreth, puis déclara qu'elle se ralliait à la décision du groupe.

— Bien, déclara Fogg. Alors, dites-moi, monsieur Zorco, comment les choses se présentent-elles au Québec?

— Il y a eu un léger contretemps, mais il devrait jouer en notre faveur.

— De quel contretemps parlez-vous? demanda Xaviera Heldreth.

— Une victime imprévue. Mais elle n'aurait pas pu mieux tomber. Cela va insuffler davantage de dynamisme à l'escalade.

— Toujours aucune manifestation de l'Institut? intervint Fogg.

— Aucune.

Comme convenu, Zorco évita de mentionner le fait qu'ils avaient identifié Hurt à Schenectady.

— Je vais finir par croire que nos amis ont vraiment disparu, reprit Fogg avec un petit rire.

— C'est en tout cas ce qu'ils semblent vouloir nous faire croire, fit Xaviera.

— Je suis absolument de votre avis, renchérit Fogg. C'est une des raisons pour lesquelles, à court terme, je veux restreindre le développement du Consortium aux secteurs les plus stratégiques. Avec l'opération au Québec, c'est l'avenir de notre organisation qui se joue.

— À propos de notre avenir, fit Xaviera, où en est Global Warming?

La question s'adressait à Zorco.

— J'ai parlé à Decker, répondit l'interpellé. De son côté, il estime pouvoir livrer la marchandise. C'était le seul point d'incertitude. Pour les autres chefs d'État, qu'il en manque un ou deux, ça ne tire pas vraiment à conséquence...

— Tout se déroule donc comme vous le désirez? intervint Fogg.

— Oui.

— Bien… Dans ce cas, je vais vous demander de nous laisser tous les deux, dit-il en s'adressant à Zorco et à Heather Northrop. Je dois m'entretenir avec madame Heldreth.

Le directeur de Toy Factory et la directrice de Paradise Unlimited se levèrent.

— Quant à vous, monsieur Zorco, reprit Fogg, j'aimerais que vous ayez l'amabilité de m'attendre. Après avoir rencontré madame Heldreth, j'aurai quelques mots à vous dire.

Xaviera Heldreth aurait bien quelques soupçons, songea Fogg. Mais il l'avait amenée à croire, par une série discrète d'allusions, que sa rencontre avec Zorco avait pour motif le partage des rétrocommissions que Zorco touchait sur les principaux contrats d'armement. Après tout, il n'était que normal que le chef du Consortium ne néglige pas son enrichissement personnel. Le contraire eût même été suspect.

RDI, 9 H 26

> … QUE LE DÉCÈS DE SARAH COMTOIS EST ACCIDENTEL. AFFIRMANT QUE LA FENÊTRE DU SALON AVAIT ÉTÉ VISÉE PARCE QUE LA PIÈCE ÉTAIT PRÉSUMÉE DÉSERTE À CETTE HEURE, LES CANADIANS FOR FREEDOM AND DEMOCRACY OFFRENT LEURS CONDOLÉANCES AU CHEF DU PNQ ET À SA FAMILLE.
> ILS CONCLUENT LEUR MESSAGE EN SOUTENANT QUE CE SONT LES TERRORISTES DU GANG QUI, PAR LE CLIMAT DE VIOLENCE QU'ILS ONT INSTAURÉ, SONT LES ULTIMES RESPONSABLES DE CETTE MORT.

MONTRÉAL, 9 H 32

L'inspecteur-chef Théberge se frottait l'estomac pour endormir la sensation naissante de brûlure. Sur son bureau, il avait étalé des copies imprimées des comptes rendus des médias électroniques sur les attentats de la nuit.

La mort de la jeune Sarah Comtois accaparait l'essentiel de la couverture médiatique. La plupart des médias faisaient également un lien avec les attentats du GANG,

mais de manière à escamoter en bonne partie la responsabilité des Canadians for Freedom and Democracy.

Fait surprenant, les médias anglophones n'étaient
pas les seuls à adopter ce point de vue. Mais c'était un
communiqué d'une chaîne américaine qui illustrait le
mieux cette interprétation. L'amorce du communiqué était
lapidaire.

LE TERRORISME LIÉ À L'ACTION DES GROUPES SÉCESSIONNISTES
QUÉBÉCOIS FAIT UNE AUTRE VICTIME. UNE NOUVELLE FLAMBÉE DE
VIOLENCE ETHNIQUE EST À CRAINDRE.

Techniquement, la première phrase n'était pas fausse :
le meurtre de la petite Sarah Comtois était bien « lié » à
l'action des groupes sécessionnistes, dans la mesure où
il résultait d'une attaque contre eux. Mais n'importe
quel auditeur non averti conclurait que c'étaient les
sécessionnistes qui avaient tué une enfant.

Au moment où le téléphone de l'inspecteur-chef
Théberge sonnait, le directeur du SPVM entra dans son
bureau.

— Un instant, fit Théberge.

Il souleva le combiné.

— Surveillez votre fax, fit une voix masculine dans
laquelle on pouvait sentir l'habitude de commander. Je
vous envoie de quoi régler cette affaire.

Théberge appuya sur le bouton MAINS LIBRES.

— De quoi voulez-vous parler ? demanda-t-il.

Un rire bref se fit entendre.

— De ces justiciers qui se prétendent les Zorro des
anglophones. Je prends le temps de rassembler l'information pertinente et je vous l'envoie.

— Si vous commenciez par me dire…

— Je ne veux pas que ces bouffons servent de caution
au GANG, coupa l'informateur inconnu. Vous aurez de
mes nouvelles plus tard en fin d'après-midi.

Un déclic marqua la fin de la conversation.

— C'est ce que je pense ? demanda le directeur.

— Je ne fais pas dans la lecture de pensée. Je n'ai
aucune idée des orages synaptiques que peuvent déclencher vos neurotransmetteurs.

Puis, après s'être levé, il ajouta sur un ton plus amène :

— C'est probablement assez ressemblant avec ce que vos petites cellules grises ont concocté.

— Et c'est sérieux ?

— On verra bien.

— Vous avez une autre piste ?

— Rien.

— Ce serait bien que vous trouviez quelque chose d'ici le début de l'après-midi.

— Il y a péril en la demeure ?

— Panique serait le mot juste : nous avons rendez-vous avec du beau linge.

« Du beau linge »… Il y avait longtemps que Théberge n'avait pas entendu l'expression. Elle servait à désigner ce type de politiciens dont la principale préoccupation était de bien paraître, de ne jamais se salir les mains dans une affaire délicate et de trouver des boucs émissaires sur qui se décharger du moindre dossier controversé.

— Vous verrez, poursuivit le directeur, vous allez vous sentir dans votre élément.

— Mon élément, c'est le milieu criminel.

Le directeur se mit à rire.

— Un conseil, ne leur parlez pas de cette association d'idées ! Et d'ici à notre rencontre, essayez de trouver quelque chose qui ressemble à une piste.

LONDRES, 14 H 45

Fogg s'était servi un verre de porto. Pas tellement parce qu'il en avait envie, mais pour les conclusions qu'en tirerait Xaviera Heldreth. S'il se servait un porto en après-midi, c'était que son état s'était considérablement amélioré.

De le savoir revenu en meilleure forme la rendrait plus prudente.

Absorbé par le rituel de la dégustation, Fogg n'avait pas répondu à la question de Xaviera.

— Qu'est-ce que vous en pensez ? répéta cette dernière.

— Les clients vont être satisfaits.

— Et nos commanditaires ?

— Depuis que l'Institut a été éliminé, ils sont plus rassurés sur notre compétence.

— Personnellement, je ne serai pas vraiment tranquille avant que tout soit terminé.

— Qu'est-ce qui vous inquiète ?

— Par le passé, l'Institut a déjà saboté plusieurs de nos opérations.

— Je ne vois pas comment il pourrait contrecarrer nos plans. Avec le nettoyage que nous avons fait et votre opération à Massawippi…

— Plusieurs dirigeants se sont faufilés entre les mailles de notre filet. Et nous sommes loin d'avoir neutralisé tous leurs agents.

— Ils n'ont plus de moyens.

— Comment pouvez-vous en être sûr ?

— Je suis prêt à vous donner raison sur un point : il ne faut pas se laisser endormir par un faux sentiment de sécurité… Mais, de votre côté, il faudrait vous assurer que votre besoin de vengeance ne trouble pas votre jugement.

— Vous croyez que c'est le cas ? demanda Xaviera avec une certaine agressivité.

— De manière générale, non. Je ne crois pas que cela affecte votre capacité à coordonner l'ensemble des filiales. Mais, parfois, lorsqu'il est fait mention de l'Institut… Remarquez, je peux comprendre, ajouta Fogg sur un ton apaisant. Avec ce qui est arrivé à madame Breytenbach…

Un silence suivit, au cours duquel Fogg se leva pour aller vers la fenêtre.

— Pour ce qui est de madame Northrop… reprit-il.

— Admettez qu'elle a fait des efforts méritoires ! Ce qu'elle voulait proposer initialement, c'était une fusion pure et simple de Toy Factory et de Paradise Unlimited. Comme le premier fournit les moyens et le second les motifs…

— L'Église de la Réconciliation Universelle comme couverture pour le commerce d'armes : l'idée est intéressante… Le problème, c'est de savoir quelle organisation va avaler l'autre.

— Celle qui a eu l'idée me semble être le choix logique.

— Je vais finir par croire que vous vous laissez gagner par cette mythologie que nous entretenons de la guerre entre le clan des femmes et celui des hommes !

— En tout cas, ça simplifie les réunions. Je n'ai eu qu'à intervenir pour qu'elle accepte un repli stratégique.

— Je pense néanmoins qu'il serait préférable d'atténuer cette fausse lutte intérieure pour les mois à venir. Il ne faudrait pas déclencher un processus qui nous échappe.

— Vous avez des inquiétudes précises ?

— J'en aurai le jour où l'un de nos alliés, au Comité des directeurs de filiale, prendra des initiatives sans nous en avertir à l'avance.

— Jusqu'à maintenant, ils sont remarquablement disciplinés. Ils se sont attaqués uniquement aux cibles que nous leur avons indiquées.

— Je crois quand même prudent d'atténuer cette guerre interne. Elle est excellente pour canaliser les conflits et les aspirations professionnelles, mais je n'aimerais pas que ces motivations prennent le pas sur la saine gestion des affaires du Consortium.

Genève, 16 h 17

Anatoly Kramnik rencontra Muhammad Kital dans un café du centre-ville. Ce dernier n'avait plus qu'un seul bras, résultat d'une visite prolongée dans une prison israélienne.

— Il faut accélérer les choses, fit Kramnik. Il faut réveiller les Arabes.

— Si ben Laden n'a pas pu le faire…

— Il l'a fait en partie. Je représente des gens qui sont prêts à payer pour que le processus d'accélération se poursuive. Et ils ont un plan.

— Un plan ?

— Provoquer les Israéliens pour qu'ils se révèlent tels qu'ils sont.

— Qu'est-ce que ça leur prend de plus ? ironisa Kital. La seule raison pour laquelle ils n'ont pas encore employé de bombes nucléaires en Palestine, c'est pour ne pas contaminer le terrain qu'ils veulent récupérer !

— Les gens sont habitués, maintenant, répondit Kramnik. Leurs massacres n'ont plus aucun effet. Ce qu'il faut, c'est amener Israël à attaquer d'autres cibles que les Palestiniens ou le Liban. Il faut que tous les Arabes comprennent qu'ils peuvent un jour, eux aussi, être attaqués, quel que soit le pays où ils se trouvent.

— Et c'est quoi, le plan de votre commanditaire ?

— Deux tirs de missiles. Un à partir du Kurdistan, un autre à partir de l'Arabie Saoudite.

— Les Israéliens vont riposter !

— Je l'espère bien !… La seule contrainte, c'est que tout doit être effectué dans un délai de dix-huit heures.

— Impossible. C'est trop court.

— Au Kurdistan iranien, vos collègues ont déjà le matériel qu'il faut. En Arabie Saoudite, il suffirait de prendre le contrôle d'une batterie secrète de missiles, dont je peux vous fournir les coordonnées. Elle a été construite lors de la première guerre du Golfe, mais elle n'a pas été utilisée… Tout est prêt. Il suffit que vous trouviez des gens pour faire le travail sur le terrain.

— Les gens que je pourrais trouver, que peuvent-ils espérer en échange de ce travail ?

— Cinq millions. Par missile.

Schenectady, 10 h 23

Après avoir appris la mort de Horcoff dans l'explosion qui avait ravagé sa résidence, Monky avait envoyé un message au siège social pour les informer des événements et demander des instructions. Il avait ensuite évité tous les lieux reliés à son ex-patron, préférant attendre que l'organisation se manifeste.

En sortant du dojo, où il avait fait ses deux heures quotidiennes d'entraînement au kendo, il fut interpellé par le responsable du centre d'arts martiaux.

— Monky ! Il y a quelqu'un qui veut te parler.

Un homme en complet-veston Armani accompagnait le responsable.

— Vous désirez ? demanda Monky, sur ses gardes.

Si on avait éliminé Horcoff, il était possible qu'on cherche maintenant à s'en prendre à lui. Il s'efforça de chasser toute tension de son corps. Il ferait simplement ce qu'il avait à faire. Si son destin était de mourir, eh bien…

En guise de réponse à la question de Monky, l'individu mit la main dans la poche intérieure de son veston.

D'un geste fulgurant, Monky lui saisit le poignet avant qu'il puisse la ressortir.

L'autre eut un sourire.

— Nerveux ? demanda-t-il.

— Prudent.

— Je vais le sortir du bout des doigts.

— Et très lentement.

— D'accord.

Il sortit un téléphone cellulaire de la poche de son veston et le tendit à Monky.

— Faites « mémoire un », dit-il. Il y a quelqu'un qui désire vous parler.

— Qui ?

— Notre patron. Qui d'autre ?

Monky prit le portable sans quitter l'homme des yeux et suivit les instructions. La voix de Zorco lui répondit.

— Désolé d'utiliser ce procédé un peu cavalier, mais je devais vous joindre de toute urgence.

— Il y a un problème ?

— Plusieurs, je dirais. Mais rien que vous ne puis-siez régler. J'aimerais que vous assumiez le poste que monsieur Horcoff vient malencontreusement de laisser vacant.

— Vous voulez que je… ?

— Vous étiez son adjoint. Cela facilitera la transition.

— Si vous estimez que j'ai ce qu'il faut pour…

— Je n'ai aucun doute sur vos compétences. Soyez demain matin au siège social de Slapstick & Gaming International. Je vous transmettrai les dossiers et les codes nécessaires à votre travail.

— J'y serai.

— Il y a cependant un problème dont je dois vous parler de façon urgente. C'est à propos de l'homme qui a rendu visite à Horcoff.

— Paul Hurt?

— Oui. Il est probable que vous receviez sa visite sous peu. Si jamais cela se produisait avant que nous nous soyons rencontrés, voici de quelle manière j'aimerais que vous procédiez.

LONDRES, 15 H 32

Debout devant la fenêtre, Leonidas Fogg songeait à Xaviera Heldreth et à l'équilibre des forces à l'intérieur du Consortium.

Il avait sous-estimé la capacité du clan des filles à reconstruire son pouvoir après la mort d'Ute Breytenbach. Cela l'avait amené à trop tempérer les ardeurs de Daggerman et de ses alliés. Et voilà que Heather Northrop projetait rien de moins que d'assimiler Toy Factory!

Décidément, il était temps qu'il intervienne de manière plus musclée. Les mesures qu'il avait prises étaient insuffisantes. Il ne pourrait pas continuer indéfiniment à leurrer Xaviera Heldreth en feignant de croire à cette fausse guerre de clans. La guerre était réelle et il entendait bien la gagner.

Il appela Zorco par l'interphone pour lui demander de le rejoindre.

— Désolé de vous avoir fait attendre aussi longtemps, dit-il lorsque le directeur de Toy Factory entra.

— J'en ai profité pour effectuer quelques appels.

— J'ai réfléchi à cette question d'équilibre entre les territoires dont vous m'avez parlé.

— Vous avez pris une décision ?

— Je suis d'accord avec votre analyse : le déséquilibre qui se dessine peut rapidement devenir dangereux. Et je suis d'accord avec l'intervention que vous proposez.

Zorco hésita avant de répondre.

— Là, j'avoue que vous me surprenez, finit-il par dire.

— Parce que je suis d'accord avec ce que vous proposez ?

— Surtout parce que vous êtes d'accord pour agir tout de suite.

— Je pense qu'il faut régler le problème une fois pour toutes. Voici ce à quoi j'ai pensé.

Quelques minutes plus tard, Zorco regardait Fogg avec une pointe d'étonnement dans les yeux. Le chef du Consortium ne l'avait pas habitué à privilégier un style aussi direct d'affrontement. Ses attaques prenaient plus volontiers la forme de manipulations à long terme. Est-ce que cette nouvelle attitude était liée au regain de santé dont Fogg semblait bénéficier depuis le début de l'été ?

— Je sais que je ne vous ai pas habitué à ce genre de stratégie, reprit Fogg comme s'il avait deviné le cheminement des pensées de Zorco. Mais il s'agit d'une situation exceptionnelle, qui exige des moyens exceptionnels.

— Très bien. Je m'occupe de mettre les choses en marche.

Lorsque Zorco fut parti, Fogg composa le numéro de Skinner.

— Où en êtes-vous ? demanda-t-il.

— Tout va bien : le sujet s'est infiltré comme prévu.

— Je vous appelle pour un petit travail. Un problème de nettoyage.

— À quel endroit ?

— Il s'agit d'un nettoyage interne. Dans Meat Shop.

— Qui ?

— La direction.

Il y eut un silence à l'autre bout du fil.

— Il s'agit vraiment de la personne à qui je pense ? demanda finalement Skinner.

— Oui. Je vous conseille d'utiliser les meilleurs éléments disponibles.

— Je vais préciser que la cible est de niveau 7.

— Cela me semble prudent.

— Mais ce ne sera pas facile à justifier. Autoriser une opération contre une personne dont le nom apparaît sur la liste des contrats à refuser…

— Ça, c'est la partie la plus aisée : il y a quelque temps, je suis tombé par hasard sur une information qui va vous faciliter les choses.

CKAC, 11 H 36

... EST-CE QUE NOUS SOMMES DEVANT UNE RÉÉDITION D'OCTOBRE 70 ? JE PRENDS UN PREMIER APPEL. IL S'AGIT DE MADAME CASSANDRA LEMIRE. MADAME LEMIRE, BONJOUR !

— BONJOUR !

— QUE PENSEZ-VOUS DES ÉVÉNEMENTS ACTUELS, MADAME LEMIRE ?

— JE PENSE QUE C'EST UN COMPLOT DES FÉDÉRALISTES. CE N'EST PAS PAR HASARD QUE LES CHOSES ONT COMMENCÉ AVEC L'APPARITION DE L'APLD.

— JE VOUS FERAI REMARQUER QUE LES PRINCIPAUX TERRORISTES APPARTENAIENT AU GANG. CE NE SONT PAS PRÉCISÉMENT DES FÉDÉRALISTES…

— JUSTEMENT ! C'EST DE LA PROVOCATION. ILS AVAIENT BESOIN DE FAIRE PEUR AU MONDE POUR GAGNER DES VOTES !

— MAIS LES ÉLECTIONS SONT PASSÉES, MADAME LEMIRE. COMMENT EXPLIQUEZ-VOUS QUE LES ATTENTATS CONTINUENT ?

— ILS VEULENT FINIR LE TRAVAIL ! ILS VEULENT NOUS FAIRE DISPARAÎTRE !

— DE QUI PARLEZ-VOUS, QUAND VOUS DITES « ILS VEULENT » ?

— DU GOUVERNEMENT. DE L'APLD ET DE SINCLAIR. DES AMÉRICAINS QUI SONT DERRIÈRE LUI… ILS VONT DÉCLARER LA LOI SUR LES MESURES D'URGENCE POUR OCCUPER LA PROVINCE.

— J'ESPÈRE QUE VOUS RÉALISEZ, MADAME LEMIRE, QUE CES PRÉDICTIONS NE SONT PAS FACILES À CROIRE. POUR BIEN DES GENS…

— VOUS ALLEZ VOIR : CE QU'ILS VEULENT, C'EST INSTALLER UNE PRÉSENCE MILITAIRE AU QUÉBEC POUR METTRE LA MAIN SUR NOS RESSOURCES.

— EH BIEN… C'ÉTAIT MADAME CASSANDRA LEMIRE. NOUS PASSONS MAINTENANT À UN AUTRE APPEL.

BAVIÈRE, 17 H 48

Gerhard Bonhoeffer fut reçu par une grande femme blonde qui faisait près de deux mètres.

— Gerhard Bonhoeffer, dit-il en se mettant au garde-à-vous.

— Suivez-moi, se contenta de dire la femme.

Il la suivit dans un petit salon décoré d'urnes de styles variés.

— C'est une collection ? demanda-t-il.

— Vous parlerez quand on vous le dira, se contenta de répliquer la femme sans que son regard quitte l'ordinateur devant lequel elle s'était installée.

— Gerhard Bonhoeffer, reprit-elle après un moment. Demande reçue par Internet.

Elle leva les yeux vers lui.

— Nous avons reçu votre demande hier. Pourquoi cette précipitation ?

— Deux semaines de vacances imprévues.

— C'est votre première visite ?

— Oui.

— Qui vous a parlé de nous ?

— J'ai visité votre site Internet.

— Nous avons plusieurs sites.

— Je parle de NWK. Celui qui a une adresse en République tchèque.

— Vous avez parlé à quelqu'un de cette visite ?

— Non. Personne ne sait que… que…

— Que vous aimez la discipline ?

— C'est ça.

— Vous pouvez compter sur notre discrétion. Personne ne saura jamais que vous êtes venu ici.

— Vous comprenez, c'est important pour moi. J'ai une situation en vue et…

— Soyez rassuré. Pour nous aussi, la discrétion est une question vitale.

Elle tourna son regard vers l'écran.

— Je vois que vous avez choisi de passer la première semaine à l'écurie.

— Oui… si c'est possible.

— Nous devrions pouvoir arranger ça. Évidemment, il y aura un léger supplément. L'écurie est très en demande. C'est un service contingenté.

— Je suis prêt à payer ce qu'il faut.

— Il y aura aussi une surcharge à cause de l'urgence…

— Ça va.

— … et de votre insistance pour conserver votre prothèse auditive.

— Ah oui ?

— Tous les privilèges impliquent des frais.

— Bon, d'accord.

— Avez-vous effacé toute trace de communication avec nous dans votre ordinateur, comme nous vous l'avons demandé ?

— J'ai fait tout ce que vous m'avez demandé de faire.

— Bien.

Elle pianota sur le clavier et activa le cheval de Troie que le client avait installé à son insu dans son ordinateur en acceptant par Internet les conditions de son séjour. Dans quelques minutes, le contenu du disque dur aurait disparu, recouvert par une série aléatoire de caractères ASCII.

— Il ne vous reste plus qu'à payer, dit-elle en lui tendant la feuille qui venait de sortir de l'imprimante.

— Je croyais l'avoir déjà fait.

— Je parle des divers suppléments.

— Je n'ai pas autant d'argent sur moi, fit l'homme en lisant le montant sur le document.

— Cela ne pose aucun problème.

Elle lui signifia de prendre place devant l'ordinateur.

— Vous êtes sur un site d'achat en ligne d'antiquités, dit-elle. Choisissez le petit vase Ming et payez avec une carte de crédit.

Elle s'éloigna pour lui permettre de procéder au paiement en toute discrétion. De toute manière, l'ordinateur enregistrait toutes les touches qu'il tapait. Quand elle voudrait utiliser son mot de passe ainsi que les différentes informations personnelles qui lui étaient demandées pour confirmer son identité, ce serait un jeu d'enfant.

— Voilà! fit Bonhoeffer après avoir acquitté le prix de l'achat. Vous êtes certaine que la transaction est sécuritaire?

— Plus que vous ne pouvez l'imaginer! fit la femme avec un sourire.

La boutique de vente d'antiquités en ligne avait sa raison sociale à Philippsburg, sur l'île de Sint Marteen. L'ordinateur qui y était situé accusait réception des achats, virait l'argent dans une banque de l'île de Jersey puis effaçait toute trace de la transaction. Quant à l'argent, il séjournait pendant quelques microsecondes à Jersey avant d'être acheminé au Luxembourg.

— Si vous voulez me suivre, dit la femme, je vais vous conduire aux écuries. Votre entraîneuse vous y rejoindra.

Dans une BMW garée le long de la route, à proximité de l'entrée du domaine, Skinner pouvait entendre ce qui se disait comme s'il avait été sur place. La prothèse auditive de Bonhoeffer contenait un émetteur qui retransmettait la conversation à un relais situé à la limite de la forêt entourant le château. Ce relais avait une portée de plus de dix kilomètres.

Lorsque Bonhoeffer fut rendu à l'écurie, Skinner décida de retourner à la chambre qu'il avait louée dans une petite auberge, au village le plus proche du domaine.

Il y serait encore à portée d'écoute.

Schenectady, 12 h 17

Monky marchait à proximité de l'ancienne propriété de Horcoff. La bombe incendiaire que l'équipe de nettoyage y avait laissée avait tout rasé.

Soudain, il sentit quelque chose de dur dans son dos. Une voix froide lui recommanda de ne plus bouger.

— Monsieur Hurt! fit alors Monky sur un ton cordial sans même se retourner. C'est précisément pour vous voir que je me promène ici depuis près d'une heure.

Il sentit la pression de l'arme dans son dos se faire plus forte.

— Rassurez-vous, s'empressa de dire Monky. Je suis seul et j'ai des renseignements pour vous…

— Des renseignements…

— Sur les missiles auxquels vous vous intéress…

Hurt ne le laissa pas terminer. Il le fit pivoter sans ménagement et lui colla son pistolet sous le menton.

— *Qui vous a dit que je m'intéressais à des missiles ?*

Sans avertissement, Nitro avait pris en charge l'interrogatoire.

— J'ai le nom de la personne que vous cherchez, répondit calmement Monky. Ce serait bête de vous priver de cette information parce que vous avez de la difficulté à vous contrôler.

Plus encore que les paroles, ce fut le ton posé de la voix qui surprit Hurt. Steel reprit le contrôle.

La pression du revolver sur la gorge de Monky se relâcha.

— J'ai plusieurs choses à vous dire, poursuivit ce dernier. Nous serions mieux ailleurs pour poursuivre cette conversation. Ne croyez-vous pas ?

La mode visait autrefois à imposer un style de consommation. Aujourd'hui, elle propose des répertoires dans lesquels les consommateurs peuvent puiser de façon créative pour se créer un style personnel qui exprime leur individualité. Ses seuls diktats concernent ce qui est *in* et ce qui est *out*. Cela permet d'assurer le renouvellement de répertoires par ailleurs variés et non contraignants.

De cette manière, chaque individu devient, par son style de consommation, sa propre création culturelle.

Joan Messenger, *Le Fascisme à visage humain*, 6- Produire de la consommation.

MARDI (SUITE)

MONTRÉAL, 14 H 06

Le directeur du SPVM se dirigea vers la tour nord du complexe Desjardins. Pour y avoir accès, il utilisa la carte que lui avait remise l'adjoint du ministre de la Sécurité publique.

Théberge l'accompagnait.

À la sortie de l'ascenseur, Guy-Paul Morne les attendait. Il les guida vers une petite salle de conférences à l'intérieur du bureau du premier ministre. Le maire de Montréal et le directeur de la Sûreté du Québec étaient déjà occupés à feuilleter les dossiers ouverts devant eux.

Assis en retrait dans des fauteuils, un dossier ouvert sur les genoux, trois hommes en complet-veston marine se tenaient prêts à prendre des notes.

Morne négligea de les présenter.

— Je représente à la fois le premier ministre et le ministre de la Sécurité publique, dit-il lorsque chacun eut pris place. Nous sommes ici pour discuter de la situation et faire le point avant de procéder à une annonce officielle.

— Cette annonce officielle, demanda le directeur du SPVM, elle sera faite quand?

— Tout dépend des sondages, répondit Morne. Et du comportement de nos petits amis terroristes…

Il se tourna vers Théberge.

— À ce propos, je croyais que cette affaire était classée. Que tous les responsables étaient en prison…

— Je vous avais prévenu, répondit le policier. Tant que la cellule souche n'est pas arrêtée… Mais vous étiez tous pressés de crier victoire!

— On dirait que l'escalade a repris là où elle s'était interrompue, fit le maire.

— Ce que j'aimerais savoir, enchaîna Morne, c'est si tous ces événements sont liés. Qu'en pensez-vous, inspecteur Théberge?

— À première vue, il y a là «une dynamique globale évidente», comme le pérorait hier un savant commentateur. Mais il se peut aussi que des gens soient tentés de profiter des circonstances pour mettre toutes sortes de choses sur le dos des «terroristes».

— Vous avez une piste?

— L'enquête vient de commencer…

Le policier avait décidé de ne pas souffler mot de l'information qu'il attendait en fin de journée. Autant se garder des munitions pour le cas où la tension augmenterait.

— Et sur les attentats des Canadians for… quelque chose?

— Rien non plus.

— Vous croyez qu'ils existent vraiment? Je veux dire… que ce n'est pas seulement une couverture pour le GANG…

— Pour l'instant, je n'ai aucune idée de ce que je crois.

— Je ne vous apprendrai rien en vous disant que le premier ministre désire des résultats rapides.

— Pouvez-vous préciser ce qu'il entend par « résultats rapides » ?

— Quelques jours. Vous avez carte blanche pour l'utilisation de personnel supplémentaire. Le gouvernement épongera tout déficit qui résultera de cette enquête.

— Moi aussi, je désapprouve vigoureusement la pratique récréative de l'attentat, fit Théberge. Mais je suis étonné. J'aimerais savoir ce qui justifie cette généreuse précipitation. On a regardé faire les motards pendant des années avant d'intervenir !

Morne eut un geste d'agacement. C'est cependant d'une voix calme qu'il répondit.

— Les médias francophones spéculent sur la date où le Québec va être obligé de demander l'aide de l'armée. Les médias anglophones, eux, en sont à « exiger » l'intervention du fédéral pour assurer leur protection… Vous devinez facilement ce que le premier ministre pense de tout ça !

— Je ne fais pas dans la divination, grogna Théberge.

Morne réprima de nouveau son impatience.

— Le premier ministre veut à tout prix éviter cette humiliation au Québec, poursuivit-il sur le même ton clinique, presque serein.

— Il n'y a rien qui l'oblige à faire appel au fédéral.

— Deux séries d'attentats en deux jours… Si ça continue à ce rythme-là et que la police n'arrive à rien, il n'aura pas tellement le choix… Entre tolérer l'anarchie et mécontenter l'électorat sécessionniste, le choix sera facile…

Le responsable de la Sûreté du Québec ramena la conversation sur un sujet plus technique.

— Ils veulent qu'on forme un groupe spécial, dit-il. Comme Carcajou pour les motards.

— L'annonce de la formation du groupe nous permettra de gagner un peu de temps, expliqua Morne.

— Pour les combattre efficacement, il faudrait les infiltrer, dit Théberge.

— Nous n'en avons pas le temps. Déjà les sondages sur la manière dont le gouvernement gère la crise commencent à être défavorables. Il n'y a rien de pire que de voir réapparaître un problème qu'on croyait réglé.

— L'armée ne pourra rien faire de plus que nous, objecta le directeur du SPVM.

— Ce n'est pas une question d'efficacité, répondit Morne, c'est une question d'image. On va paraître contrôler la situation si l'armée occupe le territoire. Les gens vont se sentir rassurés.

— Comme en octobre 70, ironisa Théberge.

— Nous ne sommes plus en 70 : il y a eu le 11 septembre. Les gens ont appris à apprécier les forces de l'ordre. Et puis, ce serait une occupation civilisée…

— Si c'est la solution, reprit Théberge, pourquoi ne pas les faire intervenir tout de suite ?

— Parce que, même si les élections sont dans près de trois ans, il y a une partie de la population qui ne nous le pardonnerait pas. Une partie qui vote traditionnellement pour nous. Alors, si on peut l'éviter…

— On a combien de temps ? demanda le directeur du SPVM.

— Quarante-huit heures. Si vous n'avez rien d'ici là, le gouvernement devra agir pour montrer qu'il a la situation en main.

— Agir, reprit Théberge… ça veut dire quoi ?

— Des têtes devront tomber… Comme c'est un membre de la classe politique qui a été touché, tous les partis vont s'unir pour exiger un coupable. Avec l'ensemble de la population derrière eux, ils auront beau jeu…

— Cela n'a aucun sens.

— Vous avez vu les médias ? Vous avez vu comment ils parlent des événements ?… D'après ce qu'on m'a dit, l'inspecteur-chef Théberge lui-même aurait déjà fait l'objet de remarques mettant en doute sa compétence…

— Vous savez très bien qu'il n'a rien à se reprocher ! protesta le directeur du SPVM.

— Il n'est pas question de ce que je sais, mais de ce que pense la population. La démocratie, ça implique de donner le pouvoir à l'opinion majoritaire de la population.

— À vous entendre, ironisa Théberge, les lynchages dont nos sympathiques voisins du sud avaient l'habitude étaient des manifestations démocratiques lorsqu'ils étaient décidés par la majorité.

— Vous avez un travail à faire et moi, j'ai le mien, répliqua Morne. À vous d'arrêter les malfaisants en tous genres, comme vous dites, et à moi de voir à ce que le bon peuple de la province demeure gouvernable.

Il se tourna vers le directeur du SPVM.

— L'inspecteur Théberge est une personne que je respecte grandement, reprit-il, mais s'il doit être sacrifié pour assurer l'ordre public et nous acheter un sursis, le temps que ces illuminés soient mis sous les verrous, je n'hésiterai pas une seconde.

— Et si c'était le gouvernement qu'il fallait sacrifier pour que le bon peuple se sente mieux ? répliqua Théberge. Pour qu'il ait l'impression d'exercer un certain contrôle sur les événements…

— Cela arrive régulièrement : on appelle ça des élections !

Puis il ajouta, sur un ton redevenu posé :

— Je vous rappelle que le directeur de la Sûreté du Québec a déjà reçu l'instruction de vous fournir toute l'assistance que vous désirez… Il faut arrêter cette folie.

— Noble intention, répliqua Théberge. Je vous remercie d'avoir convoqué cette réunion de l'intelligentsia policière pour me la faire partager.

— Inspecteur-chef Théberge, comprenez-moi bien. Personnellement, j'apprécie beaucoup la franchise et l'éloquence pour le moins particulière dont vous faites preuve. Malheureusement, le ministre de la Sécurité publique ne partage pas mon avis. Surtout depuis la conférence de presse d'hier. Croyez-moi, vous avez intérêt à faire diligence.

LCN, 14 H 29

> ... DES MOUVEMENTS DE TROUPES À PROXIMITÉ DE LA MER DE CHINE.
> DE RETOUR SUR LA SCÈNE LOCALE, MAINTENANT. UN NOUVEAU TYPE DE
> GRAFFITIS A COMMENCÉ À ENVAHIR LES MURS DE LA RÉGION MONTRÉA-
> LAISE. SOUDAINEMENT, C'EST LE GANG QUI FAIT L'OBJET D'ATTAQUES ET
> DE DÉNONCIATIONS. POUR TENTER DE COMPRENDRE LA SIGNIFICATION DE
> CETTE ÉVOLUTION, NOTRE REPORTER A RENCONTRÉ...

DRUMMONDVILLE, 14 H 42

Voyant l'icône des messages prioritaires se mettre à clignoter, Horace Blunt activa le logiciel de communication et entra un mot de passe : il s'agissait des quatre premiers coups d'une partie de go célèbre.

Quelques secondes plus tard, le visage moqueur de Chamane apparut sur l'écran.

— Alors, qu'est-ce qui est assez important pour justifier une vidéoconférence ? demanda Blunt. Tu t'ennuies de parler à ton ordinateur ? Geneviève t'a plaqué parce qu'elle a l'impression que tu la trompes avec Lara Croft ?

— On aura tout vu. Monsieur impassibilité qui s'impatiente !

Puis il ajouta sur un ton redevenu sérieux :

— J'ai des nouvelles de Hurt.

La voix de Blunt perdit toute trace d'humour.

— Je t'écoute, dit-il.

— Il a commencé à remonter la filière des missiles de Massawippi. Il confirme certaines choses que nous savions. Un : Billy Two Rabbits était bien l'intermédiaire. Deux : l'acheteur des missiles avait des liens avec l'Église de la Réconciliation Universelle... Il a aussi une piste pour remonter la filière.

— L'acheteur, on le connaît ?

— C'est un nom qu'on retrouve dans certains organigrammes du Consortium : Heather Northrop. Mais ce n'est pas le plus intéressant.

Chamane fit une pause, attendant manifestement que Blunt le relance pour poursuivre.

— Alors, tu me le dis, ce qu'il y a de si intéressant ?

— Récemment, ils ont effectué plusieurs livraisons en passant par le port de Montréal.

— Pas d'autres camions lance-missiles !

— Seulement du C4, des détonateurs, des fusils lance-grenades et des bombes incendiaires.

— L'épicerie de la semaine…

— Je me suis dit que ça t'intéresserait.

— Tu peux m'envoyer ça par écrit ?

— D'ici une demi-heure.

— Comment va Hurt, au fait ?

— En forme, je dirais. Mais je l'ai eu uniquement en audio.

— À laquelle de ses personnalités as-tu parlé ?

— À part quelques remarques sarcastiques de Sharp, c'était la voix de Steel.

— Tu gardes le contact ?

— Il a promis de me tenir au courant.

— Aussitôt que tu as de ses nouvelles, tu me le dis.

— *No problemo*.

— De ton côté, le travail ?

— Ça se complique. Poitras se creuse la tête pour trouver une façon de garder la Fondation anonyme. Avec les projets de réformes issus de l'après-11 septembre et de la guerre au terrorisme, les paradis fiscaux risquent de devenir moins accessibles. Même le secret bancaire est remis en question…

— Je serais surpris que les multinationales laissent faire ça. Elles ont trop à perdre : il faudrait qu'elles paient des milliards en taxes.

— C'est ce que pense Poitras, mais il préfère ne pas courir le risque d'être pris au dépourvu… Je travaille avec lui à un modèle d'analyse du risque politique.

— Quel risque politique ?

— Une fois sur deux, les projets de la Fondation sont sabordés dès les premiers mois par les dirigeants politiques du pays. Ils tiennent à choisir eux-mêmes les endroits qui bénéficient des programmes d'aide, à choisir les gens à qui ça profite… Et ils n'acceptent pas que les travaux se fassent sans qu'on leur verse des commissions. À plusieurs reprises, ils ont même offert aux responsables de projets de partager les commissions avec eux.

— Des rétrocommissions, précisa Blunt, machinalement.

— Tu connais ça?

— C'est courant. On verse à une compagnie une commission pour des frais de consultation fictifs dans la réalisation d'un projet et la compagnie en reverse une partie dans un compte privé, au nom de celui qui l'a payée. Le cas classique, c'est celui des frégates françaises achetées par Taïwan… Ce que je ne comprends pas, c'est ce que ton modèle d'analyse de risque vient faire là-dedans.

— Poitras m'a demandé de lui construire un modèle pour prévoir les possibilités de sabotage des projets. Il veut qu'on soit capable de déterminer leur niveau de risque avant de les lancer. Ça permettrait de se concentrer sur ceux qui ont le plus de chances de réussir.

— Les responsables de la Fondation ne seront jamais d'accord pour décider des projets à financer sur la base d'une analyse de risque.

— Je sais… Poitras veut que je monte un modèle qui intégrerait toute une série de critères: la pertinence, le risque, les effets de synergie… Un genre d'outil pour les responsables. Ce seraient eux qui prendraient les décisions, mais en étant au courant du niveau de risque.

— C'est faisable?

— Tout est faisable. Avec de l'argent et un délai suffisant…

— Si Hurt se manifeste, tu m'appelles sans attendre.

— Tu te répètes!

— Et tu m'envoies par écrit le compte rendu de ta conversation avec lui.

— Oui, oui…

Blunt désactiva le logiciel de télécommunication et se dirigea vers la salle de go. Il avait besoin de réfléchir à ce qu'il venait d'apprendre et de voir comment cela s'intégrait à la situation d'ensemble.

Ensuite, il enverrait un message à l'inspecteur Théberge et il examinerait ce qu'il y avait lieu d'organiser du côté de l'Institut.

Québec, 15 h 07

Le ministre des Finances avait emmené les deux représentants de l'agence américaine de notation déjeuner au Café de la Paix. Pour l'occasion, il était accompagné de Normand Cusson, le sous-ministre en titre. C'était un rituel. À la fin de chaque visite, ils allaient déjeuner ensemble pour faire un bilan de la rencontre.

Au cours de l'avant-midi, les Américains avaient passé en revue les chiffres du ministère sur l'évolution de la dette en fonction de différents scénarios économiques.

— Vos chiffres sont adéquats, fit le plus jeune représentant de l'agence. Mais, dites-moi, pour quelle raison monsieur Fontaine n'était-il pas présent à la réunion ?

— Il est parti, répondit Cusson.

— Vraiment ?

Le ton sur lequel l'Américain avait prononcé les deux syllabes leur donnait la force de toute une série de commentaires défavorables.

— Il est parti depuis combien de temps ? insista l'autre représentant de l'agence.

— Quelques mois.

— Est-ce qu'il y a eu d'autres départs ?

— Départs, non. Mais il y a eu plusieurs mutations à l'intérieur du ministère.

— Je suppose qu'il y a eu des changements de sous-ministres adjoints…

— En effet.

— C'est toujours la même chose, conclut le plus jeune en s'adressant à son collègue.

— Je comprends mieux les changements qui ont eu lieu dans le service de gestion de la dette, fit ce dernier.

— À quels changements faites-vous référence? demanda le ministre, tout à coup moins à l'aise.

— Vos objectifs de gestion de portefeuille ont été réduits. Certaines modalités de suivi ont été changées... Savez-vous pourquoi monsieur Fontaine est parti?

— Monsieur Fontaine...

Le ministre semblait tout à coup complètement perdu.

— C'est une question de juridiction, s'empressa de répondre Cusson. Le nouveau sous-ministre adjoint a modifié les responsabilités des directeurs de service pour les regrouper de manière plus efficace et...

— Au profit d'un nouveau directeur qu'il venait de nommer? coupa le plus jeune représentant de l'agence.

— Euh... oui...

— Ce qui a eu pour effet de réduire les responsabilités de Fontaine et de réduire son salaire?

— C'est une façon de présenter les choses avec laquelle...

— Si j'ai bien compris, reprit le plus vieux, vous avez laissé partir celui qui a monté votre service de gestion de la dette et qui vous épargnait des centaines de millions par année pour donner de l'importance à un nouveau directeur. Je me trompe?

— Ça ne s'est pas passé exactement comme ça, protesta Cusson.

Lui-même était opposé à cette nomination, mais le ministre avait insisté pour « mettre un homme à lui dans la machine », comme il disait. Et ce dernier n'avait rien eu de plus pressé que de faire la même chose que son patron. Mais ça, le sous-ministre en titre ne pouvait pas le dire. Du moins, pas en ces termes et surtout pas en présence du ministre.

Le représentant de l'agence le plus âgé tourna son regard vers le ministre.

— Pouvez-vous m'expliquer pour quelle raison le service de gestion de la dette a vu ses objectifs sensiblement diminués ? Est-ce vous qui avez donné cette directive ?

— Bien sûr que non !

— Qui, alors ?

— C'est le nouveau sous-ministre adjoint, fit le ministre, de plus en plus mal à l'aise.

— Le même qui a décidé d'augmenter la couverture de devises alors que votre dollar amorçait une phase ascendante ?

— Euh… oui.

— Vous savez combien de centaines de millions cela va vous coûter, je suppose, si le dollar canadien monte à soixante-quinze ou quatre-vingts cents US ?… Est-ce que vous connaissez les raisons qui ont motivé ces décisions ?

— Le nouveau sous-ministre adjoint ne voulait pas prendre la responsabilité d'assumer le risque d'un rendement négatif.

— Nous parlons bien d'un rendement négatif à court terme ?

— Oui.

— Vous savez aussi bien que moi que vous pouvez vous permettre des fluctuations à court terme, si le rendement à moyen et long termes est au rendez-vous, n'est-ce pas ? Que d'accepter ces fluctuations est même une condition pour obtenir de meilleurs rendements à plus long terme ?

— Bien sûr. Mais vous savez comment sont les marchés financiers ces temps-ci…

— Vous avez déjà obtenu d'excellentes performances dans des périodes où les marchés étaient tout aussi difficiles. Par ailleurs, une bonne partie des stratégies qu'utilisait Fontaine étaient indépendantes de la direction des marchés. Je ne vois pas où est votre problème.

— Mettez-vous dans sa peau, plaida le ministre, qui sentait le besoin de défendre celui qu'il avait imposé à l'intérieur du ministère. Imaginez qu'en fin d'année financière il tombe sur un mauvais mois et qu'on doive aller présenter les résultats en commission parlementaire.

— Je ne saisis pas en quoi la situation a changé, répliqua l'Américain. L'ancien sous-ministre adjoint avait suffisamment confiance en Fontaine et en son équipe de gestion de la dette pour accepter ce risque.

— C'est que… intervint Cusson.

— Vous voulez sans doute me dire que l'équipe de gestion de la dette s'est dispersée ? fit le représentant de l'agence en se tournant vers lui.

— C'est un peu ça. La priorité était de restructurer pour développer davantage l'équipe du budget.

— À votre place, j'expliquerais à cet apprenti sous-ministre adjoint une ou deux choses. S'il n'a pas encore compris que son budget dépend de l'argent dont il dispose, il y a… comment dire… quelques éléments qui lui échappent.

Le représentant de l'agence de notation prit une gorgée de vin.

— Excellent, dit-il sur un ton qui avait retrouvé toute son aménité… Au fond, je suis simplement étonné que vous ayez cru pouvoir vous passer des trois à quatre cents millions que vous rapportait annuellement cette activité. Mais si vous préférez les récupérer au moyen de compressions budgétaires…

— Ce n'est pas si simple, fit Cusson, qui sentait de son devoir de protéger son patron. Le sujet est très politique. S'il était fait état dans les journaux que le gouvernement, au cours d'un trimestre, a perdu des dizaines de millions sur le marché des capitaux…

— Puisque vous parlez de politique…

L'homme de l'agence de notation prit une autre gorgée de vin.

— C'est précisément votre gestion politique qui nous préoccupe, enchaîna son collègue. D'ici quelques jours, nous allons changer notre perspective favorable par une perspective défavorable sur la cote de la province. À moins, bien sûr, que vous ne régliez le problème.

— Mais… quel problème ? fit le ministre, qui semblait tomber des nues.

— Dans le climat actuel, vous comprendrez que la perspective d'un nouvel octobre 70…

— Ah, ça… Je peux vous assurer que toutes nos forces policières ont fait de cette question leur priorité.

— Manifestement, ce n'est pas suffisant. Avez-vous songé à solliciter l'aide du gouvernement fédéral ?

— Vous parlez de l'armée ?

— Ce n'est pas à moi de décider des moyens appropriés.

— Vous réalisez ce que vous nous demandez ?

— Nous ne demandons rien. Comme je viens de vous le dire, c'est à vous de décider… Mais je me permets de vous soumettre une question : qu'est-ce qui est le pire, une décote ou une concession idéologique ?

MONTRÉAL, 15 H 41

En arrivant à son bureau, l'inspecteur-chef Théberge se fit un espresso et, comme souvent, il eut une pensée pour son épouse. Il songeait à l'eau de vaisselle déguisée en café qu'il avait dû boire pendant toutes ces années avant qu'elle lui offre cette petite cafetière italienne.

Il appela ensuite Crépeau pour lui demander de venir le rejoindre : il voulait lui parler.

— Si c'est pour les quilles, fit Crépeau en arrivant, ce soir, je n'ai pas le temps !

— Qu'est-ce qu'on a sur les attaques de cette nuit ?

— Pas grand-chose.

— Tous les rapports sont rentrés ?

— J'ai reçu Sherbrooke et Trois-Rivières.

— Et… ?

— Rien.

— Ils ont récupéré les balles ?

— Identiques. Des balles explosives. Probablement de fabrication privée, selon Albert.

— Albert ?

— Albert Lehouillier. L'expert en balistique.

— Ça veut donc dire qu'ils ont engagé des professionnels.

— Ou qu'ils en ont dans leurs rangs. Il y a souvent des cinglés des armes dans les groupes d'extrémistes.

Théberge se leva, prit sa pipe puis la reposa dans le cendrier.

— Le porte-voix du premier ministre nous a gracieusement octroyé quarante-huit heures pour tout éclaircir! dit-il.

— Éclaircir quoi?

— Les attentats de cette nuit, ceux d'hier… tout!

— Quarante-huit heures?

— Il n'a pas inclus l'assassinat de Kennedy et celui de Jimmy Hoffa, mais je suis sûr que c'est parce qu'il n'y a pas pensé.

Le portable ouvert sur le bureau de Théberge émit un signal d'avertissement.

— Un instant, dit-il. Je regarde ce que c'est.

Il entra le code d'accès du logiciel qui lui permettait de communiquer avec Blunt.

Un message s'afficha.

> La piste de Billy Two Rabbits est la bonne. La personne qui lui a commandé les missiles se nomme Heather Northrop et elle est liée à l'Église de la Réconciliation Universelle. Il se peut que cette affaire soit reliée aux actes de terrorisme attribués au GANG, y inclus ceux qui viennent tout juste de se produire.
> Je communique avec vous dès que j'ai quelque chose de nouveau.

Théberge releva les yeux de l'écran.

— Heather Northrop, ça te dit quelque chose?

— Rien, répondit Crépeau. À part le fait que tu as déjà mentionné son nom.

— Tu veux vérifier avec Interpol?

— D'accord.

— Vérifie aussi les arrivées dans les aéroports.

— Qu'est-ce qu'elle vient faire dans notre enquête?

— Elle pourrait avoir commandé l'achat des missiles qui ont été utilisés à Massawippi.

— Doux Jésus! fit Crépeau, utilisant un juron qu'il n'employait que dans des circonstances extrêmes.

Puis, après un moment, il ajouta sur un ton plus posé, comme s'il venait de penser à quelque chose :

— Tu veux vraiment qu'on s'occupe de ça tout de suite ? Avec tout ce qu'on a déjà sur la table…

— J'aimerais bien voir le politicien qui va me reprocher publiquement de rechercher les terroristes qui ont fait sauter une résidence au lance-missiles !

— Écoute, Gonzague…

Un instant, Crépeau parut chercher ses mots.

— Tu n'es pas responsable de la mort de Gauthier, reprit-il. Ça va t'avancer à quoi de donner aux ronds-de-cuir un prétexte pour t'expédier sur une tablette ?

— Ce n'est pas seulement pour Gauthier. Il y a quelque chose de pas très clair dans cette supposée Église…

— Quelque chose qui ne peut pas attendre ?

— Gauthier pensait qu'elle était liée au trafic d'armes. Et si elle l'est, on peut penser qu'elle n'est pas étrangère aux balles trafiquées dont tu me parles et aux bombes incendiaires qui continuent de sauter.

— Ce n'est pas impossible, mais on n'a pas de preuves.

— Si on ne fait rien, on n'en aura jamais.

— Mais si on n'a rien sur les nouveaux attentats d'ici quarante-huit heures, tu risques de perdre ton poste. Et alors, tu ne seras plus en position de les trouver, tes preuves.

— Ils n'iront pas jusque-là. Ils s'excitent, mais ils savent qu'on a la meilleure équipe.

— Entre sacrifier la meilleure équipe, comme tu dis, et protéger leurs fesses aux yeux de l'opinion publique, tu penses vraiment qu'ils vont hésiter ?

— Magella, tu me déçois ! De nous deux, c'est censé être moi, le mécréant !

— D'accord, je vais m'en occuper, de ta trafiquante d'armes. Mais, si tu veux un conseil, ce sont tes mystérieux amis que tu devrais consulter.

— Ça, c'est déjà en marche.

Crépeau regarda Théberge fixement, comme s'il réalisait tout à coup l'importance que son supérieur accordait à cette Heather Northrop.

— C'est sérieux à ce point-là ? demanda-t-il finalement.

— C'est ce qu'ils ont l'air de penser.

La sonnerie du téléphone interrompit leur conversation. Théberge reconnut immédiatement son interlocuteur.

— Toujours intéressé par mes informations ? demanda la voix ironique qui l'avait appelé en début de journée.

— Qu'est-ce que vous voulez ?

— Vous confondez vos notions économiques. C'est vous, la demande. Moi, je suis l'offre. Et ce que vous voulez, si je ne m'abuse, ce sont les auteurs des attentats des derniers jours. Je me trompe ?

— Si vous avez des renseignements, cessez de tourner autour du pot et dites ce que vous avez à dire.

— Droit au but ! fit la voix ironique. Et *basta* pour les préliminaires !… C'est madame Théberge qui doit s'ennuyer !

— Vous commencez à me les pomper sérieusement !

— Je suis disposé à vous donner le nom des responsables des attentats. Mais, comme vous êtes grossier, vous allez devoir les mériter. Vous aimez les énigmes ?

Puis, sans attendre, il enchaîna :

— Mon premier est dans un comté. Mon second est une sorte de policier militaire. Mon tout est l'homonyme d'un service policier canadien… Et puis, comme je vous aime bien, je vous donne un autre indice : mon tout enseigne à l'UQAM. Bonne enquête !

Un déclic se fit entendre.

Théberge raccrocha à son tour et resta immobile pendant plusieurs secondes avant de se tourner vers Crépeau.

— Magella, dit-il, tu veux bien me trouver la liste de toutes les personnes qui enseignent à l'UQAM ?

— Tu veux ça pour quand ?

— Idéalement, hier matin. Mais si tu l'as dans l'heure qui vient, on pourra regarder ça en soupant.

Puis il ajouta avec un sourire :

— Tu devrais être heureux : on va s'occuper en priorité de la chasse aux terroristes !

Ottawa, 16 h 07

Vittore Lamaretto avait toujours aimé le vin – au point d'afficher parfois une attitude chancelante après un repas bien arrosé. Mais il s'en était toujours tiré, à la fois à cause de son attitude bon enfant et grâce au soutien indéfectible des politiciens auxquels il s'était successivement lié.

À ses débuts comme ministre, bien avant qu'il soit sénateur, c'était devenu une habitude, chez les journalistes, d'évaluer l'intensité du rouge de son visage au retour du dîner. L'un d'eux, à la blague, avait même lancé la rumeur selon laquelle son entrée au Cabinet obligerait le gouvernement à utiliser l'alcootest au début des réunions.

Volant à la défense de Lamaretto, le premier ministre de l'époque avait déclaré : « Il n'est pas ici pour sa pression sanguine mais pour son efficacité. Même après deux bouteilles de chianti, il vaut dix de mes députés et plusieurs de mes ministres réunis. »

Évidemment, quand le journaliste avait cité cette réponse dans un éditorial, le chef du gouvernement avait tout nié et il avait agité la menace de poursuites.

Entre Lamaretto et les journalistes, une certaine complicité s'était néanmoins tissée au cours des ans. On pouvait compter sur lui pour fournir des réponses enveloppées dans des formules frappantes, à la limite de l'incorrection politique. Aussi, c'était avec une certaine bienveillance que les journalistes attendaient le début du point de presse. D'autant plus que son retour sur l'échiquier politique à titre de conseiller officieux du premier ministre Sinclair lui conférait un intérêt non négligeable.

— Vous me connaissez, fit Lamaretto. Depuis le temps, vous savez ce que je pense… Probablement mieux que moi, d'ailleurs, ajouta-t-il avec un sourire. Parce que vous, vous avez l'avantage de prendre des notes pendant que je suis occupé à répondre à d'autres questions !

Quelques sourires apparurent sur les visages des journalistes. On ne comptait plus les fois où Lamaretto avait dû rectifier des déclarations pour ne pas trop paraître se contredire.

— Alors, poursuivit ce dernier, pour ne pas vous faire perdre de temps, je vais sauter le petit discours que j'avais préparé sur les actes de terrorisme qui se sont produits au Québec et je vais tout de suite répondre à vos questions. Que voulez-vous savoir ?

Le journaliste de TVA fut le premier à prendre la parole.

— Que pensez-vous de la situation au Québec ?

— Elle est déplorable. Mais ça, ce n'est pas nouveau. Je suppose que votre question était plus précise.

— Vous avez déjà soutenu que le terrorisme n'était pas mort et qu'il renaîtrait tant que les sécessionnistes ne seraient pas éliminés. Est-ce que vous vous attendiez aux événements qui viennent de se produire ?

— Je ne voudrais pas paraître me réjouir d'avoir eu raison, mais je pense qu'ils étaient inévitables. Et qu'ils étaient prévisibles.

Le représentant de TéléNat en profita pour le relancer.

— Prévisibles ?… Pouvez-vous expliciter ?

— La véritable cause de ces attentats, c'est le nationalisme revanchard et xénophobe qui teinte l'ensemble de la politique québécoise. La majeure partie de la classe politique du Québec est réactionnaire, dans le sens où elle se contente de réagir à ce qui se passe dans le reste du Canada. Au lieu d'être imaginatif et de trouver des façons créatives de s'intégrer, le Québec, sous la gouverne de ses politiciens, s'est enfermé dans la méfiance et le soupçon. Au Québec, même les fédéralistes

jugent de bon ton d'affirmer qu'ils ont défendu les intérêts de la province contre le gouvernement central. Ce
faisant, ils contribuent à développer une culture de ghetto
dans la population. Et, dans tout ghetto, on se console de
son impuissance en s'imaginant victime… Il n'y a pas à
se surprendre qu'une telle culture débouche sur des
accès de violence.

— Vos propos sont très durs.

— Parce que la situation est grave. Quand on joue
avec des idées de sécession, on se retrouve rapidement
avec une guerre sur les bras. Parlez-en à nos voisins du
sud !

— Est-ce que c'est de cette façon que vous interprétez
le fait qu'une partie des attentats puissent avoir été commis
par des anglophones ?

— Je n'accepterai jamais que des citoyens prennent
les armes pour se faire justice eux-mêmes : je veux que
cela soit très clair… Cela dit, je peux comprendre l'exas-
pération et la colère de certains anglophones devant les
provocations des sécessionnistes.

Le reporter de TéléNat revint à la charge.

— Monsieur le sénateur, est-ce que votre gouvernement a envisagé d'avoir recours à la loi sur les mesures
d'urgence et d'envoyer l'armée prêter main-forte aux
forces policières du Québec ?

— Je tiens d'abord à préciser que ce n'est pas « mon »
gouvernement mais celui de Reginald Sinclair, que je
rencontre à l'occasion à titre d'ami.

— C'est pour ça qu'on vous appelle l'éminence grise ?
lança une voix dans le fond de la salle.

— Côté éminence et côté matière grise, je peux vous
assurer que mon ami Reginald n'a besoin d'aucun soutien
de ma part. Nous aimons simplement nous rencontrer et
discuter amicalement des sujets qui nous préoccupent.

— Vous n'avez pas répondu à la question. Est-ce
que le gouvernement envisage d'intervenir au Québec ?

— Ne pas envisager toutes les possibilités serait
irresponsable de la part du gouvernement. Particuliè-

rement à la suite de la vague d'attentats que nous avons connue au cours des dernières années. Cela dit, je suis sûr que le gouvernement agira dans le respect des compétences constitutionnelles des différentes parties. Constitutionnellement, c'est au gouvernement du Québec d'évaluer si la sécurité de sa population est assurée ou s'il est nécessaire de demander l'aide du fédéral.

— Vous, personnellement, croyez-vous que la situation soit suffisamment grave pour justifier un tel recours ?

— Vous, personnellement, connaissez-vous beaucoup d'autres provinces où l'on attaque des résidences au lance-missiles, où l'on incendie des sièges sociaux de partis politiques, où l'on entretient un climat de haine par des campagnes de graffitis, où l'on intimide les minorités en s'attaquant à leurs cimetières et à leurs églises, où l'on fait sauter des voitures piégées en plein jour et où l'on attaque les politiciens chez eux au lance-grenades ?

Lamaretto se racla la gorge et prit un peu d'eau. Puis il parcourut l'assistance du regard, un sourire retenu sur les lèvres.

— Est-ce qu'il y en a qui ont besoin de précisions supplémentaires ? demanda-t-il.

Le journaliste du *National Post* releva les yeux de son calepin.

— Si je vous comprends bien, vous vous attendez à la poursuite de l'escalade…

— À moins que les policiers du Québec soient d'une efficacité prodigieuse, ça me semble inévitable. Et veuillez croire que je ne suis pas en train de dénigrer leur travail : ce qu'ils font, avec les moyens qu'ils ont, est déjà exceptionnel.

— Est-ce que le gouvernement du Canada a eu des contacts avec des représentants des États-Unis sur cette question ?

— Je serais très surpris qu'il y ait eu des discussions à ce sujet.

— Il y a une rumeur selon laquelle le gouvernement américain pourrait intervenir si la situation continuait à se dégrader. Déjà, la déclaration du secrétaire d'État sur les pays qui tolèrent le terrorisme en refusant de prendre les moyens pour l'éradiquer…

— Écoutez, je ne peux pas empêcher les gens de fabuler, mais je ne vois pas ce qui pourrait pousser les Américains à intervenir. D'une part, le Canada est tout à fait capable de régler ce problème lui-même. Et puis, entre nous, il n'y a pas tellement de pétrole ni de matières stratégiques au Québec !

La dernière remarque provoqua des sourires dans l'assistance. Lamaretto était connu pour son franc-parler qui écorchait souvent les bons usages diplomatiques.

— Si les Québécois veulent se séparer pour se cantonner dans les bingos, les sculptures en bois et les ceintures fléchées, poursuivit le sénateur, je ne vois pas en quoi ça peut constituer une menace pour les Américains.

— Pourtant, à la première époque du séparatisme, ils avaient établi un plan d'intervention. À Fort Drum, des troupes avaient même été mises en alerte.

— À l'époque, comme vous dites, ça grouillait de communistes et de socialistes. Les Américains avaient raison d'être nerveux. Aujourd'hui, il n'y a aucun problème d'infiltration étrangère : il suffit de nettoyer la population des quelques obsédés de séparation et des illuminés sécessionnistes qui s'y cachent.

WASHINGTON, 16 H 43

Le président des États-Unis jouait nerveusement avec la balle antistress qu'il tenait dans la main gauche.

— Mettre Fort Drum en alerte rouge ! dit-il. Quand ça va se savoir…

— Le reste du pays est déjà en alerte orange. On dira que c'est un exercice.

— Ils risquent quand même de faire le lien avec la situation au Québec.

— Probablement. Et c'est tant mieux. On va tout nier, mais cela va mettre une pression psychologique sur la population et sur le gouvernement. Il aura plus de facilité à justifier une intervention.

— Et c'est dans ce foutoir que vous voulez que j'aille passer un week-end !

— Sur le bord d'un lac, dans une région éloignée… Si les écologistes ou les militants anti-mondialisation veulent manifester, il va falloir qu'ils y aillent en canot d'écorce et qu'ils fassent plusieurs jours de portage !

— Je n'aime toujours pas l'idée de ce sommet privé. Avec les attentats qui reprennent là-bas…

— Je vous l'ai déjà expliqué, répondit Decker : cela fait partie d'une opération pour régler un problème de politique intérieure. Il n'y a aucun danger de débordement. On contrôle tout. Et puis, ce n'est quand même pas aussi risqué que l'Irak ou la Palestine… Ou que la Jordanie, où vous êtes allé.

— Pourquoi est-ce qu'on ne peut pas faire ça à Camp David ? À Davos ?… Dans un endroit civilisé, quoi !… En France, à la limite !

— C'est une question d'image. Si la réunion est déplacée, cela va envoyer le message que vous avez peur, que vos services ne sont pas capables de vous protéger. Et s'ils ne sont pas capables de vous protéger au Canada, partout où vous irez ensuite sur la planète, les terroristes vont se dire qu'ils ont une chance. Les attentats vont se multiplier… Quand on est au pouvoir, on ne peut jamais laisser croire qu'on a peur. Et plus on a de pouvoir, plus cette règle est vraie.

— C'était censé être une réunion secrète, bon sang !

— Raison de plus ! Il faut pouvoir montrer que, quoi qu'il arrive, vous donnez suite à vos projets. Vous ne vous laissez pas dicter votre comportement par les circonstances.

— Je n'aime quand même pas ça…

Decker laissa le Président jouer pendant plusieurs secondes avec sa balle antistress.

— Il faut aussi que je vous dise quelque chose sur le Moyen-Orient, reprit-il finalement.

— Quoi encore ?

— On a appris que des tirs de missiles contre Israël étaient imminents. Qu'il y en aurait au moins deux. On a averti le gouvernement israélien du lieu probable des tirs ainsi que de la cible visée.

— Est-ce qu'ils vont pouvoir les intercepter ?

— En principe, oui. Mais la preuve aura été faite que leurs ennemis sont capables de lancer des missiles contre eux. Cela leur permettra de déclencher l'opération Enduring Containment.

Decker sortit un texte de sa mallette en cuir noir.

— Je vous ai également apporté la déclaration que vous devez faire sur la Chine.

Le président prit le texte.

— Vous croyez que c'est assez clair ? demanda-t-il après l'avoir lu.

— Vous affirmez que Taïwan demeure un ami des États-Unis et que vous croyez à une solution politique des divergences de vues. Comme vous ne mentionnez pas nommément la Chine, les gens de Taïwan vont en déduire que vous êtes davantage de leur côté.

— Je vois…

— À la fin, vous affirmez qu'il est de la responsabilité d'une grande puissance d'agir de façon décisive lorsque la paix est menacée. Taïwan va croire que ça veut dire que les États-Unis sont prêts à les défendre, mais la Chine pourra également y voir la reconnaissance de son statut de grande puissance et de sa responsabilité régionale d'intervention.

— Vous êtes sûr qu'ils vont y voir ce que vous dites ? Avec le coup qu'on vient de leur faire en Irak et au Kazakhstan…

Le Président faisait allusion à l'une des véritables raisons de l'intervention en Irak et de l'établissement de bases américaines dans le Caucase : le pétrole. Celui des années futures, quand la Chine, portée par son développement industriel, menacerait de devenir la principale puissance économique mondiale… et le principal consommateur de pétrole.

Les Chinois avaient tenu pour acquis qu'ils pourraient compter sur les réserves du Kazakhstan. De plus, ils travaillaient depuis des années à entretenir de bonnes relations avec les pays du Moyen-Orient.

C'étaient tous ces savants calculs stratégiques que l'intervention américaine venait d'envoyer en l'air. En prenant le contrôle de ces réserves de pétrole, les États-Unis étaient en position de ralentir le développement économique de la Chine.

Car c'était cela, l'enjeu : l'émergence ou non d'une superpuissance économique capable de mettre en cause l'hégémonie américaine.

— Au besoin, fit Decker, on les aidera à comprendre. J'ai déjà laissé courir la rumeur selon laquelle c'est une concession qu'on est prêts à faire en compensation de notre intervention en Irak.

— Mais si Taïwan ne va pas jusqu'au bout ?

— Tous nos renseignements affirment que c'est une question de semaines, au plus de quelques mois. Les médias indiens et japonais parlent déjà de regain de tension et de dangers pour l'équilibre régional.

Decker n'était pas mécontent de la manière dont il avait vendu cette opération au Président. Jouant sur le besoin de protéger la prééminence des États-Unis, il l'avait convaincu qu'il était nécessaire d'endiguer la croissance de la Chine et de contenir sa progression économique dans des limites qui l'empêcheraient d'avoir les moyens de ses aspirations politiques à contester la prédominance américaine sur le plan mondial.

— Cela devrait enlever combien à la croissance de leur économie, s'ils s'empêtrent dans des affrontements avec Taïwan ? demanda le Président.

— Peut-être la moitié, peut-être plus. Ça dépend de la réaction des autres pays. Si on réussit à contrôler le Pakistan et que l'Inde se sent assez forte pour intervenir… L'idée, ce n'est pas de les mettre à terre : on a besoin de leurs marchés. Mais il faut éviter qu'ils deviennent trop forts.

— Au fond, c'est comme si on intervenait dès 1917 pour empêcher les Soviétiques de devenir trop forts.

— Exactement.

Montréal, 17 h 06

L'inspecteur-chef Théberge avait devant lui la liste des enseignants de l'UQAM. Il l'avait lue à deux reprises, lentement, sans parvenir à trouver un nom qui corresponde à l'énigme que lui avait laissée son mystérieux informateur.

Il demanda à Crépeau de lui lire la liste à haute voix en choisissant uniquement les noms anglophones.

Une première lecture ne donna aucun résultat.

Théberge jeta de nouveau un regard sur le texte de l'énigme. Il s'arrêta brusquement sur le deuxième indice : un croisement de policiers et de militaires… Ça pouvait faire référence à la police militaire. Et l'abréviation de la police militaire, en anglais, c'était M. P… Hempee…

Il revint à la liste. RCMP… Royal Canadian Mounted Police…

— J'ai trouvé, dit-il à Crépeau en lui montrant le nom avec son doigt.

Ce dernier lut le nom à haute voix.

— Darcy Hempee.

Il leva ensuite les yeux vers Théberge.

— Darcy McGee… C'est le nom d'un comté.

— Bravo, Watson !

Crépeau ne semblait pas convaincu.

— Il y a quelque chose qui cloche ? demanda Théberge.

— Tu te vois aller chez le juge uniquement avec ça comme preuve ?

— Je sais, il va falloir être créatifs. Trouve-moi son adresse.

Pointe-aux-Trembles, 17 h 19

Les cinq hommes cagoulés étaient installés derrière une table. Devant eux, le reporter de TVA et celui de

Hex-Radio étaient assis sur des chaises droites. Ce dernier sortit une enregistreuse.

— Pas de micros, fit l'homme cagoulé qui était au centre. Et pas de caméras.

— Mais…

— Les flics seraient capables d'identifier nos empreintes vocales. Vous pouvez prendre toutes les notes que vous voulez.

Le journaliste rangea son appareil.

— Nous sommes désormais en guerre, reprit celui qui paraissait être le porte-parole. Mais pas en guerre contre le peuple. Ni même contre les anglophones.

— Contre qui, alors ? demanda le reporter de TVA.

— Contre les extrémistes qui rêvent de poursuivre le travail de Lord Durham.

— Selon certains, vous êtes vous-mêmes des extrémistes, fit l'autre reporter.

— Ce n'est pas nous qui avons monté un réseau de surveillance et d'intimidation à la grandeur de la province pour cibler les nationalistes. Je suis sûr que les attentats de la nuit dernière ont ouvert les yeux à beaucoup de Québécois. Ce qu'il leur faut maintenant, c'est un exemple, une direction. Le GANG entend leur fournir cette direction.

— N'avez-vous pas peur de faire le jeu des extrémistes que vous dénoncez ?

— Nous ne sommes pas des Louis Riel. Nous ne nous laisserons pas massacrer pour ensuite être reconnus un siècle plus tard, quand ça n'aura plus aucune importance. Si nous avons le choix entre ne rien faire et nous en remettre au système, ou bien agir et courir le risque de leur servir d'alibi, nous préférons prendre ce risque.

— Vous prenez également le risque de faire des victimes. Comme à Westmount, il y a deux jours…

— Nous regrettons profondément que des circonstances imprévues aient entraîné la mort de ces trois personnes. Et puisque nous parlons de victimes, le GANG exige la libération immédiate de mademoiselle

Devereaux ainsi que de tous les patriotes actuellement détenus.

— Mademoiselle Devereaux a été arrêtée ? s'étonna le reporter de TVA.

— Officiellement, on dit qu'elle s'est retirée dans un lieu secret pour échapper à des représailles du crime organisé. On a même prétendu que c'était de nous qu'elle devait se protéger. Pour que les choses soient claires, nous affirmons que madame Devereaux est une grande patriote. Nous sommes fiers d'avoir choisi son nom pour désigner notre cellule et notre premier objectif est d'obtenir sa libération.

— Vous voulez la libérer de quoi, exactement ?

— Le GANG a appris qu'elle était retenue prisonnière par un groupe d'individus relié aux policiers.

— Est-ce que vous parlez d'un groupe paramilitaire ?

— Vous poserez la question à l'inspecteur-chef Théberge.

— Et lorsque vous aurez obtenu la libération de mademoiselle Devereaux et des autres membres du GANG ?… Est-ce là votre seule revendication ?

— Nous exigeons l'arrêt total et immédiat des attaques dont les patriotes québécois sont l'objet. Désormais, toute agression sera suivie de représailles appropriées.

— Vous risquez d'amorcer une véritable escalade.

— C'est pourquoi nous sommes prêts à signer avec le gouvernement fédéral, ainsi qu'avec celui du Québec, un traité reconnaissant les droits des Québécois à contrôler leur territoire et leur culture.

— Ne croyez-vous pas qu'en agissant de façon violente et clandestine, en dissimulant votre identité sous une cagoule, vous enlevez de la crédibilité à votre action ? Jamais le gouvernement ne pourra faire ce que vous demandez.

— Si un ministre du Québec a pu s'asseoir avec des autochtones cagoulés qui occupaient militairement une région, occupation qui a provoqué la mort d'un soldat dont le responsable n'a jamais été identifié, je ne vois pas ce qui les empêcherait de s'asseoir avec nous pour signer la paix des braves… À moins qu'on prétende que seuls les autochtones ont droit au titre de braves, qu'ils sont les seuls à avoir le droit de prendre des moyens musclés pour défendre leurs terres et protéger leur culture.

Vingt minutes plus tard, Victor Trappman enlevait sa cagoule et reconduisait au monastère les quatre fidèles qu'il avait réquisitionnés comme figurants. Conformément aux directives qu'il leur avait données, les quatre s'étaient mis des écouteurs dans les oreilles et ils étaient demeurés muets pendant toute la durée de la rencontre.

RDI, 18 h 04

> … A DÉCLARÉ QUE LE GOUVERNEMENT FÉDÉRAL ÉTAIT DISPOSÉ À INTERVENIR SI LE QUÉBEC EN FAISAIT LA DEMANDE.
> DANS UN AUTRE DOMAINE…

NOTRE-DAME-DE-GRÂCE, 19 h 16

Trappman était arrivé depuis près de vingt minutes quand il vit Guillaume Perrier s'encadrer dans la porte du restaurant et le chercher des yeux.

Quelques instants plus tard, l'homme s'assoyait devant lui et promenait son regard sur l'assistance. Le Trafic était un restaurant chic du West Island dont la clientèle était presque exclusivement anglophone.

— C'est le dernier endroit où ils vont chercher un membre du GANG, fit Trappman à voix basse.

Sur ses lèvres flottait un mince sourire.

— Il faut vous détendre, reprit-il en voyant le malaise croissant de Perrier. Regardez plutôt le menu.

Quatre minutes plus tard, le serveur était venu s'enquérir de ce qu'ils désiraient comme apéritif.

— Je vous apporte de bonnes nouvelles, fit Trappman lorsque le serveur fut parti. D'ici ce soir, la police devrait avoir arrêté les responsables des attentats d'hier. Ils ont leurs noms.

— Comment avez-vous appris ça ?

— Un contact au poste de police.

Perrier ne put s'empêcher de s'avancer sur sa chaise.

— Les gens vont être furieux, dit-il… Quand ils vont s'apercevoir que tous les responsables sont des Anglais !

— Peut-être… mais pas au point de descendre dans la rue. Et encore moins de prendre les armes. Il faut poursuivre l'escalade.

— Ça risque de durer longtemps.

— Pas si Ottawa envoie l'armée.

— Je ne comprends pas…

Perrier jetait des regards rapides autour de lui, de plus en plus mal à l'aise par la tournure que prenait la discussion.

— Le problème, reprit Trappman, c'est que Sinclair peut difficilement déclarer l'état d'urgence et envoyer l'armée sans que le gouvernement du Québec le demande.

— Voisin ne fera jamais ça.

— De lui-même, non. Mais on peut s'arranger pour qu'il n'ait pas le choix.

— Et quand l'armée va être dans les rues ?

— Ça va donner des cibles aux cellules qui vont se former…

— L'armée va répliquer…

— Et le public va se radicaliser en notre faveur… Au fond, c'est simple : il faut faire en sorte que personne ne se sente justifié d'avoir une position modérée. Il faut que les seules positions défendables soient aux extrêmes.

Un sourire apparut sur le visage de Perrier.

— Je comprends, dit-il.

— Après le dîner, vous allez venir avec moi. Nous allons préparer la prochaine intervention.

— Qu'est-ce que c'est ?

— Une surprise.

Montréal, 20 h 35

L'inspecteur-chef Théberge s'écarta pour laisser passer la femme qui venait à sa rencontre dans le couloir de l'appartement. Ses cheveux roux coupés en balai encadraient un visage aux traits nettement marqués. En croisant le policier, elle fit un sourire qui laissa à Théberge un sentiment de déjà-vu.

Parvenu à l'appartement 14, il frappa. La porte, qui était entrebâillée, s'ouvrit complètement.

Théberge jeta un coup d'œil à Crépeau, qui le suivait, puis entra. Il appela à plusieurs reprises :

— Monsieur Hempee ?… Monsieur Hempee ?

N'obtenant pas de réponse, il décida de poursuivre l'exploration.

Dans l'appartement, tout semblait en ordre, à l'exception des vêtements qui traînaient au milieu du salon. Curieusement, la porte-fenêtre du balcon était complètement ouverte.

Théberge se dirigea vers le balcon. Il remarqua alors un attroupement dans la rue, quatre étages plus bas.

Le corps d'un homme nu gisait au milieu de la chaussée.

LCN, 21 h 12

> … PORTE-PAROLE DE LA MAISON-BLANCHE A DÉCLARÉ QUE L'ADMINIS-TRATION AMÉRICAINE REGRETTAIT LE DÉVELOPPEMENT RÉCENT DE LA SITUATION AU QUÉBEC, MAIS QU'ELLE AVAIT PLEINEMENT CONFIANCE EN L'EFFICACITÉ DU GOUVERNEMENT CANADIEN POUR CONTRER LES MENACES TERRORISTES QUI POURRAIENT SURGIR SUR SON TERRITOIRE.
> EN RÉPONSE À LA QUESTION D'UN JOURNALISTE, IL A AFFIRMÉ QUE, À TITRE D'AMI ET DE PARTENAIRE PRIVILÉGIÉ DU CANADA, LES ÉTATS-UNIS EXAMI-NERAIENT DE FAÇON FAVORABLE TOUTE DEMANDE D'ASSISTANCE TECHNIQUE QUI SERAIT DE NATURE À FACILITER…

Montréal, 21 h 14

L'inspecteur-chef Théberge regardait le cadavre avec des sentiments partagés.

D'un côté, les documents découverts dans l'appartement de la victime permettraient probablement l'arrestation du commando anglophone. Un dossier ouvert sur le bureau de Hempee contenait le nom des six personnes responsables des attentats simultanés, avec la description de leur cible, la date de livraison des armes qu'ils avaient utilisées ainsi qu'un code pour sécuriser leurs communications par Internet.

Par contre, la piste menait une fois de plus à un cul-de-sac.

Et, une fois de plus, le principal coupable était mort juste au bon moment, avec les preuves bien exposées à la vue sur le bureau.

Théberge se tourna vers Crépeau.

— Je veux une fouille méticuleuse de l'appartement. Il y a certainement des choses qui nous ont échappé. Je veux qu'on fouille également son bureau à l'UQAM.

— Qu'est-ce qu'il faut chercher ?

— Je ne sais pas… N'importe quoi de suspect.

— Qu'est-ce qu'on fait avec les Canadians for Freedom and Democracy ?

— Occupe-toi d'avoir des mandats pour les six personnes. Ça devrait calmer les politiciens pour quelques jours.

Lac des Seize Îles, 23 h 55

Une bouteille d'eau minérale à la main, Trappman regardait les bulles qui continuaient de monter à la surface de l'eau. La lumière du clair de lune était suffisante pour qu'il puisse les distinguer.

Quand il avait expliqué à Perrier qu'il devait se mettre à couvert, qu'il aurait une plus grande efficacité par son absence, Trappman avait eu de la difficulté à garder un visage sérieux. Particulièrement lorsque l'autre lui avait répondu qu'il avait besoin de liquide pour poursuivre ses opérations. Trappman lui avait alors répondu qu'il en aurait bientôt beaucoup plus que tout ce dont il pouvait rêver !

Il y avait plus d'une minute que la chevelure de Perrier avait disparu en bouillonnant dans l'eau. La technique n'était pas originale, mais elle était efficace. À court terme, du moins. À la longue, bien sûr, le corps du professeur de communication finirait par se désagréger. Les jambes se détacheraient des pieds emprisonnés dans le bloc de ciment et les restes du corps remonteraient à la surface.

Mais le moyen terme n'avait aucune signification pour Trappman. Dans quelques semaines, la découverte ou non des restes de Perrier ne pourrait plus avoir aucun effet sur le cours des événements. La seule chose qui comptait, c'était que le disparu demeure introuvable jusqu'à la fin de l'opération. Qu'il continue d'agir par son absence, comme le lui avait ironiquement expliqué Trappman.

Ce dernier acheva de vider la bouteille d'eau minérale et la lança dans le lac.

— À ta santé, dit-il.

Il jeta ensuite un dernier regard à la surface de l'eau et ne vit aucune bulle. Il remit le moteur de l'embarcation en marche.

> ... la jeunesse représente le marché parfait. Son idéalisme, son rejet de l'autorité, de même que sa tendance à confondre la critique avec le dénigrement du passé, en font une cible particulièrement réceptive à toute proposition de nouveauté.
>
> En cela, elle est le groupe porteur tout désigné pour les constantes incitations au renouvellement de la mode. Et elle joue, de ce fait, un rôle de moteur économique essentiel à la dynamique du marché.
>
> Joan Messenger, *Le Fascisme à visage humain*, 7-Produire de la jeunesse.

MERCREDI

MONTRÉAL, 0 H 17

Le directeur du SPVM avait écouté en silence les explications de Théberge.

— Vous avez les adresses de ces individus ? demanda-t-il quand il eut terminé.

— Oui.

— Est-ce que les deux autochtones vivent sur une réserve ?

— Akwesasne.

— On va au-devant de joyeux problèmes !

— Préférez-vous qu'on arrête seulement les quatre autres ? demanda Théberge avec une fausse naïveté évidente.

Le directeur préféra ignorer la question.

— Si on arrête les autochtones, dit-il, on risque d'avoir sur le dos toutes les associations de défense des droits des minorités.

— C'est sûr.

— Et si on ne les arrête pas mais qu'on arrête les autres, les médias vont nous dénoncer parce qu'on fait de la discrimination en leur faveur.

— À condition qu'ils sachent qu'on a leurs noms.

— S'il y a d'autres attentats et que les médias apprennent qu'on n'a pas arrêté tout le monde, on va se faire démolir… D'un autre côté, si on procède tout de suite et que les perquisitions ne donnent pas de résultats…

— Alors ?… Je demande les mandats de perquisition ou j'attends ?

— Vous êtes sûr de vos preuves ?

— On a un enregistrement vidéo des instructions que Darcy Hempee a données à chacun d'eux. Les six disent clairement qu'ils vont effectuer leur mission. On aurait voulu les piéger qu'on n'aurait pas mieux fait.

— En les arrêtant, on s'achète un délai. Et si les interrogatoires nous permettent de remonter la filière…

L'inspecteur-chef Théberge se contenta de ne pas contredire son supérieur. En son for intérieur, il doutait que la piste des six anglophones permette de remonter très loin. Ce qui l'intéressait davantage, c'était l'identité et les motivations de celui qui l'avait renseigné sur Darcy Hempee.

— D'accord, dit finalement le directeur. On y va.

— Crépeau va s'occuper de l'opération.

— Et vous, essayez de vous concentrer sur les autres attentats !

— Je ne fais que ça.

BAVIÈRE, 10 H 08

Skinner avait conduit pendant plus d'une heure afin de trouver une ville où il y avait un cybercafé.

Après avoir payé pour trente minutes d'utilisation, il accéda au site de Super Security System et choisit la région de Londres.

Lorsque la page d'accueil s'afficha, au lieu de sélectionner une des options présentées, il tapa : VACUUM. Un

message d'erreur apparut. Il entra ensuite : GOD - SKINNER.
Un autre message d'erreur s'affiche. Il sélectionna les
trois derniers mots du message et tapa : DELETE.

L'écran devint noir, puis une série de commandes
s'affichèrent.

ACQUIRE
BURN
DESTROY
ERASE
GUARD
SANCTION

Il sélectionna ERASE et appuya sur la touche ENTER.
Une nouvelle feuille s'affiche, lui demandant de préciser
les modalités du contrat. Skinner entreprit de remplir le
formulaire électronique.

NAME	Emmanuelle Dassault
CITY	Paris
ADDRESS	41, Faubourg Saint-Honoré
DATE	Today
HOUR	7 h 30 p.m.
SPECIAL EFFECT	None
CATEGORY	# 7
PREFFERED OPERATOR	Russian

Skinner relut les informations qu'il avait entrées. Le
numéro qu'il avait inscrit dans la case CATEGORY était le
plus élevé. Il signifiait que la cible était extrêmement
dangereuse.

Quand il eut terminé de relire sa commande, il appuya
sur ENTER. Il ouvrit ensuite une deuxième fenêtre pour
consulter le site de *Jane's* en attendant d'obtenir une
réponse.

Dix-huit minutes plus tard, il recevait une proposition
de contrat. Le prix était de trois cent mille euros.

Skinner entra le nom de la banque qui effectuerait le
paiement, le numéro de compte dans lequel l'argent
serait prélevé ainsi que la signature électronique autorisant le prélèvement.

Il s'agissait d'une banque située au Panama qui, après
un délai de quelques minutes, effaçait toute trace des

transactions qu'elle effectuait. L'argent transiterait par trois autres institutions financières avant de se retrouver dans un compte appartenant à Vacuum, au Luxembourg. L'argent y demeurerait jusqu'à ce que le contrat soit rempli, après quoi il serait transféré par un procédé analogue dans le compte de ceux qui l'auraient effectué.

Au passage, Vacuum retiendrait bien sûr de généreux frais de gestion, qui seraient pour leur part acheminés dans un compte de Super Security System en échange de services fictifs. La beauté de la chose, c'était que le paiement incluait le blanchiment. Tout était automatisé.

Une fois la confirmation du contrat obtenue, Skinner sortit du cybercafé. Il enleva les pellicules de cellophane qui protégeaient le bout de ses doigts et il reprit immédiatement la route. Il ne voulait pas s'éloigner trop longtemps de sa chambre, où un appareil continuait d'enregistrer tout ce que son agent entendait dans le domaine de Xaviera.

RDI, 7 h 03

... LES ACTES DE VANDALISME SURVENUS DANS LES VILLES OÙ ONT EU LIEU LES DERNIERS ATTENTATS.

DU CÔTÉ DES ÉTATS-UNIS, MAINTENANT. L'AMBASSADEUR AMÉRICAIN A DÉMENTI FORMELLEMENT LA RUMEUR SELON LAQUELLE LES TROUPES AMÉRICAINES STATIONNÉES À FORT DRUM, PRÈS DE PHILADELPHIE, AURAIENT ÉTÉ MISES EN ÉTAT D'ALERTE À CAUSE DE LA SITUATION QUÉBÉCOISE, L'EXERCICE ÉTANT PRÉVU DEPUIS PLUSIEURS MOIS.

L'AMBASSADEUR A ÉGALEMENT NIÉ QU'UN NOUVEAU PLAN D'INTERVENTION AU QUÉBEC AIT ÉTÉ MIS EN ŒUVRE. ON SE RAPPELLERA QUE FLOYD W. RUDMIN, DANS *BORDERING ON AGRESSION*, AVAIT DÉJÀ DONNÉ LE DÉTAIL DE DIFFÉRENTS PLANS D'INTERVENTION AMÉRICAINE AU QUÉBEC, CE QUI, À L'ÉPOQUE...

Montréal, 7 h 42

L'inspecteur-chef Théberge se leva du divan, où il avait tenté de récupérer un peu de sommeil, et jeta un regard réprobateur au téléphone.

Quand il reconnut la voix de son collègue Lefebvre, de Québec, son ton retrouva un semblant de bonne humeur.

— Quoi de neuf dans la capitale?

— On a eu trois incidents cette nuit. Deux touristes agressés à la sortie d'un bar dans la rue Saint-Jean, une auto avec une plaque de l'Ontario qui a été saccagée et de la peinture lancée sur le consulat américain.

— Ici, c'est la même chose. En pire.

— J'ai bien pensé que tu devais être au bureau.

— Tu m'appelles pour cette folie-là?

— Non, une autre... Ils vont détourner la rivière de notre camp de pêche dans la Sault aux Cochons.

— Quoi!

— Et ils vont détourner la Sault aux Cochons dans la Bersimis.

— Les imbéciles! On a une des rares rivières non polluées où on trouve encore des...

— Je sais. Mais ça va donner des mégawatts de plus pour l'exportation.

— Est-ce qu'ils vont l'assécher complètement?

— J'ai entendu parler de cinquante, peut-être même de soixante-dix pour cent.

— Tout ça pour envoyer de l'électricité au royaume de la Bushitude!

— Le pire, c'est que ça ne sera peut-être même pas rentable!

— Pas rentable... Tu veux dire que ces ahuris patentés obsédés de mégawatts vont saccager notre rivière juste pour le plaisir d'exterminer le poisson et d'importuner le tout-venant en quête de refuge bucolique?

— Il faut qu'ils compensent les pertes des petites centrales qui sont déjà installées dans le bas de la rivière, expliqua Lefebvre. Ça risque de manger une bonne partie des profits.

— S'ils continuent, je vais finir par rejoindre Nature Boy et ses ineffables godelureaux!

Théberge tourna la tête et vit entrer Crépeau.

— Je te laisse, dit-il à Lefebvre. Je te rappelle tout à l'heure.

Crépeau s'assit dans le fauteuil en face de Théberge, essaya en vain de l'avancer et se rappela qu'il était cloué au sol.

— C'est parti, dit-il. Toutes les perquisitions vont avoir lieu simultanément.

— Même sur la réserve?

— J'ai parlé avec Ross, le chef des Peace Keepers. Il a arrangé les choses. Ce sont eux qui vont s'en occuper.

Québec, colline parlementaire, 10 h 16

— Est-ce que le premier ministre peut nous dire si la vague d'attentats qui s'est abattue sur le Québec, vague provoquée et encouragée par ses politiques national-sécessionnistes, va avoir un effet sur la cote de crédit de la province?

— Monsieur le président, comme le chef de l'opposition le sait très bien, les agences de notation sont sensibles aux débats qui se déroulent à l'intérieur d'une société. Alors, si le chef de l'opposition veut savoir si la campagne de dénigrement du Québec que lui et ses amis d'Ottawa ont entreprise a porté ses fruits, ma réponse sera brève: j'espère que non. Pour le bien de la population, monsieur le président, j'espère que non.

— Question complémentaire, monsieur le président! Est-ce que la vague de violence qui monte de façon régulière au Québec depuis que le premier ministre a pris le pouvoir il y a deux ans, est-ce que cette vague de violence, monsieur le président, va se traduire par une perte de centaines de millions de dollars du fait des montants supplémentaires que nous devrons consacrer au paiement de la dette, tout ça à cause de la baisse de la cote de la province?

— Monsieur le président, la campagne de dénigrement du parti de l'opposition officielle et de ses alliés de l'APLD risque en effet de faire augmenter les intérêts sur la dette, dette accumulée par ce même parti de l'opposition quand il était au pouvoir! Ils ont trouvé le moyen de nous faire payer encore plus cher pour leurs erreurs passées !

— Vous dites n'importe quoi !

— C'est vous qui avez fait n'importe quoi quand vous étiez au pouvoir !

Le président se leva pour calmer le débat.

— À l'ordre !… À l'ordre !…

— Vous faites le jeu des terroristes !

— Et vous, vous leur donnez des raisons de continuer !

— À l'ordre !… À l'ordre !… Monsieur le député de Cacouna-Centre.

— Ma question s'adresse au ministre de la Sécurité publique, monsieur le président. Je voudrais savoir ce que le ministre entend faire pour mettre un terme à la vague de violence et d'attentats qui s'étend maintenant à l'ensemble de la province. Combien de morts supplémentaires faudra-t-il, monsieur le président, avant que le ministre de l'Insécurité publique… pardon, monsieur le président, c'est un lapsus… combien de morts faudra-t-il, monsieur le président, avant que le gouvernement prenne les moyens de faire cesser la violence que propagent ses amis du GANG ?

— Monsieur le président, je tiens à faire remarquer au député de Cacouna-Centre qu'une grande partie de cette violence a été revendiquée par des groupes qui se disent anglophones et que la dernière victime est la fille du chef du PNQ.

— Mais les autres ?

Des voix firent écho à la question du député.

— Oui, les autres… les autres…

Encore une fois, le président dut intervenir.

— À l'ordre !… À l'ordre !…

Montréal, 10 h 21

L'inspecteur Grondin entra dans le bureau de Théberge sans frapper. Ce dernier, qui allait allumer sa pipe, la posa dans le cendrier et fit signe à Grondin de s'asseoir.

— On a passé l'appartement de Darcy Hempee au peigne fin.

— Et… ?

— Dans son casier, au sous-sol, on a trouvé les têtes des statues décapitées dans des sacs à ordures.

— Des têtes de politiciens dans des sacs verts… Même les Zappartistes n'ont pas la dent aussi dure dans leurs critiques !

— On a aussi trouvé quelque chose dans le faux plafond de son bureau.

— Quelque chose… genre… t'sé veux dire ? s'impatienta Théberge.

Grondin commença à se gratter le dessus de la main gauche.

— Des documents sur le GANG, dit-il. Des références à un quartier général.

— Un quartier général du GANG ?

— On a même le nom du propriétaire : Guillaume Perrier.

— Comment Darcy Hempee pouvait-il savoir ça ?

— Il y a aussi une liste de tous les événements. Ça continue jusqu'au mois prochain. Regardez !

Théberge prit les deux feuilles que lui tendait Grondin. Elles comprenaient une longue série, sur deux colonnes, d'actes de vandalisme, de provocations et d'attentats à caractère raciste ou xénophobe. Ceux dans la colonne de droite visaient les anglophones et ceux de la colonne de gauche les francophones. Tous les événements étaient datés.

Le policier vit que l'arrestation des six anglophones était déjà inscrite. Puis, après deux jours, les attentats reprenaient, surtout contre des anglophones.

— Au moins, on sait qui sont leurs prochaines cibles, fit Grondin.

— Peut-être…

— Qu'est-ce que vous voulez dire ?

— Ce qu'il faudrait savoir, c'est si la liste était destinée ou non à être découverte.

L'esprit de Théberge revenait sans cesse au mystérieux interlocuteur qui l'avait mis sur la piste de Darcy
Hempee. Tout dépendait de ses motifs.

— À votre avis, reprit Grondin, est-ce que Darcy
Hempee et le GANG sont derrière l'ensemble des attentats ?

— C'est ce que semble suggérer la liste.

Théberge recula sur sa chaise, prit une pipe dans le
cendrier, l'examina.

— Ça, reprit-il, c'est si la liste n'était pas destinée à
être découverte. Dans le cas contraire…

Grondin se grattait de plus en plus énergiquement.
Théberge lui jeta un regard d'impatience, mais retint le
commentaire qui lui était venu à l'esprit.

— Première hypothèse, dit-il : Darcy Hempee est
dénoncé par quelqu'un qui veut lui nuire. Résultat : on
arrête le responsable du groupe anglophone et l'ensemble
de ses membres… C'est ce qu'il y a de plus simple.

Théberge regarda de nouveau sa pipe et décida de la
bourrer. Puis il la mit dans sa bouche. Il aperçut alors l'air
réprobateur de Grondin et la redéposa dans le cendrier.

— Suite de la première hypothèse, poursuivit-il : on
découvre la liste dans le plafond par hasard. C'est la
preuve que Darcy Hempee est derrière l'ensemble des
attentats, qu'il a entretenu une sorte d'escalade. Le
GANG est sa création. Toute l'histoire est un complot
pour discréditer les nationalistes québécois au profit des
anglophones.

Grondin avait cessé de se gratter et regardait son
supérieur avec toute l'attention d'un enfant qui attend la
fin de l'histoire qu'on a commencé à lui raconter.

— Mais si la liste a été cachée là pour qu'on la trouve ?
dit-il.

— C'est la deuxième hypothèse. Et alors, il faut qu'il
y ait quelqu'un au-dessus de Darcy Hempee. Quelqu'un
qui le manipule et qui veut nous faire croire que toute
cette histoire est un complot en faveur des anglophones…
Et les seuls qui ont intérêt à ce qu'on croie ça…

— Ce sont les membres du GANG.

— Tu ne trouves pas que ça ressemble à ce qui s'est passé avec Huchon ?

— Vous voulez dire que…

— Huchon avait été sacrifié pour nous faire croire qu'on avait éliminé le GANG, ce qui leur permettait de continuer à opérer en attribuant les attentats aux anglophones.

— Vous croyez qu'ils referaient deux fois le même coup ?

— Puisque cela a fonctionné la première fois… Et puis, ce n'est pas exactement la même chose. Cette fois, ils veulent nous faire croire que le GANG n'a jamais existé. Que c'est une pure invention de Darcy Hempee. Dans les deux cas, on trouve le responsable de tous les attentats. Pour bien faire, il est mort. Il ne reste qu'à arrêter ses comparses. L'enquête est terminée. Tout le monde est content… Tout ça, évidemment, si la deuxième hypothèse est la bonne.

— Alors ?… Qu'est-ce qu'on fait ?

— Pour l'instant, on n'a pas le choix : on continue l'opération. Si quelqu'un a sacrifié Hempee pour nous lancer sur la piste des Canadians for Freedom and Democracy, autant lui laisser croire qu'il a réussi… Tu disais que les documents font référence à un quartier général ?

— Oui.

— Est-ce qu'on sait où il est situé ?

— Au lac des Seize Îles, près de la frontière ontarienne.

— Je veux une perquisition minutieuse de la maison et des autres bâtiments s'il y en a.

— Ça va poser des problèmes de juridiction avec la Sûreté du Québec. En dehors des villes qui ont leur propre service de police, c'est la SQ qui est responsable.

— Tu vas arranger ça avec eux… Le ministre nous a assurés qu'ils collaboreraient.

— D'accord.

— Et tu me trouves ce Perrier !

Québec, colline parlementaire, 10 h 34

— Notre parti n'a rien à voir avec ces terroristes, monsieur le président !

— Est-ce pour ça que vous ne parvenez pas à les arrêter ?

— Si le député de l'opposition avait le moindre sens des responsabilités, il saurait qu'un ministre ne peut pas compromettre une enquête en cours en faisant des commentaires en Chambre. Je me contenterai donc de confirmer au député de Saint-Nicéphore-Ouest que les choses progressent de manière satisfaisante et que les responsables de l'enquête devraient être en mesure de faire état de résultats positifs d'ici vingt-quatre heures.

— Des promesses, monsieur le président ! Des promesses !

— Si le député de l'opposition est allergique aux promesses, monsieur le président, il devrait quitter son parti et s'inscrire au Parti de Rien. Il serait dans son élément !

— À l'ordre !

— Je proteste, monsieur le président !

— À l'ordre !... À l'ordre !... Monsieur le député de Yamachiche.

— Monsieur le président, le premier ministre peut-il nous confirmer s'il est vrai, comme l'a annoncé une station de radio de Montréal, que Bombardier songe à transférer son siège social à l'extérieur du Québec ?

— Je n'ai aucune information à ce sujet, monsieur le président. Mais je remarque que le député de Yamachiche continue d'afficher une attitude négative, ce qui est mauvais non seulement pour sa santé personnelle, mais pour celle de l'économie de la province !

— Complémentaire, monsieur le président. Est-il vrai que le parti du premier ministre songe à changer son nom, comme l'a suggéré Nature Boy, pour le Parti des Porcs ?

— À l'ordre !...

— C'est encore mieux que le Parti de l'opposition à vie ! répliqua le premier ministre.

— À l'ordre !... À l'ordre !

New York, 10 h 49

Esteban Zorco avait rencontré Monky à quatre reprises. À chaque occasion, l'adjoint de Horcoff avait exactement la même apparence : pantalon noir, gilet à col roulé noir, veston à col mao noir et crâne rasé. Ses souliers étaient également noirs.

— Je suppose que l'essentiel des dossiers dont s'occupait votre prédécesseur vous est familier, fit Zorco.

— J'ai profité de la nuit pour tout passer en revue.

— Vous ne dormez pas ? demanda Zorco sur un ton légèrement amusé.

— Seulement quand j'ai le temps, répondit Monky le plus sérieusement du monde.

Zorco le regarda un instant en silence avant de poursuivre.

— Pour ne pas dormir, vous avez un truc ? demanda-t-il finalement.

— C'est une question d'entraînement. Il faut évacuer la fatigue à mesure.

— Je vois… Eh bien, nous allons donc pouvoir gagner du temps. Il y a deux problèmes à régler. Le premier vous concerne. Normalement, j'aurais dû vous faire éliminer. Celui qui s'en est pris à Horcoff sait probablement que vous êtes en relation avec lui.

— Mais vous préférez m'utiliser comme appât.

— Oui… On peut présenter les choses de cette façon.

— J'aurais pris la même décision.

En guise de réponse, le directeur de Slapstick & Gaming International se contenta de regarder Monky d'un air intéressé avant de lui demander pourquoi il aurait pris la même décision.

— À court terme, je représente le moyen le plus sûr d'amener l'agresseur de Horcoff à se manifester. Et si je survis, je suis le choix idéal pour assurer la transition parce que je suis au courant de la plupart des dossiers en cours. Par ailleurs, à moyen et à long termes, je représente un actif qui peut être intéressant pour l'organisation à cause de la diversité de mes compétences.

— Compétences qui sont ?

— Je suis un comptable qui a le sens de la planification stratégique et qui est entraîné dans les arts de combat. En fait, j'ai une seule compétence : je suis discipliné. Et j'ai appliqué cette discipline à différents domaines.

D'où sortait donc cet étrange comptable de choc, comme l'avait baptisé Horcoff ? En quelques phrases, il venait de résumer les raisons qui l'avaient amené à lui donner une promotion temporaire plutôt qu'à l'éliminer.

— Monsieur Horcoff m'avait dit que vous lui étiez devenu indispensable, reprit Zorco. Je commence à mieux comprendre pourquoi… Mais, dites-moi, comment faites-vous pour maintenir ce genre de… ?

Zorco semblait hésiter sur le terme à employer.

— Rationalité lucide ? suggéra Monky.

— Oui, si on veut.

— Il suffit de ne pas dormir. Surtout lorsqu'on est éveillé.

— Bien sûr…

Le directeur de Slapstick & Gaming International décida d'interrompre cette discussion. Il la reprendrait lorsque les urgences seraient moins pressantes.

— Vous avez été surveillé depuis le moment où je vous ai contacté, dit-il.

— Alors, vous savez que j'ai été contacté.

— C'était l'individu qui a rendu visite à Horcoff ?

— Oui. Je lui ai donné l'information que vous m'avez demandé de lui transmettre.

— Est-ce qu'il vous a fixé un autre rendez-vous ?

— Il a simplement dit qu'il me retrouverait s'il avait besoin de moi. Est-ce que vous l'avez fait suivre ?

— C'était inutile. Je sais qu'il reviendra vous voir.

— Ceux qui me couvraient étaient particulièrement efficaces : je ne les ai aperçus qu'à trois reprises et, chaque fois, ce fut assez bref. Si je ne me suis pas trompé, c'était une équipe de quatre.

Zorco fut de nouveau pris de court par la déclaration de Monky.

— Où avez-vous eu ce genre d'entraînement ? demanda-t-il.

— J'ai fréquenté pendant quelques années un individu qui avait été béret vert. Après un passage dans une agence de renseignements, il a terminé sa carrière comme héroïnomane. Il a bien voulu m'initier à son art… Je ne parle pas de l'héroïne, bien sûr… En échange, j'assurais sa protection pendant les périodes où il n'était pas en état de le faire.

Zorco s'efforçait de ne pas laisser paraître sa perplexité. Chaque question semblait amener à la surface une nouvelle dimension de cet étrange comptable qui s'était contenté de travailler dans l'ombre de Horcoff pendant deux ans.

— Il y a une chose que je ne comprends pas, dit-il. Pour quelle raison avez-vous accepté de demeurer aussi longtemps sous les ordres de Horcoff ? Avec votre potentiel…

— J'avais l'intention de demeurer avec lui aussi longtemps que j'aurais l'impression d'apprendre quelque chose.

— Et quand il n'aurait plus rien eu à vous apprendre ? Vous l'auriez éliminé pour prendre sa place ?

— Pas du tout. Premièrement, ce n'était pas d'abord sa personne comme son interaction avec le monde dans lequel il évoluait que je trouvais intéressante. Si mon intérêt était tombé, je serais parti.

— Je ne peux pas croire que l'idée de gravir les échelons à l'intérieur de l'organisation ne vous ait jamais traversé l'esprit.

— Bien sûr. Mais il n'est pas nécessaire d'éliminer quelqu'un pour cela. Dans ce genre d'emploi, les gens qui ne sont pas suffisamment conscients et rationnels s'éliminent d'eux-mêmes. Il suffit d'attendre. On a alors l'avantage d'hériter du poste sans provoquer d'inquiétude dans les échelons supérieurs ou parmi ses collègues.

— Est-ce la politique que vous entendez suivre en devenant mon adjoint ? demanda Zorco. Vous allez attendre que je m'élimine ?

— Cela dépend de vous. Si vous êtes rationnel et conscient, vous allez monter dans la hiérarchie, prospérer, ce qui me permettra de monter dans votre sillage. Et si vous ne l'êtes pas…

À chaque détour de la conversation, Zorco se retrouvait aspiré, sans savoir comment, vers des sujets qui n'étaient pas ceux qu'il voulait aborder. Une chose était certaine, cet étrange comptable pouvait s'avérer un adjoint précieux. À la condition, bien sûr, de pouvoir s'assurer de sa fidélité.

Quand il avait décidé de s'en servir, c'était pour une courte période, le temps qu'il joue son rôle d'appât. Maintenant, Zorco penchait plutôt vers une association à plus long terme.

— Mon secrétaire va vous conduire au bureau de Horcoff, dit-il. Je vous demanderais de mettre de l'ordre dans ses affaires et de me préparer un plan de reprise en main du secteur nord-américain. J'en aurais besoin dans trois jours.

— Entendu. Pour accélérer les choses, il y a une question que j'aimerais vous poser immédiatement. Je peux ?

— Bien sûr.

— Il s'agit du projet Global Warming.

Monky sentit immédiatement Zorco se raidir.

— Je ne sais pas exactement ce que c'est, poursuivit Monky, mais ça mobilise une quantité importante de ressources, dont plusieurs sont simplement en attente. Alors, je me suis dit : ou bien c'est une priorité absolue, ou bien c'est du gaspillage difficilement explicable.

— Je peux savoir comment vous en êtes arrivé à cette conclusion ? demanda doucement Zorco.

— En tentant de réconcilier les chiffres. À mon avis, ça ne peut être que deux choses : ou bien c'est une forme extrêmement habile de détournement de fonds,

ou bien c'est une façon de camoufler un projet d'envergure et particulièrement sensible en le morcelant et en
dispersant ses imputations dans une foule de projets
mineurs… Souhaitez-vous que je poursuive mes recherches sur le sujet ?

— Non. Pas pour l'instant. Le moment venu, je vous
expliquerai ce qu'il en est.

— Bien.

— Avant que vous partiez, j'aurais encore quelques
questions à vous poser, des questions de nature plus
personnelle… Nulle part, dans votre dossier, il n'est fait
mention de vos préférences sexuelles. Il semble également
que vous n'ayez ni femme ni enfant.

Par ces questions, Zorco espérait le surprendre. Ce
fut lui qui fut surpris de la réponse.

— L'information est exacte, je ne me suis pas reproduit. Pour ce qui est de ma sexualité, je comprends que
ses éventuels débordements puissent être une source
d'inquiétude pour vous. Je dirais que je suis zérogame.

— Zéro quoi ?

— Ni polygame ni monogame : zérogame.

— C'est le résultat d'un traumatisme ?… D'une infir-
mité ?… Si je ne suis pas trop indiscret, bien sûr.

La zérogamie était la dernière chose que Zorco pouvait
imaginer chez un homme sain de corps et d'esprit. Ou
même s'il ne l'était pas, à vrai dire.

— C'est le résultat d'un manque de temps, répondit
Monky.

— Mais… vous dites que vous ne dormez pratiquement pas.

— Parvenir à exister individuellement est un travail
titanesque. Et tant qu'on n'existe pas, il est assez illusoire
de vouloir exister à deux. Sans compter que ça complique sérieusement les choses.

— Je vois… Et votre habillement ? Vous êtes en
deuil ?… Avouez que pour exprimer votre individualité…

— Tous mes vêtements sont identiques. C'est donc
un sujet de préoccupation de moins… Et puis, je peux

avoir des prix de gros quand je renouvelle ma garde-robe !

Baie-d'Urfé, 11 h 15

Polydore Campeau méditait depuis deux heures lorsque la porte s'ouvrit.

— Votre concentration est impressionnante, fit la femme au visage masqué qui s'assit dans le fauteuil derrière lui. Vous pouvez aspirer à beaucoup plus que le niveau de brane.

— Un jour, peut-être, répondit prudemment Campeau sans se retourner. Mais il est trop tôt pour y penser.

— Pour quelle raison ?

— L'évolution intérieure est une question d'années. Les choses viendront par elles-mêmes si elles ont à venir.

— L'évolution est parfois plus rapide qu'on pourrait le croire lorsque l'environnement est adéquat.

Polydore jugea préférable de ne pas répondre pour inciter la femme à poursuivre son explication sans interférence de sa part.

— Il y a déjà un certain temps que je vous observe, reprit la femme. Ce n'est pas par hasard que votre évolution a été plutôt lente. Je l'ai volontairement ralentie pour avoir le temps de me faire une idée. D'être certaine de ne pas me tromper.

— Une idée de quoi ?

— Vous avez beaucoup de potentiel. Vous êtes promis à un grand avenir à l'intérieur de notre organisation. C'est maintenant une question de jours avant que vous accédiez au rang de brane.

— L'Église m'a déjà apporté plus que ce que j'espérais en occasions de développement intérieur.

— C'est à dessein que j'ai employé le terme organisation plutôt qu'Église. Ainsi que l'enseigne Maître Calabi-Yau, la réalité a plus de dimensions que ce que nous en percevons généralement. Il en va de même pour notre Église… Assurer à l'ensemble des fidèles un enseignement de qualité, leur procurer un environnement propice à leur développement intérieur, tout cela exige une organisation. Une infrastructure, comme on dirait dans d'autres milieux. Cette infrastructure de l'Église n'est pas apparente aux yeux des profanes. Même les disciples dont le développement n'est pas assez avancé ne peuvent la percevoir. Elle est l'équivalent des dimensions enroulées – et donc imperceptibles – de l'espace. Mais ce sont quand même elles qui servent d'assise à tout le reste... Est-ce que vous me suivez?

— Je comprends ce que vous me dites, mais je vois mal ce que vous attendez de moi.

— Dans votre vie antérieure, vous avez fait carrière avec succès dans le domaine de la comptabilité et de la gestion financière.

— Comme vous le dites, c'était dans une autre vie. Avant que je me mette en quête de ma vérité intérieure... Il y a des années que je n'ai pas...

— On ne peut jamais abolir ses vies antérieures. Elles continuent toujours d'influencer notre schéma vibratoire. Souvent même à notre insu. La seule façon de se prémunir contre les perturbations qu'elles continuent de générer, c'est de les intégrer, de les réactiver à l'intérieur d'un contexte qui en utilise au mieux le potentiel.

Polydore, qui avait toujours le dos tourné à la femme, fit un effort pour ne pas sourire. L'éventualité d'être surveillé par une caméra, particulièrement pendant cet entretien, l'obligeait à un contrôle complet de son expression.

— Je m'imagine mal quitter l'Église pour me chercher un emploi dans mon ancien secteur de travail, dit-il.

— Qui vous parle de quitter l'Église? Je songeais plutôt à utiliser vos compétences au service de la communauté. Vous pourriez vous intégrer à l'infrastructure dont je vous parlais à l'instant.

— Et je ferais quoi?

— Vous vous occuperiez de la comptabilité du monastère et de la gestion de ses finances.

LCN, 11 h 21

... DES ARRESTATIONS SONT EN COURS. UNE CONFÉRENCE DE PRESSE DEVRAIT AVOIR LIEU CE SOIR OU DEMAIN MATIN POUR FAIRE LE POINT SUR LA SITUATION.

LE PORTE-PAROLE DU SPVM A PAR AILLEURS TENU À DÉMENTIR CATÉGO-RIQUEMENT LA RUMEUR SELON LAQUELLE LA POLICE DE MONTRÉAL SERAIT EN POSSESSION DE DOCUMENTS RELIANT LES TERRORISTES DU GANG AU RÉSEAU AL-QAÏDA. QUALIFIANT CES ALLÉGATIONS DE...

BAIE-D'URFÉ, 11 h 24

— Je ne suis pas certain de pouvoir être aussi utile à l'Église que vous semblez le croire, fit Polydore. Je ne connais pas suffisamment l'organisation pour...

— Au début, vous aurez une assistante pour vous familiariser avec notre fonctionnement et faciliter votre intégration.

— Vous croyez vraiment que...?

— J'en suis certaine. Je peux même vous annoncer que vous accéderez au rang de dibrane dans les jours qui suivront votre entrée en fonction.

— Dibrane? Mais... ça prend des années.

— Dans toutes les Églises, dans toutes les organisa-tions parareligieuses, il existe une hiérarchie occulte, des voies d'accès rapides au cercle du pouvoir. C'est comme ce qui se passe dans n'importe quelle organisation poli-tique. Par exemple...

— Mais... nous ne sommes pas une organisation politique !

— Bien sûr que non... Mais nous faisons face aux mêmes exigences organisationnelles. Pour utiliser un vocabulaire plus conforme aux enseignements de Maître Calabi-Yau, je dirais que ce n'est pas en niant les con-traintes liées aux dimensions les plus fondamentales de la réalité que nous favoriserons l'épanouissement de ses dimensions les plus subtiles. C'est comme pour la pyra-mide des besoins humains : un individu qui meurt de faim développe rarement des préoccupations intellectuelles ou spirituelles très poussées.

— Les mystiques, pourtant...

— Bien sûr, certains individus peuvent le faire. Ils peuvent même nous servir d'inspiration… Mais ils ne serviraient d'inspiration à personne et ils tomberaient vite dans l'oubli s'il n'y avait pas une structure, une organisation pour aller voir les gens et leur transmettre ce message… Ce qui vous est demandé, c'est de mettre votre talent au service de l'organisation qui porte le message de notre Église.

— Vu de cette façon…

— C'est la seule façon de voir qui soit réaliste et conforme aux enseignements de Calabi-Yau.

— Je commencerais quand?

— Aujourd'hui même. Je vais vous présenter votre assistante… En fait, il ne reste qu'un détail à régler.

— Lequel?

— Ce soir, vous allez rencontrer notre responsable de la sécurité. Dans votre cas, ce n'est qu'une formalité. Mais vous comprendrez qu'on ne peut courir aucun risque. Par le passé, nous avons eu des tentatives d'infiltration et…

— Je comprends, répondit rapidement Polydore en s'efforçant de mettre juste assez de conviction dans sa voix.

MONTRÉAL, 12 H 37

Graff avait beau savoir qu'il s'agissait de Pascale, il eut de la difficulté à la reconnaître. Elle avait rasé ses cheveux, ses yeux étaient bleus sous l'effet de lentilles cornéennes teintées et elle portait un maquillage exagéré. Quant à son habillement, il avait plus à voir avec ses années de rébellion punk qu'avec la garde-robe de la reporter-vedette.

Il avait reçu l'invitation le matin même sur son cellulaire: déjeuner chez Better.

— Il paraît qu'ils ont arrêté les responsables des attentats, fit Graff. La rumeur courait à TéléNat.

— Tu penses que ça va être suffisant pour arrêter l'escalade?

— Ça ne peut pas nuire.

— On dirait que tout le monde est devenu fou. Ce matin, au dépanneur, j'entendais la propriétaire dire à un client que c'était comme ça que les choses avaient commencé au Liban. Et le chauffeur de taxi qui m'a amenée ici a insisté pour que je le paie d'avance. Quand je suis sortie, il m'a lancé qu'on devrait nettoyer les rues des déchets !

— Il ne pouvait pas savoir à qui il parlait, se moqua gentiment Graff.

— Ce n'est pas une raison !

— Je sais…

— Toi, de ton côté, tu ne dois pas manquer de sujets pour tes caricatures !

— Ce qui me dérange, c'est de voir le sourire de Boily chaque fois que je le rencontre. On dirait qu'il est content de ce qui arrive.

— Ce qui se passe est très bon pour les cotes d'écoute !

— C'est surtout le fait d'avoir eu raison sur le danger du nationalisme qui le met de bonne humeur !

— Ça, je dois dire…

— Tu as vu la lettre au *Devoir* ?

— Laquelle ?

— Celle du regroupement d'hommes d'affaires qui se déclarent insatisfaits du travail de la police et du manque de leadership du gouvernement…

— Non, je ne l'ai pas vue.

— Ils ne réclament pas ouvertement la loi sur les mesures d'urgence, mais c'est tout comme. Ils souhaitent que les choses soient prises en main par quelqu'un de responsable et qui a les moyens de ses responsabilités. C'est juste s'ils ne comparent pas la situation avec celle de la Bosnie !

— Tu penses qu'on va se retrouver comme en 70 ?…

— En 70, c'était en partie fabriqué. Mais là… Je ne pense pas… En fait, je ne comprends pas d'où sort le GANG… ni tous les autres groupes d'ailleurs. Je suis à la veille de faire une caricature hebdomadaire sur le groupe terroriste de la semaine !

— Écoute, je veux te parler de quelque chose... Tu as entendu les déclarations du GANG à mon sujet ?

— Qu'est-ce que tu veux, c'est probablement la théorie du complot qui leur sert de base universelle d'interprétation...

— Je vais faire une déclaration à la télé pour clarifier les choses, expliquer que je ne suis pas retenue prisonnière...

— À ta place, j'y penserais à deux fois.

— Ça va faire taire les rumeurs.

— Tu as pensé à tous ceux qui vont se mettre à ta recherche ?

— Pour me cacher, j'ai une autre idée...

Quelques minutes plus tard, Graff prenait une gorgée de vin, posait son verre, puis regardait Pascale d'un air incrédule.

— Tu es... tu es...

Il eut un geste d'impuissance, reprit une gorgée de vin.

— Imaginative ? suggéra Pascale avec un sourire à peine moqueur.

— J'aurais plutôt dit « suicidaire ».

— Avoue qu'il n'y a pas de meilleur endroit.

Graff la regarda un moment sans répondre.

— Tu es aussi folle qu'à l'époque du squat, finit-il par dire en secouant lentement la tête, comme s'il n'arrivait toujours pas à croire à ce qu'elle était sur le point de faire.

— Alors, tu veux m'aider ?

— Bien sûr, je vais t'aider. Mais s'il t'arrive quoi que ce soit...

— Que veux-tu qu'il m'arrive ?

— Tu es inconsciente ou tu dis ça juste pour jouer avec mes nerfs ?

— Je ne vais quand même pas mourir !

— Si tu meurs, je te promets de te déterrer une fois par semaine pour t'engueuler !

— Ce serait plus pratique d'aménager un système de micro qui relierait la tombe à l'extérieur.

— Plus pratique mais moins satisfaisant.

TéléNat, 12 h 42

... maintenant, une question de monsieur Henri Jalbert, de Longueuil. Monsieur Jalbert, bonjour.

— Bonjour, monsieur Saint-Onge.

— Vous avez une question pour notre invité?

— Oui. Moi, il y a une chose que je trouve curieuse: pourquoi est-ce que les policiers ne sont pas capables d'arrêter les terroristes avant qu'ils commettent les attentats? Est-ce qu'ils font exprès?

— Je ne pense pas qu'il soit correct de poser cette hypothèse, monsieur Jalbert, intervint l'animateur.

— Alors, expliquez-moi une chose. Des terroristes, ils en ont une dizaine en prison depuis des mois. Qu'est-ce qu'ils attendent pour leur faire donner les noms de ceux qu'ils n'ont pas encore arrêtés?

— Il y a des lois, monsieur Jalbert. Si les prisonniers refusent de parler...

— Si les lois empêchent de protéger la vie des citoyens, qu'est-ce qu'ils attendent, au gouvernement, pour déclarer la loi sur les mesures d'urgence et faire venir l'armée? Eux, ils vont le faire, le ménage!

Paris, 18 h 48

Goran Goranisevic regarda les trois femmes descendre de la limousine. Aucun homme n'était avec elles. Et il n'y avait personne à l'intérieur de l'appartement: Goranisevic avait vérifié.

Ce serait du bonbon. Peut-être même aurait-il l'occasion de s'amuser un peu. Puis il se rappela que le sujet était classé niveau 7. Mais Goranisevic avait beau regarder la femme qu'il avait pour cible, il ne parvenait pas à imaginer en quoi elle pouvait être si dangereuse. Bien sûr, elle était assez grande, mais ça ne voulait rien dire. Il y avait probablement eu une erreur: elle devait être un niveau 1 et non un niveau 7.

Le Russe attendit une dizaine de minutes puis il sonna à la porte de l'appartement où les trois femmes étaient entrées. Il glissa ensuite la main à l'intérieur du paquet qu'il portait devant lui, à la hauteur de la taille.

La boîte lui montait presque au menton.

— Oui ? fit une voix féminine dans le haut-parleur.

— Un colis.

— Je n'attends rien.

— Vous êtes bien Emmanuelle Dassault ?

— Oui.

— Alors, c'est pour vous.

— C'est de la part de qui ?

— Je ne sais pas. Il n'y a pas d'adresse de retour. D'après les marques postales, ça vient d'Amérique du Sud.

La femme répondant au nom d'Emmanuelle Dassault regardait l'écran d'un air perplexe. Elle se demandait si le colis contenait une araignée.

Malgré sa grosseur, la boîte ne semblait pas très lourde. Peut-être que ça venait de l'un des commerçants à qui elle avait fourni une liste de spécimens qui l'intéressaient.

— D'accord, dit-elle finalement. Je vous ouvre.

L'instant d'après, Goranisevic se retrouvait dans le vestibule, satisfait de son stratagème. Le colis qui venait de l'étranger, ça fonctionnait toujours.

La porte se referma derrière lui.

La femme activa alors le lecteur à rayons X. Elle repéra immédiatement l'arme à l'intérieur du colis, ainsi que la main du livreur, qui la tenait fermement.

Elle appuya sur le bouton pour envoyer les gaz.

La discussion avec le livreur promettait d'être intéressante.

Le rôle économique de la jeunesse est amplifié par les frustrations et l'insécurité propres à cette période de la vie [...] ce qui rend les jeunes particulièrement vulnérables à la consommation compensatrice.

Une des fonctions du marché est de canaliser l'immense potentiel que représentent les frustrations de la jeunesse et de transformer ces frustrations en stimulant économique par une consommation appropriée.

Joan Messenger, *Le Fascisme à visage humain*, 7-Produire de la jeunesse.

MERCREDI (SUITE)

MONTRÉAL, 13 H 20

— Tu ne changes pas d'idée ? demanda Graff.

Pascale repoussa l'assiette de dessert à laquelle elle n'avait presque pas touché.

— Je veux aller au bout de cette histoire, dit-elle. Et la seule façon, c'est de m'infiltrer.

— Bon.

— Tu as l'air découragé.

— C'est pour toi. Moi, le seul problème que je vais avoir, ce sont les journalistes qui vont recommencer à me harceler pour savoir où tu te caches.

— Ça va durer une semaine ou deux, puis ils vont passer à autre chose.

Elle prit une dernière gorgée de café. Le téléphone portable de Graff se manifesta.

— Oui ?

— …

— Oui, elle est avec moi !

— …

— D'accord.

Il ferma son téléphone et sourit à Pascale.

— Ça fonctionne, dit-il. Ils t'attendent à deux heures.

— Tu es sûr que tu ne m'en veux pas ?

— Pourquoi je t'en voudrais ? S'il y a quelqu'un qui risque quelque chose dans cette histoire, ce n'est pas moi.

— Je sais que tu n'es pas d'accord.

— Mais si tu ne le faisais pas envers et contre tout le monde, tu ne serais pas la Pascale que je connais.

— J'ai un autre service à te demander.

— Tu veux infiltrer la mafia locale ? Forcer les archives de la GRC ?… Faire une visite incognito à l'ambassade américaine ?

Pascale ne put s'empêcher de sourire.

— Rien d'aussi terrible, dit-elle. J'aimerais que tu continues de t'occuper de Léon.

— Ta perruche ? Pas de problème, elle remplace mon réveille-matin. Le seul inconvénient, c'est qu'elle n'a pas de bouton pour changer l'heure de la sonnerie. C'est toujours six heures moins cinq.

— Elle a été bien entraînée, fit Pascale en riant… J'aimerais aussi que tu ailles voir Little Ben. Tu sais, je te l'ai déjà présenté…

— La montagne humaine ?

— Ce n'est pas correct de l'appeler comme ça, protesta Pascale, mi-sérieuse, mi-amusée.

— D'accord, la colline humaine.

— Je voudrais que tu lui dises de ne pas s'inquiéter, que je vais être en voyage plus longtemps que prévu.

— En voyage ?

— Dis-lui que je vais essayer de lui envoyer des cartes postales.

— Et je vais le trouver où ?

— Au bar en face de chez moi. Il y va presque tous les jours.

— Bon… J'espère qu'il ne se mettra pas dans la tête que c'est moi qui t'ai kidnappée.

— Il y a un autre message que j'aimerais que tu fasses.

— À qui ?

— Si, dans un mois, tu n'as pas eu de mes nouvelles, je veux que tu ailles raconter à l'inspecteur-chef Théberge tout ce que je t'ai dit.

— Dans un mois… D'habitude, c'est un an et un jour, le délai pour les objets perdus.

— Rassure-toi, je ne serai pas en perdition. Mais je serai peut-être dans l'impossibilité de contacter l'extérieur.

— Est-ce qu'il y a d'autres personnes ou organismes que je dois avertir ? La société de protection des journalistes illuminés, peut-être ? Ou…

— Non, personne, dit-elle.

— Je continue de ramasser ton courrier ?

— Oui. Tu l'ouvres, au cas où il y aurait des urgences… Je vais essayer de te téléphoner.

Elle pensait à Campeau, qui tenterait peut-être de la joindre. Et puis, il y avait Blunt…

— Rien d'autre ? demanda Graff.

— Non, rien…

Pascale avait longuement hésité avant de prendre sa décision. Mais, finalement, elle avait conclu qu'il était préférable de ne pas avertir Blunt de la nature de ses projets. Avec les moyens dont il semblait disposer, il aurait été capable de la retrouver. Or, c'était une affaire dont elle voulait s'occuper seule. Il n'était pas question qu'une agence de renseignements, dont elle ne connaissait d'ailleurs presque rien, vienne mettre ses gros sabots dans son enquête et l'empêche de la mener à terme.

Il y avait aussi madame Turenne…

— Rien d'autre, répéta Pascale à mi-voix, s'étonnant de se sentir coupable à l'égard d'elle.

Pourtant, s'il y avait quelqu'un dont elle était à mille lieues de partager le mode de vie et la façon de voir le monde…

LCN, 14 H 04

> ... A DÉNONCÉ LES MANŒUVRES CONJOINTES DE LA MARINE ET DE L'ARMÉE
> TAÏWANAISES. IL A PRÉVENU QUE TOUTE MENACE À LA SÉCURITÉ NATIONALE
> DE LA CHINE ENCOURRAIT UNE RÉPLIQUE FERME ET DÉCISIVE.
> PLUS PRÈS DE CHEZ NOUS, LES FORCES POLICIÈRES DE PLUSIEURS VILLES
> ONT COLLABORÉ POUR ARRÊTER LES AUTEURS DES ATTENTATS QUI ONT
> SECOUÉ LA PROVINCE DANS LA NUIT DE LUNDI À MARDI.
> LCN A APPRIS QUE DEUX AUTOCHTONES FONT PARTIE DES PERSONNES
> ARRÊTÉES. INTERROGÉ À CE SUJET, LE PORTE-PAROLE DU SPVM, L'INS-
> PECTEUR RONDEAU...

IRAN, FRONTIÈRE DE L'IRAK, 21 H 39

Les deux Iraniens entrèrent dans un bunker isolé à flanc de montagne. L'endroit avait été abandonné à la fin de la guerre de leur pays contre l'Irak, en 1988. Une dizaine d'années plus tard, un système pour lancer des missiles longue portée y avait été aménagé dans le plus grand secret.

En raison de l'emplacement des installations, aucun personnel ne gardait l'endroit. Seule une porte d'acier massif bloquait l'entrée. Pour la franchir, il n'y avait qu'une façon de procéder : utiliser le code électronique qui déclencherait le mécanisme situé à l'intérieur.

Ce code, de même que la télécommande pour envoyer le signal, le chef des deux Iraniens les avait payés soixante mille dollars à un officier militaire. Par contre, ce que les deux combattants ne savaient pas, c'était qu'un officier russe avait financé l'opération et qu'il avait remis à leur chef une somme dix fois plus importante. Leur opération servirait à en financer d'autres.

Une fois à l'intérieur, les deux Iraniens allumèrent le système d'éclairage, firent démarrer la ventilation puis ils enlevèrent les enveloppes de plastique scellées qui protégeaient les ordinateurs de contrôle.

Lorsque les ordinateurs furent en marche, ils y entrèrent les codes de déverrouillage du système de mise à feu des missiles.

Avec la présence des troupes américaines à proximité, dans le Kurdistan irakien, les deux jeunes Iraniens savaient qu'ils seraient traqués dans les minutes qui suivraient le moment où le missile quitterait le bunker. Les satellites qui quadrillaient la région avec leurs radars et leurs caméras à infrarouge détecteraient le lieu du lancement. La surveillance s'intensifierait et des avions seraient lancés dans leur direction.

La probabilité était grande qu'ils deviennent des martyrs. Mais leur geste contribuerait à relancer la guerre sainte. Cela montrerait qu'Israël n'était pas invulnérable et que la défaite de l'Afghanistan n'avait rien changé. D'autres fidèles suivraient leur exemple.

Lorsque l'ordinateur fut prêt à procéder au lancement, ils introduisirent la disquette contenant les paramètres de la cible et ils activèrent la mise à feu.

Quelques instants plus tard, le missile s'élevait dans le ciel et prenait la direction de Tel-Aviv.

Presque au même moment, à l'insu des deux Iraniens, un commando de jeunes Saoudiens menait une opération similaire en Arabie Saoudite, sur le plateau du Hamad.

Leurs chances de survie n'étaient guère meilleures.

DRUMMONDVILLE, 16 H 02

F avait abandonné le personnage de madame Turenne, comme elle le faisait chaque fois qu'elle se trouvait dans son refuge secret, sur les bords de la rivière Saint-François.

Par la fenêtre, elle pouvait voir l'élargissement de la rivière, près de la pointe à Allard.

> ... A ÉTÉ ENREGISTRÉ PLUS TÔT CET APRÈS-MIDI, ICI MÊME À NOS STUDIOS.

Son regard revint au poste de télévision. Elle vit le visage de Pascale apparaître à l'écran. La jeune femme avait une perruque blonde et ses yeux regardaient directement la caméra.

> JE VEUX SIMPLEMENT DÉMENTIR LA RUMEUR SELON LAQUELLE JE SERAIS SÉQUESTRÉE PAR LA POLICE OU PAR CERTAINS DE SES ASSOCIÉS. ET CETTE AUTRE RUMEUR, AUSSI, SELON LAQUELLE JE SERAIS ASSOCIÉE AU GANG.

J'AI CHOISI DE ME RETIRER DE LA VIE PUBLIQUE POUR MA PROPRE
SÉCURITÉ, QUI EST MENACÉE À LA SUITE DE CERTAINES ENQUÊTES
AUXQUELLES J'AI PARTICIPÉ.

Ainsi, c'était cela qu'elle mijotait. En arrivant du casse-
croûte, F avait trouvé le mot de Pascale sur la table.

> Merci pour tout. Je sais que je vais vous
> décevoir, mais il y a des choses dont je dois
> m'occuper seule. Je serai plus utile qu'en passant
> mes journées à éplucher les médias et des bases
> de données pour des reportages que je n'aurai
> peut-être jamais l'occasion de réaliser.
> Je vous rassure tout de suite : l'ordinateur de
> James Bond que vous m'avez offert est resté dans
> ma chambre. Vous pouvez le récupérer. Et si
> j'ai besoin de communiquer avec vous, je le
> ferai par l'intermédiaire de l'inspecteur Théberge
> ou de Graff.
> Merci encore pour tout.
> P.-S. : Surveillez TéléNat en fin d'après-midi ou
> en soirée.

Avec le départ précipité de Pascale, le casse-croûte et
son appartement étaient désormais compromis, songea F.

Quitter le casse-croûte ne posait aucun problème :
personne ne connaissait sa véritable identité et personne
ne savait où la joindre. Improviser une autre couverture,
par contre, n'était pas évident. Se trouver un autre loge-
ment pour une éventuelle autre couverture non plus. Car
l'attention risquait d'être attirée sur Drummondville. Si
jamais Pascale tombait entre les mains du Consortium...

Elle n'avait pas le choix : pour les semaines à venir,
elle resterait confinée à l'intérieur de sa résidence secrète.

JE NE REVIENDRAI PAS EXPLIQUER, À LA MOINDRE RUMEUR, QUE JE NE
SUIS PAS SÉQUESTRÉE. CECI EST MA PREMIÈRE ET DERNIÈRE INTER-
VENTION PUBLIQUE JUSQU'À CE QUE LES CIRCONSTANCES DE MA VIE
ME PERMETTENT DE REPRENDRE MON MÉTIER.
MERCI.

F appuya sur le bouton ARRÊT pour interrompre
l'enregistrement de l'émission et elle appela Blunt pour
qu'il vienne la rejoindre.

Une vingtaine de minutes plus tard, elle lui avait fait visionner la déclaration de Pascale.

— Vous aviez raison, dit-il. Elle n'était pas encore prête.

— Ce qui me surprend, c'est qu'elle soit partie le lendemain du jour où vous lui avez remis l'ordinateur.

— J'ai examiné les recherches qu'elle a effectuées. Tout tourne autour de l'Église de la Réconciliation Universelle.

— C'est donc sur leur piste qu'elle est partie…

— La probabilité est de quatre-vingt-huit virgule trois pour cent.

F esquissa un sourire. Blunt s'était retenu : il s'était arrêté à la première décimale.

— Et sa probabilité de survie ? demanda-t-elle.

— J'ai préféré ne pas la calculer.

Un silence suivit.

— Objectivement, reprit F, son initiative peut nous servir.

— Oui. Elle risque de faire des vagues et de les distraire.

L'expression de Blunt plongea F dans ses souvenirs… Faire des vagues. C'était l'expression que le Rabbin avait employée quand il avait utilisé Véronique Delors pour provoquer l'adversaire et le forcer à commettre des erreurs. La jeune femme n'avait pas survécu aux vagues qu'elle avait provoquées…

F craignait que Pascale ne connaisse le même sort. La jeune femme n'avait vraiment aucune idée de ce à quoi elle s'attaquait.

— C'est donc une bonne chose, dit-elle, autant sur le ton d'une conclusion que sur celui d'un argument pour chercher à se convaincre.

— Objectivement, c'est une bonne chose. Mais elle risque de parler du casse-croûte. De madame Turenne, la femme qui l'a hébergée…

— Et de l'homme qui l'a aidée à se cacher.

— Oui.

— Alors, je pense que vous n'avez pas le choix.
Vous allez venir habiter ici.

— Mes bagages sont prêts.

Un bref éclair de surprise passa dans le regard de F.

— Quatre-vingt-neuf virgule soixante et onze pour
cent, expliqua Blunt. J'avais calculé la probabilité.

— Bien.

Cela aurait également l'avantage de lui fournir un lien
avec l'extérieur. Elle aurait pu utiliser Dominique, qui
vivait avec elle dans le refuge depuis le début de l'année,
mais elle préférait ne pas l'exposer, car elle n'avait pas
suffisamment d'entraînement pour ce genre de travail
de terrain.

— On va se retrouver comme au bon vieux temps.

Ces paroles, dans la bouche de Blunt, paraissaient
incongrues. Même avec le ton de légère ironie dont il
les avait enrobées.

Bien sûr, elle avait commencé à remettre l'Institut en
marche. Mais ce ne serait plus jamais la même chose.
Le combat contre le Consortium en avait changé la nature.

Il y aurait encore une organisation. Ce serait encore
l'Institut. Mais, en réalité, ce ne serait plus jamais l'Institut. L'organisation, à l'instar du combat dans lequel
elle s'était engagée, s'était transformée en quelque chose
d'autre, et F n'était pas encore certaine de connaître la
forme que prendrait cette chose ni même de savoir si elle
serait apte à la diriger.

— La prochaine fois que vous contacterez Chamane,
dit-elle, demandez-lui si le nouveau module du logiciel
de communication est prêt.

— Celui qui intègre tous les informateurs de niveau 1 ?

— Oui.

— Vous avez donc pris une décision ?

— Dominique va s'occuper de coordonner l'ensemble
de leurs communications. Elle est maintenant prête à
s'impliquer plus directement dans la gestion quotidienne.

Montréal / Baie-d'Urfé, 16 h 19

Édouard Dufault tenait le combiné tout près de sa bouche pour parler le moins fort possible. Il détestait que Blake Skelton l'appelle au travail. Mais il n'avait pas le choix de lui répondre. C'était le prix à payer pour le service que Skelton lui avait rendu.

Depuis son intervention, l'amant de sa femme ne s'était plus manifesté. Elle avait reçu de sa part une lettre laconique l'avertissant qu'il partait vivre à l'étranger, qu'il était inutile de chercher à le joindre.

Cela faisait plus de six mois. Et cela faisait plus de six mois que Dufault transmettait à Skelton des informations.

— Je n'ai rien trouvé d'autre, dit-il… Non, je ne sais pas où Théberge a trouvé ce nom. Mais je sais qu'il a fait une requête à Interpol pour une recherche plus approfondie sur elle… D'accord. Et ne me rappelez pas au bureau.

Dufault raccrocha et regarda autour de lui pour s'assurer que personne n'avait surpris sa conversation, puis il poussa un soupir de soulagement.

Il se cala ensuite dans son fauteuil et songea à sa femme. Il n'aurait pas cru que le prix à payer pour la garder lui imposerait autant de stress.

Deux ans. Il fallait qu'il tienne encore deux ans. Après, il serait à la retraite et il n'aurait plus aucune utilité pour Skelton.

Trappman raccrocha.

— J'ai une mauvaise nouvelle, dit-il.

Emmy Black se contenta de le fixer et d'attendre qu'il continue.

— Théberge a demandé à Interpol un complément d'information sur Heather Northrop.

— Quoi !

— Il semble persuadé qu'elle est liée, d'une façon ou d'une autre, à certains des événements en cours.

— Est-ce que ton informateur sait pourquoi il s'in-téresse à elle ?

— Il n'en a aucune idée.

— Il faut que je contacte immédiatement le monas-tère.

Elle sortit son ordinateur de poche, écrivit un bref message et l'envoya par courriel.

— Il faudrait aussi avertir madame Northrop, fit Trappman.

— Au monastère, ils vont s'en occuper. De ton côté, je veux que tu mettes de la pression sur ton informateur. Il faut découvrir d'où ça vient.

— S'il ne me l'a pas dit, c'est qu'il ne le sait pas.

— Tu as intérêt à ce qu'il le trouve… Découvrir la source est la seule manière d'écarter les soupçons.

— Quels soupçons ?

Elle le regarda avec un sourire ironique.

— Comme humour, tu as déjà fait mieux.

— Tu parles des rumeurs de guerre à l'intérieur du Consortium ?… Je pensais qu'on avait mis ça de côté. Du moins en ce qui nous concerne.

— Je ne parle pas des rumeurs, seulement des repré-sailles que pourraient provoquer ces rumeurs.

— Je suis la dernière personne qui aurait intérêt à faire ça. D'une part parce que ça peut compromettre mon opération…

— Notre opération, corrigea Emmy Black.

— … notre opération, reprit mécaniquement Trappman. D'autre part parce que je suis trop bien placé pour le faire. Les soupçons tomberaient automatiquement sur moi. Je ne suis quand même pas assez stupide pour me lancer moi-même dans ce genre de piège.

— Non, bien sûr. À moins que tu te dises que c'est ce que les autres vont se dire. Que tu joues sur le fait que tu es un coupable trop évident pour te permettre de le faire… Avoue que c'est le genre de pari dont tu serais capable !

Trappman sourit.

— Le problème, avec toi, c'est que tu es encore plus tordue que je le suis... D'accord, je vais essayer de trouver l'origine de cette information.

LAC DES SEIZE ÎLES, 16 H 23

Les inspecteurs Grondin et Rondeau accompagnaient l'équipe de la Sûreté du Québec. La perquisition était officiellement sous la responsabilité de la SQ même si, dans les faits, c'était Grondin qui avait la direction des opérations.

Cette responsabilité avait fait monter d'un cran son degré de stress et il se grattait plus intensément qu'à l'habitude. D'abord médusés par son comportement, qui renforçait l'image caricaturale que transmettaient de lui les médias, les policiers n'eurent pas le choix de réviser leur jugement lorsque Grondin se mit à leur résumer avec une précision d'ordinateur le cours des événements qui avaient mené à l'opération qu'ils allaient effectuer.

L'inspecteur Rondeau exprima l'opinion générale quand, à la fin de l'exposé de son collègue, il déclara avec enthousiasme :

— Il n'a l'air de rien, le débris, mais ça bourgeonne encore plus dans son cerveau qu'à l'extérieur !

Grondin rougit, gêné de ce compliment ambigu.

— La maison est au fond du cul-de-sac, dit-il en s'efforçant de ne pas se gratter de manière trop ostensible le dessus de la main gauche. Nous sommes à environ douze minutes de l'endroit.

Les policiers se déployèrent. Vingt minutes plus tard, ils prenaient la luxueuse résidence d'assaut.

Elle était déserte et elle l'était depuis un certain temps, à en juger par l'état du réfrigérateur. Aucune trace d'occupants. Par contre, le sous-sol ressemblait à un magasin général pour terroristes. Ils y trouvèrent du C-4, de la gélinite, des détonateurs, des mèches lentes, des armes automatiques, des lance-roquettes RPG-47, des équipements de vision nocturne, du matériel d'écoute...

Grondin s'empressa d'appeler Théberge pour lui dire qu'ils avaient frappé le gros lot. Il le rappellerait plus tard pour lui donner des détails.

Les policiers procédèrent à un inventaire systématique du contenu de la maison. Ils s'attardèrent principalement au bureau, où ils découvrirent des documents attestant l'identité du propriétaire : Guillaume Perrier, un enseignant du cégep du Vieux-Montréal.

Dans un Rolodex, Grondin découvrit les adresses d'Étienne Huchon, de Darcy Hempee et des six opérateurs qui avaient perpétré les derniers attentats. Il trouva également les noms des membres du GANG arrêtés quelques mois plus tôt.

Ce fut cependant dans une pochette Duotang collée sous le fond d'un tiroir qu'il fit la découverte qui lui sembla la plus importante.

La pochette ne contenait que deux feuilles : sur la première, une liste de numéros de téléphone internationaux ainsi des groupes de chiffres et de lettres. Sur la deuxième, il y avait un organigramme du GANG. Les Canadians for Freedom and Democracy y apparaissaient dans une case ; au-dessous, il y avait d'écrit :

GROUPE DE PROVOCATION

Après avoir consulté Rondeau, il décida de récupérer les informations les plus précieuses et de retourner à Montréal pour faire le point avec l'inspecteur-chef Théberge.

Les officiers de la Sûreté s'occuperaient de terminer la perquisition, de récupérer le matériel militaire et de sécuriser les lieux.

TVA, 17 H 01

... ÉTAIENT CONSERVÉES DANS DES SACS VERTS. LA QUESTION EST MAINTENANT DE SAVOIR QUAND LES POLITICIENS VONT RETROUVER LEUR TÊTE. LA RÉPONSE N'EST PAS ÉVIDENTE, CAR IL FAUDRAIT POUR CELA QUE LE GOUVERNEMENT ANNULE LA COMMANDE QU'IL AVAIT FAITE À PLUSIEURS SCULPTEURS RÉPUTÉS POUR REMPLACER LES ŒUVRES ABÎMÉES.

Dans un autre domaine maintenant, un reporter de TVA et un collègue d'une chaîne radiophonique ont rencontré hier des dirigeants du GANG. Des éléments de cette entrevue ont été rendus publics. Un compte rendu détaillé sera diffusé ce soir à dix-neuf heures trente, dans le cadre de…

LONDRES, 22 H 18

Harold B. Daggerman avait entrepris son rituel de fin de soirée. La chaîne stéréo diffusait en douceur une sélection de musique traditionnelle japonaise pendant qu'il relisait quelques pages de Gibbon.

Mais son esprit était ailleurs. Il se demandait ce que lui voulait Jessyca Hunter. Avant de la rappeler, il prenait le temps de se détendre et d'apaiser son esprit.

Finalement, il reposa le livre sur la petite table ronde à côté de son fauteuil, souleva le combiné et composa le numéro auquel la directrice de Meat Shop lui avait demandé de la joindre.

— Qu'est-ce qui me vaut le plaisir ? demanda-t-il d'entrée de jeu.

— Je voudrais savoir si Vacuum a accepté un contrat sur la personne d'Emmanuelle Dassault. Et, si c'est le cas, par qui le contrat a été payé.

— Emmanuelle Dassault, vous dites ?

— Oui.

— À quel endroit demeure-t-elle ?

— Paris.

— C'est à Paris que le contrat a été exécuté ?

— Le contrat n'a pas été exécuté. Le contractuel a eu un empêchement.

— Un empêchement… Vous voulez que Vacuum corrige la situation, je présume ?

— Vous présumez de façon erronée. Madame Dassault est en relation avec mon organisation. Je désire que son nom soit mis sur la liste des contrats refusés.

— Entendu, ce sera fait.

— Mais je veux aussi savoir qui a payé pour ce contrat.

— Je vais tenter de m'informer, mais le système de Vacuum est conçu de manière à ce qu'il ne soit pas possible d'identifier les clients. C'est même ce qui fait l'essentiel de son intérêt aux yeux des utilisateurs.

— J'aimerais que vous tentiez quand même de le retrouver.

Après avoir raccroché, Daggerman composa le numéro de Leonidas Fogg.

New York, 17 h 39

Richard Myers dirigeait l'équipe de recherche qui supervisait les projets de développement de Toy Factory à la grandeur de la planète.

Il devait maintenant faire son rapport à Esteban Zorco et il était probable que ce dernier n'apprécierait pas ce qu'il avait à lui dire.

— Monsieur Zorco, dit-il lorsque son chef eut répondu, ici Richard Myers.

— Oui?

— C'est à propos de la recherche que vous m'avez demandée sur l'aide humanitaire dont le financement s'écarte des normes.

— Les subventions sauvages?

— Oui. Je peux confirmer soixante-dix-huit cas.

— Soixante-dix-huit!

— Pour un total de deux cent quarante-trois millions.

Et c'étaient uniquement les subventions qu'ils avaient réussi à repérer, songea Zorco. Ça voulait dire que la situation réelle était probablement pire.

— Qu'est-ce que vous savez d'autre? se contenta-t-il de demander.

— Dans chacun des cas, le processus est semblable: l'organisme reçoit de façon inattendue une aide importante. La plupart du temps par virement bancaire. La journée même, un message lui est envoyé, dans lequel les donateurs expliquent qu'ils désirent demeurer anonymes et qu'ils apprécient le travail qu'ils font. Que l'argent est bel et bien à eux.

— Vous avez remonté la filière?

— La piste s'interrompt chaque fois dans une de ces banques qui effacent les transactions aussitôt qu'elles sont effectuées.

— Vous allez me donner une liste des banques auxquelles ils ont eu recours.

— Bien.

— Personne, dans les organisations qui ont reçu l'argent, ne sait d'où ça vient ?

— J'ai fait procéder à l'interrogatoire d'un certain nombre de personnes et ça n'a rien donné.

— Quel type d'interrogatoire ?

— En profondeur… Il y a un détail, pourtant. En réexaminant la liste, cet après-midi, j'ai réalisé qu'il s'agissait d'organisations nettement plus efficaces que la moyenne. On n'y trouve aucune organisation vampire.

Organisation vampire… C'était le nom par lequel on désignait les organisations où le travail humanitaire n'était pas très important et où l'argent servait surtout à subventionner l'organisation elle-même.

— Poursuivez votre enquête, fit Zorco. Je veux un portrait détaillé de la situation.

Hex-Radio, 17 h 45

… RAPPELONS QU'UN COCKTAIL MOLOTOV A ÉTÉ LANCÉ CONTRE LA RÉSIDENCE DE ROBERT DUPONT, AUTEUR D'UN ARTICLE SUR LA PERSISTANCE INQUIÉTANTE DES CRITÈRES ETHNIQUES DANS LA DÉFINITION DE L'APPARTENANCE AUTOCHTONE. RAPPELONS ÉGALEMENT QUE, DANS LES JOURS QUI ONT SUIVI LA PUBLICATION DE L'ARTICLE, MONSIEUR DUPONT A REÇU PLUSIEURS LETTRES DE MENACE. POUR DISCUTER DE LA SITUATION AVEC NOUS, J'AI LE PLAISIR DE RECEVOIR MONSIEUR ÉVARISTE CODERRE, SPÉCIALISTE DES DROITS INDIVIDUELS ET COLLECTIFS. MONSIEUR CODERRE, BONJOUR.
— BONJOUR.
— MONSIEUR CODERRE, QUE PENSEZ-VOUS DE CES ÉVÉNEMENTS ?
— SANS APPROUVER QUELQUE GESTE DE VIOLENCE QUE CE SOIT, JE NE PEUX FAIRE AUTREMENT QUE CONSTATER QUE L'ARTICLE DE MONSIEUR DUPONT ÉTAIT UNE VÉRITABLE PROVOCATION.
— EN QUEL SENS ?
— IL NE FAUT PAS PERDRE DE VUE QUE LES AUTOCHTONES FONT PARTIE DE CULTURES QUI ONT ÉTÉ DÉVASTÉES PAR LES BLANCS. NOUS LEUR DEVONS RÉPARATION.

— Ce n'est pas la question que je vous ai posée.

— C'est la seule qui soit pertinente. Qui dit réparation dit définition des individus à qui cette réparation est due. Comme ils ont
été lésés sur une base ethnique, c'est sur une base ethnique qu'il
faut leur accorder cette réparation.

— Ne craignez-vous pas qu'une définition de l'appartenance
fondée sur des critères rigoureusement ethniques finisse inévitablement par déboucher sur des pratiques d'exclusion?

— Poser la question dans l'absolu, sans tenir compte de la situation dans laquelle se trouvent les autochtones, c'est faire preuve
de racisme… De racisme inconscient, sans doute, mais de racisme
quand même. Car la conséquence de cette manière de poser le
problème, c'est de prolonger les effets des pratiques coloniales
et dominatrices de nos ancêtres…

New York, 17 h 46

Esteban Zorco avait à peine raccroché que le téléphone sonnait de nouveau.

— Daggerman, se contenta de dire la voix dans le
combiné.

— Que se passe-t-il?

— Je viens de parler à Fogg. On a un problème.

Daggerman raconta à Zorco l'attentat raté contre
Jessyca Hunter ainsi que la conversation qu'il avait eue
avec elle.

— À ton avis, elle sait que ça vient de nous? demanda
Zorco.

— Elle ne peut pas en être certaine. Compte tenu
que le contrat a été confié à Vacuum, il peut s'agir de
concurrents qui ignorent sa véritable identité. Mais elle
a sûrement des doutes.

— Normalement, vous auriez dû avoir son nom sur
la liste des contacts refusés.

— Normalement, oui. Mais c'est une couverture
qu'elle n'a jamais déclarée. Fogg l'a apprise par hasard.
C'est pourquoi on a pu en profiter.

— Qu'en pense Fogg?

— Qu'il faut s'attendre à des représailles.

— Et qu'est-ce qu'il conseille?

— Une action préventive.

— Il veut s'attaquer à Heldreth ?

— Pas directement. Pas tout de suite, en tout cas, même s'il prépare le terrain... Il envisage plutôt de l'affaiblir.

— Comment ?

— Je lui ai parlé de votre idée concernant l'Église de la Réconciliation. Il nous donne le feu vert si nous pouvons lui garantir qu'il sera impossible de nous associer à l'opération.

— De mon côté, j'ai examiné la chose avec Trappman. Il dit avoir un moyen absolument sûr de nous couvrir.

— Il ne suffit pas de nous couvrir, il faut qu'on ne puisse même pas nous soupçonner.

— Pour ça, la seule façon, c'est de fournir un autre coupable.

— Ce serait l'idéal.

— C'est justement ce que Trappman m'a proposé.

— Si son plan vous semble correct, je propose qu'on procède le plus rapidement possible.

— J'appelle immédiatement Trappman.

Montréal, 17 h 53

L'inspecteur-chef Gonzague Théberge faisait le bilan de la perquisition au lac des Seize Îles.

Au chapitre des résultats positifs, il y avait la saisie d'un arsenal appartenant au GANG et l'identification d'un de ses principaux dirigeants. C'était assez pour faire taire les critiques et les accusations d'inefficacité. Pour un temps, du moins.

Le fait d'avoir porté un coup au GANG constituerait également une réponse aux allégations formulées dans certains médias selon lesquelles les policiers s'acharnaient uniquement sur les anglophones et les autochtones.

Par contre, il y avait des éléments inquiétants. S'il fallait en croire l'organigramme saisi, la cellule souche avait engendré trois nouvelles cellules-action qui étaient maintenant opérationnelles. Et, sur ces cellules, les policiers n'avaient pas la moindre information.

Théberge relut le papier sur lequel il venait de prendre des notes, le plia en quatre et le rangea entre deux pages de son agenda.

Puis il leva les yeux vers Grondin qui se grattait nerveusement un avant-bras.

— Des nouvelles de Perrier ? demanda Théberge.

— Il n'est pas chez lui. Et il ne s'est pas présenté à son cours au cégep en fin d'après-midi.

— Peut-être qu'il se cache parce qu'il vous a aperçus là-bas ?

— Au lac ?… Ça veut dire qu'il se serait enfui à pied : il n'y avait aucune voiture près de la maison.

— Peut-être qu'il avait une voiture cachée à une certaine distance du chalet…

— Ce n'est pas impossible.

— Je trouve tout ceci éminemment contrariant : tous les coupables qu'on identifie sont morts ou ont disparu.

— Il faut voir le côté positif de la situation : c'est mieux que de ne rien trouver.

— Je n'en suis pas sûr, maugréa Théberge.

Sa moue disait clairement ce qu'il pensait de l'attitude positive de Grondin.

— Pour les numéros de téléphone, reprit-il, vous avez découvert quelque chose ?

— Ce sont des numéros de téléphone de succursales bancaires et de cybercafés. Il y en a en Europe, aux Bahamas, au Moyen-Orient…

— Aux îles Moluques, peut-être ?

— Il y a aussi les séries de chiffres et de lettres. J'ai vérifié avec un ami à l'escouade des crimes économiques : il dit que ça ressemble à des numéros de comptes bancaires, mais il n'a aucune idée de quelle banque il peut s'agir.

Après s'être retiré un moment dans ses pensées, Théberge ramena son regard vers Grondin.

— Est-ce que vous comprenez ce que ça veut dire ? fit-il.

— Blanchiment d'argent, messages secrets…

— Ce qui se traduit par crime organisé… terrorisme…

— Ou les deux.

Lorsque Grondin fut parti, Théberge se surprit à se gratter le dessus de la main.

— Il ne manquait plus que ça ! dit-il. Il est contagieux !

Il se leva et se dirigea vers la fenêtre, songeant à la manière dont il annoncerait aux autorités politiques ce qu'il avait appris sur Darcy Hempee et ses Canadians for Freedom and Democracy. Ou bien ils étaient une création du GANG, ou bien leurs activités avaient été manipulées par le GANG pour justifier leurs propres attentats et rendre l'escalade plausible.

Cela revenait à avouer que les principaux terroristes étaient encore en liberté. S'il ajoutait à cela qu'ils avaient probablement des contacts avec le crime organisé ou des groupes terroristes étrangers, le gouvernement n'aurait bientôt plus le choix : le climat de lutte au terrorisme de l'après-11 septembre l'obligerait à utiliser tous les moyens, y compris l'armée et la loi sur les mesures d'urgence.

Il hésiterait à le faire, bien sûr, mais les pressions américaines auraient tôt fait de balayer ses réticences. Avec leur nouvelle politique de défense, les États-Unis interpréteraient toute attaque en Amérique du Nord comme une agression contre leur territoire… Ils ne laisseraient pas le choix au Canada d'intervenir. Peut-être même tiendraient-ils à envoyer des troupes pour s'assurer que le travail soit fait correctement.

Mais tout cela, c'était à la condition que sa première hypothèse soit vraie. Que la liste n'ait pas été «plantée» dans le but de mettre les policiers sur la piste de Perrier et d'incriminer le GANG…

Il fit pivoter son fauteuil vers l'ordinateur portable et il activa le logiciel de communication téléphonique.

Paris, 23 h 56

En reprenant conscience, Goran Goranisevic esquissa un geste pour toucher son visage, mais sans y parvenir.

Ses poignets et ses chevilles étaient attachés aux quatre coins de la table de métal sur laquelle il était couché.

Une ceinture de métal pressée contre son ventre achevait de le maintenir en place.

— Notre visiteur se réveille, dit la femme que Goranisevic avait identifiée comme étant Emmanuelle Dassault.

Elle n'avait plus pour vêtements qu'un maillot deux pièces.

— Ne vous faites pas d'idées, reprit-elle, voyant le regard de l'homme prendre la mesure de son corps. C'est uniquement pour des raisons d'utilité : il est plus rapide de prendre une douche que de laver des vêtements.

Elle s'approcha de la table et se pencha vers le visage de Goranisevic.

— Vous allez tout me dire, murmura-t-elle à son oreille.

En guise de réponse, l'homme se mit à l'insulter en russe.

— Vous vous trompez, reprit la femme. Ma mère n'a pas été saillie par un porc. Les porcs, ce sont les hommes comme vous qui m'ont entraînée… camarade !

Elle mit la main sur une petite roue fixée sur le côté de la table et la fit tourner de trois tours.

La pression de la bande de métal contre le ventre de Goranisevic s'intensifia de façon significative.

— Je veux savoir qui vous a envoyé, reprit la femme.

— Le service des impôts.

Elle esquissa un sourire.

— Moi aussi, j'aime bien l'humour, dit-elle. Mais il y a un temps pour tout. Et maintenant, il est temps de passer aux choses sérieuses.

Elle fit de nouveau tourner la petite roue, uniquement d'un demi-tour cette fois, puis elle passa la main sur le ventre de l'homme.

— La peau et le métal, dit-elle. La rigidité contre la souplesse. Jusqu'où la souplesse peut-elle s'adapter ?

Elle augmenta de nouveau la pression.

— Vous ne tirerez rien de moi, dit l'homme d'une voix mal assurée.

— Vous croyez… Vous n'avez pas idée de ce que je peux extraire de vous. Vous avez entendu parler de l'empalement progressif ?… Avec les soins appropriés pour maintenir la douleur à un niveau tolérable, ça peut durer des semaines. Les dommages aux organes internes sont évidemment irréversibles, mais le corps peut continuer à fonctionner le temps nécessaire… Je pourrais aussi continuer à serrer la ceinture pour vous couper en deux. Le plus intéressant, dans ce genre d'expérience, c'est quand les organes écrasés commencent à faire pression pour sortir. Parfois, ils se fraient un chemin vers le bas, parfois ils remontent contre les organes du haut, parfois, c'est la peau qui éclate… Vous avez bien raison de me regarder de façon incrédule, ajouta-t-elle en riant : c'est une technique à couper le souffle !

Elle fit de nouveau tourner la roue.

— Alors ? dit-elle. Vous me dites qui vous a envoyé ?

— Allez vous faire foutre !

La femme passa la main sur la cage thoracique de l'homme.

— Il n'est pas seulement beau, il est courageux !

Elle prit une petite boîte sur une table où étaient rangés divers instruments chirurgicaux.

— Il va falloir utiliser un peu de psychologie, dit-elle.

Après avoir enlevé le couvercle de la boîte, elle la posa sur le ventre de Goranisevic.

Une tarentule en sortit.

— Je vous recommande d'éviter tout geste brusque, reprit la femme. La piqûre de cette espèce provoque une mort lente et particulièrement douloureuse.

— Si je meurs, vous ne saurez rien.

— Croyez-vous ? répondit la femme en éclatant de rire. Mon cher Goran, vous avez déjà parlé. Je trouve d'ailleurs que votre nom de famille, Goranisevic, fait un peu répétitif… Goran Goranisevic : fils de mère russe et de père serbe originaire de Bojnic. Nationalité russe achetée il y a huit ans… Est-ce que je dois continuer?

Cette fois, l'homme semblait sérieusement inquiet.

— Comment savez-vous cela? demanda-t-il.

— Les drogues et l'hypnose sont des moyens efficaces de savoir ce que l'on désire. C'est pour cela que vous avez probablement encore mal à la tête.

Ce qu'elle ne lui révéla pas, c'est qu'elle lui avait implanté l'ordre posthypnotique de la considérer comme la personne la plus dangereuse qui soit. Il n'y avait aucune limite à ce qu'elle pouvait lui infliger.

— Mais parfois, reprit la femme, le sujet fait des erreurs. Il se laisse influencer par les questions de celui qui l'interroge… Vous pouvez considérer cette petite expérience comme une vérification. Évidemment, si vous mourez, ce sera contrariant. Mais ce ne sera pas un drame.

— Si je parle, vous me laisserez partir?

— Puisque vous tenez à ce que je sois claire, je vous promets de ne pas vous tuer.

— D'accord.

L'araignée fit quelques pas puis s'immobilisa.

— Essayez d'éviter les éclats de voix, dit la femme. Les araignées détestent les vibrations.

Elle desserra la bande de métal pour lui permettre de parler plus facilement.

Quelques minutes plus tard, Goranisevic lui avait confirmé que le contrat avait été négocié par l'intermédiaire de Vacuum. Il lui avait également répété qu'elle était considérée comme très dangereuse, que le contrat était urgent et que le commanditaire avait dû débourser trois cent mille euros.

— J'aurais cru valoir plus cher, fit-elle pour tout commentaire… Allez, je vous laisse!

— Mais… l'araignée!

— Ne vous inquiétez pas d'elle. Ce n'est pas parce qu'elle est repoussante qu'elle est dangereuse. Vous devriez plutôt vous inquiéter de mes deux assistantes. Je leur ai promis de les laisser s'occuper de vous.

— Vous aviez dit…

— J'ai dit que je n'allais pas vous tuer. Mes promesses n'engagent que moi. Mais rassurez-vous : à court terme, votre vie n'est pas menacée.

— Vraiment ?

— Elles meurent d'envie de mettre en pratique les différentes techniques d'ablation à froid et d'amputation progressive qu'elles ont étudiées.

BAIE-D'URFÉ, 18 H 42

Pascale avait repris son déguisement punk. À la réceptionniste, elle expliqua qu'elle voulait changer sa vie. Elle avait entendu dire que l'Église de la Réconciliation Universelle acceptait de recueillir des gens qui voulaient se sortir de leur misère. Qu'il y avait une sorte de refuge…

— À cause du climat social, nous n'acceptons presque plus de nouveaux membres, répondit la préposée à la réception.

— Mais…

Pascale s'efforça de paraître désemparée.

— Laissez-moi regarder un instant, fit la préposée.

Elle demanda à Pascale de s'asseoir pendant qu'elle consultait son terminal.

— Je ne veux rien de luxueux, insista Pascale. Juste un endroit pour être tranquille. Mettre de l'ordre dans mes idées…

Tout en l'écoutant, la préposée continuait de pianoter sur son clavier.

— J'ai peut-être une chambre, dit-elle après quelques instants. Mais je dois d'abord vous poser une ou deux questions.

— Vous voulez savoir si je crois en Dieu ou quelque chose du genre ?

La femme eut un sourire.

— Nous allons commencer par votre nom, dit-elle.

— Marie-Claude Hébert.

— Mademoiselle Hébert, je dois vérifier un certain nombre de détails un peu… délicats. Certaines de mes questions vont peut-être vous heurter, mais je n'ai pas le choix. J'en suis désolée.

— Je suppose que c'est une sorte de ticket qu'il faut payer pour entrer.

— C'est un peu ça, oui, fit la préposée avec un sourire retenu.

— Allez-y !

— Mademoiselle Hébert, avez-vous déjà consommé de la drogue ?

— À part l'alcool et le tabac, vous voulez dire ?

— Oui.

— Quand j'étais ado. Je restais dans une sorte de commune… Ça fait des années que je n'ai rien pris. Je ne veux pas enrichir les capitalistes qui contrôlent les criminels.

— Je comprends… Est-ce que vous vous êtes déjà prostituée ?

— Oui. J'ai vendu mon corps quarante heures par semaine dans un dépanneur pour moins que le salaire minimum ! J'étais payée en dessous de la table.

Pascale prit ensuite une longue respiration. Puis elle ajouta, sur un ton redevenu plus mesuré :

— Excusez-moi. La réponse à votre question est non. Je n'ai jamais fait ce qu'on appelle couramment de la prostitution. Je n'aurais jamais supporté que mon corps soit à la disposition de quelqu'un d'autre… C'est justement parce que j'ai l'impression de ne pas m'appartenir, de ne pas être moi-même, que je veux venir au refuge.

— Je peux comprendre cela.

L'interrogatoire se poursuivit pendant cinq ou six minutes et porta entre autres sur les maladies que Pascale aurait pu avoir.

— J'ai une dernière question, fit la préposée. Vous avez certainement entendu parler de la propagande de ceux qui nous accusent d'être une secte.

— Oui.

— Qu'en pensez-vous ?

— Je ne suis pas inquiète : si je ne veux pas que vous entriez dans ma tête, vous n'entrerez pas… Mais, de toute façon, j'ai senti de bonnes vibrations en arrivant ici.

— Je l'espère bien, fit la préposée avec un petit rire. C'est essentiellement à cela que nous travaillons, susciter de bonnes vibrations pour guérir la société et la planète.

Elle pianota pendant quelques secondes sur le clavier de l'ordinateur.

— Voilà, dit-elle. Vous avez une place pour six jours. Je fais venir quelqu'un qui se chargera de vos besoins.

— J'ai juste besoin d'un endroit tranquille.

— Vous allez quand même manger un peu, non ?

— Oui, c'est sûr…

— Pour la première journée, vous serez dans une chambre de transition. Ces chambres sont isolées du reste du refuge. Nous vous demanderons de revêtir une tunique blanche et d'oublier votre maquillage pendant votre séjour parmi nous. Est-ce que ce sont des conditions acceptables ?

Pascale songea que, sans son maquillage, elle serait plus facile à reconnaître.

— Est-ce que je peux garder mes verres fumés ? reprit-elle. Je fais de la photophobie.

— Vous êtes allergique à la lumière ?

— Aux différences de lumière.

— Pour l'instant, je veux bien que vous les gardiez. Ensuite, vous en discuterez avec la responsable du refuge. Elle devrait trouver une façon de vous accommoder.

— Merci.

Quand Pascale fut partie, la réceptionniste compléta le dossier et l'achemina au service de sécurité. Pendant que la nouvelle invitée serait dans la chambre de transition, ils procéderaient aux vérifications d'usage.

Le dossier incluait une photo que la caméra digitale intégrée dans l'ordinateur avait prise de Pascale.

DRUMMONDVILLE, 19 H 41

F et Blunt venaient de regarder l'entrevue avec les représentants du GANG.

— Qu'est-ce que vous en pensez ? demanda-t-elle.

— Si on ajoute à ça ce que Théberge vient de me dire…

— Ce que je saisis mal, c'est le but de toute cette… activité.

— Créer un prétexte pour intervenir.

— De façon militaire ?

— Ça fait déjà un bon moment qu'il y a des rumeurs selon lesquelles le gouvernement pourrait faire appel à l'armée.

— Mais pourquoi le gouvernement fédéral voudrait-il intervenir ?

— Peut-être pour faire un exemple. Il provoque un soulèvement puis il l'écrase pour donner une leçon à tous ceux qui voudraient créer de l'agitation. En prime, le Canada prouve à son ami américain qu'il est capable d'assumer ses responsabilités, de prendre en main la sécurité de son territoire.

— Admettons que vous ayez raison : qu'est-ce que le Consortium vient faire dans tout ça ? Quel intérêt peut-il bien avoir ?

— Sur cette question, j'en suis toujours au même point… Et je n'ai toujours pas d'idée pour l'énigme dont vous m'avez parlé.

— Qu'allez-vous répondre à l'inspecteur-chef Théberge ?

— Qu'il n'y a rien de particulier sur les cybercafés. Que les banques, par contre, sont toutes liées de près ou de loin avec le crime organisé. Que deux d'entre elles ont même des liens prouvés avec des réseaux terroristes.

— Vous avez une idée de ce que ça peut provoquer, s'il rend ça public ?

— Il n'a pas tellement le choix.

— C'est assez pour justifier l'intervention de l'armée.

— Il faut espérer que les « terroristes » commettent des erreurs et qu'on puisse intervenir... Il y a aussi ce que Hurt va pouvoir découvrir.

— Des nouvelles de Pascale Devereaux ?

— Rien. Elle n'est toujours pas retournée à l'appartement.

RDI, 21 h 03

... Un professeur du cégep du Vieux-Montréal, Guillaume Perrier, serait recherché en relation avec les attentats du GANG. Le porte-parole du Service de police de la ville de Montréal, l'inspecteur Rondeau, a annoncé que les renseignements découverts lors d'une perquisition à son domicile seraient exposés demain matin à la voracité publique.

En attendant la tenue de ce point de presse, notre reporter a quand même appris que des accusations additionnelles seraient portées contre les six personnes actuellement détenues pour leur implication dans les attentats de la nuit de lundi à mardi. Pour ce qui est de l'assassinat de la jeune Sarah Comtois...

Baie-d'Urfé, 22 h 39

— Je ne sais pas qui vous êtes, fit d'emblée Trappman. Mais je sais qui vous n'êtes pas.

Il regardait Polydore Campeau avec un sourire.

Les deux hommes étaient assis de part et d'autre d'un bureau dans le secteur du monastère réservé à ceux qui avaient le rang de dibrane ou qui avaient une autorisation spéciale pour y circuler.

— Que désirez-vous savoir ?

— Si on commençait par votre nom.

— Polydore Campeau.

— Je suis presque tenté de vous croire. Une personne normale qui chercherait à se cacher ne prendrait jamais un nom aussi susceptible d'attirer l'attention.

— Je ne comprends pas...

— Ce qu'il y a d'irritant, dans votre dossier, c'est que tout est parfait. Toutes les références sont là, mais presque rien ne peut être contrôlé. Prenons votre famille :

décimée ! Il ne reste plus personne de vivant qui puisse parler de vous.

— Vous ne croyez quand même pas que je les ai éliminés pour les empêcher de parler !

— Non, bien sûr… Et pour ce qui est de vos amis, ils habitent à l'autre bout de la planète.

— Je vous jure que je n'ai fait aucune pression sur eux.

— Votre meilleur ami se promène sur l'océan en solitaire.

— Il a horreur des foules.

— Et vous avez cet humour qui est à la limite de l'arrogance… mais juste à la limite, sans jamais aller trop loin.

— Il va falloir revoir vos préjugés sur le sens de l'humour des comptables.

— J'ai toujours cru que ça se limitait à envoyer les huissiers pour récupérer les comptes à recevoir.

— Maintenant, on les envoie accompagnés d'un message chanté. Ça fait plus humain.

Le sourire de Trappman s'élargit.

— Dans d'autres circonstances, j'aurais adoré travailler avec vous. Mais les choses étant ce qu'elles sont…

Il s'arrêta pour observer le visage de Campeau. Aucune crispation n'apparut sur ses traits. Ou bien il était véritablement ce qu'il prétendait, ou bien il était très fort.

Trappman décida de parier sur la deuxième possibilité.

— Les choses étant ce qu'elles sont, répéta-t-il, je devrai vous laisser travailler seul. J'espère sincèrement que vous trouverez ce que vous cherchez en venant ici. Et que vous le trouverez rapidement. D'autres pourraient avoir des priorités différentes des miennes.

— Vos priorités, elles sont de quel ordre ?

— Le triomphe de la vérité, bien sûr. La lumière… Il faut que tout le monde puisse contempler le vrai visage de notre Église.

— Si cela peut vous rassurer, je promets de faire de mon mieux pour que triomphe la lumière.

— N'essayez pas d'en faire trop. Contentez-vous de ce qui est nécessaire pour éclairer les gens.

Il se leva en songeant que la mission que lui avait confiée Zorco tenait en bonne partie à l'évaluation qu'il avait faite de cet étrange comptable.

Il sourit. Un pari mettait toujours un peu de piquant dans la vie. Et puis, à ce jeu, il avait l'habitude de gagner.

Avant de franchir la porte, il se retourna.

— Je vous laisse à votre ordinateur. Faites-en bon usage. Et si vous avez quelque difficulté que ce soit, essayez « Haze » comme mot de passe. H-A-Z-E.

Puis, après une pause, il lança une dernière remarque :

— Il faut parfois traverser le brouillard pour trouver la lumière.

Une fois seul, Polydore Campeau prit quelques instants pour marcher dans la pièce et s'étirer. C'était à la fois une façon de chasser la tension qu'il n'avait pu empêcher d'apparaître dans son corps et un prétexte pour réfléchir à ce que lui avait dit ce curieux responsable de la sécurité.

À mots couverts, l'homme l'avait incité à fouiller dans les dossiers secrets de l'organisation pour « éclairer les gens », pour qu'ils contemplent « le vrai visage » de l'Église de la Réconciliation Universelle.

Mais tout cela pouvait être un test.

Indécis, Campeau retourna à son bureau et reprit son travail. Il devait vérifier le bilan des dons reçus par l'organisation et des dons qu'elle avait effectués au profit de différentes œuvres charitables.

Le véhicule social privilégié de l'éthique « jeune »,
c'est la mode.

Fondée sur le besoin des individus de s'afficher et
d'être remarqué – besoin qui s'enracine dans un profond besoin de reconnaissance, mais qui repose aussi
sur le goût de la nouveauté, sur le plaisir de la trans-
gression et sur le besoin de s'exprimer par le choix
d'un style de consommation –, la mode opère une
substitution généralisée des critères esthétiques aux
anciens critères moraux.

Plus exactement, l'esthétique devient le critère moral.
Et l'expression sociale de cette morale, c'est le *in* et
le *out*.

Joan Messenger, *Le Fascisme à visage humain*, 7-
Produire de la jeunesse.

JEUDI

NEW YORK, 6 H 27

Esteban Zorco était couché dans un immense lit cir-
culaire inséré dans un dispositif ressemblant à une roue
de fortune. La courte flèche fixée à la tête du lit était
arrêtée sur la position 32.

Il lui suffisait d'appuyer sur un bouton de la télécommande pour activer le mécanisme. Le lit se mettait
alors à pivoter et s'arrêtait de façon aléatoire sur un
numéro. À chaque numéro correspondait une séquence
particulière d'ébats érotiques.

C'était le moyen que Zorco avait trouvé pour maximiser les plaisirs de l'exploration sexuelle et déjouer le
piège de l'enfermement dans des préférences répétitives.

Une deuxième roue de fortune, au mur, lui permettait de choisir parmi un répertoire de soixante filles travaillant dans les boîtes et les agences les plus huppées de New York.

Son secrétaire assurait la mise à jour régulière de la banque de données.

La nuit précédente, la flèche s'était immobilisée sur une des dix cases vides qui s'ajoutaient aux soixante cases représentant les filles. Zorco avait donc passé la nuit seul. Les cases vides étaient l'équivalent du dimanche : des jours de repos que les lois du hasard se chargeaient d'insérer dans la trame de son existence. Ce système lui permettait de profiter de la sagesse traditionnelle, qui insère des ruptures dans le défilé monotone des jours, sans tomber dans la routine.

Une lumière douce se mit à clignoter, rapidement suivie d'une voix feutrée d'aérogare : « Un appel sur la ligne C. »

À chaque répétition, le volume de la voix augmentait légèrement et l'intensité lumineuse s'accroissait.

Zorco finit par se lever et prendre l'appel.

— J'espère que je vous réveille ! fit la voix de Heather Northrop.

— À peine !

— Je viens de consulter Xaviera Heldreth. La direction est d'avis qu'il faut terminer la phase trois au plus tôt.

— Au plus tôt veut dire quoi ?

— Il faudrait ramener ça à deux ou trois jours.

— On avait prévu de laisser mijoter la situation un peu pour laisser aux événements le temps de faire effet dans le public.

— Si on boucle la phase trois en quelques jours, ça nous donne plus de temps pour mettre en œuvre la phase suivante.

— Il ne reste plus grand-chose à préparer.

— Les Américains ont besoin d'une période d'accalmie pour s'assurer de la présence de la cible sur les lieux.

Zorco sourit et songea au mandat qu'il avait donné à Trappman. L'accélération de l'échéancier faisait son affaire. Lorsque la phase trois serait terminée, ce qu'il adviendrait de l'Église de la Réconciliation Universelle n'aurait plus guère d'influence sur le cours des événements. Ses difficultés pourraient même servir avantageusement de diversion.

— Je vais voir ce que je peux faire, dit-il.

— Je vous ai transmis les souhaits de la direction, répliqua Heather Northrop sur un ton tranchant. Si vous croyez être en mesure de les ignorer, libre à vous.

— Vous savez bien que je ferai tout ce qui est en mon pouvoir pour mettre en œuvre ce que désire la direction.

— Espérons que ce qui est en votre pouvoir suffira à la tâche.

— De votre côté, assurez-vous de transmettre les dossiers pertinents à Trappman. Je refuse d'amorcer le compte à rebours avant d'être sûr qu'il a tout en main. Je ne veux pas prendre le risque d'un cafouillage parce qu'un renseignement ne lui a pas été communiqué.

— Madame Black a terminé : tous les renseignements ont été recueillis et tous les contacts sont assurés.

— Je ne parle pas de madame Black mais de Trappman.

— C'est comme s'il les avait.

— Je ne veux pas prendre la responsabilité de madame Black. C'est à Trappman que je fais confiance. S'il me dit qu'il a ce qu'il lui faut, je lui donne le feu vert pour tout boucler en quelques jours. S'il continue de recevoir les renseignements au compte-gouttes, il poursuivra selon le calendrier original.

— Je vais dire à madame Black de lui transmettre tout ce qu'il n'a pas déjà. Mais prévenez-le : à la moindre tentative pour nous doubler, il va découvrir qu'il n'est pas le seul à travailler dans les effets spéciaux.

— Je peux vous assurer qu'il n'y aura pas de problème. Mais je suis inquiet de vous voir disposée à compromettre la mission pour des raisons de lutte de territoire entre des exécutants.

— Personne n'est indispensable. Si Trappman se montre déraisonnable, je sais pouvoir compter sur madame Black pour corriger la situation.

— Il ne faudrait pas sous-estimer Trappman…

— Ni madame Black.

— … mais je suis certain que nous n'en arriverons pas là.

— N'est-ce pas ce que nous souhaitons tous?

Montréal, 7 h 04

L'inspecteur-chef Théberge engagea sa voiture dans le stationnement souterrain de la Place Ville-Marie, se dirigea vers l'endroit convenu et trouva immédiatement la fourgonnette de Blunt.

En entrant dans la partie arrière, il vit Blunt assis sur une chaise devant une petite table. Théberge prit place sur l'autre chaise en face de lui.

Du côté de la table fixée au mur du véhicule, une cafetière espresso était en fonction. Une cafetière d'une marque identique à celle que Théberge avait à son bureau.

— J'ai pensé à vous, dit Blunt.

Il ouvrit la porte du petit garde-manger, à sa gauche, sortit une boîte de beignes et en prit un.

— Tant qu'à sacrifier au folklore, ajouta Blunt.

— Sacrifions donc au folklore, approuva Théberge avec un sourire.

Il en prit un à son tour, l'immobilisa au-dessus de son assiette et fixa Blunt du regard.

— En général, plus l'emballage est soigné, moins les nouvelles sont bonnes.

— Cette fois, elles sont bonnes… et mauvaises.

— Ce qui veut dire?

— Comme vous l'aviez découvert, la plupart des numéros de téléphone correspondent à des banques et à des cybercafés… Les séries de chiffres et de lettres correspondent pour leur part à des comptes bancaires… Ça, ce sont les bonnes nouvelles.

— Et les mauvaises?

— Tous ces comptes ont été fermés après avoir été utilisés. Il n'y a pas moyen de savoir à qui ils appartenaient. C'est le genre de compte qui est ouvert pour une transaction précise et qui est fermé aussitôt qu'elle a été effectuée. Leur durée de vie n'est souvent que de quelques minutes.

— Autrement dit, la piste ne mène nulle part.

— Oui et non : c'est l'autre partie de la mauvaise nouvelle. Plusieurs de ces banques ont été utilisées à plusieurs reprises pour des transferts de fonds par des groupes terroristes, notamment par certains groupes islamiques.

— Al-Qaïda ?

— Entre autres.

— Mais qu'est-ce qu'ils viennent faire au Québec ?

— Il n'y a rien qui prouve qu'ils soient impliqués. Du moins, pas directement. À mon avis, compte tenu de ce qui se passe, je pencherais plutôt pour l'hypothèse qu'un groupe local a trouvé le moyen de se brancher sur un réseau international.

Les deux hommes restèrent silencieux un moment, s'absorbant dans leurs cafés.

— De votre côté, où en êtes-vous ? demanda Blunt.

— Le groupe des Canadians for Freedom and Democracy semble éliminé. Si on se fie aux bandes vidéo qu'on a trouvées chez leur chef, c'était probablement un groupe restreint qui était manipulé par le GANG. Ce qui est moins clair, c'est jusqu'à quel point leur chef était lui-même manipulé ou faisait partie du GANG.

— Et du côté du GANG, comment ça se déroule ?

— Darcy Hempee, le chef des Canadians for Freedom and Democracy, nous a permis de remonter jusqu'à une cachette du GANG. Nous avons saisi une grande quantité de matériel lié aux attentats précédents et une liste de membres, mais le propriétaire de la maison nous a échappé… Chaque fois qu'on réussit à élucider une partie du problème, on se retrouve avec un mort ou un disparu.

— Comme si vous étiez toujours un ou deux coups en retard ? demanda Blunt.

— Exactement. J'ai l'impression de toujours être en train de faire le jeu de quelqu'un d'autre.

— C'est parce que vous n'arrivez pas à voir le jeu global. Moi non plus, d'ailleurs… Et tant que vous allez demeurer enferré dans des batailles locales, vous serez condamné à faire le jeu de l'adversaire.

— Pendant un certain temps, je me suis demandé si quelqu'un n'entretenait pas la tension pour faire élire l'APLD. Mais, maintenant que le parti est au pouvoir, pourquoi est-ce que ça continue ?

— En tout cas, le processus d'escalade est clair. Surtout avec ce que vous avez trouvé sur le GANG qui manipulait le groupe anglophone. Ça progresse coup par coup, comme dans une partie de go.

— Les médias suivent la même progression et la favorisent.

— Vous croyez que c'est un groupe de libération nationale ?

— Je ne sais pas. Ils font vraiment tout pour nous en convaincre… Mais avec votre Consortium qui est mêlé à cette histoire…

LCN, 7 H 12

> … À QUAND L'ARMÉE DANS LES RUES DE MONTRÉAL ? C'EST LA QUESTION QUE SE POSENT MAINTENANT PLUSIEURS CITOYENS À LA SUITE DE L'OFFRE À PEINE VOILÉE FAITE PAR LE PREMIER MINISTRE DU CANADA À SON HOMOLOGUE DU QUÉBEC.
> PAR AILLEURS, DES RÉVÉLATIONS SONT ATTENDUES EN FIN D'APRÈS-MIDI, AU MOMENT DE LA CONFÉRENCE DE PRESSE DU SPVM. DES SOURCES HABITUELLEMENT BIEN INFORMÉES NOUS ONT CONFIRMÉ QUE PLUSIEURS ARRESTATIONS…

WASHINGTON, 7 H 21

Paul Hurt respirait calmement.

Au cours des derniers mois, les tensions entre ses multiples personnalités s'étaient progressivement apaisées.

Steel et Sharp réussissaient sans trop de peine à maintenir l'harmonie. Ils pouvaient de plus en plus laisser les autres alters s'extérioriser.

Ainsi, Sweet s'était mis à réaliser des croquis de couteaux. Radio avait recommencé à diffuser ses commentaires éditoriaux. Tancrède avait repris ses activités d'archivage des résidus des années passées.

Seul Buzz semblait insensible aux événements qui se déroulaient dans la vie de Hurt : il continuait de marmonner sur un ton égal sans s'occuper de personne.

Le principal changement, c'était la disparition à peu près complète de Zombie. Ce dernier n'apparaissait plus qu'en de rares occasions, lorsque des événements ou des souvenirs particulièrement pénibles menaçaient d'ébranler le contrôle que Steel exerçait avec l'aide de Sharp.

Hurt était presque décidé à prendre des vacances. Il s'occuperait de recueillir les dernières informations que Monky avait à lui transmettre, puis il se trouverait un endroit où se fixer pour un temps.

La veille, il avait passé plus de deux heures dans un magasin de coutellerie d'art. Sur un comptoir, il avait reconnu des œuvres d'un de ses anciens amis.

De retour à l'hôtel, il s'était mis à dresser des plans pour concilier sa croisade contre le Consortium et son besoin de se donner du temps pour faire de la coutellerie.

Cela faisait deux ans qu'il était à la poursuite du Consortium. Il était temps de prendre des vacances. Il ne pouvait pas, à lui seul, redresser tous les torts qu'une organisation criminelle d'envergure mondiale pouvait causer.

Créer de la beauté était une façon aussi valable de construire un monde meilleur que de lutter contre le crime, avait plaidé Sweet.

Hurt en était à se demander dans quelle partie de la planète il irait se construire un atelier lorsque l'alarme de l'ordinateur se fit entendre.

Steel prit immédiatement le contrôle. Ignorant une remarque impatiente de Sharp, il activa le logiciel de communication pour prendre connaissance du message qui entrait.

Après l'avoir lu, il en expédia aussitôt une copie à Chamane.

C'en était fait des vacances. La beauté attendrait. Pour l'instant, il y avait du travail à faire.

Bavière, 13 h 28

Gerhard Bonhoeffer, l'informateur de Skinner, était enchaîné à l'intérieur d'une stalle dans l'écurie. Pour tout vêtement, il avait un pantalon en lambeaux.

— Ce n'est pas ce que j'avais demandé, dit-il à la femme qui venait d'arriver.

— Vous vouliez une expérience de domination totale… c'est ce que vous allez avoir.

— Vous ne respectez pas le contrat.

— Le contrat, c'est ce que je décide.

— Je me plaindrai.

— À qui ?… Vous avez payé d'avance et personne n'a la moindre idée de l'endroit où vous êtes.

— Vous n'avez pas le droit !

Elle ouvrit la porte de la stalle, lui mit une laisse avec un collier électrique au cou et libéra ses chaînes de l'anneau fixé au mur.

— Suivez-moi, dit-elle. Vous allez rencontrer les hautes autorités du château.

Bonhoeffer marchait avec difficulté, les chaînes qui entravaient ses chevilles l'obligeant à faire de petits pas rapides pour suivre la femme.

Ils traversèrent l'écurie dans toute sa longueur. Dans certaines stalles, des femmes étaient en train d'installer un attelage à leur monture humaine.

— Il y a une course tout à l'heure, dit la femme qui amenait Bonhoeffer. C'est une journée de festivités.

À l'extérieur, ils traversèrent un jardin où une dizaine de sculptures humaines s'efforçaient de garder la pose. Certaines étaient intégrées à du mobilier, leur dos servant de support à des bancs publics. D'autres étaient intégrées comme éléments décoratifs à des fontaines.

Après avoir traversé le jardin, ils entrèrent dans l'édifice principal et descendirent dans un souterrain. Ils passèrent à côté d'une salle de torture, remontèrent, traversèrent une salle de réception déserte à l'exception du serviteur qui s'empressa de leur ouvrir la porte, et débouchèrent sur une cour intérieure.

Bonhoeffer fut amené au centre d'un demi-cercle de femmes en costumes de chasse.

— Ce sera l'expérience de votre vie, lui dit la femme qui l'avait amené.

Montréal, 7 h 45

— Il est préférable que vous receviez les documents à la dernière minute, fit Trappman. Je vous les envoie pendant la réunion. Vous pourrez les distribuer immédiatement aux membres. Comme ça, vous n'aurez pas à multiplier les rencontres…

Viktor Trappman avait un sourire satisfait. Il n'en revenait jamais de la facilité avec laquelle les gens pouvaient être manipulés.

— Entendu ! dit-il.

Puis il raccrocha.

Après un moment, il reprit le téléphone et joignit une boîte vocale dont le numéro commençait par l'indicatif régional de la région d'Ottawa.

— C'est terminé, se contenta-t-il de laisser comme message dans la boîte vocale. La réunion aura lieu au moment et à l'endroit prévus.

Puis il raccrocha et revint à son bureau de travail.

Il prit une gorgée de thé, le trouva trop froid, alla vider la tasse dans l'évier et retourna à son ordinateur pour finir de passer en revue les grands titres de l'actualité sur les sites des principaux journaux de la planète.

Presque tous faisaient état des missiles lancés contre Israël et des représailles israéliennes.

Encore une journée qui commençait bien pour les affaires de Toy Factory et du Consortium.

Emmy Black s'approcha derrière lui et mit une main sur son épaule.

— Toujours intéressé par mes petits secrets? demanda-t-elle.

— Moi, je me contenterais bien de ceux qu'on a explorés jusqu'à maintenant, mais Zorco…

— Je sais.

Elle mit son ordinateur de poche sur la table, adossé au PowerBook de Trappman.

— Tu es prêt?

— Oui.

Elle appuya sur deux touches.

À l'intérieur de l'ordinateur portable de Trappman, le logiciel de communication infrarouge géra automatiquement l'entrée des dossiers.

— Je ne savais pas que ce truc pouvait contenir autant d'information, dit-il en désignant l'ordinateur de poche d'Emmy Black.

— C'est un modèle amélioré… Mais là, il est en mode relais. Il télécharge les dossiers du bureau par lien téléphonique, les transmet à mesure à ton ordinateur par infrarouge puis les efface pour libérer de l'espace et pouvoir en télécharger d'autres.

Une dizaine de minutes plus tard, après avoir rapidement vérifié le contenu de la transmission, Trappman se déclara satisfait.

— On peut y aller, dit-il.

— J'ai l'ordre de ne pas te quitter une seconde des yeux tant que l'opération n'est pas terminée.

— Je ne demande pas mieux, répondit Trappman avec un sourire ironique.

Il activa le logiciel téléphonique de son ordinateur et sélectionna un numéro dans le répertoire.

Quelques secondes plus tard, un téléphone sonnait dans une chambre de l'hôtel Delta du centre-ville.

— Vous avez carte blanche, dit Trappman. Procédez à l'acquisition le plus rapidement possible.

— Bien, répondit simplement la voix à l'autre bout du fil.

Debout derrière Trappman, Emmy Black souriait. Le cheval de Troie qu'elle avait envoyé en même temps que les dossiers devait déjà avoir effectué une grande partie de son travail. Peut-être même avait-il terminé.

— C'est fait, dit Trappman en désactivant le logiciel de communication.

— Est-ce que je peux revoir avec toi l'ensemble du plan ? demanda Emmy Black avant qu'il ferme l'appareil. Il y a quelque chose que j'aimerais vérifier.

— Tu penses à un problème ?

— Peut-être.

En fait, elle voulait surtout s'assurer que le cheval de Troie ait le temps de terminer son travail. Encore quelques minutes et elle serait certaine d'avoir récupéré dans son ordinateur tout le contenu de celui de Trappman.

— De ton côté, tout est prêt ? demanda-t-il.

— Mes petits amis brûlent d'envie de me faire plaisir.

BBC, 13 h 07

... A RECONNU AVOIR DÉTRUIT HIER DEUX MISSILES QUI SE DIRIGEAIENT VERS ISRAËL. LES DEUX INTERCEPTIONS ONT EU LIEU AU-DESSUS DE ZONES PEU HABITÉES.

EN RÉPLIQUE, DES CHASSEURS ISRAÉLIENS ONT EXÉCUTÉ DES FRAPPES À LA FRONTIÈRE DE L'IRAN, SUR DES INSTALLATIONS PRÉSUMÉES APPARTENIR AUX TERRORISTES.

LES AUTORITÉS IRANIENNES ONT PROTESTÉ CONTRE CETTE INVASION INJUSTIFIÉE DE LEUR TERRITOIRE ET ONT PRÉVENU ISRAËL QU'IL DEVAIT S'ATTENDRE À DES REPRÉSAILLES.

LE MOUVEMENT DE L'ÉCOLE DES MARTYRS DU 26 MAI A POUR SA PART REVENDIQUÉ L'ATTENTAT ET PRÉVENU QUE PLUSIEURS AUTRES MISSILES POURRAIENT S'ABATTRE SUR ISRAËL DANS UN AVENIR PROCHE. DANS SON COMMUNIQUÉ, LE GROUPE ISLAMISTE A INDIQUÉ QUE DES AMBASSADES ET DES COMPAGNIES AMÉRICAINES SERONT ÉGALEMENT VISÉES.

INTERROGÉ À CE SUJET, LE PORTE-PAROLE DE LA MAISON-BLANCHE A DÉCLARÉ QUE DE TELLES ATTAQUES JUSTIFIAIENT LA NOUVELLE APPROCHE STRATÉGIQUE AMÉRICAINE DE LA LÉGITIME DÉFENSE PRÉVENTIVE.

Disant craindre l'extension des activités terroristes à l'ensemble de…

Montréal, 8 h 29

— Je vais finir par croire que vous vous ennuyez de moi, fit l'inspecteur-chef Théberge après avoir reconnu la voix de Blunt.

— Une urgence, répondit simplement ce dernier.

— Je n'ai que ça, des urgences, aujourd'hui, maugréa Théberge. Il va falloir que votre urgence attende son tour.

— Ce n'est pas une urgence ordinaire, répondit la voix impassible de Blunt à travers le logiciel de communication.

— Et vous ne pouviez pas m'en parler tout à l'heure ?

— C'est un renseignement que je viens tout juste d'obtenir. Ça concerne un dépôt d'armes sur le territoire d'Akwesasne.

— Ce qui serait surprenant, c'est qu'il n'y en ait pas !

— Nous avons de bonnes raisons de croire qu'il y a, dans ce dépôt, des armes de destruction massive.

— Comme en Irak ? ne put s'empêcher d'ironiser Théberge.

— Comme à Massawippi, répliqua Blunt. Mais en pire. Des centaines de fois pire.

— Vous êtes sérieux…

— Il reste de quarante-huit à soixante-douze heures avant qu'elles soient récupérées par ceux à qui elles sont destinées.

— Et qui sont les heureux destinataires ?… Non, ne répondez pas. Laissez-moi deviner… Ce n'est quand même pas le GANG ?

— Eux ou ceux qui se cachent derrière eux. Mais ce détail n'a pas d'importance pour le moment. Ce qu'il faut, c'est s'assurer de l'endroit où elles sont et les faire disparaître.

— Cela peut difficilement arriver à un pire moment, fit Théberge. Je ne vois pas qui je peux envoyer là-bas.

Le personnel est débordé et les médias suivent à la trace tout ce qui porte un uniforme.

— Il faut trouver une ou deux personnes pour aller vérifier l'endroit exact de la cache...

— À la limite, je peux y aller moi-même avec Grondin. Le directeur va râler s'il s'aperçoit que je suis disparu pendant quelques heures mais...

— De mon côté, je vais m'occuper de trouver quelqu'un pour disposer du matériel aussitôt que vous l'aurez localisé avec certitude. Je vous envoie une carte par courriel avec la localisation GPS probable de la cache.

Théberge venait à peine de fermer le logiciel de communication que Grondin entrait dans son bureau après avoir frappé deux coups rapides sur le cadre de la porte.

— Je viens pour revoir avec vous le texte de la conférence de presse, fit Grondin.

— Allez d'abord me chercher Crépeau, répondit Théberge. Et discrètement... Je vais avoir besoin de vous.

Lorsque Grondin fut parti, Théberge retourna à son ordinateur portable et imprima la carte qui lui arrivait de Blunt.

S'il fallait que les autorités soient mises au courant de cette histoire, songea-t-il, cela déchaînerait un torrent d'enquêtes. Il en aurait alors pour des mois à tenter d'expliquer comment il avait pu entrer en possession de ce type d'information. Et comme il n'était pas question qu'il parle de l'Institut...

Après avoir hésité pendant plusieurs minutes, il souleva le combiné du téléphone et composa le numéro de son ami Ross, le chef des Peace Keepers.

LCN, 8 H 34

> ... DE RUMEURS PERSISTANTES SUR LE LIEN DU GANG AVEC DES GROUPES TERRORISTES INTERNATIONAUX. LE QUÉBEC AURAIT ÉTÉ CHOISI, SELON LES TENANTS DE CETTE HYPOTHÈSE, COMME LIEU OÙ ÉTABLIR UNE BASE À PROXIMITÉ DES FRONTIÈRES AMÉRICAINES.

LES VISÉES SECRÈTES DU GANG SERAIENT L'ÉTABLISSEMENT D'UN ÉTAT QUI S'EXCLURAIT DU DISPOSITIF DE DÉFENSE CONTINENTALE ÉLABORÉ PAR LES ÉTATS-UNIS, DE MANIÈRE À FACILITER L'IMPLANTATION DU TERRORISME INTERNATIONAL DANS LEUR COUR ARRIÈRE.
REJETANT COMME RIDICULES CES ALLÉGATIONS, LE PORTE-PAROLE DU PNQ...

MONTRÉAL, 8 H 37

Après avoir reçu l'appel de Trappman, Bojan Drazic donna un coup de fil au responsable de la deuxième équipe, qui était descendu dans un autre hôtel. En fait, chacun des membres des deux équipes était dans un hôtel différent.

La conversation fut brève. Et si jamais elle avait été interceptée par les autorités locales, il se passerait sans doute plusieurs jours avant qu'ils puissent la traduire, car elle s'était déroulée en serbo-croate.

Autrefois membres de groupes ennemis, les huit hommes étaient maintenant du même côté : du côté de celui qui payait.

BAVIÈRE, 14 H 46

Skinner achevait de faire ses bagages quand son informateur au château de Xaviera reçut la première balle. Quelques instants plus tard, il l'entendait supplier ses poursuivantes.

— Il est blessé à une jambe, fit l'une d'elles. Il a perdu connaissance.

— Il n'y a plus grand-chose à en tirer, fit une autre.

— Tu l'achèves ou je m'en charge ?

— J'ai une meilleure idée : on se met à dix pas et on fait un concours de vitesse. La première qui vide son chargeur.

— Tiens, il revient à lui, on dirait !

— Ça ne le rendra pas plus capable de marcher.

Quelques instants plus tard, Skinner entendait de nouveau la voix de son informateur.

— Il y a quelque chose que vous devriez savoir, dit-il. Si vous me laissez la vie sauve, je peux...

— La ferme! fit une des femmes. Tu nous décon-
centres.

— J'ai un appareil auditif!

— Oui oui, on le sait.

— Mais vous ne savez pas que…

Sa voix fut interrompue par le premier coup de feu.
Quelques secondes plus tard, la pétarade s'acheva.

— Qu'est-ce qu'on fait? reprit une des voix de femme.

— On le laisse là. Les animaux vont s'en occuper.

Rassuré par le fait que Bonhoeffer n'avait pas eu le
temps de le dénoncer, Skinner quitta quand même rapidement sa chambre et récupéra sa BMW.

Pour l'instant, il y avait peu de chances que les femmes
du manoir découvrent l'appareil de Bonhoeffer et réalisent que c'était en réalité un émetteur. Il préférait
néanmoins ne courir aucun risque. Qui savait quelles
complicités elles pouvaient avoir dans la région?

Il attendrait d'avoir traversé la frontière avant de faire
son rapport à Daggerman.

Expression dédramatisée des critères de bien et de mal, le *in* et le *out* n'ont plus aucune référence aux notions de vrai et de faux, qui génèrent inévitablement des rigidités et des fixations. La seule valeur dans laquelle s'enracinent le *in* et le *out*, c'est le renouvellement.

Joan Messenger, *Le Fascisme à visage humain*, 7- Produire de la jeunesse.

JEUDI (SUITE)

OTTAWA, 9 H 25

Le sénateur Lamaretto en était à son deuxième petit déjeuner d'affaires lorsque son téléphone sonna.

— Excusez-moi, dit-il au nouveau contributeur de l'APLD. Si je reçois un appel sur ce téléphone portable, je dois répondre. J'ai une secrétaire qui filtre les appels et réachemine uniquement ceux qui sont vraiment importants.

L'homme fit un geste pour signifier que l'interruption ne le dérangeait pas. Lamaretto lui répondit par un sourire tout en sortant le téléphone de sa poche.

— Si c'est le premier ministre, dit-il, j'en profiterai pour lui dire que nous avons un nouveau contributeur.

Depuis les élections, une foule d'hommes d'affaires s'étaient subitement découvert une affinité avec l'APLD et se bousculaient pour lui apporter leur appui. Lamaretto avait la tâche de rencontrer les plus importants et d'évaluer leur utilité pour le parti.

— Oui? fit le sénateur.

— Il va falloir accélérer le processus, répliqua aussitôt la voix ironique de Trappman.

— C'est-à-dire ?

— Sinclair doit tenir sa réunion du Cabinet au plus tard demain matin.

— Ça veut dire annuler la relâche du vendredi.

— Vous allez avoir tous les prétextes nécessaires d'ici quelques heures pour agir rapidement.

— Ce n'est pas ce qui était prévu.

— Je sais… Mais un bon plan doit pouvoir s'adapter aux circonstances. Dites au PM de laisser sa télé ouverte. Avant la fin de la soirée, il aura tout ce qu'il lui faut pour sa réunion.

— Entendu.

Lamaretto rangea le téléphone dans la poche intérieure de son veston et ramena son attention vers le contributeur.

— Nous disions donc ?… Ah oui, vous me parliez des dispositions sur les médicaments génériques. Personnellement, je suis d'accord avec vous. Les clauses actuelles découragent la recherche. Le gouvernement doit cependant prendre en considération d'autres facteurs. Néanmoins, je suis sûr que nous pourrons trouver une manière de tenir compte de vos remarques…

LCN, 9 h 50

… nous a été révélé par un journaliste du *Matin* qui affirme avoir une source à l'intérieur de l'entreprise. Selon cette source, l'infiltration atteindrait les niveaux supérieurs de l'organisation et il serait devenu difficile de faire triompher un point de vue ou de faire avancer un projet si on n'est pas membre de l'Église de la Réconciliation Universelle.

La liste rendue publique comprend huit noms, tous cadres moyens ou supérieurs. On y trouve notamment celui de Luc Boutin, le nouveau vice-président chargé de la surveillance et de l'entretien du réseau.

Joint il y a quelques instants au téléphone, monsieur Boutin, qui occupe un des postes les plus sensibles de l'organisation, s'est refusé à tout commentaire…

AKWESASNE, 10 H 52

L'inspecteur-chef Théberge était accompagné comme prévu de Grondin. Aucun des deux n'était en uniforme. Ils furent accueillis par Calvin Ross, le chef des Peace Keepers.

Compte tenu de la nature particulièrement sensible de la perquisition, Théberge avait tenu à lui expliquer l'opération de vive voix. Au téléphone, il s'était contenté de lui dire que c'était urgent et que c'était une affaire extrêmement délicate.

En geste de bonne volonté, Théberge avait fait parvenir à son collègue une copie du dossier qui avait motivé l'arrestation des deux autochtones. Le chef des Peace Keepers avait eu droit à l'ensemble du dossier, y inclus la partie concernant les quatre autres suspects.

— J'ai pris connaissance de ce que vous m'avez fait parvenir, fit Ross après les avoir amenés dans son bureau. Les deux que vous avez arrêtés ont souvent été en contact avec Billy Two Rabbits. J'ai pensé que ça vous intéresserait de le savoir.

— Toujours aucune nouvelle de lui? demanda Théberge.

— Billy? Non… La rumeur veut qu'il soit quelque part aux États-Unis.

— Comment ça se passe dans la communauté?

— Pour les arrestations?

— Oui.

— Mathews était une tête brûlée, personne ne va pleurer longtemps sur son sort. Wade, par contre, était très respecté. Il a fondé un club de jeunes guerriers qui pratiquent la voie traditionnelle…

— … ainsi que le commerce extra-frontières, ne put s'empêcher d'ajouter Théberge.

— Les frontières existent uniquement dans la tête des Blancs, répliqua en souriant Ross. La terre appartient à tout le monde.

— C'est pour ça que Wade est membre d'un groupe traditionaliste? Pour pouvoir ignorer les frontières?

— Qui est à l'abri des contradictions ?

— C'est comme pour les missiles et les caches d'armes.

— Je ne comprends pas.

— Le marais du faucon mort, ça te dit quelque chose ?

Le visage du Mohawk se fit sérieux.

— C'est pour ça que tu es venu ? demanda-t-il.

— Oui…

— Qui t'a parlé de cet endroit ?

— Je n'ai aucune idée de ce que c'est. Mais j'ai reçu des renseignements crédibles selon lesquels une importante cache d'armes s'y trouverait.

En quelques mots, il le mit au courant de ce que Blunt lui avait appris. Ross se contenta de le regarder en secouant imperceptiblement la tête.

— Tu comprends pourquoi je voulais t'en parler de vive voix, reprit Théberge.

Ross acquiesça.

— Oui… Est-ce que tu sais qui a apporté ces… choses là-bas ?

— Non. Pas encore.

Théberge sortit une feuille de papier pliée en quatre de sa poche de veston. Une carte du territoire d'Akwesasne y était imprimée, avec un X indiquant le lieu de la cache d'armes.

Le X était situé à une dizaine de mètres au nord du marais. Par mesure de prudence, quelqu'un avait inscrit à la main les coordonnées GPS de l'endroit.

— C'est en plein milieu du territoire sacré, dit Ross après avoir examiné la carte. Plusieurs de nos ancêtres y sont enterrés.

— On peut y aller ?

— S'il y a vraiment une cache d'armes, il serait préférable d'être accompagnés par un de nos chefs spirituels.

Ross perçut la réticence sur le visage de Théberge.

— Tu n'as pas à t'inquiéter, dit-il. Je lui confierais la direction de la communauté demain matin sans la moindre hésitation. Et puis, de toute façon, si quelqu'un a profané la terre sacrée, il va falloir tenir une cérémonie de guérison. Autant le mettre dans la confidence tout de suite. Il va apprécier qu'on lui fasse confiance et ce sera un allié précieux pour gérer les retombées, s'il y en a.

— Espérons qu'il n'y en ait pas, répondit Théberge, mal à l'aise du jeu de mots involontaire de son ami.

— Si on trouve des armes, qu'est-ce qu'on fait ? demanda Ross.

— On se limite à vérifier si l'information est exacte.

— Et si elle l'est ?

— Je contacte des amis. Ils vont les faire disparaître au cours de la nuit. Ensuite, vous pourrez tenir votre cérémonie de guérison.

— Si tu veux, je peux les faire déplacer en attendant que vos amis viennent les chercher.

— Il n'est pas censé y avoir de danger. Mais compte tenu de la nature de ce qu'on risque de trouver…

— Je comprends.

— En partant tout de suite, est-ce qu'on peut être revenus pour midi ?

— Ce sera serré.

WASHINGTON, 11 H 23

Le Président revoyait le discours qu'il prononcerait le lendemain soir. Paul Decker le lui avait apporté, une vingtaine de minutes plus tôt.

Quand on attaque Israël, c'est l'Amérique qu'on attaque. Quand on terrorise des civils à Tel-Aviv, ce sont les citoyens américains qui sont pris pour cible. Et l'Amérique défendra ses citoyens.

— Ce n'est pas un peu fort ? demanda le Président.

— On a déjà défendu nos frontières au Vietnam, on peut bien les défendre au Moyen-Orient.

— Mais est-ce nécessaire de le dire aussi crûment ? Si on veut avoir l'air d'être de bonne volonté sur la question de la Palestine…

— D'accord, je vais arranger ça. Mais n'oubliez pas qu'il y a des milliers d'électeurs juifs en Nouvelle-Angleterre. Il faut qu'ils sentent qu'on est à cent pour cent derrière Israël.

Au fond, Decker était ravi. S'autorisant de son rôle de responsable de la sécurité pour l'Amérique, il avait volontairement rédigé un discours excessif pour donner au Président l'occasion de se mettre en valeur à ses propres yeux et de paraître exercer son autorité en nuançant certaines parties du texte.

Ce dernier reprit la lecture à haute voix.

Désormais, toutes les attaques seront considérées comme telles, autant les attaques économiques que militaires. Les menaces à l'encontre de notre prospérité économique seront impitoyablement réprimées. Il est passé, le temps des doubles discours : avec les États-Unis sur le plan des grands principes, mais contre nous sur les plans économique et politique. Désormais, qui n'est pas pour nous est contre nous.

— J'aime ça, fit le Président. C'est clair.

— Et ça nous met dans une meilleure position pour réagir, quelle que soit l'atteinte à notre autonomie industrielle et énergétique.

— Je savais que j'avais raison de mettre la sécurité du pays entre vos mains.

— Vous continuez ?

La puissance confère des responsabilités. L'Amérique ne se soustraira pas aux siennes. Tout groupe ou tout pays qui tentera de manipuler le prix du pétrole sera placé sur la liste des ennemis de l'Amérique. Des représailles seront rapidement exercées. Il en serait de même pour ceux qui prétendraient fermer leur marché à nos produits au mépris des conventions internationales. L'Amérique ne saurait tolérer que le moindre chantage pèse sur le développement de son économie.

— Cela devrait les faire tenir tranquilles, dit le Président avec un sourire.

Decker ne répondit pas, conscient que la nouvelle serait reçue avec mauvaise humeur par le Venezuela et l'ensemble des pays producteurs de pétrole, sans parler des pays du tiers-monde qui avaient des velléités protectionnistes.

Les événements du 11 septembre nous ont déjà appris que ceux qui sont envieux de notre prospérité ne reculeront devant aucun moyen pour la détruire. Les événements qui se déroulent actuellement au Québec nous montrent que le terrorisme peut surgir n'importe où, n'importe quand. Qu'il ne recule devant aucun moyen. Des camions lance-missiles ont été utilisés, il y a deux ans, près de Montréal. Aujourd'hui, des bombes sautent dans leurs rues. Non, le terrorisme n'est pas mort. Notre combat est un combat à long terme. Nous devons être en mesure de faire face à toute éventualité. Aussi, j'annonce que le déploiement du bouclier spatial sera accéléré.

« Ce sont les Russes et les Européens qui vont être contents », songea Decker en souriant. Avec un tel bouclier, les États-Unis se mettaient en position de pouvoir employer l'arme nucléaire sans avoir à craindre de riposte.

Il fit signe au Président de poursuivre.

Par ailleurs, les terroristes seront impitoyablement poursuivis, quel que soit le pays où ils se cachent. Ils seront arrêtés, ramenés aux États-Unis et jugés en fonction de nos lois, ce qui inclut l'utilisation de la peine de mort lorsque la gravité des actes criminels le justifie.

— Je trouve ça excellent, fit le Président. Il faut leur montrer que nous sommes fermes, que nous ne nous laisserons pas arrêter par les arguties diplomatiques.

— J'avoue que j'en suis assez fier.

Parfois, Decker se demandait si le Président réalisait la portée de ce qu'il disait. Dans un même paragraphe, il trouvait le moyen d'envoyer promener l'ensemble des pays de l'ONU et une bonne demi-douzaine de conventions internationales.

— J'aimerais qu'on revoie la partie sur la Chine, reprit le Président.

— Vous voulez changer quelque chose ?

— Pour quelle raison ne pas soutenir plus clairement Taïwan ?

— Le texte dit qu'on favorise le maintien de la stabilité dans la région : c'est suffisant pour qu'ils comprennent qu'on va les défendre en cas de problèmes.

— Est-ce que la Chine ne va pas croire qu'on laisse tomber Taïwan ?

— S'ils bougent, ça nous fera une monnaie d'échange pour acheter leur vote au Conseil de sécurité.

New York, 12 h 46

Dans un salon privé de l'hôtel Pierre, Esteban Zorco avait invité des représentants de l'industrie militaire à venir prendre connaissance, en avant-première, du discours du Président.

Il venait de le recevoir de Decker quelques minutes plus tôt.

Les États-Unis entendent se défendre avec fermeté contre toute attaque et défendre de la même manière leurs amis, que ceux-ci soient en Europe, en Afrique ou sur une île à l'autre bout du monde.
Notre engagement en faveur de la liberté et de la démocratie en Irak ne nous empêchera pas de nous acquitter de nos autres engagements à l'endroit de…

Des rires fusèrent.

— C'est Taïwan ? demanda un des invités.

— Oui.

— Il n'a pas dit une île « perdue » à l'autre bout du monde, c'est déjà ça !

— Vous pensez que les Chinois vont comprendre ?

— S'ils ne comprennent pas, ce ne sera pas un désastre pour vous, répliqua Zorco en souriant. Vos carnets de commande vont se remplir encore plus !

— C'est bien demain soir qu'il doit prononcer ce discours ?

— Oui.

— Ça nous laisse le temps de prendre de bonnes positions sur le marché.

Après le déjeuner, chacun se hâta de retourner à son bureau. Il restait près de deux heures avant la fermeture de la Bourse.

En plus de profiter des nouveaux investissements du gouvernement en matière de défense, ils pourraient multiplier leurs gains en investissant dans les marchés financiers avant que l'annonce de la nouvelle fasse s'envoler la valeur des titres liés à l'industrie militaire.

MONTRÉAL, 13 H 59

La salle était bondée. Depuis une dizaine de minutes, l'inspecteur Rondeau faisait le point sur la situation. Il avait relaté la perquisition chez Darcy Hempee, l'arrestation des six responsables des attentats à la grandeur de la province, la découverte de l'arsenal au lac des Seize Îles.

— Ce Perrier, vous savez où il est ?

— Si on le savait, on ne serait pas ici à perdre notre temps. On irait l'arrêter. D'autres questions ?

Dans la salle, des sourires apparurent.

Le journaliste rabroué, qui assistait pour la première fois à une conférence de presse de Rondeau, parut décontenancé.

— Ce Perrier, est-ce que c'était le chef du réseau ? demanda-t-il.

— Tout l'arsenal était chez lui. Il avait l'organigramme de l'ensemble des cellules. On a trouvé chez lui des cassettes où on voit Darcy Hempee donner des instructions à des membres de son groupe… D'après vous, est-ce là le portrait d'un touriste ?

Une voix jaillit du fond de la salle.

— Il y a des rumeurs comme quoi le GANG serait relié à des groupes terroristes internationaux. On parle même d'armes de destruction massive…

Rondeau fut dispensé de répondre par l'arrivée de l'inspecteur-chef Théberge.

— Je vous laisse aux bons soins de l'empesteur-chef, fit Rondeau en le montrant d'un geste de la main. Il saura mieux que moi répondre à vos questions.

Théberge commença par s'excuser de son retard. Une information qu'il avait dû vérifier.

Anticipant le *scoop*, les journalistes devinrent plus attentifs.

— Une information qui n'a rien donné, précisa Théberge.

Des murmures de frustration se firent entendre.

Théberge n'avait surtout pas l'intention de leur parler de ce qu'il avait découvert sur le territoire sacré. Avec le chef des Peace Keepers et le *medicine man*, ils avaient pris les dispositions nécessaires pour que rien ne transpire de leur expédition jusqu'à ce que le site ait été nettoyé.

— Si je comprends bien, fit le journaliste du *Partitionist*, les attentats contre les anglophones et ceux contre les francophones auraient tous été réalisés par le GANG ?

— Les choses ne sont pas aussi simples. Les attentats contre les francophones ont été réalisés par quatre anglophones et deux autochtones. Ces six personnes étaient dirigées par un anglophone… C'est cet anglophone qui semble avoir été soit manipulé, soit de mèche avec un dirigeant du GANG.

— Est-ce que ça veut dire que le responsable ultime de tous les attentats est le GANG ?

— Il y a des indices qui vont dans ce sens, mais on ne peut pas exclure une collaboration entre les deux.

Le représentant de TéléNat prit la relève.

— Au cours de votre perquisition, avez-vous trouvé des indices sur la cellule Devereaux ?

— Rien qui puisse faire progresser l'enquête.

— Et parmi les choses qui ne sont pas susceptibles de la faire progresser ?

— Rien non plus.

— Compte tenu des allégations qui ont été faites sur vos rapports avec mademoiselle Devereaux, est-ce que vous croyez être en conflit d'intérêts, ou du moins en apparence de conflit d'intérêts, dans l'enquête sur la cellule Devereaux ?

— Je n'ai aucune relation particulière avec mademoiselle Devereaux et il n'y a aucun conflit d'intérêts.

— J'ai parlé d'apparence de conflit d'intérêts. Après tout, il y a une cellule du GANG qui se réclame d'elle.

— Et alors ? L'Inquisition se réclamait bien du Christ et Hitler de Darwin !

— Le Christ et Darwin ne menaient pas d'enquête.

Le journaliste de *La Presse* interrompit l'échange.

— Comment expliquez-vous que Perrier vous ait échappé ?

— Il ne nous a pas échappé : il n'était pas là.

— Est-ce une coïncidence que vous ayez réussi à arrêter rapidement tous les anglophones, mais que plusieurs francophones aient réussi à vous échapper ?

— Je vous ferai remarquer que ceux qui ont pensé et mis sur pied les attentats du GANG ont été arrêtés.

— Mais ceux qui continuent de faire sauter les bombes, eux, sont encore au large.

Le représentant du *Partitionist* revint à la charge.

— Est-ce que vous avez subi des pressions politiques pour arrêter les anglophones en premier ?

L'inspecteur-chef Théberge prit quelques secondes pour se calmer.

— Des pressions politiques, nous en subissons tous les jours, dit-il. Mais elles n'ont pas la forme que vous croyez. Chaque fois qu'un journaliste monte en épingle un acte de violence, les politiques s'énervent et ils nous demandent d'expliquer, dans de longs rapports, que la situation n'a pas empiré. Qu'elle n'est pas plus inquiétante que dans le reste de l'Amérique… Chaque fois qu'un journaliste monte en épingle une bêtise faite par un policier, les politiques s'énervent et demandent un rapport sur l'ensemble des pratiques de l'ensemble des policiers… Chaque fois qu'un policier fait la une parce qu'il est mort en service, les politiques s'énervent et demandent des études sur l'ensemble des procédures que nous sommes tenus de suivre, sur les modes de supervision, sur les lacunes de notre formation… Et qui doit se taper toute cette paperasse, croyez-vous, au lieu de consacrer du temps à faire son métier ?… Le travail du policier, c'est ce qu'il fait à temps perdu, quand il n'est pas occupé à répondre aux exigences bureaucratiques engendrées par la pression politique que vous alimentez… ou à répondre à vos questions !

Un silence de quelques secondes suivit. Puis un journaliste du premier rang prit la parole.

— Si je vous comprends bien, vous affirmez que le travail des journalistes nuit à celui des policiers ?

— Je veux dire que de mettre de la pression sur un travailleur, quel qu'il soit, peut nuire à son rendement. Je veux dire que discuter publiquement d'une enquête a nécessairement pour effet de renseigner ceux sur qui on enquête et de nuire à cette enquête.

— Mais le public a le droit de savoir, non ?

— Oui, mais il a aussi le droit d'être protégé. Que faites-vous quand vous avez à choisir entre les deux ?

— Je pense que c'est au public de décider.

— Pour décider, il doit avoir toutes les informations en main. Mais, une fois qu'il les a, il est trop tard pour décider. Le choix est déjà fait. L'information et le spectacle ont gagné contre la sécurité.

TÉLÉNAT, 14 H 26

> … LE PORTE-PAROLE DU SOLLICITEUR GÉNÉRAL DU CANADA A NIÉ L'EXISTENCE D'UN PLAN D'INTERVENTION DE L'ARMÉE SUR LE TERRITOIRE QUÉBÉCOIS. TOUT EN DÉPLORANT LA BRUSQUE DÉGRADATION DU CLIMAT SOCIAL, IL A RÉAFFIRMÉ SA CONFIANCE DE VOIR LES AUTORITÉS PROVINCIALES RÉTABLIR LA SITUATION. SE DISANT RASSURÉ PAR LES RÉCENTES ARRESTATIONS…

BAIE-D'URFÉ, 14 H 28

Pascale se leva de son lit avec un mal de tête. Quand elle se rendit compte de l'heure qu'il était, elle s'habilla rapidement, se contentant de passer un peu d'eau sur son visage en guise d'ablutions.

Machinalement, elle tourna la poignée de la porte. Celle-ci refusa de bouger.

Il lui fallut quelques secondes pour réaliser que la porte était verrouillée. Aussitôt, sa respiration se fit plus difficile et les battements de son cœur s'accélérèrent.

Elle était enfermée.

S'efforçant de dominer la vague de panique qui montait en elle, elle s'allongea sur le lit et se concentra sur sa respiration.

La panique reflua peu à peu. Sans l'éliminer tout à fait, elle réussit à la maintenir à la périphérie de sa conscience. Son esprit retrouva un espace suffisant pour réfléchir.

Ou bien on la retenait prisonnière, comme tous les nouveaux arrivants en période d'observation, pour éviter qu'elle se promène dans le domaine de l'Église, ou bien on avait découvert son identité. Dans les deux cas, elle ne tarderait pas à savoir à quoi s'en tenir. Il n'y avait qu'une chose à faire : attendre.

Dans les circonstances, elle pouvait difficilement imaginer tâche plus exigeante : attendre dans une chambre close sans céder à la panique.

MONTRÉAL, 14 H 31

— Vous justifiez donc la censure ?

— Non. Mais je pense qu'on doit donner des mandats aux gens et les évaluer sur ce qu'ils ont fait plutôt que de les suivre pas à pas en scrutant chacun de leurs gestes. Le besoin d'information et le voyeurisme ne sont pas, à mes yeux de policier borné sans doute, la même chose. Imaginez qu'un artiste – je prends Picasso parce qu'il est un des plus connus – doive expliquer à chaque coup de pinceau pourquoi il l'a donné de telle façon, pourquoi il a choisi telle couleur, et qu'ensuite ces explications deviennent des informations publiques que chacun est en droit de critiquer ! Quelle œuvre aurait-il créée ?

— Ce serait peut-être plus compréhensible ! fit une voix dans l'assistance, qui fut parcourue d'un fou rire.

— Vous n'êtes quand même pas Picasso, fit une autre voix.

— Bien sûr que non, répliqua Théberge. Picasso n'aurait jamais été capable de mener les enquêtes dont j'ai la charge.

Une nouvelle vague de rires parcourut l'assistance.

— Ça, c'était une réplique, reprit Théberge. Maintenant, si vous êtes intéressés par une réponse…

Les voix se turent.

— Une enquête policière, c'est comme un processus de recherche scientifique. On ne peut rien faire sans des méthodes rigoureuses de preuve et d'analyse d'indices; on ne peut pas se dispenser de l'exercice logique qui consiste à tenter de tout rassembler de façon cohérente. Mais ce n'est pas suffisant. Il faut une hypothèse pour savoir où chercher et quoi chercher. Et ça, ça exige de l'intuition. C'est une forme d'art…

— Vous y allez un peu fort, non ?

— Vous voulez savoir pourquoi j'ai utilisé cette comparaison avec Picasso ?

Il fit une pause, le temps que les commentaires cessent, puis il reprit :

— Le développement d'une enquête, pour moi, c'est le développement progressif d'une forme. Comme une sculpture qui naît d'un bloc de pierre. Si vous n'avez aucune idée au départ de la forme à faire naître, vous allez vous retrouver à la fin avec un tas de morceaux et rien d'autre. Il y a dans le travail d'enquête une partie d'art et d'intuition qu'il serait malséant et contre-productif d'ignorer… Alors voilà, c'était flic 101… Maintenant, est-ce qu'on peut poursuivre la conférence de presse ?

Théberge désamorça ensuite habilement les deux seules questions qui auraient pu entraîner un dérapage. La première venait du reporter de *Techno-Police* : il voulait savoir si le responsable en fuite du GANG, Perrier, n'était pas disparu de façon providentielle pour éviter qu'il implique des personnes haut placées.

Théberge répondit que les policiers n'avaient pas éliminé eux-mêmes le chef du GANG, si c'était là la question masquée que posait le journaliste. Il ajouta que le plaisir d'embêter des personnes haut placées, lorsque cela se justifiait par l'implication desdites personnes dans des activités criminelles, était une des rares sources de plaisir qui restait aux policiers et qu'il concevait mal qu'ils puissent s'en priver.

La deuxième question avait été posée par le représentant de TéléNat, qui voulait savoir si les nouvelles preuves confirmaient, aux yeux des policiers, l'existence d'une guerre ethnique au Québec.

Théberge s'en tira en disant que, à ses yeux, aucune ethnie n'avait le monopole de la bêtise militante : s'il y avait un domaine où le multiculturalisme triomphait, c'était bien celui de la criminalité.

Aussitôt la conférence de presse terminée, Théberge se dirigea vers son bureau. Il voulait informer Blunt sans délai de ce qu'il avait découvert sur la partie sacrée du territoire amérindien.

RDI, 15 H 01

> ... AVOCAT BIEN CONNU DE LA RÉGION DE MONTRÉAL, A DÉCIDÉ D'ASSUMER GRATUITEMENT LA DÉFENSE DES AUTOCHTONES ARRÊTÉS. IL A REVENDIQUÉ POUR SES CLIENTS LE STATUT DE PRISONNIERS POLITIQUES. ON ÉCOUTE CE QU'IL A DÉCLARÉ À NOTRE COLLÈGUE DE RDI...
>
> « DE LA MÊME MANIÈRE QUE NOUS ÉTIONS TOUS, PENDANT LA DEUXIÈME GUERRE MONDIALE, DES JUIFS ALLEMANDS, NOUS SOMMES TOUS MAINTENANT, SI NOUS AVONS LE MOINDREMENT DE CONSCIENCE MORALE, DES AMÉRINDIENS. »
>
> LE CÉLÈBRE AVOCAT A PAR AILLEURS MIS EN GARDE LES AUTORITÉS POLICIÈRES CONTRE LES SÉVICES QUE POURRAIENT SUBIR SES CLIENTS ET LES A AVERTIES QUE LE MOINDRE HARCÈLEMENT DONNERAIT LIEU À DES POURSUITES...

SAINT-CONSTANT, 15 H 19

Lorsque Jones Senior entra dans son bureau, il se dirigea vers l'ordinateur portable qui émettait un bip discret. Il entra son mot de passe et une figure du bouddha s'afficha à l'écran.

Les illusions de la maya
vous requièrent avec insistance.

Jones sourit. Le jeune ami de F qui avait conçu le logiciel de communication ne manquait pas d'humour. Chacun des niveaux d'alerte était illustré par une figure et un message appropriés.

Après avoir lu le message de Blunt, il entreprit immédiatement de lui répondre : il confirma qu'il prendrait livraison de la marchandise à l'endroit convenu et qu'il la transférerait dans un entrepôt, où elle serait à la disposition des spécialistes que Blunt enverrait l'examiner.

Jones Senior se mit ensuite à réfléchir à l'équipe de récupération. Parmi les employés de la firme qui étaient présentement en formation au siège social, il y en avait au moins cinq à qui une rupture subite de leur routine d'entraînement ferait le plus grand bien.

Il sortit de son bureau pour se diriger vers les salles d'exercice. Ce serait intéressant, songea-t-il, de voir comment l'équipe se comporterait. De voir si ses « associés » sauraient préserver, en étant plongés brusquement en situation d'urgence, l'équilibre intérieur qu'ils avaient développé au cours de leur formation.

Montréal, 15 h 22

Une foule d'environ deux cents personnes s'était réunie devant le bureau du premier ministre, sur le boulevard René-Lévesque.

> — *On nous méprise. On répand des graffitis haineux. On viole nos cimetières. On plastique nos journaux. On attaque nos maisons. On tue des membres de nos familles… Nous sommes les victimes d'une véritable campagne de haine. D'une campagne de propagande raciste dont les auteurs courent toujours. Combien de temps allons-nous le tolérer ? Combien de temps ?*

Une vague d'applaudissements et de cris d'encouragement répondit à la question de Jarvis Potter. Ce dernier promena sur la foule un regard satisfait. Enfin, les anglophones du Québec se réveillaient.

> — *Les mots ne suffisent plus. Il faut des actes. Il faut exiger le respect de nos droits et de notre liberté. Nous ne pouvons pas laisser en prison ceux des nôtres qui se sont tenus debout et qui ont répliqué au terrorisme dont nous sommes victimes. Nous devons agir! Nous devons exiger la libération de nos concitoyens qui ont été arrêtés ce matin. Nous sommes majoritaires dans ce pays. Il est inadmissible que nous soyons traités en parias. Il faut se tenir debout! Debout!*

Une nouvelle vague d'applaudissements répondit à l'orateur. Quelques manifestants se mirent à scander: «Debout! Debout! Debout!…»

Potter laissa la clameur monter puis il l'apaisa d'un geste.

> — *À court terme, libérer nos camarades est notre priorité. Mais notre véritable objectif est la sécurité. Nous ne connaîtrons pas la sécurité tant que nous n'aurons pas nos propres territoires. La partition n'est pas une chose qui est souhaitable ou non. Elle ne relève pas du domaine de la préférence. Elle est une nécessité! C'est le moyen indispensable de notre survie!*
>
> *Nous sommes comme les colons juifs de Palestine. Il est urgent de définir nos territoires et de les protéger par une force de sécurité canadienne qui tienne en respect les terroristes québécois.*

Les applaudissements qui suivirent furent interrompus par l'arrivée à grande vitesse d'une voiture qui fit un dérapage contrôlé à proximité de la foule.

Des coups de feu furent tirés en direction de l'estrade par la fenêtre ouverte de la portière arrière. Puis le véhicule repartit en trombe.

La foule se dispersa en hâte pendant que les organisateurs de la manifestation, sur l'estrade, tentaient en vain de rétablir l'ordre.

Washington, 16 h 11

Paul Decker recevait le représentant de Taïwan à dîner dans une suite du St. Regis.

— Nous n'avons pas le choix de demeurer discrets, dit-il. Il faut mettre le monde devant le fait accompli.

— Je comprends.

Decker sortit une carte d'affaires de sa poche.

— Contactez cette personne, dit-il. Elle vous indiquera de quelle manière vous pourrez vous procurer six bombardiers furtifs.

— Nous sommes infiniment reconnaissants de ce que vous faites. La supériorité technologique est le seul moyen dont nous disposons pour contrer leur supériorité numérique. Cependant…

— Je sais, vous en auriez voulu davantage.

Le représentant de Taïwan sourit.

— Si le nombre des appareils augmentait, dit-il, il va de soi que nous n'aurions aucune difficulté à trouver le financement. Mais ce n'est pas ce que je voulais dire…

Decker se contenta de prendre une gorgée de scotch et de regarder son interlocuteur pour l'encourager à poursuivre.

— Mon gouvernement, reprit ce dernier, aurait aimé avoir un appui plus officiel.

— Je l'imagine facilement. Mais, comme je vous le disais, la présence et la force de certains lobbies nous obligent à mettre tout le monde devant le fait accompli… Ce n'est pas la première fois que les choses se passent de cette manière. Même aujourd'hui, mon gouvernement n'a pas encore admis avoir donné la bombe atomique à Israël par l'intermédiaire de la France… Et le pire, ajouta-t-il en riant, comme s'il s'agissait du comble de l'absurde, c'est que, pour la donner à Israël, il a fallu la donner aux Français tout en laissant croire que ceux-ci l'avaient développée eux-mêmes !

Quelques minutes plus tard, une grande femme blonde entrait dans la suite par la porte d'une chambre adjacente.

— Je vous présente Harmony, fit Decker. Elle s'occupera de vous jusqu'au moment de votre départ. Je suis certain que vous allez bien vous entendre. Elle parle mandarin et elle est experte dans le jeu des nuages et de la pluie.

Le représentant de Taïwan eut un sourire pour masquer sa gêne et fit un signe de la tête pour saluer la femme qui s'assit à côté de lui.

— Je vous laisse, fit Decker. Je ne doute pas que saurez faire bon usage de ce que nous allons vous fournir.

DRUMMONDVILLE, 16 H 33

— Qu'est-ce que vous en pensez ? demanda Blunt.

— Ce n'est pas le genre de marchandise que les États laissent inopinément se promener sur leur territoire, répondit F. Il me semble assez clair qu'ils veulent intervenir.

— Ce soir, les Jones vont déplacer la marchandise dans une de leurs propriétés, du côté américain. J'ai pris des dispositions pour que deux de nos contacts dormants aillent récupérer le matériel et qu'ils s'occupent de le neutraliser.

— Ça va laisser des traces.

— Ils ne pourront pas remonter jusqu'à nous.

— Non, mais ça fait deux autres personnes qui peuvent éventuellement témoigner de nos activités.

Elle prit un papier dans un dossier et le lui montra.

— J'ai reçu ça hier, dit-elle.

> On me prie de vous faire parvenir ce message ainsi que le document ci-joint en fichier attaché.
>
> D'après les indices que j'ai recueillis, vous existez toujours. Ou, du moins, quelqu'un existe en votre nom. J'aurais beaucoup de choses à discuter avec vous. À commencer par ce Consortium, qui est peut-être un leurre… ce qui ne veut pas dire qu'il ne soit pas extrêmement dangereux.

— Il n'y avait pas de signature ? demanda Blunt.

— Ce n'était pas nécessaire. Le message a été reçu à l'une des adresses électroniques réservées pour les cas d'urgence.

— Celles qui se désactivent après la première utilisation ?

— Oui. Elle était au nom de Claude.

— Votre ami de Paris à la DGSE ?

— Oui.

— Il lui en reste combien ?

— Une seule. Il en avait cinq et c'est la quatrième qu'il utilise…

— Et le document attaché ?

— Une sorte de livre. *Le Fascisme à visage humain*.

— Comme le programme de… ?

— Exactement… J'ai comparé. Le texte est assez différent, mais les idées sont globalement les mêmes…

— L'auteur suggère que le Consortium est un leurre. Ça implique qu'il sait que vous vous y intéressez… Et cette même personne veut attirer notre attention sur le parti de Sinclair… Vous allez lui répondre ?

— À Claude ? Probablement. Mais pas tout de suite.

— Vous savez qu'il y a eu des rumeurs à son sujet…

— Oui… Il a déplu à plusieurs individus liés au pouvoir.

— Il a trempé dans des intrigues ?

— Il a seulement manifesté des réserves à mettre son organisation à leur service : parfois il finissait par obtempérer, parfois il faisait la sourde oreille.

— Et ils se sont débarrassés de lui ?

— Ils ont certainement trouvé une sorte de compromis. Si ce n'était pas le cas, il ne serait plus en position de donner signe de vie.

— Cette idée que le Consortium est un leurre… vous n'avez vraiment aucune idée de qui ça peut venir ?

— Je ne vois qu'une seule personne qui soit en position de ou qui ait intérêt à parler du Consortium comme un leurre. Vous ne devinez pas ?

— Non.

— Je vous laisse y réfléchir. De cette façon, si vous parvenez à la même conclusion que moi…

Montréal, 16 h 51

Benoît « Bone Head » Bigras, le chef des Raptors, ouvrit son cellulaire après la deuxième vibration.

— Oui ?

— On a un contrat pour en dedans. C'est urgent.

C'était la voix de Robert « So So » Tremblay, qui dirigeait les opérations du chapitre pendant que Bone Head achevait son temps à Parthenais.

— Urgent à quel point ?

— Il faut que ce soit fait demain matin.

— Ça ne nous donne même pas vingt-quatre heures.

— C'est une demande de New York.

— Les Skulls sont tous dans une aile séparée. Ils contrôlent le territoire. On ne pourra pas faire ça en vingt-quatre heures.

— Ce n'est pas un Skull.

— Et c'est urgent à ce point-là ?

— Trois fois le tarif habituel. Plus les frais qu'on pourrait avoir à cause de l'urgence.

Autrement dit, s'il fallait acheter des gardes ou d'autres complicités, les frais seraient remboursés en supplément.

— OK. C'est qui, le chanceux qui s'est fait des amis à New York ?

Quand « So So » Tremblay lui eut répondu, Bone Head se demanda ce qu'un Amérindien pouvait bien avoir fait pour attirer un tel contrat sur sa tête.

Cela avait probablement à voir avec la contrebande qui passait par Akwesasne, songea-t-il. Il faudrait qu'il regarde ça de plus près.

LCN, 17 h 26

⏸ … LE PRÉSIDENT D'HYDRO-QUÉBEC A NIÉ QUE L'ORGANISME SOIT INFILTRÉ AU PLUS HAUT NIVEAU PAR L'ÉGLISE DE LA RÉCONCILIATION UNIVERSELLE.

IL A NIÉ DU MÊME SOUFFLE APPARTENIR À CE MOUVEMENT ET REJETTE COMME FARFELUE LA LISTE DE NOMS RENDUE PUBLIQUE CE MATIN.

DANS UN AUTRE DOMAINE MAINTENANT, UNE NOUVELLE ÉTAPE SEMBLE AVOIR ÉTÉ FRANCHIE DANS L'ESCALADE DE LA VIOLENCE RACISTE QUI SECOUE LA PROVINCE. LES TRUE AND LOYAL CANADIANS OF QUEBEC, UN GROUPE PARTITIONNISTE QUI S'EST DONNÉ POUR MISSION DE DÉFENDRE LES INTÉRÊTS DES NON-FRANCOPHONES, ONT VU LEUR MANIFESTATION BRUTALEMENT INTERROMPUE LORSQU'UNE VOITURE A FONCÉ EN DIRECTION DES MANIFESTANTS. UN PASSAGER DE LA VOITURE A FAIT FEU VERS LA FOULE ET…

La démocratie est nécessaire parce qu'elle permet aux individus, à intervalles réguliers, d'exprimer leur mécontentement et de satisfaire leur besoin de pouvoir en supprimant de leur poste des dirigeants présentés comme responsables des imperfections du système.

Joan Messenger, *Le Fascisme à visage humain*, 8- Produire de la société.

JEUDI (SUITE)

MONTRÉAL, 17 H 53

Le ralliement avait lieu devant la Banque Royale, symbole de la dépossession des Québécois. Il avait attiré plus de trois cents personnes. Sur les pancartes, les messages étaient sans équivoque.

LIBÉREZ LE QUÉBEC

À BAS LA DICTATURE DES $$$

GANG = COMPLOT DES ANGLOS

FLICS VENDUS AUX OCCUPANTS

Sur une estrade improvisée, Miville Neveu haranguait la foule à l'aide d'un mégaphone.

— *On nous méprise. On nous salit dans les journaux anglophones et les tribunes téléphoniques. On décapite nos monuments. On plastique nos journaux. On assassine des membres de nos familles… Nous sommes victimes d'une véritable campagne de haine. D'une campagne de propagande raciste dont les vrais auteurs n'ont pas été arrêtés. Combien de temps encore allons-nous le tolérer ? Combien de temps ?*

La foule réagit bruyamment à la question, ce qui permit à Neveu de faire une pause.

— *Les mots ne suffisent plus. Il faut des actes. Il faut exiger le respect de nos droits et de notre liberté. On ne peut pas laisser en prison ceux des nôtres qui se sont tenus debout. On ne peut pas laisser en prison ceux dont le seul crime a été de s'opposer au terrorisme quotidien qui pèse sur notre peuple. Nous devons agir! Nous devons exiger la libération de nos concitoyens qui croupissent dans des cellules en attendant leur procès. Nous sommes majoritaires dans ce pays du Québec. Il est inadmissible que nous soyons traités en parias. Il faut se tenir debout!... Debout!... Debout!...*

La foule se mit à scander à sa suite : « Debout ! Debout ! Debout ! »

L'orateur laissa monter la clameur pendant un moment puis il leva les mains pour l'apaiser.

— *À court terme, libérer nos camarades est notre priorité. Mais notre véritable objectif est la sécurité. Et nous ne connaîtrons pas la sécurité tant que nous n'aurons pas notre propre territoire. La maîtrise totale de notre territoire n'est pas seulement une chose souhaitable. Elle ne relève pas du domaine de la préférence. C'est une nécessité! C'est le moyen indispensable de notre survie!*
Nous sommes comme les Israéliens qui, pour se protéger, doivent s'assurer d'avoir une maîtrise complète sur leur territoire, quitte à refouler à l'extérieur ou dans des zones réservées les éléments indésirables. Il est urgent que des forces nationalistes occupent le pays pour tenir en respect les terroristes anglophones.

Neveu avait à peine terminé sa tirade qu'un bruit assourdissant se faisait entendre. Une fumée intense se dégageait d'une voiture à une vingtaine de mètres du rassemblement.

— Une bombe !

Le cri fut rapidement repris par la foule, qui se dispersa dans le plus grand désordre malgré les exhortations au calme de l'orateur et des membres du service d'ordre.

LCN, 18 H 05

> ... DU CONSUL DE FRANCE. EN VISITE CHEZ DES AMIS DANS UN CHALET DES LAURENTIDES, LE CONSUL A ÉTÉ SAUVÉ PAR L'ARRIVÉE IMPROMPTUE D'UN CHASSEUR QUI A MIS LES ASSAILLANTS EN FUITE.
> LE CONSUL ET LA PROPRIÉTAIRE DE LA RÉSIDENCE ÉTAIENT SUR LE POINT D'ÊTRE ENFERMÉS À L'ARRIÈRE D'UNE FOURGONNETTE LORSQUE LE CHASSEUR PROVIDENTIEL A TIRÉ UN COUP DE FEU EN L'AIR EN GUISE DE SOMMATION. LES AGRESSEURS SE SONT ALORS ENFUIS SANS PRENDRE LE TEMPS DE FERMER LA PORTE ARRIÈRE DU VÉHICULE, LAISSANT LEURS VICTIMES DEBOUT DANS L'ALLÉE DE LA RÉSIDENCE, LES MAINS ATTACHÉES DERRIÈRE LE DOS...

QUÉBEC, 18 H 26

James Murray soupait au Continental. Le restaurant était à deux pas du consulat et il offrait une table d'une excellente qualité sans le tape-à-l'œil des « trappes à touristes », comme disaient les résidents.

Tout en dînant, le consul des États-Unis réfléchissait aux événements qui agitaient le Québec. Il ne comprendrait vraiment jamais les Québécois. Ils profitaient pleinement de l'économie américaine pour écouler leurs produits, on les laissait parler leur langue entre eux, ils profitaient de soins de santé supérieurs à ceux auxquels avaient accès une majorité d'Américains et ils n'avaient même pas à assurer eux-mêmes leur protection. De quoi se plaignaient-ils tant ?

Il fut tiré de ses pensées par un homme qui s'empressa de lui dire :

— C'est à propos de votre fille.

Le garde du corps était déjà debout, prêt à s'interposer. Le consul lui fit signe que tout allait bien, qu'il pouvait retourner à sa table.

— Vous êtes certain ?

— Absolument.

Le garde obtempéra.

— Comme je vous le disais, reprit l'homme, c'est à propos de votre fille.

« Qu'est-ce qu'elle a encore fait ? » se demanda le consul. La fois précédente, elle avait été arrêtée alors qu'elle tentait de vendre de la cocaïne à un policier en civil et elle avait failli être poursuivie pour trafic. Il avait heureusement réussi à tout arranger.

— Je suis avocat, dit l'homme. Je représente les parents.

— Les parents de qui ?

— Votre fille a vendu de la drogue à leur fils. La drogue était coupée avec un produit quelconque… l'enquête démontrera ce que c'est… et leur fils a subi des dommages cérébraux permanents.

« *Shit*, un chantage ! » songea Murray.

— Que voulez-vous de moi ? demanda-t-il. Il me semble que c'est à la police de régler cette affaire.

— Justement ! Si vous étiez disposé à discuter d'un accommodement, les parents de la victime pourraient accepter de ne pas porter plainte.

— Qu'est-ce qu'ils veulent ?

— D'abord vous rencontrer. Je sais qu'ils sont disposés à se montrer raisonnables. Ils n'ont aucune envie de voir le nom de leur fils dans les journaux. S'ils parvenaient à une entente avec vous, ils ne seraient pas obligés d'avoir recours à la loi sur l'indemnisation des actes criminels.

— Est-ce qu'ils pensent sérieusement que j'ai ce genre d'argent ?

— Comme je vous le disais, ils sont disposés à se montrer plus que raisonnables. Je leur avais personnellement conseillé d'intenter une poursuite pour être en meilleure position de négociation, mais ils préfèrent un règlement à l'amiable, même s'ils obtiennent moins.

— D'accord, je veux bien les rencontrer.

— Est-ce que ça peut se faire tout de suite ? Ils n'habitent pas très loin… Dans le quartier Montcalm.

Le consul jeta un regard à son assiette puis la re-poussa.

— De toute façon, dit-il, ça m'a coupé l'appétit.

Il se demandait s'il en finirait un jour avec les frasques de sa fille.

— Une dernière chose, dit l'avocat. Ils insistent pour que vous veniez seul. Ni policier ni garde du corps.

— Bon… Entendu.

— Dans cinq minutes, je serai devant la porte du restaurant. Une Buick Electra…

Hex-Radio, 18 h 34

> … pour une nouvelle importante. Trois personnes auraient été blessées, dont une grièvement, il y a moins d'une heure, dans l'ex-plosion d'une voiture piégée à proximité d'un rassemblement du Parti national du Québec…

Québec, 19 h 18

Guy-Paul Morne avait invité le président d'Hydro-Québec à la Fenouillère. Une mauvaise nouvelle passait toujours mieux lorsqu'elle était annoncée au cours d'un bon repas bien arrosé.

— Il faut tuer ça dans l'œuf, dit Morne en fermant le menu.

— Il n'y a rien à tuer.

Morne poursuivit comme si l'autre n'avait rien dit :

— D'ici quelques semaines, on va vous trouver quelque chose. Vous pourrez vous retirer de façon honorable…

— Et les autres ?

— On va transférer les deux ou trois qui sont les plus en vue…

— Vous ne pouvez pas décapiter une organisation de cette manière !

— Avec ce qui circule dans les médias…

— Ce n'est pas vrai ! Je n'ai jamais appartenu à l'Église de la Réconciliation Universelle.

— C'est vous qui le dites… Avec le précédent qu'il y a déjà eu dans votre organisation…

— Mais puisque je vous dis que c'est faux! Sur les huit noms qui ont circulé, il n'y en a que deux qui en font partie!

— L'important, c'est ce que les gens croient.

— Ces personnes n'ont rien fait. On ne peut quand même pas les congédier à cause de leurs croyances!

— Qui parle de les congédier? Il faut organiser leur mutation. Que le public ait l'impression qu'elles ont été neutralisées.

— Et la présomption d'innocence?

— Quand on travaille dans le public, il ne suffit pas d'éviter les conflits d'intérêts; il faut éviter toute apparence de conflit… C'est la seule façon de garder la confiance du public.

— Si on mute ou si on déplace tout ce monde-là, ça va créer des problèmes majeurs de relève.

— Et alors?

— L'efficacité de l'organisation va être sérieusement compromise.

— Le public ne veut pas de l'efficacité, il veut de la justice.

— Drôle de justice, qui fait congédier des gens innocents!

— Vous avez raison: en fait, ce n'est pas la justice que le public désire, c'est une impression de justice. Et, surtout, il veut avoir l'impression d'être écouté… Alors, on va lui donner ce qu'il veut… Et puis, de toute manière, vous allez faire beaucoup plus d'argent dans le privé.

— Ce n'est pas seulement une question d'argent!

— Je sais. Vous avez de l'idéal. Vous voulez servir l'État. Eh bien, considérez que votre part est faite. D'autres se dévoueront.

RDI, 19 H 34

… JE REÇOIS CE SOIR MADEMOISELLE EMMA WHITE, DE L'ÉGLISE DE LA RÉCONCILIATION UNIVERSELLE. MADEMOISELLE WHITE, BONSOIR.
— BONSOIR.
— MADEMOISELLE WHITE, ON A BEAUCOUP ENTENDU PARLER DE L'ÉGLISE DE LA RÉCONCILIATION UNIVERSELLE AU COURS DES DERNIERS JOURS.

Aujourd'hui même, une liste de membres était publiée, qui tend à prouver que votre Église aurait noyauté Hydro-Québec. Qu'avez-vous à dire sur ce sujet?

— Tout d'abord, j'imagine la tête que vous feriez si je vous disais que l'Église catholique a noyauté Radio-Canada et si j'appuyais mon affirmation d'une liste de huit employés de la société d'État qui sont catholiques!

— L'Église de la Réconciliation Universelle n'est quand même pas une religion aussi largement reconnue que...

— Ce que vous n'osez pas dire, c'est que vous nous sommes considérés par plusieurs comme une secte. Je me trompe?

— Puisque vous en parlez...

— L'Église de la Réconciliation Universelle possède une seule caractéristique des sectes: elle est persécutée. Comme le furent les grandes religions à leurs débuts. Plusieurs de nos membres ont été harcelés. Certains ont été victimes de violence... Parfois de violence grave.

— Je n'ai jamais entendu parler de...

— Nous n'avons pas porté plainte, car nous ne croyons pas à l'efficacité des châtiments pour rééduquer les gens. Nous avons cependant informé certains policiers de ces incidents et nous avons réduit nos activités publiques.

— Vous m'apprenez là quelque chose que...

— Dites-moi, considérez-vous les francs-maçons comme une secte?

— Je ne sais pas...

— Si vous le faites, c'est une partie significative de la classe politique, de la haute fonction publique et des chefs d'entreprise français que vous venez d'inclure dans une secte. Il s'agit là de faits relativement bien connus... On retrouve des phénomènes analogues en Angleterre et aux États-Unis. Et là, je ne parle même pas des fondamentalistes chrétiens qui ont pris le pouvoir à Washington!

— Écoutez, je veux bien que des associations occultes aient joué...

— ... jouent encore...

— ... jouent encore un rôle dans la vie politique de certains pays...

— La Grande Loge nationale de France regroupe non seulement des membres de l'élite militaire, politique et économique de la France, mais aussi des dirigeants de pays de la Françafrique.

— Comme je vous l'ai dit, je veux bien que des sociétés plus ou moins secrètes aient existé...

— ... existent encore...

— ... EXISTENT ENCORE DANS D'AUTRES PAYS. MAIS, PENDANT LES QUELQUES MINUTES QUI NOUS RESTENT, J'AIMERAIS QU'ON S'EN TIENNE À L'ÉGLISE DE LA RÉCONCILIATION UNIVERSELLE. POUVEZ-VOUS EXPLIQUER À NOS AUDITEURS CE QU'ELLE A DE PARTICULIER ?

— JE COMMENCERAI PAR UN DÉTAIL. CONNAISSEZ-VOUS BEAUCOUP DE SECTES, OU MÊME D'ORGANISATIONS RELIGIEUSES, QUI ACCEPTERAIENT D'AVOIR UNE FEMME COMME PORTE-PAROLE ET DIRIGEANTE ?

— JE VOUS LE CONCÈDE, CE N'EST PAS FRÉQUENT.

— CELA DÉCOULE DE LA NATURE RÉSOLUMENT MODERNE DE NOTRE ÉGLISE. NOUS AVONS RETENU LE POTENTIEL DE COHÉSION ET D'ENTRAIDE QUI CARACTÉRISE LES GRANDES RELIGIONS ET NOUS Y AVONS AJOUTÉ LE POTENTIEL DE PROGRÈS PROPRE À LA SCIENCE. AU FOND, NOUS AVONS REFAIT CE QU'AVAIENT RÉALISÉ LES FRANCS-MAÇONS À LEUR ÉPOQUE : UNE SYNTHÈSE DE LA SCIENCE ET DE LA RELIGION, MAIS EN NOUS INSPIRANT DES AVANCÉES LES PLUS MODERNES DE LA SCIENCE AU LIEU DE NOUS EN TENIR À CELLE DU MOYEN ÂGE OU DE LA RENAISSANCE.

— MAIS VOUS DEMEUREZ QUAND MÊME, D'UNE CERTAINE FAÇON, UNE SOCIÉTÉ SECRÈTE ! NE SERAIT-CE QUE CE MASQUE QUE VOUS PORTEZ...

— POUR CE QUI EST DU MASQUE, J'AI DÉJÀ EU L'OCCASION DE RÉPONDRE À CETTE QUESTION. JE NE PEUX QUE RÉPÉTER CE QUE...

QUÉBEC, 19 H 41

— Il manque déjà de cadres supérieurs ! protesta le président d'Hydro-Québec. Le programme de retraite anticipée a vidé la haute fonction publique.

— Il ne manque pourtant pas de postulants, répliqua Morne.

— Peut-être, mais ils n'ont pas la formation nécessaire.

— Et alors ? Il faut bien qu'ils apprennent un jour... En attendant, leur inexpérience va justifier un resserrement des salaires. Ce sera plus facile d'avoir un budget équilibré au niveau de la haute direction.

— Vous croyez vraiment à ce que vous dites ?

— Ce que moi je crois n'a aucune importance. Ce n'est pas moi qui dois retourner en élections dans deux ou trois ans, c'est Voisin.

Leur conversation fut interrompue par la sonnerie du téléphone portable de Morne.

— Désolé, fit ce dernier en prenant l'appareil dans sa poche de veston. C'est justement le PM. Il n'apprécierait pas tellement que je ne réponde pas.

Ses paroles suivantes furent adressées au téléphone.

— Oui… C'est dans les médias?… Oui, c'est évident… J'arrive tout de suite.

Il rabattit le clapet du cellulaire et se leva.

— Une urgence majeure, dit-il. Avec un M majuscule.

— Qu'est-ce qu'il y a?

— Regardez la télé. Ça ne devrait pas tarder à être sur toutes les chaînes. Je ne peux pas vous en dire plus.

RDI, 19 H 45

— Mais le secret…

— En ce qui concerne le caractère secret de notre organisation, je reformulerais votre énoncé de manière différente : nous offrons aux gens le dernier refuge où ils peuvent avoir une vie sociale et collective en quelque sorte… privée.

— Un refuge… mais contre quoi?

— Les médias sont une chose merveilleuse du point de vue de l'accès à l'information, mais cet accès généralisé tue la vie privée. Ce que l'Église de la Réconciliation Universelle offre à ses membres, c'est d'être frères et sœurs dans la connaissance, de partager une solidarité fondée sur une compréhension renouvelée de l'univers, de pouvoir vivre dans une atmosphère d'entraide — tout cela à l'abri du voyeurisme de plus en plus généralisé dans lequel baigne notre société.

— Ce que vous décrivez ressemble à une société idéale…

— Nous ne formons pas une communauté idéale, mais nous sommes une communauté en marche vers un idéal. Dans les temps difficiles que nous traversons, il faut non seulement avoir le courage de ses convictions, mais, pour que ces convictions puissent vivre, il faut aussi bénéficier du soutien d'une communauté stable où elles peuvent s'enraciner et être nourries. L'Église de la Réconciliation Universelle est cette communauté.

— En terminant, est-ce que je peux vous demander d'expliquer de nouveau à nos auditeurs pour quelle raison vous portez ce masque? Est-ce par besoin de vous cacher?

— En partie. Être masquée me permet de vivre dans l'anonymat sans voir ma vie perturbée par une image publique. Je suis certaine que c'est une réalité à laquelle vous êtes sensible.

— Pour ma part, je ne suis pas assez connu pour que ça constitue un problème, mais…

— Il y a une autre raison, plus importante celle-là : je veux parler de notre opposition au culte de la personnalité, culte qui caractérise précisément les sectes. C'est pour cette raison que vous

NE VERREZ PRESQUE JAMAIS NOTRE GUIDE SPIRITUEL, MAÎTRE CALABI-YAU. CHEZ NOUS, LA CONNAISSANCE ET LE TRAVAIL INTÉRIEUR ONT PRIORITÉ SUR LES ACTIVITÉS QUI SERVENT À GONFLER LES *EGO*.
— MADAME WHITE, C'EST MALHEUREUSEMENT TOUT LE TEMPS QUE NOUS AVONS. JE VOUS REMERCIE.
— C'EST MOI QUI VOUS REMERCIE.

OTTAWA, 20 H 47

L'ambassadeur des États-Unis, Paul Connely, martelait chacune de ses phrases d'un coup de poing sur la table.

— J'exige que vous décrétiez immédiatement la loi sur les mesures d'urgence et que vous mobilisiez l'armée. Je veux que tout soit mis en œuvre pour le retrouver.

— Je ne peux pas envoyer l'armée sans que le Québec en fasse la demande, répondit Sinclair.

— Vous avez jusqu'à demain midi. Si vous ne faites rien, nous prendrons nos responsabilités.

— Ce qui veut dire ?

— Les accords que nous avons signés sur la sécurité du territoire incluent les attaques terroristes comme motif d'intervention.

— Vous n'oseriez pas…

— Nous le ferons avec ou sans vous. Si vous voulez sauver la face et faciliter nos rapports futurs, vous savez ce qu'il vous reste à faire.

— Si j'agis unilatéralement, ça va donner des armes aux sécessionnistes.

— Des armes, si vous voulez mon opinion, ils en ont déjà. Ils ont même commencé à s'en servir.

Il se leva.

— Vous pourrez me joindre à l'ambassade pour me donner votre réponse, ajouta-t-il avant de claquer la porte.

TÉLÉNAT, 21 H 02

… ONT ENLEVÉ JAMES MURRAY, LE CONSUL DES ÉTATS-UNIS À QUÉBEC. LE CONSUL A ÉTÉ VU POUR LA DERNIÈRE FOIS DANS UN RESTAURANT DU VIEUX-QUÉBEC OÙ IL AVAIT SES HABITUDES.
DANS UN MESSAGE ACHEMINÉ À LA SALLE DE NOUVELLES DE TÉLÉNAT, LE GANG REVENDIQUE L'ENLÈVEMENT ET DÉCLARE LE CONSUL PRISONNIER DE

> GUERRE. EN ÉCHANGE DE SA LIBÉRATION, L'ORGANISATION TERRORISTE A EXIGÉ
> CELLE DES MILITANTS DU GANG ARRÊTÉS CET AUTOMNE ET QUI ATTENDENT
> TOUJOURS LEUR PROCÈS.
> LE GANG ASSURE PAR AILLEURS QUE LE CONSUL SERA BIEN TRAITÉ, CON-
> FORMÉMENT AUX CONVENTIONS INTERNATIONALES SUR LE TRAITEMENT DES
> PRISONNIERS.
> POUR DISCUTER AVEC NOUS DE CES ÉVÉNEMENTS TRAGIQUES…

Montréal, 21 h 53

L'inspecteur-chef Théberge avait mis sur un tableau les principaux événements qui avaient marqué la journée.

- la découverte des bombes dans le cimetière amérindien;
- l'attentat pendant la manifestation des anglophones;
- l'enlèvement raté du consul de France;
- l'attentat pendant la manifestation des francophones;
- l'enlèvement du consul des États-Unis.

Il jeta un coup d'œil au titre de l'article paru en première page de *La Presse* le matin même :

BEYROUTH – P.Q.

L'auteur y annonçait la répétition des événements d'octobre 70… en pire. À son avis, le climat d'intolérance qui s'était développé au Québec minait de façon sournoise l'ensemble de la vie politique et menaçait d'entraîner les différentes communautés dans une spirale de violence, comme cela s'était déjà produit au Liban.

Le relevé des événements effectué par le journaliste tissait une trame qui avait la rigueur d'un scénario et son dénouement n'était que trop prévisible.

Peut-être s'agissait-il là d'une illusion propre aux reconstructions après coup ? Mais si ce n'était pas le cas, il ne restait alors que deux possibilités : ou bien on était en train d'assister à l'autostructuration d'une dynamique sociale menant à la guerre civile ; ou bien des intentions précises étaient à l'œuvre derrière ces violences qui se multipliaient de façon apparemment désordonnée – des intentions qui avaient en vue le déclenchement de cette même guerre civile.

« Au moins, ils ne parlent pas de la Palestine et d'Israël », songea Théberge, presque par dérision.

Ses réflexions furent interrompues par l'arrivée de Grondin dans son bureau.

— Le type du PM veut vous parler, dit-il. Il est au téléphone.

Québec, 22 h 16

Guy-Paul Morne était assis en face du premier ministre.

— Ils n'ont toujours rien sur l'enlèvement du consul américain, dit-il. Et rien sur l'enlèvement raté du consul de France. Ils n'ont rien non plus sur les deux attentats pendant les manifestations.

— C'est à se demander à quoi ça sert d'avoir autant de policiers sur l'affaire !… Et le GANG ?

— Rien non plus. Dans son message, qu'on n'a pas totalement rendu public, il affirme que Perrier est entré dans la clandestinité pour poursuivre le combat et que les attentats d'aujourd'hui ne sont qu'un début.

— C'est à Théberge que vous avez parlé ?

— Oui.

— Il a besoin de combien de temps pour obtenir des résultats ?

— Il ne veut pas avancer de délai.

— De notre côté, est-ce qu'il y a quelque chose que nous pouvons faire pour gagner du temps ?

— Former une commission spéciale d'enquête, ironisa Morne.

— J'ai eu un appel d'Ottawa. Ils veulent que je demande la promulgation de la loi sur les mesures d'urgence.

— Les électeurs ne vous le pardonneront pas.

— Les Américains menacent de venir s'occuper eux-mêmes du problème si on ne fait rien.

Le visage de Morne se fit soudain plus sérieux.

— À qui avez-vous parlé à Ottawa ?

— À Sinclair. Il m'a appelé sur ma ligne privée.

— Pouvez-vous me répéter le plus précisément possible ce qu'il vous a dit ?

— Que les Américains allaient invoquer les accords de défense du périmètre continental pour intervenir si on ne faisait rien.

— Et faire quelque chose, pour eux, ça veut dire la loi sur les mesures d'urgence ?

— La loi sur les mesures d'urgence, l'armée dans les rues... des mesures de sécurité partout... l'arrestation des sympathisants du GANG pour interrogatoire...

— Ils veulent une répétition d'octobre 70.

— Ils disent qu'ils ont intercepté des communications, que le GANG serait relié à des terroristes internationaux. Ils ont même évoqué la présence d'armes de destruction massive sur notre territoire !

— Ils ne pensent quand même pas qu'ils vont nous refaire le coup de l'Irak !

— Sinclair avait l'air convaincu.

— S'ils disent qu'il y a des armes de destruction massive, fit Morne avec dépit, ils vont les trouver. Qu'il y en ait ou non !

— Alors, votre avis ?

— Entre l'armée canadienne et l'armée américaine, vous n'avez pas le choix. C'est votre responsabilité de protéger la population.

— Je ne comprends pas.

— Quand les Américains ont fait l'opération contre Noriega, à Panama City, il y a eu autour de trois mille victimes civiles. Ils ont bombardé la partie de la ville où Noriega s'était réfugié.

— Je n'ai jamais entendu parler de ça.

— Ce n'était pas le World Trade Center. Et c'étaient les Américains qui étaient aux commandes des avions.

— Tout à l'heure, vous avez dit que les électeurs ne me le pardonneraient pas.

— Ils vous pardonneront encore moins d'avoir laissé les Américains envahir Montréal. À Ottawa, ils ne se gêneront pas pour dire que vous aviez le choix. Surtout

s'il y a d'autres victimes dans les jours qui viennent…
Mais il y a peut-être un moyen d'arranger un peu les
choses.

— Quoi ?

— Est-ce que Sinclair avait l'air anxieux d'avoir votre
approbation ?

— Je dirais que oui. Pourquoi ?

— Normalement, il n'aurait pas pris les devants : il
aurait attendu que vous soyez dans les emmerdements
jusqu'au cou et que vous n'ayez plus le choix.

— Et alors ?

— Rappelez-vous sa déclaration publique : il disait
que le Canada avait les moyens d'intervenir mais qu'il ne
voulait pas empiéter sur un champ de compétence provinciale… Ce qu'il a dit à ce moment-là, si mon souvenir est bon, c'est qu'il examinerait avec bienveillance
toute demande d'aide que vous pourriez formuler.

— Oui…

— S'il a téléphoné, c'est que son attitude a changé.
Lui non plus n'a pas grand-chose à gagner à laisser
intervenir les Américains à sa place.

— Je ne vois pas en quoi cela nous avance.

— Maintenant, lui aussi est en demande, reprit Morne.
Ce qui veut dire qu'on a une marge de négociation. Mais,
si vous voulez mon avis, ça ne durera pas très longtemps.

— On négocierait quoi ?

— J'ai une idée.

CNN, 22 h 47

> … A DIT SUIVRE AVEC BEAUCOUP D'ATTENTION LE DÉROULEMENT DES ÉVÉ-
> NEMENTS AU QUÉBEC. L'AMBASSADEUR AMÉRICAIN À OTTAWA A OFFERT
> AUX AUTORITÉS CANADIENNES L'ENTIÈRE COLLABORATION DES ÉTATS-UNIS.
> CETTE COLLABORATION POURRAIT ALLER JUSQU'À L'ENVOI DE FORCES SPÉ-
> CIALES POUR PRÊTER MAIN-FORTE AUX…

OTTAWA, 23 h 09

Reginald Sinclair avait écouté le sénateur Lamaretto
lui expliquer que l'enlèvement du consul américain ne
faisait pas partie du plan original de déstabilisation, que

c'était un débordement inattendu, qu'il n'avait aucune idée de l'identité des auteurs, mais que ça pouvait s'intégrer très bien au déroulement des opérations.

— J'aimerais que vous expliquiez cela aux Américains ! répliqua Sinclair. Il me reste à peine douze heures. Si je proclame l'état d'urgence sans que Québec le demande, je vais avoir l'air de quoi ? Il y a quelques jours seulement, j'ai dit que je ne le ferais jamais.

— La conjoncture a changé. C'est une situation spéciale.

— C'est bon, ça, comme argument… Ça veut dire que j'aurais pu le décréter sans que ce soit une situation spéciale, qu'il aurait suffi que le Québec me le demande.

— Juste avant de venir vous rejoindre, j'ai parlé à Morne. Il y aurait peut-être un moyen…

— Un moyen de quoi ?

— Si le premier ministre du Québec avait quelque chose à montrer à la population en échange du décret des mesures d'urgence…

— Il veut aller devant la population pour lui dire qu'il a échangé la présence de l'armée contre des points d'impôt ?

Sinclair avait l'air incrédule.

— Pas de façon aussi claire, répondit Lamaretto. Dans un premier temps, il lui dirait qu'il a demandé l'aide du fédéral dans le cadre d'un nouvel accord qui aurait pour titre : « Le pari du Canada ». Puis, au moment pour lui de déclencher les élections, on lui donnerait de quoi les gagner dans le cadre de ce programme de coopération.

— On lui donnerait quoi ?

— Une aide en santé, une amélioration à la formule de péréquation… les trucs habituels…

— Si l'armée reste là-bas, les meilleurs programmes électoraux ne donneront rien.

— Sur ce point-là, inutile de s'inquiéter. Je peux vous garantir que tout sera terminé au plus tard dans un mois. En fait, il suffira probablement de quelques semaines.

— Je peux savoir ce qui vous rend si optimiste ?

— J'ai pris la liberté de contacter l'individu avec qui j'ai négocié le plan de soutien à votre campagne électorale… Il a confiance que son organisation pourra nous aider à rétablir rapidement la situation.

— Ça va coûter combien ?

— Presque rien… Cela fait partie de leur service après-vente.

Sinclair continuait de regarder Lamaretto comme s'il attendait la suite de l'explication.

— Contrôler les retombées imprévues de l'opération, ajouta Lamaretto.

De plus en plus, les besoins des individus sont satisfaits en dehors du cadre familial. Désormais, on mange au restaurant, on fait réchauffer de la nourriture produite industriellement, les enfants sont élevés dans des garderies, les relations de compagnonnage se nouent dans Internet, on se repose en voyages organisés et la conception des enfants est assistée médicalement… Ce n'est qu'une question de temps avant qu'ils soient fabriqués en laboratoire.

Cet appauvrissement des fonctions de l'unité familiale a l'avantage de clarifier son rôle : elle est une unité de consommation qui permet de réaliser des économies d'échelle de manière à assurer une meilleure satisfaction des besoins de chacune de ses composantes.

Joan Messenger, *Le Fascisme à visage humain*, 9-Rationaliser la famille.

VENDREDI

BAIE-D'URFÉ, 0 H 23

Emma White entra dans la chambre où l'attendait le jeune Frédéric.

Au cours des deux derniers mois, il avait eu de moins en moins de temps à lui. Ses corvées s'étaient allongées, toutes liées au culte de sa maîtresse. Il devait nettoyer quotidiennement les planchers et la salle de bains, déplier ses vêtements pour les aérer puis les replier et les ranger dans les tiroirs, astiquer ses souliers, laver chaque jour les draps de son lit même si elle n'y dormait pas, épousseter tous les contenants des produits de beauté et les remettre minutieusement à leur place dans l'armoire.

Le but de toutes ces activités était de l'amener à vivre vingt-quatre heures sur vingt-quatre en fonction de sa maîtresse, d'induire une sorte de fétichisme global et obsessif où tous les éléments de son univers renvoyaient à elle.

En parallèle avec l'intensification de cette corvée permanente, Frédéric avait dû sacrifier, un à un, les objets personnels qu'il avait gardés dans sa chambre. À l'exception d'un lit rudimentaire, des yeux peints au plafond et de l'image plus grande que nature de sa maîtresse sur le mur, la chambre était vide.

Tous les matins, il trouvait des vêtements propres dans une boîte devant sa porte. Il les mettait et, le soir, il les laissait dans la boîte avant d'entrer dans sa chambre.

— Tu as fait des progrès remarquables, dit la femme en s'assoyant sur le bord de son lit.

Conformément aux consignes, Frédéric ne bougea pas. Il ne bougeait jamais avant qu'elle le lui dise. Cela faisait partie de son apprentissage. L'obéissance devait devenir un réflexe. « Obéir comme un cadavre », avait écrit Heather Northrop dans le manuel de fabrication des anges, en reprenant la célèbre formule des Jésuites.

Pour le jeune Frédéric, la phase de domestication était terminée depuis plusieurs mois. Celle d'oblitération de la volonté s'achevait.

— Tu es à la veille de partir pour le pensionnat en Bavière, reprit la femme. Ce sera la cinquième et dernière étape. Il te reste seulement une épreuve à passer avant ton départ. Pour t'aider, je vais te donner de l'énergie. Tu veux que je te donne de l'énergie, n'est-ce pas ?

Frédéric ne répondit pas : il n'avait pas encore reçu la permission explicite de répondre lorsqu'elle lui parlait.

La femme regarda sa montre, sourit. Il lui restait encore onze minutes.

— Je veux que tu te concentres, dit-elle en le rejoignant sur le lit. Je vais te libérer de l'énergie négative qui t'empoisonne.

Emma White était plus que satisfaite. Elle n'avait jamais eu de candidat qui ait répondu aussi rapidement aux manipulations dont il avait été l'objet. Les symptômes psychosomatiques au manque avaient commencé à apparaître après la quatrième séance d'isolation.

La procédure était toujours la même : après lui avoir répété qu'il mourrait sans elle, qu'il ne pourrait pas survivre sans qu'elle lui enlève son énergie négative, Frédéric était enfermé dans un cachot d'isolement. La pièce était maintenue dans une obscurité à peu près complète. Une faible lueur émanait du plafond, sur laquelle se détachaient les yeux de sa maîtresse.

Au cours de ces séjours, qui duraient de quarante-huit à soixante-douze heures, ses repas lui étaient donnés à travers une trappe, dans le bas de la porte. Il s'agissait de repas normaux, mais la nourriture était progressivement empoisonnée de manière à provoquer toutes sortes de malaises qui, bien qu'incommodants, ne menaçaient pas gravement sa santé : maux de tête, étourdissements, nausées, maux de ventre, palpitations cardiaques…

Au sortir du cachot, Emma White l'emmenait avec elle. Pour le nettoyer, disait-elle. Le débarrasser de la mauvaise énergie qui l'empoisonnait. Elle seule avait la force de l'assimiler sans en souffrir. En échange, elle lui donnait de son énergie à elle. Pour l'aider à vivre. Le plaisir qu'il ressentait était la preuve du bien qu'elle lui faisait.

Une semaine après la quatrième séance, les symptômes avaient surgi spontanément, sans qu'elle ait à l'envoyer au cachot et à mettre quoi que ce soit dans sa nourriture : l'angoisse et la certitude de les voir réapparaître avaient suffi à les déclencher.

Quelques minutes plus tard, Emma White se relevait.

Il y avait ça de bien avec les jeunes : quand on était pressé, on pouvait conclure aussi vite qu'on le voulait.

— Nous allons sortir, dit-elle. Ta prochaine épreuve a lieu à l'extérieur du monastère.

AGENCE FRANCE-PRESSE, 9 H 04

> ... L'ÉLYSÉE SUIT DE PRÈS L'ÉVOLUTION DE LA SITUATION AU QUÉBEC. SE
> DISANT PRÉOCCUPÉ PAR LES DÉRIVES ET DÉRAPAGES AUXQUELS PEUVENT
> DONNER LIEU LES CRISPATIONS IDENTITAIRES, COMME L'A ILLUSTRÉ L'EX-
> PÉRIENCE RÉCENTE DE CERTAINS PAYS EUROPÉENS, LE CHEF DE L'ÉTAT A
> LANCÉ UN APPEL POUR QUE...

SILLERY, 3 H 33

Lawrence Gaudreault somnolait au volant de sa voiture, inconscient du danger.

Il en avait encore pour deux heures à attendre. Le client ne retournait jamais chez lui avant cinq heures trente.

Habituellement, ce dernier restait une dizaine de minutes à sa résidence, puis il se faisait reconduire à son bureau.

Trois fois par semaine, il se rendait à la même adresse, arrivait chaque fois un peu après minuit et repartait entre cinq heures trente et cinq heures quarante.

Dans son demi-sommeil, Gaudreault entendit un drôle de bruit, comme si quelque chose grattait la vitre de sa portière. Croyant que son collègue était sorti du véhicule, il tourna mécaniquement la tête pour voir ce qu'il faisait.

Son regard se figea.

De l'autre côté de la vitre, à une trentaine de centimètres de son visage, le canon d'un pistolet était braqué à la hauteur de ses yeux.

Un peu au-dessus du pistolet, un visage souriait, comme s'il se préparait à raconter une blague particulièrement drôle. Par réflexe, Gaudreault jeta un coup d'œil en direction de la maison, au coin de la rue. Tout semblait normal.

Au moment où son regard revenait vers le canon du pistolet, il vit le visage qui souriait faire un léger signe en regardant par-dessus le toit de la voiture.

Puis tout s'éteignit.

Une fraction de seconde plus tard, du côté du passager, Clément Audet, son collègue, n'eut pas la chance de voir la balle qui mettait fin à ses jours.

Île-des-Sœurs, 3 h 39

Frédéric introduisit la clé dans la serrure et fut surpris de la facilité avec laquelle la porte s'ouvrit.

Il s'efforçait de marcher de façon silencieuse. Sa veste rembourrée, remplie d'appareils électroniques, était inconfortable. Il n'était pas à l'aise pour tenir l'appareil photo devant lui. Mais il n'avait pas le choix : on lui avait bien expliqué que son équipement était indispensable pour neutraliser les appareils de détection sophistiqués qui truffaient la maison.

Dans une limousine garée à deux maisons de là, Emma White regardait les progrès du jeune garçon sur l'écran de son ordinateur portable. Par la lentille de la caméra qu'il tenait devant lui, elle avait un aperçu infrarouge de l'intérieur de la maison.

Sillery, 3 h 40

Jonathan continuait de progresser dans la luxueuse demeure. Il avait traversé le salon et montait l'escalier. C'était la dernière épreuve. Aussitôt l'opération terminée, il serait conduit à Dorval. On lui avait réservé une place sur un vol à destination de l'Allemagne.

Dans une voiture garée en biais de l'autre côté de la rue, Emmy Black suivait ses progrès sur l'écran de son portable. Elle vit sa main ouvrir la porte de la chambre.

Penché vers elle, Trappman regardait lui aussi la progression du jeune garçon.

Île-des-Sœurs, 3 h 40

Frédéric braqua silencieusement la caméra en direction du lit, se préparant mentalement à fuir aussitôt qu'il aurait réussi l'épreuve.

Il vérifia la position de ses doigts sur l'appareil puis cria la phrase qu'il avait apprise : « Que la lumière de la vérité vous plonge dans les ténèbres ! »

SILLERY, 3 H 41

Trappman était fier de sa trouvaille. Une phrase en apparence creuse qui annonçait exactement ce qui allait se produire !

Sur l'image infrarouge, il vit la silhouette d'un homme se dresser dans le lit.

ÎLE-DES-SŒURS, 3 H 41

Frédéric se sentait en sécurité derrière les lunettes spéciales qu'il portait. Il ne serait pas ébloui par la bombe lumineuse. Il aurait tout le loisir de prendre la photo et de s'enfuir.

SILLERY, 3 H 41

Au moment où l'image se brouillait sur le portable d'Emmy Black, une explosion déchira le silence paisible du quartier résidentiel.

Elle jeta un coup d'œil à Trappman, sourit et mit la voiture en marche.

ÎLE-DES-SŒURS, 3 H 42

Emma White était satisfaite. Elle n'avait pas eu besoin d'appuyer sur le bouton de la télécommande pour déclencher la mise à feu de la ceinture d'explosifs que portait le jeune Frédéric. Il avait fait son travail jusqu'au bout sans la moindre hésitation.

C'était dommage d'avoir dû sacrifier un candidat qui avait autant de potentiel. Avec lui, c'était près de trois ans d'entraînement qui disparaissaient. Elle n'aurait pas le plaisir de l'exposer au château, en Bavière.

Heureusement, les candidats ne manquaient pas. Dès le lendemain, elle lui trouverait un remplaçant. Il viendrait s'ajouter aux trois autres qu'elle avait au monastère et qui étaient à différents stades de formation.

Il y avait toujours quelque chose de spécial à entreprendre le dressage d'un nouveau, à repérer ses points sensibles, ses faiblesses. Cela compenserait le sentiment de deuil qu'elle ressentait. Ce devait être le même besoin qui amenait les gens, quand ils perdaient un animal de compagnie, à adopter rapidement un jeune animal.

Il fallait que la vie continue.

RDI, 6 h 49

... S'AGIR DE DEUX ATTENTATS SUICIDE. POUR NOUS AIDER À MESURER L'IMPACT DE CES ÉVÉNEMENTS, NOUS AVONS EN STUDIO HUBERT NORMANDIN, UN SPÉCIALISTE DU TERRORISME QUI ENSEIGNE À L'UNIVERSITÉ D'OTTAWA. MONSIEUR NORMANDIN A ACCEPTÉ NOTRE INVITATION À VENIR NOUS RENCONTRER AU PIED LEVÉ. MONSIEUR NORMANDIN, BONJOUR.

— BONJOUR.

— POUR LE BÉNÉFICE DES AUDITEURS, RAPPELONS D'ABORD LES FAITS. CETTE NUIT, DEUX ATTENTATS À LA BOMBE ONT EU LIEU DE FAÇON PRESQUE SIMULTANÉE DANS DEUX RÉSIDENCES, L'UN À SILLERY, L'AUTRE À L'ÎLE-DES-SŒURS. LES VICTIMES SERAIENT AU NOMBRE DE SEPT.

À SILLERY, LE PREMIER MINISTRE RICHARD VOISIN FERAIT PARTIE DES VICTIMES, TANDIS QU'À L'ÎLE-DES-SŒURS PATRICE DANSEREAU, LE CÉLÈBRE HOMME D'AFFAIRES MONTRÉALAIS, AURAIT PÉRI DANS L'EXPLOSION QUI A RAVAGÉ SA RÉSIDENCE.

UN INSTANT... UNE NOUVELLE NOUS PARVIENT À L'INSTANT. IL EST MAINTENANT CONFIRMÉ QUE RICHARD VOISIN, LE PREMIER MINISTRE DU QUÉBEC, A PÉRI DANS L'ATTENTAT DE SILLERY.

JE RÉPÈTE, IL EST MAINTENANT CONFIRMÉ QUE...

MONTRÉAL, 7 h 12

Au poste de police, c'était l'hystérie à la suite des attentats. L'inspecteur-chef Théberge avait fermé la porte de son bureau. Depuis qu'il était arrivé, une heure plus tôt, il en était à son troisième café.

La thèse des commandos suicide se confirmait. À Sillery, deux adolescents avaient vu quelqu'un entrer dans la maison de la rue Brûlard quelques minutes avant l'explosion. À l'Île-des-Sœurs, il n'y avait encore aucun témoin, mais le mode d'opération semblait identique.

Un instant, Théberge se demanda pourquoi les deux témoins, à Sillery, n'avaient pas remarqué la voiture des deux gardes du corps. Quand ils avaient vu quelqu'un entrer dans la maison où était le premier ministre, les deux hommes devaient déjà avoir été exécutés.

Il se rappela alors que la maison était située au coin d'une intersection. Tout dépendait de la rue que les deux adolescents avaient empruntée… Il faudrait qu'il en parle à Lefebvre.

Puis son esprit revint à des problèmes plus urgents.

Pour l'instant, le communiqué du GANG revendiquant les deux attentats n'était pas encore diffusé. Théberge avait réussi à acheter un peu de temps. TéléNat et TVA, les deux stations qui l'avaient reçu, avaient accepté de surseoir à la diffusion jusqu'à midi… à la condition qu'aucun autre média ne les prenne de vitesse, auquel cas l'embargo ne tenait plus.

Sur la table de travail, les journaux étaient éparpillés. Les grands titres, pourtant centrés sur les drames des jours précédents, avaient une allure étrangement prémonitoire.

La Presse publiait le suivi de son article-choc de la veille.

QUÉBEC-BEYROUTH - 2
LE NATIONALISME MEURTRIER

Les autres journaux proposaient tous, chacun selon sa ligne éditoriale, leur propre analyse de l'horreur.

TERROIR ET TERREUR

LES DÉRIVES DE L'INTOLÉRANCE IDENTITAIRE

LE TERRORISME AU QUOTIDIEN

L'APPRENTISSAGE DE L'HORREUR

Théberge n'osait pas imaginer de quoi auraient l'air les titres du lendemain. Il se tourna vers son ordinateur portable et activa le logiciel de communication téléphonique. Quelques instants plus tard, il parlait avec Blunt.

— Je suis heureux de vous entendre, fit Théberge lorsque Blunt répondit.

— Les attentats de cette nuit ? demanda ce dernier.

— Oui. Il est probable que ce sont des attentats suicide… Ça commence sérieusement à ressembler à un processus de déstabilisation.

— Avec ce que vous avez trouvé hier, ça ne fait aucun doute à mes yeux.

— Je ne comprends pas ce qu'ils veulent. Le Consortium n'a aucun intérêt à ce genre d'opération.

— Normalement, je serais d'accord avec vous. Mais il se peut que la situation soit particulière. J'attends des renseignements d'ici peu. Peut-être même aujourd'hui.

— Ils ont besoin d'être drôlement à point, vos renseignements, pour nous sortir de ça !

— Il y a des intérêts en jeu que nous n'avons pas encore découverts.

— Il y a surtout des joueurs que nous n'avons pas encore identifiés ! Si on pouvait seulement savoir ce qui se passe à l'Église de la Réconciliation Universelle…

— Des joueurs non identifiés ! l'interrompit Blunt. Inspecteur Théberge, vous êtes brillant !

— Qui suis-je pour vous contredire ?…

— C'est ce qui explique tous ces coups qui semblent venir de nulle part ! Il y a au moins deux stratégies superposées… Pour débrouiller la situation, il faut trouver ce qui appartient à chaque stratégie.

— Je ne suis pas certain de vous suivre.

— Moi non plus, mais c'est temporaire. Votre idée est la seule qui peut expliquer cette confusion… À l'œil, je dirais que la probabilité est d'environ quatre-vingt-quatorze virgule trois pour cent.

— Si vous le dites…

— Il faut que j'aille examiner ça sur le goban.

— Avant de raccrocher…

L'inspecteur-chef Théberge fut interrompu par l'ouverture précipitée de la porte de son bureau. Grondin s'y encadra.

— Mauvaise nouvelle, dit-il. Un des autochtones a été assassiné.

— Quel autochtone?... Assassiné où?

— Un de ceux qu'on avait arrêtés. Il a été trouvé mort dans sa cellule.

LCN, 7 H 33

... A OFFICIELLEMENT DEMANDÉ À OTTAWA DE LUI VENIR EN AIDE EN VERTU DES DISPOSITIONS DE LA LOI SUR LES MESURES D'URGENCE. INVOQUANT LE DANGER QUE LA MULTIPLICATION DES ACTES TERRORISTES FAISAIT COURIR À LA POPULATION, TOUTES ORIGINES ETHNIQUES CONFONDUES...

La famille devient elle-même un bien de consommation ajustable aux désirs des individus. Divorces, ententes de garde et familles recomposées tracent la carte de cette nouvelle famille à géométrie variable, dessinée pour s'adapter à une constellation évolutive de besoins individuels particuliers.

Dans tous les cas, l'essentiel demeure la protection du pouvoir de consommation des individus, notamment celui des enfants, protégé par règlement financier au moment du divorce ainsi que par le système de pensions alimentaires.

Joan Messenger, *Le Fascisme à visage humain*, 9- Rationaliser la famille.

VENDREDI (SUITE)

WASHINGTON, 8 H 48

Paul Decker partageait un petit déjeuner tardif avec le Président. Pour l'occasion, il avait demandé à lui parler seul à seul.

— Tout se déroule comme prévu, dit-il. L'opération sera terminée dans quarante-huit heures. Peut-être moins.

— Et la loi ?

— Sinclair a convoqué le Cabinet en réunion spéciale. Il est sur le point de la promulguer. Elle sera ratifiée par le Parlement dans la journée. Avec ce qui s'est passé cette nuit, ça ne peut plus déraper. L'armée a déjà commencé à préparer son déploiement dans les principales villes. Mais ils ne peuvent pas aller trop vite : il faut que le GANG ait le temps de faire son *show*, que la population absorbe l'impact des événements… C'est un bon *show*. Tout est chorégraphié pour maximiser l'effet des attentats.

— Et nous, quand est-ce qu'on intervient?

— Nos équipes sont en place à la frontière. À moins d'une heure de leur objectif par hélicoptère. Aussitôt que l'armée et la GRC auront pris le contrôle officiel des opérations, le gouvernement canadien va demander notre aide.

— C'est quand même plus reposant qu'une opération à l'autre bout du monde.

— Après ça, plus personne n'osera s'opposer à l'intégration complète du dispositif continental de sécurité.

— Est-ce qu'on ne devrait pas remonter le niveau d'alerte à orange? Avec ce qui se passe au Québec, on serait justifiés…

— On vient juste de le descendre à jaune hier. Pour le moment, c'est suffisant. Il faut se laisser de la marge de manœuvre.

— Je veux qu'on revoie le discours de ce soir ensemble. Si je trouvais le moyen d'annoncer ce qui s'en vient, j'aurais l'air de voir plus clair que les autres. Ce serait bon pour ma crédibilité.

— D'accord. On va regarder ça.

— Je pourrais faire des liens avec l'Irak et le terrorisme international…

— À condition de ne nommer aucun groupe précis. Vous annoncerez le nom quand on découvrira les armes de destruction massive. Ça va provoquer un effet d'escalade.

— C'est bon, ça… Et pour le sommet privé?

— On n'a pas le choix. Sinclair continue de l'exiger pour signer les accords.

— Pourquoi est-ce qu'il ne vient pas signer ici?

— Il veut son nom dans les livres d'histoire et il essaie de meubler son CV… Une rencontre intime de trois jours avec le président des États-Unis et deux ou trois chefs d'État européens, pour lui, c'est le sommet de la reconnaissance.

— Et la sécurité ?

— L'armée est en état d'alerte. La GRC a été mise à contribution. La surveillance a été doublée dans les aéroports et les gares. Les routes les plus proches sont contrôlées… Ça va lui coûter une fortune.

— Quand même il mettrait un soldat derrière chaque arbre…

— Je sais. Moi non plus, je ne leur fais pas confiance… Mais, honnêtement, je ne vois pas quel danger pourrait vous menacer. Le chalet est accessible seulement par hélicoptère ou par hydravion.

— Et s'il y a une attaque aérienne ?

— Vous aurez une compagnie de *marines* en position autour du chalet pour toute la durée de votre séjour. Un périmètre d'une dizaine de kilomètres. Des chasseurs voleront en permanence au-dessus de la région, prêts à intervenir à la moindre alerte.

— Je n'aime quand même pas ça… Je parie que c'est rempli de moustiques !

— Difficile de l'éviter : c'est un pays de moucherons !

RDI, 10 H 02

... CONFIRMENT QUE LE PREMIER MINISTRE DU QUÉBEC A ÉTÉ VICTIME D'UN ATTENTAT. L'INCIDENT S'EST PRODUIT DANS UNE RÉSIDENCE DE LA RUE BRÛLARD APPARTENANT À CATHERINE FORGET, UNE PERSONNALITÉ DU MONDE DE LA MODE RÉPUTÉE PROCHE DU PREMIER MINISTRE DEPUIS DE NOMBREUSES ANNÉES. MADAME FORGET EST ÉGALEMENT DÉCÉDÉE DANS L'EXPLOSION QUI A RAVAGÉ SA DEMEURE.

JOINTE À SON DOMICILE, L'ÉPOUSE DU PREMIER MINISTRE N'ÉTAIT PAS EN ÉTAT DE NOUS FAIRE PART DE SES COMMENTAIRES.

QUANT À L'HOMME D'AFFAIRES PATRICE DANSEREAU, SON DÉCÈS N'EST PAS SANS ÉVOQUER LES ÉVÉNEMENTS SURVENUS IL Y A TROIS ANS LORSQUE DES FINANCIERS IMPORTANTS AVAIENT ÉTÉ LA CIBLE DE...

NEW YORK, 10 H 25

Paul Hurt étirait un verre de rhum. Tout en surveillant ce qui se passait dans le bar, il attendait Monky.

Il avait une confiance limitée dans l'adjoint de Horcoff, mais il devait admettre qu'il avait été d'une aide précieuse.

Les renseignements sur le cimetière indien n'étaient que la partie la plus spectaculaire de l'information qu'il lui avait transmise.

Pour la première fois, Hurt entrevoyait une possibilité réelle d'atteindre l'objectif qu'il s'était fixé. Si Monky tenait ses promesses, c'est l'ensemble du réseau international que Hurt pourrait éliminer – avec l'aide de ce qui restait de l'Institut.

Car il aurait besoin d'eux. Cette pensée le rendait mal à l'aise. Deux ans plus tôt, il avait décidé de ne plus faire confiance à l'Institut pour assurer sa sécurité. Néanmoins, pour utiliser de façon efficace l'information qu'il recueillait, les gens de l'Institut étaient les mieux placés et les moins vulnérables à des pressions politiques.

En regardant Monky s'approcher de sa table, avec son crâne rasé et son col mao, Hurt ne put que s'interroger de nouveau sur les motivations de son étrange collaborateur: les menaces, même assorties de l'argent qu'il lui avait versé, ne suffisaient pas à expliquer une collaboration aussi efficace. Aussi rapide. On aurait dit qu'il avait accès aux filières secrètes de l'organisation et qu'il s'empressait de tout lui transmettre.

Monky s'assit en souriant, fit signe au serveur et commanda un whisky. Hurt avait remarqué qu'il commandait chaque fois la même chose et qu'il y trempait à peine les lèvres.

— Pourquoi ne pas commander de l'eau minérale? demanda-t-il.

— Pourquoi attirer l'attention?

— Bien sûr… Je vous écoute.

— J'espère que vous avez apprécié l'information que je vous ai transmise.

— Je suis certain qu'elle a été appréciée.

— Vous avez bien précisé le délai?

— Je l'ai réduit à soixante-douze heures.

— Excellente idée. On n'est jamais trop prudent.

— Vous avez quelque chose de nouveau?

— Oui. Mes nouvelles fonctions me donnent accès à une information beaucoup plus vaste. J'estime prudent de tout vous donner à mesure, au cas où il m'arriverait quelque chose. Je vous recommande cependant de ne pas vous en servir avant d'avoir tout en main.

Il sortit une petite enveloppe de la poche intérieure de son veston et la plaça devant Hurt, qui la récupéra prestement.

— Qu'est-ce que c'est ? demanda-t-il.

— Le réseau africain dirigé à partir de la France. En prime, vous avez les noms de ceux qui prélèvent les commissions pour les différentes filières politiques.

— Des noms connus ?

— Les mêmes que ceux mentionnés dans les enquêtes et les livres à scandale. Il n'y a pas vraiment de surprise. La nouveauté, ce sont les preuves. Je veux parler des numéros de compte, des mécanismes de transfert de fonds, des dates et des montants.

— Et pour le directeur de Slapstick & Gaming International ?

— Cela dépend de ce que vous voulez.

— C'est-à-dire ?

— Si vous lui rendez visite, vous risquez de tarir la source. Et alors, je ne pourrai probablement pas continuer à vous aider… Mais si c'est d'abord lui, personnellement, qui vous intéresse…

Hurt était embêté. L'objection de Monky était pleine de sens. Une fois Zorco approché, il était possible que tout son secteur soit temporairement mis en veilleuse et que les principaux responsables soient éliminés. Le Consortium était coutumier de ce genre de pratique.

Par contre, chaque jour qui passait multipliait les risques pour Monky. Si ce dernier se faisait prendre, Hurt perdrait son lien avec le Consortium et il ne pourrait plus remonter la filière.

— Je veux rencontrer votre patron le plus rapidement possible, dit-il. Je suis prêt à vous dédommager.

— Comme vous voulez. Mais à une condition.

— Laquelle ?

— Je vous accompagne.

— Hors de question.

— C'est à prendre ou à laisser.

— Qu'est-ce que vous croyez accomplir en venant avec moi ?

— Seulement protéger vos arrières. Vous pourrez le rencontrer seul.

Puis il ajouta avec un léger sourire :

— Vous êtes un bon client. Qui sait, on pourrait de nouveau travailler ensemble.

— Vous rêvez !

— C'est vrai. Mais vous seriez étonné de tout ce que je peux faire en rêve !

CNN, 10 H 47

... CETTE CONFÉRENCE DE PRESSE TRÈS ATTENDUE. LES AUTORITÉS POLI-CIÈRES FERONT ALORS LE POINT SUR LES DEUX ATTENTATS QUI ONT ENSANGLANTÉ CETTE NUIT LES DEUX PRINCIPALES VILLES DE LA PROVINCE. ENTRE-TEMPS, NOUS VOUS INVITONS À ÉCOUTER L'ÉMISSION SPÉCIALE QUI REPRENDRA SUR NOS ONDES APRÈS LES MANCHETTES.

SCÈNE INTERNATIONALE... À LA SUITE DE VIOLS ALLÉGUÉS DE SON ESPACE AÉRIEN, LA DCA DE LA CHINE A PRIS POUR CIBLE DES CHASSEURS TAÏWANAIS, LESQUELS ONT RÉPLIQUÉ PAR DEUX TIRS DE MISSILES EN DIRECTION DES INSTALLATIONS CHINOISES.

LA CHINE A RAPPORTÉ TROIS MORTS ET PLUSIEURS BLESSÉS. SELON CER-TAINES INFORMATIONS, LE LEADERSHIP CHINOIS EXAMINERAIT PRÉSENTEMENT DIFFÉRENTES RIPOSTES...

Baie-d'Urfé, 11 H 04

Le corps allongé de Pascale occupait la moitié de l'écran. Elle reposait sur son lit.

— Il a fallu lui administrer un calmant, fit Emma White. À cause de sa claustrophobie.

— Est-ce que c'était vraiment nécessaire ? demanda le Maître, qui observait lui aussi l'écran.

— Vous laissez vos problèmes personnels obscurcir votre jugement, répliqua Emma White. Son agitation ne servait à rien.

— Qu'est-ce que vous allez faire d'elle ?

— Le plus simple est de l'expédier en Bavière. Nous avons là-bas une institution comme celle-ci, où l'on est toujours à court de participantes.

— Avant, je veux lui parler.

— Ce soir, l'effet du calmant sera en bonne partie dissipé.

— Je veux savoir ce qui l'a poussée à s'infiltrer dans le monastère.

— Peut-être qu'elle n'a pas été capable de surmonter la mort de son frère, répondit la femme sur un ton ironique.

— Pourvu qu'elle n'ait pas mis ce stupide flic au courant de ses projets !

— Vous parlez de l'inspecteur-chef Théberge ?

— Oui.

— Je ne dirais pas qu'il est stupide, loin de là même, mais il a une faiblesse majeure : il a des principes trop stricts pour venir perquisitionner sans avoir les preuves exigées par la loi. Ça nous donne amplement le temps de nous occuper de mademoiselle Devereaux.

— Qu'est-ce que vous allez faire ?

— Le plus simple est de l'envoyer en Bavière, comme je vous disais.

— Quand ?

— Dans une semaine. Deux au plus… Voyez comme je suis compréhensive : je vous laisse le temps de profiter d'elle !

— Et si jamais les policiers viennent quand même perquisitionner ?

La femme sourit.

— Croyez-moi, dit-elle, il n'y a aucune chance qu'ils la retrouvent vivante. Ou même qu'ils la retrouvent.

TQS, 11 h 25

> … INTERROMPONS BRIÈVEMENT CETTE ÉMISSION SPÉCIALE SUR LES TRA-
> GIQUES ÉVÉNEMENTS DE CETTE NUIT POUR UNE INFORMATION QUI POURRAIT
> ÊTRE RELIÉE À LA VAGUE D'ATTENTATS EN COURS.
> UN AUTRE MEURTRE A EU LIEU CETTE NUIT À LA PRISON PARTHENAIS. UN
> DES SUSPECTS ARRÊTÉS À LA SUITE DES ATTENTATS CONTRE LES RÉSIDENCES
> DES RESPONSABLES DU PNQ A ÉTÉ ASSASSINÉ.

La victime, un autochtone résidant à Akwesasne, a été poignardée dans sa cellule avec un couteau artisanal. Un message raciste aurait été gravé sur son corps à la pointe du couteau.

Cette nouvelle bavure des autorités policières et carcérales, qui n'ont pas pris les moyens nécessaires pour protéger la victime, vient nourrir les récriminations de la population non francophone à l'endroit des forces policières.

Interrogé à ce propos, le porte-parole des True and Loyal Canadians of Quebec, un mouvement de défense des droits des anglophones, s'est dit rassuré par la mise en tutelle du SPVM que devrait permettre la promulgation de…

Montréal, 11 h 49

— Troy Davis, fit le plus grand des deux en tendant une main que Théberge mit quelques secondes à accepter. Je suis le responsable de la GRC pour cette opération.

Il mit d'autorité son attaché-case sur le bureau et se tourna vers celui qui était entré avec lui.

Les yeux dissimulés derrière d'épaisses lunettes, ce dernier observait Théberge comme s'il était un insecte appartenant à une espèce inattendue.

— Matthew Trammell, fit Davis. Il représente le SCRS. C'est la GRC qui est chargée de l'opération. Le SCRS est en appui.

— Je croyais que c'était l'armée qui…

— Ils sont responsables des opérations générales. La GRC s'occupe des opérations de police plus délicates.

— Et nous ? demanda Théberge. Dans votre planification, je suppose qu'on joue le rôle de figurants ?

La remarque ne sembla pas déranger le moins du monde le responsable de la GRC. Il fixa ses yeux noirs sur Théberge.

— Dans toutes les histoires, dit-il, il faut un chef et des Indiens. De toute façon, ces choses-là ont été réglées avec votre supérieur. Je viens vous voir pour les détails. Il faut que vous libériez quatre bureaux.

— Quatre ?

— Pour le moment. Un pour chacun de nous et deux pour notre personnel. Vous réglerez ça tout à l'heure. Pour l'instant, j'ai besoin que vous me trouviez dix hommes.

— Vous voulez constituer une unité spéciale ?

— Pas du tout. J'ai seulement besoin de bras… L'opération commence officiellement dans une heure.

— Quelle opération ?

— La guerre au terrorisme. Pourquoi pensez-vous que
nous sommes ici ?

Théberge recula dans son fauteuil.

— Vous voulez faire une opération où ?

— Rien ne m'oblige à vous le dire, vous savez.

Un sourire éclaira son visage.

— Mais j'ai lu votre dossier, reprit-il. Pour un flic ordinaire, vous n'êtes pas si mauvais. Un peu *weird*, mais pas
si mauvais. Je veux bien vous dire où nous allons… Nous
allons jouer aux cow-boys et aux Indiens.

Puis, voyant que Théberge ne pigeait pas, il ajouta :

— Akwesasne.

— Vous croyez que les types du GANG se cachent
là-bas ?

— Eux, je ne sais pas. Mais c'est par là que leurs
armes arrivent.

Théberge songea aussitôt à ce qu'il avait trouvé sur
le territoire sacré.

— Comment avez-vous eu cette information ? demanda-t-il. Vous êtes ici depuis quelques heures à
peine…

— C'est l'avantage d'être organisé, répondit énigma-
tiquement Davis.

Puis il éclata de rire et désigna son collègue d'un
geste de la main.

— C'est Matt, dit-il. Un tuyau qu'il a eu des Américains.

— Et vous savez qui est leur contact ? insista Théberge,
s'efforçant d'afficher un air ébahi.

— On connaît même l'endroit où est leur réserve
d'armes.

— Eh bien…

— Mais ça, je préfère vous en faire la surprise.

Théberge n'aimait pas le regard que Trammell posait sur lui depuis le début. Comme s'il le surveillait. Qu'il guettait le moment où le policier allait se trahir.

— Votre collègue nous accompagne ? demanda Théberge.

— Bien sûr. C'est lui qui assure la jonction.

— Quelle jonction ?

— Vous verrez… Vous avez cinquante-cinq minutes pour trouver une équipe de dix policiers qui ne paniqueront pas s'il y a des échanges de coups de feu… Pour le reste, mes hommes vont les encadrer.

Québec, 12 h 06

Pour franchir le périmètre de sécurité, Guy-Paul Morne dut s'identifier à deux reprises. Avant d'entrer dans le bureau de Bertin Duquette, le nouveau premier ministre, il fut fouillé par un des gardes du corps.

— Vous ne trouvez pas que vous en faites un peu trop ? demanda-t-il avec humeur.

— J'ai commandé un dîner, répondit Duquette sans tenir compte de la remarque. Avec mon prédécesseur, vous étiez peut-être habitué à plus d'extravagance, mais j'ai des goûts simples.

Pas simples, songea Morne : inexistants. Selon la rumeur, l'idée d'un repas gastronomique, pour le nouveau premier ministre, se confondait avec celle d'un repas astronomique. On racontait qu'il avait fait faire une étude par un recherchiste pour classer selon une échelle quantité/prix tous les restaurants de *fast-food* dans un rayon d'un kilomètre du parlement.

Depuis qu'il était vice-premier ministre, on ne l'avait jamais vu au Parlementaire : il préférait se faire livrer des hamburgers et des poutines à son bureau.

— C'est simple, dit-il en montrant les deux hamburgers qui les attendaient, mais on en a pour son argent.

Guy-Paul Morne s'assit en face de Duquette et attaqua son hamburger. Une partie de son cerveau avait déjà amorcé un processus de recherche d'emploi.

— Le bunker est en état de siège, dit-il pour amorcer la conversation.

— Sur les conseils du responsable de la GRC, j'ai fait protéger tous les lieux névralgiques. Les ministres ont maintenant trois gardes du corps en permanence. Les hommes d'affaires importants ont été prévenus et des équipes leur ont été assignées.

— Quels hommes d'affaires ? Qui a fait la liste de ceux que vous avez prévenus ?

— Je me suis occupé personnellement de la liste avec le responsable de la GRC. Les plus riches sont les plus susceptibles d'être visés. Il y a aussi les anglophones et ceux qui sont proches de l'APLD.

— Si jamais cette liste est connue…

— Ce n'est plus le temps de faire de la politique : il faut protéger les gens sans qui la province ne pourrait pas fonctionner.

— Avez-vous pensé aux universitaires ? Aux chercheurs ?

— Je ne vois pas pourquoi on s'en prendrait à eux. Et puis, si jamais on en perd un ou deux, ça ne devrait pas être bien difficile de les remplacer.

— Et la facture ?

— Pour l'instant, *money is no object,* comme disent nos voisins américains… Mais, rassurez-vous, je m'en suis occupé. Vos négociations avec Lamaretto ont été utiles.

— Vous vous en êtes occupé comment ?

— Le fédéral a évoqué l'idée d'assumer la plus grande partie de la facture. Les Américains devraient également apporter leur contribution. Vous verrez, ça ne coûtera presque rien !

— Vraiment ?

— La défense du périmètre continental… La lutte contre le terrorisme…

— Les Américains vont « nous » payer pour contrôler « notre » territoire ?

— Ils ont accepté d'envoyer des équipes de lutte antiterroriste pour encadrer une partie des opérations.

— Et vous avez accepté !

— Ce sont les meilleurs ! Et ils acceptent de nous aider gratuitement. Dans la perspective d'une saine gestion des finances publiques, il n'y a même pas à se poser de questions.

— Et notre souveraineté ?

— Le vrai danger qui menace notre souveraineté, c'est le terrorisme. Et les Américains vont nous aider à nous en débarrasser. Je ne vois pas où est le problème.

— Vous ne voyez pas le problème !

— Vous, c'est le portrait global que vous ne voyez pas.

TéléNat, 12 h 18

Êtes-vous pour ou contre la promulgation de la loi sur les mesures d'urgence ? Compte tenu de l'assassinat du premier ministre et des autres attentats, croyez-vous que le Québec a bien fait de demander l'aide du gouvernement fédéral et de réclamer la présence de l'armée dans les rues ? Pour répondre à cette question, vous pouvez composer le numéro apparaissant au bas de l'écran. Avant de passer à vos appels, je m'entretiens d'abord avec…

Québec, 12 h 29

— … les membres du GANG ont des liens avec le terrorisme international, fit Duquette. Par leurs contacts, ils avaient commencé à importer des armes de destruction massive.

— Des armes de… Vous tenez ça d'où ?

— Un représentant du SCRS est venu me rencontrer.

Morne n'en revenait pas de la naïveté de Duquette. Son prédécesseur n'aurait jamais dû le nommer au poste de vice-premier ministre. Morne le lui avait d'ailleurs déconseillé. Mais Voisin estimait que c'était à ce poste que son collègue ferait le moins de dommages. « Que voulez-vous qu'il arrive ? avait-il répondu aux objections de Morne. Je suis là pour le contrôler. Et comme il faut bien que je le nomme quelque part… Quand je vais partir, il n'y a aucun danger qu'il me remplace. Le parti va choisir quelqu'un d'autre. »

— Qu'allez-vous faire, maintenant ? demanda Morne.

— Rien. Il n'y a plus rien que je puisse faire. C'est à l'armée et à la police de faire le travail.

— Il faut rassurer la population. Et, surtout, rassurer les marchés.

— Quand la population va voir l'armée dans les rues, elle va être rassurée. Et les marchés…

Il fit un geste de la main comme pour banaliser le sujet.

— Ça monte, ça descend, poursuivit-il… Si ça tombe pendant quelques jours, ça va rebondir après.

Morne songea qu'il devait réviser son plan de carrière plus rapidement encore qu'il l'avait cru. Être associé pendant plus de quelques semaines à ce bouffon était un véritable suicide professionnel. À moins qu'il puisse présenter la chose comme une corvée qu'il avait remplie par sens des responsabilités. Pour limiter les dégâts.

— On m'a assuré que tout serait terminé très rapidement, reprit Duquette. Je ne suis pas censé en parler, mais à vous, je peux bien le dire : ils savent où ils sont. Ils savent ce qu'ils préparent. Et ils savent comment les arrêter.

Puis il ajouta, avec un sourire satisfait :

— C'est une question de jours… Vous verrez, les gens qui nous reprochent d'avoir fait appel à Ottawa et à l'armée seront confondus… En prime, nous allons profiter de l'occasion pour resserrer les mesures de sécurité sur le territoire de la province, ce qui nous mettra en meilleurs termes avec les Américains.

TÉLÉNAT, 12 H 31

> … ET JE SAIS BIEN QUE CE NE SONT PAS TOUS LES FRANCOPHONES QUI REPRÉSENTENT UN DANGER, MAIS TANT QU'ON ENTENDRA DES RÉFÉRENCES AUX QUÉBÉCOIS PURE LAINE, TANT QU'ON ENTRETIENDRA UNE GUERRE LINGUISTIQUE CONTRE LES IMMIGRANTS ET LES ALLOPHONES, PERSONNELLEMENT, JE ME SENTIRAI PLUS RASSURÉ DE VOIR L'ARMÉE PATROUILLER LES RUES.

— Je vous remercie, monsieur Sadek. Nous passons maintenant à un appel de monsieur Brunet. Bonjour, monsieur Brunet.

— Bonjour.

— Que pensez-vous de la promulgation de la loi sur les mesures d'urgence, monsieur Brunet?

— Moi, je pense que la sécurité de nos enfants doit passer avant tout.

— Sur ce point, j'ai l'impression que plusieurs personnes seront d'accord avec vous. Mais faut-il, pour cela, que l'armée soit dans les rues de Montréal?

— Il faut éliminer les terroristes. Surtout qu'ils ont une bombe atomique, à ce qu'il paraît.

— D'où tenez-vous cette information, monsieur Brunet?

— Mon beau-frère est chauffeur de taxi. Il a entendu quelqu'un de la GRC en parler.

— Je vois...

— L'armée, ça va donner un bon exemple aux jeunes. Aujourd'hui, il n'y a pas assez de discipline. Les jeunes ne respectent plus rien.

— Très bien, monsieur Brunet. Nous allons maintenant prendre un autre appel... Madame Cassandra Lemire. Madame Lemire, bonjour. Vous êtes en train de devenir une habituée de notre émission...

— Bonjour, monsieur Beausoleil. Moi, je pense qu'on est en train de se faire refaire le coup d'octobre 70.

— Vraiment?

— Dans dix ans, on va se retrouver avec un gouvernement sécessionniste! Les provocations des fédéraux vont avoir pour effet de...

— Je suis désolé, madame Lemire, on me fait signe qu'il faut maintenant aller à la pause... Alors voilà, c'était...

AKWESASNE, 13 H 23

Les policiers, encadrés par cinq agents de la GRC, constituaient l'unité centrale de recherche. C'était elle qui avait pour mission de se rendre à la mystérieuse cache d'armes du GANG.

Autour d'eux, une centaine de militaires étaient déployés, sur près d'un kilomètre carré. Leur tâche était d'assurer la protection de l'unité centrale et d'intercepter tout suspect qui tenterait de fuir les lieux.

Pour sauver les apparences, Davis avait accepté que le chef des Peace Keepers les accompagne. Quand ce dernier lui avait demandé à quel endroit exactement ils devaient se rendre, Davis s'était contenté de lui donner des coordonnées GPS et de lui indiquer un endroit approximatif sur la carte.

Le chef des Peace Keepers avait alors jeté un regard à Théberge, qui lui avait fait un bref signe de dénégation de la tête. Ross n'avait rien dit.

La marche dura près d'une heure. Quand ils arrivèrent aux abords du cimetière, le chef des Peace Keepers interpella Davis.

— C'est un territoire sacré, dit-il.

— Et alors ?

— Ce serait préférable que les soldats attendent ici pendant que nous irons vérifier l'endroit qui vous intéresse.

— S'il y a là-bas ce que je pense, l'endroit sera gardé. Je n'ai pas l'intention de risquer notre vie. Et encore moins la vôtre. Avec tous les problèmes politiques que ça pourrait causer si vous vous faisiez descendre pendant une opération dont on a la responsabilité...

— Mais...

Un bruit lointain de moteur leur coupa la parole. Les regards se portèrent vers le ciel.

— Si on ne se dépêche pas, reprit Davis, les Américains vont arriver avant nous... Allez, on est presque rendus.

Quelques minutes plus tard, ils arrivaient à l'endroit exact où Théberge et Ross avaient fait leur découverte. Au même moment, un hélicoptère se posait à une centaine de mètres d'eux. Un gradé américain en descendit, accompagné d'un adjoint, d'une journaliste qui avait un micro à la main et d'un caméraman.

La petite troupe se dépêcha de rejoindre Davis pendant qu'un deuxième hélicoptère se posait.

— Alors ? demanda l'Américain.

Davis montra la terre remuée devant lui.

— C'est ici, dit-il. C'est sûrement ici.

Le haut gradé aboya un ordre. L'instant d'après, un groupe de G.I. armés de pelles descendaient du deuxième hélicoptère et arrivaient au pas de course.

Avant qu'ils se mettent à creuser, un des soldats passa un compteur Geiger au-dessus du site.

— *Clean*, dit-il après un instant, confirmant le message implicite du silence de l'appareil.

La caméra enregistrait tous les faits et gestes des soldats.

Après un quart d'heure, ils n'avaient toujours rien trouvé. Davis commençait à être nerveux.

— Vous cherchez quoi, exactement ? demanda Théberge.

— C'est évident, non ?

— Du matériel radioactif ?

— Des bombes atomiques portables. Le GANG a passé la commande à Al-Qaïda.

Théberge le regarda, abasourdi.

— À quoi est-ce que ça pourrait leur servir ? demanda-t-il. Ça discréditerait complètement leur cause !

— Vous faites l'erreur de penser que ces gens-là raisonnent comme vous et moi. Ce sont des terroristes. Ils appartiennent à une autre espèce.

— S'ils ne raisonnaient pas aussi bien que vous et moi, ils ne seraient pas aussi efficaces, objecta Théberge.

— Attention à vos propos, fit Davis sur un ton menaçant. Vous pourriez être accusé de sympathie à leur endroit.

Théberge n'en pouvait plus.

— Êtes-vous aussi bête naturellement, demanda-t-il, ou est-ce le résultat d'un long travail ?

Davis le regarda fixement.

— Vous, dit-il, je vous promets d'avoir votre peau.

Ross, qui s'était approché à l'insu de Davis, se racla la gorge.

— Par le passé, on nous reprochait de prendre des scalps, dit-il. Si vous vous mettez à prendre toute la peau…

Davis devint rouge, furieux que ses menaces aient été entendues.

— Vous non plus, dit-il, je ne donne pas cher de votre peau. Quand l'opération sera terminée, vous ne serez plus en position de faire grand-chose.

Puis il s'éloigna et alla rejoindre Trammell et le chef des Américains. Après un bref conciliabule, ce dernier aboya de nouveaux ordres.

Un autre groupe de G.I. sortit des hélicoptères. Ceux-là portaient des armes. Le commandant américain leur fit signe de se disperser.

— Des équipes de reconnaissance, murmura Théberge à l'intention du chef des Peace Keepers.

— Vous pensez qu'ils peuvent… ?

— Non, je ne crois pas.

Il songea à Blunt. À moins d'un contretemps, ce dernier devait avoir eu le temps de prendre des dispositions pour mettre les armes en sûreté.

Davis se dirigea vers le chef du détachement de soldats canadiens et lui parla à voix basse.

L'instant d'après, les soldats se dispersèrent, sortirent une pelle de leur sac et se mirent à creuser.

— Partout ! leur cria Davis. Je veux que vous creusiez partout !

Le chef des Peace Keepers s'approcha pour protester.

— C'est un endroit sacré, dit-il… Ils vont profaner des sépultures !

— Pourquoi n'avez-vous pas protesté tout à l'heure ?

— Puisque…

— Je vais vous le dire, moi, pourquoi : parce que vous saviez que nous ne trouverions rien à l'endroit où nous creusions ! Mais maintenant…

— Je n'ai rien dit parce que je savais qu'il n'y avait aucune sépulture à cet endroit !

— Ah oui ? Comment voyez-vous ça ? Vous voyez à travers la terre, peut-être ?

— Il n'y avait aucune trace extérieure de sépulture. Et j'étais curieux de savoir pourquoi la terre avait été remuée… Je pensais que vous pouviez avoir raison. Les personnes qui sont venues ici avant nous avaient déjà profané ce lieu.

— Vous ne vous en tirerez pas aussi facilement ! jeta Davis en tournant les talons.

Il se dirigea vers Trammell, qui avait gardé les yeux fixés sur eux pendant tout l'échange.

— Ce n'est pas lui le plus dangereux, murmura Théberge à l'endroit de Ross qui revenait vers lui. C'est l'autre…

D'un mouvement des yeux, il lui désigna l'homme du SCRS. Le chef des Peace Keepers acquiesça d'un léger hochement de la tête.

— Tu n'auras pas la vie facile au cours des prochains mois, reprit Théberge.

— Quand les gens vont voir ça… Les radicaux vont avoir beau jeu !

— Penses-tu être obligé de démissionner ?

— C'est possible… Les gens ne comprendront pas que je ne les aie pas empêchés de profaner les sépultures.

— Ça nous fera plus de temps pour aller à la pêche !

HEX-RADIO, 14 H 50

> … AURAIT MIS AU JOUR UNE CACHE DE MATÉRIEL MILITAIRE DU GANG. LE DÉPÔT DE MUNITIONS, SITUÉ SUR LA RÉSERVE D'AKWESASNE, CONTIENDRAIT DES ARMES DE DESTRUCTION MASSIVE, NOTAMMENT DEUX BOMBES NUCLÉAIRES PORTABLES…

DRUMMONDVILLE, 14 H 58

— Toujours pas de nouvelles de mademoiselle Devereaux ? demanda F.

Blunt ramena son regard vers elle.

— Rien, dit-il.

— Il faudrait peut-être contacter l'ami qui venait la voir.

— Je vais d'abord en parler à Théberge. S'il n'a rien, je vais lui demander de l'appeler.

Le regard de Blunt retourna vers le spectacle de la rivière. Par la baie vitrée du salon, quand on était assis dans les fauteuils, on ne voyait que l'eau.

— L'information sur les bombes atomiques portables prouve qu'il s'agit d'un coup monté, reprit Blunt. Ils étaient déjà prêts à sortir l'information.

— Cela suppose qu'ils ont un calendrier d'opérations assez rigoureux. Ça va bousculer leurs plans.

— Une chance qu'on a pu les évacuer à temps.

— Ce que je n'arrive pas à comprendre, c'est le but de tout ça… Qu'est-ce que ça leur donne de trouver des armes nucléaires sur la réserve amérindienne ?

— Compromettre définitivement le GANG…

— Ou bien…

— S'il est prouvé qu'ils ont des armes nucléaires, il n'y a plus personne qui va oser prendre leur défense. Ou même celle des nationalistes, à vrai dire.

— Ce n'était pas nécessaire d'aller aussi loin. Les attentats sont déjà en train de faire le travail…

— Est-ce qu'ils pourraient vouloir justifier une prise de contrôle du territoire amérindien ?… Ça fait des années qu'ils cherchent un moyen d'arrêter la contrebande qui passe par la réserve. La découverte d'armes de destruction massive justifierait les deux pays d'intervenir. Personne n'oserait plus s'opposer à une occupation militaire et à une surveillance du territoire par les deux pays.

— Peut-être… Mais, encore là, est-ce que c'était nécessaire de cacher du matériel nucléaire ?… Et puis, ce que je ne vois pas, c'est l'intérêt du Consortium. Pourquoi soutient-il une vague de terrorisme au Québec ?

— L'autre jour, en discutant, l'inspecteur-chef Théberge m'a donné une idée. C'est d'ailleurs la seule qui ait du sens… Si on suppose qu'il y a plusieurs opérations superposées…

F songea au curieux texte qu'elle avait reçu, joint aux messages à énigmes. À des différences de formulation près, c'était le programme de l'APLD. Alors, si l'auteur des messages était bien celui auquel elle pensait, et que c'était le même qui avait cherché à la contacter par l'intermédiaire de Claude, l'existence d'un lien entre les événements du Québec et le Consortium devenait évidente. Mais c'était une évidence frustrante, car elle n'en savait toujours pas plus sur la nature de ce lien et sur les intérêts du Consortium au Québec.

Elle avait certes une idée, mais c'était trop farfelu pour qu'elle la considère comme une piste sérieuse. Elle décida de garder ces réflexions pour elle. Cela permettrait à Blunt de continuer à travailler de façon autonome. S'il arrivait par ses propres moyens à des conclusions similaires, alors elle lui parlerait de ses hypothèses.

— Quel genre d'opération ? se contenta-t-elle de demander.

— Je suis persuadé qu'il y a plusieurs groupes en jeu, qu'ils ont chacun des intérêts différents et que tout a été intégré dans une sorte de superopération. Ça expliquerait que tout ce qui se déroule ait l'air à la fois structuré et incohérent.

— Et, dans ce plan, qui aurait intérêt à ce qu'il y ait une vague de terrorisme ?

— Le Consortium peut avoir comme client un groupe qui a des objectifs politiques.

— Ça, je le comprends. Mais l'Église de la Réconciliation Universelle ? Qu'est-ce qu'elle vient faire dans tout ça ?

— Une façade…

— Une façade drôlement active, s'il faut en croire les informations qui la relient à Massawippi !

— Je sais. Je n'ai pas réussi à découvrir tous les intérêts en jeu… Remarquez, il est possible que certaines actions servent uniquement de diversion. Ce ne serait pas la première fois que le Consortium utilise ce genre de tactique.

— Vous avez calculé une probabilité, pour cette hypothèse de diversion ?

— Autour de quatorze virgule trois pour cent.

— Et votre hypothèse d'une intégration d'opérations différentes ?

— Comme je vous le disais, c'est la seule qui tienne la route. Après l'avoir testée sur le goban, j'évalue sa probabilité à soixante-seize virgule quarante et un pour cent.

F ne répondit pas tout de suite. Le fait que Blunt ait annoncé un chiffre à deux décimales était déjà une indication du sérieux avec lequel il considérait cette possibilité.

— Vous avez eu des nouvelles de Hurt ? demanda-t-elle finalement.

— Pas depuis l'information sur le cimetière amérindien. Chamane s'attend à être contacté d'un jour à l'autre.

— Ce que je déteste le plus, dans notre position actuelle, c'est le sentiment de ne pouvoir rien faire. De devoir attendre. Le Rabbin avait l'habitude de dire que c'était la partie du travail la plus essentielle... et la plus désagréable.

— Attendre ?

— Mettre les choses en place et attendre qu'elles se développent. Ne pas forcer ce développement. Attendre jusqu'à ce qu'une opportunité se présente puis agir de façon décisive. Sans tergiversations... Il disait que la plus grande partie du travail d'un chef de réseau consistait à ne rien faire, à s'empêcher d'intervenir... D'où l'utilité des études et des vérifications en tous genres pour tromper son impatience.

— Vous avez travaillé combien de temps avec lui ?

— Des années. Et une grande partie de ce temps dans un refuge souterrain. Sans jamais sortir. Lui qui aimait l'eau, le sentiment d'avoir de l'espace...

— C'est pour ça que tous les refuges ont été construits au bord de l'eau ?

— Je sais, c'est un *pattern*... Il le savait, d'ailleurs. C'est la seule règle de sécurité qu'il ait jamais transgressée volontairement. Il tenait à ce que toutes les maisons de sécurité soient situées près de l'eau, avec une vue qui porte loin… Même quand il était dans le bunker souterrain, à Québec, et qu'il savait qu'il y terminerait ses jours, ça lui faisait du bien de savoir qu'il avait des refuges, à différents endroits, qui donnaient sur de grands plans d'eau.

— L'évasion dans la nature…

— Pas la nature, l'espace, je dirais. L'autre spectacle qu'il regardait souvent, c'était une vue panoramique de la ville, projetée sur le mur de son bureau et de sa chambre. L'image était alimentée en temps réel par des caméras situées sur les toits des plus hauts édifices… Il disait que la ville était un organisme, que les rues étaient l'équivalent d'un réseau sanguin, avec les véhicules qui allaient porter partout les éléments nécessaires à la survie et à la croissance de l'organisme… Il passait des heures à regarder vivre la ville.

— Vous pensez souvent à lui?

— Surtout dans des situations comme aujourd'hui, quand je ne peux rien faire d'autre qu'attendre.

Montréal, 15 h 19

Trappman décrocha le téléphone à la deuxième sonnerie.

— Vous pouvez parler? demanda immédiatement la voix de Zorco.

— Je suis seul. Madame Black doit participer à une cérémonie au monastère. Je la rejoins tout à l'heure.

— Les armes nucléaires sont introuvables.

— Quoi!

— Êtes-vous certain que le matériel a été déposé au bon endroit?

— Je vous ai transmis les coordonnées précises le jour même de l'installation.

— Mon contact chez les Américains me dit qu'ils n'ont rien trouvé. Le Président va devoir ajuster le discours qu'il avait préparé pour le Sénat. Sinclair aussi.

— La seule explication que je vois, c'est que quelqu'un d'autre les a trouvées avant eux.

— Qui?

— À part les Warriors…

— C'est ce qu'ils ont pensé. Mais leurs informateurs chez les Warriors sont catégoriques : personne n'a trouvé quoi que ce soit. Ni du côté canadien, ni du côté américain.

— Est-ce qu'ils ont consulté les enregistrements de la surveillance par satellite?

— Tout le temps de satellite est monopolisé par le Moyen-Orient et la situation à Taïwan.

— Merde!

— Qu'est-ce que vous proposez?

— Le plus urgent, c'est le discours de Sinclair ce soir. Il faut qu'il ait de quoi justifier sa position.

— Il ne pourra pas invoquer la présence d'armement nucléaire.

— Non. Mais il pourra invoquer les résultats que la loi sur les mesures d'urgence a produits.

— Quels résultats?

— Je vais devancer l'opération de sauvetage. Je vous tiens au courant.

Aussitôt après avoir raccroché, Trappman composa le numéro de son contact au SCRS.

— J'ai trouvé à quel endroit il se trouve, dit-il lorsque son interlocuteur se fut identifié… Non, pas à Québec. Une résidence à Westmount…

CNN, 15 H 34

… REFUSANT DE CONFIRMER LA DÉCOUVERTE D'ARMES NUCLÉAIRES SUR LE TERRITOIRE DE LA RÉSERVE AMÉRINDIENNE D'AKWESASNE, LE SECRÉTAIRE À LA DÉFENSE A DÉCLARÉ QUE LA SITUATION SUR PLACE ÉTAIT CONFUSE. UN DÉTACHEMENT DES FORCES ARMÉES CANADIENNES, SOUTENU PAR DES EXPERTS DES UNITÉS SPÉCIALES AMÉRICAINES, POURSUIT LES RECHERCHES. JUSQU'À MAINTENANT, ILS AURAIENT TROUVÉ UNE CACHE D'ARMES RÉCEMMENT VIDÉE DE SON CONTENU, CE QUI TENDRAIT À ACCRÉDITER LES RENSEIGNEMENTS REÇUS DEPUIS PLUSIEURS SEMAINES SUR L'IMMINENCE D'UNE ATTAQUE TERRORISTE EN TERRITOIRE NORD-AMÉRICAIN.

Invoquant le fait qu'un excès de prudence est préférable à un manque de responsabilité, le secrétaire à la Défense s'est dit assuré que les Amérindiens comprendraient les raisons de cette intervention et qu'ils...

Baie-d'Urfé, 15 h 36

Maître Calabi-Yau, entouré des deux tribranes, se tenait debout sur la plus haute marche du portique du monastère.

Devant lui, la foule formait neuf demi-cercles concentriques.

— Nous devons maintenant prendre des mesures extraordinaires, dit-il. Il est urgent de protéger le monastère de la vague de mauvaises vibrations qui va déferler sur le Québec au cours des prochaines heures.

Il fit une pause. Le seul bruit qui rompait le silence était le grondement affaibli de l'autoroute, au loin.

— Vous allez former un cercle autour du monastère en vous tenant par la main, reprit Calabi-Yau. Et vous allez chanter à l'unisson une formule de méditation. Ce faisant, vous allez constituer un cercle de bienveillance sur lequel les mauvaises vibrations vont rebondir. Le monastère redeviendra un havre de paix et son rayonnement aura un effet bénéfique sur le schéma vibratoire collectif du Québec. En assurant une zone de sérénité à l'intérieur du monastère, c'est tout le Québec que vous allez contribuer à pacifier.

Le Maître fit une nouvelle pause. La tribrane habillée de blanc s'avança.

— Neuf branes vont descendre parmi vous et se répartir dans le cercle pour soutenir votre méditation. Quatre dibranes vont également se joindre à vous, aux quatre points cardinaux, pour assurer l'équilibre du schéma vibratoire qui se dégagera du cercle. Tout ce qui vous est demandé, c'est d'apaiser votre schéma personnel et de vibrer à l'unisson en partageant la même formule de modulation sonore. Pour le reste, les branes et les dibranes vont s'assurer de maintenir votre cohésion et de maintenir le lien avec le groupe qui méditera autour du Maître, à l'intérieur du monastère.

La tribrane habillée de noir s'avança à son tour pour prendre la parole.

— La force qui se dégage de l'harmonisation du schéma vibratoire n'est ni bonne ni mauvaise. Elle renforce ce qui est favorable à l'équilibre de la vie et elle détruit impitoyablement ce qui s'y oppose. Si des pensées obscures, des sentiments négatifs surgissent brusquement en vous pendant votre méditation, il ne faut pas vous en étonner. C'est une réaction de santé face aux mauvaises vibrations qui menacent votre équilibre. Il suffit de ne pas vous complaire dans ces sentiments et de ne pas vous opposer à eux, ce qui serait une façon différente de vous y complaire. Laissez-les s'exprimer en vous et disparaître, portés par le mouvement de la modulation verbale. Projetés à l'extérieur du cercle, ils contribueront à détruire les mauvaises vibrations qui vous agressent.

Après que la tribrane noire eut repris sa place, le Maître s'avança pour conclure son discours.

— Pendant cet exercice de méditation collective, dit-il, tentez d'avoir une bonne pensée pour les victimes de ces actes terroristes, dont le voyage sur notre planète a été brutalement interrompu.

Au cours de l'histoire, le rôle de transcendant a d'abord été assumé par Dieu, lequel était parfois identifié au chef politique (pharaon, roi...). Des absolus laïcisés ont ensuite pris la relève : les lois comme incarnation de la cité, la raison et, plus récemment, les droits et libertés.

Ce processus de laïcisation de l'absolu a le mérite d'aller dans le sens de l'histoire, mais il a la faiblesse de s'arrêter en cours de route, de se fixer à une figure encore trop anthropomorphique de l'absolu.

Le véritable transcendant, entièrement abstrait, qui organise maintenant la société moderne, c'est le Marché.

Joan Messenger, *Le Fascisme à visage humain*, 10-Adapter la religion.

MONTRÉAL, 15 H 43

L'inspecteur-chef Théberge avait regagné son bureau dès le retour d'Akwesasne. Des troupes canadiennes et américaines étaient demeurées sur place afin de poursuivre les recherches.

Davis, qui était d'humeur massacrante, s'était pour sa part dirigé vers le bureau du directeur.

Après avoir demandé à sa secrétaire de retenir les appels et les visiteurs, Théberge s'était tourné vers son ordinateur portable, avait enclenché le logiciel de communication et avait envoyé le signal pour joindre Blunt.

Quatre minutes plus tard, ce dernier le rappelait.

— Tout est sécurisé, confirma Blunt, après que Théberge lui eut fait part des recherches qui se poursuivaient sur le territoire de la réserve amérindienne. Des gens s'en sont occupés le soir même où vous avez visité l'endroit.

— Il n'y a vraiment aucun danger qu'ils les retrouvent ? insista le policier.

— Tout a été démonté sur-le-champ et emporté dans un endroit sûr. Le matériel radioactif est déjà en route pour un lieu de recyclage.

Théberge ne put retenir un soupir de soulagement.

— Ils savaient exactement où ils allaient, dit-il. Avant le début de l'opération, le responsable de la GRC s'est vanté de connaître l'endroit précis où étaient cachées les armes.

— Ça confirme l'information que nous avions… De votre côté, vous avez du nouveau sur l'Église de la Réconciliation Universelle ?

— Avec ce qui arrive, je n'ai pas encore eu le temps de m'en occuper.

— Tenez-moi informé de tout nouveau développement à son sujet.

— Entendu.

Théberge avait à peine raccroché que Davis faisait de nouveau irruption dans son bureau, Trammell sur les talons.

— Vous avez trouvé quelque chose ? demanda Théberge sur un ton qu'il voulait naïf.

— Pas encore ! Mais quand je vais mettre la main sur ceux qui nous ont joué ce sale tour !…

— De qui parlez-vous ?

— Notre source était sûre à cent pour cent. Le matériel nucléaire était à cet endroit. Ça veut dire que quelqu'un a réussi à mettre la main dessus avant nous.

— Le GANG ?

— Qui voulez-vous que ce soit ?… Mais je n'ai pas dit mon dernier mot. Et, cette fois, vous êtes le seul à m'accompagner, ajouta-t-il en s'adressant à Théberge. Ce sont mes hommes qui vont prendre l'opération en main.

Il fut interrompu par l'arrivée de Crépeau.

— Vous aussi, vous pouvez venir, si vous voulez, fit Davis. Mais vous faites le mort et vous regardez faire ceux qui savent.

— Je peux au moins savoir quel est le but de notre présence ? demanda Théberge.

— Témoigner que nous avons tout fait correctement.

CKAC, 17 h 29

> ... UNE MANIFESTATION CONTRE LA LOI SUR LES MESURES D'URGENCE ET LA PRÉSENCE DE L'ARMÉE DANS LES RUES DE LA VILLE. L'APPEL CONJOINT DES SYNDICATS ET DE PLUSIEURS GROUPES POPULAIRES...

Baie-d'Urfé, 19 h 07

À l'extérieur du monastère, la vigile se poursuivait. Les fidèles continuaient de former un cercle autour de l'édifice en se tenant par la main. Aucun des participants n'avait la moindre idée de ce qui se passait à l'intérieur.

Polydore Campeau avait dû abandonner son travail pour se joindre au groupe. La prochaine fois, ce serait lui qui subirait l'épreuve.

Le postulant qui allait être reçu au rang de brane était debout devant le mur des fragmentations. Les deux tri-branes se tenaient de chaque côté de lui.

Celle qui était vêtue de blanc prit la parole.

— Le nom du Maître a été tatoué sur sa poitrine. Les énergies négatives et les mauvaises vibrations qui perturbaient sa vie s'y sont concentrées. L'heure est venue pour lui de s'en libérer de manière définitive.

Elle prit un gobelet de pierre posé sur une petite table à sa droite et le tendit au candidat qui allait subir l'épreuve.

— Ce liquide a été harmonisé au niveau le plus fondamental. Il vous aidera à dissoudre la peur, à faire régner la clarté et à augmenter la puissance de votre concentration.

L'homme prit le récipient et but le contenu d'une seule gorgée.

La femme récupéra le gobelet de ses mains et le déposa sur la petite table. Elle prit ensuite un autre récipient contenant un onguent et elle en recouvrit le tatouage.

— Nous allons maintenant méditer pendant huit minutes, dit-elle quand elle eut terminé. Nous allons créer autour de notre frère une atmosphère de recueillement qui le soutiendra dans son épreuve.

WASHINGTON, 19 H 18

Zorco reposa délicatement le recueil de haïkus sur la petite table à côté de son fauteuil.

— Vous êtes une source continuelle de surprises, dit-il en tournant son regard vers l'homme qui venait d'entrer sans bruit dans la pièce.

Il était étonné de la maîtrise de lui-même qu'il avait réussi à conserver. Se retrouver face à Paul Hurt, sans la moindre arme à portée de la main, était bien la dernière chose qu'il aurait souhaitée.

— Je veux savoir qui a commandé des camions lance-missiles au printemps 2000, fit Hurt.

— J'en vends des centaines par année, il faudrait que vous soyez plus précis.

— Akwesasne. Trois camions.

— Et vous êtes sûr que c'est moi qui les ai vendus ?

Zorco comprit aussitôt qu'il avait commis une erreur. Quelque chose passa dans le regard de Hurt. C'est d'une voix plus dure que ce dernier répondit.

— Vous avez dix secondes.

— Je peux probablement vous aider, s'empressa de répondre Zorco. Mais ce n'est pas si simple.

— Cinq secondes.

— Les gens que vous cherchez appartiennent à une sorte d'organisation secrète. Le Consortium. Est-ce que vous savez de quoi je parle ?

— Je vous écoute.

— Les vraies responsables de cette commande sont Xaviera Heldreth et Jessyca Hunter. Ce sont deux dirigeantes du Consortium.

— Comment savez-vous cela ?

— J'appartiens moi aussi au Consortium et je suis en lutte contre elles depuis des années.

— Vraiment ?

Le ton ironique de Hurt disait tout le cas qu'il faisait de cet aveu.

— Je suis favorable à une approche strictement commerciale de nos activités, reprit Zorco. Madame Heldreth et ses petites amies persistent à exercer toutes sortes de vendettas personnelles qui nuisent aux affaires.

— Et qui nuisent à votre pouvoir au sein du Consortium, peut-être ?

— Il y a également de ça.

— Vos histoires ne m'intéressent pas. Je veux…

— Et moi, ce que je veux…

— Vous n'êtes pas en position de marchander.

— Oh si !… Ce n'est pas parce que vous m'avez surpris à l'extérieur de chez moi, dans cette suite d'hôtel, que je suis sans défense, ajouta-t-il.

Zorco leva lentement son bras gauche. Il tenait dans la main une télécommande. Son index était appuyé sur un bouton.

— Si je ne suis pas sage, vous allez changer le poste de la télé ? ironisa Sharp.

— Dites-moi, c'est bien une de vos autres personnalités qui vient de prendre la parole ?

— Qui parle ne fait aucune différence, répliqua la voix dure de Steel. Si vous ne me dites pas immédiatement…

— Et vous, si vous faites quoi que ce soit, il suffit que je relâche ce bouton. Nous serons aussitôt vaporisés tous les deux par l'explosion qui suivra.

Baie-d'Urfé, 19 h 21

La tribrane noire s'approcha du candidat à l'initiation.

— Le postulant a maintenant réussi à harmoniser son esprit, dit-elle. Il est prêt à se détacher définitivement de l'énergie négative et des mauvaises vibrations qui le perturbaient.

Polydore Campeau la vit prendre une serviette sur la petite table à sa gauche et essuyer le tatouage sur la poitrine du postulant.

— Un des effets de la purification est de permettre à l'esprit de dominer le corps, dit-elle. D'échapper aux vicissitudes de la condition charnelle tout en continuant de jouir de ses avantages. Et la pire des vicissitudes, c'est la douleur… Ce soir, un disciple va témoigner de la vérité de notre doctrine et de l'efficacité de nos méthodes.

Elle prit un couteau qui était glissé dans sa ceinture et le montra au disciple.

— Quand un postulant a atteint un niveau suffisant de maîtrise de son schéma vibratoire, poursuivit la tribrane, il sait contrôler les vibrations perturbatrices de la douleur.

« Et s'il n'a pas atteint ce niveau ? » se demanda Polydore.

La femme montra ensuite le couteau à l'assistance. Avec sa forme fine et mince, il ressemblait à un couteau de pêcheur.

— La douleur n'est rien d'autre qu'un schéma vibratoire incommodant parce que perturbé, reprit la tribrane. Il suffit de le maîtriser et de le ramener à l'équilibre pour que la douleur disparaisse… Si le disciple a soigneusement purifié sa vie et qu'il a appliqué correctement sa technique de respiration, il ne sentira rien… sauf peut-être un léger inconfort.

Elle s'approcha de lui, positionna le couteau de façon précise et elle traça une ligne rouge qui épousait le pourtour du tatouage.

L'homme ne réagit pas.

— Si le tatouage s'est bien cristallisé, poursuivit la tribrane, il s'enlèvera facilement. Si le travail spirituel n'a pas été mené à terme par le postulant, il faudra le gratter.

De la pointe du couteau, elle commença à soulever un coin du tatouage. Elle saisit ensuite le bord de la peau entre le pouce et l'index et elle décolla progressivement le reste du tatouage de la poitrine, s'aidant du couteau pour le dégager.

La figure du postulant montra quelques crispations, mais aucun son ne sortit de sa bouche. Le public était dûment impressionné.

Polydore se demandait ce qu'on lui avait fait boire pour provoquer une telle insensibilité. À moins que l'onguent ne fût un gel anesthésiant. «Probablement les deux», se dit-il finalement.

La tribrane en noir donna une pièce de tissu au disciple et lui dit de l'appliquer sur la plaie pour limiter le saignement. Elle se tourna ensuite vers l'assistance et montra le tatouage qu'elle avait découpé.

— Le postulant s'est libéré de son ancienne peau, dit-elle. Il est prêt à amorcer sa métamorphose.

Tournant le dos à la foule, elle alla fixer le tatouage sur le mur, au fond de la salle, à côté des autres qui y étaient collés.

WASHINGTON, 19 H 25

— Vous n'oseriez pas, fit Hurt.

— Pourquoi pas? J'ai eu une bonne vie. Je n'ai pas encore réalisé tous mes projets, mais la plupart l'ont été. J'ai goûté à tous les plaisirs. Au pire, j'abrège ma vie de quelques années. C'est du moins ce que croient mes médecins. Tandis que vous…

— Vous bluffez.

— Peut-être. Mais si vous mourez, c'est la moitié de votre vie que vous sacrifiez. Et vous ne pourrez pas poursuivre votre vengeance… J'ai suivi avec intérêt vos récents exploits en Europe.

La réaction de Hurt fut à peine perceptible, mais Zorco ne s'y trompa pas. Il avait réussi à le surprendre.

— J'ai les moyens de vous aider à mener votre vengeance à son terme. Plutôt que de nous détruire mutuellement, conjuguons nos vengeances : elles visent les mêmes personnes.

Hurt resta un moment silencieux. À l'intérieur de lui, des voix discordantes se faisaient entendre. Nitro voulait profiter de l'occasion pour éliminer Zorco ; il était certain que sa menace était un bluff. Sweet, pour sa part, sentait la peur monter en lui. Le Curé dénonçait le côté primaire de Nitro. Sharp lui recommandait du Prozac ; il était d'accord pour éliminer Zorco, mais il y avait d'autres moyens de s'occuper de lui : il valait mieux patienter et commencer par s'en servir.

Ce fut la voix de Steel qui finit par répondre.

— Je vous écoute.

— Je sais ce qui vous tient à cœur, reprit Zorco.

Il fit une pause, comme s'il voulait amener Hurt à demander des précisions.

Ce dernier se contenta de soutenir son regard jusqu'à ce que l'autre poursuive son explication.

— Vous voulez les noms de ceux qui sont responsables de l'attentat, reprit Zorco… Et, surtout, vous voulez que je vous donne les moyens de les retrouver.

Baie-d'Urfé, 19 h 29

Revenant à côté du postulant, la tribrane en noir s'adressa à lui.

— Il faut maintenant refermer la brèche pour que les mauvaises vibrations ne puissent plus s'infiltrer.

Elle fit un signe en direction des coulisses. Un assistant s'amena sur la scène ; il portait un seau de métal dans lequel rougeoyaient des braises.

La tribrane prit le fer à marquer qui était dans le seau, indiqua au disciple d'enlever la pièce de tissu qu'il avait tenue contre sa blessure et elle la cautérisa.

Un bruit de grésillement se fit entendre et une odeur désagréable de chair brûlée se répandit dans la pièce.

Cette fois encore, le visage du disciple tressaillit à peine.

— Vous êtes maintenant un brane, dit la femme. Jusqu'à ce jour, votre schéma vibratoire était trop brouillé pour que vous puissiez voir clair à l'intérieur de votre esprit. Vous pouvez désormais entreprendre la quête de votre identité véritable. Vous commencerez par découvrir quel type de porteur vous êtes vraiment.

La lumière baissa progressivement puis, après une courte période de silence, la tribrane déclara la cérémonie terminée.

Quand tous les membres furent partis, elle disparut à son tour par une porte située à la gauche du mur des fragmentations, laissant sur la table les accessoires de la cérémonie.

MONTRÉAL, 19 H 52

Viktor Trappman avait demandé au sénateur Lamaretto de l'attendre dans sa suite au Ritz-Carlton. Il le rejoindrait pour regarder à la télévision le reportage sur l'attaque du repaire du GANG.

Emmy Black conduisait la fourgonnette qui les ramenait au centre-ville.

— Comment as-tu trouvé la cérémonie ? demanda-t-elle.

— J'ai compris que je n'avais pas la vocation, répondit Trappman avec un sourire ironique.

— Tu aurais simplement besoin d'une mise en condition un peu plus longue.

— Je préfère ne pas essayer.

— Je pourrais te faire un prix, t'accorder des avantages accessoires…

— Sans façon.

… LES ÉVÉNEMENTS TRAGIQUES QUI VIENNENT TOUT JUSTE DE SURVENIR À LA RÉSIDENCE D'ÉTÉ DU VICE-PRÉSIDENT DU PNQ. LES OCCUPANTS DE LA MAISON ONT RÉSISTÉ AUX FORCES POLICIÈRES EN TIRANT PLUSIEURS COUPS DE FEU DANS LEUR DIRECTION. LES POLICIERS ONT RIPOSTÉ. UNE TERRIFIANTE SÉRIE D'EXPLOSIONS A ALORS SUIVI. L'ÉDIFICE EST TOTALEMENT DÉTRUIT ET…

— Ils sont finis, dit Trappman. Ils ne se remettront jamais de ça.

— Je ne comprends pas comment vous avez fait.

— Chacun ses secrets.

— Tu peux bien me le dire. Pourquoi est-ce qu'ils ont tiré ?

— Ce ne sont pas eux qui ont tiré. Des armes étaient installées dans les fenêtres du grenier. Elles étaient télé-commandées. Il me suffisait d'appuyer sur un bouton.

— Et les bombes ?

— Les bombes aussi.

— C'était stupide d'avoir toutes ces bombes chez lui !

— Il ne le savait pas. Il croyait que c'étaient des coffres à outils et que le C-4 était une sorte de mastic. C'est ce que son frère lui a expliqué quand il lui a demandé de les entreposer dans la cave.

— Il ne s'est jamais douté de rien ?

— C'était la première fois qu'il y allait depuis que les bombes s'y trouvaient.

— Juste au bon moment.

— L'exécutif du PNQ se réunissait une fois par mois à sa résidence.

— Et s'ils avaient reporté la réunion ?

— J'aurais peut-être attendu… Mais, de toute façon, avec les preuves qui vont être découvertes, même s'ils n'étaient pas morts…

… CE QUI ÉTAIT, SELON TOUTE PROBABILITÉ, LE REPAIRE DES NOUVELLES CELLULES DU GANG. CELA LAISSE SUPPOSER QUE LES DIRIGEANTS DU PNQ ÉTAIENT LOURDEMENT IMPLIQUÉS DANS LE GROUPE TERRO-RISTE.

JUSQU'OÙ ALLAIT CETTE IMPLICATION ? IL NOUS SERA DÉSORMAIS DIF-FICILE DE LE SAVOIR, COMPTE TENU DE LA MORT DE LA PLUPART DES MEMBRES DU BUREAU DE DIRECTION DU PARTI.

— Et son frère ? demanda Emmy Black.

— On va le retrouver dans quelques jours. Ce sera une des dernières victimes des terroristes… Ça fait bien, je trouve : un dirigeant du PNQ qui a tué son propre frère pour l'empêcher de dénoncer ses activités terroristes !

— Tu t'amuses toujours autant ?

— C'est le but du travail, non ?

Le véhicule s'immobilisa devant l'entrée de l'hôtel.

— Toi, tu retournes au bureau-chef ? demanda Trappman.

— Comme tu dis, oui, au bureau-chef. Je reviens en fin de soirée.

SRC, 21 h 01

> MES AMIS, L'HEURE EST GRAVE. DES TERRORISTES SE SONT ATTAQUÉS À LA LIBERTÉ ET À LA SÉCURITÉ DE NOTRE PEUPLE. DES VICTIMES INNOCENTES ONT ÉTÉ SACRIFIÉES. LE PREMIER MINISTRE DU QUÉBEC A ÉTÉ ASSASSINÉ. IL EST DE MON DEVOIR DE VOUS DIRE CE QUE LE GOUVERNEMENT ENTEND FAIRE POUR VOUS PROTÉGER.
> JE COMPRENDS LE DÉSARROI DE LA POPULATION. PERSONNE N'OSAIT PENSER QUE DES ACTES AUSSI BARBARES POUVAIENT SE PRODUIRE ICI. PEUT-ÊTRE ÉTIONS-NOUS NAÏFS ? PEUT-ÊTRE AVONS-NOUS EU LE TORT DE CROIRE QUE LE FAIT D'ÊTRE UNE TERRE DE LIBERTÉ ET DE TOLÉRANCE NOUS PROTÉGEAIT CONTRE LES DÉRIVES MEURTRIÈRES DU NATIONALISME. MAIS LE FAIT EST LÀ : NOUS SOMMES MAINTENANT LES OTAGES D'UN GROUPUSCULE D'EXTRÉMISTES. SI NOUS NE SATISFAISONS PAS À LEURS EXIGENCES, ILS MENACENT DE TUER D'AUTRES GENS.
> QUE VEULENT DONC CES TERRORISTES ?

DRUMMONDVILLE, 21 h 04

Blunt écoutait le discours en compagnie de F.

— Ils reprennent le scénario de 1970, dit-il. L'armée, la loi sur les mesures d'urgence, le discours à la nation…

— À l'époque, c'était la loi sur les mesures de guerre.

— À l'époque, il n'y avait pas eu le 11 septembre.

> … S'IL EXISTE DES INJUSTICES SUR LESQUELLES ILS VEULENT ATTIRER NOTRE ATTENTION, ILS ONT DES INSTITUTIONS DÉMOCRATIQUES À LEUR DISPOSITION POUR LE FAIRE. ET S'ILS NE SONT PAS SATISFAITS DES GENS QUI DIRIGENT CES INSTITUTIONS, IL Y A DES ÉLECTIONS POUR LES REMPLACER.
> ON NE RÉPARE PAS UNE INJUSTICE PAR UNE INJUSTICE.

— Vous avez fini par découvrir quelque chose qui relie tous ces événements ? demanda F.

— C'est justement ce à quoi je pensais tout à l'heure devant les jeux de go. Est-ce qu'il existe un territoire commun où l'Église de la Réconciliation Universelle, le terrorisme, l'attaque du Consortium contre Massawippi et le trafic d'armes peuvent se rejoindre ?

— Et vous avez trouvé ?

— Pour l'instant, je ne vois rien. Je suis de plus en plus persuadé qu'il s'agit de plusieurs opérations superposées.

> ... POUR NOUS, C'ÉTAIENT DES PÈRES, DES AMIS, DES ENFANTS. POUR EUX, CE N'ÉTAIENT QUE DES MOYENS D'INTIMIDATION. PEU IMPORTE QUI ILS ÉTAIENT. LEUR CHOIX S'EST FAIT AU HASARD. LA SEULE CHOSE QUI COMPTE À LEURS YEUX, C'EST DE TERRORISER. ILS ONT DÉJÀ TUÉ À PLUSIEURS REPRISES. ILS MENACENT DE LE FAIRE DE NOUVEAU À MOINS QUE NOUS DONNIONS SUITE À LEURS DEMANDES.
>
> QUE VEULENT-ILS DONC ?

TVA, 21 H 09

> ... QU'ON LIBÈRE DES CRIMINELS. QU'ON LEUR CÈDE UNE PARTIE DU PAYS POUR QU'ILS EXERCENT UN CONTRÔLE SUR LA POPULATION. VOILÀ CE QU'ILS VEULENT. ET ÇA, NOUS NE POUVONS PAS LE LEUR DONNER. NOUS NE POUVONS PAS ABANDONNER UNE PARTIE DE LA POPULATION CANADIENNE AU POUVOIR DE CES TALIBANS DU TERROIR, DE CES ZÉLOTES DE LA PURIFI-CATION LINGUISTIQUE, DE CES FANATIQUES DE LA REVANCHE NATIONALE.
>
> L'ÉTAT EST LE GARDIEN DES INSTITUTIONS QUI PROTÈGENT LA LIBERTÉ ET LA SÉCURITÉ DE LA POPULATION. IL A LE DEVOIR DE S'OPPOSER AUX DEMANDES DE CES CRIMINELS. Y CÉDER SERAIT ACCEPTER QUE LA LOI DE LA JUNGLE ÉCLIPSE LES INSTITUTIONS DÉMOCRATIQUES. CE SERAIT FAIRE LA PREUVE QUE LE TERRORISME EST RENTABLE, QU'IL EST PAYANT DE MULTIPLIER LES VICTIMES POUR OBTENIR CE QUE L'ON VEUT. ET ALORS, DEMAIN, QUI SERAIT LEUR PROCHAINE CIBLE ? VOUS ? MOI ? UN ENFANT ?
>
> C'EST LE DEVOIR DU GOUVERNEMENT DE S'OPPOSER AUX EXIGENCES DES TERRORISTES. NUL NE PEUT SE SITUER AU-DESSUS DES LOIS ET PRÉTENDRE ASSERVIR L'ÉTAT À LA SATISFACTION DE SES DÉSIRS OU DE SES CAPRICES.
>
> LE **GANG** DÉTIENT ACTUELLEMENT EN OTAGE LE CONSUL DES ÉTATS-UNIS. S'IL N'OBTIENT PAS SATISFACTION, IL MENACE DE MULTIPLIER LES ATTAQUES. IL PRÉTEND QUE LE SORT DES VICTIMES PRÉSENTES ET FUTURES EST ENTRE NOS MAINS.
>
> C'EST UN MENSONGE.
>
> RIEN NE PEUT FAIRE OUBLIER QUE CE SONT EUX QUI ONT LE DOIGT SUR LA GÂCHETTE. S'ILS LES ASSASSINENT, EUX SEULS EN SERONT RESPONSABLES...

MONTRÉAL, 21 H 13

L'inspecteur-chef Théberge écoutait distraitement l'allocution du premier ministre du Canada.

Malgré le drame qui venait de survenir, c'était par l'idée que des armes nucléaires avaient été introduites en contrebande sur le territoire québécois que son esprit était encore accaparé.

Il y avait deux explications possibles. Trois, à la limite.

La première, c'était que le GANG était réellement en contact avec un réseau international de terroristes. Et s'ils s'étaient procuré des armes de destruction massive, c'était parce qu'ils entendaient s'en servir. À tout le moins comme instrument de chantage.

Le policier n'osait imaginer ce qui aurait pu se produire si les armes n'avaient pas été découvertes.

LE TERRORISME S'ATTAQUE AUX RACINES MÊMES DE LA VIE DÉMOCRATIQUE. SE DÉBARRASSER DE CE CANCER EST, POUR TOUTE SOCIÉTÉ SOUCIEUSE DE LA LIBERTÉ DES INDIVIDUS ET DE LA SÉCURITÉ DE SA POPULATION, UNE NÉCESSITÉ VITALE.

POUR CETTE RAISON, APRÈS DE MULTIPLES CONSULTATIONS, LE GOUVERNEMENT S'EST RÉSOLU À DONNER SUITE À LA DEMANDE DU GOUVERNEMENT DU QUÉBEC. AU COURS DE L'AVANT-MIDI, LA LOI SUR LES MESURES D'URGENCE A ÉTÉ PROCLAMÉE. MONTRÉAL A ÉTÉ DÉCLARÉ ZONE D'INTÉRÊT STRATÉGIQUE ET L'ARMÉE CANADIENNE A COMMENCÉ À S'Y DÉPLOYER.

L'autre hypothèse, c'était que les armes aient été « plantées » par les services de renseignements. Cela pouvait expliquer l'air triomphant, presque joyeux, que Davis et les Américains avaient au début de l'opération. Ils n'avaient pas du tout l'allure de gens qui allaient au-devant du danger.

Cela pouvait aussi expliquer leur frustration quand ils avaient réalisé que les armes n'étaient pas là où ils le croyaient.

Mais, s'ils avaient caché eux-mêmes les armes, était-ce pour justifier la loi sur les mesures d'urgence ? Les attentats terroristes, l'enlèvement du consul des États-Unis et l'assassinat du premier ministre du Québec étaient pourtant suffisants pour justifier sa proclamation !… Et pourquoi avoir impliqué les Américains ?… Les rumeurs qui avaient couru sur une intervention américaine au Québec n'étaient peut-être pas si farfelues que ça, après tout ! La découverte d'armes de destruction massive était une raison suffisante pour que le Canada n'ait pas le choix de solliciter « l'aide » de son voisin.

> CETTE LOI DONNE DES POUVOIRS ÉTENDUS À L'ARMÉE ET À LA POLICE. CE N'EST PAS UNE CHOSE QUE LE GOUVERNEMENT A FAITE DE GAIETÉ DE CŒUR. SEULE LA GRAVITÉ DES MENACES QUI PÈSENT SUR NOTRE DÉMOCRATIE ET SUR LA VIE DES CITOYENS M'A DÉCIDÉ À Y AVOIR RECOURS.
> IL VA DE SOI QUE L'APPLICATION DE CETTE LOI EST TEMPORAIRE. COMME SON NOM L'INDIQUE, IL S'AGIT DE MESURES D'URGENCE. LA POPULATION DOIT ÊTRE PROTÉGÉE CONTRE LES VISÉES DE CES FANATIQUES QUI SONT EN POSSESSION D'UN ARSENAL REDOUTABLE ET QUI ONT MONTRÉ QU'ILS N'HÉSITERONT PAS À S'EN SERVIR.

La troisième possibilité, c'était que les armes aient transité par le Canada à destination des États-Unis. Les services de renseignements américains auraient partagé l'information parce que les armes étaient en territoire canadien. Il fallait une opération conjointe.

L'armée et la GRC auraient alors décidé d'utiliser l'événement pour renforcer l'image terroriste du GANG et ainsi apporter une justification supplémentaire à la proclamation de la loi sur les mesures d'urgence.

TQS, 21 H 20

> POUR ASSURER LA PROTECTION DES ENDROITS PUBLICS, ET PARTICULIÈREMENT DES INSTITUTIONS POLITIQUES, LE GOUVERNEMENT A FAIT APPEL À L'ARMÉE. DES TROUPES SONT DÉJÀ EN PLACE. ELLES PORTERONT ASSISTANCE AUX FORCES POLICIÈRES, QUI SONT DÉBORDÉES.
> DES ÉQUIPES SPÉCIALISÉES D'ORIGINE AMÉRICAINE ONT ÉGALEMENT ÉTÉ APPELÉES EN RENFORT POUR CERTAINES OPÉRATIONS PRÉCISES. LEUR COLLABORATION A ÉTÉ DEMANDÉE DANS LE CADRE DE L'ACCORD RELATIF À LA SÉCURITÉ CONTINENTALE.
> JE TIENS À REMERCIER LES ÉTATS-UNIS DE CETTE AIDE. QU'ILS ACCEPTENT DE METTRE EN JEU LA VIE DE LEURS HOMMES POUR ASSURER LA PROTECTION DE LA POPULATION CANADIENNE EST À MES YEUX...

BAIE-D'URFÉ, 21 H 24

Les deux femmes écoutaient le discours du premier ministre Sinclair en compagnie de Maître Calabi-Yau.

— Il a l'air content de lui, fit Emmy Black.

— C'est normal, répondit Emma White. Il a obtenu ce qu'il désirait.

— On peut presque le voir saliver.

— En ce qui me concerne, il peut bien profiter de son triomphe. Pour le temps que ça va durer…

Des méthodes comme celles du GANG ne peuvent que provoquer une spirale de la violence. Leur seul effet est d'attiser la haine et de rendre les problèmes plus difficiles encore à résoudre.

Nul ne peut prétendre vouloir construire une société plus juste, plus humaine, en multipliant les actes de terreur. Ce dont notre pays a besoin, c'est de tolérance. De compréhension. Pas d'insécurité. Pas de peur. La peur tue la tolérance.

La peur rend insensible au besoin de justice des autres. C'est là le genre de monde que veulent créer les terroristes en répandant la peur.

Maître Calabi-Yau, qui n'avait fait aucune remarque depuis le début du discours, se leva.

— Vous n'attendez pas la fin du discours ? demanda Emma White.

— Pourquoi ? Je la connais déjà.

Le gouvernement, lui, veut éradiquer la peur et paralyser ceux qui la propagent. S'il doit se résoudre à employer la force, ce n'est pas pour établir quelque improbable dictature, comme celle dont rêvent les terroristes, mais pour protéger la vie et la liberté des citoyens.

Les deux femmes fixaient Calabi-Yau, attendant manifestement une explication.

— C'est du déjà-vu, dit-il. Vous allez voir, cela va se terminer par des phrases rassurantes et par l'invocation de l'intérêt public.

Sur ce, il quitta la salle.

— Il commence à se prendre au sérieux, fit Emma White.

— Ils finissent tous par se prendre au sérieux.

Montréal, 21 h 31

Lamaretto était resté avec Trappman afin de ne pas rater le discours à la nation du premier ministre Sinclair. Il attendait la fin de l'allocution pour retourner à Ottawa.

> Il est normal que les gens soient inquiets. Voir l'armée dans les rues n'est pas un spectacle auquel nous avons été habitués. Craindre pour sa vie en se demandant si on ne sera pas victime d'un attentat est une réalité dont nous avons encore moins l'habitude.
>
> Il faut voir l'armée comme l'outil que se donne le peuple pour se protéger de la violence. Ces soldats sont vos fils. Et vos filles. Ils savent ce qu'ils doivent faire et ils le feront bien. Ce qui doit être fait le sera. La terreur sera éradiquée. Tous les paliers de gouvernement, toutes les institutions du pays travaillent dans un seul but : défendre l'intérêt et la sécurité du public.

— Surprenant, fit Trappman. Je ne savais pas que vous étiez capable de lui écrire ce genre de discours. Il a presque l'air… présidentiel.

— Je n'ai pas eu grand mérite.

— Pourquoi dites-vous ça ?

— J'ai demandé à un rédacteur de paraphraser le discours que Trudeau avait fait en 1970 au moment de la crise d'Octobre, de rabaisser un peu le niveau de langage et de supprimer les raisonnements trop complexes. Mais, essentiellement, c'est le même discours.

— Ça devrait bien sortir dans les sondages.

TéléNat, 21 h 37

> … Ces attaques avaient pour but de nous amener à nous entre-déchirer. Elles serviront au contraire à resserrer les liens qui nous unissent, à renforcer notre cohésion autour des valeurs qui sont le fondement de notre volonté de vivre ensemble…

Montréal, 21 h 38

— On dirait bien que notre contrat est terminé, dit Trappman.

— Je peux vous dire que le résultat dépasse nos espérances, répondit le sénateur.

— C'est notre devise, répliqua Trappman en riant. Il faut toujours en donner au client plus qu'il n'en demande.

— Le consul des États-Unis n'est toujours pas retrouvé.

— Je suis sûr que nous ne tarderons pas à découvrir où ils l'ont caché.

— Encore une de vos intuitions ? ironisa Lamaretto.

— Contrairement à ce que vous sous-entendez, cet enlèvement n'était pas planifié. Il est le fait d'un groupe autonome.

— Mais alors…

— Vous continuez à sous-estimer l'ampleur des moyens dont disposent les gens que je représente.

Puis il ajouta avec un sourire.

— Je vous ai promis que nous nous occuperions des débordements que pourraient provoquer nos interventions. Vous pouvez nous faire confiance.

Lamaretto commençait à faire des liens qu'il n'aurait pas dû pouvoir faire et à poser des questions embarrassantes. Trappman aurait pu le rassurer pour un temps en le mettant davantage dans la confidence. Le sénateur se serait senti valorisé de partager des informations auxquelles même Sinclair n'avait pas accès. Il aurait été possible de le contrôler un certain temps de cette façon.

Mais c'était inutile. La période d'utilité du sénateur achevait. Le temps que ses questions deviennent franchement gênantes, il ne serait plus en mesure d'importuner qui que ce soit.

Lorsque Lamaretto fut parti, Trappman prit son téléphone portable et composa un numéro dont l'indicatif régional était 212.

— La phase trois est à peu près terminée, se contenta-t-il de dire lorsque son interlocuteur eut répondu. Il ne reste qu'un ou deux détails à régler.

Le travail d'ajustement des individus s'effectue de trois façons: par un guidage soutenu de la consommation; par la stimulation intensive du désir de consommer; par la récupération de leurs réactions et de leur pouvoir créateur.

Ces activités ont pour principal effet d'outiller les individus, de leur fournir des instruments qui les aident à se créer un style de vie «personnalisé» et à se sentir justifiés d'être ce qu'ils sont.

Joan Messenger, *Le Fascisme à visage humain*, 11-Rationaliser les médias.

SAMEDI

RDI, 8 H 01

... DES COUPS DE FEU ONT ÉTÉ TIRÉS À PARTIR DE LA MAISON. LES POLICIERS ONT RIPOSTÉ. C'EST ALORS QU'UNE EXPLOSION S'EST PRODUITE, QUI A LITTÉRALEMENT PULVÉRISÉ LA MAISON.

PLUSIEURS RÉSIDENCES DES ALENTOURS ONT ÉTÉ ENDOMMAGÉES LORS DE L'INCIDENT ET DEUX POLICIERS ONT SUBI DES BLESSURES LÉGÈRES. ON NE CRAINT CEPENDANT PAS POUR LEUR VIE...

WASHINGTON, 9 H 37

Il était rare que la réalité soit foncièrement déplaisante pour Esteban Zorco: il avait habituellement les moyens de la conformer à ses désirs. Mais il n'y avait pas de façon agréable de s'acquitter de la corvée qui l'attendait. Il ne pouvait même pas s'en décharger sur quelqu'un d'autre: le sujet était trop délicat pour qu'il le confie à un subordonné. C'est pourquoi il était dans cette suite du Jefferson Hotel.

— J'avais hâte de vous voir, lui dit Paul Decker en entrant.

Il referma la porte après avoir jeté un coup d'œil derrière lui pour s'assurer que personne ne l'avait suivi.

Zorco s'efforça de ne pas rire. Decker se prenait manifestement pour un espion. Lors de leur rencontre précédente, il lui avait avoué avec candeur que ça l'excitait de se sentir « sur le terrain ».

Et c'était à des gens comme lui qu'on confiait la direction des services de renseignements ! Un bureaucrate dont l'espérance de vie « sur le terrain », comme il disait, n'aurait pas excédé vingt-quatre heures.

— Quoi de neuf ? demanda Zorco.

— J'ai vérifié auprès des militaires. Je peux vous assurer que les armes ont bien été livrées à l'endroit convenu.

— Alors, nous avons un problème.

— Ils ne les ont pas encore trouvées ?

Decker avait l'air catastrophé.

— Non.

— On ne peut pas laisser traîner deux bombes atomiques dans le décor !

— Dans l'ex-URSS, il y en a des centaines, fit Zorco avec un sourire.

— Elles ne viennent pas d'une base militaire américaine ! répliqua Decker, totalement imperméable à la tentative d'humour.

— Je sais. Moi non plus, ça ne me plaît pas… Mais ce n'est quand même pas de ma faute si ces foutues bombes ont disparu.

Decker détestait ce genre de discussion où son interlocuteur, en plus d'avoir raison, avait les moyens d'imposer son point de vue.

— Vous êtes certain qu'elles n'ont pas simplement été déplacées ? demanda-t-il.

— Ça fait plus de vingt-quatre heures qu'ils examinent systématiquement les environs. Ils ont commencé par creuser à l'endroit indiqué : la terre avait été fraîchement remuée, mais il n'y avait rien. Ils ont alors fouillé les alentours en agrandissant progressivement le cercle… À mon avis, ils ne trouveront rien.

— Si on ne trouve pas d'armes de destruction massive…

— Je sais. Ça devient difficile de justifier le déploiement de troupes américaines.

— On ne peut pas en cacher d'autres ?

— Ailleurs ?

— Quelque part le long de la frontière.

— C'est trop risqué. Avec les derniers événements, la NSA a établi une surveillance satellite serrée de la frontière… Est-ce qu'il peut y avoir eu une fuite du côté des militaires ?

Zorco ne croyait pas vraiment à cette hypothèse, mais l'évoquer lui permettait d'ébranler la certitude de Decker sur le fait que c'était lui, Zorco, qui était responsable de ce cafouillage.

— Ça m'étonnerait, répondit Decker.

— On m'a dit que les militaires trouvaient que vous en meniez plutôt large. C'est peut-être une tactique de leur part pour vous embarrasser.

— Ce n'est pas impossible, admit Decker. Mais je crois plus probable que ce soient des autochtones.

— Dans quel but ?

— Avoir une monnaie d'échange, peut-être… De votre côté, vous n'avez aucune idée de ceux qui ont pu faire le coup ?

— Non.

— S'il faut qu'on se retrouve avec de vrais terroristes sur les bras… Et qu'ils aient des armes qu'on leur a fournies !

— Le Président était-il au courant ?

— Il sait qu'on a un plan pour amener le Canada à une position de négociation plus favorable à nos intérêts, mais c'est tout… Je ne lui donne jamais ce genre de détails.

— Il faut faire disparaître tout ce qui pourrait nous relier à cette bombe.

— Le secrétaire à la Défense a déjà parlé publiquement d'armes de destruction massive…

— Il faut qu'il se rétracte.

— Il ne peut pas. Pas après que les preuves sur les armes irakiennes se sont littéralement dissoutes entre ses doigts… S'il faisait une deuxième volte-face sur l'existence d'armes de destruction massive en moins de six mois, ce serait…

— Alors, qu'il change son angle d'attaque. Qu'il mette l'accent sur le terrorisme. Quelque chose du genre : un mort, c'est un mort, peu importe la façon dont on lui a enlevé la vie.

— Ça, c'est peut-être faisable… Mais, pour notre plan, la dernière étape devient extrêmement importante. Si on veut être en mesure de justifier notre intervention…

MONTRÉAL, 10 H 24

Polydore Campeau avait décidé de ne plus attendre. Il fallait qu'il explique à quelqu'un d'autre ce qu'il avait vu. Et ce quelqu'un, ça ne pouvait être que l'inspecteur-chef Théberge.

En traversant la ville en taxi, ils croisèrent plusieurs véhicules de l'armée qui contrôlaient des carrefours ou qui entouraient des édifices sans doute décrétés d'intérêt stratégique.

— Vous avez entendu la dernière nouvelle ? demanda le chauffeur.

— Laquelle ?

— Le communiqué du GANG.

— Ils ont envoyé un autre communiqué ?

— C'était à la radio juste avant que je vous prenne.

— Qu'est-ce qu'ils disent ?

— Ils revendiquent les deux attentats d'hier. Dans leur message, ils disent que les deux commandos suicide sont deux jeunes. Même pas seize ans… Des gosses de riches.

— Ils ont donné les noms ?

— Dans le message, oui. Mais les médias ne les ont pas mentionnés. Probablement à cause de la loi sur les jeunes. Ils ont simplement dit qu'ils venaient de familles à l'aise… Pour moi, à l'aise, ça veut dire riche, non ?

— Oui, probablement…

— Dans son communiqué, le GANG prétend qu'ils en ont d'autres en réserve.

— D'autres commandos suicide ?

— Ils disent qu'ils s'arrêteront uniquement quand le pays sera libéré des fédéralistes et des Américains.

— Ils parlent des Américains maintenant ?

— Des Américains et de toutes sortes de pays. Ils disent qu'ils sont solidaires de leurs frères en Algérie, en Irlande… et aux Philippines, je pense… Ils ont même parlé de l'Afghanistan !… Leurs frères en Afghanistan !

— Tous des pays où il y a des terroristes.

— Exact… Moi, au début, je les trouvais sympathiques, le GANG. Un peu *fuckés* mais sympathiques. Et pour l'armée, j'ai jamais été chaud, chaud… Mais avec l'Afghanistan et ben Laden, je débarque. Le gouvernement n'avait pas le choix !

En descendant du taxi, Polydore Campeau entendit un hélicoptère qui patrouillait à basse altitude.

À l'intérieur du poste de police, il dut franchir un contrôle d'identité avant qu'on téléphone à Théberge pour qu'il autorise la visite.

TÉLÉNAT, 10 H 32

.... ET, CONTRAIREMENT À UNE INFORMATION QUE NOUS AVONS REPRO-DUITE EN ONDES, AUCUNE ARME DE DESTRUCTION MASSIVE N'AURAIT ÉTÉ TROUVÉE.
CETTE BONNE NOUVELLE A CEPENDANT ÉTÉ OCCULTÉE PAR UNE NOUVELLE TRAGÉDIE. L'EXÉCUTIF ENTIER DU PNQ A EN EFFET ÉTÉ DÉCIMÉ PAR UNE EXPLOSION QUI S'EST PRODUITE DANS LA RÉSIDENCE OÙ SES MEMBRES TENAIENT LEUR RÉUNION MENSUELLE…

MONTRÉAL, 10 H 43

La pipe de l'inspecteur-chef Théberge reposait, encore chaude, dans le cendrier. L'inspecteur Grondin y jetait des regards réprobateurs tout en continuant de présenter à son chef les grandes lignes de la conférence de presse.

Les circonstances étaient suffisamment graves pour qu'il n'ait même pas songé à protester quand Théberge l'avait conscrit pour travailler un samedi.

— Je ne veux pas qu'on parle de liens possibles avec des terroristes internationaux, l'interrompit Théberge. Même pour les démentir. Tant qu'il n'y a aucune preuve que les événements actuels y sont reliés, ça peut seulement créer de la panique et servir de munitions aux politiciens.

— Qu'avez-vous peur qu'ils fassent ?

— Je n'en ai aucune idée. On ne sait jamais quelle utilisation tordue un politicien peut faire d'un élément d'information.

Il fut interrompu par l'arrivée de Polydore Campeau, escorté par un policier.

— Vous êtes aussi protégé que le pape ! fit Campeau.

— Vous tombez à un mauvais moment, répondit Théberge. La bêtise est en phase de parthénogenèse aiguë et la débilité prolifère. Je n'ai pas le temps de m'occuper des excentricités de vos ouailles.

— Mettez votre mauvaise humeur au frigo pour quelques minutes, il faut qu'on ait une conversation.

L'inspecteur-chef Théberge haussa les sourcils : il s'attendait plutôt à ce que le représentant du diocèse lui demande une faveur ou qu'il vienne simplement aux nouvelles.

— J'ai des choses importantes à vous dire, insista Campeau.

Il tourna brièvement son regard vers Grondin.

— Pouvez-vous nous laisser un instant ? fit Théberge à l'intention de son collègue.

Lorsque Grondin fut sorti, Théberge se rassit derrière son bureau, prit sa pipe et la porta à sa bouche sans l'allumer.

— Vous avez dix minutes, dit-il.

— Je vais commencer par dix minutes. Vous en jugerez après.

Il se mit alors à raconter ce qui lui était arrivé au monastère de l'Église de la Réconciliation Universelle, comment il avait été choisi pour prendre la relève de la comptabilité, comment s'était déroulée sa rencontre avec le responsable de la sécurité.

— Vous pensez que c'était un test? demanda Théberge.

— Au début, c'est ce que je croyais. Puis, j'ai décidé de jeter quand même un coup d'œil en utilisant le mot de passe que l'interrogateur m'avait donné.

— Et…?

— Si cela avait été un test, ils ne m'auraient pas laissé ressortir du monastère.

Il mit un CD sur le bureau de Théberge.

— J'ai fait une copie des plans du domaine avec les principaux dispositifs de sécurité. Ils en ont pour des millions.

— Des millions?

— Caméras de surveillance à contrôle informatisé, détecteurs de mouvement, détecteurs de rayonnement infrarouge, contrôle centralisé de la fermeture de chaque porte et de chaque fenêtre, dispositif pour inonder de gaz des sections précises des édifices ou du parc…

— Ce que vous me décrivez ressemble davantage à un camp militaire qu'à une église.

— Ce ne sont même pas tous les militaires qui ont ce genre de moyens. À l'intérieur du monastère, il y a cinq niveaux de sécurité différents. Tous les membres autorisés ont une carte magnétique qu'ils doivent porter en permanence. Les portes auxquelles ils ont accès s'ouvrent automatiquement. La carte permet aussi de les localiser en tout temps dans l'édifice.

— Est-ce que vous avez découvert ce qu'ils font, avec tous ces moyens?

— Non. Mais j'ai découvert une liste de membres de l'Église.

— Il y en a déjà eu une de publiée.

— Pas comme celle-là.

Théberge glissa dans son portable le CD que lui avait apporté Campeau.

Quelques instants plus tard, il faisait défiler lentement une liste de personnalités du Québec. Il y avait des politiciens, des fonctionnaires, des gens des médias, des membres des services policiers, des dirigeants municipaux, mais aussi des industriels, des employés de banques et d'institutions financières, deux universitaires…

Quarante-six noms en tout. À côté de chaque nom, il y avait son grade dans l'Église ainsi qu'une brève indication des domaines dans lesquels il était susceptible d'intervenir.

Au sommet de la liste, il y avait un titre : « Facilitateurs de deuxième niveau ».

— Je ne dis pas que c'est sans intérêt, fit Théberge, mais je ne vois pas bien ce que je peux faire avec ça.

— Au moins, vous savez de qui vous devez vous méfier. C'est un début.

— Il en faudrait beaucoup plus pour justifier une perquisition.

— Je sais… Je n'ai pas eu le temps de tout examiner. Une partie de l'édifice principal a l'air d'avoir son propre réseau. Deux autres bâtiments ont également des systèmes de sécurité autonomes : le Refuge et le Collège.

— Qu'est-ce que vous comptez faire ?

— M'incruster. Surveiller ce qui se passe…

Ils furent interrompus par l'arrivée de la secrétaire.

— Troy Davis, de la GRC, et Matthew Trammell, du SCRS, dit-elle.

Elle fut écartée d'autorité par Davis qui entra dans le bureau de Théberge. Trammell le suivit avec trois secondes de retard.

— Si vous voulez nous excuser, fit Davis en s'adressant à Campeau. Il faut que nous nous entretenions avec l'inspecteur-chef Théberge… Nous avons une révolution à écraser.

Hex-Radio, 11 h 32

> ... a déclaré devant le Sénat qu'il s'engageait à prendre les moyens nécessaires pour imposer une paix durable sur le continent nord-américain.
>
> Ajoutant qu'il considérerait toute attaque terroriste en Amérique du Nord comme une attaque contre les États-Unis, et invoquant par ailleurs le devoir de solidarité de son pays à l'endroit du Canada, il a ajouté que les ressources des États-Unis en matière de lutte antiterroriste seraient mises à la disposition du gouvernement canadien si celui-ci en faisait la demande.
>
> À Montréal, maintenant. Plusieurs arrestations ont eu lieu au cours des dernières vingt-quatre heures. Jusqu'à maintenant, il a été impossible d'avoir une confirmation de leur nombre exact. Un porte-parole de la GRC a toutefois annoncé une conférence de presse en fin de journée pour faire toute la lumière sur l'opération en cours.

Montréal, 12 h 09

— Tout d'abord, je veux vous dire que je vous invite, fit Théberge après que Graff se fut assis.

Ce dernier lui jeta un regard dans lequel la surprise le disputait à la méfiance.

— Cela n'a rien à voir avec le travail, s'empressa de préciser Théberge. Je vous invite à titre personnel.

— Et qu'est-ce qui me vaut… ?

— C'est un geste de reconnaissance pour le plaisir que vous me procurez tous les jours.

— Je n'ai pourtant pas l'habitude de ménager les policiers. Vous-même…

— Vos caricatures ne pourront jamais traduire tout le mal qu'il m'arrive moi-même de penser de nos merveilleux services policiers… Cela dit, je demeure persuadé que la police représente plus que jamais un mal nécessaire.

Graff avait l'habitude de rencontrer des gens qui lui disaient qu'ils avaient *a-do-ré* la caricature qu'il avait dessinée d'eux, mais qui rageaient intérieurement tout en s'efforçant de faire bonne figure.

Même s'il se donnait comme discipline de ne jamais s'attaquer à la vie personnelle des individus, uniquement

à leurs gestes ou à leurs décisions d'ordre public, la plupart des gens ne distinguaient pas leur personne de leur
fonction : ils prenaient ça personnel, comme le disait
bien l'expression.

Pourtant, Théberge avait l'air sincèrement ravi.

— À mon avis, reprit le policier, toute personne en
situation d'exercer un pouvoir important devrait se voir
assigner d'office un caricaturiste qui la suivrait pas à
pas et qui jouerait le rôle de détecteur de bêtise… Pour
ma part, c'est un peu à ça que vous me servez tous les
matins : vous me rendez la bêtise supportable. Vous me
permettez de croire que je ne suis pas le seul à qui elle
donne de l'urticaire. Et, si nous sommes plusieurs à être
affligés de ce type d'allergie, il n'est pas déraisonnable
d'espérer que…

Le serveur vint mettre un terme à la tirade de Théberge.
Après avoir présenté le menu du jour, il s'informa de ce
qu'ils désiraient comme apéritif.

Théberge s'assura de l'accord de Graff et déclara
qu'ils prendraient immédiatement une bouteille de vin.
Un cahors, précisa-t-il. Celui qui était importé de façon
privée par la maison.

— Vous venez souvent ici ? demanda Graff.

— C'est la troisième fois. Les deux fois précédentes,
c'était avec mademoiselle Devereaux. C'est elle qui m'a
fait connaître l'endroit… En fait, c'est pour vous parler
d'elle que je voulais vous voir.

— Je m'en doutais un peu.

— Mais comme j'apprécie particulièrement ce que
vous faites, j'ai décidé de joindre l'utile à l'agréable.

— Et vous m'avez invité ici plutôt qu'au poste…

— Exactement.

Le serveur apporta le vin, le fit goûter à Théberge et le
servit. Il s'enquit ensuite de ce qu'ils désiraient manger.
Les deux firent le même choix : potage et confit de
canard.

— Donc, reprit Graff lorsque le serveur fut parti, vous
voulez me parler de Pascale.

— J'aimerais surtout que vous, vous m'en parliez. Depuis qu'elle a fait sa mise au point à la télévision, elle a disparu de l'endroit où elle s'était retirée. Plus personne ne l'a revue.

— Vous avez peur qu'il lui soit arrivé quelque chose ?

— Ce dont j'ai peur, c'est qu'elle ait décidé de mettre son nez dans une affaire qui la dépasse.

— Il ne faut pas vous inquiéter. Pascale est très capable de prendre soin d'elle-même.

— Vraiment ? C'est quoi, exactement, la façon de se défendre contre une bombe sous son auto ? Ou contre une grenade lancée au milieu de la nuit dans sa chambre à coucher ?…

— Je n'ai aucune idée de l'endroit où elle…

— Croyez-le ou non, l'interrompit Théberge, cela me rassure de savoir qu'elle peut compter sur vous. Mais, où qu'elle soit, elle ne pourra pas tenir très longtemps. Les enjeux sont infiniment plus sérieux que ce qu'elle imagine.

— J'ai l'impression que vous la sous-estimez.

— Et moi, j'ai l'impression que vous savez exactement où elle se trouve. Que c'est pour cette raison que vous paraissez si peu inquiet.

— Je ne sais pas où elle se trouve. Enfin, pas exactement… Elle a décidé de travailler sur un sujet. Quand ça lui arrive, elle peut disparaître pendant plusieurs semaines.

Avant que Théberge ait eu le temps de répondre, son téléphone cellulaire se manifesta.

— Je suis désolé, dit le policier avant de répondre.

L'appel fut bref. Nancy, la gérante du Palace, voulait qu'il passe la voir le plus tôt possible. Elle avait trois filles à placer d'urgence : une Moldave, une Chinoise et une Ukrainienne.

Pour ces trois-là, les choses allaient relativement bien ; elle pourrait s'en occuper : il y avait déjà des membres de l'escouade fantôme sur place pour les protéger. Mais, dans le bordel d'où elles s'étaient évadées, il y avait encore une dizaine de filles qui étaient retenues prisonnières. Plusieurs étaient enchaînées. Elle avait peur que les propriétaires les transfèrent. Ou qu'ils décident simplement de les liquider pour les empêcher de parler.

— Je m'en occupe tout de suite, dit simplement Théberge.

Puis il ajouta, à l'intention de Graff :

— Il faut absolument que je joigne quelqu'un.

Quelques secondes plus tard, il commençait à énumérer des chiffres :

— Deux… sept… quatre… trois… deux…

À chacun des chiffres, la contrariété était plus visible sur son visage. Brusquement, il explosa :

— Comment ça, revenir au début !

Il remit son cellulaire dans sa poche en maugréant.

— Si vous avez la journée devant vous, faites le 1. Si vous ne savez pas trop ce que vous voulez, faites le 4. Si vous avez du temps à perdre, faites le 7… Si vous tenez absolument à parler à la personne que vous appelez, essayez toujours le 8…

Puis il sembla s'aviser de la présence de Graff.

— Je ne pourrai pas vous tenir compagnie plus longtemps, dit-il. Je suis désolé…

— Un autre attentat ? demanda Graff.

— Du terrorisme ordinaire, répondit Théberge. Le genre où on terrorise les gens un par un sur une base quotidienne.

Il se leva, prit une gorgée de vin puis redéposa son verre.

— Buvez le reste à ma santé, dit-il. Ce serait dommage que ça se perde… Et profitez-en pour vous demander si vous n'auriez pas quelque chose à me dire au sujet de Pascale Devereaux. Je sais que vous la croyez capable de se défendre, mais on ne doit jamais sous-estimer le potentiel de nuisance que possède la bêtise assidue et concertée.

Il fit quelques pas qui le menèrent à la porte, puis il se retourna pour une dernière remarque.

— Je me suis occupé de l'addition. N'hésitez pas à en profiter outrageusement.

Montréal, 13 h 08

Théberge passa d'abord une série de coups de fil pour trouver des policiers qui accepteraient de faire des heures supplémentaires. Compte tenu des circonstances, il était hors de question de piger dans les effectifs réguliers. La logique de l'état d'urgence voulait que la plus grande partie du personnel soit assignée à des opérations antiterroristes et que les autres expédient la routine administrative liée à l'intendance des opérations.

À moins de revêtir un caractère exceptionnel, les crimes de droit commun passaient au second rang. Quant à la prévention de la violence dans un obscur bordel où travaillaient des immigrantes clandestines, ça ne faisait définitivement pas partie des priorités.

Lorsque Théberge eut fini de réunir un groupe d'intervention, il les envoya à l'endroit où étaient retenues les filles. Puis il s'enferma dans son bureau. Il voulait réfléchir à ce qu'il convenait de faire de Pascale Devereaux. Se pouvait-il qu'elle se soit jouée de lui? Se pouvait-il qu'il ait été aveuglé par le fait qu'elle ait été l'amie de Gauthier?

Comment expliquer autrement sa disparition? À moins qu'elle ait de nouveau agi sur un coup de tête?... C'était l'hypothèse la plus probable. Et celle qui l'inquiétait le plus, à vrai dire.

Puis, sans intention consciente de sa part, son esprit revint au drame qui s'était produit la veille.

En l'espace de quelques secondes, neuf vies avaient été supprimées. Était-ce un acte volontaire? Les gens du PNQ avaient-ils choisi délibérément de mourir?

À moins que ce soit une balle perdue qui ait fait sauter les explosifs. Des coups de feu avaient été échangés avant l'explosion...

Mais comment les gens du PNQ pouvaient-ils avoir autant d'explosifs dans une résidence appartenant à un de leurs membres? Était-ce parce qu'ils servaient réellement de couverture et d'intendance au GANG?... Et si tel était le cas, pourquoi avoir poussé l'imprudence jusqu'à garder un véritable entrepôt de munitions dans la résidence d'un de leurs dirigeants ?…

Théberge se leva, bourra sa pipe et se dirigea vers la fenêtre. Dans quelques minutes, il avait rendez-vous avec Davis et Trammell.

RDI, 13 h 32

> … une des saisies d'armes les plus importantes de l'histoire. Ce n'est pas un ou deux mais trois cargos qui ont été arraisonnés cet après-midi dans le port de Miami.
> Profitant d'un véritable coup de chance, les enquêteurs…

Montréal, 13 h 45

La porte du bureau de Théberge s'ouvrit et Davis entra, radieux, l'inévitable Trammell sur les talons.

— J'ai besoin d'une autre équipe, dit-il.

— Pour quand ?

— Tout de suite.

— Pour faire quoi ?

— Une visite de courtoisie dans un local du GANG.

— Ils ne sont pas tous morts ?

— Il reste des détails à éclaircir.

Théberge décrocha le téléphone et composa le numéro de Crépeau.

— C'est reparti, dit-il. Il me faut douze hommes. Dans ton bureau. Oui, c'est pour hier. Avant-hier, si tu peux.

— Vous m'accompagnez, fit Davis quand Théberge eut raccroché.

Westmount, 17 h 04

Le groupe d'intervention avait discrètement pris position autour de la résidence où le consul américain était censé être détenu.

La maison semblait déserte. Après avoir écouté ce qui se passait à l'intérieur à l'aide de micros lasers dirigés sur les carreaux des différentes fenêtres, les hommes des services secrets confirmèrent à Trammell qu'ils ne détectaient aucun bruit.

— Probablement désert, se contenta de dire Trammell en s'adressant à Davis et à Théberge.

— On y va, répondit Davis.

Les policiers du SPVM avaient été confinés dans un rôle de soutien technique : leur tâche se réduisait à isoler le périmètre autour de la maison en déviant la circulation des rues avoisinantes. L'intervention elle-même était la responsabilité d'une unité spéciale de la GRC.

Quelques minutes seulement après le début de l'assaut, ils étaient maîtres des lieux. À l'exception du consul, attaché sur une chaise dans une salle déserte du sous-sol, ils ne trouvèrent personne.

— C'est au moins ça, dit Théberge en voyant le consul sortir debout, appuyé de la main sur l'épaule du policier qui l'accompagnait.

Comme par magie, des photographes se matérialisèrent devant eux.

— C'est vous qui avez prévenu les médias ? demanda Théberge à Davis.

— Il n'est pas mauvais de rappeler de temps à autre au public à quoi on sert.

— Et s'il n'avait pas été là ? Ou s'il avait été mort ?

— Il ne pouvait pas ne pas être là. Et s'il avait été mort, les médias auraient été encore plus heureux.

— Pour avoir ce type d'information, il faut que vous ayez quelqu'un à l'intérieur qui vous renseigne.

— Finalement, vous n'êtes pas si bête, pour un flic local.

— Si vous aviez un agent à l'intérieur, pourquoi est-ce que vous ne les avez pas arrêtés avant ?

— Si on arrêtait tous les terroristes à temps, le public n'aurait jamais l'occasion de voir de quoi on le protège. Il réclamerait des coupures dans nos budgets.

— De là à les laisser jouer avec des bombes atomiques…

Le visage de Davis perdit toute trace d'amusement.

— Eux, dit-il, si je savais où ils sont, croyez-moi, je n'attendrais pas une seconde pour leur payer une visite.

— Votre source ne peut pas vous le dire ? demanda Théberge, luttant pour gommer toute ironie de sa voix.

— Ma source, non. Pas directement. Mais ça, par contre…

Il tendit la main pour prendre l'attaché-case que lui tendait un membre de l'unité d'intervention.

— Merci, se contenta de lui dire Davis.

Puis il se tourna vers Théberge.

— Si notre informateur ne s'est pas trompé, et que c'est bien ce que je pense, nous ne sommes pas au bout de nos découvertes.

LCN, 18 H 14

… DES PROTESTATIONS SE SONT ÉLEVÉES DANS LA COMMUNAUTÉ AMÉ-RINDIENNE À LA SUITE DE L'INTERVENTION CONJOINTE DES FORCES ARMÉES CANADIENNES ET AMÉRICAINES SUR LE TERRITOIRE D'AKWESASNE. LA PRO-FANATION DES LIEUX SACRÉS…

MONTRÉAL, 18 H 17

L'inspecteur-chef Théberge avait apporté au bureau la télévision qui était habituellement dans la chambre d'amis de sa résidence.

En compagnie de Crépeau, il regardait les informations. Davis et Trammell devaient revenir sous peu.

… CE SERAIENT DES RENSEIGNEMENTS RECUEILLIS PAR LE SCRS QUI AURAIENT CONDUIT À LA LIBÉRATION DU CONSUL DES ÉTATS-UNIS. CE DERNIER A ÉTÉ CONDUIT À L'HÔPITAL ROYAL VICTORIA. AU COURS D'UN POINT DE PRESSE, LE PORTE-PAROLE DE L'HÔPITAL A AFFIRMÉ QUE LE PATIENT SERAIT SOUMIS À DIVERS EXAMENS ET QU'IL SERAIT GARDÉ EN OBSERVATION PENDANT QUARANTE-HUIT HEURES. ON NE CRAINT CEPENDANT PAS POUR SA VIE ET…

— Je pensais qu'il n'avait rien, fit Crépeau.

— Il était seulement un peu ankylosé après avoir été attaché pendant plusieurs heures.

— Pourquoi est-ce qu'ils le gardent à l'hôpital ?

— C'est une idée de Davis. Il avait peur qu'en le laissant sortir trop vite, ça banalise son enlèvement.

— À quel jeu est-ce qu'ils jouent ?

— Plus l'état du consul est dramatisé, plus il va avoir l'air d'un héros.

LONDRES, 23 h 29

Le regard de Xaviera Heldreth était fixé sur l'aquarium, mais son esprit était englué à des dizaines d'années dans le passé. Elle revoyait le moment où elle avait décidé de ce qu'allait être le reste de sa vie en s'enfuyant avec Ute Breytenbach.

Plus jamais elle ne pourrait retrouver avec une autre personne la complicité qu'elle avait eue avec elle. Ensemble, elles avaient risqué leur vie. Elles avaient même tué. Tout ça à un âge où la plupart des jeunes filles voyaient leurs intérêts se partager entre le contrôle d'un début d'acné, la sortie du prochain film et les dernières rumeurs sur leur chanteur ou leur groupe préféré.

— J'ai parlé de cette époque de ma vie à très peu de personnes, dit-elle en détournant son regard de l'aquarium.

— Je peux comprendre, répondit Jessyca Hunter.

Xaviera Heldreth doutait que l'autre femme puisse vraiment comprendre. Elle s'était contentée de lui brosser un tableau général des événements. Cela n'avait rien à voir avec le fait de les vivre, jour après jour, dès la plus tendre enfance.

— Ce sont les deux instruments de ma vengeance, dit-elle en montrant d'abord l'aquarium, puis le jeune garçon qui était assis par terre, parfaitement immobile, à côté du fauteuil de Jessyca Hunter.

— Pour l'aquarium, je vois bien le lien, répondit cette dernière.

Elle se rappelait comment Xaviera y avait fait dévorer tous ceux qui avaient été impliqués directement dans la mort de Ute.

— Mais les anges, reprit-elle… Je croyais que c'était madame Northrop qui avait inventé leur mode de fabrication.

— C'est bien elle... Voyez-vous, je ne connais madame Northrop que depuis une dizaine d'années. Mais elle a vécu des expériences assez semblables à celles que j'ai connues au Moyen-Orient... Je ne l'ai d'ailleurs pas rencontrée tout à fait par hasard. Je me suis donné pour tâche de récupérer des jeunes femmes qui avaient connu des expériences similaires à la mienne et qui avaient survécu. Dans la mesure du possible, je leur procure du travail à l'intérieur du Consortium. Jusqu'à ce jour, madame Northrop s'est révélée une des recrues qui a le plus de talent... On pourrait dire qu'elle en a pour deux, ajouta-t-elle avec un sourire. Je suis certaine que vous allez bien vous entendre.

Elle revint s'asseoir dans le fauteuil à côté de Jessyca Hunter. Le jeune garçon était toujours immobile entre leurs deux fauteuils.

— Il est indispensable que vous trouviez une façon de régler le problème, dit-elle en changeant brusquement de ton. Ces incidents risquent de reléguer dans l'ombre l'extraordinaire travail de reconstruction que vous avez réalisé.

— Je ne le sais que trop.

— C'est nécessairement quelqu'un qui connaît bien le fonctionnement de votre réseau.

— J'ai fait vérification par-dessus vérification. Je suis persuadée que les fuites ne viennent pas de l'interne. À votre avis, est-ce réaliste de penser qu'un des directeurs de filiale puisse être impliqué ?

— Directement, ça m'étonnerait. Ils n'ont pas ce genre de connaissance détaillée de vos procédures que le saboteur a exploitée. Il leur faudrait des complicités internes.

— Je n'ai pas osé demander à GDS de s'en occuper. J'ai seulement demandé à Daggerman le nom de celui qui a payé le contrat. Moins il a l'occasion de se mettre le nez dans nos affaires...

— Vous avez raison. Mais on ne peut pas laisser traîner la situation. Dans la lutte qui s'en vient, il faut que la performance de votre filiale soit exemplaire.

— Ou qu'elle paraisse meilleure que celle de Zorco. À l'heure où on se parle, il devrait y avoir eu un autre incident dans les affaires de Toy Factory.

— Quel genre d'incident ?

— Une expédition de matériel à partir de Miami.

— Je sais que vous pouvez difficilement ne pas riposter, mais ce genre d'escalade n'est profitable à personne.

— Pourtant, la dernière fois qu'on en a parlé…

— Je sais. Mais j'ai remarqué que Fogg était plus nerveux depuis sa dernière rencontre avec le représentant des commanditaires. Cela veut dire qu'ils sont insatisfaits.

— Je ne vois pas le rapport…

— À leurs yeux, s'il y a des incidents dans Toy Factory, ça fait simplement une filiale de plus qui a des problèmes. Et deux filiales qui sont en difficulté, c'est assez pour les indisposer… On ne sera pas plus avancées s'ils l'obligent à fermer les deux filiales.

— Ils ont le pouvoir de lui imposer ça ?

— Ce n'est pas une chose dont Fogg se vante, mais dites-vous bien que, s'ils le voulaient, les commanditaires pourraient probablement fermer le Consortium au complet. C'est pour cela qu'il est préférable d'effectuer un travail de sape plutôt que des coups d'éclat trop voyants. « Ces messieurs », comme Fogg les appelle, aiment la discrétion.

CNN, 18 H 35

... LA SITUATION CONTINUE D'ÊTRE PRÉOCCUPANTE, SELON LES PROPOS DU SECRÉTAIRE À LA DÉFENSE. SOULIGNANT COMME ENCOURAGEANTE LA LIBÉRATION DU CONSUL DES ÉTATS-UNIS PAR LA GRC ET L'ARMÉE CANADIENNE, IL A CEPENDANT REFUSÉ DE SE RÉJOUIR TROP RAPIDEMENT, RAPPELANT QU'IL N'Y A ENCORE AUCUNE PREUVE QUE TOUS LES TERRORISTES ONT ÉTÉ ARRÊTÉS.

EN RÉPONSE À UNE QUESTION SUR LES ARMES DE DESTRUCTION MASSIVE, DONT IL AVAIT RÉCEMMENT ÉVOQUÉ L'EXISTENCE, IL A PRÉCISÉ QUE CETTE INFORMATION CONTINUAIT D'ÊTRE PRISE AU SÉRIEUX ET QUE TOUTES LES AGENCES DU PAYS TRAVAILLAIENT À LA VALIDER AU MOYEN D'INFORMATIONS COMPLÉMENTAIRES.

« L'ABSENCE DE PREUVES DE L'EXISTENCE D'ARMES DE DESTRUCTION MASSIVE NE DOIT PAS ÊTRE PRISE POUR UNE PREUVE DE LEUR ABSENCE », A DÉCLARÉ EN CONCLUSION…

LONDRES, 0 H 06

Xaviera passa distraitement la main sur la tête du jeune garçon, toujours immobile.

— Je vous ai déjà dit que je vous expliquerais un jour leur mode de fabrication, fit-elle. Au fond, c'est assez simple… Il y a quelques années, j'ai connu une sorte d'artiste fou qui rêvait de sculpter dans l'humain. Art/ho… Il exposait des organes et des parties de corps humains, faisait des greffes sauvages sur des gens, en enlevait d'autres pour les modifier… Ce n'était pas sans intérêt, mais il avait échoué à comprendre l'essentiel : il ne faut pas se limiter au corps. Le corps n'est qu'un véhicule. C'est l'âme qu'il faut sculpter. C'est l'âme, le véritable matériau. Et c'est ça que madame Northrop a compris : le sommet du pouvoir de création, le sommet du pouvoir tout court, en fait, c'est de sculpter dans les fantasmes et de fabriquer des esclaves désireux de l'être. Des esclaves qui sont prêts aux comportements les plus extrêmes pour se nier comme êtres humains. Pour se réduire à un rôle d'objet. Le véritable artiste, si je me réfère à Art/ho, le véritable détenteur du pouvoir, c'est celui qui réussit à s'immiscer dans l'âme humaine et à la subvertir pour l'amener à se vouloir librement esclave. C'est à cela que sert la manipulation du désir… Et c'est ce qui explique ce que vous avez vu dans les bandes vidéo que je vous ai montrées.

— Je croyais que c'étaient des clients…

— Vous avez raison. Et les clients ne sont pas tous rendus au même point dans leur démarche. Mais le cœur de leurs fantasmes est toujours le même : ils veulent être possédés par quelqu'un. Devenir des objets… Et c'est exactement ce que madame Northrop s'efforce de reproduire en fabriquant des anges : des machines à désirer être des objets.

— Tant qu'ils rêvent être des objets, ils rêvent. Ils désirent. Même si leur seul rêve est d'être utilisés, c'est encore un rêve. Seuls des êtres humains rêvent.

— Comme je vous le disais, être possédés est leur fantasme ultime. Et la forme ultime de la possession, c'est la destruction. On ne possède vraiment que ce qu'on peut détruire. C'est à ce désir qu'il faut les amener. Et lorsqu'ils y parviennent, ils sont prêts à devenir réellement des objets : il ne reste plus alors qu'à les achever. Qu'à exaucer le vœu qu'on a patiemment implanté en eux. À les transformer définitivement en souvenirs et en objets décoratifs.

— Les tuer, vous voulez dire ?

— Si peu. Leur mise à mort n'est que l'officialisation de leur état intérieur.

— Ce n'est pas un rien excessif ? Remarquez, je ne conteste pas ce que représente le fait de pouvoir donner la mort... mais est-ce que ce n'est pas une définition un peu restrictive du pouvoir ?

— La mort est le seul moyen d'exercer du pouvoir sur la vie. Regardez autour de vous... Le spectacle de la mort fait vendre les journaux et monter les cotes d'écoute. La peur de la mort fait vivre l'économie de la survie, de la sécurité et du divertissement. Le désir de donner la mort soulève les foules. La menace de la mort soumet les individus... La mort, c'est le pouvoir. Seule la mort peut transformer le vivant en objet... La mort peut même être éducatrice. Vous avez sûrement déjà entendu cette maxime : « Tout ce qui ne me tue pas me rend plus fort » ?

— Bien sûr.

— C'est exactement ce qui nous est arrivé, à Ute et à moi, dans cette sorte de... camp d'amusement où nous étions soumises au désir de l'émir et de ses invités.

Elle fit une pause. Son regard devint plus dur.

— La seule différence entre nous et les anges de madame Northrop, reprit-elle, c'est que nous, ils n'ont pas réussi à nous transformer en objets.

Tout au long de son explication, Xaviera n'avait pas cessé de caresser la tête du jeune garçon, toujours immobile. Saisissant la question muette dans le regard de l'autre femme, elle dit:

— Il ne comprend pas l'anglais.

— Est-ce qu'il sait qu'il est destiné à mourir?

— Pas consciemment. Il en est encore à apprendre à aimer le pouvoir qui s'exerce sur lui. À en avoir besoin.

Elle se leva et se dirigea de nouveau vers l'aquarium, où son regard demeura fixé pendant un long moment.

— C'est pour cette raison que je suis reconnaissante envers madame Northrop, reprit-elle. Elle m'a offert le moyen de savourer ma vengeance. Une vengeance que je peux étendre sur plusieurs années avec chacun des anges et que je peux multiplier à plusieurs exemplaires.

— Je comprends.

— Mais je n'ai toujours pas répondu à votre première question, qui portait sur le processus de fabrication.

— Je ne veux pas insister…

— Au fond, c'est assez simple. Madame Northrop a appliqué à l'éducation des jeunes garçons les principes de dressage des sectes. Il s'agit de fabriquer des croyants, des fanatiques, mais au lieu d'être fanatiques d'une cause, ils sont fanatiques de quelqu'un… Et, à mesure que ce quelqu'un devient tout pour eux, eux, de leur côté, deviennent rien.

— Comme dans les sectes…

— Une fois le processus enclenché, le jeune poursuit le même cheminement que celui qui mène le croyant à affronter la mort en souriant pour disparaître au service de son absolu… La seule différence, c'est que, plus on les prend jeunes, plus ils sont faciles à fanatiser. Et plus le sentiment de pouvoir est grand.

Xaviera Heldreth se dirigea vers son bureau, ouvrit un tiroir, y prit un livre et l'apporta à l'autre femme.

— Tenez, dit-elle. C'est le manuel de fabrication. Tout y est expliqué en détail.

Jessyca Hunter l'ouvrit et trouva la table des matières.

PHASE 1	ÉROTISATION	– exacerber le désir, susciter l'obsession
PHASE 2	INTOXICATION	– créer la dépendance et la terreur du manque
PHASE 3	DOMESTICATION	– entraîner à l'obéissance, dissoudre les désirs autonomes
PHASE 4	OBLITÉRATION	– détruire les derniers objets d'attachement, habituer à la douleur
PHASE 5	AUTOMATISATION	– mécaniser le comportement, rigidifier les postures
PHASE 6	OBJECTIVATION	– éliminer, transformer en souvenirs

— Je vous remercie, fit Jessyca Hunter.

— Vous verrez, les explications sont très claires. Une fois qu'on a compris le principe, rien n'est plus simple à appliquer… Au fond, ce sont les processus habituels de l'éducation, mais poussés à leur limite. Ce n'est d'ailleurs pas très différent de ce que l'armée américaine fait pour entraîner les *marines* : détruire une personnalité pour en créer une nouvelle. La principale différence, je dirais, c'est que, avec les anges, le processus de dissolution est poussé à son terme.

Puis, après une pause, elle ajouta :

— Il y a aussi le fait qu'on n'utilise pas seulement la terreur et l'abrutissement comme moyens de déstructuration, mais aussi le désir.

MONTRÉAL, 19 H 23

Théberge regarda Davis s'asseoir sur la chaise devant son bureau. Fidèle à son habitude, Trammell demeura debout à côté de lui.

— C'est terminé, dit Davis. Vous trouverez là-dedans les détails nécessaires pour finir le nettoyage.

Il déposa sur le bureau de Théberge l'attaché-case qu'un agent avait découvert dans la maison où ils avaient trouvé le consul des États-Unis.

— Qu'est-ce qui est terminé ? demanda Théberge.

— Le GANG. Tous les chefs sont effectivement morts dans l'explosion de leur repaire. Il reste un peu de menu fretin à récupérer mais, pour l'essentiel, c'est terminé.

— Voulez-vous dire que le bureau de direction du PNQ faisait partie du GANG ?

— Je veux dire qu'ils «étaient» le GANG. Cela leur permettait de jouer sur tous les tableaux.

Théberge le regardait, sceptique.

— Pour être franc, reprit Davis, je ne peux pas vous certifier que tous les membres du bureau de direction du PNQ faisaient partie du GANG. Mais plusieurs avaient la double affiliation, y compris le vice-président. Je ne serais pas surpris que ce soient eux qui aient fait assassiner la fille du président pour donner de la crédibilité à leur parti… C'est un truc connu : faire des victimes de marque dans ses propres rangs pour soulever l'indignation du peuple et gagner sa sympathie. On le retrouve dans le manuel de terrorisme que la CIA avait fait distribuer aux Contras…

— Et le message comme quoi ils avaient d'autres jeunes en réserve ? demanda Crépeau.

Tous le regardèrent, comme s'ils étaient surpris qu'il ait pris la parole.

— Un bluff, finit par répondre Davis. Les deux jeunes qui sont morts ont été abusés : ils croyaient utiliser une caméra un peu sophistiquée pour photographier la nuit.

Puis, voyant le regard incrédule de Théberge, il ajouta :

— Tout est expliqué dans les documents que nous avons saisis. Il n'y a jamais eu de commandos suicide.

Des individus encadrés au travail ont besoin d'enca-drement dans leur vie privée lorsqu'il s'agit de faire des choix de consommation. Cela s'applique autant à la consommation de biens matériels que d'opinions ou de produits culturels.

Toutefois, compte tenu de la culture *soft* et libertaire qui prédomine, ce guidage doit être souple; il doit s'exercer en douceur et permettre des choix person-nalisants.

La publicité, les informations et, plus généralement, les médias sont les principaux opérateurs de ce guidage.

Joan Messenger, *Le Fascisme à visage humain*, 11-Rationaliser les médias.

DIMANCHE

MONTRÉAL, 12 H 04

Viktor Trappman regardait la télévision, passant d'un poste à l'autre pour voir de quelle manière les médias couvraient les derniers événements.

Globalement, il était satisfait. Tous se félicitaient de la libération du consul des États-Unis et du démantèlement du GANG. La plupart soulignaient aussi la remarquable efficacité de l'armée, qui n'avait pris que deux jours à régler un problème qui avait tenu la police en échec pendant presque un an.

— J'AI LE PLAISIR D'AVOIR AVEC MOI LE NOUVEAU PREMIER MINISTRE DU QUÉBEC, LE TRÈS HONORABLE BERTIN DUQUETTE. MONSIEUR DUQUETTE, BONJOUR.

— BONJOUR, MONSIEUR GOURDEAU.

— Monsieur Duquette, tout le monde connaît les circonstances difficiles au cours desquelles vous avez eu à assumer les fonctions de…

Trappman arrêta de zapper, se leva de son fauteuil et se dirigea vers le bureau de travail qu'il avait déplacé devant la fenêtre.

Tout en écoutant l'entrevue, il allait dresser la liste de ce qu'il devait faire pour préparer la dernière phase de l'opération.

— Tout d'abord, avant de demander l'aide du gouvernement canadien, je me suis longuement entretenu, sur une base strictement personnelle, avec le premier ministre Sinclair. Il n'était surtout pas question de répéter Octobre 70. Je tenais à avoir des garanties de sa part sur la façon dont l'armée interviendrait. C'est seulement après avoir obtenu ces garanties que j'ai demandé, au nom du gouvernement du Québec, la promulgation de la loi sur les mesures d'urgence.
— Quelles garanties vous a-t-il données ?
— Que l'armée ne se comporterait pas en force d'occupation. Qu'elle aurait un comportement civique…
— Une sorte d'occupation *soft*…
— Même pas une occupation. Son rôle consiste simplement à protéger les endroits vulnérables ou susceptibles d'être attaqués et à rassurer la population par sa présence.

Trappman jeta un coup d'œil à l'extérieur. Par la fenêtre de sa chambre, il pouvait voir quelques blindés devant un édifice abritant les bureaux de plusieurs entreprises multinationales.

Il ramena son regard sur la liste qu'il avait dressée.

GÉNÉRATRICES DE SECOURS
ÉGOUT PLUVIAL
USINE DE TRAITEMENT DES EAUX USÉES
TÉLÉPHONE
VALLÉE DES COUPOLES
TÉLÉ
TOURS MICRO-ONDES
LIGNES DE TRANSPORT

Trappman reporta son attention sur la télévision.

— … LA REMARQUABLE EFFICACITÉ DE LA GRC ET DES FORCES ARMÉES. LEUR SUCCÈS EST LA PREUVE QUE C'ÉTAIT UNE BONNE DÉCISION DE FAIRE APPEL À EUX. COMME ON LE DIT EN ANGLAIS, LA PREUVE EST DANS LE POUDING.

— VOUS DRESSEZ DONC UN BILAN POSITIF DE LEUR INTERVENTION ?

— LES TERRORISTES ONT ÉTÉ ARRÊTÉS, LES INCONFORTS POUR LA POPULATION ONT ÉTÉ MINIMES ET LES ARRESTATIONS ONT ÉTÉ EFFEC-TUÉES AVEC UNE PRÉCISION CHIRURGICALE… DANS BIEN DES CAS, LES VOISINS NE SE SONT MÊME PAS APERÇUS QUE DES TERRORISTES AVAIENT ÉTÉ ARRÊTÉS À CÔTÉ DE CHEZ EUX… ET LE FÉDÉRAL ASSUME L'ESSEN-TIEL DE LA FACTURE !

— UN BILAN TRÈS POSITIF, DONC ?

— CONTRAIREMENT À OCTOBRE 70, CETTE FOIS-CI, LA POPULATION A PERÇU L'ARMÉE COMME UNE FORCE AMIE QUI VENAIT LA PROTÉGER. ON A D'AILLEURS VU DES SCÈNES DE FRATERNISATION ENTRE LES SOLDATS ET LA POPULATION.

— POURTANT, LA LIGUE DES DROITS DE L'HOMME…

— BIEN SÛR… JE COMPRENDS SA POSITION. CE N'EST PAS UNE SITUATION IDÉALE QUE L'ARMÉE SOIT DANS LES RUES DE MONTRÉAL. MAIS VOUS REMARQUEREZ QUE LA MANIFESTATION D'HIER SOIR N'A PAS ÉTÉ EMPÊCHÉE. AU CONTRAIRE, L'ARMÉE EST MÊME INTERVENUE POUR CIRCONSCRIRE DES PETITS GROUPES DE CASSEURS QUI VOULAIENT LES EMPÊCHER DE MANIFESTER PACIFIQUEMENT.

Trappman sourit. L'argument de Duquette était d'une perversité ingénieuse. S'il continuait comme ça, le nouveau premier ministre avait de l'avenir.

Il revint à sa liste, la parcourut du regard et y ajouta trois éléments.

> SOMMET DE L'AMITIÉ
>
> INTERVENTION CANADO-AMÉRICAINE (À COORDONNER)
>
> GOUVERNEMENT DE SALUT NATIONAL (+ NOYAU)

RDI, 12 H 23

— … SE DEMANDER CE QUI SERAIT ARRIVÉ SI RICHARD VOISIN N'AVAIT PAS ÉTÉ ASSASSINÉ. CERTAINS PRÉTENDENT QU'IL N'AURAIT JAMAIS DE-MANDÉ AU GOUVERNEMENT CANADIEN D'INTERVENIR.

— MON PRÉDÉCESSEUR ÉTAIT À SA MANIÈRE UN NATIONALISTE SANS COMPROMIS. MAIS C'ÉTAIT AUSSI UN RÉALISTE. NOUS AVIONS PARLÉ À PLUSIEURS REPRISES DE CETTE QUESTION. D'AILLEURS, LE JOUR MÊME OÙ IL A ÉTÉ ASSASSINÉ, NOUS EN AVIONS DISCUTÉ AU COURS DE L'APRÈS-MIDI. IL M'AVAIT ALORS DÉCLARÉ QU'IL AVAIT ACCORDÉ UN DERNIER DÉLAI DE VINGT-QUATRE HEURES AUX FORCES POLICIÈRES, APRÈS QUOI IL APPELAIT SINCLAIR POUR LUI DEMANDER DE DÉCRÉTER L'ÉTAT D'URGENCE.

— SA DÉCISION ÉTAIT DONC PRISE?

— C'EST CE QU'IL M'A DIT.

— EN TERMINANT, COMBIEN DE TEMPS PRÉVOYEZ-VOUS QUE DURERA LA PRÉSENCE DE L'ARMÉE?

— LE TEMPS DE NOUS ASSURER QUE TOUS LES TERRORISTES ONT BEL ET BIEN ÉTÉ ARRÊTÉS ET QUE LES PREUVES PERMETTANT DE LES ENVOYER À L'OMBRE ONT TOUTES ÉTÉ COLLIGÉES… ÇA NE DEVRAIT PAS ÊTRE TRÈS LONG. ON M'A PARLÉ D'UN DÉLAI D'UNE SEMAINE. DEUX AU PLUS… APRÈS CELA, CE TRISTE ÉPISODE DEVRAIT ÊTRE DÉFINITIVEMENT DERRIÈRE NOUS.

BROSSARD, 13 H 58

L'inspecteur-chef Théberge prenait un café en parcourant les journaux. Son dimanche était entièrement libre. Rien ne l'obligeait à aller au bureau.

Il pouvait remercier la libération du consul américain ainsi que les documents découverts dans la maison où ce dernier avait été détenu. Grâce à eux, les policiers avaient élucidé la totalité des crimes et des actes terroristes reliés au GANG.

Officiellement, le groupe n'existait plus. Comme l'avait expliqué Davis, la veille, dans la conférence de presse qu'il avait tenue en soirée, la quasi-totalité des membres et sympathisants du GANG étaient sous les verrous. On connaissait les responsables de chacun des actes terroristes et on avait les preuves pour faire condamner les responsables.

L'opération avait été conduite avec une précision chirurgicale, avait déclaré Davis. Les interventions policières avaient été soigneusement ciblées, de manière à causer le moins d'inconvénients possible à la population.

Les journaux du matin, dans leurs titres, reprenaient non seulement le message mais le vocabulaire de Davis.

EXTRACTION CHIRURGICALE DES TERRORISTES

NETTOYAGE DE PRÉCISION

ARRESTATIONS MÉTICULEUSEMENT CIBLÉES

OPÉRATION SANS DOULEUR

Théberge poussa un soupir et jeta un œil à la télévision.

> ... LE COMPORTEMENT EXEMPLAIRE DE L'ARMÉE. MANIFESTANT UNE
> RETENUE ET UN PROFESSIONNALISME QUI SONT TOUT À LEUR HONNEUR,
> LES MILITAIRES ONT ASSURÉ UNE PROTECTION TRANQUILLE ET EFFICACE
> DES ESPACES PUBLICS. JOUR ET NUIT, LES SOLDATS ONT PATROUILLÉ
> LES QUARTIERS DE LA VILLE POUR DÉCOURAGER PAR LEUR PRÉSENCE
> TOUTE TENTATIVE DE REPRÉSAILLES DES TERRORISTES CONTRE LA
> POPULATION.

Sur l'écran, on voyait un militaire aider une personne âgée à traverser la rue. « On dirait une publicité pour les scouts », songea Théberge.

Son regard revint au journal. Il reprit la lecture de l'article qu'il avait commencé.

> ... force est de constater le comportement civilisé,
> pour tout dire exemplaire, des militaires ainsi que la
> redoutable efficacité de leur intervention. En moins
> de quarante-huit heures, c'est l'ensemble du réseau
> terroriste qui a été liquidé, et cela, sans que la popu-
> lation ait à souffrir de véritable inconvénient...

Théberge tourna la page. Il en avait assez de cette unanimité subite. C'est tout juste si on ne célébrait pas comme une bénédiction la présence militaire dans les rues de la ville. De quoi faire fantasmer les Américains en Irak !

C'est alors qu'il vit la caricature de Graff.

Une chose était certaine : on ne pourrait pas reprocher au caricaturiste de bêler dans le sens du troupeau. Non seulement la présence de chars d'assaut qui roulaient sur le drapeau québécois était-elle dérangeante, mais la caricature suggérait implicitement que toutes les voies étaient gardées, que le bouclage était complet.

Cela contrastait avec l'image que renvoyaient une grande partie des médias. À les entendre, on aurait dit que le Québec au complet était devenu euphorique : les terroristes étaient tous arrêtés, l'armée occupait le territoire de façon presque gentille et la violence était circonscrite. Que demander de plus ?

Pourtant, tout n'était pas aussi rose. Perrier était encore au large et on ne savait toujours rien de la cellule Devereaux. Sans parler de ce que les gens ignoraient... le rôle pour le moins trouble de l'Église de la Réconciliation Universelle, entre autres dans les événements de Massawippi, la mort de Gauthier, la mort de Lortie, sans parler de la tentative pour cacher des bombes atomiques sur le territoire amérindien... Il y avait aussi la présence du mystérieux Consortium derrière la trame de ces événements.

— Encore en train de travailler, Gonzague, fit madame Théberge en entrant dans le salon.

— Je regardais les journaux…

— Dans ton cas, regarder les journaux, c'est travailler… La cuisine est prête.

— J'arrive.

— Si tu ne commences pas bientôt, tu n'auras même pas le temps de fumer une pipe tranquille avant le souper. Et c'est moi qui vais être prise avec les invités.

— Ne t'inquiète pas, je viens…

Il n'y avait rien que madame Théberge détestait autant que d'être abandonnée par son mari avec des invités qu'elle connaissait à peine parce qu'il n'avait pas encore fini de cuisiner.

Or, son mari, comme chaque fois qu'il avait besoin de se changer les idées, s'était mis en frais de préparer deux plats particulièrement difficiles à réussir.

— Tu es sûre que tu veux vraiment les recevoir ? demanda madame Théberge.

— Je te l'ai dit, tu n'as pas à t'inquiéter…

C'était autant pour elle que pour lui qu'il avait fait les invitations.

Depuis les événements qui avaient conduit à la mort de Brochet, il rencontrait l'ex-présidente de la Caisse à peu près tous les deux mois pour échanger avec elle sur la situation économique, politique et financière du Québec. Il aimait le regard global qu'elle jetait sur les événements. C'était pour lui un antidote, disait-il. Un remède contre l'effet des procédures tatillonnes et des calculs à courte vue de la bureaucratie policière et politique.

Malgré la régularité de leurs rendez-vous, madame Théberge n'était pas jalouse. Si elle l'avait été, elle se serait opposée depuis longtemps à ses activités auprès des groupes d'aide aux danseuses. Mais il savait qu'elle serait plus à l'aise si elle pouvait rencontrer madame Tellier et si cette dernière devenait pour elle une personne plutôt qu'une simple photo dans un journal auréolée d'une carrière de prestige.

C'était pourquoi il l'avait invitée à dîner avec son mari. Une invitation de dernière minute, la soirée précédente, qu'il avait faite en lui proposant plusieurs dates et que Lucie Tellier avait acceptée pour le lendemain.

— Tu sais ce que fait son mari ? insista madame Théberge.

— Il est dans la finance, lui aussi. C'est une sorte de docteur en mathématiques financières.

— Tu te rends compte, Gonzague ! Qu'est-ce que je vais bien pouvoir leur dire ?…

— Ce sont des gens comme tout le monde. Tiens, si ça peut te rassurer, le mari de madame Tellier joue encore à Donjons et dragons…

— Tu me fais marcher.

— Je te jure que non. Avec un groupe d'amis, ils se rencontrent une fois par mois. Leur histoire dure depuis des années.

Pour ne pas l'inquiéter, il ne précisa pas qu'il s'agissait tous de docteurs : deux en finance, un en physique, un en économie, un autre en psychologie…

— Tu me fais vraiment marcher.

— Je te jure… Et puis, si tu es capable de te débrouiller dans un club de danseuses, tu n'auras pas de difficulté à te sentir à l'aise avec des gens du milieu financier !

LIVRE 4

PRINTEMPS **2003**

LA MORT DANS TOUS SES ÉTATS

La publicité, directement axée sur le guidage de la consommation, réduit le stress du consommateur en restreignant à un répertoire gérable l'univers de ses choix. Elle oriente sa décision en faisant ressortir l'image psychosociale du produit. Elle propose accessoirement des modèles de comportement liés à l'objet consommé.

La publicité peut également fournir des justifications rationnelles à la consommation de certains biens, allégeant ainsi l'éventuelle culpabilité du consommateur.

Joan Messenger, *Le Fascisme à visage humain*, 11-Rationaliser les médias.

LUNDI

BAIE-D'URFÉ, 7 H 26

Polydore Campeau avait eu du mal à dormir. Levé tôt, il avait repris le travail monotone de vérification qu'on lui avait confié. Soudain, un message s'afficha à l'écran, indiquant qu'il venait de recevoir un courriel.

Il ouvrit le logiciel de courrier électronique et récupéra le message.

MemBrANe@me1 : membres de l'Église
MemBrANe@cs2 : caméras de surveillance
MemBrANe@ds3 : dispositifs de sécurité

Il n'y avait aucune signature. Mais ce n'était pas nécessaire : seul le responsable de la sécurité pouvait lui envoyer ce type de message.

Après deux semaines de silence, il se manifestait donc de nouveau. Polydore nota rapidement sur une feuille ce qu'il croyait être des codes d'accès aux secteurs privilégiés du réseau informatique du monastère.

Au cours de ces deux semaines, Campeau avait eu beau réfléchir aux motivations de cet étrange responsable, il n'en voyait que deux : ou bien ce dernier le mettait à l'épreuve, lui faisait passer un test ; ou bien il entendait se servir de lui.

Campeau avait d'abord cru qu'on voulait l'utiliser. Mais, après qu'il ne se fut rien passé pendant deux semaines, il avait commencé à avoir des doutes. C'était peut-être, malgré tout, une sorte de test.

Le responsable de la sécurité avait dû trouver normal qu'il satisfasse sa curiosité en utilisant le mot de passe pour faire le tour du réseau. Car s'il le lui avait fourni, il avait certainement le moyen de savoir que Campeau l'avait utilisé. C'est pourquoi Polydore s'était contenté de regarder sans toucher à rien… Mais ça n'avait pas de sens. On ne prenait pas le risque de révéler de tels secrets simplement pour faire un test.

Avec ce nouveau message, la situation devenait plus claire. L'hypothèse de l'utilisation se confirmait. Il était probable qu'on voulait l'utiliser comme pion dans une lutte de pouvoir à l'intérieur de l'organisation. On avait un rôle précis à lui faire jouer.

Si tel était le cas, cela voulait dire qu'il disposait d'un certain temps : on ne l'éliminerait pas avant qu'il ait accompli la tâche prévue. Peut-être même envisageait-on de le recruter à l'intérieur de la nouvelle faction au pouvoir, encore que ce soit peu probable : s'il avait trahi une fois, comment être sûr qu'il ne récidiverait pas ?

Par contre, s'il se trompait et que la première hypothèse était la bonne…

Après avoir relu le message et tergiversé pendant plusieurs minutes, Campeau mit son travail en suspens et accéda au niveau « usager privilégié » grâce au premier mot de passe que l'informateur lui avait donné, deux semaines plus tôt. Puis, dans les menus déroulants, il sélectionna « réseau des membres ».

Lorsque l'ordinateur lui demanda son code d'accès, il fournit le premier des trois qu'on venait de lui transmettre : MemBrANe@me1. Le logiciel de contrôle l'accepta et, en guise de réponse, il afficha un répertoire.

> Cœur
> Noyau interne
> Noyau externe
> Enveloppe

À plusieurs kilomètres de là, dans les bureaux de Natural Disasters Insurance Group, au centre-ville, sur l'ordinateur qui tenait lieu de bureau d'affaires à la compagnie, Trappman suivait la progression de Campeau. Tout ce que Polydore voyait, il le voyait aussi.

Zorco aurait toutes les raisons d'être satisfait, songea Trappman. Le nouveau responsable de la comptabilité était l'outil idéal : branché directement sur l'inspecteur Théberge, il était l'intermédiaire parfait pour transmettre des renseignements aux policiers. Même pas besoin de le programmer : il suffisait de lui donner accès à l'information ! Et si jamais des soupçons venaient à peser sur Campeau, il n'y aurait qu'à le faire disparaître pour couper les pistes.

Trappman mit le programme de surveillance en mode automatique : chaque fois que Campeau utiliserait son ordinateur, celui de Natural Disasters Insurance Group enregistrerait tout le texte qu'il entrerait au clavier de même que toutes les opérations qu'il ferait avec la souris.

Les actions contre le clan des filles allaient connaître un sérieux coup d'accélérateur et il ne voulait rien manquer du spectacle. Il fallait maintenant retourner à l'hôtel.

RDI, 7 h 53

> ... SURVENU EN MER DE CHINE. C'EST UN ACTE DE PIRATAGE QUI AURAIT TOURNÉ À LA CATASTROPHE QUAND LA CARGAISON DU NAVIRE ARRAISONNÉ A LITTÉRALEMENT EXPLOSÉ, DÉTRUISANT COMPLÈTEMENT LE NAVIRE AINSI QUE LES EMBARCATIONS DES PIRATES QUI L'AVAIENT PRIS D'ASSAUT.

MONTRÉAL, 8 H 47

Viktor Trappman regardait Emmy Black faire ses bagages.

D'abord imposée auprès de lui comme ange gardien à la suite de tractations entre les dirigeants des deux filiales impliquées dans l'opération au Québec, la femme lui avait offert un support opérationnel constant et impeccable. Sans parler de ce qu'elle lui avait apporté en dehors de leurs relations officielles.

Depuis plus de deux ans, à l'exception de ses visites au monastère, Emmy Black ne l'avait pratiquement pas quitté. Trappman avait fini par s'habituer à elle.

Leurs rapports, sans être ceux d'un couple, avaient acquis cette franchise faite à la fois de respect, de méfiance et d'humour que l'on retrouve chez les adversaires politiques habitués de lutter l'un contre l'autre et qui se comprennent à demi-mot.

— Tu passes toute la journée au bureau-chef ? demanda Trappman.

— Au monastère, corrigea machinalement Emmy Black. J'ai quelques colis un peu délicats à expédier.

— Quel genre de colis ?

— Tu poses trop de questions !

— Et tu prends l'avion quand ?

— Demain… Tu veux que je vienne prendre un café avant de partir ?

Trappman ignora la question.

— Tu risques de rater la phase finale, dit-il.

— Peut-être pas… Si tout va bien, je serai revenue à temps.

Si tout allait bien, songea Emmy Black, elle pourrait expédier les colis en quelques heures sans devoir prendre l'avion pour l'Europe. Elle irait plutôt à New York. Et alors, ce n'était pas elle qui risquait de manquer la fin de l'opération.

— J'ai confirmé à Zorco que j'amorcerais la dernière phase aussitôt que l'armée se serait retirée.

Et c'est pourquoi il venait de fournir à Campeau les codes d'accès qui lui donnaient le contrôle de l'ensemble du réseau, se garda-t-il d'ajouter.

— Tout est prêt ? demanda Emmy Black.

— Les équipes ont leurs directives et elles savent où est le matériel dont elles ont besoin. La seule chose qu'il me reste à faire, c'est la gestion du calendrier – autrement dit, presque rien. Tout est programmé sur mon ordinateur : j'appuie sur quelques touches et les commandes d'activation sont transmises automatiquement.

Que tout était automatisé, Emmy Black le savait. Depuis qu'elle avait introduit un cheval de Troie dans l'ordinateur portable de Trappman, chaque fois qu'il l'allumait, une communication Internet clandestine s'établissait avec un ordinateur miroir au monastère. La mise à jour se faisait à mesure qu'il introduisait du texte ou des instructions au clavier. De cette manière, si jamais il arrivait quoi que ce soit à Trappman, ou si son élimination devenait souhaitable, l'opération se poursuivrait sans heurt.

— On dirait presque que tu es blasé, dit la femme.

— J'ai l'impression de jouer à un jeu de guerre grandeur nature avec un adversaire qui en est à sa première partie. C'est trop facile pour être intéressant.

— Si tu veux, je peux te corser ça. Deux ou trois coups de fil et…

— Garde ton imagination pour des domaines plus… personnels.

— Je vais finir par croire que tu me trouves sympathique !

— Intéressante, corrigea Trappman avec un sourire. Intéressante…

Baie-d'Urfé, 8 h 54

Polydore Campeau travaillait depuis un peu plus d'une heure. Sa principale découverte avait été une nouvelle liste des membres de l'Église de la Réconciliation Universelle. Une liste beaucoup plus complète que celle des facilitateurs de deuxième niveau qu'il avait trouvée précédemment. Elle était divisée en quatre parties : le Cœur, le Noyau interne, le Noyau externe, l'Enveloppe.

Le titre de chacune des listes était suivi, entre parenthèses, d'une indication du nombre de membres.

À celle du Cœur avait été ajoutée, sous le titre, la mention : « extrait ». On y retrouvait le Guide, Maître Calabi-Yau, qui était défini comme porteur d'harmonie. Suivaient les tribranes et les dibranes, à qui était attribuée la fonction de porteurs de cohésion.

Le Noyau interne était constitué des porteurs d'ordre : il s'agissait de dirigeants politiques ainsi que de personnalités provenant des milieux judiciaire et policier.

Le Noyau externe comprenait les porteurs de lumières et les porteurs de ténèbres. Parmi les premiers, on trouvait essentiellement des gens appartenant aux médias ou à des agences de publicité. La liste des porteurs de ténèbres, pour sa part, comprenait un nombre restreint de noms, qui avaient tous comme seule caractéristique un mot ajouté au bout de leur nom : purification.

Quant à l'Enveloppe, elle regroupait des porteurs d'énergie, des porteurs de vie, des porteurs d'eau et des porteurs de feu : il s'agissait de personnes occupant des postes de direction dans différents organismes publics ou dans des compagnies d'envergure.

Sur la liste du Cœur, seuls les noms de quatre dibranes étaient mentionnés. Celle du Noyau interne comportait pour sa part six noms, alors que le nombre de membres annoncé était de treize. Les deux autres listes paraissaient complètes.

Pour quelle raison avait-on choisi de faire deux listes partielles ? se demanda Campeau. Parce qu'on préférait ne pas mettre par écrit l'identité des principaux dirigeants ?… Mais alors, pourquoi en nommer certains ?

Campeau décida de reporter la question à plus tard. Après avoir gravé une copie de la liste sur un disque, Polydore entreprit de parcourir l'ensemble des locaux du monastère à l'aide du réseau de caméras de surveillance.

Une partie de l'édifice principal persistait cependant à lui demeurer inaccessible. Polydore ne savait pas si c'était parce qu'il n'y avait pas de caméras dans ces endroits ou parce que l'accès en était restreint.

Par contre, il pouvait surveiller ce qui se passait dans les autres édifices situés sur le domaine de l'Église. Il choisit d'entrer dans le réseau de caméras du Refuge.

La plupart des pièces étaient vides. Il était sur le point de s'intéresser à une autre partie du réseau de surveillance lorsqu'il tomba sur l'image d'une femme étendue sur un lit. Elle ne dormait pas, mais son regard semblait confus, comme si elle avait été droguée. Son visage éveillait un sentiment de familiarité dans l'esprit de Polydore. Il était cependant incapable d'y accoler un nom.

Par contre, il reconnut immédiatement la femme qui était dans la chambre suivante : Pascale Devereaux.

Elle aussi paraissait droguée.

Résistant à l'impulsion d'aller immédiatement au Refuge pour tenter de libérer les deux femmes, il enregistra de courtes séquences montrant Pascale Devereaux et l'autre femme, regroupa le tout dans un document MPEG et l'envoya par Internet sur un site où il avait loué un espace d'entreposage.

Il tourna alors son attention vers le Collège.

Dans la première chambre, il vit un enfant de dix à douze ans attaché sur un lit. Il était saucissonné par une sorte de courroie noire, large de cinq à sept centimètres. Hormis le fait d'être attaché, il ne portait les marques d'aucuns sévices.

Les deux chambres suivantes étaient vides.

Dans la quatrième, un autre enfant, à peine plus vieux, était également ligoté. Sur une chaise, cette fois.

Surmontant son malaise, Polydore poursuivit la tournée des pièces du Collège. Contrairement à ce qu'il appréhendait, il ne découvrit rien d'autre. Il enregistra alors un nouveau document MPEG montrant les enfants et l'envoya à son tour sur le site d'entreposage.

Puis il rédigea un bref message à l'intention de l'inspecteur-chef Théberge, lui donnant les consignes à suivre pour accéder aux documents sur le site. De la sorte, si jamais il lui arrivait quelque chose, le policier aurait suffisamment d'éléments pour poursuivre le travail.

Campeau lui annonçait également sa visite pour le milieu de l'après-midi. Il aurait aimé le voir plus rapidement, mais il voulait d'abord terminer son exploration du réseau de surveillance vidéo. Il en profiterait pour effectuer un relevé de l'ensemble des dispositifs de sécurité qui truffaient le domaine.

PARIS, 15 H 39

Maintenant qu'il ne dirigeait plus la Direction générale de la sécurité extérieure, l'homme que F connaissait sous le simple prénom de Claude avait plus de temps libre. Un temps qu'il occupait à suivre l'actualité politique internationale avec plus de soin encore qu'auparavant, son agenda n'étant plus encombré par les multiples réunions liées à la direction de l'agence de renseignements.

Son statut était ambigu: il était adjoint-conseil du nouveau directeur. Pas à celui qui était présenté publiquement comme le directeur de la DGSE: le directeur réel. Celui qui pouvait consacrer son temps au travail pendant que l'autre s'occupait de gérer les rapports avec les politiciens et, lorsqu'il le fallait, avec les médias.

Le responsable réel, lui, prenait ses ordres directement du président. Son prédécesseur lui avait été adjoint pour assurer la continuité. Ce qui ne manquait pas d'ironie.

À son époque, monsieur Claude, comme il aimait à se faire appeler, avait toujours affiché une certaine réticence à mettre la DGSE au service des magouilles politiques et financières de la classe dirigeante française. C'était en partie pour cette raison qu'on lui avait montré la voie de sortie. Mais une voie de sortie qui menait à une semi-retraite confortable. Ses services seraient requis avec une certaine parcimonie, mais ce serait suffisant pour qu'il conserve un lien avec l'organisation et qu'on puisse l'avoir à l'œil. Ce qui était normal.

Compte tenu de ce qu'il avait appris dans l'exercice de ses fonctions, le seul autre choix logique aurait été de l'éliminer. Obligation que monsieur Claude comprenait parfaitement : l'agence ne pouvait pas se permettre le moindre sentimentalisme lorsque des questions de sécurité étaient en jeu.

C'est pourquoi il se faisait un devoir de pointer tous les jours au bureau et de passer plusieurs heures à lire des informations en provenance de partout sur la planète. Son mandat était de déceler à l'avance les futurs points chauds et de prévoir les recrudescences de tension partout où les intérêts du pays pouvaient, d'une façon ou d'une autre, être en jeu.

C'était un mandat qu'il avait lui-même proposé à son successeur pour lui signifier clairement qu'il n'avait pas l'intention de s'immiscer dans la gestion de l'organisation, mais qu'il entendait faire un travail utile, où son expérience pouvait être mise à contribution.

Depuis plusieurs mois, il suivait avec un intérêt croissant ce qui se passait au Québec. Toujours incertain de ce qui était arrivé à F après l'attaque contre son quartier général, il n'arrivait cependant pas à croire complètement à sa disparition.

Au cours de ces mois, des rumeurs avaient couru sur des reprises de contact de l'Institut avec certains de ses informateurs. Mais il n'y avait rien sur F elle-même. Peut-être s'agissait-il de membres de son équipe qui avaient entrepris de reconstruire l'organisation…

À quelques reprises, après les événements de Massawippi, il avait tenté de la contacter en utilisant les adresses électroniques qu'elle lui avait laissées pour les communications d'urgence. Sans résultat.

Plus récemment, des événements s'étaient produits, qui l'avaient amené à récidiver. On lui avait envoyé un message. Un drôle de message. Il l'avait reçu par la poste, à son adresse personnelle, dans une enveloppe à l'entête de son fournisseur de vin.

Le message lui-même ne faisait que quelques lignes, mais il était accompagné d'une sorte d'essai politique. Une note, dactylographiée sur une page blanche, lui demandait de faire parvenir le tout à F. Sans plus d'explications.

Il était possible que ce soit un test, avait songé monsieur Claude. Que quelqu'un de la DGSE, ou même à l'extérieur de l'agence, veuille voir de quelle manière il réagirait.

Après avoir soupesé les choix qui s'offraient à lui, il avait décidé de faire ce qu'on lui demandait. Par curiosité. Et aussi parce que le fait que quelqu'un d'autre croie que F avait survécu renforçait sa propre conviction.

Il avait donc envoyé le message. Mais il s'était assuré de le faire de manière à ce qu'il soit impossible de détecter l'envoi du courriel.

Et si, plus tard, le directeur ou quelqu'un d'autre l'interrogeait pour savoir ce qu'il avait fait du message, il répondrait qu'il ne l'avait pas pris au sérieux, qu'il avait cru à l'une de ces innombrables provocations qui étaient le fait des services ennemis ou supposés amis, qu'il l'avait donc rangé dans un classeur pour le cas improbable où son expéditeur se manifesterait de nouveau.

Par la suite, il avait pensé plus souvent à F. Si, comme il tendait à le croire, elle était encore vivante, il y avait fort à parier qu'elle était demeurée cachée, là-bas. Et, si c'était le cas, les événements en cours l'inciteraient peut-être à se manifester.

Un instant, il avait pensé qu'elle pouvait les avoir orchestrés elle-même. Mais il avait rejeté l'idée. Non pas qu'elle en aurait été incapable, mais cela ne cadrait pas avec les orientations qu'elle avait données à l'Institut.

S'il y avait une main cachée derrière ces événements, c'était probablement le gouvernement central. Avec l'aide des Américains. Ou, du moins, avec leur bénédiction.

LE SIÈGE DE MONTRÉAL EST LEVÉ
L'ARMÉE SE RETIRE
LES TERRORISTES EN DÉROUTE
LEVÉE PROCHAINE DE LA LOI SUR LES MESURES D'URGENCE

À en croire les titres des journaux, la situation semblait en voie de se normaliser. Pour le moment, le Québec allait échapper à l'engrenage terroriste. Un autre danger subsistait toutefois, latent mais beaucoup plus sournois. Celui de la balkanisation.

Coincées entre les visées autonomistes des autochtones, celles de la majorité francophone et les revendications des partitionnistes, les autorités politiques avaient devant elles des années difficiles. En plus de jouer sur les oppositions linguistiques et religieuses, les gens qui avaient organisé les attentats avaient habilement exacerbé les conflits politiques et idéologiques.

Monsieur Claude relut le rapport qu'il s'apprêtait à envoyer au directeur. Puis il ajouta un dernier commentaire.

Risque de balkanisation encore présent. Il faudrait obtenir le rapport des autorités locales sur cette crise. En particulier sur l'implication des Américains.

LCN, 10 H 11

... QUE LE RETRAIT DE L'ARMÉE, AMORCÉ CE MATIN, DEVRAIT ÊTRE TERMINÉ D'ICI QUARANTE-HUIT HEURES.
LE PREMIER MINISTRE SINCLAIR AFFIRME AVOIR PRIS CETTE DÉCISION APRÈS S'ÊTRE ENTRETENU AVEC SON HOMOLOGUE QUÉBÉCOIS. ESTIMANT LE PÉRIL QUE REPRÉSENTAIT LE GANG GLOBALEMENT CIRCONSCRIT, IL A ANNONCÉ LE MAINTIEN DE LA LOI SUR LES MESURES D'URGENCE POUR UNE PÉRIODE MAXIMALE DE DEUX SEMAINES, LE TEMPS QUE LES FORCES POLICIÈRES TERMINENT LE « RATISSAGE DES DERNIERS ÉLÉMENTS TERRORISTES »...

PARIS, 16 H 12

Monsieur Claude se pencha ensuite sur le curieux dossier qui venait de lui parvenir d'Afrique. À plusieurs endroits, des bienfaiteurs anonymes avaient financé des projets d'aide qui menaçaient l'emprise des autorités locales et de leurs alliés français sur les populations.

Dans une région où le contrôle des projets d'aide internationale était une source majeure d'enrichissement pour les gouvernants et leurs proches – ainsi qu'un des principaux instruments de l'exercice du pouvoir –, on ne pouvait pas se mettre à distribuer anonymement des millions sans provoquer des remous et heurter de plein fouet les privilèges de la classe dirigeante.

Qui était derrière cette étrange « générosité » ? Quel calcul à long terme pouvait-elle bien recouvrir ?

Il recula sur sa chaise et laissa son regard dériver vers la fenêtre, d'où il apercevait la Seine… Malgré lui, son esprit revint à l'Institut. Ces dernières années, les nouvelles qu'il en avait eues tournaient autour de deux noms. Il y avait Hurt, dont il avait relevé les traces dans certains coups d'éclat contre des réseaux de pédophiles, et Blunt, dont on avait signalé la présence à quelques reprises en Europe.

Depuis quelques mois, Blunt avait, semblait-il, contacté un certain nombre de personnes qui avaient déjà eu des relations avec l'Institut, mais de manière sporadique, comme si l'organisation voulait tester l'eau avant de reprendre ses activités.

Des autres collaborateurs de F, monsieur Claude ne savait presque rien, sauf que Claudia Maher et Ulysse Poitras, le financier, avaient échappé aux attentats. Depuis, les deux avaient disparu.

Peut-être l'Institut avait-il une autre base secrète. C'était même probable. Ça expliquerait que les survivants aient échappé aux recherches insistantes des autres agences. Et alors, il n'était pas du tout déraisonnable de penser que F, elle aussi, ait survécu à l'attaque contre son quartier général et qu'elle y soit cachée.

Il chassa ces pensées d'un soupir et se repencha sur le rapport concernant les mystérieux donateurs. Fallait-il y voir des tentatives pour déstabiliser les gouvernements en place ? Et, si tel était le cas, était-ce le prélude à une série de tentatives de renversement de régime ?

La logique des événements lui échappait. Que pouvait-il bien dire au nouveau directeur, qui lui avait soumis le dossier pour avis ?

MONTRÉAL, 11 H 03

En plus d'être l'unique porte-parole, Troy Davis avait tenu à ce que ceux qui l'accompagnaient, y compris Trammell, se placent dans la salle. Il entendait bien être le maître de la conférence de presse.

Les mains tenant solidement les deux côtés du lutrin, les bras tendus, il parcourait l'assistance du regard.

— L'opération nettoyage a été couronnée de succès, déclara-t-il d'emblée. Les terroristes sont morts ou arrêtés. Leurs complices sont sous les verrous, leurs armes sont saisies, leurs réseaux démantelés et leurs alliés politiques démasqués. Quant à leur propagande, je ne crois pas m'avancer beaucoup en affirmant que plus personne ne peut la prendre au sérieux… Avez-vous des questions ?

Les journalistes se regardèrent, surpris d'une aussi courte présentation. Davis les observait avec un sourire satisfait.

— Pouvez-vous nous donner des détails ? fit le représentant de *La Presse*.

— Les détails sont dans le document qui vous a été remis à l'entrée. Je suis certain que vous êtes tous capables de lire ça comme des grands… ce qui nous permettra de nous concentrer sur vos questions.

Un silence entrecoupé de murmures suivit.

— Comment expliquez-vous le succès rapide que vous avez obtenu ? fit une voix au milieu de l'assistance.

Davis sourit. La question ne le prenait pas au dépourvu puisqu'il l'avait lui-même rédigée. En échange de fuites, le journaliste du *Matin* relayait régulièrement les questions que lui fournissait Davis. Et comme ces fuites servaient habituellement les intérêts de la GRC, tout le monde y trouvait son compte.

— Sans vouloir dénigrer le Service de police de la ville de Montréal, qui s'est comporté dans toute cette histoire avec un professionnalisme exemplaire, il reste que la GRC dispose de moyens et de compétences dont un corps de police municipal ne peut disposer.

— Faut-il en conclure que les citoyens de Montréal seront moins en sécurité après votre départ ?

— Pas du tout. Pour faire face aux affaires courantes, il n'y a aucun danger à laisser les policiers locaux à eux-mêmes. C'est pour ce genre de travail qu'ils sont préparés.

L'inspecteur-chef Théberge s'efforçait de ne pas laisser voir son agacement. Pour se calmer, il songea au matériel nucléaire que les gens de l'Institut avaient saisi avant que Davis puisse le récupérer.

S'il avait fallu que cette découverte devienne publique, qui sait à quelle surenchère dans la « sécurité » elle aurait pu servir de prétexte. Car cela ne faisait aucun doute à ses yeux : la GRC et les Américains connaissaient non seulement le lieu mais la nature des armes qu'ils recherchaient. Un des soldats n'avait-il pas vérifié la cachette présumée des armes avec un compteur Geiger ?

D'imaginer leur frustration était pour Théberge un baume sur sa mauvaise humeur, qui lui permettait de supporter le persiflage de Davis.

— Vous parlez des moyens supérieurs dont vous disposez, fit le représentant de TVA. Pouvez-vous nous dire de quoi il s'agit ?

— C'est d'abord une question de logistique : nos effectifs et les troupes de l'armée sont à la fois mieux équipés et mieux entraînés pour faire face à des situations de guérilla urbaine et d'insurrection appréhendée.

— Insurrection appréhendée ? releva un journaliste.

— Les documents que nous avons saisis ne laissent aucun doute sur les intentions du GANG. Leur objectif était de créer un état de conflit permanent. Leur but était de rendre le Québec ingouvernable, de créer un État mono-ethnique en faisant fuir les non-francophones et de forcer le Canada à lui accorder son indépendance… Je vous reparlerai de ça tout à l'heure.

Il fit une pause pour consulter les papiers sur le lutrin, puis il releva son regard vers les journalistes.

— L'autre moyen dont nous disposons, reprit-il, c'est un accès à des sources de renseignements beaucoup plus abondantes. Grâce à la collaboration du SCRS, bien entendu, mais aussi de certaines agences américaines.

— Est-il vrai que des troupes américaines ont participé à des opérations en sol canadien ?

— Des conseillers techniques ont effectivement prêté assistance à un groupe d'intervention sur le territoire d'Akwesasne, qui chevauche les deux pays.

— Des rumeurs ont circulé comme quoi les Américains étaient prêts à intervenir si le problème n'était pas réglé rapidement et à leur satisfaction.

— Comme vous le dites, ce sont des rumeurs.

Une demi-heure plus tard, Davis signifiait son intention de mettre fin à la conférence de presse.

— Vous n'avez rien dit de madame Devereaux, insista le représentant de *Hex-Radio*. Est-ce qu'elle était reliée au GANG ?

— Ce détail n'est pas encore éclairci.

— Est-ce que vous l'avez interrogée ?

— Pas encore, non.

— Est-ce que vous savez où elle se trouve ?

— Messieurs, cette conférence de presse est terminée. Pour les quelques détails qui restent, vous pourrez vous adresser aux représentants des corps policiers.

Trammell prit Théberge à part.

— J'aime bien votre façon de travailler, dit-il.

— Vraiment ?… Je me demande si votre collègue partage votre point de vue.

— Son avis n'a aucune importance. Davis est un chien de chasse. On lui dit après quoi aboyer et il fonce.

— Et vous ?

— Nous, on choisit qui doit foncer, sur quoi il doit foncer et on lui dit comment il doit le faire… Il y aurait de la place pour quelqu'un comme vous au SCRS.

— Comme moi ?

— Quelqu'un qui sait comment ne pas répondre aux questions tout en écoutant attentivement les réponses des autres… Vous avez ma carte. Si jamais vous êtes intéressé, donnez-moi un coup de fil.

Hex-Radio, 11 h 44

… a dénoncé l'annonce de la publication, par Le Matin, d'une nouvelle liste de personnalités appartenant à l'Église de la Réconciliation Universelle. Évoquant l'hypothèse d'une persécution religieuse, le porte-parole de l'Église a qualifié de ridicule la thèse de l'infiltration évoquée par l'article.

Par ailleurs, le nouveau premier ministre Bertin Duquette a annoncé que le gouvernement envisageait de renommer un des ponts de l'île de Montréal du nom de son prédécesseur, mort dans les circonstances tragiques que l'on sait…

Stonehenge, 16 h 52

L'arrivée des membres de la Fondation était répartie sur plusieurs jours. Une équipe des Jones avait veillé à l'organisation de la réunion. Deux d'entre eux étaient déjà sur place pour prendre contact avec les arrivants.

Plusieurs mois auparavant, quand il avait acheté l'auberge qui allait recevoir les visiteurs, Jones 35 avait négocié des annulations avec certains des clients qui avaient des réservations, de manière à dégager une plage de deux semaines.

Précaution supplémentaire, les membres n'arriveraient que deux jours après le départ des clients précédents, ce qui leur assurerait de ne pas faire de rencontres imprévues dans l'auberge en croisant un client sur son départ. Pour la même raison, ils partiraient tous avant l'arrivée de ceux qui occuperaient l'auberge après eux.

Jones 37, quant à lui, travaillait depuis plus d'un an dans une agence de voyages. Il avait planifié et coordonné les déplacements des sept membres. Pour assurer leur couverture, il avait prévu diverses expéditions touristiques dans la région. Les réunions se tiendraient à l'auberge entre les sorties.

Debout sur le quai de la gare, Jones 35 et Jones 37 regardaient une femme noire descendre du train. Nahawa Sangaré était la première à arriver. C'était elle qui avait préparé les dossiers dont le groupe allait discuter.

La mode a le double effet de réduire le stress du choix en limitant l'univers des possibles, comme le fait la publicité, et d'insuffler un dynamisme à la consommation par le renouvellement continu des répertoires. Elle permet de déterminer des tendances tout en laissant la liberté de l'individu s'exercer à travers un éventail contrôlé de produits.

Par rapport à la publicité, dont elle dépend par ailleurs, la mode possède donc l'avantage d'offrir des modèles intégrés de personnalisation plutôt qu'un simple inventaire de produits personnalisants : cela lui permet de restreindre le stress du choix tout en facilitant la personnalisation de la consommation.

Joan Messenger, *Le Fascisme à visage humain*, 11-Rationaliser les médias.

LUNDI (SUITE)

WASHINGTON, 12 H 37

Paul Decker prenait un repas rapide en compagnie du Président. L'humeur de l'occupant de la Maison-Blanche était grise.

— Le Sénat continue de bloquer le projet de loi, fit le Président. Les événements, de l'autre côté de la frontière, étaient censés nous donner la pression nécessaire pour les amener à céder.

— Leur majorité n'est plus que de deux voix. C'est loin d'être insurmontable. Il suffit de trouver deux ou trois sénateurs qui ont besoin d'un pont, d'un bout d'autoroute… ou de faire nommer quelqu'un quelque part.

Il ne voulait pas dire au Président que les événements auraient dû être suffisants pour retourner le vote, mais qu'il n'était plus en mesure d'annoncer, comme prévu, qu'ils avaient trouvé deux bombes nucléaires portables. Qu'en fait ils en avaient plutôt perdu deux !

En se taisant, Decker ne faisait pas que se protéger : il mettait aussi le Président dans la situation de pouvoir opposer un démenti convaincant si jamais des informations sur cette opération venaient à filtrer.

— Il va falloir trouver autre chose, fit le Président.

— Il y a des projets en cours.

— Quels projets ?

— Ils avaient été mis sur la glace parce qu'on croyait que le terrorisme au Québec suffirait à emporter le vote.

— Quels projets ? insista le Président.

— Il est préférable pour vous que nous n'entrions pas dans les détails. Mais vous pouvez me faire confiance : je vous ai promis d'obtenir le vote sur le budget militaire et je l'obtiendrai.

— Je vous crois… Je vous crois…

Il prit une dernière bouchée de steak, puis il recula sur sa chaise.

— J'ai confiance en vous, Paul. Je ne voudrais pas que vous pensiez le contraire. C'est toute cette incertitude qui me met les nerfs en boule… J'ai hâte que les choses redeviennent simples.

— C'est de vacances que vous avez besoin.

— Je sais à quoi vous pensez.

Decker sourit.

— Vraiment ?

— Un séjour dans un coin perdu du nord du Canada, ce n'est pas exactement l'idée que je me fais de vacances.

— Le grand air va vous faire du bien. Pensez à tout le poisson que vous allez pêcher…

— Il faudra quand même que je me tape des rencontres avec leur premier ministre… sans parler des autres !

— Compte tenu des circonstances, vous vous en tirez plutôt bien. Quelques rencontres de travail pour écouter des fonctionnaires discuter. Quelques signatures. Deux expéditions de pêche. Une de chasse… Ce n'est pas si mal pour ce qu'ils nous concèdent en échange. En fait, c'est même ridicule ! Vous allez entrer dans l'Histoire comme le président qui a assuré la sécurité énergétique du pays pour des décennies…

— Nos ambassadeurs auraient pu régler ça. C'est leur spécialité, non, de signer des documents et d'aller les porter ?

— Sinclair tient à son idée de sommet privé. Je vous l'ai déjà dit, pour lui, c'est une sorte de symbole. Trois jours en compagnie des hommes les plus puissants de la planète. Et si vous n'y allez pas, les autres n'iront pas.

— Leur pays est assiégé par des terroristes. Je n'ai pas envie de…

— Les terroristes étaient concentrés à Montréal et à Québec. Et ils viennent d'être arrêtés.

— Vous en êtes sûr ?

— C'est dans les médias. L'armée va commencer à se retirer. Son travail est terminé.

Decker préféra éviter de s'appesantir sur le sujet. Avec les deux bombes qui avaient disparu… Qui pouvait bien s'en être emparé ? Se pouvait-il qu'une partie des terroristes ait échappé à la rafle ?

— De toute façon, vous allez être au milieu de la forêt, dit-il. Dans un endroit accessible uniquement par hélicoptère ou par hydravion… Des Awacs accompagnés de chasseurs vont patrouiller en permanence. Des satellites assureront une couverture de la région… Un détachement de *marines* va surveiller le périmètre du camp de pêche. À part le Déluge, je ne vois pas ce qui pourrait vous menacer ! Et le Déluge, comme vous le savez, Dieu a promis qu'il n'y en aurait plus… Vous n'allez quand même pas mettre en doute ce qui est écrit dans la Bible !

— Non…

— Je vous le dis, il faut voir ça comme des vacances.

— Pour l'ours, est-ce que c'est arrangé ?

— Oui. Les Canadiens s'en occupent.

Decker s'était contenté de transmettre la demande du Président sans préciser la manière dont il tenait à abattre

« son » ours : comme John Wayne quand il tirait sur les Indiens.

— J'ai une autre idée, fit le Président. Tant qu'à aller là-bas, autant que ça vaille la peine, non ?

— C'est sûr, approuva Decker, dont la voix véhiculait moins d'assurance que sa réponse.

— Je veux abattre un de leurs arbres. Comment ils les appellent déjà... des séquoias ?

— Les séquoias, c'est en Californie...

— Je ne sais pas comment ils s'appellent, mais ils en ont. Je l'ai lu dans le *Reader's Digest*.

— Cette sorte d'arbre pousse uniquement sur la côte ouest.

— Vous êtes sûr ?

— Absolument.

— Alors, on fera l'aller-retour avec l'Air Force One. Aller abattre l'arbre, revenir au camp de pêche... ça se fait dans la journée. S'il le faut, on emmènera les autres. Ça va les impressionner. On pourra profiter du voyage, dans l'avion, pour abattre un peu de travail, signer des documents.

— Je ne suis pas certain que ce soit aussi simple.

— Dites-leur que c'est non négociable. S'ils tiennent à la rencontre, qu'ils s'organisent.

— Le problème, c'est que ces arbres sont protégés.

— Juste un...

— Ce serait mauvais pour votre image. Avec l'élection qui s'en vient...

— Foutue politique !... Ça sert juste à nous empêcher de faire ce qu'on veut.

RDI, 12 H 46

... S'IL FAUT EN CROIRE LA RUMEUR QUI CIRCULAIT HIER AU PALAIS DE JUSTICE, DES ACCUSATIONS SERAIENT FINALEMENT PORTÉES CONTRE QUARANTE-TROIS DES CINQUANTE ET UNE PERSONNES APPRÉHENDÉES AU COURS DE LA DERNIÈRE VAGUE D'ARRESTATIONS. LES AUTRES SERAIENT LIBÉRÉES AU COURS DE LA JOURNÉE.

SELON LE PORTE-PAROLE DE LA LIGUE DES DROITS DE LA PERSONNE...

OTTAWA, 12 H 50

— Je suis désolé d'être en retard, fit le premier ministre en s'assoyant. Vous auriez dû commander quelque chose à boire… Je peux vous offrir un verre de vin?

— Tout est très bien comme ça, répondit Emma White.

Pour l'occasion, elle avait pris l'identité d'une simple brane. Assise devant le premier ministre du Canada dans un salon particulier du Château Laurier, elle s'efforçait de paraître impressionnée.

— Alors? fit Sinclair. Quel message m'apportez-vous?

— Vous n'avez plus à vous en faire. La fille qui voulait vous causer des problèmes est maintenant en Europe.

— La fille… se contenta de répéter Sinclair.

La semaine précédente, il l'avait rencontrée à l'occasion d'un souper-bénéfice. Ils avaient passé une partie de la nuit ensemble dans une chambre d'hôtel.

Le lendemain, la femme avait trouvé le moyen de le relancer. Elle voulait savoir quand il avait l'intention de divorcer pour vivre avec elle.

Sinclair lui avait répondu qu'il n'en était pas question. Elle avait alors menacé de dévoiler ce qu'elle appelait «leur relation» à l'épouse de Sinclair.

Le premier ministre s'était contenté de rigoler.

— On ne sacrifie pas un statut de femme de premier ministre pour quelques peccadilles, avait-il répliqué.

La femme lui avait parlé des enregistrements qu'elle avait faits pendant leur nuit. S'il ne voulait plus d'elle, il faudrait qu'il paie. Autrement, leurs ébats sexuels se retrouveraient dans Internet.

Elle voulait une rente. Cinq mille dollars par mois. Elle lui avait donné trois jours de délai.

Sinclair ne voyait pas de quelle manière il pouvait se sortir de cette situation sans demander l'aide des policiers. Mais alors, il serait à la merci de ceux qui feraient l'enquête. Comment savoir s'ils ne garderaient pas des copies des enregistrements?

Cela l'avait amené à penser au Noyau. Un des principes de base de l'organisation n'était-il pas l'entraide et le secours mutuel?

Après avoir hésité pendant plusieurs heures, il avait finalement demandé une rencontre avec la responsable du Noyau.

Après qu'il l'eut informée de la situation dans laquelle il se trouvait, cette dernière lui avait dit de ne pas s'inquiéter, que le Noyau avait précisément pour fonction de venir en aide à ses membres dans ce genre de circonstances. Que, dans moins de vingt-quatre heures, tout serait réglé.

Et voilà que, dès le lendemain, l'envoyée de la responsable du Noyau lui apportait la nouvelle que tout était effectivement réglé.

— Elle pourrait toujours revenir, reprit Sinclair.

— On m'a assurée qu'elle ne reviendrait pas. Et qu'elle ne parlerait pas aux médias.

— Et les enregistrements?

— Il n'y en avait aucun. C'était un bluff.

— Bien. C'est une bonne nouvelle… Et mon fils?

— Je n'ai pas de message de votre fils.

— Ses courriels sont de plus en plus rares.

— Vous savez comment sont les jeunes… À son âge…

— Oui, sans doute…

— Par contre, j'ai un autre message de l'Église. Nous aurions besoin d'un service.

— Si c'est dans le domaine du possible…

— Nous aimerions conserver notre statut d'organisation religieuse.

— Je pensais que c'était arrangé.

— Il y a des fonctionnaires au ministère du Revenu qui ont commencé à poser des questions. Ils ont ouvert un dossier et ils veulent venir enquêter au monastère.

— Je vais arranger ça.

— Nous vous en serions reconnaissants.

La femme se leva.

— Vous êtes libre pour déjeuner ? lui demanda Sinclair. Nous pourrions en profiter pour faire connaissance de manière plus… approfondie.

— Je suis désolée. Je dois retourner immédiatement au monastère.

— Vraiment ?

Sinclair semblait pris de court par la réponse. Dans son univers, on ne rejetait pas de façon aussi désinvolte une invitation du premier ministre.

— Eh bien, dit-il, vous m'en voyez moi aussi désolé.

Emma White sourit.

Ce qu'il y avait d'intéressant à tenir ce rôle de sous-fifre, c'était qu'elle pouvait observer les dirigeants politiques et les chefs d'industrie dans toute leur fatuité.

Néanmoins, le temps viendrait où elle accepterait l'invitation du premier ministre. Elle lui demanderait alors de l'accompagner en Bavière, au château de Xaviera. Une fin de semaine en tête à tête.

Là-bas, elle lui montrerait ce que c'était que de faire connaissance de façon approfondie.

LONDRES, 17 H 54

Xaviera Heldreth marchait de long en large devant le mur aquarium.

— Les journaux publient les noms de membres importants de l'Église de la Réconciliation Universelle, dit-elle. Et comme si ce n'était pas assez, les policiers et les journalistes cherchent une femme du nom de Heather Northrop !… Pour moi, c'est clair : il y a du coulage.

— C'est aussi mon avis, approuva Jessyca Hunter. Et je pense qu'il faut contre-attaquer.

— Vous suggérez quoi ?

— Cibler une de leurs organisations.

— Nous l'avons déjà fait avec Toy Factory. Ils ont perdu des opérateurs et raté plusieurs transactions. Il nous faut quelque chose de plus décisif. Il faut viser une personne clé.

— Il y a Trappman…

— Il lui reste du travail à faire.

— Madame Northrop affirme qu'elle peut prendre la relève à dix minutes d'avis.

— C'est probable. Mais Trappman n'est pas assez important. Il faut frapper à la tête.

— Est-ce que vous suggérez d'éliminer un directeur de filiale ?

— Ce sont eux qui ont ouvert les hostilités. De façon maladroite, j'en conviens, mais l'attentat que j'ai déjoué à Paris… Que pensez-vous de Daggerman ?

— C'est le plus paranoïaque du groupe ! Sa maison est mieux protégée que la centrale de GDS… Et puis, s'il voit qu'on est en train de gagner, je ne serais pas étonnée qu'il se range de notre côté. Ce serait un atout décisif.

— Et Zorco ?

— Ça… Si on réussissait à l'éliminer et à prendre le contrôle de son organisation sans avoir à la saboter, ça nous placerait en meilleure position pour l'affrontement final. Mais lui non plus ne sera pas facile à approcher. Son système de sécurité est presque à la hauteur de celui de Daggerman…

— J'ai trouvé un moyen…

Un sourire apparut sur les lèvres de Xaviera Heldreth. Son regard, par contre, se fit plus métallique.

— Zorco est un amateur de *girlfriend experience*, reprit Jessyca Hunter. Et Meat Shop contrôle la principale agence avec laquelle il fait affaire pour se procurer des filles.

— Infiltrer une fille chez lui pour l'éliminer !… C'est une excellente idée !

— Il commande une fille presque tous les soirs.

— Bien. Dans ce cas, nous n'aurons pas à attendre trop longtemps. Je sais même qui va s'en occuper.

— Je comptais superviser personnellement l'opération…

— Je suis désolée, mais madame Northrop m'a fait promettre de lui réserver Zorco.

— Madame Northrop !… Je veux bien qu'elle ait à sa disposition un certain nombre de fanatiques, mais trouver une fille qui a les compétences requises pour s'infiltrer dans l'appartement de Zorco… et ensuite faire le travail…

— Je parle de madame Northrop elle-même.

— Quoi !

Jessyca Hunter, qui n'avait pu s'empêcher d'exprimer sa surprise, s'efforça de poursuivre sur un ton plus neutre.

— Qu'est-ce qui vous fait croire qu'elle voudra s'occuper elle-même de Zorco ? Ce n'est pas tellement son genre de travail, il me semble…

— Les coulages d'information qui ont mis en difficulté l'Église de la Réconciliation Universelle, seuls les dirigeants de Toy Factory étaient en mesure de les orchestrer. C'est peu dire qu'elle ne les porte pas dans son cœur !

— Ça, je peux le comprendre. Mais de là à s'improviser… enfin…

— Ne sous-estimez pas madame Northrop, répondit Xaviera Heldreth avec un sourire ironique. Elle est au moins deux fois plus dangereuse que vous pouvez l'imaginer !

— Si vous le dites…

— Communiquez-lui les informations que vous avez recueillies. Et quand Zorco contactera l'agence pour une de ses prochaines *girlfriend experiences*, comme vous dites, je suis certaine qu'elle saura improviser quelque chose… Il va de soi que vous lui accorderez toute l'aide dont elle pourrait avoir besoin.

LCN, 12 H 58

... LA RUMEUR VOULANT QUE LE PREMIER MINISTRE DU CANADA REÇOIVE LE PRÉSIDENT DES ÉTATS-UNIS POUR UN SOMMET PRIVÉ, EN COMPAGNIE DE QUELQUES CHEFS D'ÉTAT EUROPÉENS.

DE TELLES RENCONTRES, À L'ABRI DES MÉDIAS, NE SONT PAS SANS PRÉCÉDENT. ON SE SOUVIENDRA QUE GEORGE BUSH PÈRE, AU LENDEMAIN DU 11 SEPTEMBRE, AVAIT RENDU VISITE À BRIAN MULRONEY DANS SA RÉSIDENCE DE LA CÔTE-NORD.

MALGRÉ L'INSISTANCE DU CHEF DE L'OPPOSITION, QUI RÉCLAMAIT LA DIVUL-
GATION EN CHAMBRE DE L'AGENDA DE CETTE RÉUNION, LE PREMIER MINISTRE
SINCLAIR S'EST CONTENTÉ DE RÉPONDRE QUE CE SOMMET DE L'AMITIÉ,
COMME SON NOM L'INDIQUE, EST UNE RENCONTRE À CARACTÈRE PRIVÉ.
À MONTRÉAL MAINTENANT, LA TENUE D'UNE ENQUÊTE SUR D'ÉVENTUELLES
BAVURES POLICIÈRES A DE NOUVEAU ÉTÉ ÉVOQUÉE PAR…

BAIE-D'URFÉ, 13 H 21

Pascale, attachée sur son lit, avait repris ses esprits.
Par contre, elle n'avait aucune idée du temps depuis
lequel elle était retenue prisonnière. Elle se rappelait
seulement les nombreuses visites du chef de l'Église,
Maître Calabi-Yau, qui s'amusait à la regarder pendant de
longues minutes en silence, puis qui repartait en riant.

À plusieurs reprises, il avait ajouté des liens à ceux
qui la retenaient couchée sur le lit. Puis il avait tâté son
corps.

Curieusement, Pascale n'avait rien senti de sexuel dans
ces attouchements. Ils ressemblaient au geste du collec-
tionneur qui promène le bout des doigts sur une sculpture
qu'il vient d'acheter. Ou à celui d'un propriétaire d'automobile qui caresse de la main son véhicule après l'avoir
nettoyé et ciré.

Ce qu'elle sentait dans les gestes de Calabi-Yau, c'était
la passion froide et la fierté du propriétaire qui vérifie
d'un geste qu'un objet longtemps convoité est bel et bien
en sa possession.

La porte de sa chambre s'ouvrit sans bruit devant
Maître Calabi-Yau. Il s'avança en silence près du lit,
mit une main sur le bras de Pascale.

— Ne me touchez pas !

— Allons, allons… Il ne faut pas avoir peur.

C'était la première fois qu'il parlait.

— Si vous me touchez… fit Pascale.

— Vous allez faire quoi ? Crier ?… La pièce est insono-
risée. Vous allez seulement vous infliger un mal de gorge.

Pascale fixait maintenant le masque du chef de l'Église
de la Réconciliation Universelle avec un mélange de
curiosité et d'appréhension.

La voix ne lui était pas inconnue.

— Cela a toujours été votre problème, poursuivit Calabi-Yau. Vous n'avez jamais été capable de vous adapter au flux de l'univers. Il fallait que vous résistiez… Quitte à créer des remous, à saccager votre schéma vibratoire…

— Vous ne m'aurez pas avec vos théories nébuleuses.

— Parce que vous pensez savoir ce qu'est la réalité !

— Sûrement plus que vous.

— Eh bien… nous allons mettre votre théorie à l'épreuve.

Il enleva lentement son masque.

— Toi !… Mais tu es…

— Mort ?… Bien sûr que je suis mort. Enfin, pas tout à fait, pour être juste ; mais j'y travaille.

— Pourquoi… tu as fait ça ?

— Il faut mourir à son ancienne existence pour renaître à une vie supérieure. Il faut trancher tous les liens qui nous retiennent à notre passé… Je n'ai rien contre toi personnellement. Mais si je dois choisir entre toi et une existence supérieure… Et puis, je n'ai pas envie de finir comme toi.

— Comme moi…

— Enfermé à l'intérieur de ma tête.

DRUMMONDVILLE, 13 H 26

F posa trois feuilles devant Blunt.

— Les deux premiers messages sont ceux que j'ai reçus avant et après l'attaque de Massawippi, dit-elle. Le troisième est celui que m'a envoyé Claude, il y a quelques semaines.

Blunt les examina brièvement.

— Je me rappelle, dit-il. Avez-vous trouvé ce qu'ils signifient ?

En guise de réponse, elle déposa une quatrième feuille devant lui.

J'aimerais comprendre… Un expéditeur anonyme me prie de vous expédier ceci :

Mon premier est du pétrole. Mon deuxième est
de l'eau. Mon troisième est électrique. Mon
quatrième est un appétit sans fin. Mon tout est
une question de sécurité nationale. Le Québec
en est la clé... Le Phénix renaît toujours de ses
cendres.

— C'est une copie presque textuelle du deuxième,
fit Blunt. On a seulement changé la dernière phrase.

— Celui-là, reprit F, je l'ai reçu samedi dernier. Il a
été envoyé par l'intermédiaire de Tate. Il me l'a réex-
pédié à une des adresses qu'il avait pour me joindre en
cas d'urgence.

— Vous lui avez répondu ?

— À Tate ? Non.

— Et l'adresse ?

— Désactivée automatiquement après son utilisation.

— Celui qui vous a envoyé ça sait que vous avez
survécu.

— En tout cas, c'est ce qu'il veut me laisser croire.

— J'ai repensé aux deux premiers messages. Malgré
leur ressemblance, ils sont assez différents. Je suis de
plus en plus convaincu que le premier était une mise en
garde.

— Contre l'attaque de Massawippi ?

— Oui... Mais le deuxième, lui, n'était pas une mise
en garde. On dirait plutôt des indications pour suivre une
piste. Ça pourrait être relié à ce qui s'est passé depuis
l'automne.

— Si c'est le cas, il y a des chances que ça vienne de
l'intérieur du Consortium.

— Ou de quelqu'un qui connaît son existence...

F reprit les quatre feuilles et les rangea dans un
dossier.

— Que pensez-vous des informations que Hurt vient
de nous faire parvenir ? demanda-t-elle.

Blunt ramena son regard vers le dossier qu'il était en
train de relire au moment de l'arrivée de F.

— Si c'est exact, dit-il, on a le moyen de leur porter
un coup sérieux.

— C'est difficile de laisser passer l'occasion de s'occuper de madame Heldreth.

— Vous allez demander à Moh et Sam de s'en charger ?

— Il est trop tôt pour que l'Institut s'implique directement. Je vais envoyer le dossier à Werner Herzig.

— Celui de vos « petits amis » qui est à la *Bundeskriminalamt* ?

— Oui…

— Si ça ne vient pas de vous, je ne suis pas certain qu'il va prendre l'information au sérieux.

— Je sais, dit F en se levant. Je vais envoyer un message à son adresse électronique sur le réseau interne de la *Bundeskriminalamt*. Ça devrait attirer son attention.

Elle se dirigea vers l'ordinateur.

— Vous vous êtes découvert des talents de pirate informatique ? fit Blunt.

— Non. C'est une version améliorée du module que j'ai demandé à Chamane pour Dominique. En plus des informateurs prioritaires, il a incorporé l'adresse électronique d'un certain nombre de contacts dont je lui ai fourni la liste.

— Les « petits amis » ?

— Entre autres… Je peux maintenant les joindre directement en coupant tous les mécanismes de protection des réseaux auxquels appartiennent leurs ordinateurs.

Après avoir choisi une adresse dans un des menus déroulants, F commença à taper son message.

> Nous avons trouvé ces renseignements dans un dossier. Il était accompagné d'un ordre de vous le transmettre. Compte tenu des événements qui sont survenus, et dont vous avez certainement eu connaissance, cet ordre n'a pas été exécuté.
> Espérant que ces renseignements seront encore pertinents, je vous envoie le dossier.
> Une amie de F.

Elle annexa le document en pièce jointe et envoya le message.

— Normalement, les résultats ne devraient pas tarder, dit-elle.

— Ils vont s'interroger sur cette mystérieuse amie de F.

— J'ai voulu garder toutes mes options ouvertes. Il peut aussi bien s'agir d'une personne qui fait le ménage dans mes dossiers après ma disparition que d'une adjointe à qui je viens de demander de s'occuper de ce dossier.

— Il va quand même falloir que vous vous décidiez.

— Je sais… Mais je suis de moins en moins persuadée qu'il est possible de construire une agence de renseignements comme j'aimerais le faire.

— Quel genre d'agence voudriez-vous construire ?

— Pour résumer les choses grossièrement, une agence qui fonctionne autrement que de manière fasciste.

— Vous voulez saborder l'Institut ?

— L'Institut remplit une tâche qui doit être faite.

— Vous rêvez d'un monde où l'Institut ne serait pas nécessaire.

— Je rêve d'un monde où les services de renseignements et les armées ne seraient pas nécessaires.

— Comme je le disais, c'est un rêve.

Baie-d'Urfé, 13 h 54

Pascale ne parvenait pas à y croire. C'était certainement un autre cauchemar. Il y avait près d'une demi-heure qu'elle parlait avec son frère.

Mais est-ce que c'était vraiment lui ?

— Il faut maintenant que je te laisse, dit-il. Tu dois te reposer avant la prochaine étape.

— De quoi parles-tu ?

— Tout à l'heure, tu vas faire un long voyage. Aller simple. Après cela, tu seras définitivement sortie de mon existence… Et de la tienne, si je me fie à ce que l'on m'a dit, ajouta-t-il en riant.

Pascale vit le sourire ironique de son frère se pencher vers elle et s'arrêter à quelques pouces de son visage pendant que ses yeux l'examinaient avec une attention méticuleuse.

— Tu vas voir, dit-il, c'est moi qui ai raison.

— Je ne comprends pas…

— Avec les histoires de famille, on ne s'en sort jamais, dit-il en riant. C'est ce que tu disais… Moi, j'ai décidé de m'en sortir.

TéléNat, 14 h 04

… LA CONFÉRENCE DE PRESSE TRÈS ATTENDUE DU CÉLÈBRE AVOCAT SERA DIFFUSÉE SUR NOS ONDES À QUINZE HEURES.

DANS LE DOSSIER CONSTITUTIONNEL MAINTENANT, LE NOUVEAU PREMIER MINISTRE DU QUÉBEC, BERTIN DUQUETTE, A NIÉ LE LIEN ENTRE LA MONTÉE DES FORMES SECTAIRES DE NATIONALISME ET L'INTRANSIGEANCE D'OTTAWA EN MATIÈRE DE PARTAGE FISCAL.

RÉAGISSANT À CETTE DÉCLARATION, LE PREMIER MINISTRE SINCLAIR A DIT TROUVER IMMORAL QUE L'ON UTILISE LES INCIDENTS TERRORISTES COMME MOYEN DE CHANTAGE POUR…

DRUMMONDVILLE, 14 h 07

— Les Romains ont déjà eu à faire face à ce genre de problème, dit Blunt. Vous avez lu Machiavel ?

— Comme tout le monde.

— Et, comme tout le monde, vous avez lu *Le Prince* ?

— Euh… oui.

— *Le Prince* porte sur l'exercice du pouvoir en dictature. *Discours sur la première décade de Tite-Live* s'intéresse à l'exercice du pouvoir en démocratie. Entre autres aux périodes de crise. Plusieurs considèrent que c'est son œuvre majeure.

— Machiavel parle de démocratie ?

F n'avait pu empêcher une certaine ironie de percer dans le ton de sa question.

— Pour régler une crise, il propose de confier des pouvoirs dictatoriaux à un individu… mais seulement pour une période et sur des sujets limités. Quand son mandat est rempli, le dictateur retourne sur ses terres : l'État s'assure qu'il n'a rien gagné ni rien perdu de ses biens pendant l'exercice de ses fonctions. Au besoin, on continue de le protéger pour empêcher qu'il soit victime de vengeance à cause de décisions qu'il aurait prises dans l'exercice de sa charge.

— De nos jours, aucun État n'accepterait de sacrifier une partie de ses pouvoirs.

— Je le sais bien. Je ne dis pas que ses solutions s'appliquent telles quelles… Mais le principe est intéressant : il a montré qu'on pouvait tenter de faire un usage démocratique des instruments de la dictature.

— Si je vous comprends bien, vous suggérez que j'improvise une utilisation démocratique du mode de fonctionnement fasciste des agences de renseignements !

— C'est un peu ce que nous avons fait avec la Fondation, non ?

— Ce qui ne va pas sans problème, comme vous le savez.

— Je n'ai pas dit que c'était facile. Mais si le choix est de ne rien faire ou d'essayer quelque chose…

— Vous connaissez aussi bien que moi le genre d'engrenage dans lequel nous risquons d'être entraînés.

— J'en parlais l'autre jour à Bamboo…

Contrairement à F, Blunt ne s'était jamais habitué aux changements d'identité de Bamboo Joe. Il l'avait connu sous ce nom et c'était ce nom qui lui venait spontanément à l'esprit lorsqu'il pensait à lui.

— De toute façon, un nom, c'est seulement une étiquette pour délimiter un territoire de comportements, avait-il un jour objecté à Bamboo. Alors, vous pouvez modifier l'occupation du territoire à votre guise : l'étiquette ne change pas grand-chose à l'affaire.

— Méfiez-vous des noms, lui avait répondu Bamboo. Ils ont tendance à cristalliser des identités. Ce n'est pas par hasard que les parents prennent autant de soin à prénommer leur progéniture et que les romanciers prennent parfois assez longtemps avant de trouver le nom d'un personnage. Les noms ont tendance à devenir des projets… ou des destins.

Blunt avait écourté la conversation sur les noms et les projets de vie. Et il avait continué de s'en tenir à Bamboo… Parce qu'il avait encore besoin de solidifier son cadre de vie, lui avait expliqué ce dernier avec un sourire. Ce qui était sans doute vrai. Après avoir dû pendant des années se couler dans une identité d'emprunt, Blunt était toujours vulnérable au sentiment d'irréalité qui s'était alors développé en lui.

Bien sûr, le fait d'avoir rencontré Kathy l'avait stabilisé, mais c'était toujours avec inquiétude qu'il entrevoyait la disparition ou la transformation d'éléments majeurs de ce qu'il appelait « sa » réalité.

— Et alors ? demanda F, tirant Blunt de ses réflexions.

— Et alors ?… Ah oui. L'engrenage… Selon Bamboo Joe, le danger de cet engrenage ne tient pas à l'organisation comme telle, mais à l'*ego* de ceux qui la dirigent.

— Ça revient à nier la logique propre aux systèmes que sont les organisations.

— Pas du tout. Mais cette logique peut être contrée. Il suffit que les dirigeants n'attribuent pas à ces organisations le statut d'un moi collectif qui les dépasserait eux-mêmes. Ou qu'ils n'identifient pas carrément leur *ego* au système… Le problème ne tient jamais aux organisations, qui ne sont que des outils. Il tient aux *ego*, qui ont la possibilité d'employer des outils de plus en plus performants pour s'affirmer ou même de s'identifier à ces outils.

— C'est bien joli, vos explications, mais je fais quoi ?

— Vous inventez. Vous trouvez une façon d'utiliser au mieux les outils que vous avez appris à maîtriser.

— J'ai lutté toute ma vie contre des milices autoproclamées de toutes sortes, contre de supposées organisations d'autodéfense… Et l'Institut en est maintenant une !

— Sur le plan des principes, je vous l'accorde, ce n'est pas l'idéal. Mais il y a des tas d'agences comme l'Institut qui appartiennent à des multinationales et qui poursuivent des intérêts étroits, corporatistes, souvent nuisibles à l'ensemble de la population… À côté de ces agences, l'Institut, ce n'est quand même pas une si mauvaise idée.

— Si j'ai bien compris, vous êtes en faveur de la survie de l'Institut.

— Pour moi, cela ne fait aucun doute que l'Institut va continuer d'exister. Enfin, quand je dis aucun doute, je simplifie un peu… La probabilité est de quatre-vingt-dix-huit virgule quatre-vingt-neuf pour cent. Mais…

— Mais quoi?

— J'arrive mal à voir la forme qu'il va prendre…

F continuait de le regarder comme si elle attendait une explication supplémentaire.

— J'ai bien quelques idées, reprit Blunt, mais aucune n'a une probabilité supérieure à vingt-six virgule neuf pour cent.

Un silence suivit.

— Dites-moi, reprit F, pour quelle raison accumulez-vous des décimales à vos pourcentages de prévision?

Blunt sourit.

— C'est une façon de souligner ironiquement leur relativité… Parce que ça reste des prévisions.

— Vous pourriez faire comme les firmes de sondage…

— Ajouter des trucs du genre « la marge d'erreur est de trois pour cent dans dix-neuf cas sur vingt » ?

— Je ne sais pas. Ce n'est pas moi, la statisticienne…

— Et moi, je ne suis pas un sondeur…

F vit avec intérêt le visage de Blunt trahir une certaine contrariété.

— De toute façon, reprit-il, dans la réalité, les distributions ne respectent à peu près jamais la loi normale. Même nos mesures d'imprécision sont imprécises… Je pourrais parler de *skewdness*, de *high peak* et de *fat tails*… Je préfère ajouter des décimales. Pour la plupart des gens, le message est clair: plus j'en ajoute, plus ils prennent les chiffres au sérieux et, en même temps, plus ils réalisent que ça n'a pas de bon sens. Parce que la deuxième ou la troisième décimale, vraiment…

> La culture joue deux rôles dans la vie sociale : elle permet de lutter de façon efficace contre l'ennui et elle est une source inépuisable de personnalisation de la consommation.
>
> Joan Messenger, *Le Fascisme à visage humain*, 11- Rationaliser les médias.

LUNDI (SUITE)

OTTAWA, 14 H 49

Le sénateur Lamaretto accueillit Guy-Paul Morne avec un large sourire.

— Il y a longtemps que j'entends parler de vous, dit-il. Il est plus que temps que nous nous rencontrions.

— J'ai également entendu parler de vous, répondit Morne sur un ton plus réservé.

— J'ai tenu tellement de réunions ici, fit le sénateur en montrant d'un geste de la main la salle où ils se trouvaient. J'ai l'impression que cette pièce fait partie de moi.

— Vraiment ?

Morne n'ignorait pas que cette suite du Château Laurier était louée plusieurs mois par année pour le sénateur. Mais il préférait ne rien lui dire de ce qu'il savait sur lui.

— C'est l'arrangement idéal, reprit Lamaretto. L'hôtel voit à ce que le bar soit toujours bien garni, il y a une ligne directe avec le restaurant de l'hôtel et, s'il faut trouver une chambre, je parle d'une chambre supplémentaire, la direction se montre particulièrement compréhensive.

Morne crut préférable de ne pas ajouter à cette liste l'agence de rencontres avec laquelle Lamaretto avait un compte ouvert pour entretenir ses invités. Le sénateur aurait pu se mettre en mode parano et s'interroger sur ce que l'autre connaissait de lui. Ou, pire, interpréter la remarque comme une demande.

— C'est vraiment l'arrangement idéal, se contenta d'approuver Morne.

— En effet, en effet… J'ai pris la liberté de commander une bouteille de champagne, dit-il en montrant la bouteille de Dom Pérignon sur la table. Nous avons amplement de quoi célébrer.

Il déboucha la bouteille, remplit les deux flûtes et en tendit une à Morne.

— Au succès d'une opération bien menée, dit-il.

— Au succès de l'opération.

— Et à la disparition des extrémistes de toutes sortes.

— À leur disparition.

Ils prirent une gorgée.

— Mais qu'est-ce qui vous fait croire qu'ils ont tous disparu ? reprit Morne.

— Les sécessionnistes ne se remettront jamais de ça.

— C'est du gouvernement que je représente que vous parlez ?

— Allez, soyez sérieux… Vous et moi, nous sommes au-dessus de ces choses. Les hommes politiques passent, mais nous…

— Mais nous quoi ?

— Pour ma part, je suis réaliste. J'ai été choisi pour effectuer un travail. Après, je vais passer à autre chose… Je suis relativement jeune : je peux encore avoir deux ou trois carrières.

Il leva sa flûte. Morne répondit à son geste.

— À nos carrières ! fit Lamaretto.

— À vos carrières ! répondit Morne.

Les deux hommes prirent une gorgée de champagne.

— Puisque nous sommes entre nous, reprit Lamaretto, vous pouvez bien l'admettre : jamais les sécessionnistes ne s'en remettront.

— Si mon souvenir est exact, c'est ce que plusieurs politiciens fédéraux avaient prédit après les événements d'octobre 70.

— À l'époque, ils n'avaient pas achevé le travail. Ils s'étaient contentés de les arrêter sans les discréditer, ce qui était au fond la pire des choses à faire.

— Et vous croyez les avoir discrédités ?

— Attendez qu'on rende publics tous les documents qu'on a trouvés au cours des perquisitions… Ce qui m'amène à parler d'un sujet moins agréable : le budget.

— Ce ne sont pas les ministres des Finances qui doivent en discuter ?

— Je parle du budget de cette opération. J'ai fait préparer une facture qui couvre l'ensemble des dépenses engagées sur votre territoire.

— Sur cette question, je croyais que vous aviez une entente avec Duquette.

— Nous avons évoqué des hypothèses. Malheureusement, l'état des finances publiques ne permet pas d'y donner suite. Croyez bien que je le regrette, mais…

— La défense du territoire relève du fédéral. Ce n'est pas aux provinces de payer.

— Techniquement, nous avons prêté assistance au Québec pour une opération policière de grande envergure à la demande expresse de son gouvernement.

— Vous n'allez quand même pas nous faire payer le coût d'une opération qui a servi, comme l'a dit votre premier ministre, à remettre le Québec à sa place !

— « Mon » premier ministre, comme vous dites, n'a pas toujours un choix d'expressions des plus heureux. Mais je me permets de vous rappeler qu'il est aussi « votre » premier ministre. Et celui de tous les Canadiens.

— Je ne pourrai jamais faire accepter ça à Duquette. Pour lui, ce serait un suicide politique.

— Vous exagérez ! La guerre au terrorisme peut faire avaler n'importe quoi.

— Sur le coup, peut-être. Mais cela va créer des problèmes qui ne vont que s'amplifier avec le temps.

— Nous étudions actuellement la pertinence d'inclure les groupes partitionnistes du Québec dans les poursuites pour incitation à l'émeute... Je ne vous cacherai pas que, dans le reste du pays, il y a bien des gens qui seraient heureux que nous leur donnions notre appui au lieu de les poursuivre. Ils imaginent déjà des sortes de bantoustans pour les francophones avec une aide aux zones protégées occupées par les partitionnistes... Imaginez le retour à des cantons anglophones ou allophones, avec l'armée pour protéger leurs frontières.

— C'est exactement ce que réclamaient les partitionnistes !

— Pas exactement : ils voulaient mettre les francophones dans des bantoustans. Mais comme nous sommes des gens raisonnables, on maintiendrait l'intégrité du Québec comme province et on instaurerait des zones protégées.

— Vous n'oseriez pas !

— Si on voulait partitionner, ce serait le moment idéal. On aurait l'appui d'une bonne partie de la communauté internationale. De tous ceux qui ont des difficultés avec leurs propres mouvements nationalistes, en tout cas. Quant à l'accord des États-Unis, il est déjà acquis. Officieusement, bien sûr... Pour ce qui est des autres pays, ils n'auraient pas le choix de suivre. Il vous resterait probablement l'appui de Cuba et de la Palestine. Peut-être la Corée du Nord...

— Avez-vous une idée de ce que vous provoqueriez ?

— Je reconnais que ce ne serait pas la situation idéale. Au début, il y aurait sûrement quelques réactions violentes. Des émeutes. Ce qui justifierait notre présence... nous obligerait même à l'augmenter.

Lamaretto secoua la tête et fit une moue comme si on l'obligeait à regarder un spectacle qui le désolait.

— Tout cela coûterait cher, reprit-il. Une partie des coûts serait évidemment prise en charge par votre gouvernement. Ce serait la moindre des choses... Mais, comme je vous le disais, ce ne serait pas l'idéal.

— Qu'est-ce que vous voulez ?

— Je vous l'ai dit : de l'argent.

— Si vous manquez d'argent à ce point, vous n'avez qu'à arrêter de tout mettre sur le remboursement de la dette.

— Vous savez aussi bien que moi que ce n'est pas négociable. Les agences de notation exigent cette discipline pour le maintien de notre cote… Et maintenant, avec le dollar qui s'envole et les exportations qui tombent, on va avoir toutes les difficultés à maintenir l'économie en santé.

— Vous n'avez qu'à baisser les taux si vous voulez faire descendre le dollar.

— Ce n'est pas si simple. Théoriquement, la Banque du Canada est indépendante du Parlement…

— Théoriquement…

— Oui, je sais.

— Le gouvernement du Québec n'a pas les moyens d'assumer cette facture. Pas les moyens financiers, et surtout pas les moyens politiques.

— Écoutez, comme j'aime négocier de bonne foi, j'ai cherché pour voir si je ne pourrais pas trouver une autre source de financement…

— Et… ?

— Je ne peux pas vous en parler tout de suite, mais ça concerne les richesses naturelles. Nous allons avoir besoin de votre accord pour procéder à certains développements. Si vous vous engagiez à ne pas nous mettre de bâtons dans les roues…

— Je ne peux pas vous donner un chèque en blanc.

— Disons que vous obtiendriez quatre-vingts pour cent de tous les bénéfices de ces développements.

— Et vous allez vous rembourser avec les vingt pour cent qui restent ?

— C'est ça.

— Si vous voulez marchander un accord et que vous êtes prêts à vous contenter de vingt pour cent, c'est qu'il y a un problème.

— Le problème, c'est votre juridiction sur les ressources naturelles. En acceptant, vous nous permettriez de faire une percée qui nous avantagerait dans nos négociations avec les autres provinces.

— C'est tout ?… Et en échange de notre accord, vous assumez tous les coûts ?

— En prime, je suis prêt à vous offrir un pacte de non-agression pour les prochaines élections fédérales. On peut même vous donner un coup de pouce sans que ça paraisse trop.

Morne commença par le regarder sans répondre.

— C'est parce que ça fait votre affaire de garder Duquette au pouvoir, dit-il finalement.

— Je ne vous cacherai pas qu'un gouvernement à tendance autonomiste modérée, au Québec, est la meilleure garantie pour nous de conserver le pouvoir à Ottawa. Notre objectif est de faire disparaître les sécessionnistes, mais de conserver un vingt à trente pour cent de votes à tendance souverainiste, comme vous dites dans votre jargon… Ça permet l'alternance au pouvoir quand nos amis provinciaux font trop de bêtises et ça entretient une certaine nervosité dans le reste du pays.

— Vous avez besoin de nous…

— Comme vous avez besoin de nous. Je me tue à vous dire que nous sommes faits pour nous entendre… Transmettez nos offres à votre premier ministre. Et dites-lui que, s'il refuse, on met la machine de la partition en marche. Dans moins de six mois, il va nous rappeler pour qu'on lui renvoie l'armée. C'est à lui de choisir.

TVA, 15 H 08

> … LE PORTE-PAROLE DE L'OPPOSITION A MAINTENU SES ACCUSATIONS ENVERS LE GOUVERNEMENT D'AVOIR FOURNI DES CHIFFRES TRONQUÉS POUR CRÉER UN SENTIMENT DE PANIQUE FINANCIÈRE ET AINSI PRÉPARER L'OPINION À DES HAUSSES D'IMPÔT AU MOMENT DU PROCHAIN BUDGET.

MONTRÉAL, 15 H 12

L'inspecteur-chef Théberge avait fait venir Crépeau à son bureau. En l'attendant, il se tenait debout devant la fenêtre et regardait la mer de nuages gris qui flottait lourdement au-dessus de la ville. On annonçait ce temps pour le reste de la semaine : alternance de pluies diluviennes et de périodes nuageuses… Les météorologues avaient beau décréter que le printemps était en avance, des pluies glacées n'entraient pas dans la définition que Théberge se faisait de cette saison.

Aussitôt que Crépeau entra, Théberge se dirigea vers son bureau et lui montra l'article du *Quotidien*.

LES GUERRES PERSONNELLES DE L'INSPECTEUR-CHEF THÉBERGE

Soupçonné à plusieurs reprises de comportements répréhensibles à l'endroit de certains prisonniers – mort d'un motard il y a quelques années, mort d'un autochtone plus récemment, chute mystérieuse d'un suspect par une fenêtre –, l'inspecteur-chef Gonzague Théberge fait maintenant l'objet de nouvelles accusations. Cette fois, c'est l'Église de la Réconciliation Universelle qui accuse le policier d'acharnement à son endroit.

Réputé pour son habitude de parler aux morts et son refus de se plier à certaines dispositions de la réglementation interne du SPVM, le policier semble jouir de privilèges particuliers au sein du corps policier. Il est à se demander si…

— Et alors ? demanda Crépeau sans terminer l'article.

— Il va falloir que tu me remplaces.

— Pourquoi ?

— Demain, on va effectuer une perquisition au monastère de l'Église de la Réconciliation Universelle.

— Il y a du nouveau ?

— Je viens de recevoir ça de Campeau. Regarde…

Il fit pivoter son portable.

— C'est Pascale Devereaux, fit Crépeau au bout d'un moment.

— Oui. Et ce n'est pas tout.

— Qu'est-ce qu'il y a d'autre ?

Théberge pianota sur le clavier.

— Ça, dit-il. C'est ce qui a été filmé dans le Collège.

TéléNat, 15 h 21

— Qu'entendez-vous faire ?
— Pour le moment, je vais assurer gratuitement le suivi de cette affaire.
— Et plus tard ?
— Me mettre au service des autochtones qui désireraient intenter des poursuites.
— À quel titre ?
— Dommages moraux et exemplaires pour les préjudices subis par les parents et les proches de monsieur Wade. Atteinte à la réputation du peuple Mohawk…
— Est-ce que des individus ont déjà manifesté leur intention d'amorcer de telles poursuites ?
— Oui, mais ils veulent éviter pour l'instant de se faire connaître. C'est pourquoi j'ai accepté d'être leur porte-parole : cela évitera que leur photo soit diffusée dans les médias et qu'ils soient stigmatisés… Nous vivons une époque de grande tension. Il est inutile d'exposer à des représailles des gens qui sont déjà victimes de préjugés.
— Et c'est pour cette raison que vous avez accepté de les représenter gratuitement ?
— Précisément. Ce sera ma contribution personnelle à la défense de la justice et au maintien de la paix sociale…

Montréal, 15 h 24

Quand Polydore Campeau entra dans le bureau de Théberge, il lui demanda immédiatement s'il avait reçu son dernier message.

— Les plans du dispositif de sécurité viennent juste de rentrer, répondit l'inspecteur-chef. Ce ne sera pas une intervention facile.

— Il va falloir que je retourne au monastère. Je vais attendre au dernier moment pour faire une copie dans mon ordinateur portable des codes qui permettent de désactiver les principaux systèmes.

— Plus vous restez longtemps là-bas, plus vous risquez d'être découvert.

— Je n'ai pas le choix, les codes de sécurité changent régulièrement. Et puis, de toute manière, personne ne fait attention à moi.

— Sauf celui qui vous a fourni les mots de passe, le responsable de la sécurité.

— Je ne pense pas avoir à me méfier de lui. Les deux fois où il est intervenu, c'était pour m'aider.

— Vous ne l'avez pas revu?

— Non.

— À votre avis, qu'est-ce qui peut le pousser à agir de la sorte?

— La réponse la plus simple, c'est une guerre interne au niveau des dirigeants. Mais je ne vois pas l'avantage qu'il aurait à saboter l'ensemble de l'organisation.

— Peut-être qu'il veut se venger…

— C'est possible.

— Il se peut aussi que ce soit un croyant déçu. Quel-qu'un qui prenait au sérieux le message de l'Église et qui se venge parce qu'il a l'impression d'avoir été trompé.

— Ça, ça m'étonnerait. Il ne m'a pas du tout donné l'impression d'être du genre croyant… Vous pensez pouvoir agir quand?

— Le mieux que je peux faire, c'est demain matin. Il faut du temps pour réunir les équipes, préparer le plan d'intervention, obtenir les mandats… Et tout ça sans que la GRC vienne mettre son nez dans nos affaires.

— Ils sont encore ici?

— Une partie de leurs effectifs est demeurée sur place pour surveiller l'exécution de la paperasse.

— Quelle paperasse?

— Les suites judiciaires à donner aux multiples arrestations, les compléments d'enquête à effectuer…

— Prévoyez-vous avoir de la difficulté à obtenir les mandats de perquisition?

— Avec les enregistrements que vous avez faits, ça devrait aller… Parlez-moi du système de sécurité. S'ils le déclenchent, comment on s'y prend pour entrer?… Sans tout faire sauter, je veux dire.

— Avant de partir, je vais introduire une commande à retardement qui va désamorcer le système central de sécurité. Pour les systèmes secondaires indépendants, il va falloir que je vous accompagne : j'aurai une copie des codes de la journée sur mon portable.

— Et si vous ne réussissez pas à les avoir ?

— Je suis sûr de pouvoir vous permettre d'entrer dans l'édifice principal, où se trouvent normalement les dirigeants. Une fois que vous contrôlez le monastère…

— Je vais prévoir des équipes pour encercler les autres bâtiments.

— Surtout, qu'elles n'essaient pas d'entrer de force.

— Je sais… Mais elles vont intercepter ceux qui voudraient s'enfuir.

— Il faut aussi s'entendre sur l'heure de l'opération. Je veux programmer la fermeture du système central et copier les codes de sécurité le plus tard possible.

— Aussitôt que je suis sûr d'avoir les mandats, je vous avertis et on fixe l'heure. Je vais laisser un message à l'adresse de courrier électronique que vous avez créée pour me transmettre les documents. Vérifiez toutes les heures à partir de six heures demain matin.

— D'accord. Dès que j'aurai amorcé le processus de désactivation du système central, je me rendrai sur le trottoir, devant l'entrée.

TéléNat, 15 h 29

— … de cela ? Que ferez-vous si le gouvernement décide de ne pas tenir d'enquête publique ?

— Nous irons devant les tribunaux internationaux. Ces instances sont plus réceptives à leurs revendications depuis que les peuples amérindiens ont sensibilisé l'opinion mondiale aux abus et à la discrimination systémique dont ils sont victimes, à l'apartheid de fait dans lequel ils sont encore obligés de vivre.

— Vous n'exagérez pas un peu ? Le gouvernement dépense dix fois plus pour un étudiant amérindien que pour la moyenne des étudiants québécois.

— Ces mesures sont de simples cataplasmes. Elles ne relèvent pas de l'ordre du curatif, mais du décoratif !…

Dorval, 17 h 01

Malgré la difficulté qu'elle avait à se concentrer, Pascale Devereaux comprit que l'avion à bord duquel elle venait de monter se dirigeait vers Paris. Elle entendit ensuite le mot « escale », puis son esprit fut de nouveau noyé par la fatigue.

Une femme la guida vers son siège et elle s'y laissa tomber.

Quand sa nuque frappa l'appui-tête, un sentiment de nausée l'envahit en même temps qu'une douleur qui lui remonta du cou jusque sur le dessus de la tête.

Elle n'aspirait qu'à fermer les yeux et à se reposer, en attendant que le bruit cesse de se réverbérer à l'intérieur de son crâne.

Quelques minutes plus tard, une autre femme entrait, elle aussi guidée par l'hôtesse. Un instant, Pascale eut le sentiment de connaître cette femme. Puis ses paupières se firent trop lourdes. Lorsqu'elle rouvrit les yeux, la femme avait disparu.

« Probablement derrière », songea-t-elle. Mais se retourner aurait exigé un effort trop grand. Le temps qu'elle se demande si elle pouvait surmonter cette difficulté, son esprit avait dérivé sur la tache brune qui se détachait bizarrement sur le dossier du siège avant.

Dans les minutes qui suivirent, trois jeunes garçons attirèrent brièvement son regard lorsqu'ils passèrent à côté d'elle. Pascale n'était pas en état de voir qu'ils étaient aussi drogués qu'elle et que l'autre femme.

« Les zombis sont tous à bord », fit une voix de femme. La phrase se répercuta pendant quelques secondes dans la tête de Pascale sans qu'elle en comprenne le sens.

Quelques minutes plus tard, elle se sentait enfoncer dans le dossier de son siège sans réaliser qu'il s'agissait de la poussée du décollage.

Le Learjet s'éleva dans le ciel nuageux de Québec. Lorsqu'il se poserait à l'aéroport du Bourget, à Paris, une limousine les attendrait pour la partie suivante du voyage.

OTTAWA, 17 H 40

Le premier ministre terminait la collation qu'il s'était préparée. Il ne voulait pas manger trop lourdement pour être en forme au moment de faire son discours.

La crise était enfin terminée. Même s'il n'aimait pas beaucoup Lamaretto, il devait reconnaître son efficacité. Tous les objectifs fixés au début de la campagne électorale avaient été atteints : il avait été élu à la direction du parti, il avait gagné les élections avec une majorité confortable et le mouvement national-sécessionniste du Québec était totalement discrédité.

Normalement, il aurait dû se sentir heureux. Mais le chemin qu'il avait parcouru lui avait fait prendre conscience de la fragilité de son pouvoir. Quand il s'était aventuré en politique, il n'avait aucune idée de l'ampleur des forces qui œuvraient, dans les coulisses, à l'occasion de chaque rituel électoral.

Comme tout le monde, il pensait le savoir. Il croyait naïvement aux assiettes au beurre, aux pots-de-vin et aux retours d'ascenseur. En un mot, il croyait à la corruption. L'enrichissement illicite des élus et de leurs amis lui semblait aller de soi. Tant que personne n'exagérait, il y avait moyen de tout garder sous la couverture. C'était même souhaitable. Ça lubrifiait le système, en quelque sorte.

Bref, il se croyait cynique.

Maintenant, il réalisait qu'il était naïf. Le véritable pouvoir ne s'intéressait pas aux comptes de dépenses truqués, aux sacs à main Gucci, aux stages de formation à Hawaï et aux jetons de présence excessifs attribués aux membres des conseils d'administration. Cela, c'étaient des trucs pour amuser les journalistes et leurs lecteurs – tous ceux qui manquaient de l'imagination nécessaire pour se représenter les véritables enjeux. Car le pouvoir raisonnait de façon globale. Il venait d'en avoir la démonstration.

L'enjeu véritable, c'était le partage mondial des ressources et des marchés, le découpage commercial et industriel de la planète – et, pour réaliser ce partage, l'inévitable gestion des populations qu'il fallait mettre en œuvre.

Il avait été élu pour gérer la population. Sur la table, un document établissait la liste des prochaines priorités.

Eau
Brevets
Énergie
Culture
…

La liste faisait un peu moins d'une page. Son pré-décesseur avait eu un papier à peu près identique sur son bureau. Et il y avait tout à parier que son successeur aurait, lui aussi, un papier semblable.

Quelques mots auraient disparu : ils auraient cessé d'être des objectifs et seraient devenus des réalités. Quelques mots auraient été ajoutés… Pour l'essentiel, le travail commencé avant lui se poursuivrait après lui.

Pourtant, personne n'avait pour tâche de dresser cette liste. Simplement, elle s'imposait à chaque nouveau détenteur du pouvoir politique. C'était le poids de la réalité. Le poids de ceux qui avaient les moyens de définir cette réalité.

Sinclair prit la feuille dans ses mains, vit le premier mot puis il releva les yeux vers Lamaretto.

— Et alors ? se contenta-t-il de demander.

— Ils ne vont pas aimer ça, répondit le sénateur, mais ils vont céder.

— Ça va nous coûter combien ?

— À court terme : le prix de l'opération au Québec… Mais j'ai trouvé une façon de récupérer l'argent sur une période de deux ou trois ans. On va même faire des profits !

Au nord de Baie-Comeau, 18 h 23

La tente était montée au bord de la rivière, à l'abri des arbres. L'hélicoptère viendrait les récupérer le lendemain. Le travail était presque terminé. Ce serait rapide : ils avaient commencé par les pylônes les plus éloignés et il ne leur restait que les quatre plus près à visiter.

Ils travaillaient uniquement après le coucher du soleil. Le jour, ils dormaient et ils prélevaient des spécimens

— Trouvez un prétexte. Inventez ce que vous voulez... Je dois absolument savoir si une opération majeure se prépare pour demain.

— Vous voulez que je me renseigne cette nuit ?

— Aussitôt que vous avez l'information, vous m'appelez au numéro habituel et vous laissez le message dans la boîte vocale.

Après avoir raccroché, Trappman resta un moment songeur. Puis il composa un autre numéro.

— Avez-vous reçu le signal ? demanda-t-il lorsque le contrôleur de Vacuum pour le Québec eut répondu.

— Oui. Ils prévoient terminer cette nuit. L'hélicoptère ira les récupérer comme prévu demain matin.

— En fin de compte, je vais me prévaloir de la clause 434.

— Vous connaissez le tarif...

— Oui, je connais le tarif.

Un sourire passa brièvement sur ses lèvres. Même si leur conversation était enregistrée, il doutait que la véritable signification de la clause 434 puisse être déchiffrée. Les codes les plus simples étaient parfois les meilleurs.

Quelques instants plus tard, il roulait en direction des bureaux du Natural Disasters Insurance Group. Son travail n'était pas terminé. Il fallait qu'il récupère les enregistrements qu'il avait faits de Boily, puis qu'il s'occupe de Lamaretto.

CBFT, 22 H 02

... « TOUS NOS OBJECTIFS ONT ÉTÉ ATTEINTS : LA SÉCURITÉ RÈGNE DE NOUVEAU DANS LES VILLES DE LA PROVINCE, LES TERRORISTES SONT NEUTRALISÉS, LE PNQ A ÉTÉ DÉMASQUÉ ET L'IMAGE DU QUÉBEC EST EN VOIE D'ÊTRE RÉTABLIE. CETTE RÉUSSITE N'AURAIT PAS ÉTÉ POSSIBLE SANS L'ÉTROITE COLLABORATION QUI A EXISTÉ DÈS LE DÉBUT DE LA CRISE ENTRE LE GOUVERNEMENT FÉDÉRAL ET CELUI DU QUÉBEC... »

POINTE-AUX-TREMBLES, 23 H 18

Pablo et Ruiz marchaient vers l'usine d'un pas tranquille, comme des gens qui allaient accomplir un travail

de roche le long de la rivière. Si jamais quelqu'un venait s'enquérir de la raison de leur présence sur les lieux, ils n'auraient qu'à leur montrer leur équipement de prospecteurs miniers et les échantillons qu'ils avaient recueillis.

Dans la vie quotidienne, Gilles Monfette et Louis Lépine étaient monteurs de ligne depuis presque vingt ans. C'était cependant la première fois qu'ils travaillaient ensemble. Ils s'étaient rencontrés quelques mois plus tôt, quand ils avaient été convoqués au Jules et Jim, un bar de la rue Cartier, à Québec, par l'homme qui leur avait offert ce travail.

Ce dernier s'était présenté sous le nom de Blake Skelton. Il avait une proposition à leur faire. Vingt-cinq mille dollars chacun pour cinq jours de travail.

Monfette et Lépine n'avaient pu s'empêcher de laisser paraître leur méfiance.

— Rassurez-vous, avait alors ajouté Skelton en riant. Pour ce prix-là, je ne vous demande de tuer personne !... En fait, c'est dans un endroit désert que je me propose de vous envoyer gagner ces quelques dollars.

Puis, avant de préciser la nature du travail qu'il entendait leur proposer, il avait fait allusion en termes généraux à la situation difficile dans laquelle chacun des deux hommes se trouvait. S'il était satisfait de leur travail, il allait, en plus, régler à la racine leurs problèmes respectifs.

Gilles Monfette ne voyait pas comment Skelton pourrait régler « à la racine » son problème de pension alimentaire. La seule hypothèse qui lui venait à l'esprit était l'élimination physique de son ex. Quant à Lépine, il n'avait aucune idée de la manière dont Skelton pourrait lui faire retrouver son poste chez Hydro-Québec.

— Travailler avec moi, c'est comme avoir perpétuellement un joker dans votre manche, avait déclaré Skelton. Vous n'avez aucune idée de l'avenir qui s'ouvre devant vous !

Il avait ensuite mis deux enveloppes sur la table, une devant chacun des deux hommes.

— Il y a mille dollars dans chaque enveloppe, avait-il dit. En échange, vous acceptez d'écouter ma proposition jusqu'au bout. Et si vous la refusez, vous promettez de ne jamais en parler à qui que ce soit.

— Vous nous offrez vraiment vingt-cinq mille dollars pour aller dans un endroit désert ? avait alors demandé Monfette.

— Pour aller dans un endroit désert *et* effectuer un certain travail pour moi.

Les deux hommes avaient écouté sa proposition. Et ils avaient fini par l'accepter, non sans avoir au préalable négocié une prime supplémentaire de dix mille dollars à la fin du contrat.

C'était pourquoi ils se retrouvaient maintenant à faire du camping sur le bord d'une rivière encore gelée, avec un équipement en grande partie inutilisé.

— On est mieux de s'y mettre tout de suite, fit Lépine, si on veut que tout soit prêt demain matin.

Monfette se leva de sa chaise pliante, jeta un dernier regard au feu.

— D'accord, dit-il. Je m'occupe de remballer le matériel.

— Je prépare nos sacs à dos.

Dans moins de vingt-quatre heures, ils seraient plus riches de trente-cinq mille dollars. Et peut-être, si Skelton était à la hauteur de ses promesses, leurs problèmes seraient-ils définitivement réglés.

Même s'ils avaient hâte que tout soit fini, ils attendraient que la nuit soit complètement tombée pour se mettre en route. Skelton les avait mis en garde contre la possibilité d'être repérés par satellite. C'était peu probable, car ils ne faisaient l'objet d'aucune surveillance particulière, mais comme le réseau, lui, était inspecté régulièrement... Ce serait trop bête qu'une caméra de surveillance tombe sur eux par hasard.

MONTRÉAL, 20 H 46

Trappman souleva la plaque de métal du bout des doigts. Il entendit le claquement sec des aimants qui se collaient au plafond du casier métallique.

À genoux sur le terrazzo, il se pencha pour examiner le résultat. La plaque s'ajustait parfaitement. Aucun vide, le long des joints, ne trahissait le fait qu'il manquait maintenant deux centimètres à la hauteur du casier.

Il se releva, ferma la valise dans laquelle il avait apporté la plaque de métal, sortit du corridor étroit où il se trouvait et s'éloigna lentement de la consigne du terminus Orléans.

Huit minutes plus tard, il entrait dans le bureau de Natural Disasters Insurance Group et s'installait devant l'ordinateur.

Le programme de surveillance était activé. Cela signifiait que Campeau, à Baie-d'Urfé, travaillait à son ordinateur. Trappman s'empressa de regarder ce qu'il faisait.

Il ne mit pas de temps à comprendre que le comptable effectuait un relevé systématique des mots de passe donnant accès aux composantes autonomes du système de sécurité. Puis il le vit introduire des instructions pour programmer le transfert différé du contrôle du système central à un nouvel utilisateur. Le moment prévu du transfert était sept heures le lendemain matin.

Trappman coupa la connexion. Il en savait assez. précaution, il téléphona quand même à Édouard Duf son informateur au SPVM, qu'il joignit à son dom

— Savez-vous s'il y a une opération maje prévue pour demain matin ? demanda-t-il.

— Je n'ai entendu parler de rien.

— Vous avez quitté le bureau à quelle heure

— Trois heures trente. Ça me permet d'év des embouteillages...

— Vous allez retourner au bureau.

— Je ne peux pas. Je n'ai pas de raison

q

depuis longtemps devenu une simple routine. Pourtant, ils n'étaient arrivés du Panama que depuis trois jours.

Officiellement, ils étaient en vacances. Ils voulaient visiter le pays de la neige, de l'espace et du froid.

En fait, ils venaient régler de vieux comptes.

Les deux hommes ne savaient pas de quelle manière leur action s'intégrerait dans la vengeance qui se préparait contre l'arrogance des États-Unis. Ils ne connaissaient pas le plan global de l'opération. Mais leur chef les avait assurés que leur action serait utile. Qu'elle ferait avancer leur vengeance.

Ruiz avait épousé la sœur de Pablo. En 1990, quand les États-Unis avaient décidé de se débarrasser de Noriega, l'aviation et l'armée américaine étaient intervenues en force. Il y avait eu près de trois mille morts parmi la population civile. Des dommages collatéraux…

Les trois mille morts n'avaient pas fait la une des médias. On n'avait pas promis de traquer les assassins et de les punir. Personne n'avait cherché à rassembler une coalition internationale pour les venger.

Il n'y avait que Pablo et Ruiz. Et d'autres comme eux. Qui faisaient des gestes en apparence isolés. Des gestes qui seraient mal interprétés. Et quand les gens commenceraient à découvrir les liens qu'il y avait entre eux, il serait trop tard. La vengeance serait en marche. Les morts de Panama City et de plusieurs autres endroits de la planète seraient vengés.

LCN, 23 H 24

… SI CETTE COLLABORATION NOUS A PERMIS DE SURMONTER RAPIDEMENT ET AVEC SUCCÈS CETTE CRISE, NUL DOUTE QU'ELLE DEVRAIT, EN PÉRIODE DE PAIX, NOUS PERMETTRE D'AMÉLIORER LES GARANTIES DE CETTE SÉCURITÉ.

À CET EFFET, J'ANNONCE QUE SE TIENDRONT, DANS LES PLUS BREFS DÉLAIS, UNE SÉRIE DE RENCONTRES FÉDÉRALES-PROVINCIALES. CES RENCONTRES, AUXQUELLES SERONT CONVIÉS LES ÉTATS-UNIS À TITRE D'OBSERVATEUR, SERVIRONT À DISCUTER D'UNE GESTION INTÉGRÉE DE LA SÉCURITÉ DE NOTRE TERRITOIRE, DE NOS APPROVISIONNEMENTS ÉNERGÉTIQUES AINSI QUE DE…

Pointe-aux-Trembles, 23 h 29

S'introduire dans le centre de contrôle des égouts pluviaux ne fut pas difficile. Pablo et Ruiz avaient toutes les clés nécessaires et ils avaient passé deux jours à se familiariser avec les plans. On leur avait même montré une vidéo de l'intérieur des lieux pour qu'ils sachent exactement où se rendre.

Quand ils arrivèrent devant les panneaux coulissants qui servaient à réguler le débit, ils n'eurent besoin que d'une dizaine de minutes pour saboter les installations. Les portes percutèrent violemment contre le sol, sortirent de leurs glissières, détruisirent le mécanisme de contrôle et bloquèrent le canal amenant l'eau au fleuve.

En soi, c'était peu. Mais il s'agissait d'un des deux collecteurs principaux qui rejetaient dans le fleuve les égouts pluviaux de l'île de Montréal. Maintenant qu'ils étaient bloqués, l'eau s'accumulerait et commencerait à refouler. Comme on annonçait des pluies abondantes pour les prochains jours…

> Dans le but de maximiser la convivialité des émissions, les critiques […] sont remplacés par des spectateurs professionnels auxquels les gens peuvent plus facilement s'identifier.
>
> Les commentaires, au lieu d'être centrés sur l'œuvre, s'intéressent à la réaction du spectateur et privilégient l'anecdotique, le spectaculaire, la dramatisation […].
>
> Ces émissions favorisent une approche conviviale, centrée sur l'individu : celui qui vit l'événement, celui qui le présente et celui à qui la présentation est destinée – le spectateur cible.
>
> Joan Messenger, *Le Fascisme à visage humain*, 11- Rationaliser les médias.

MARDI

BAIE-D'URFÉ, 6 H 11

— Madame Northrop ?… Ici Xaviera Heldreth.

— Je n'imaginais pas avoir de vos nouvelles aussi rapidement. Vous n'êtes pas censée être en vacances en Bavière ?

— J'y suis, mais votre message m'a donné à réfléchir. Que savez-vous, exactement, sur la nouvelle fuite ?

— Vous parlez des membres de l'Église dont les noms ont recommencé à apparaître dans les médias ?

— Oui.

— Ou bien les médias ont toute la liste et ils étirent les révélations pour exploiter l'information le plus longtemps possible. Ou bien c'est un coup de semonce pour attirer notre attention, auquel cas nous devrions être contactés sous peu.

— Je crains qu'il faille se préparer au pire.

— C'est aussi ce que je pense.

— La fuite vient d'où, à votre avis ?

— Si c'est un coup de semonce, ça peut être quelqu'un du Noyau qui essaie de jouer au plus fin avec nous… Mais je n'y crois pas vraiment.

— Et si les médias ont toute la liste ?

— Dans ce cas, Trappman est le premier à qui je penserais. Je n'ai aucune idée de la façon dont il a pu procéder, mais je n'arrive pas à voir quelqu'un d'autre que lui.

— Si c'est lui, ça ne peut être que sur l'ordre de Zorco.

— C'est probable.

— Où en est l'opération ?

— La dernière phase est commencée. Les autorités ne s'en sont pas encore rendu compte, mais ça ne devrait pas tarder.

— Tout est prêt ?

— Les équipes sont en place. Comme dirait Trappman, la musique est écrite : il ne reste qu'à exécuter la partition en envoyant les signaux au bon moment.

— Assurez-vous d'avoir tous les codes nécessaires.

— J'ai vérifié ce matin encore. Tout est programmé dans son ordinateur. Il ne peut pas taper une seule touche sans qu'elle soit enregistrée sur le mien.

— Je compte sur vous pour disposer de lui le moment venu.

— Ce sera avec plaisir.

— Il faudrait aussi que ce soit avec prudence. On ne peut pas se permettre de faire déraper l'opération. À quoi servirait de prendre le contrôle du Consortium si on devait détruire sa crédibilité et sa valeur en le faisant ?

— Vous pouvez me faire confiance. Le plan sera respecté à la lettre.

— Pour ce qui est du monastère, de combien de temps pensez-vous disposer avant que la situation devienne critique ?

— Au moins une semaine. Probablement plus. Une liste de personnes ne peut pas leur suffire pour obtenir des mandats de perquisition.

— Cela vous donne le temps de fermer correctement la place. Il est essentiel de protéger le Noyau. Pour le reste, sauvez les plus importants. On trouvera bien une façon de les contacter une fois que la poussière sera retombée.

— D'accord.

— Il ne faut laisser aucune trace. Je pense en particulier au Collège. S'ils devaient y trouver quoi que ce soit, ce sont tous les autres monastères qui risqueraient d'être perquisitionnés.

— Il reste seulement deux ou trois pensionnaires. Les autres sont déjà en route vers le château.

— Pour ce qui est de Zorco, madame Hunter a eu une idée.

— Je sais, j'ai reçu son courriel. Je m'assure que tout fonctionne bien à Montréal, puis je vais m'occuper de notre collègue de Toy Factory. Au besoin, je me diviserai en deux !

— Bien sûr… Et quand vous en aurez terminé avec Zorco, venez au château. On s'offrira un peu de bon temps avant de s'attaquer au contrôle du Consortium.

LCN, 6 H 39

... PREND L'ALLURE D'UNE VÉRITABLE CATASTROPHE, COMPTE TENU DES PLUIES ABONDANTES QUI SONT ATTENDUES AU COURS DES PROCHAINS JOURS. UN ACCIDENT MOINS GRAVE, IL Y A QUELQUES ANNÉES, AVAIT PROVOQUÉ L'INONDATION ET ENTRAÎNÉ LA FERMETURE D'UN SECTEUR DE L'AUTOROUTE DÉCARIE.

L'ATTENTAT A ÉTÉ REVENDIQUÉ PAR LE MILITANT ÉCOLOGISTE NATURE BOY. SON GESTE AURAIT POUR BUT, ET JE CITE, « DE FAIRE MONTER LE NIVEAU D'EAU AFIN DE NETTOYER LA VILLE ».

DANS LE COMMUNIQUÉ QU'IL A FAIT PARVENIR CE MATIN AUX MÉDIAS, IL COMPARE SON GESTE À CELUI D'HERCULE, QUI AVAIT DÉTOURNÉ UN FLEUVE POUR NETTOYER LES ÉCURIES D'AUGIAS…

BAIE-D'URFÉ, 7 H 02

Après l'appel de Xaviera Heldreth, Emmy Black et Emma White n'avaient eu besoin que de quelques minutes pour se répartir le travail. La première était partie voir

Trappman pendant que l'autre commençait à prendre les dispositions pour fermer le monastère.

Assise à son bureau, elle commença par synchroniser son ordinateur de poche pour récupérer les informations les plus cruciales. Puis, se tournant vers l'ordinateur de contrôle, elle programma le verrouillage automatique de tous les locaux.

Un message fut diffusé pour expliquer qu'un exercice de sécurité se tiendrait dans cinq minutes. Tous ceux qui le pouvaient devaient se rendre calmement dans la grande salle de méditation. L'étanchéité des portes serait testée. Il s'agissait d'une vérification de routine pour s'assurer que le monastère pouvait résister à une contamination chimique ou bactériologique. Toutes les portes seraient alors automatiquement verrouillées. Si des gens ne pouvaient pas se rendre dans la grande salle, ils n'avaient qu'à attendre calmement, à l'endroit où ils seraient, que l'exercice soit terminé.

Elle envoya ensuite un bref message par courriel aux membres du Noyau externe. Le texte leur était familier. Il s'agissait d'un conseil du Maître, en apparence banal, pour guider leur méditation. Sa signification, lorsqu'ils le recevaient par courrier électronique, était cependant moins anodine : ils devaient nier leur appartenance à l'Église, éviter tout contact entre eux sauf ce qui était requis dans l'exercice de leurs fonctions, détruire tout document ou courriel pouvant les relier à l'Église et attendre.

Plus tard, lorsque les choses se seraient calmées, on les joindrait discrètement.

Après s'être assurée que le message avait bien été expédié à tous les membres du Noyau, Emma White transféra les données essentielles sur son ordinateur de poche, où elles furent stockées sur une carte d'un gig. Puis elle expédia une copie de l'intégralité de l'ordinateur sur un site miroir.

Elle mit ensuite l'appareil en état de veille d'urgence active. La première personne qui toucherait à une seule

touche sans prendre la précaution d'éteindre préala-
blement l'ordinateur puis de le rallumer en introduisant
un mot de passe de niveau *root* provoquerait l'effacement
de toutes les données.

En attendant, l'appareil continuerait à contrôler l'ensemble de la sécurité du domaine.

Emma White se dirigea alors vers les appartements
du Maître. Elle devait maintenant s'occuper de lui.

Montréal, 7 h 58

Quand Emmy Black entra dans la chambre de
Trappman, il regardait les informations à la télé.

— Le message passe bien, dit-il. Personne ne fait de
lien avec le GANG ou les groupes anglophones.

> ... Après le terrorisme politique, assistons-nous à l'apparition
> d'un terrorisme d'inspiration écologique ?
> Les responsables de l'entretien du réseau ont estimé à plusieurs
> semaines le temps nécessaire pour remettre en état le système
> d'égouts pluviaux. L'attaque simultanée contre les deux collec-
> teurs principaux laisse croire que...

— Tout est prêt pour les prochaines étapes ? demanda
Emmy Black.

— Il ne reste qu'à envoyer les signaux.

— Autrement dit, c'est les vacances !

— Tant que tout n'est pas terminé, on ne sait jamais
ce qui peut se produire.

— En théorie, tu as raison. Mais si on planifie correctement...

— Qu'est-ce que vous allez faire, pour les fuites dans
les journaux ?

— Ça ne change rien. Les gens vont jouer avec le
pseudo-scandale pendant un mois ou deux. Ils vont satisfaire leur besoin d'agir sur trois ou quatre personnes
décrétées responsables par les médias, puis ils vont passer
à autre chose. À ce moment-là, avec le Noyau, on sera
prêts à prendre la province en main.

— Vous ne voulez quand même pas fonder un parti
politique ! ironisa Trappman.

Il connaissait aussi bien qu'elle ce qui était prévu après la conclusion de la phase finale de l'opération, mais il lui avait toujours laissé croire qu'il l'ignorait, préférant maintenir son image de strict « opérateur » engagé pour mener à terme un projet.

Il s'amusait à la faire parler, sachant que tous les projets qu'elle élaborait allaient bientôt s'écrouler. Avec ce que le fouineur était en train de découvrir dans le réseau informatique du monastère... Et la beauté de la chose, c'était qu'on ne pourrait l'accuser de rien !

— Pour contrôler un pays, il n'y a que deux moyens vraiment efficaces, expliqua Emmy Black. Et le vote n'en fait pas partie.

— Je sais, il y a l'armée...

— Mais le mieux, l'interrompit la femme, c'est de contrôler ceux qui contrôlent.

— Autrement dit, infiltrer les lieux de pouvoir.

— En plus, c'est économique. Le budget pour contrôler deux ou trois cents individus est de loin inférieur à ce qu'il faut pour gagner une campagne électorale.

— C'est beau, le contrôle, mais vous allez en faire quoi ?

— On va vendre de l'assurance.

Elle regarda Trappman en riant, satisfaite d'apercevoir une lueur de surprise dans ses yeux.

— Avec ce qui va se passer, reprit-elle, les États-Unis vont vouloir contrôler la région. On va le faire pour eux en sous-traitance... Politiquement, ça leur épargne l'obligation de maintenir une armée d'occupation sur le territoire d'un pays supposé ami. Si c'est le Québec et le Canada qui demandent l'intégration continentale de la défense du territoire et qu'ils font eux-mêmes une grande partie du travail, les Américains auront moins l'air de se comporter de façon impérialiste.

Trappman était surpris qu'Emmy Black en sache autant. Et plus encore qu'elle lui avoue de façon implicite l'intention de Paradise Unlimited de prendre le contrôle de l'ensemble de l'opération, une fois la situation stabilisée. Cela voulait dire que Heather Northrop l'incluait dans ses plans et qu'elle entendait lui proposer un rôle. Cela voulait également dire que le clan des filles était sur le point de passer à l'action.

Il faudrait qu'il redouble de prudence et qu'il essaie d'en savoir plus. Autant commencer par une légère contre-attaque.

— Si jamais l'enquête sur l'Église de la Réconciliation Universelle dérape… fit Trappman.

— À l'intérieur du Consortium, Paradise Unlimited n'est pas la filiale la plus menacée, si tu veux mon avis. Il y a encore eu un ratage dans une opération de Toy Factory.

— C'est possible…

— En mer de Chine. C'était aux informations.

— Comme je suis affecté à plein temps à l'opération ici, je suis moins au courant de ce qui se passe dans l'ensemble de la filiale.

— Tu devrais envisager un changement de carrière.

— Oui, sûr…

— Je pourrais t'engager.

— À quel titre ?

— Garde du corps… Responsable du divertissement de la direction… Exécuteur des hautes œuvres… Homme à tout faire, quoi !

— Je préfère demeurer où je suis. Le commerce des armes est un secteur stable. En temps de guerre, les gens ont besoin d'armes pour se défendre et pour attaquer. En temps de paix, ils ont besoin d'armes pour se protéger et pour exercer des représailles s'ils sont attaqués. On ne peut pas rêver mieux.

— Le commerce est stable, les commerçants le sont moins… Du moins au niveau des fusibles.

Il était bien connu que les vrais trafiquants étaient les États. Mais, pour protéger leur image publique et pouvoir désavouer toute initiative embarrassante, ils employaient plusieurs niveaux d'intermédiaires. Moyennant des possibilités d'enrichissement rapide, ces derniers acceptaient le rôle de fusibles. En cas de problèmes, ils étaient les premiers à sauter. De cette façon, protégés par une chaîne d'intermédiaires sacrifiables, les véritables décideurs n'étaient jamais inquiétés.

— Je préfère tenter ma chance, répliqua Trappman.

— Comme tu veux.

Elle lui avait tendu une perche et il l'avait refusée. Dommage… Cela aurait été amusant de l'avoir sous la main. Mais c'était son choix.

Il n'y avait plus qu'une chose à faire, songea Emmy Black : vérifier qu'elle avait bien les codes de déclenchement des dernières opérations.

— Puisque tu as le temps, dit-elle, j'aimerais qu'on passe en revue le calendrier des prochains jours. Je veux être certaine qu'on n'a rien oublié.

De cette façon, quand viendrait le temps de s'occuper de lui…

CBV, 8 H 10

... LA RUMEUR SELON LAQUELLE L'INSPECTEUR-CHEF GONZAGUE THÉBERGE POURRAIT DEVOIR RENONCER TEMPORAIREMENT À L'EXERCICE DE SES FONCTIONS DE DIRECTION.
SUR LA SCÈNE INTERNATIONALE, L'ESCALADE VERBALE S'EST POURSUIVIE ENTRE L'IRAN ET ISRAËL. LE MINISTRE ISRAÉLIEN DE LA DÉFENSE A AFFIRMÉ QUE L'ÉTAT HÉBREU EXERCERAIT SOUS PEU SON DROIT DE REPRÉSAILLES ET QUE LE LANCEMENT D'UN MISSILE CONTRE LE TERRITOIRE JUIF NE DEMEU-RERAIT PAS IMPUNI. IL A DE PLUS INDIQUÉ QUE SON PAYS FAISAIT SIENNE LA THÉORIE AMÉRICAINE DE L'AUTODÉFENSE PRÉVENTIVE ET QU'ISRAËL N'HÉSITERAIT PAS À UTILISER TOUS LES MOYENS À SA DISPOSITION POUR EXERCER CE DROIT.
RÉAGISSANT À CETTE DÉCLARATION, LE PORTE-PAROLE DU GOUVERNEMENT IRANIEN…

BAIE-D'URFÉ, 8 H 14

Des voitures de police banalisées bloquaient l'entrée du monastère. Emma White vit leur manœuvre sur l'écran de surveillance.

Un regard sur un deuxième écran lui permit de cons-tater qu'un groupe d'une quinzaine de personnes avait pris position pour surveiller le périmètre du domaine.

Avec la distance qu'il y avait entre elles, il lui serait facile d'échapper à leur vigilance.

Elle prit un masque à gaz et se dirigea vers la porte menant au souterrain qui débouchait à l'extérieur du parc. Sur l'écran de son ordinateur de poche, elle continuait de surveiller la progression des policiers.

Pendant qu'elle s'enfuyait, l'inspecteur-chef Théberge et Polydore Campeau progressaient lentement vers la porte centrale du monastère. Lorsqu'ils furent arrivés, Campeau essaya sa clé magnétique. En vain.

— Quand je suis sorti, il y a vingt minutes, elle fonctionnait, dit-il.

— Ils ont peut-être changé les codes.

— Peut-être… mais pourquoi ?

— S'ils nous ont vus arriver…

Polydore ouvrit son ordinateur portable.

— Je vais voir ce que je peux faire, dit-il… La difficulté, c'est de neutraliser les systèmes de sécurité sans provoquer l'autodestruction des édifices.

Pendant qu'il s'affairait sur le clavier, un policier distribua des masques à gaz.

Une minute plus tard, Campeau relevait les yeux de son ordinateur.

— Ça y est, dit-il. Maintenant, ça devrait fonctionner.

Après s'être assuré que tout le monde avait mis son masque, Théberge fit signe à Campeau d'ouvrir la porte.

À l'intérieur, la salle d'accueil était déserte. Toutes les portes étaient fermées. Cette fois, il fallut utiliser le bélier.

Pendant que les policiers avançaient lentement d'une salle à l'autre, Emma White sortait du tunnel. Elle était dans un boisé, à moins de cent mètres de la petite maison que l'Église de la Réconciliation Universelle avait achetée en sous-main dans l'éventualité d'une telle urgence. Sur son ordinateur de poche, qui demeurait relié à l'ordinateur central du monastère, elle repéra les policiers qui surveillaient le périmètre. Ils étaient assez loin de l'endroit où elle se trouvait : elle se dirigea alors vers la résidence en s'efforçant de marcher d'un pas normal et de faire le moins de bruit possible.

Quelques minutes plus tard, elle entrait dans la petite maison. La logique aurait voulu qu'elle prenne immédiatement la voiture qui l'attendait dans le garage, mais elle déposa son ordinateur portable sur le vaisselier et elle prit le temps de regarder, par le réseau de caméras de surveillance, la progression des policiers. Ils venaient d'atteindre la première salle où il y avait des victimes.

Sur l'écran, Emma White vit un des policiers s'agiter et donner des ordres. Sans doute demandait-il des renforts médicaux. Ils en auraient besoin, songea-t-elle avec un sourire. Quand ils auraient terminé la visite du monastère, il n'y aurait pas assez d'ambulances pour transporter tous les corps.

À côté de l'inspecteur-chef Théberge, elle aperçut une silhouette qui lui semblait familière. L'homme était penché sur un ordinateur portable et il tapait de façon soutenue. Toute son attitude trahissait un sentiment d'urgence.

— Rien à faire, dit Polydore, toujours penché sur son ordinateur. Quelqu'un a changé tous les codes d'accès. Il faut vraiment que je les modifie un par un.

— Allez-y, fit Théberge, qui avait une main sur la poignée de la porte menant à la pièce suivante.

— Je viens de lancer le programme d'évacuation des gaz. Dans une dizaine de minutes, il ne devrait plus y avoir de danger.

— Et la porte, ça vient ?

— Je m'en occupe.

Quelques instants plus tard, un déclic se faisait entendre.

Dans la nouvelle pièce, il n'y avait personne. Théberge poussa un soupir de soulagement. Il avait craint de découvrir de nouvelles victimes.

Ainsi, c'était lui la taupe, songea Emma White. Le comptable avait trouvé le moyen de s'introduire sur le réseau. C'était sans doute lui qui avait découvert comment faire évacuer les gaz. Il devait avoir des habiletés informatiques de loin supérieures à celles qu'il avait avouées. Était-il un agent infiltré par les flics?... En tout cas, il avait été dormant pendant plus de deux ans.

Elle aurait dû se méfier davantage. Les talents qu'elle avait discernés en lui auraient dû lui mettre la puce à l'oreille... Pourtant, elle l'avait souvent observé à son insu. Mais jamais il ne s'était trahi. Jamais il n'avait eu le moindre comportement dissonant par rapport à son personnage.

Dès son arrivée en Bavière, elle décréterait une révision des procédures de sécurité pour l'ensemble des établissements de l'Église ainsi qu'un supplément d'enquête sur tous ceux qui avaient un accès significatif au réseau.

Après avoir assisté à l'ouverture d'une autre porte et avoir vu les policiers s'immobiliser devant les corps allongés sur le plancher, elle décida qu'elle s'était assez amusée.

Sur le clavier de son ordinateur de poche, elle entra le code d'autodestruction des édifices puis elle confirma l'ordre en cliquant sur le bouton de validation qui apparut à l'écran.

Normalement, le délai était de cinq secondes.

Quelques minutes et trois essais plus tard, elle dut se rendre à l'évidence : le comptable avait également trouvé le moyen de bloquer son accès aux commandes d'autodestruction. Par dépit, elle lança son ordinateur de poche contre le mur. Après avoir percuté l'abat-jour d'une lampe sur pied, l'appareil termina sa chute sur le siège d'une causeuse.

— Lui, je jure que je vais avoir sa peau! lança Emma White en claquant la porte.

Elle ne pouvait plus rien faire pour sauver les secrets du monastère. Pour les heures à venir, tout ce qui était à sa portée, c'était de sauver sa propre peau.

Ensuite viendrait le temps de la vengeance.

Près de Mulhouse, 14 h 38

Pascale éprouvait moins de difficulté à se concentrer sur une idée.

Elle était dans une limousine. À sa gauche, il y avait une femme : Lynn Gainsborough. Entre elles, il y avait un jeune garçon. Deux autres étaient assis sur le siège derrière le leur.

Son esprit parvenait à conserver un minimum de clarté. La moindre action, par contre, lui paraissait au-dessus de ses forces. Tenir ses paupières ouvertes mobilisait une grande partie de son énergie. Amorcer une conversation n'était même pas pensable.

Par un effort de volonté, elle s'obligea à résumer mentalement le peu qu'elle avait appris. Un avion les avait déposés à l'aéroport de Lyon. Là, une limousine les avait pris en charge pour les amener dans une maison en banlieue de la ville. Puis une autre limousine était venue les chercher pour les conduire à Mulhouse. Là-bas, quelqu'un d'autre devait se charger de les transporter en Bavière.

Au début, elle entendait la conversation du chauffeur et de la femme qui l'accompagnait. Mais ils avaient ensuite relevé la vitre qui les séparait des passagers.

Par la fenêtre, à travers le verre teinté, elle voyait défiler un paysage qu'elle ne reconnaissait pas.

Malgré la fatigue, elle continuait de lutter. Si elle avait retrouvé une partie de sa concentration, c'était probablement que l'effet de la drogue commençait à s'atténuer. Il fallait qu'elle reste éveillée. Qu'elle soit en mesure de tenter sa chance lorsqu'elle le pourrait.

C'est alors qu'une nouvelle attaque de panique survint. Elle se rappela ce que lui avait dit son frère. La conscience lui reviendrait, mais elle ne pourrait plus bouger. Elle serait prisonnière à jamais à l'intérieur de sa tête. Comme ces gens qui sont dans le coma et qui entendent leurs proches discuter pour savoir s'il faut les débrancher…

Puis elle se souvint d'avoir tourné la tête un peu plus tôt pour regarder l'autre femme. Elle n'était donc pas entièrement paralysée.

Avec difficulté, elle souleva son bras droit et l'appuya sur le bord de la fenêtre. Elle sentit un léger sourire apparaître sur son visage. Elle pouvait presque le sentir se propager à travers ses muscles. Néanmoins, elle se demanda si le sursis était temporaire. Si la paralysie s'installait de façon progressive, ce qui aurait expliqué qu'elle puisse bouger encore un peu.

Par la fenêtre, le paysage continuait de défiler. Le soleil brillait. Pascale fit un nouvel effort pour toucher du doigt la tache jaune à travers la vitre.

Baie-d'Urfé, 9 h 36

L'inspecteur-chef Théberge appuya sur le bouton et la salle de méditation s'ouvrit.

Maître Calabi-Yau était assis sur une sorte de trône. Il était ligoté au siège. Devant lui, une télévision diffusait une poudrerie de points noirs et blancs qui crépitaient dans les haut-parleurs.

Un des policiers examina l'appareil qu'il transportait, puis il enleva son masque. Les autres l'imitèrent.

Théberge s'approcha de Calabi-Yau et toucha sa gorge du doigt pour vérifier son pouls. En vain.

Il lui enleva alors son masque. Le visage de Mathieu Devereaux apparut, figé dans une grimace de souffrance.

Théberge se tourna vers Crépeau.

— Il faut que l'équipe technique s'occupe de cette pièce en priorité.

Pendant que Crépeau donnait des ordres dans son radio-téléphone, Théberge se dirigea vers la télé. Elle était branchée sur un magnétoscope.

Il fit rembobiner la cassette et redémarra le visionnement.

Le visage masqué de la tribrane apparut. Sous le masque, Théberge crut reconnaître le sourire. Sans doute celui de la femme qu'il avait interrogée au monastère, songea-t-il.

CHER ET VÉNÉRÉ MAÎTRE, VOTRE RÈGNE AURA ÉTÉ COURT MAIS RICHE EN PÉRIPÉTIES.

COMME L'ÉGLISE DE LA RÉCONCILIATION UNIVERSELLE SOUTIENT LA NÉCESSITÉ D'ÉLEVER LE NIVEAU DE CONSCIENCE DES ÊTRES HUMAINS, IL SERAIT ILLOGIQUE QUE VOUS MOURIEZ SANS ÊTRE CONSCIENT DE CE QUI VOUS ARRIVE ET SANS SAVOIR CE QUI EST EN TRAIN DE PROVOQUER VOTRE MORT.

TOUT AU LONG DE NOTRE ASSOCIATION, JE VOUS AI SOUVENT MIS EN GARDE CONTRE LA LOURDEUR DE VOTRE ESPRIT. SEUL CE QUI EST LÉGER PEUT SURVIVRE, LE RESTE S'ENFONCE INEXORABLEMENT.

VOUS N'AVEZ PAS PRIS MES AVERTISSEMENTS AU SÉRIEUX. VOUS AVEZ CRU QUE LE PRIVILÈGE QUE VOUS AVIEZ D'OCCUPER LA PLACE VIDE DU MAÎTRE VOUS AUTORISAIT TOUTES LES EXTRAVAGANCES. VOUS AVEZ MÊME POUSSÉ LA PRÉTENTION JUSQU'À CROIRE QUE VOUS POUVIEZ DIRIGER NOTRE ÉGLISE.

IL N'EST QUE JUSTICE QUE CETTE LOURDEUR SE RETOURNE CONTRE VOUS. CHACUN DES DEUX LIQUIDES QUE VOUS AVEZ BUS AU COURS DE CETTE INITIATION ÉTAIT EN SOI INOFFENSIF. MAIS ILS ONT LA PROPRIÉTÉ DE RÉAGIR L'UN À L'AUTRE. DANS VOTRE ESTOMAC, ILS SONT EN TRAIN DE SE TRANSFORMER EN UNE MASSE QUI A LA CONSISTANCE DU POLYURÉTHANE. SA FORCE D'EXPANSION VA COMPRIMER VOS ORGANES INTERNES, BLOQUER L'INDISPENSABLE CIRCULATION DES FLUIDES… PUIS ELLE VA DURCIR. C'EST CELA, LA BOULE QUE VOUS SENTEZ À L'IN-TÉRIEUR. MAIS RASSUREZ-VOUS : BIENTÔT, VOUS NE SENTIREZ PLUS RIEN. VOUS ALLEZ AMORCER VOTRE PROCESSUS DE RETOUR À LA SIM-PLICITÉ DES CORDES.

JE NE VEUX PAS PRENDRE DAVANTAGE DE VOTRE TEMPS. DE TOUTE FAÇON, VOUS DEVEZ COMMENCER À AVOIR BEAUCOUP DE DIFFICULTÉ À SUIVRE CE QUE JE VOUS DIS.

JE VOUS SOUHAITE UN AGRÉABLE VOYAGE DE RETOUR À VOS ORIGINES.

Théberge éteignit l'appareil, récupéra la cassette et la mit dans un sac de polythène. Puis il se tourna vers Crépeau.

— Qu'est-ce que tu en penses ?

— Ils avaient commencé le nettoyage avant qu'on arrive.

— À ton avis, il y a eu une fuite ?

— J'imagine mal qu'ils aient eu le temps de monter toute cette mise en scène. J'ai plutôt l'impression que notre arrivée a simplement précipité les choses. Le monastère et son système de sécurité ont dû être construits en fonction d'événements de cette sorte…

Ils furent interrompus par l'arrivée des membres de l'équipe technique.

— Venez, fit Théberge en s'adressant à Crépeau et à ses hommes : il faut s'occuper des autres bâtiments.

MONTRÉAL, 9 H 47

Emma White avait abandonné son auto dans le stationnement d'un restaurant, le long de l'autoroute Métropolitaine, et elle avait marché un demi-kilomètre jusqu'à un casse-croûte. De là, elle avait appelé un taxi.

Par la fenêtre du véhicule, elle regardait défiler Montréal. La neige avait à peu près disparu. Mais, en dépit de l'arrivée officielle du printemps, le fond de l'air était froid.

La marche l'avait transie. Malgré le café qu'elle avait pris au casse-croûte, un frisson involontaire venait de temps à autre secouer son corps.

Les façades et les intersections se succédaient, composant par petites touches le portrait socio-économique des résidents. Mais l'esprit d'Emma White était ailleurs. Intérieurement, elle fulminait et se traitait de tous les noms. Elle avait cédé à la tentation de se faire plaisir au lieu de procéder selon les consignes de sécurité qu'elle avait elle-même rédigées.

Plutôt que d'enclencher la destruction des édifices aussitôt qu'elle le pouvait, elle avait préféré finasser et attendre que tous les policiers soient à l'intérieur du monastère. Elle avait voulu s'offrir le double spectacle de leur réaction devant le corps des victimes, puis celui de leur disparition dans l'explosion.

Le résultat, c'était que le comptable avait eu le temps de désactiver les systèmes d'autodestruction et que les policiers avaient pu prendre possession du monastère. Et, comme si ce n'était pas assez, il avait fallu qu'elle lance son ordinateur de poche contre le mur, par bête frustration, et qu'elle le laisse là-bas.

Emma White enrageait.

À cause de sa bêtise, elle se retrouvait sans moyen de contact sécurisé avec les dirigeants du Consortium. Et si jamais les policiers retrouvaient son ordinateur, qui savait ce qu'ils pourraient en extraire ? Les dossiers avaient beau être cryptés…

— À quelle adresse dans Repentigny ? demanda le chauffeur.

— Laissez-moi au centre commercial… Les Galeries Rive Nord.

— Sur le boulevard Brien ?

— Oui.

Elle changerait son apparence dans les toilettes publiques de l'endroit et elle se rendrait à pied au refuge qui l'attendait.

Il était temps qu'elle recommence à respecter certaines règles élémentaires de sécurité.

NEW YORK, 9 H 52

Zorco surveillait à la télé la diffusion du vote sénatorial sur le budget militaire.

Depuis que les républicains avaient repris le contrôle du gouvernement, les choses étaient plus simples et les votes plus rapides. Il ne fallait pas attendre la bonne volonté des démocrates pour qu'un sujet soit traité.

L'orateur était un sénateur de la *Bible Belt*.

LE TERRORISME EST DE NOUVEAU À NOS PORTES. IL SÉVIT MAINTENANT AU NORD DE NOS FRONTIÈRES. C'EST POURQUOI JE PROPOSE LE *HOMELAND SECURITY PACKAGE*. SI NOUS NE CONTRÔLONS PAS CE QUI SE PASSE AU CANADA, PERSONNE NE LE FERA À NOTRE PLACE. ET CERTAINEMENT PAS LES CANADIENS.

LE PLUS URGENT EST D'INSTAURER LA PRISE DE PHOTO ET D'EM-PREINTES DIGITALES DE TOUS LES VISITEURS EN PROVENANCE DU CANADA, QU'ILS AIENT OU NON LA CITOYENNETÉ CANADIENNE. PLUS GLOBALEMENT, IL FAUT QUE LE CANADA PARTICIPE À LA DÉFENSE DU

CONTINENT EN AUTORISANT NOTRE DROIT D'INTERVENTION SUR SON TERRITOIRE QUAND NOTRE SÉCURITÉ EST MENACÉE ET QU'IL ASSUME SA PART DES COÛTS DE LA DÉFENSE CONTINENTALE. S'IL REFUSE DE LE FAIRE, IL SUFFIT D'IMPOSER UNE TAXE SUR SES EXPORTATIONS POUR NOUS REMBOURSER.

Le *Homeland Security Package* serait battu. Mais là n'était pas la question. Il aurait été déposé officiellement et il aurait reçu l'appui d'un bon nombre de sénateurs. Zorco pouvait presque tous les nommer.

Désormais, le *Homeland Security Package* ferait partie du paysage politique. Les médias y feraient référence. Des politiciens en parleraient. Certains pour le dénoncer, d'autres pour proposer des aménagements. On s'y habituerait.

Puis, un peu plus tard, une autre proposition serait déposée. Beaucoup plus radicale. Le *Homeland Security Package* serait alors avancé comme compromis. Dans l'esprit du public, qui trouvait toujours raisonnable de faire des compromis, il serait mieux vu. Davantage de politiciens se sentiraient justifiés de l'appuyer.

Zorco fut interrompu dans ses réflexions par un appel sur sa ligne réservée à la direction du Consortium.

— J'ai reçu votre message, fit la voix de Fogg.

— Il vient d'y avoir un autre incident, répondit Zorco. Une saisie de matériel militaire d'origine soviétique à la frontière de la Turquie. C'était destiné au PKK.

— Quel bureau avait négocié la livraison ?

— Zurich.

— Au moins, ce n'est pas la série qui se poursuit…

Depuis quelques mois, les incidents s'étaient multipliés. Une cargaison d'armes saisie en mer de Chine, des hélicoptères de combat destinés au FARC de Colombie interceptés en Guyane, le matériel nucléaire disparu sur la réserve d'Akwesasne… Zorco aurait pu nommer pas moins d'une demi-douzaine d'opérations qui avaient été compromises au cours de la dernière année. La plus récente était la saisie des trois cargos dans le port de Miami. Toutes ces opérations avaient une caractéristique commune : elles avaient été négociées à partir du bureau nord-américain. D'où la question de Fogg. Et son relatif soulagement en apprenant que l'opération sabotée avait été négociée à Zurich.

— Peut-être s'agit-il d'un véritable accident, reprit Zorco.

— Pour les fuites, vous avez trouvé quelque chose ?

— Tous les responsables du secteur américain ont été examinés par GDS. Ils n'ont rien trouvé.

— Avez-vous pensé à vos contacts dans l'industrie militaire ?

— GDS s'en est aussi occupé. Rien là non plus… C'était probablement Horcoff.

— Horcoff est mort et les incidents ont continué.

— C'étaient des opérations qui avaient été négociées longtemps avant qu'il meure.

— Espérons que vous avez raison.

— Vous voulez que je mette le secteur en quarantaine ?

— Vous pouvez attendre un peu, mais vous n'aurez pas le choix de faire le ménage… Tôt ou tard, vous devrez reconstruire sur de nouvelles bases. Je ne vois pas d'autre solution.

— D'accord. Aussitôt que l'opération du Québec est terminée, je ferme le secteur.

— Puisque vous parlez du Québec…

— C'est maintenant une question de jours avant que tout soit fini.

— Et mademoiselle Northrop ? Vous a-t-elle mis de nouveaux bâtons dans les roues ?

— Pas que je sache. Elle est trop occupée à colmater les effets des fuites dans les journaux !

— Méfiez-vous quand même.

— Compte tenu de ce qui va lui tomber dessus dans les heures qui viennent, ça m'étonnerait qu'elle ait le temps de nous créer des problèmes.

— Ne commettez pas l'erreur de la sous-estimer.

— Trappman a fait du bon travail. D'ici un jour ou deux, toute son organisation devrait être détruite. Mieux encore, il y aura un responsable qui nous innocentera complètement. Une infiltration…

— Si vous dites vrai, nous serons en bonne position pour proposer l'absorption de Paradise Unlimited par une autre filiale, ce qui écartera madame Northrop du Comité des directeurs… Surtout si vous parvenez à assurer le succès de l'opération malgré ses déboires.

— Je ne vois pas pourquoi les choses n'iraient pas jusqu'à leur dénouement. Trappman m'assure que tout est en place et que personne n'a le moindre soupçon sur ce qui se déroule.

— Tant mieux. Pour ne rien vous cacher, le Consortium a besoin de cette réussite pour conforter la confiance de ses commanditaires.

Zorco s'abstint de répondre.

— Et votre monsieur Hurt? reprit Fogg.

— Je ne l'ai pas revu. Ça m'étonnerait qu'il réussisse à me relancer ici.

— Et les informations que vous lui avez fournies?

— Je n'ai aucune raison de croire qu'elles ne seront pas utilisées. De fait, j'ai eu vent de quelques rumeurs en provenance d'Allemagne.

Repentigny, 10 h 41

La première chose que fit Emma White en arrivant à son refuge fut de contacter le monastère central, en Autriche. Elle fit émettre un communiqué par lequel l'Église de la Réconciliation Universelle dénonçait les dérives de la communauté établie au Québec et s'en dissociait complètement.

Elle tenta ensuite de joindre Xaviera Heldreth sur sa ligne privée. Une boîte vocale lui répondit: madame Heldreth la rappellerait dès qu'elle serait disponible.

Un appel à Emmy Black eut le même résultat.

Emma White alluma alors la télévision et activa un fureteur sur son ordinateur. En attendant qu'on la rappelle, elle suivrait le compte rendu des événements en cours au monastère.

CBV, 12 H 03

> ... SURVENU AU NORD DE BAIE-COMEAU. L'HÉLICOPTÈRE AURAIT EXPLOSÉ ALORS QU'IL VENAIT DE RÉCUPÉRER DEUX PROSPECTEURS MINIERS EN DIF- FICULTÉ.
> DE NOUVEAUX DÉVELOPPEMENTS VIENNENT TOUT JUSTE DE SURVENIR DANS LE DOSSIER DE L'ATTAQUE CONTRE LES ÉGOUTS PLUVIAUX. EN EFFET, RADIO- CANADA A REÇU IL Y A QUELQUES MINUTES À PEINE UN MESSAGE DE NATURE BOY QUI NIE TOUTE RESPONSABILITÉ DANS LES ATTENTATS. L'AUTEUR DU MESSAGE DÉNONCE, ET JE CITE, « L'UTILISATION ABUSIVE DE SON NOM PAR... »

Les principales qualités des jeux vidéo sont : de favoriser l'action réflexe, court-circuitant ainsi les inutiles tergiversations de l'analyse critique ; d'habituer l'individu à des attentes de satisfaction immédiate ; de fournir des exutoires à d'éventuels excès d'agressivité mal canalisés ; de favoriser le détachement et la dédramatisation (rien n'est vraiment important, il y a toujours une autre partie) ; de renforcer l'attente de nouveauté (chaque saison amenant de nouvelles versions, de nouveaux jeux et souvent de nouvelles plates-formes) ; de développer le sens de la compétition ; d'offrir des substituts de toute-puissance susceptibles d'améliorer l'estime de soi ; d'apprendre à la fois la nécessité des règles et l'utilité de connaître des façons de s'en affranchir (les *cheats*).

Joan Messenger, *Le Fascisme à visage humain*, 11-Rationaliser les médias.

MARDI (SUITE)

OTTAWA, 14 H 19

Après avoir reçu le courriel l'avertissant que les activités du Noyau étaient suspendues, Sinclair s'était dépêché d'obéir aux consignes et avait détruit toute trace de ses relations avec l'Église de la Réconciliation Universelle.

Sa première pensée avait été pour la chance qu'il avait eue de pouvoir faire appel au Noyau pour régler son problème avant que l'organisation soit mise en veilleuse.

C'est ensuite avec inquiétude qu'il avait suivi les informations sur l'opération en cours à Baie-d'Urfé. On parlait de plusieurs morts, d'édifices minés, de dirigeants en fuite… Tout cela contrastait avec le ton ferme et presque serein du message qu'il avait reçu.

Sinclair aurait aimé pouvoir contacter directement un des membres de la haute direction de l'Église pour faire le point et savoir à quoi s'en tenir. Entre autres, il aurait aimé savoir si les événements en cours au Québec pouvaient avoir des répercussions sur son fils, qui étudiait dans un des collèges de l'Église en Europe.

Quand il vit Lamaretto entrer dans son bureau, il fut sur le point de tout lui raconter. Puis il se ressaisit.

— Alors, fit-il pour se donner une contenance, ce sommet?

— Vous n'aurez pas le choix, répondit le sénateur. Mon contact chez les Américains me dit que le Président en fait une condition à la conclusion des accords.

— J'aurais dû m'opposer à cette idée dès le début.

— Dans les médias, ça joue très bien. L'expression « sommet de l'amitié » est déjà passée dans le langage.

— Si au moins on pouvait faire ça dans un endroit civilisé. Mais non… Il veut pêcher et tuer un ours!… Vous êtes sûr qu'il n'a pas demandé un barrage de castors?

— Il ne faudrait pas le lui faire penser, répondit Lamaretto en souriant.

Sinclair lui offrit un verre de whisky et s'en servit un. Le sénateur nota que, pour la première fois, le premier ministre s'était servi un plein verre au lieu de se contenter d'un fond comme il en avait l'habitude. Quelque chose devait le tracasser sérieusement. Était-ce simplement la perspective de cette rencontre?

— Dites-moi, fit le premier ministre, c'est quoi cette histoire… l'Église de la Réconciliation Universelle?

— Encore une affaire de secte, je suppose…

— Aux informations, ils disent que ça pourrait être relié au terrorisme. Je n'ai rien lu en ce sens dans les rapports du SCRS.

— Vous voulez que je vérifie?

— Si vous avez le temps…

— Je vais le prendre. De toute façon, mon travail achève. Je peux bien faire ça pour vous avant de partir.

— Ça ne vous intéresse pas de continuer ?

— Pour faire quoi ?... Vous êtes élu, les sécessionnistes sont pulvérisés... les négociations avec les États-Unis sont presque terminées... Je ne vois pas ce que je pourrais faire d'autre.

— À Montréal, le terrorisme n'a pas l'air terminé.

— Quelques écolos illuminés !... C'est une nuisance, je le concède. Mais ça n'a rien à voir avec le terrorisme.

Un sourire illumina son visage. Puis il ajouta :

— Ça va occuper les policiers...

— Il y aura d'autres élections...

— Si vous le désirez, je reviendrai vous donner un coup de main à ce moment-là. Mais, entre-temps, j'ai besoin de relever de nouveaux défis.

— Comme quoi ?

— On m'a demandé de me joindre à une firme qui s'occupe de commerce international : Slapstick & Gaming International.

— Vous allez vous lancer dans la vente de jeux ?

— Ai-je jamais fait autre chose ?... Une campagne électorale, ce n'est jamais qu'un « grandeur nature » pour amuser la population.

Montréal, 14 h 44

L'inspecteur-chef Théberge faisait le bilan de l'opération avec Polydore.

Dans le monastère, ils avaient découvert vingt-neuf personnes mortes. Le Refuge, par contre, était vide : aucune trace de Pascale ni de l'autre femme que Polydore y avait aperçue par les caméras du réseau de surveillance.

Même situation dans le Collège : personne. Ils y avaient cependant trouvé plusieurs armoires remplies de bandes vidéo.

La seule information que le policier avait gardée pour lui était la découverte d'un ordinateur de poche dans une petite maison adjacente au parc du monastère.

L'appareil avait été trouvé après qu'une équipe de policiers eut suivi un souterrain qui aboutissait à l'intérieur d'un bosquet, dans la cour de la maison.

— Il n'y a aucune trace de Pascale, de l'autre femme ni des enfants, fit Théberge… J'hésite à demander une perquisition complète des lieux tant que le déminage ne sera pas terminé.

— Je comprends.

— On aurait assez de preuves pour lancer des mandats d'arrêt, mais on n'a ni le nom ni la photo d'aucun des responsables.

— Il y a toujours la liste…

— Ceux-là, je vois mal comment on pourrait les arrêter… Ce n'est pas parce que leurs noms apparaissent sur une liste qu'ils sont effectivement membres de l'Église. Et encore moins qu'ils en sont des dirigeants… On peut tout aussi bien découvrir qu'ils en étaient victimes. Que l'Église les avait ciblés pour faire pression sur eux.

— Vous pouvez au moins les interroger !

— Bien sûr, je peux les interroger. Et ils vont comprendre que j'ai leur nom, que je m'intéresse à eux… Résultat ? Ils vont se surveiller encore plus !

— La perquisition risque de prendre plusieurs jours.

— Je sais… Ça leur donne le temps de se concerter et d'accorder leurs histoires…

Son regard glissa vers le mur où il avait affiché une caricature de Graff.

Campeau suivit son regard.

— Ses caricatures sont de la musique à mes yeux, fit Théberge.

— Les sectes ne sont pas toutes religieuses… Vous croyez que c'est un vrai danger ?

— La partition ? Difficile de savoir… J'ai tendance à me méfier du potentiel créateur de la bêtise militante !

— Pourtant, avec les terroristes derrière les barreaux et les responsables de l'Église de la Réconciliation Uni-

verselle en fuite, les prochaines semaines devraient être un peu plus calmes.

Théberge fit un geste de la main en direction de la liste que Campeau avait découverte.

— Il nous reste quand même un certain nombre d'ahuris en liberté, dit-il.

RDI, 14 H 58

... PAR LE REPRÉSENTANT DES AUTOCHTONES. CES DERNIERS ONT ANNONCÉ LEUR INTENTION DE COMMERCIALISER UNE PARTIE DES RÉSERVES D'EAU DOUCE DE LEUR TERRITOIRE. UN PROJET D'ENTENTE AVEC LE LABRADOR POUR NÉGOCIER DES DROITS DE PASSAGE EST DÉJÀ EN COURS. L'EAU Y SERAIT AMENÉE PAR PIPELINE POUR ENSUITE ÊTRE TRANSPORTÉE PAR BATEAUX-CITERNES VERS LA RÉGION DE BOSTON.

LE PROJET A SUSCITÉ DE VIVES RÉACTIONS DANS LES MILIEUX POLITIQUES APRÈS QUE LE PREMIER MINISTRE SINCLAIR EUT DÉCLARÉ Y ÊTRE PLUTÔT FAVORABLE ET QUE LE LABRADOR EUT AFFIRMÉ ÊTRE LUI-MÊME EN RÉFLEXION SUR UN PROJET SIMILAIRE.

QUANT À LA VISITE PROCHAINE DU PRÉSIDENT DES ÉTATS-UNIS ET DES PRINCIPAUX CHEFS D'ÉTAT EUROPÉENS, LE PORTE-PAROLE DU PREMIER MINISTRE S'EST BORNÉ À RÉPÉTER QUE...

Drummondville, 15 h 21

F venait de lire le message expédié à Blunt par Théberge.

Le policier y résumait les premiers résultats de l'enquête au domaine de l'Église de la Réconciliation Universelle. Il avait joint à son message la liste que Campeau avait découverte. Pour l'instant, il ne pouvait faire plus : avec l'opération du monastère, le sabotage des égouts pluviaux et la disparition de Pascale Devereaux, il ne savait même pas s'il pourrait un jour recommencer à dormir.

Théberge avait également transféré à Blunt par voie électronique le contenu de l'ordinateur qu'ils avaient saisi au monastère en y adjoignant un certain nombre de mots de passe.

L'ensemble des documents faisait près de deux gigs. Ils étaient en cours de transfert. Blunt avait pris des dispositions pour que Chamane se connecte à son portable et qu'il gère cette information de façon rapide et sécuritaire.

— Qu'est-ce que vous en pensez ? demanda F.

— De l'Église de la Réconciliation Universelle ? J'aimerais mieux attendre de voir ce que Chamane va extraire de l'ordinateur avant d'y réfléchir vraiment. Ce qui m'intrigue, par contre, c'est cette histoire d'écoterrorisme.

— Vous m'avez déjà prédit que ce serait le terrorisme de l'avenir.

— Quand je pensais à l'avenir, je voyais ça plutôt en termes d'années. De plusieurs années.

— Vous croyez que c'est lié ?

— À première vue, je dirais que oui.

— Je ne vois pas comment ça peut s'intégrer au reste. Et je ne vois pas pourquoi ils choisissent de bloquer les égouts pluviaux… S'ils avaient fait quelque chose relié aux coupes à blanc dans les forêts, aux barrages sur les rivières, aux voitures privées qui emplissent les rues de la ville aux heures de pointe… Quelque chose de plus symbolique de la dégradation de l'environnement…

— Dans leur message, ils affirment que l'espèce humaine est la plus polluante.

— Si c'est ça leur message, pourquoi est-ce qu'ils ont choisi les égouts pluviaux ? Pourquoi ne pas s'être attaqués au système d'égouts domestiques ?

— C'est peut-être la prochaine étape.

— Si jamais c'est le cas, cela veut dire qu'un nouveau processus d'escalade est amorcé. Et ça, ça ne peut pas être une coïncidence.

— Il va falloir que j'aille examiner tout ça dans la salle de go.

— Avez-vous eu connaissance des dernières informations que Hurt nous a fait parvenir par Chamane ?

— Sur le détournement de matériel militaire vers la Côte-d'Ivoire ?

— Oui… Comme ça concerne l'Afrique, je les ai envoyées à Claude. Les Français sont les mieux placés pour s'en occuper.

— Ce sont peut-être eux qui préparent un renversement quelque part.

— S'ils n'étaient pas au courant, cela nous fera un service en banque. Et s'ils l'étaient, ça renforce notre position.

— Ça, c'est à la condition que l'Institut redevienne pleinement opérationnel.

— J'ai eu quelques idées, là-dessus.

— Des idées qui vont dans quel sens ?

— J'ai beaucoup réfléchi à la structure d'Al-Qaïda. Je pense qu'on peut en tirer des leçons intéressantes. Des leçons qui confirment le bien-fondé de l'évolution de l'Institut au cours des dernières années.

— Vous voulez structurer l'Institut sur le modèle d'Al-Qaïda ?

— C'est déjà fait en grande partie. Mais il reste des améliorations à apporter. Des détails à mettre au point. Je vous en reparlerai plus tard.

— Pourquoi pas tout de suite ?

— J'ai d'abord deux ou trois choses à tirer au clair.

Blunt se mit à rire doucement.

— Qu'est-ce qu'il y a? demanda F.

— Je vous imaginais en train d'expliquer à Tate que vous vouliez remodeler l'Institut sur le modèle d'Al-Qaïda!

Sur ce, il se leva et se dirigea vers la salle de go. F le regarda fermer la porte avec un sourire retenu.

Il avait beau avoir un ordinateur à la place du cerveau, il n'en avait pas moins des points faibles. Et le moindre d'entre eux n'était pas la curiosité.

MONTRÉAL, 15 H 43

Après avoir rencontré Lamaretto au cours de l'avant-midi pour régler les derniers détails de l'entente, Guy-Paul Morne avait pris l'avion pour Montréal. Dans la limousine qui l'amenait au centre-ville, il achevait son rapport téléphonique au premier ministre.

— En fin de compte, dit-il, ils seraient prêts à assumer les coûts, mais à la condition d'avoir votre appui sur les questions de liberté de commerce.

— Ça va créer des remous dans la population.

— En échange, ils sont prêts à signer un pacte de non-agression. Ça pourrait compenser la baisse de popularité.

— Non-agression?

— Ils n'interviendront pas dans la prochaine campagne électorale et ils s'engagent à faire en sorte que les gens de leur machine ne travaillent pas contre nous.

— En échange du contrôle de l'eau…

— Pas le contrôle: la non-interférence… Le respect de la liberté de commerce.

Morne fut interrompu par la vibration de son téléphone portable. Il s'excusa auprès du premier ministre et répondit sur l'autre ligne.

— L'inspecteur-chef Théberge!… Je ne pensais pas avoir de vos nouvelles si rapidement… Oui… Je ne peux pas avant le début de la soirée. Si vous voulez, on soupe ensemble… D'accord, je vous laisse le soin de réserver quelque part. Un endroit tranquille. Pas trop fréquenté par les fonctionnaires et les politiciens… Entendu. Appelez-moi sur mon cellulaire vers dix-huit heures.

Il revint à la ligne où le premier ministre était en attente.

— L'inspecteur-chef Théberge, dit-il en guise d'explication.

— Que voulait-il ?

— Ils ont trouvé quelque chose sur l'Église de la Réconciliation Universelle.

— Pas encore cette histoire de liste !

Morne perçut un mélange de contrariété et d'agressivité dans la voix du premier ministre. Il se demanda un instant s'il craignait de voir son nom y apparaître. Puis il chassa cette idée. Bertin Duquette n'aurait été à sa place dans aucune religion. Ou, plutôt, il avait déjà une religion qui l'immunisait contre toutes les autres : l'intérêt de Bertin Duquette.

— Il m'a seulement dit qu'ils avaient découvert quelque chose de très gros, répondit Morne. Il veut que j'aille le voir pour en parler. Je vais en profiter pour me renseigner davantage sur cette histoire d'écoterrorisme.

— Les détails, on les apprendra bien assez vite ! La Ville doit déjà être en train de rédiger sa demande de subvention pour qu'on l'aide à réparer les dommages et à indemniser les gens qui pourraient être inondés.

— Vous devriez vous en réjouir.

— Je ne vois vraiment pas pourquoi !

— Vous avez l'occasion de leur montrer qui est vraiment en mesure de les aider.

— Et pour quelle raison est-ce que je ne devrais pas laisser la Ville s'en occuper ?

— Tout pouvoir politique repose sur la capacité à donner de la sécurité aux gens. Dans toutes sortes de domaines. Plus vous laissez les villes occuper la place, plus vous vous marginalisez. Si les provinces veulent survivre, il va falloir qu'elles adoptent à l'endroit des villes la même attitude que le fédéral à l'égard des provinces.

— C'est-à-dire ?

— Diminution des ressources fiscales et augmentation des responsabilités. De cette manière, elles seront forcées de faire la démonstration de leur impuissance… Et vous pourrez alors voler au secours de la population, que les municipalités n'arriveront pas à servir correctement.

— Autrement dit, il faut inverser le mouvement de centralisation.

— Il faut centraliser les ressources entre les mains du gouvernement et décentraliser les responsabilités dans les municipalités. La taille des municipalités n'a pas tellement d'importance. Le point important, c'est qu'elles aient fréquemment besoin de l'intervention du gouvernement pour se sortir d'une crise… Sans ça, les provinces vont être de plus en plus marginalisées. Il va rester le pouvoir central à Ottawa, cinq ou six villes majeures et une kyrielle d'administrations mineures, provinciales ou municipales.

— Vous ne croyez pas vraiment que les provinces peuvent disparaître ?

— Pas disparaître. Elles vont devenir des sortes d'administrations régionales qui vont gérer des services pour les villes trop petites pour s'en payer… Une sorte de sénat sur les stéroïdes pour administrer le BS des municipalités.

— Ça ne vous gêne pas de me dire tout ça ouvertement ?

— C'est pour ça que vous me payez, non ? Pour vous donner l'heure juste.

— De là à m'annoncer sereinement ma disparition… Sachez que je n'ai pas envie d'être le premier ministre qui, à peine au pouvoir, va enterrer la province !

— Si cela peut vous rassurer, vous avez encore de nombreuses années devant vous. Ces évolutions se font sur des décennies.

— Autrement dit, j'ai un sursis…

— Rien n'est encore joué. Vous pouvez inverser la tendance. Ce dont vous avez besoin, c'est un front commun des provinces : à la fois pour vous défendre contre le fédéral et pour concerter votre action contre les municipalités.

Morne se mit à rire, puis il ajouta :

— Au fond, ce qu'il vous faudrait, c'est un organisme qui pourrait évoluer vers une sorte de confédération souple… et qui pourrait finir par marginaliser le fédéral ! Vous vous retrouveriez avec une vraie confédération, comme ce qui était prévu à l'origine.

— Je commence à comprendre pourquoi Voisin me disait que vous aviez un des esprits les plus tordus qu'il ait rencontrés.

— Dans sa bouche, je suppose que c'était un compliment.

— C'est bien beau tout ça, mais, pour l'instant, Sinclair est toujours au pouvoir. Et c'est lui qui a l'essentiel de l'argent. Qu'est-ce que je réponds à Lamaretto ?

— Vous n'avez pas le choix.

— Le ministre de l'Environnement et celui de l'Énergie vont encore menacer de démissionner. Déjà qu'ils m'en veulent d'avoir reporté la course au leadership à l'automne !

— Une économie de plus de vingt millions dans les dépenses et des contrats d'exportation qui vont faire entrer chaque année des centaines de millions dans l'économie : je ne vois pas comment ils pourraient utiliser ça pour vous nuire !

— Vous avez probablement raison…

— Si ça grince trop, on trouvera deux ou trois bonbons pour les faire bien paraître.

TÉLÉNAT, 15 H 52

— … EN CONTACT AVEC JOSÉ LACHARITÉ, À BAIE-D'URFÉ. JOSÉ, BONJOUR.
— BONJOUR, RICHARD.
— DITES-MOI, JOSÉ, IL SEMBLE QUE NOUS AYONS UNE NOUVELLE HISTOIRE DE L'ORDRE DU TEMPLE SOLAIRE.

— Il est encore trop tôt pour le confirmer, mais les premières informations que nous avons obtenues ne laissent présager rien de bien rassurant. Une vaste opération est présentement en cours au monastère de l'Église de la Réconciliation Universelle. Le domaine est entièrement bouclé et des recherches s'y poursuivent. On sait qu'il y a eu des morts, mais il est présentement impossible d'avoir plus de détails. D'après les rumeurs, un certain nombre de victimes seraient des enfants.

— Et vous ne pouvez rien savoir de plus?

— Non, Richard. L'inspecteur Crépeau, qui dirige l'enquête, a déclaré qu'il ne fallait pas s'attendre à des explications plus détaillées avant que l'opération soit terminée. Il a cependant reconnu que certains membres de l'Église étaient décédés au moment de la perquisition, mais il a refusé de « spéculer » sur les causes de leur décès.

— Est-ce qu'il s'agirait d'un nouveau suicide collectif?

— Les quelques remarques que j'ai pu recueillir auprès des policiers ne vont pas dans ce sens. Mais il est trop tôt pour conclure : certains bâtiments du domaine n'ont même pas encore été examinés.

— Vous avez parlé de l'inspecteur Crépeau. J'en conclus que c'est le SPVM qui mène l'enquête.

— Oui, mais des agents de la Sûreté du Québec ont été appelés en renfort.

— Eh bien, merci, José. Continuez de surveiller la situation pour nous.

— Vous pouvez compter sur moi, Richard.

Munich, 21 h 44

Werner Herzig quittait souvent son bureau tard dans la soirée. Pourtant, il détestait son travail. Il aurait préféré cultiver des fleurs ou enseigner l'aquarelle. Mais il était le meilleur à ce poste. Depuis plus de quinze ans…

Un assortiment de compensations financières et autres, allant du droit de choisir sa période de vacances jusqu'à un abonnement au festival de Bayreuth, était venu à bout de sa résistance. On y avait joint, pour faire bonne mesure, le droit de travailler trois jours par semaine à partir de Munich, son lieu de résidence, ainsi que des appels répétés à son sens des responsabilités.

La section antiterroriste de la *Bundeskriminalamt* était son royaume. Les bureaucrates en avaient changé à

plusieurs reprises le nom et la place dans l'organigramme, mais Werner Herzig avait veillé à ce que les
ressources et le fonctionnement de la section ne soient
pas perturbés par le défilé des lubies à la mode.

Herzig était ce que certains auraient appelé un obsédé
du contrôle.

Aussi fut-il agacé de voir un courriel apparaître dans
son ordinateur sans que le système de courrier électronique puisse en déterminer l'origine.

Son agacement fit place à la perplexité quand il prit
connaissance du contenu du message. Il y avait, s'il fallait
en croire son mystérieux correspondant, un château où
l'on torturait et tuait des gens, entre autres pour faire
des films, à quelques heures à peine de l'endroit où il se
trouvait. Des preuves détaillées étaient à sa disposition
sur un site Internet d'entreposage de données. Un compte
y avait été ouvert à son nom. Le mot de passe pour y
accéder était «Abigaïl Ogilvy».

Abigaïl Ogilvy était un pseudonyme que F avait déjà
utilisé pour le rencontrer. Était-il possible, en fin de
compte, qu'elle ait survécu?

Ou c'était elle, ou bien le message venait de quelqu'un
de son entourage…

Un post-scriptum précisait qu'il trouverait également
sur le site, quelques jours plus tard, un logiciel de communication téléphonique qui lui permettrait de prendre
contact, une fois l'opération terminée.

Après avoir relu le message, il fit venir un des jeunes
cracks en informatique que comptait la section et il lui
demanda de vérifier que son ordinateur n'avait pas été
infecté par un virus ou un cheval de Troie.

Le jeune informaticien s'exécuta tout en jurant parce
qu'un message avait pu franchir le système de protection
et se rendre jusqu'à l'ordinateur personnel du patron. Il
prenait l'intrusion comme une insulte personnelle et il
entendait bien en découvrir l'origine.

Après que son ordinateur eut été déclaré stérile,
Herzig demanda au jeune informaticien de récupérer les

renseignements sur le site d'entreposage, mais de le faire à partir d'un ordinateur qui ne serait pas relié au réseau. Des renseignements aussi saisissants que ce qu'on lui annonçait pouvaient être un moyen d'infiltrer un virus en l'amenant à le télécharger lui-même.

Une vingtaine de minutes plus tard, Werner Herzig avait parcouru le texte qui présentait les activités se déroulant au château et il avait examiné les photos de l'endroit, y compris celles prises à vol d'oiseau. Il en était à écouter la bande sonore qui accompagnait le dossier. On aurait dit le témoignage d'un visiteur qui décrivait à voix haute ce qu'il voyait. C'était cohérent avec l'information que Herzig avait trouvée dans le document qui résumait les faits : l'individu, recruté comme client, avait décrit ce qu'il voyait par le truchement d'un micro caché.

Malheureusement, le client avait vu son statut se transformer en celui de gibier, ce qui avait abrégé la description.

Une fois la bande sonore terminée, Herzig demanda à son expert en informatique de reproduire cette information pour qu'elle puisse être utilisée sur le réseau sans risque de contamination.

Puis il se dirigea vers le bureau du directeur général de la *Bundeskriminalamt*. Comme le document faisait allusion à d'anciennes installations nazies récupérées par le groupe qui utilisait le château, le sujet était politiquement délicat. Autant être couvert avant d'amorcer l'opération.

Repentigny, 17 h 29

À la fin de l'après-midi, on n'avait toujours pas rappelé Emma White. En attendant, elle continuait de suivre l'évolution des informations à la télé et sur les sites Internet des médias.

Sur celui du *Matin*, elle vit qu'on avait publié une nouvelle série de noms de gens appartenant à l'Église de la Réconciliation Universelle. Comme la fois précédente, la liste était mentionnée à l'intérieur d'un article sur le poids secret des sectes; il s'agissait d'une collaboration spéciale qui n'engageait pas la responsabilité de la direction.

Par chance, il n'y avait toujours aucun membre du Noyau de nommé, songea la femme. Décidément, il était temps d'en finir.

Elle prit le téléphone et appela un des membres dont le nom n'était pas encore dans les médias. Il lui fallut une dizaine de minutes d'explication mais, à la fin, l'homme promit de s'occuper sans faute de la tâche qu'elle lui demandait. Le lendemain, il appellerait les policiers.

Emma White avait à peine raccroché que la sonnerie de l'appareil se faisait entendre. Elle sentit un pincement au creux de l'estomac. Seules Xaviera Heldreth et Emmy Black avaient ce numéro.

Elle allait enfin pouvoir faire le point avec un interlocuteur qui serait à même de comprendre toutes les implications de la situation.

— C'est moi, fit simplement la voix à l'autre bout du fil.

— C'est moi, répondit Emma White.

La double réplique était probablement une précaution inutile, mais elle avait déjà pris trop de liberté avec les consignes de sécurité.

— Qu'est-ce qui se passe? demanda Emmy Black.

En peu de mots, l'autre femme la mit au courant de ce qui était survenu à Baie-d'Urfé.

— Toi, qu'est-ce que tu as fait? demanda-t-elle en terminant.

— Je me suis occupée de Trappman. Les flics vont le cueillir demain.

— Tu ne l'as pas éliminé?

— Je me suis dit qu'il causerait plus de dégâts si les flics le faisaient parler… De ton côté, tout est prêt?

— Oui. Tu viens toujours?

— Je ne voudrais surtout pas manquer ça!

CBVT, 18 H 33

> ... UN NOUVEAU CAS DE SECTE MEURTRIÈRE.
>
> Déjà dénoncée par certains pour ses tentatives de noyautage de la société québécoise, l'Église de la Réconciliation Universelle se trouve aujourd'hui la cible d'une vaste opération policière.
>
> Des informations non confirmées par le SPVM font état de dizaines de morts. Déjà, on évoque le souvenir de Jonesville et de l'Ordre du Temple Solaire. Les victimes auraient été tuées au moyen de gaz et les dirigeants de l'Église seraient en fuite.
>
> La police a émis ce matin un avis de recherche pour une femme du nom de Heather Northrop. Toute personne qui serait en mesure de...

Montréal, 18 h 36

Guy-Paul Morne fit un bref signe de reconnaissance au serveur et se dirigea vers une petite table au fond de la salle. L'inspecteur-chef Théberge l'y attendait.

— Je suis heureux que vous ayez choisi cet endroit, dit Morne. J'y viens assez souvent quand je suis à Montréal.

Il s'assit, prit la carte des vins, y jeta un regard et la redéposa sur la table.

— Vous connaissez l'endroit? demanda-t-il.

— Non.

— Vous ne serez pas déçu.

Morne reprit la carte.

— Tignanello, ça vous va?

— S'il n'est pas trop jeune.

Morne releva les yeux.

— Je déteste voir des abrutis argentés gaspiller un grand vin en le buvant quand il n'est pas encore prêt, expliqua benoîtement Théberge.

— Je vous comprends, répondit Morne. Mais je crois que le 91 sera parfait.

— Il est même temps de le boire.

— Inspecteur-chef Théberge, vous ne cessez de me surprendre.

— Et vous, vous ne cessez de sous-estimer les gens. Mais je suppose que cela fait partie de votre définition de tâche.

Morne sourit et regarda Théberge sans répondre pendant un long moment.

— Vous avez sans doute raison, finit-il par dire. À force de gérer l'image du gouvernement et du PM dans les médias, on finit par voir tous les gens en fonction des… préjugés dominants.

— Un politicien philosophe, ironisa Théberge. Moi qui pensais avoir tout vu !

Morne commanda le Tignanello au serveur qui arrivait, puis il se plongea dans l'étude de la carte. Sans lever les yeux, il demanda au policier :

— Vous, qu'est-ce que vous cherchez à voir dans les gens ?

— Leurs morts.

— J'aurais dû y penser… Vous êtes à l'escouade des homicides.

— Je ne parle pas du fait qu'ils soient morts ou qu'ils aient tué quelqu'un… Je parle des morts qui les habitent. Tous les gens sont des cimetières vivants. Ils sont le résultat de désirs de gens qui sont morts. Ils ont été encouragés et nourris par des gens qui, souvent, ont disparu. Ou qui vont disparaître. Ils ont été blessés et traumatisés par des gens qui ont disparu. Ils désirent encore des gens qui ont disparu… ou qui sont voués à disparaître. Eux-mêmes, souvent, sont en train de mourir à toutes sortes de choses, à toutes sortes de relations… ou sur le point de mourir tout court.

Théberge fit une pause, comme s'il cherchait les mots qui traduiraient le mieux sa pensée.

— Voyez-vous, dit-il finalement, pendant toutes ces années que j'ai passées au service de police de la ville, j'ai perdu beaucoup de certitudes. Mais il y en a une que j'ai acquise : c'est la mort qui sculpte la vie des gens. On ne peut pas les comprendre, on ne peut pas comprendre leurs motivations, si on ne comprend pas quels sont les morts qui les habitent…

— C'est pour ça que vous parlez aux morts ?

— Autrefois, on prenait soin des morts. On les aidait à faire la transition. À trouver le repos. De nos jours, la mort n'est plus qu'une interruption de la vie…

— Je ne suis pas certain de vous suivre…

— J'essaie de résoudre une partie des problèmes qui ont été laissés en suspens. À commencer par celui des circonstances et des raisons de l'interruption subite de leur vie…

— Pour les aider à trouver le repos ?

— Je sais… Ça ne règle probablement rien pour eux. Mais ça me permet de dormir plus tranquille… Ils sont souvent de bon conseil.

— Eh bien…

Morne semblait à court de commentaires. Il se replongea dans l'étude de la carte.

— Je suppose que ce n'est pas pour discuter de philosophie que vous vouliez me rencontrer, reprit-il après un moment.

— Vous connaissez l'Église de la Réconciliation Universelle ?

— J'en ai entendu parler comme tout le monde. D'après ce qui filtre dans les informations, ce serait un autre Ordre du Temple Solaire.

Théberge songea à la vitesse avec laquelle la formule s'était propagée.

— Il y a eu vingt-neuf morts, dit-il.

— Vingt-neuf !

— Vingt-neuf jusqu'à maintenant. Il pourrait y en avoir d'autres.

— Je croyais que c'était simplement une figure de style des journalistes…

— Ils n'ont pas encore les détails. Je voulais d'abord vous en parler.

— J'espère que vous n'allez pas me dire que c'est le résultat d'une bavure !

— Je sais bien que vingt-neuf morts, en soi, ce n'est pas une raison suffisante pour vous déranger, ironisa Théberge. Qu'il faut autre chose…

— Ce n'est pas ce que je voulais dire.

— Mais vous avez raison : il y a autre chose.

Théberge fut interrompu par l'arrivée du sommelier.

Maîtrisant son impatience, Morne surveilla avec attention le processus de la décantation du vin, goûta ce que le sommelier versa précautionneusement dans son verre, en approuva la qualité, le regarda les servir puis, lorsque le sommelier fut parti, il porta un toast à Théberge.

— À vos succès, dit-il.

— À vos morts, répondit Théberge.

Il fouilla dans sa poche intérieure de veston. Il en sortit un groupe de feuilles de papier pliées en trois, qu'il tendit à Morne.

— Je vous le dis tout de suite, fit-il, votre nom n'est pas sur la liste.

Morne déplia les feuilles et commença à parcourir la série de noms qui y apparaissaient. Chaque nom était suivi d'un titre d'emploi et de l'organisation pour laquelle il travaillait.

— C'est la liste dont *Le Matin* parlait ? demanda Morne en ramenant son regard sur Théberge.

— *Le Matin* n'avait qu'un extrait de la liste. Une dizaine de noms. Celle-là est plus complète. J'aimerais que vous l'examiniez et que vous me disiez si vous y voyez une cohérence.

Morne parcourut attentivement les feuilles à deux reprises.

— Bell Canada… Hydro-Québec… la justice… la sécurité publique… les grandes entreprises, les centrales syndicales… les médias… Je ne vois pas très bien ce qu'ils pourraient vouloir infiltrer d'autre : ils sont partout.

— C'est ce que je me disais : ils sont partout où ça compte.

— La liste est complète ?

— Probablement pas. Mais la plupart de ceux qui auraient pu nous éclairer sur cette question ont disparu. Ou ils sont morts.

— On en revient à vos morts…

— La seule cohérence que j'y vois, c'est celle du pouvoir.

— Pour quelqu'un qui voudrait prendre le contrôle du Québec… Mais qui voudrait faire ça ?

— C'est justement la question que je vous pose.

— Les gens qui sont sur la liste occupent des postes de haut niveau dans la plupart des secteurs clés du Québec. Tout ce qui leur manque, c'est une direction unifiée… Vous avez trouvé ça où ?

— Au monastère de l'Église de la Réconciliation Universelle.

— Qu'est-ce que vous avez l'intention d'en faire ?

— Je ne sais pas encore.

— Je vous remercie de m'en avoir informé…

— Vous pouvez conserver cette copie. De cette façon, vous saurez à qui vous parlez.

— … mais je ne comprends pas ce qui me vaut cette générosité.

— J'ai le pressentiment que nous ne sommes pas au bout de nos peines. J'aimerais pouvoir compter sur quelqu'un pour me donner l'heure juste si jamais j'ai besoin de savoir ce que préparent les politiciens. Par exemple, s'ils songent à se mêler d'une enquête…

— Vous savez bien qu'aucun politicien ne se risquerait à se mêler d'une enquête.

— Pas directement, mais ils peuvent amputer des budgets, proposer des réformes, modifier des juridictions… mettre sur pied des commissions publiques d'enquête… Et je ne parle pas du coulage d'information, des ballons d'essai ou du lancement de rumeurs…

— Vous savez que vous auriez fait un politicien redoutable !

— Je vous remercie de reconnaître que, si je n'en suis pas un, ce n'est pas par impuissance, mais par choix.

Morne le regarda en souriant.

— C'est ce que soutiennent habituellement les meilleurs, dit-il finalement… avant de faire le saut. La justice, ça ne vous intéresserait pas ?

— Je ne suis pas intéressé par la justice, avec ou sans majuscule. Ma seule aspiration est de contenir le bordel à l'intérieur de certaines limites.

RDI, 20 H 02

... L'INFORMATION EST LIVRÉE AU COMPTE-GOUTTES PAR LES AUTORITÉS POLICIÈRES SUR CE QUI D'ORES ET DÉJÀ PREND L'ALLURE D'UN VÉRITABLE MASSACRE. ON DÉNOMBRE JUSQU'À MAINTENANT VINGT-NEUF VICTIMES, AU NOMBRE DESQUELLES SE TROUVE MAÎTRE CALABI-YAU, LE MYSTÉRIEUX GOUROU DE L'ÉGLISE DE LA RÉCONCILIATION UNIVERSELLE. LES VICTIMES AURAIENT POUR LA PLUPART ÉTÉ TUÉES À L'AIDE D'UN GAZ.

SELON LES POLICIERS, L'ENQUÊTE AVANCE LENTEMENT PARCE QUE PLUSIEURS ÉDIFICES SONT PIÉGÉS. DES ÉQUIPES DE DÉMINAGE SONT SUR LES LIEUX ET ELLES EN AURAIENT POUR PLUSIEURS JOURS ENCORE AVANT QUE L'ENSEMBLE DU DOMAINE SOIT TOTALEMENT SÉCURITAIRE.

TOUJOURS EN RAPPORT AVEC CETTE AFFAIRE, DES POURSUITES SERAIENT SUR LE POINT D'ÊTRE INTENTÉES CONTRE *LE MATIN* PAR DEUX DES PERSONNES MENTIONNÉES PAR LE JOURNAL COMME APPARTENANT À UNE SECTION SECRÈTE DE L'ÉGLISE DE LA RÉCONCILIATION UNIVERSELLE. ON IGNORE SI LES AUTRES...

MONTRÉAL, 21 H 24

Le directeur du SPVM était assis dans le fauteuil en face du bureau de Théberge. Il essaya d'avancer son siège sans y parvenir.

— Qu'est-ce que vous attendez pour déclouer ce fauteuil du plancher?

— Je n'ai pas envie de ramasser mon agenda par terre plus souvent.

— Pardon?

— Les gens avancent le fauteuil et s'appuient sur le bureau. Ils y installent leur mallette et sortent des papiers. Ils mettent leur verre de café en équilibre sur une pile de feuilles, font des gestes avec les mains pour expliquer, poussent des dossiers qui sont appuyés sur mon agenda... et ils finissent par le foutre par terre. Ou par renverser leur café dessus! Il y a même un olibrius patenté qui l'avait ramassé avec ses documents et qui repartait avec!

— Et vous ne pouvez pas le mettre ailleurs?

Théberge lui jeta un regard qu'aurait pu avoir un inquisiteur devant un hérétique particulièrement obstiné : un mélange d'impatience, de tristesse résignée et de pitié pour son incapacité à voir la lumière.

Le directeur s'empressa de changer de sujet.

— Si vous me disiez ce qui se passe…

L'inspecteur-chef recula sur sa chaise, prit une pipe et la porta à sa bouche sans l'allumer.

— Qu'est-ce que vous voulez savoir ? demanda-t-il.

— Qu'est-ce que vous n'avez pas dit aux médias ?

— La liste dont je vous ai parlé, ce qui se passait dans le Collège, les bandes vidéo… la présence de Pascale Devereaux au monastère la veille de notre intervention…

— Elle était membre de l'Église ?

— Prisonnière, plutôt.

— Vous êtes sûr de cette information ?

— Un témoin l'a vue. Il l'a même filmée sur bande vidéo. Elle lui semblait droguée.

— Et vous êtes sûr de votre témoin ?

— C'est un saint homme.

— Un saint homme… Du genre de ceux qu'il y avait au monastère ?

— Non. Du genre de ceux qui ont fait l'Inquisition.

— Pardon ?

— Un curé.

— Un curé… Vous êtes en contact avec un curé qui fréquentait l'Église de la Réconciliation Universelle !

— Il y a toutes sortes de curés.

— Je ne suis pas certain que je ferais confiance à un curé qui fréquente ce genre d'endroit.

— Ceux qui ne fréquentent pas ce genre d'endroit ne peuvent rien nous apprendre sur ce qui s'y passe.

Le directeur se leva avec impatience.

— Je ne sais pas comment vous faites, mais chaque fois que je parle avec vous, j'ai l'impression de me retrouver à l'intérieur d'un mauvais numéro de *stand up* comique.

— Ce n'est pas de ma faute si vous n'êtes pas à la hauteur du rôle.

— Théberge !

— Il faut bien que je trouve un exutoire à mon besoin de créativité.

Le directeur jeta à Théberge un regard interrogateur. Sa dernière remarque avait été faite sur un ton où, curieusement, ne perçait aucune ironie.

— Dans mon travail, reprit Théberge, je n'ai pas le choix d'être méticuleux, méthodique, organisé. Alors, vous êtes ma récréation… Une de mes récréations, en fait.

— Je suis très heureux de contribuer à votre équilibre psychologique, répondit le directeur sur un ton mi-figue, mi-raisin.

Il se rassit.

— Pour en revenir à votre travail, reprit-il, si vous m'expliquiez ce que vous entendez faire… Qu'arrive-t-il avec cette madame Northrop ?

— Pour l'instant, ce n'est qu'un nom. Aucune trace d'elle.

— Il reste la liste.

— Seule, elle ne prouve rien. N'importe qui est en mesure d'établir une liste de personnalités et de la garder chez lui. Si ça se trouve, il peut tout aussi bien s'agir d'une liste de leurs victimes ou de leurs cibles.

— Je ne parle pas de les arrêter. Mais si on en interrogeait quelques-unes…

— Pour la liste, *Le Matin* est intéressé à en publier un autre extrait.

— Je saisis mal…

— Je leur donne accès à quelques noms supplémentaires, ce qui leur permet de se défendre en déclarant sans mentir que leur liste est un simple extrait de celle qui a été retrouvée au monastère. En échange, ils publient l'extrait de mon choix.

— Je vous trouve tout à coup bien retors. Je me demande ce que le comité de déontologie penserait de cette initiative… Il y a autre chose que je devrais savoir ?

— Il y a Calabi-Yau. La façon dont il est mort.

TVA, *22 H 11*

> ... LORS DE SON DERNIER DISCOURS À LA NATION. LE PRÉSIDENT A
> DÉCLARÉ QUE L'EAU ÉTAIT UNE RESSOURCE NATURELLE, QU'ELLE TOMBAIT
> DE CE FAIT SOUS LA JURIDICTION DES ACCORDS INTERNATIONAUX SUR LE
> COMMERCE ET QUE LES ÉTATS-UNIS PRENDRAIENT LES MOYENS NÉCES-
> SAIRES POUR ASSURER SA LIBRE CIRCULATION.
> CETTE DÉCLARATION FAISAIT ÉCHO À UNE DÉCLARATION ANTÉRIEURE DU
> SECRÉTAIRE D'ÉTAT AU COMMERCE, GORDON KLINE, QUI AFFIRMAIT QUE L'EAU
> ÉTAIT UN ÉLÉMENT MAJEUR DE LA SÉCURITÉ ÉNERGÉTIQUE ET ALIMENTAIRE
> DU PAYS...

MONTRÉAL, 23 H 52

Manuel avait survécu à la prise du pouvoir de Pinochet.
Il était cependant devenu impuissant à la suite des tor-
tures qu'il avait subies.

Sa famille avait eu moins de chance. Ses deux frères
et son père étaient morts. Quant à sa sœur, elle s'était
suicidée quelques mois après sa libération : elle n'arrivait
pas à supporter le souvenir des viols répétitifs auxquels
elle avait été soumise. Quelque chose était mort en elle.

Après avoir quitté le pays, Manuel avait parcouru le
monde, en quête de terrains de lutte où donner libre cours
à sa rage contre les Américains et leurs valets. Au fil des
ans, il avait appris à devenir un véritable combattant. Sa
spécialité était les opérations de sabotage.

Parvenu à la rue Belmont, il longea l'édifice de Bell
Canada, repéra l'endroit prévu pour l'alimentation en
carburant des génératrices d'urgence et immobilisa son
véhicule.

Il descendit, déverrouilla le bouchon du tuyau d'alimentation de l'édifice, y plongea le bec verseur et commença
le remplissage des réservoirs.

Par mesure de sécurité, il avait mis des gants et son
visage était recouvert d'un masque.

Manuel ne connaissait pas le plan général dans lequel
s'insérait le travail qu'on lui avait confié. Il lui suffisait
que Hans, le chef de son groupe, l'ait accepté. Il savait
pouvoir lui faire confiance. Hans choisissait avec soin
les opérations auxquelles il s'associait, tant du point de
vue de la sécurité que de celui de la valeur de la cause.

Une première fonction du guidage idéologique est la réduction du stress face à la tâche de comprendre le monde.

La clé est de présenter des explications simples, brèves et assorties d'anecdotes ; de les associer à des événements spectaculaires, émotivement chargés et faciles à mettre en images ; puis d'associer ces explications à des figures rassurantes, qui inspirent confiance.

De cette manière, l'individu se trouve soulagé d'une bonne partie du travail de compréhension puisque l'information lui est fournie de manière plaisante, sous forme de conclusions facilement accessibles. Ce qui aurait pu être une corvée devient un spectacle.

Joan Messenger, *Le Fascisme à visage humain*, 11-Rationaliser les médias.

MERCREDI

DORVAL, 1 H 43

Ahmed amorça le détonateur et s'éloigna d'un pas normal pour ne pas attirer l'attention. Tout en marchant, il s'émerveillait de la naïveté des gens qui laissaient leurs installations stratégiques sans surveillance. C'était sans doute lié au fait qu'ils avaient l'habitude que leurs guerres se déroulent toujours ailleurs. Dans d'autres pays.

Malgré son nom, Ahmed n'était pas musulman. Il s'était même battu pendant toute sa vie contre les fondamentalistes. Il venait d'un des rares pays arabes où le pouvoir était hostile à l'hégémonie des imams. Malheureusement, le pouvoir était dictatorial. Et il n'était pas seulement hostile aux imams, il était aussi hostile aux

Américains. Particulièrement aux compagnies américaines qui voulaient contrôler les réserves pétrolières du pays.

Les Américains n'avaient rien contre le fait que le pouvoir appartienne à un dictateur sanguinaire. Bien sûr, ils auraient préféré qu'il ne le soit pas. Mais là s'arrêtaient leurs états d'âme. À preuve, ils l'avaient courtisé au début des années 90, alors même qu'il massacrait les Kurdes à l'arme chimique. Donald Rumsfeld s'était déplacé à Bagdad pour discuter avec lui d'un projet d'oléoduc qui traverserait le pays sans faire la moindre remarque sur son emploi connu des armes de destruction massive.

Mais le dictateur avait commis l'erreur d'attaquer un ami des pétrolières. La riposte avait été cinglante. D'abord militaire : on avait enlevé au dictateur le contrôle d'une grande partie du pays. Puis économique : l'embargo avait provoqué des milliers de morts chaque mois.

On pouvait toujours ruser avec un dictateur et avoir des chances de survivre. On ne pouvait pas ruser avec le manque de nourriture, de médicaments et de produits sanitaires. Une grande partie de la famille d'Ahmed était morte des suites de l'embargo. Parmi eux, ses trois frères – les plus jeunes – et une de ses sœurs.

Ahmed avait alors décidé de rallier un groupe du jihad. Sa seule exigence avait été de porter la guerre dans les pays de ceux qui tuaient quotidiennement son peuple. De ceux qui empêchaient de renverser le dictateur en lui permettant de passer, aux yeux du peuple, pour un défenseur du pays contre l'envahisseur.

Il était toujours révolté par ce qu'il estimait être la bêtise des extrémistes religieux qui aspiraient à prendre le pouvoir dans son pays au terme de l'occupation américaine. Mais, avant de sauver son pays du fanatisme religieux, il fallait d'abord le sauver contre ceux qui menaçaient son existence même. Ceux qui avaient tué sa population à distance, à coup de résolutions politiques et de décrets économiques. Ceux qui voulaient maintenant tout régenter au profit des grandes pétrolières.

Ahmed était Irakien.

Montréal, 8 h 37

L'inspecteur-chef Théberge en était à son troisième espresso. Après un coup d'œil à son agenda, qui débordait et auquel il songeait à greffer une extension, le policier pensa à son épouse. Et au fait qu'il passait de moins en moins de temps à la maison.

La veille, à son retour du travail, madame Théberge avait commencé à le vouvoyer. Ce n'était pas vraiment des représailles. Plutôt une façon de lui rappeler qu'il laissait trop son travail l'envahir.

L'actualité, elle aussi, avait recommencé à envahir sa vie. Devant lui, les titres des journaux s'étalaient, tous aussi alarmistes.

L'ÉCOTERRORISME AU QUOTIDIEN

MONTRÉAL NOYÉ PAR LES ÉGOUTS

QUÉBEC IMPUISSANT À EMPÊCHER LE TERRORISME

Les médias électroniques, eux, n'en avaient que pour les attentats perpétrés contre les édifices de Bell Canada. Le sabotage des égouts était déjà chose du passé.

À Bell Belmont, l'acide sulfurique déversé dans les réservoirs d'essence des génératrices de secours avait fait fondre la tuyauterie, endommagé les réservoirs et s'était répandu à l'étage, attaquant non seulement les deux génératrices de secours, mais les voitures qui y étaient stationnées.

Les vapeurs d'acide avaient rendu l'édifice inhabitable. Sous le réservoir, qui s'était vidé lorsque le fond avait cédé, l'acide avait traversé le plancher pour se répandre à l'étage inférieur. Des équipes de décontamination avaient été dépêchées d'urgence sur les lieux, à la fois pour contenir les vapeurs d'acide qui commençaient à se répandre autour de l'édifice et pour empêcher qu'une partie du HSO_4 se retrouve dans le sol ou dans le réseau d'égouts.

L'inspecteur Grondin entra après avoir frappé discrètement à la porte.

— J'arrive de Dorval, dit-il en se grattant énergiquement derrière l'épaule gauche. Tout s'est passé à l'extérieur de l'édifice.

— À quoi se sont-ils attaqués ?

— Aux génératrices de secours dans la cour derrière le bâtiment. Une bombe. Le saboteur est probablement arrivé par le stationnement, a placé la bombe entre les deux génératrices et est reparti.

— Des indices ?

— Ils sont en train de revoir les enregistrements des caméras de surveillance du terrain de stationnement.

— Est-ce qu'on sait de quel type de bombe il s'agit ?

— Toute l'escouade anti-bombes était au domaine de l'Église de la Réconciliation Universelle. Ils viennent d'envoyer une équipe à Bell Dorval.

— Et Bell Ontario ?

— Rondeau est là-bas. Crépeau, lui, est à Bell Belmont.

— Prévenez-moi quand ils reviendront.

— Entendu.

Est-ce que ça recommençait ? se demandait Théberge. Et si ça recommençait, qu'est-ce qui, au juste, recommençait ? Quel lien pouvait-il bien y avoir entre les actes de vandalisme et la tentative de subversion politique qui s'était déroulée au cours des mois précédents ?

TéléNat, 9 h 02

... CES MULTIPLES ACTES DE VANDALISME À L'ENDROIT DE BELL CANADA. DANS UN COMMUNIQUÉ QU'IL A FAIT PARVENIR À NOS STUDIOS, NATURE BOY REVENDIQUE LES ATTENTATS ET PRÉVIENT LA COMPAGNIE QUE D'AUTRES SUIVRONT SI ELLE NE PREND PAS LES MOYENS POUR RENDRE SON RÉSEAU DE COMMUNICATION MOINS DOMMAGEABLE POUR L'ENVIRONNEMENT HUMAIN.

S'INSTITUANT LE DÉFENSEUR DE L'ENVIRONNEMENT AÉRIEN COLLECTIF, NATURE BOY REVENDIQUE DANS SON MESSAGE LE DROIT INALIÉNABLE DE TOUS LES QUÉBÉCOIS À VIVRE DANS UN ENVIRONNEMENT QUI N'EST PAS POLLUÉ PAR UN RECOURS MASSIF AUX MICRO-ONDES.

PAR AILLEURS, CE SERAIT POUR ÉVITER DE PÉNALISER LA POPULATION QUE NATURE BOY S'EN SERAIT PRIS AUX INSTALLATIONS DE SECOURS DE BELL PLUTÔT QUE DE TOUCHER AUX ÉQUIPEMENTS DE LA COMPAGNIE QUI SERVENT À DISPENSER DES SERVICES ET...

Montréal, 9 h 04

— Je prends congé pour vingt-quatre heures, fit Grondin.

— Vous quoi ?

— Je prends congé. Depuis deux jours, j'ai beaucoup bousculé mon horaire. C'est mauvais pour le stress. Surtout que je n'ai pas suffisamment dormi. Déjà, j'ai des petits boutons dans le dos et sur les bras…

— Je suis très heureux de voir que vous prenez soin de votre santé, fit Théberge sur un ton doucereux.

— J'étais sûr que vous comprendriez. Depuis hier soir, mes démangeaisons ont augmenté et…

— Écoutez-moi bien !

— Oui, bien sûr.

— Je vous donne huit heures. Et c'est par pure bonté à l'égard de vos boutons et autres protubérances épidermiques. Allez dormir, si c'est ce qu'exige votre épiderme. Mais je veux vous revoir ici à dix-huit heures. Compris ?

— Compris. Mais si mes problèmes de santé s'aggravent, je vous préviens que je poursuivrai le service.

Puis, comme s'il réalisait tout à coup que ses paroles pouvaient prêter à interprétation, il se dépêcha d'ajouter :

— Je ne veux pas que vous y voyiez une menace ou des représailles. Je veux simplement vous informer honnêtement que…

— Grondin !

— Oui ?

— Allez dormir et revenez à dix-huit heures.

Une fois Grondin parti, Théberge se cala dans son fauteuil et prit une pipe, autant pour s'octroyer une compensation que par récompense. Il était fier de lui. Il avait réussi à ne pas s'emporter devant la nouvelle lubie de Grondin. Parfois, dans ses rapports avec son subordonné, il avait l'impression de devoir composer avec un écologiste radical.

Puis il se mit à réfléchir aux nouveaux attentats. Était-ce une vague de terrorisme écolo ? Il savait que des militants extrémistes avaient entrepris des actions dans d'autres pays, libérant des animaux de laboratoire, incendiant des locaux qui appartenaient à des compagnies pharmaceutiques ou à des centres d'expérimentation agroalimentaire… mais libérer l'environnement aérien?

Une chose était certaine, on ne pouvait plus se payer le luxe de ne pas les prendre au sérieux, quelles que soient leurs motivations. Il faudrait surveiller les endroits stratégiques de la ville, ce qui exigerait de recourir aux heures supplémentaires. Et encore, ce ne serait pas suffisant. Il faudrait faire appel à la Sûreté du Québec. Lui demander si elle pouvait rapatrier un certain nombre d'agents de la province à Montréal.

C'était ça ou demander le retour de l'armée au moment même où elle venait d'achever son retrait!

New York, 9 h 18

Esteban Zorco fit le virement électronique à Vacuum. Au dire de Trappman, les équipes de Montréal avaient exécuté leur travail de façon efficace et tous les membres avaient repris l'avion sans être inquiétés. Il pouvait donc effectuer la deuxième partie du paiement.

Son attention fut attirée par un carillon discret.

— C'est elle, songea-t-il.

Il avait commandé une fille à Girlfriend Plus. L'agence centrait sa publicité sur le fait qu'elle pouvait fournir à ses clients la *total girlfriend experience*. Autrement dit, la fille n'était pas uniquement une *call girl*, elle pouvait tout aussi bien accompagner le client dans une soirée mondaine et jouer le rôle de son amie, enchaîner avec un repas au restaurant et fournir une prestation convaincante pendant une soirée intime en amoureux.

La *total girlfriend experience* prétendait pouvoir donner au client l'illusion, pendant douze, vingt-quatre ou quarante-huit heures, d'avoir « quelqu'un dans sa vie ».

Zorco se dirigea vers le moniteur et aperçut le visage de Heather Northrop.

— Vous!

— Vous paraissez contrarié, fit le visage souriant de la femme.

— Non... C'est que j'attendais... quelqu'un. De vous voir...

— J'ai pensé vous faire une visite-surprise. Mais rassurez-vous : je n'en ai pas pour longtemps.

— Je vous en prie... Si vous voulez bien mettre votre main sur la plaque de verre, à côté du bouton du carillon.

La femme s'exécuta. Un rayon de lumière effectua lentement un double balayage sous la plaque de verre. Puis la porte s'ouvrit.

— Vous pouvez maintenant entrer, fit la voix de Zorco à travers le haut-parleur. Vous devrez ensuite demeurer une dizaine de secondes dans le sas, le temps que je fasse quelques vérifications.

— La confiance règne, ironisa la femme en entrant.

La porte se referma derrière elle.

— Vous ne me respecteriez pas si j'agissais autrement, répliqua la voix de Zorco.

— Vous avez raison, répliqua la femme en riant.

De son bureau, Zorco appuya sur le bouton pour enclencher les tests. Les rayons X révélèrent que Heather Northrop n'avait pas d'armes et qu'elle avait bien un implant métallique à la hauteur du cœur. Des rumeurs avaient couru que certains des directeurs de filiales avaient réussi à l'enlever.

— D'accord, dit-il au bout d'une vingtaine de secondes. Pour ouvrir la porte, vous posez la main sur la plaque de verre située à votre gauche.

— Entendu.

— Traversez les trois portes qui mènent au bout du corridor. Tournez à gauche. Ce sera ensuite la troisième porte à votre droite. Elle mène au sous-sol.

— J'arrive.

Quelques instants plus tard, elle se retrouvait dans le bureau de Zorco.

— Chère mademoiselle Northrop, fit ce dernier en avançant vers elle. Ou dois-je dire Emmy Black ?... ou

Emma White ?… Je ne sais plus trop où vous en êtes avec vos multiples pseudonymes.

— Northrop fera l'affaire.

— Comme vous voudrez… Je dois dire que je ne suis pas peu étonné de vous voir ici. Malheureusement, je n'ai pas énormément de temps à vous consacrer.

— Je n'ai pas l'intention de prendre beaucoup de votre temps. J'ai pensé qu'il était de notre intérêt de discuter de certaines choses à l'abri des oreilles indiscrètes.

— Des choses comme quoi ?

— Nos malheurs mutuels.

— J'ai entendu parler de ce qui s'est produit à Montréal. Il semble que tout votre travail d'implantation soit compromis.

— Pour ma part, j'ai entendu les médias parler de vos difficultés… bateau coulé en mer de Chine, livraison d'armes saisie à la frontière turque, cargos saisis à Miami…

— On n'est jamais à l'abri de certains contretemps.

— Au rythme où ils se produisent, ce ne sont plus des contretemps, c'est du sabotage.

— Qui voudrait s'en prendre à moi ? Je n'ai que des amis… Je rends service aux gens, je mets des vendeurs en contact avec des acheteurs…

— Peut-être avez-vous raison. Mais je pense néanmoins que le Consortium ne pourrait que mieux se porter si de nouvelles alliances se dessinaient entre les directeurs de filiales. Réfléchissez-y : nous avons tout à gagner à nous associer. Je m'occupe de produire des comportements de troupeau qui mènent à la guerre et vous fournissez les armes. On ne peut rêver activités plus complémentaires ! Plus belle synergie !

— N'est-ce pas ce que nous faisons présentement ?

— Puisque vous voulez que je mette les points sur les *i*, je parle d'alliance stratégique, et non pas de collaboration occasionnelle.

— Est-ce que vous envisagez une « intégration » de nos activités ?

— Sur la forme que pourrait prendre notre alliance, je n'ai pas de point de vue arrêté. Je préfère garder un esprit ouvert.

— Je vois…

Heather Northrop changea alors brusquement de sujet et se mit à interroger Zorco sur son système de sécurité.

— Je n'ai pas vu un seul garde, dit-elle.

— Ils sont électroniques. La porte d'entrée a enregistré vos empreintes digitales. Ce sont elles qui vous servent de clé pour passer de pièce en pièce dans la maison.

— Et si nous étions entrés plusieurs à la fois ?

— J'aurais aperçu les autres par la caméra. De toute façon, si quelqu'un ne possédant pas vos empreintes était détecté, il serait immédiatement confiné à l'intérieur d'une pièce et éliminé… Toutes les pièces peuvent être isolées et transformées en salles d'élimination.

— Vous prenez un risque en me révélant ces détails.

— Et vous, est-ce que vous ne prenez pas un risque plus grand en venant ici seule et sans armes ?

TF5, 9 H 25

> … QUE L'ÉGLISE DE LA RÉCONCILIATION UNIVERSELLE A OFFICIELLEMENT EXCLU SA CELLULE QUÉBÉCOISE. ELLE L'ACCUSE D'AVOIR TRAHI SON MESSAGE, D'AVOIR FAVORISÉ LA CORRUPTION ET D'AVOIR ENTRETENU DES VOLONTÉS DE PUISSANCE TERRESTRE INCOMPATIBLES AVEC LES IDÉAUX DE L'ÉGLISE.
> SELON LE PORTE-PAROLE DE L'ÉGLISE DE LA RÉCONCILIATION UNIVERSELLE À PARIS, LE GROUPE QUÉBÉCOIS, SOUS LA GOUVERNE D'UN IMPOSTEUR QUI A USURPÉ L'IDENTITÉ DE MAÎTRE CALABI-YAU, A INTRODUIT DES PERTURBATIONS INSOUTENABLES DANS LE SCHÉMA VIBRATOIRE DE L'ORGANISATION.
> LA DÉMARCHE D'EXCLUSION ÉTAIT AMORCÉE AVANT MÊME QUE SURVIENNENT…

NEW YORK, 9 H 26

Emma White se présenta devant l'entrée de l'appartement de Zorco et mit la main sur le carré de verre.

Après le double balayage lumineux, la porte s'ouvrit. La femme se dirigea vers la deuxième porte et mit de nouveau la main sur le carré de verre.

Quand la porte s'ouvrit, Emma White se mit à respirer plus librement. Les informations recueillies auprès des filles de l'agence qui avaient rendu visite à Zorco étaient exactes : l'ordinateur enregistrait les empreintes digitales dans sa banque de données et toute personne acceptée une fois par l'ordinateur était ensuite automatiquement acceptée jusqu'à ce qu'elle quitte l'édifice. Après quoi les traces de sa visite étaient effacées et tout était à recommencer.

Quant au sas d'isolement, à l'entrée, il ne se déclenchait que si les empreintes du visiteur n'étaient pas reconnues comme autorisées.

DRUMMONDVILLE, 9 H 28

— Nous n'avons pas pu tirer grand-chose de l'ordinateur, dit Blunt. Du moins, pas grand-chose qui puisse vous être utile. Il ne restait que l'architecture du réseau, le système de contrôle du dispositif de sécurité et le système de gestion des édifices : chauffage, électricité, lumière… Tout le reste avait été effacé.

— J'ai peut-être autre chose pour vous, répondit Théberge. On a trouvé un ordinateur de poche. J'ai pensé que ça vous intéresserait.

— Vous pouvez m'envoyer une copie du contenu ?

— Probablement dans quelques heures. Il est un peu endommagé, mais les *nerds* du département d'informatique achèvent de transférer le contenu du disque dur sur nos ordinateurs.

— Si vous me parliez des attaques contre Bell ?

— Vous pensez que c'est lié au reste ?

— Spontanément, je serais porté à vous dire oui.

— Spontanément… Et si vous n'étiez pas spontané ?

— J'ai commencé à regarder les choses sur un jeu de go, mais je ne suis arrivé à rien de concluant.

— Publiquement, les politiques vont défendre l'idée que ce n'est pas du terrorisme. Que le terrorisme est terminé.

— Comment vont-ils appeler ça ?

— Du vandalisme.

— C'est censé rassurer les gens ?

Théberge ne put s'empêcher de rire.

— Il ne s'agit pas de les rassurer, dit-il. Ce qu'ils veulent, c'est les empêcher de penser et de faire des liens.

New York, 9 h 31

Pendant que Zorco parlait à Heather Northrop, il vit la porte du bureau s'ouvrir et… Heather Northrop s'y encadrer.

— Mais… comment ?

— Désolée d'être en retard, fit la deuxième madame Northrop.

— Comment avez-vous fait ? finit par demander Zorco.

— C'est notre petit secret, répondit madame Northrop numéro 2.

— Nous sommes jumelles, fit l'autre.

— Mais je n'ai pas voulu courir de risque.

La nouvelle Heather Northrop enleva la pellicule de plastique qu'elle avait collée au bout de ses doigts.

— Comme je vous le disais, reprit la première, nous sommes ici pour discuter de réorganisation à l'intérieur du Consortium. Nous allons prendre en charge votre filiale.

— Soyez sérieuses. Vous ne pouvez rien contre moi.

En guise de réponse, Heather Northrop 2 braqua en direction de Zorco le boîtier qu'elle avait dans la main droite et elle appuya sur un bouton.

Zorco porta par réflexe la main à son cœur. L'accélération de ses battements avait été brutale.

Heather Northrop 2 relâcha le bouton.

Zorco laissa retomber son bras le long de son corps.

— Ce n'est qu'une démonstration, reprit la femme. Je peux le faire battre beaucoup plus vite. Ou l'arrêter.

— Comment avez-vous obtenu ça ? haleta Zorco.

— Mauvaise question.

— Personne d'autre que Fogg n'est supposé avoir le code et la fréquence de transmission.

— Comme vous le dites : supposé.

— Qu'est-ce que vous voulez ?

— Voilà qui est mieux, répondit Northrop 1.

— Ce que nous voulons, poursuivit l'autre, ce serait…

— … les codes qui permettent d'accéder au système de contrôle de Toy Factory.

— Si je vous les donne, vous m'éliminerez, répondit Zorco.

— Ce serait une idée intéressante, répliqua Northrop 2.

— Mais nous avons une meilleure idée, compléta l'autre.

— Pourquoi vous tuer…

— … quand nous pouvons vous utiliser ?

— M'utiliser ? fit Zorco.

— Si on vous élimine, répondit Northrop 1, Fogg soupçonnera tout de suite une révolution de palais.

— Tandis que si vous restez en place, poursuivit l'autre, on contrôlera la filiale par votre intermédiaire.

— Fogg ne se doutera de rien.

— On pourra surveiller ce que vous faites dans Toy Factory.

— À cause des codes.

— Et on saura qu'on peut vous faire confiance.

— À cause de la télécommande.

— Qu'est-ce que vous en dites ?

Zorco avait écouté de façon impassible ce monologue à deux voix qui lui annonçait un avenir assimilable à celui d'un drone. Sa vie serait téléguidée et il serait à la merci d'un mouvement d'humeur de cette Némésis à deux têtes.

Les menaces d'une tête brûlée comme Hurt, il pouvait facilement s'en occuper. Il pouvait même s'en servir en les détournant vers d'autres cibles. Mais survivre aux manipulations d'une directrice qui avait à sa disposition les moyens de toute une filiale et qui avait de surcroît programmé sa mort sur une télécommande…

— Je conserverais la direction de la filiale ? demanda-t-il pourtant.

— Bien sûr. C'est le but de l'exercice. Autrement, Fogg se méfierait.

— Je pourrais faire tout ce que je veux ?

— Sauf nuire à nos intérêts.

— Vous pourrez maintenir votre train de vie, si c'est ce qui vous préoccupe, ajouta Northrop 2.

— La seule restriction, reprit la première, ce sera pendant certaines réunions des directeurs de filiales.

— Pour jouer mon rôle, il faudra que j'évite de me mettre Fogg à dos.

— Bien entendu.

— Et quand il y aura des changements au Consortium…

— Vous serez parmi ceux qui en profiteront, lui assura Northrop 1.

RDI, 10 H 01

> … SERAIT COHÉRENT AVEC LE DERNIER MESSAGE QUE NATURE BOY A ENVOYÉ AUX MÉDIAS.
> D'APRÈS LES AUTORITÉS POLICIÈRES, CES ATTENTATS NE PEUVENT ÊTRE LE FAIT D'UN INDIVIDU ISOLÉ. ILS EXIGENT UN DEGRÉ DE PRÉPARATION ET UNE CONCERTATION DANS L'EXÉCUTION QUI SUPPOSENT UN GROUPE ORGANISÉ ET DES MOYENS FINANCIERS IMPORTANTS.
> APRÈS LE TERRORISME POLITIQUE ET LES SECTES MEURTRIÈRES, LE QUÉBEC SERA-T-IL VICTIME DU TERRORISME ÉCOLOGIQUE ?…

NEW YORK, 10 H 05

Méfiant par rapport aux intentions de Northrop 1 et 2, Zorco avait quand même estimé que son seul espoir, à court terme, était de collaborer avec elles. Il leur transféra, à une adresse Internet qu'elles lui indiquèrent, les codes d'accès au système de gestion de Toy Factory.

— De cette manière, dit-il, vous pourrez superviser tout ce qui se fait dans la filiale. Vous avez accès à tout le réseau.

Les deux femmes se consultèrent du regard.

— Bien, fit Northrop 1.

— Je pense que ça devrait conclure notre conversation.

— Il y a une chose que j'aimerais savoir, fit alors Zorco.

— Nous vous écoutons, fit Northrop 2.

— Qui est au courant du fait que vous êtes en réalité deux personnes ?

— Personne.

— Tous ceux qui l'ont su sont morts, ajouta Northrop 2.

Elle leva le bras et pointa le boîtier en direction de Zorco.

— Mais… vous aviez dit…

Elle appuya sur le bouton.

Zorco porta la main à sa poitrine.

— Sans moi… parvint-il à dire, vous ne réussirez pas… à tromper Fogg.

— Au contraire ! Personne n'est supposé avoir la fréquence de votre stimulateur. Vous allez mourir d'une crise cardiaque à la suite de vos ébats avec une fille de l'agence. Elle va avertir son directeur. Celui-ci va avertir le Consortium. On va envoyer quelqu'un vous récupérer discrètement pour éviter qu'un médecin trop curieux remarque votre stimulateur.

Elle appuya sur un deuxième bouton.

Zorco s'effondra sur le tapis.

— Il aurait fait un très mauvais joueur de poker, dit Northrop 2 en guise d'oraison funèbre.

— Très mauvais, approuva Northrop 1.

Pendant qu'elles se dirigeaient lentement vers la porte, le corps de Zorco continuait d'être agité de spasmes.

Un autre effet des bulletins et des pages d'informations, moins évident, est de décharger le consommateur du poids d'avoir à décider de ce qui est important. Parmi tous les événements survenus sur la planète, sont importants ceux dont on parle.

Cette présélection est une condition de la liberté de pensée. Ce n'est pas en noyant le consommateur sous la masse des informations disponibles qu'on va favoriser son développement intellectuel : au mieux, on va alimenter sa confusion ; au pire, on va le dégoûter de s'intéresser aux informations.

Il ne s'agit donc pas de bloquer sa liberté de choix, il s'agit de la canaliser et d'en rendre l'usage plus convivial.

Joan Messenger, *Le Fascisme à visage humain*, 11-Rationaliser les médias.

MERCREDI (SUITE)

MULHOUSE, 16 H 25

Quand Pascale Devereaux se réveilla, elle était couchée sur le plancher dans une chambre entièrement vide.

Un peu plus loin dans la pièce, Lynn Gainsborough était couchée par terre, toujours endormie ou inconsciente.

Pascale se leva sur les coudes et réalisa soudain qu'elle pouvait bouger. Elle pouvait bouger !… Elle n'était plus enfermée à l'intérieur de sa tête, comme le lui avait prédit Mathieu.

Des souvenirs lui revinrent en mémoire, des bouts de conversation qu'elle avait entendus pendant qu'on l'amenait dans cet appartement. Du moins, elle supposait que c'était cet appartement. Des gens devaient venir la chercher, elle et l'autre femme…

Sans se faire d'illusions, elle vérifia la porte de sa chambre.

Verrouillée.

Pascale s'agenouilla à côté de Lynn Gainsborough, prit sa tête entre ses mains et essaya de la réveiller. Celle-ci ouvrit les yeux et murmura quelques mots incompréhensibles. Son regard avait une étrange fixité.

À ce moment, Pascale pensa aux enfants. Qu'étaient-ils devenus ? Étaient-ils enfermés dans une autre pièce ?

Un instant, elle songea à les appeler. Puis elle se dit que ça ne pourrait servir qu'à alerter ceux qui les surveillaient. Car il y avait sûrement quelqu'un.

En se taisant, elle avait plus de chances de les prendre par surprise lorsqu'ils viendraient la chercher. Peut-être réussirait-elle à s'échapper…

Washington, 11 h 41

Dans le ciel, deux satellites avaient été réorientés pour surveiller en continu l'endroit où le président des États-Unis devait passer quelques jours de vacances.

Ils virent un hélicoptère descendre sur le terrain que les *marines* quadrillaient depuis une semaine. Sur les quatre kilomètres carrés entourant le chalet du premier ministre Sinclair, plus de deux cents *marines* patrouillaient en permanence. Des caméras de surveillance avaient été installées tout le long du périmètre de sécurité.

— Alors ? demanda Decker. Qu'est-ce que vous en pensez ?

— Il y a combien de soldats sur le terrain ?

— Deux détachements de deux cents hommes. Ils se relèvent aux douze heures. En plus, il y a l'équipe du *Secret Service*.

— Il paraît qu'il y a encore eu des attentats cette nuit…

— Il n'y a aucune raison de vous inquiéter. Cela fait partie du plan.

Le Président lui jeta un regard interrogateur.

— Plus la situation interne sera difficile, reprit Decker, plus Sinclair sera mal placé pour discuter.

— Et si ça devient hors de contrôle ? Qu'il y a des débordements ?… Ce sont mes fesses à moi qui seront là-bas. Pas les vôtres.

— C'est impossible que ça déborde jusque là-bas. Il n'y a pas de route, pas de chemin de fer… Vous êtes totalement isolés. Le seul accès est la voie aérienne et il y aura des chasseurs qui voleront en permanence au-dessus de la région.

— Vous n'arrêtez pas de me répéter ça ! Mais je ne peux pas croire qu'il n'y a pas de moyen plus simple d'avoir ce qu'on veut.

— La diplomatie est souvent plus compliquée que la solution militaire. Mais elle a l'avantage, quand on sait s'en servir, de permettre d'obtenir plus.

— Je ne vois pas comment on peut avoir plus. En moins de deux heures, on pourrait contrôler le pays. Je ne ferais même pas surveiller une maternelle par leur armée : ils risqueraient d'être débordés.

— C'est vrai, mais on aurait des problèmes avec la population. C'est plus simple de négocier.

SCHENECTADY, 12 H 17

Paul Hurt avait rangé Monky dans la catégorie deux. Il s'en méfiait, mais de façon raisonnable. Jusqu'à maintenant, toute l'information que l'adjoint de Horcoff lui avait donnée s'était avérée pertinente. Chacun des renseignements avait permis de faire avorter une opération.

Ce qui empêchait Hurt de lui faire confiance, c'est qu'il n'avait aucune idée de ses motivations. Bien sûr, il aurait pu se leurrer et croire que l'autre collaborait avec lui parce qu'il avait réussi à l'intimider. Mais ça aurait été faux. Tous ses gestes respiraient l'assurance et la détermination. Hurt n'imaginait pas que quelque chose puisse réellement intimider Monky – ce qui rendait sa collaboration d'autant plus intrigante…

Quel objectif poursuivait-il donc ?

— Voilà, fit Monky en s'assoyant.

Il venait de déposer un dossier sur la table devant Hurt.

— Qu'est-ce que c'est ? demanda la voix froide de Steel.

— L'explication de ce qui se passe au Québec.

— Et que se passe-t-il au Québec ?

— Une tentative pour prendre le contrôle de la province et de ses ressources. Un programme concerté de destruction des équipements collectifs. Une tentative d'assassinat spectaculaire…

— Si vous parlez de l'Église de la Réconciliation Universelle…

— Je parle de ce qui s'est amorcé et qui va se produire après la disparition de l'Église de la Réconciliation Universelle.

— Vous êtes au courant de la perquisition au domaine de l'Église ?

— C'est le résultat d'un coulage d'information, lequel résulte d'une lutte interne à l'intérieur du Consortium. L'opération en cours se poursuit sans le moindre accroc.

— Et cette opération… ?

— Vous pouvez encore l'arrêter. J'ai inclus sur le CD une carte avec les repères GPS des endroits où vont se dérouler les principaux… événements. Ce que je n'ai pas, par contre, c'est le moment et l'ordre des interventions.

— Et ça me donne quoi, de savoir ça ?

— À vous, je ne sais pas. Mais ça permettra à l'Institut d'empêcher le Consortium d'établir une base logistique majeure au Québec.

Ce fut la voix cinglante de Sharp qui lui répondit.

— Pourquoi parlez-vous de l'Institut ?

— Parce que je n'imagine pas que Paul Hurt travaille pour son simple plaisir, répondit Monky, impassible. Et qu'il n'a pas les moyens, à lui seul, de donner suite à ce qu'il va découvrir sur le CD que je viens de lui remettre.

Hurt demeura silencieux un moment pendant que les alters discutaient à l'intérieur de sa tête.

— Comment avez-vous entendu parler de Paul Hurt ? demanda finalement la voix de Steel.

— D'où je viens, tout le monde en a entendu parler.

— Et qu'est-ce qu'on en dit, dans ce milieu d'où vous venez ?

— C'est un mélange d'admiration pour ce qu'il est et de sympathie pour ce qu'il a dû traverser.

— Si vous arrêtiez de tourner autour du pot…

Monky lui révéla alors d'où il venait.

— Pourquoi ne pas l'avoir dit tout de suite ? répliqua Sharp. Vous vouliez jouer au plus fin ?

— Si je ne vous avais pas laissé l'impression que vous me forciez la main, que vous me contrôliez en partie, vous ne m'auriez probablement pas cru…

— Si vous m'aviez dit qui vous étiez vraiment…

— Alors, vous auriez douté de mes capacités et vous auriez hésité à me faire confiance.

— Et maintenant ?

— Maintenant que mes précédents renseignements se sont révélés exacts, vous n'avez plus le choix d'accorder du crédit à l'information que je vous donne… Et puis, il y avait une autre raison…

— Laquelle ? demanda Hurt dont la voix trahissait de nouveau la méfiance.

— Il était crucial pour mon travail intérieur que je demeure dans mon identité le plus parfaitement et le plus longtemps possible.

— Je n'aime pas être manipulé, se contenta de répondre Hurt avec une mauvaise humeur qui manquait de conviction.

— Vous ne le serez plus. Je vais disparaître pendant un certain temps.

— Vous ne voulez plus collaborer ?

— Je n'ai plus rien d'essentiel à vous apprendre. Pour l'instant, du moins. Avec ce que j'ai inclus dans les renseignements, vous allez pouvoir liquider une grande partie de Toy Factory.

— Et vous ? Vous allez vous retrouver dans une île pour milliardaires ?

— Je vais simplement poursuivre mon travail. Il y a des filiales du Consortium dont vous percevez à peine l'existence. Si tout va bien, vous aurez des nouvelles de moi dans un an ou deux.

— Et si les choses ne vont pas bien ?

— Nous aurons eu le plaisir de travailler ensemble, fit Monky avec un large sourire.

LCN, 13 H 36

> … QUE CE GENRE DE VISITE RELÈVE D'UNE LONGUE TRADITION, A POUR SA PART DÉCLARÉ LE PORTE-PAROLE DU PREMIER MINISTRE SINCLAIR.
> REJETANT COMME FARFELUE LA RUMEUR DE LA PRÉSENCE DE TROUPES AMÉRICAINES SUR LE TERRITOIRE CANADIEN, LE PORTE-PAROLE A CEPENDANT ADMIS QUE DU PERSONNEL DES SERVICES SECRETS AVAIT ÉTÉ AUTORISÉ À VÉRIFIER LE DISPOSITIF DE SÉCURITÉ ENTOURANT LE LIEU DE LA RENCONTRE.
> IL N'A CEPENDANT PAS VOULU PRÉCISER LA DATE À LAQUELLE CETTE RENCONTRE AURAIT LIEU NI L'ENDROIT PRÉCIS OÙ ELLE SE TIENDRAIT…

DRUMMONDVILLE, 14 H 19

Blunt venait de recevoir en clair un document que les policiers avaient réussi à extraire de l'ordinateur de poche dont lui avait parlé Théberge.

Contrairement aux autres dossiers récupérés sur le disque dur de l'ordinateur, celui-là avait un codage minimal, que les informaticiens du SPVM n'avaient pas eu trop de difficulté à déchiffrer. Il s'agissait d'une carte du Québec sur laquelle on avait inscrit une série de points de différentes couleurs.

Après avoir réfléchi un moment, Blunt fit apparaître une autre carte du Québec, sur laquelle on retrouvait des points noirs assortis de coordonnées géographiques plutôt que des points colorés. Celle-là lui était parvenue une demi-heure plus tôt par l'intermédiaire de Chamane. Hurt l'avait trouvée en remontant la filière de Toy Factory.

Sur l'écran, Blunt superposa les deux cartes. À peu de chose près, les points correspondaient.

Il ouvrit alors un logiciel de repérage géographique, sélectionna les coordonnées d'un des points et procéda à des agrandissements successifs. Il finit par reconnaître l'endroit : le centre-ville de Montréal, rue Belmont.

Une dizaine de minutes plus tard, il avait identifié le lieu des quatre attentats contre Bell et les deux terminaux des égouts pluviaux.

Sur la carte, il y avait des dizaines d'autres points. Est-ce que cela voulait dire qu'il y avait autant de nouveaux attentats qui allaient bientôt être commis ?

Certains des points semblaient répartis au hasard sur le territoire du Québec. D'autres formaient de courtes lignes.

Après avoir observé la carte pendant plusieurs minutes, Blunt ne comprenait toujours pas la logique de l'ensemble. La seule chose à faire, lui semblait-il, était de communiquer les coordonnées de tous ces endroits à Théberge en lui demandant de les surveiller… s'il en avait les moyens !

C'est alors que la signification des couleurs lui sauta aux yeux. Du bleu d'encre au rouge vif, les points parcouraient toutes les couleurs du spectre, du plus froid au plus chaud.

Il y avait de fortes probabilités que ce soit un phénomène d'escalade. Le concepteur de la carte avait intégré dans sa structure même le déroulement de l'opération.

Chose curieuse, les deux marques rouge vif, contrairement aux autres, étaient des triangles ; elles se trouvaient collées l'une contre l'autre dans une région totalement inhabitée de l'Abitibi.

Faute de connaître la nature précise des lieux visés, Blunt pouvait difficilement comprendre la logique de l'opération en cours.

Après avoir tergiversé pendant plusieurs minutes, il décida d'avoir recours à la banque de temps satellite dans la réserve personnelle du directeur de la NSA.

Avec un peu de chance, Tate ne s'en apercevrait pas avant qu'il soit trop tard.

Peut-être finirait-il par soupçonner l'Institut, mais seulement après avoir suspecté les *whiz kids* que recrutait son département d'informatique pour tester la sécurité des systèmes.

Il était de notoriété publique, à l'intérieur de l'organisation, qu'ils s'amusaient à pirater tous les systèmes et que rien ne leur faisait plus plaisir que de déposer un rapport détaillant de nouvelles failles sur le bureau du directeur de la sécurité informatique. Leur exploit le plus célèbre était d'avoir congédié administrativement, par simple manipulation informatique, le directeur-adjoint de la NSA qui avait recommandé une réduction du budget de leur département sous prétexte que c'était une dépense inutile.

Leur exploit n'avait été révélé que lorsque l'adjoint, après avoir vidé son bureau, était entré dans celui du directeur pour lui demander les raisons de son renvoi.

Blunt activa la nouvelle version du logiciel de piratage mis au point par Chamane et attendit que la première question de paramétrage s'affiche à l'écran.

Lieu de l'intrusion

Blunt ne tapa que trois lettres :

NSA

Puis, au fur et à mesure que les questions apparaissaient, il écrivit successivement :

Tate
Priorité Un
Satellite
Satellite Overun
Amérique du Nord

Une série de mots de passe s'affichèrent automatiquement à l'écran. À la vitesse à laquelle ils se succédaient, Blunt avait à peine le temps de les apercevoir.

Puis l'image se figea.

Un simple carré se détachait au centre de l'écran. Blunt y inscrivit les données du premier point qu'il voulait vérifier.

Montréal, 14 h 32

Théberge raccrocha le téléphone avec brusquerie. Un deuxième journaliste venait de lui demander de réagir à la dénonciation dont il avait fait l'objet à l'Assemblée nationale.

Un député avait demandé au ministre de la Justice de faire enquête sur « l'opération policière improvisée » qui avait provoqué la mort de dizaines de personnes à Baie-d'Urfé.

À l'heure du dîner, le sujet avait été repris à certains bulletins d'informations de même qu'à des tribunes téléphoniques.

Théberge s'était contenté de répondre qu'il n'émettrait aucun commentaire sur la situation. Que tout ce qu'il y avait à dire serait dit au moment de la conférence de presse.

Lorsque le signal sonore de son ordinateur portable retentit, il esquissa une moue, appréhendant inconsciemment l'appel d'un troisième journaliste. Puis il réalisa que ce n'était pas le téléphone.

— J'ai ajouté quelques précisions sur votre carte, fit Blunt. Je vous l'envoie à l'instant par courriel. Ce serait important que vous y jetiez rapidement un coup d'œil.

— Je regarde tout de suite.

— J'ai joint à la carte les coordonnées géographiques des points ainsi que mon interprétation du code de couleurs. J'ai aussi précisé la nature de certains lieux. Cela devrait vous donner une idée assez précise de ce qui s'en vient… J'aimerais que vous communiquiez avec moi aussitôt que vous aurez fait le tour de ce que je vous ai envoyé.

— Entendu.

— Pendant ce temps, je vais continuer mes recherches sur le reste des points.

La communication fut interrompue.

Théberge activa le logiciel de courrier électronique.

Les ajouts de Blunt le confortèrent dans l'idée que les nouveaux incidents n'étaient pas de simples actes de vandalisme.

Il décrocha le téléphone pour appeler son ami Lefebvre à Québec. Ensuite, il donnerait des ordres pour neutraliser les attaques qui devaient avoir lieu la nuit même.

Bavière, 21 h 30

Deux minutes après le début de l'opération, les soixante-deux membres de la force d'intervention avaient franchi le mur de l'enceinte extérieure du domaine et amorçaient leur progression. La plupart provenaient de différentes escouades d'élite de la BKA, la *Bundeskriminalamt*. Une dizaine de membres des services spéciaux de l'armée s'étaient joints à eux.

Ils étaient divisés en trois groupes et convergeaient vers le centre du domaine. Demeuré à l'intérieur du véhicule de commandement, Werner Herzig suivait la progression de chacun des groupes sur l'écran de son portable.

Xaviera Heldreth observait également leur progression sur un certain nombre d'écrans dans la salle de contrôle du château. Dès le moment où l'un des policiers avait escaladé le mur, une alarme l'avait alertée.

Elle regarda les policiers franchir une centaine de mètres, le temps qu'ils arrivent aux défenses passives du périmètre extérieur, puis elle libéra les gardiens. Elle entreprit ensuite de procéder à l'isolement et au nettoyage de tous les endroits stratégiques à l'intérieur du château.

Les policiers s'aperçurent de l'existence des défenses passives lorsqu'ils entendirent les hurlements de l'un des leurs. En marchant, il avait déclenché un piège. Une tige de bambou lui avait traversé la cuisse pour ressortir par le ventre sous les côtes.

Un mot circula aussitôt: *booby traps*. Le blessé fut évacué avec précaution et des membres des services spéciaux prirent la tête de chacun des groupes. Ils étaient sept que leur entraînement avait familiarisés avec ce genre de piège largement utilisé par la guérilla lors de la guerre du Vietnam.

Sur les écrans, Xaviera Heldreth continuait de surveiller leur progression, maintenant passablement ralentie. Ils marchaient en file indienne et ceux qui les guidaient n'en étaient manifestement pas à leur première expérience de ce genre de terrain. À plusieurs reprises, après avoir failli tomber dans un piège, ils réussirent à l'éviter au dernier moment.

Xaviera assista, impuissante, à leur arrivée au mur de l'enceinte intérieure. Elle regrettait de ne pas avoir mené à terme plus rapidement le nouveau programme de protection qu'elle avait commencé à implanter. Les rangées de bombes Claymore qu'elle avait l'intention d'installer, à une dizaine de mètres du mur, auraient été bien utiles!

Voyant qu'elle ne pouvait plus empêcher, mais seulement ralentir l'avance des policiers, elle avisa toutes les responsables du château de la tenue immédiate d'un exercice de sécurité. Cela voulait dire que toutes les clientes devaient se retirer dans leur chambre. Que tous les domestiques et tous les serviteurs devaient regagner leurs quartiers. Que les écuries et le donjon devaient être fermés à clé. Que tous les élèves du Collège devaient regagner leur chambre. Pour ce qui était des employés d'entretien, ils devaient se regrouper dans la salle principale du château.

Ils avaient quatre minutes pour le faire.

Quant aux six femmes qui constituaient le personnel dirigeant, après s'être assurées que les mesures de sécurité avaient été prises dans le secteur dont elles avaient la responsabilité, elles devaient évacuer le domaine par les souterrains.

Les six femmes étaient évidemment les seules à être au courant de cette dernière disposition.

HEX-RADIO, 15 H 21

— ON VOUS ÉCOUTE, MONSIEUR COLPRON.

— BEN MOI, JE PENSE QUE LE GOUVERNEMENT N'A PAS ÉTÉ ÉLU POUR DE-
MANDER LE DÉCRET DE LA LOI SUR LES MESURES D'URGENCE. IL N'AVAIT
PAS CE MANDAT-LÀ… C'EST UN GOUVERNEMENT INDÉPENDANTISTE, APRÈS
TOUT! FAIRE VENIR L'ARMÉE…

— VOUS AURIEZ AIMÉ MIEUX QU'ILS LAISSENT LES ATTENTATS SE POUR-
SUIVRE?

— NON. MAIS DE LÀ À…

— MONSIEUR COLPRON, VOUS ÊTES UN INDÉPENDANTISTE, PROBA-
BLEMENT…

— OUI, JE NE M'EN SUIS JAMAIS CACHÉ.

— MONSIEUR COLPRON, UN QUÉBEC INDÉPENDANT, EST-CE QUE CE SERAIT
UN QUÉBEC OÙ ON ENDURE DES TERRORISTES DANS NOS RUES SANS RIEN
FAIRE?

— NON, MAIS…

— ON A DÉJÀ ASSEZ DES SYNDICALISTES QUI CHIALENT TOUT LE TEMPS ET
DES INTELLECTUELS QUI LES DÉFENDENT. LE PETIT PEUPLE, LUI, A BESOIN
D'ÊTRE PROTÉGÉ. IL N'A PAS LES MOYENS DE SE FAIRE SOIGNER AUX ÉTATS-
UNIS, DE PASSER SES VACANCES EN FLORIDE ET D'ALLER EN EUROPE LE
TEMPS QUE LES BOMBES AIENT FINI DE SAUTER DANS NOS RUES ET DE
FAIRE DES VICTIMES PARMI CEUX QUI N'ONT PAS LES MOYENS DE SE
SAUVER À L'ÉTRANGER… ON PASSE À UN AUTRE APPEL.

BAVIÈRE, 22 H 29

Werner Herzig se concentrait sur le moniteur télé.
Par la caméra intégrée au casque de chacun des trois
chefs de section, il pouvait suivre leur progression en
temps réel. Le système d'amplification lumineuse avait
pour effet de reproduire l'ensemble de la scène dans des
teintes de vert.

Depuis le début de l'opération, deux autres policiers
s'étaient ajoutés à la liste des blessés. Ils avaient été
surpris par des dobermans dressés pour attaquer par-
derrière de façon silencieuse.

Les groupes s'étaient déployés de manière à se protéger des attaques venant de toutes les directions. Tous
les chiens qui avaient attaqué par la suite avaient été
éliminés.

Il y avait plusieurs minutes que les policiers n'avaient
pas rencontré de pièges. Le groupe 1 et le groupe 3

arrivaient tous les deux en vue d'un bâtiment secondaire.

Herzig leur donna l'autorisation d'envoyer une patrouille de reconnaissance, puis d'investir les lieux s'ils pouvaient le faire en minimisant les risques.

En lançant l'opération, il avait encore quelques doutes sur l'exactitude des informations que lui avait transmises son mystérieux correspondant. Mais l'ampleur des moyens de défense mis en œuvre sur le domaine les avait balayés.

Ce qui tracassait maintenant Werner Herzig, c'était l'identité de son mystérieux informateur. Si ce n'était pas F, c'était certainement quelqu'un qui avait été très proche d'elle.

LCN, 16 H 43

> ... QUE LE PREMIER MINISTRE SINCLAIR A MIS EN CAUSE LA CULTURE DE LA VIOLENCE PROPAGÉE DEPUIS DES ANNÉES AU QUÉBEC PAR LES MILIEUX NATIONAL-SÉCESSIONNISTES. IL A ÉVOQUÉ UNE NOUVELLE INTERVENTION FÉDÉRALE SI LES AUTORITÉS S'AVÉRAIENT INCAPABLES D'ASSURER LA SÉCURITÉ DES CITOYENS ET LE DÉROULEMENT NORMAL DES ACTIVITÉS ÉCONOMIQUES. TOUJOURS EN RELATION AVEC LES RÉCENTS ATTENTATS, TVA A REÇU UN NOUVEAU MESSAGE DE NATURE BOY RÉAFFIRMANT QU'IL N'EST PAS...

BAVIÈRE, 22 H 47

— Comment va-t-il? demanda Herzig.

Le chef du groupe 1 tourna la tête vers la gauche. La caméra intégrée à son casque montra un homme qui reposait assis par terre, le dos appuyé à un arbre.

— Il est encore étourdi, expliqua le responsable dans son micro, mais il devrait s'en remettre. Il n'a presque pas respiré de gaz, mais je n'ose pas l'envoyer seul à travers le parc. On va essayer de lui trouver un endroit sûr.

— Vous savez ce qu'il y a à l'intérieur?

— Ce sont bien des écuries. Mais pas des écuries normales...

— Qu'est-ce qu'elles ont de particulier?

— Ce sont des écuries... pour des êtres humains.

— Vous voulez dire que des gens y sont enfermés?

— Dans les stalles, ce sont des hommes. Les attelages sont des attelages pour des êtres humains… Comme sur les sites Internet de sadomaso.

— Je vois…

— On met nos masques à gaz et on va faire le tour.

Au cours des minutes qui suivirent, Herzig assista, par vidéo interposée, à la visite commentée des écuries par le chef de groupe.

— Il y a un autre cadavre au fond de cette stalle. L'homme est attaché par les quatre membres à des chaînes qui le retiennent au sol. Il a un collier autour du cou. Sa tête est retenue à l'auge par une chaîne attachée au collier.

La voix égrenait les commentaires de façon neutre. Au total, huit victimes furent découvertes. Tous des hommes. Chacun était attaché à l'intérieur d'une stalle lorsque les gaz les avaient surpris. L'un d'eux avait encore une selle fixée sur le dos.

— Il y a un escalier qui mène au sous-sol, dit le chef du groupe 1. Nous allons y jeter un coup d'œil.

Washington, 17 h 12

Paul Decker échappa un juron. Zorco était toujours impossible à joindre au téléphone et il n'avait pas rappelé malgré les deux messages que Decker lui avait laissés.

Il descendit dans le hall de l'hôtel, où l'attendait son contact au Pentagone. Les deux hommes se dirigèrent vers le bar et prirent possession d'une table en retrait.

— Comment ça se déroule ? demanda le type du Pentagone.

— Pour le moment, le calendrier est respecté. De votre côté ?

— Les troupes sont sur un pied d'alerte. Toutes les cibles ont été assignées. On peut se rendre maîtres des points stratégiques en quelques heures.

— Parfait.

— Ce que je ne comprends pas, c'est ce que le Président veut aller faire là-bas.

Decker sourit. Il n'était pas question qu'il lui révèle tous les détails de l'opération.

— Vous savez comment il est, dit-il sur un ton complice. Il ne voudrait surtout pas laisser croire qu'il a peur de quelques illuminés.

— Pour ça… Et les contrats ?

— Ça s'est bien passé au Sénat. Il manque encore un ou deux votes, mais c'est une formalité. Le temps d'expédier la paperasse…

— Est-ce que vous l'accompagnez là-bas ?

— Il faut que je demeure ici pour coordonner l'opération.

TéléNat, 17 h 24

> … alors que l'inquiétude se répand dans la population, la question que l'on retrouve maintenant sur toutes les lèvres, c'est : à quand la prochaine attaque ? Où les écoterroristes frapperont-ils la prochaine fois ?
>
> Par ailleurs, les protestations d'innocence de Nature Boy et l'ampleur des attaques lancées dernièrement alimentent les doutes sur l'identité réelle de celui ou de ceux qui se cachent sous ce pseudonyme.
>
> Devant l'impuissance des forces policières face à cette nouvelle forme de terrorisme, des voix s'élèvent pour réclamer le retour de l'armée.
>
> Interrogé à ce sujet, le nouveau premier ministre Duquette a répété que, jusqu'à preuve du contraire, il continuait de se fier à la compétence des autorités policières pour…

Québec, 17 h 31

L'inspecteur-chef Lefebvre raccrocha le téléphone délicatement, comme s'il avait peur qu'un choc trop brutal ne déclenche une catastrophe.

Les deux équipes de déminage venaient de lui confirmer, à tour de rôle, qu'il y avait effectivement une bombe au pied d'un pylône d'Hydro-Québec : la première sur le côté nord du fleuve, l'autre sur l'île d'Orléans. Il n'avait pas encore de nouvelles de l'équipe qui s'occupait du côté sud de l'île ni de celle qui était partie du côté de Beaumont, mais il ne doutait pas qu'elles en découvriraient là aussi. Les quatre endroits étaient marqués de la même manière sur la carte que lui avait fait parvenir par Internet son ami Théberge.

Il composa le numéro qui permettait de le joindre directement à son bureau.

— Tu avais raison, dit-il lorsque Théberge eut répondu. Les piliers sont minés.

— Tous ?

— J'ai deux confirmations. Les deux autres ne devraient pas tarder.

— Ça veut dire que les autres le sont aussi.

— Probablement.

— Quel genre de détonateur ?

— À distance. Contrôle radio.

— Peux-tu t'occuper de faire nettoyer toute la ligne discrètement ?

— Je n'ai pas assez de personnel. Peux-tu m'envoyer du renfort ?

— J'en ai déjà plein les bras de mon côté. Essaie de joindre Morne.

— Le conseiller du PM ?

— Oui. Dis-lui que tu l'appelles de ma part. Qu'il faut qu'il se débrouille pour t'obtenir de l'aide de la SQ. Et insiste sur le fait qu'il faut éviter toute publicité. Si l'histoire est connue trop rapidement, j'ai peur qu'ils déclenchent tout ce qu'ils peuvent en même temps.

— Qui, ils ?

— Ça, si je le savais… Est-ce que tu as eu le temps de contacter ton ami qui travaille chez Hydro-Québec ?

— Oui. Il a confirmé que tous les endroits notés sur la carte correspondent à des sections vulnérables des lignes : traversée du fleuve, stations d'aiguillage…

— Tu es sûr qu'il ne parlera pas ?

— Je ne suis pas inquiet. Il a tout de suite compris qu'il y avait eu des complicités internes : si des ruptures de courant ont lieu aux endroits indiqués sur la carte par les points, ça va créer des surcharges qui provoqueront la fermeture en cascade de tout le réseau… Il sait qu'il ne peut faire confiance à personne.

— D'accord.

— De ton côté, qu'est-ce qui se passe ?

— La même chose que du tien. En plus compliqué, probablement.

— Plus compliqué…

— Regarde sur la carte que je t'ai envoyée.

— Oui…

— Les groupes de points liés aux groupes électriques sont de deux couleurs. J'ai l'impression qu'ils voulaient faire sauter une première série de pylônes et que, quand le système aurait été rétabli à l'aide des protocoles d'urgence, ils auraient fait sauter la deuxième série.

— Tu n'as vraiment pas d'idée de qui est derrière ça ?

— Non.

— Comment as-tu réussi à avoir cette carte ? Est-ce que tes mystérieux amis auraient recommencé à se manifester ?

— Oui.

— Merde !

— Comme tu dis.

— Quand ils s'impliquent, c'est rarement pour des questions de chiens écrasés.

— Avec les attentats contre le système d'égouts pluviaux de la ville et ceux contre Bell, j'ai plutôt l'impression que c'est le Québec au complet qu'ils veulent écraser.

Théberge fut interrompu par l'arrivée de Crépeau dans son bureau. Juste à le voir, Théberge comprit qu'il y avait une nouvelle urgence.

— Il faut que je raccroche, dit-il. Je te rappelle.

Il se tourna vers Crépeau.

— Qu'est-ce qui se passe ?

— Ross vient d'appeler. Un groupe de Mohawks s'apprête à fermer la 30.

— Il ne peut rien faire ?

— Il a obtenu qu'ils attendent à la fin de l'heure de pointe.

— C'est une délicate attention de leur part. Et pourquoi ferment-ils la 30 ?

— Pour protester contre la brutalité policière. Ils exigent une enquête sur la mort de Wade… et sur votre responsabilité dans l'affaire.

— Il y a autre chose ? demanda Théberge sur un ton de dérision.

— Ils protestent aussi contre la profanation de leur territoire sacré.

— Quoi de plus normal…

— Ils demandent le retour de l'armée pour les protéger.

Cette fois, Théberge demeura sans voix.

Montréal, 17 h 38

Théberge achevait d'expliquer au directeur du SPVM l'information contenue dans la carte que lui avait fait envoyer Blunt.

— Tous les points sont accompagnés de leurs coordonnées, dit-il. Les cibles dont il faut s'occuper en premier sont…

Il lui montra un point situé dans l'ouest de Montréal.

— Celle-ci…

Le deuxième point était situé sur le mont Royal.

— Et celle-là…

Cette fois, le point était situé en pleine forêt, le long de la frontière ontarienne.

— Qu'est-ce que c'est ?

— Une petite vallée qui abrite l'essentiel des antennes de transmission pour les communications avec l'Europe. La plus grande partie du trafic téléphonique de l'est de l'Amérique du Nord passe par là. Il y a aussi les antennes qui contrôlent la téléphonie par satellite, la télé par satellite…

— Il faut faire quelque chose…

— Brillante idée, ironisa Théberge.

Le directeur lui jeta un regard noir mais s'abstint de répliquer.

— J'ai communiqué avec la Sûreté du Québec, poursuivit Théberge sur un ton de nouveau impassible. Comme ils sont débordés eux aussi, ils ont refilé le travail à la GRC. Une équipe est partie d'Ottawa pour aller protéger les lieux. Ils ont emmené des experts en déminage.

Le directeur s'absorba un moment dans la contemplation de la carte.

— Tous les points sont des cibles ? finit-il par demander. Vous êtes sûr ?

— Je ne vois pas d'autre explication. Jusqu'à présent tout concorde.

La porte du bureau de Théberge s'ouvrit et Guy-Paul Morne entra sans avoir été annoncé. Il posa son imperméable dégoulinant sur une chaise.

— Satanée pluie, dit-il.

— Que nous vaut l'honneur ? demanda Théberge avec une pointe d'ironie.

— J'ai lu dans l'avion ce que vous m'avez envoyé. Je me suis également occupé de ce que demandait votre ami Lefebvre.

Puis il parut prendre conscience de la présence de Gagnon.

— Vous êtes au courant des détails, je présume ?

Le directeur du SPVM fit signe que oui.

— Nous avons identifié toutes les cibles, fit Théberge. Sauf une.

— Où ça ?

Théberge lui montra un endroit sur la carte.

— Dans le nord de l'Abitibi… Qu'est-ce qu'il peut bien y avoir là ?

— On a vérifié, répondit Théberge. Il n'y a rien. C'est une petite baie au bout d'un lac.

— Vous êtes sûr qu'il n'y a rien à faire sauter là-bas ?

— D'après le code de couleurs, ce serait le dernier endroit où il se produirait quelque chose. Mais il n'y a pas une seule habitation à des kilomètres à la ronde.

Théberge fut interrompu par le téléphone.

— Oui ?… Bien sûr que je suis intéressé… D'accord, je le prends en note.

Il écrivit un nom sur une feuille. Suivi d'un numéro.

Puis il raccrocha.

— Ou bien on nous fait marcher dans les grandes largeurs, ou bien nous sommes enfin chanceux.

— De quoi s'agit-il ? demanda le directeur.

— Du nom de celui qui supervise tous ces joyeux divertissements pyrotechniques.

Il leur montra le nom qu'il avait écrit.

— Et le numéro ? demanda Morne.

— La suite qu'il occupe au Ritz.

— Qu'est-ce que vous allez faire ?

— Envoyer quelqu'un le cueillir.

— Sous quel prétexte ?

— Je n'ai pas besoin de prétexte. Officiellement, la loi sur les mesures d'urgence est toujours en vigueur.

Une autre manière dont l'information véhiculée dans les médias contribue à réduire le stress du consommateur, c'est par la dédramatisation des événements susceptibles de le bouleverser. Le spectacle répétitif des meurtres, des famines et des guerres finit par entraîner une banalisation de ces drames qui émousse leur pouvoir perturbateur.

La résilience du consommateur s'en trouve améliorée. Sa tolérance face aux imperfections persistantes du marché social et économique est accrue.

Moins troublé par les poches d'inefficience où prédominent des formes violentes et destructives d'exploitation, moins perturbé par les atteintes à l'équilibre écologique de la planète, l'individu consommateur soumis à ce type d'information peut s'intégrer de façon plus sereine au libre jeu du marché global.

Joan Messenger, *Le Fascisme à visage humain*, 11- Rationaliser les médias.

MERCREDI (SUITE)

BAVIÈRE, 23 H 43

Xaviera Heldreth suivait depuis deux heures la progression des policiers. Quand ils arrivaient près d'un bâtiment, elle donnait l'ordre à la responsable de l'endroit de partir par les souterrains puis, une minute plus tard, elle procédait à la stérilisation de l'édifice.

Cette façon de procéder avait permis aux dirigeantes de chacune des sections de travailler jusqu'à la dernière minute pour faire disparaître les documents qui auraient pu incriminer l'équipe du château.

Pour sa part, Xaviera Heldreth s'était occupée des ordinateurs. Elle avait centralisé sur le sien toute l'information contenue sur le réseau, puis elle avait procédé à l'effacement des disques durs des autres ordinateurs.

Quand elle vit les policiers prendre position autour de l'hôtel, elle communiqua avec la responsable de l'endroit.

— Tout est nettoyé, fit cette dernière.

— Bien. Vous pouvez y aller.

Xaviera passa alors en revue les chambres qui étaient occupées. Toutes les clientes y étaient, chacune dans la sienne, attendant la fin de l'alerte.

Certaines s'étaient inquiétées quand elles avaient réalisé que leur porte s'était verrouillée à leur insu, mais la responsable de l'hôtel avait diffusé un message pour les rassurer. Le verrouillage faisait partie de l'exercice. L'équipe de vérification essaierait d'en ouvrir un certain nombre, au hasard, pour s'assurer du degré de sécurité qu'elles offraient.

Si les clientes entendaient des voix ou du bruit, avait ajouté la responsable, elles ne devaient pas s'en inquiéter. Cela faisait également partie de la simulation.

— L'exercice tire à sa fin, fit Xaviera.

Sa voix se répercuta dans les onze chambres où étaient les clientes ainsi que dans toutes celles qui étaient vides.

— Vous allez entendre un léger sifflement, poursuivit-elle. Il ne faut pas vous en inquiéter. Nous allons procéder à un changement rapide de tout l'air de l'hôtel. C'est un exercice pour tester notre système de protection en cas d'attaque au gaz. Dans quelques minutes, tout sera terminé.

Sur ce dernier point, elle leur avait dit la vérité. Dans moins de deux minutes, le gaz aurait effacé toute trace de vie dans les onze chambres ainsi que dans le reste de l'édifice.

C'était pour le mobilier qu'elle s'en faisait le plus. Des clientes, cela pouvait se retrouver facilement. Mais le mobilier… il fallait des mois, parfois des années pour les dresser.

LCN, 18 H 16

> … A DEMANDÉ LA TENUE D'UNE RÉUNION DU CONSEIL DE SÉCURITÉ POUR SE PENCHER SUR LA RECRUDESCENCE DE TENSION QUI S'EST PRODUITE AU COURS DES DERNIÈRES SEMAINES ENTRE TAÏWAN ET LA CHINE.
> DANS NOTRE RÉGION, LES PLUIES QUI SE SONT ABATTUES SUR LA MÉTROPOLE AU COURS DE LA JOURNÉE ONT PROVOQUÉ DES INONDATIONS DANS CERTAINES PARTIES DE LA VILLE. LA CIRCULATION A ÉTÉ INTERROMPUE SUR DÉCARIE ET DES RUES ONT COMMENCÉ À ÊTRE INONDÉES À CAUSE DU REFOULEMENT DES ÉGOUTS PLUVIAUX.
> À POINTE-AUX-TREMBLES, LES TRAVAUX SE POURSUIVENT POUR DÉGAGER LES COLLECTEURS PRINCIPAUX ET…

MONTRÉAL, 18 H 27

La lumière verte s'alluma dans le coin de l'écran. Blunt était en ligne ; la communication était sécurisée.

— J'ai de bonnes nouvelles, fit Théberge.

— Je vous écoute.

— Nous avons trouvé et neutralisé des explosifs à la base de trois tours de transmission : Radio-Canada, TVA et CFCF. C'était le plus urgent.

— Avec la vallée des coupoles…

— Une équipe de la SQ a rejoint la vingtaine d'agents de la GRC qui étaient sur place. Jusqu'à maintenant, ils n'ont rien trouvé. Ils ont établi un périmètre de surveillance autour de la vallée. Ils s'attendent à une attaque au cours de la nuit.

— Et pour les lignes ?

— Des bombes ont été retrouvées à chaque point. D'après les experts, les explosions de chacune des deux vagues auraient été suffisantes pour faire tomber l'ensemble du réseau. Là où les dégâts auraient été les plus importants, c'est sur la ligne qui transporte l'électricité vers les États-Unis.

— Et sur les triangles rouges ?

— Toujours rien. Une baie perdue au bout d'un lac.

— Habituellement, au go, quand on place un pion, ce n'est pas seulement pour occuper un endroit. C'est aussi en fonction des extensions qu'on peut amorcer à partir de cet endroit.

— Je vois ce que vous voulez dire.

— S'il n'y a rien d'intéressant au bout de ce lac, il doit y avoir un endroit qu'on peut atteindre à partir de là.

— Il n'y a aucune route.

— Sur les rives du lac, il n'y a rien ?

— Pas d'après les relevés du Ministère.

— Il faut qu'il y ait quelque chose. Ce serait illogique qu'il n'y ait rien.

— Je suis d'accord avec vous, mais je ne vois pas ce que ça peut être. Par contre, nous aurons peut-être bientôt quelqu'un pour nous éclairer sur le sujet.

— Qui ?

— Viktor Trappman. Ce serait lui, le chef d'orchestre de toutes ces joyeuses débilités.

— Vous avez appris ça comment ?

— Dénonciation anonyme. Par téléphone. Trappman aurait une suite au Ritz. J'ai envoyé une équipe le récupérer.

— Vous y croyez, à cette dénonciation ?

— Je suis prêt à croire à tout ce qui pourrait me permettre d'arrêter cette folie.

— Je vous laisse travailler. Si j'apprends quoi que ce soit, je communique avec vous sans délai.

— Merci.

— Et continuez de laisser votre ordinateur portable en fonction. Passer par le réseau public ne serait pas très sécuritaire.

— Je croyais que vous aviez le moyen de brouiller la conversation…

— Oui. Mais si quelqu'un s'aperçoit que vous recevez des conversations brouillées…

— Entendu.

Théberge n'appréciait pas tellement la paranoïa de Blunt, mais elle semblait de plus en plus justifiée. Ceux qui avaient conçu ce plan de sabotage semblaient déterminés à rendre impossible toute vie sociale organisée au Québec. Après les égouts et les télécommunications, leurs cibles étaient les médias et l'électricité.

Subitement, le plan acquérait une cohérence inquiétante : l'attaque contre les installations de secours des centrales téléphoniques devenait tout à coup une simple préparation pour s'assurer de paralyser l'ensemble du réseau téléphonique au moment où l'électricité serait coupée.

Paralyser simultanément le téléphone et les médias, de sorte que les génératrices de secours des gens et leurs cellulaires ne leur soient d'aucune utilité pour savoir ce qui se passe, qu'ils se retrouvent sans électricité et sans moyens de communication, ce serait le moyen idéal de favoriser la propagation des rumeurs et de la panique.

Qui pouvait bien avoir intérêt à provoquer ce genre de chaos ? Et dans quel but ?

CBVT, 18 H 35

... LES OPÉRATIONS POLICIÈRES SE SONT MULTIPLIÉES AU COURS DE L'APRÈS-MIDI. DES EXPLOSIFS AURAIENT ÉTÉ RETROUVÉS À PROXIMITÉ DES TOURS DE COMMUNICATION UTILISÉES PAR PLUSIEURS MÉDIAS. LES AUTORITÉS POLICIÈRES REFUSENT CEPENDANT DE FOURNIR LA MOINDRE EXPLICATION SUR LES SOURCES QUI ONT PERMIS DE DÉCOUVRIR CES EXPLOSIFS.

PLUSIEURS VOIX ONT COMMENCÉ À S'ÉLEVER POUR DÉPLORER L'IGNORANCE DANS LAQUELLE LES FORCES POLICIÈRES MAINTIENNENT LA POPULATION. « SI DES DANGERS PÈSENT SUR NOUS, A DÉCLARÉ NOTAMMENT LE VICE-PRÉSIDENT EXÉCUTIF DE TÉLÉNAT, CHARLES BOILY, NOUS AVONS LE DROIT, EN TANT QUE CITOYENS RESPONSABLES, D'EN ÊTRE INFORMÉS. D'AUTANT PLUS QUE... »

BAVIÈRE, 0 H 44

Werner Herzig venait de réveiller le directeur général de la *Bundeskriminalamt*. Au téléphone, la voix de son supérieur était à peine plus rêche que d'habitude. Herzig saisit quand même clairement le message implicite que véhiculait cette subtile modification : il avait intérêt à ne pas le réveiller pour des broutilles.

— Jusqu'à maintenant, nous avons quarante-trois victimes. Quelques femmes et une large majorité d'hommes.

Les femmes semblent avoir été clientes dans une sorte d'hôtel. Les hommes, pour leur part, étaient utilisés comme animaux domestiques et parqués dans une écurie. Plusieurs servaient de mobilier…

— De mobilier… répéta le directeur, comme s'il avait mal entendu.

— Ils étaient immobilisés dans des positions qui permettaient de les utiliser comme bancs ou supports de table… pieds de lampes…

— Il y en a plusieurs ?

— Une dizaine… Deux ont été retrouvés dans une salle de torture… Il y avait aussi des enfants. Nous en avons découvert sept. Tous des jeunes garçons.

— Vous avez dit «jusqu'à maintenant»…

Dans sa voix, la froideur avait fait place à une certaine appréhension.

— La plupart des bâtiments secondaires ont été investis. Nous sommes sur le point de nous attaquer à l'édifice principal.

— Et ces morts, ils sont décédés comment ?

— À l'exception des deux qui ont été torturés, ils ont été victimes de gaz. Tous les édifices sont munis d'un dispositif permettant de gazer les occupants.

— Vous vous rendez compte de l'effet que ça va produire dans l'opinion ? Des vieux démons que ça va réveiller ?

— Surtout quand les gens vont savoir à quoi servaient ces installations.

— Que voulez-vous dire ?

— D'après ce que nous avons pu comprendre jusqu'à maintenant, tous les hommes étaient des sortes d'esclaves et tous les clients étaient en fait des clientes.

— Je vois… Et les jeunes garçons ?

— Nous avons trouvé des bandes vidéo. Le peu qui a été examiné laisse croire qu'ils étaient utilisés comme esclaves sexuels et qu'on en tirait des vidéos.

— Écoutez, j'appelle le ministre pour l'en informer. De votre côté, vous maintenez un secret absolu sur tout ça.

— J'avais pris la précaution de choisir des équipes d'intervention dont les membres ont déjà été impliqués dans des opérations confidentielles. Ils ont une consigne de silence complet.

— J'apprécie votre prévoyance. Je ne manquerai pas d'en informer le ministre.

— Ce n'est pas nécessaire.

— Appelez-moi aussitôt que l'édifice principal sera investi.

— Vous pouvez compter sur moi.

MONTRÉAL, 19 H 11

Trappman surveillait le corridor par l'entrebâillement de la porte de sa chambre. Il l'avait louée trois jours plus tôt au nom de Gonzague Théberge.

Il observa avec un sourire les policiers sortir de l'ascenseur et se déployer pour prendre d'assaut la suite louée à son nom.

Leur présence confirmait la justesse de ses calculs : Emmy Black avait reçu l'ordre de le dénoncer. L'éliminer aurait été plus simple mais, vivant, il pouvait discréditer Toy Factory. Peut-être prévoyait-on le faire arrêter pour ensuite procéder à son élimination en prison, une fois qu'il se serait mis à table ?

Trappman hésita pendant un instant, car il n'avait toujours pas joint Zorco pour le prévenir de ce qu'il allait faire. Puis il décida de passer quand même à l'action. Il se dirigea vers les policiers qui étaient sur le point d'entrer dans la suite. Lorsque l'un d'eux se tourna dans sa direction pour lui signifier de se tenir à l'écart, il lui tendit la main.

— Bonjour, dit-il, je suis Viktor Trappman. Quelque chose me dit que c'est moi que vous cherchez.

BAVIÈRE, 1 H 16

Xaviera Heldreth avait passé une grande partie de la dernière heure à déchiqueter des documents.

Au moment où les policiers donnèrent l'assaut, elle jeta un coup d'œil à l'ordinateur. Le transfert était presque achevé. L'essentiel des archives du château avait été transféré chez Jessyca Hunter.

Encore quelques minutes et ce serait terminé. À ce moment, un programme d'effacement en profondeur serait lancé.

Quand les policiers parviendraient à l'ordinateur, il y aurait un certain temps que toute information aurait été détruite. Car ils progressaient lentement. Les portes de sécurité verrouillées, le caractère labyrinthique de la disposition des pièces et les cadavres qu'ils découvriraient les forceraient à prendre leur temps.

Xaviera devait maintenant penser à son extraction. Elle descendit dans une pièce du sous-sol et s'y enferma. Elle déchira ensuite ses vêtements, se racla les mains et les poignets sur les murs de pierre et se frappa le front contre la porte.

Autour d'elle, la pièce était entièrement nue.

Après s'être dépeignée, elle s'assit sur le sol et attendit. Si tout se passait bien, on la trouverait en moins de deux heures.

C'est alors que la lumière s'éteignit.

Au même moment, la porte centrale du château explosait.

Montréal, 20 h 09

Trappman entra dans le bureau de Théberge escorté de Grondin et de Crépeau. Un sourire confiant s'affichait sur son visage.

— Viktor Trappman, dit-il à Théberge en lui tendant la main. J'avais hâte de vous rencontrer.

— Vous m'en direz tant.

— Il y a une chose qu'il faut que vous sachiez, fit alors Grondin en se frottant discrètement le dessus de la main gauche avec son index.

Théberge tourna son regard vers lui.

— S'il y a quelque chose que je dois savoir, ce ne serait peut-être pas une mauvaise idée de me le dire, non ?

— Faut excuser le rachitique, intervint Rondeau. Il n'a pas beaucoup dormi.

— Je suis touché de vous voir aussi soucieux du bien-être de votre collègue, répondit Théberge sur un ton doucereux. L'un de vous deux aurait-il l'amabilité de me dire ce que je devrais savoir, dans l'exercice de mes fonctions, sur ce bon monsieur Trappman ?

— La suite qu'il occupait était inscrite à votre nom, fit alors Grondin.

— C'est vrai ? fit Théberge en se tournant vers Trappman.

— Un peu d'humour rend la vie plus intéressante. Ne croyez-vous pas ?

— Si ce qui se passe actuellement est une manifestation de votre sens de l'humour…

— Comptez-vous chanceux que ce soient les égouts pluviaux qui aient été pris pour cible. Imaginez-vous ce qui se serait produit si les usines de traitement des eaux usées domestiques avaient été sabotées. Un million de personnes qui ne peuvent plus tirer la chasse d'eau sans provoquer de refoulements dans les parties les plus basses du système municipal !… Excusez ma grossièreté, mais vous auriez vraiment été dans la merde !

— Vous avouez donc être à l'origine de ces… insanités ?

— « À l'origine » est un bien grand mot. Pour employer une image relevant de la mécanique automobile, je dirais que j'en suis la bougie d'allumage et l'embrayeur.

— Pour filer votre métaphore, répliqua Théberge avec humeur, je vous dirais que j'en serai l'étrangleur.

— Je le savais ! fit Trappman dont le sourire s'élargit. Vous êtes un homme d'esprit ! Je sens que nous allons nous entendre.

— Vous avez donc l'intention de tout avouer ?

— J'ai l'intention de tout négocier.

— C'est-à-dire ?

— Les endroits des prochaines attaques. Les moyens de les éviter.

— Je vous signale que les explosifs déposés au pied des tours de Radio-Canada, TVA et TQS ont été neutralisés.

Une ombre de contrariété apparut de façon fugitive sur le visage de Trappman. Puis le sourire reprit possession de son territoire.

— Félicitations, inspecteur ! Vous êtes vraiment à la hauteur de mes espérances !… Mais vous imaginez bien que ce ne sont pas les seuls inconvénients que risque de connaître votre belle province.

— Je peux le concevoir.

— Et, pour désamorcer ce qui s'en vient, vous avez besoin de moi.

— Cela reste à prouver.

— Vous vous croyez très fort parce que votre informateur a mis la main sur une liste des membres de l'Église de la Réconciliation Universelle… Une liste incomplète, comme par hasard ! Où il manque les noms les plus importants !

Trappman regardait Théberge avec un sourire satisfait. Le policier s'efforça de ne pas montrer de réaction.

— Vous voulez une indication de ma bonne foi ? Je vais vous donner un des noms qui vous manque. Bertin Duquette… Il fait partie d'un groupe secret qui est derrière tous ces événements.

— Et je dois vous croire sur parole, je suppose ?

— Quand nous serons parvenus à une entente, vous aurez toutes les preuves qu'il faut.

Théberge tourna la tête en direction de Crépeau.

— Mets-le en cellule. Je lui reparlerai demain.

— Une fois encore, vous me surprenez, fit Trappman. Je n'aurais pas cru que vous amorceriez notre rencontre par une partie de poker.

Son sourire s'élargit et il tendit de nouveau la main à Théberge.

— À demain ! dit-il.

— C'est ça, à demain, se contenta de répondre Théberge en ignorant la main tendue.

C'était effectivement une partie de poker, songea-t-il. S'il réussissait à empêcher un certain nombre d'attentats, il serait en meilleure position pour interroger Trappman et pour négocier. Mais s'il n'y parvenait pas et que de nouveaux actes de terrorisme secouaient la province, Trappman aurait beau jeu de faire monter les enchères.

BAVIÈRE, 2 H 23

Werner Herzig avait traversé l'allée du parc à vitesse réduite, précédé à cinquante mètres par une voiture blindée. Aucun incident n'avait marqué le trajet.

En entrant dans le château, il remarqua les urnes funéraires et un frisson le parcourut.

Selon le rapport que lui avait fait le chef du groupe 1, il y avait presque autant de morts dans le château que dans l'ensemble des autres bâtiments. Une grande partie des morts étaient des hommes ligotés et transformés en pièces d'ameublement. Certains étaient morts dans les pièces où ils servaient de mobilier ou de décoration. D'autres avaient terminé leur vie dans une grande armoire où ils étaient rangés.

Dans un vaste salon rempli de divans, ils avaient découvert six cadavres d'hommes nus dont le corps avait été sculpté par de longues heures d'entraînement physique.

Sur la porte du salon, un mot était écrit : HARAS.

L'électricité avait été rétablie. De voir tous les corps à la lumière crue des ampoules électriques donnait au spectacle un aspect froid et clinique qui n'avait que peu de rapports avec les images transmises précédemment par les caméras à amplification lumineuse.

Une fois encore, toutes les victimes étaient des hommes.

Le chef du groupe 1 conduisit Herzig à travers un dédale de pièces jusqu'à un bureau qui ressemblait à un centre de contrôle. Un des murs était couvert d'écrans de surveillance et plusieurs classeurs semblaient avoir été vidés de leur contenu. Un ordinateur occupait le centre du bureau, où étaient également installées une imprimante et une déchiqueteuse.

— L'ordinateur ? demanda Herzig.

— Nous avons coupé tous les fils, pour nous assurer que personne n'y ait accès.

— Bien.

Comme il allait quitter les lieux, le responsable du groupe 3 s'avança rapidement vers lui.

— Nous avons trouvé quelqu'un de vivant ! dit-il. Une femme.

— Où ?

— Elle était enfermée dans une pièce hermétique au sous-sol. C'est ce qui lui a permis d'échapper au gaz.

— Est-ce qu'on peut l'interroger ?

— Elle est en état de choc. Il semble qu'on l'avait enfermée là pour la laisser mourir de faim. C'était une aide domestique, d'après ce que j'ai compris. Une immigrante croate. Elle n'a aucune pièce d'identité.

La présence d'une civile rescapée rendrait plus difficile le contrôle de l'information, songea Herzig. Par contre, s'il s'agissait d'une immigrante illégale qui avait intérêt à se montrer accommodante…

— Faites-la conduire immédiatement à l'hôpital militaire qui attend les blessés, dit-il. Je passerai la voir là-bas.

— Entendu.

— Et assurez-vous qu'elle ne parle à personne.

Herzig se tourna vers le chef de groupe.

— Faites également conduire les blessés à l'hôpital militaire. Aucun des hommes ne doit parler à qui que ce soit de ce qu'il a vu ici. Relayez le message aux autres chefs de groupe.

— Je m'en occupe tout de suite.

Herzig enleva ses lunettes et les essuya minutieusement avec un mouchoir, même si elles n'avaient aucun besoin d'être nettoyées. C'était un sursis de quelques instants qu'il s'accordait avant d'appeler le directeur, qui attendait son appel pour mettre le ministre de l'Intérieur au courant de la situation.

L'exploration systématique du château et des autres édifices prendrait des jours. Voire des semaines.

C'est alors, par association d'idées, qu'il pensa aux cadavres.

Il n'était pas question d'appeler la morgue. D'abord parce qu'il ne voulait pas attirer l'attention des journalistes de façon prématurée. Et puis, s'il se fiait à ce qu'il connaissait du ministre, ce dernier chercherait par tous les moyens à minimiser l'affaire. Peut-être même à l'étouffer complètement. Ce qui supposait une réduction importante du nombre officiel de cadavres. Peut-être même leur suppression complète.

Le problème était de savoir ce qu'il en ferait en attendant. Il ne pouvait quand même pas les laisser là.

Le chef du groupe 2 s'approcha alors de lui.

— Ce sont les morts qui vous embêtent ? demanda-t-il.

Ce n'était pas vraiment une question.

Herzig fit signe que oui de la tête.

— Au sous-sol, il y a une immense chambre froide, reprit le chef de groupe. On pourrait la transformer en morgue temporaire.

— Une morgue temporaire ?

— Je vais demander aux hommes de récupérer toutes les civières qu'on a.

— Ils n'en auront jamais assez.

— Ils peuvent facilement en bricoler d'autres. Comme ça, les morts seraient traités avec un certain respect. Et on pourrait ensuite fouiller plus correctement les édifices.

— D'accord, occupez-vous de ça. Moi, je m'occupe de Berlin.

… une des fonctions paradoxales du guidage médiatique des foules […] est de contribuer à la sécurité
de la société en entretenant un climat d'insécurité.
Ce climat est facilement obtenu par le spectacle
répétitif des victimes de toutes sortes, des désastres
naturels et des accidents. La chronique de la corruption des hommes politiques et les exploits du crime
organisé contribuent également à l'établissement de
ce climat d'insécurité.
Un tel effort médiatique provoque une hausse de la
demande publique de sécurité qui justifie des dépenses
accrues dans l'industrie de la protection (et donc de
la gestion de l'ordre), que ce soit celle des individus,
celle du marché ou celle du territoire.

Joan Messenger, *Le Fascisme à visage humain*, 11-
Rationaliser les médias.

JEUDI

BAVIÈRE, 6 H 57

Même si elle était épuisée, Xaviera Heldreth s'efforçait de marcher avec précaution dans le parc du domaine.
Elle approchait de l'entrée du souterrain.

Les policiers n'en avaient probablement pas encore
découvert l'existence. Et même s'ils avaient trouvé une
des entrées dissimulées, ils n'avaient certainement pas
franchi le premier niveau. Les pièges qui gardaient les
entrées et les sas interniveaux leur avaient sûrement
inculqué une certaine prudence.

Elle avait tout le temps d'accéder au centre de contrôle
de secours, d'achever le nettoyage des ordinateurs, sans
doute interrompu par la panne de courant, et d'enclencher

le processus d'autodestruction de l'ensemble des édifices.

Il ne resterait rien du domaine… ni des policiers.

Sans qu'elle se l'avoue clairement, c'était la principale raison qui l'avait fait revenir : elle s'imaginait déjà, installée à une distance confortable du domaine, profitant du spectacle que constituerait le feu d'artifice.

À mesure que le jour se levait, la forêt autour d'elle reprenait ses couleurs. Plus que cinquante mètres. Xaviera avançait plus rapidement.

En pensée, elle revoyait la tête qu'avaient faite les deux infirmiers, dans l'ambulance, avant de mourir. Ils avaient dû croire qu'elle avait une crise de nerfs et non qu'elle se préparait à les tuer froidement, de façon presque chirurgicale.

Après avoir relégué les corps à l'arrière de l'ambulance, elle s'était installée au volant et elle avait rebroussé chemin. Arrivée en vue du domaine, elle avait caché le véhicule dans la forêt en empruntant un petit sentier de terre, puis elle avait franchi le mur de l'enceinte extérieure par une entrée dissimulée.

Elle avait ensuite entrepris de traverser le périmètre externe, progressant avec d'infinies précautions pour éviter les pièges qui gardaient les abords de l'entrée du souterrain.

Encore quelques minutes et sa revanche serait à portée de main.

Subitement, elle perdit pied. Elle sentit alors son corps glisser vers l'avant.

WEIR, 2 H 21

Les trois Japonais étaient originaires de la région de Nagasaki. Tous trois venaient de familles qui avaient en grande partie été décimées lors de l'explosion de la deuxième bombe atomique.

Pour Hiroshi, Nishiren et Atsuko, cette explosion avait été l'ultime barbarie. Aucun objectif militaire ne l'avait justifiée. C'était une question de quelques jours avant que les papiers officialisant la reddition soient tous signés. Le pays n'avait plus de marine ni d'aviation. Les Américains bombardaient quotidiennement Tokyo en toute impunité.

Mais ils avaient quand même fait exploser la première puis la deuxième bombe atomique. D'abord pour des raisons de politique intérieure : le bon public américain n'aurait pas compris que le projet Manhattan ait englouti de telles sommes sans qu'il puisse en voir les résultats. Il aurait eu l'impression d'avoir été floué.

Et puis, il fallait un exemple pour intimider les Russes. Les convaincre de ne pas s'opposer aux Américains après la guerre.

Les familles de Hiroshi, Nishiren et Atsuko avaient fait partie du coût de cet exercice pédagogique. Elles et des centaines de milliers d'autres victimes.

Nishiren, le chef du commando, était yakusa. Pragmatique, il avait reconnu dans cette organisation une des seules voies d'ascension sociale qui s'offrait à lui.

Ce qu'il reprochait aux Américains plus encore que leur barbarie atomique, c'était leur attitude après la victoire. Les conditions qu'ils avaient imposées à son pays. La volonté qu'ils avaient eue de mettre le pouvoir entre les mains d'une improbable coalition de criminels, de bureaucrates et d'hommes d'affaires soigneusement choisis. Cela avait eu pour effet d'écarter du pouvoir à peu près tout ce que le Japon comptait de dirigeants intègres et compétents.

Les Américains n'avaient pas seulement gagné la guerre et déclenché un massacre inutile, ils avaient saboté son pays pour des années. L'heure était venue de le venger.

Il ne connaissait pas tous les détails du plan. On lui avait seulement demandé de détruire l'essentiel de l'infrastructure de communication qui reliait l'est de l'Amérique du Nord à l'Europe. Sans toutes ces coupoles, le géant américain deviendrait en partie sourd et muet.

D'autres groupes, ailleurs, s'attaqueraient à d'autres organes vulnérables du géant meurtrier. C'était tout ce que Trappman avait accepté de lui dire.

Nishiren n'avait pas remis en cause la parole de Trappman. Par le passé, ce dernier lui avait fourni les moyens de perpétrer trois attentats. On pouvait lui faire confiance.

Le Japonais comprenait d'autant mieux cette nécessaire discrétion que, cette fois, l'enjeu était majeur : il ne s'agissait plus de harceler le géant malfaisant, il s'agissait de l'abattre. C'était ce que Trappman lui avait affirmé. L'opération s'étendrait sur plusieurs semaines et exigerait la participation de dizaines de groupes. À côté de ce qu'ils étaient en train d'accomplir, les attentats du World Trade Center feraient figure de protestation d'amateurs.

La tâche des trois Japonais était simple : fixer la charge à chacune des coupoles et repartir.

Lorsqu'ils eurent franchi la clôture indiquée sur la carte, les trois membres du commando, qui portaient des lunettes à amplification de lumière, furent brusquement éblouis par l'éclat des spots qui s'allumèrent.

— Ne bougez plus, fit une voix. Laissez tomber vos armes et mettez les mains sur votre tête.

Nishiren hésita un instant, puis il se mit à courir dans la direction de ce qu'il estimait être la plus grosse coupole. Du coin de l'œil, il s'aperçut que les deux autres l'imitaient. Avec un peu de chance, il ne mourrait pas pour rien, songea-t-il. Il mourrait avec honneur. Comme son grand-père kamikaze. En provoquant par sa mort un maximum de destruction.

Puis, brusquement, sans qu'il ait activé la charge qu'il portait sur lui, le monde s'éteignit. Une balle explosive venait de projeter les trois quarts de son cerveau sur le tronc d'un arbre, à sa gauche.

Bavière, 10 h 50

Werner Herzig regardait le corps de la femme. En tombant dans la fosse, elle s'était empalée sur des tiges de bambou. L'une d'elles lui était entrée dans le corps par le dos, était sortie par la gorge, puis était rentrée sous le menton, immobilisant la tête dans une position grotesque.

Le policier sentit immédiatement les souvenirs affluer à sa mémoire. Il avait vu des centaines de photos illustrant des blessures semblables, à l'époque du Vietnam, lorsqu'il entraînait des commandos pour aller derrière les lignes ennemies. Son rôle était d'apprendre aux jeunes soldats à reconnaître les pièges. Après deux ans, il en avait eu assez. Il avait quitté les services spéciaux américains et il était venu s'installer en Allemagne, dans la ville que ses parents avaient quittée pour s'établir aux États-Unis.

— Elle a été chanceuse, dit finalement Herzig.

Habituellement, ce genre de piège était conçu pour prolonger les souffrances. Les cris de la victime attiraient des soldats qui tombaient à leur tour dans des pièges… ou sous les balles ennemies.

Il parcourut les alentours du regard.

— Elle est revenue ici après avoir réussi à s'échapper, dit-il. Même si elle savait que le terrain était truffé de pièges… Il fallait qu'elle ait une bonne raison.

— Elle voulait peut-être récupérer quelque chose, suggéra un des assistants de Herzig.

— Tous les bâtiments sont surveillés.

— Il est possible qu'il y ait une entrée secrète. À deux endroits, on a découvert des accès à des souterrains.

— Ces deux accès étaient à l'intérieur des édifices. Et on ne sait pas encore où ils mènent.

— Ce serait logique qu'il y ait une sortie à l'extérieur.

— Vous avez sans doute raison… Est-ce que vous pouvez avoir un lien satellite ?

— Oui.

— Faites un *scan* de ses empreintes digitales et transmettez-les immédiatement au bureau. Je veux savoir qui elle est. Je veux tout ce qu'on peut trouver sur elle.

— Bien.

Herzig s'adressa ensuite à un des gradés qui l'accompagnaient.

— Faites fouiller de façon minutieuse les alentours de l'endroit où elle est tombée, dit-il. Un rayon d'une dizaine de mètres. Puis vous agrandirez progressivement le cercle… Procédez lentement : il y a sûrement d'autres pièges.

— Entendu.

— Prenez seulement ceux qui ont une formation pour ce genre de terrain.

— En tout, il n'en reste que cinq.

— J'ai contacté les services spéciaux. Ils nous envoient une vingtaine d'hommes supplémentaires.

Herzig retourna alors vers sa voiture en suivant méticuleusement le chemin qu'il avait emprunté pour aller voir le corps de la femme.

PARIS, 11 H 43

Dès la réception du message de Xaviera Heldreth, Jessyca Hunter avait isolé chacune des composantes de son réseau. Elle avait également envoyé le message de déclencher le programme d'isolement des filiales. Désormais les contacts ne pouvaient se faire qu'au niveau le plus élevé, entre les directeurs.

Une fois ces mesures prises, elle avait quitté son appartement du premier arrondissement pour se rendre dans le huitième à un endroit où elle n'était jamais allée et dont elle ne ressortirait pas avant que la situation soit revenue à la normale.

C'est là qu'elle avait reçu le message de Heather Northrop lui annonçant sa venue à Paris.

Après s'être assurée que tous les dossiers de Xaviera avaient été copiés sur son propre ordinateur, elle contacta Fogg. Attendre plus longtemps aurait été une entorse aux protocoles de sécurité.

— Madame Hunter ! Où êtes-vous ?

Il y avait à la fois de la surprise et un certain soulagement dans la voix de Fogg.

— Toujours à Paris. Par précaution, j'ai changé de résidence.

— Excellente initiative.

— Vous avez eu des nouvelles de Bavière ?

— Malheureusement, oui. Je viens d'être informé, par des contacts à Berlin, de la mort de madame Heldreth. Son domaine a été pris d'assaut par des troupes d'élite.

Jessyca Hunter demeura sans voix. Dans sa tête, les hypothèses d'explication se succédaient. C'était sûrement une trahison. Mais qui ?... Zorco, probablement. À moins que ce soit Fogg lui-même... Xaviera l'avait souvent prévenue de ne pas le sous-estimer.

— Quand vous avez demandé l'isolement des réseaux, reprit Fogg, j'ai immédiatement suivi votre recommandation.

— J'ai pensé que c'était le plus urgent.

— Vous avez bien fait. Je vais organiser une rencontre de certains directeurs de filiales d'ici quelques jours.

— De « certains » directeurs ?

— Daggerman, vous...

— Madame Northrop ?

— Peut-être... Tout dépendra de ce que nous apprendrons dans les prochains jours.

— Je ne comprends pas.

— L'Église de la Réconciliation Universelle est compromise. Une partie de Toy Factory aussi. Zorco lui-même est mort...

— Et vous n'aviez pas décrété l'isolement des filiales !

— Les dégâts étaient limités à l'Église de la Réconciliation Universelle et à une section précise de Toy Factory ; je pouvais me permettre d'attendre d'en savoir un peu plus.

— Qu'est-ce qu'il advient de Global Warming ?

— Trappman et madame Northrop m'ont assuré, chacun de leur côté, que tout continuait de se dérouler comme prévu. D'ici quelques jours, tout sera terminé.

— Avez-vous l'intention d'attendre la fin de l'opération avant qu'on se rencontre ?

— Peut-être.

LCN, 6 h 52

> ... LA TENTATIVE DE SABOTAGE A ÉTÉ EN GRANDE PARTIE DÉJOUÉE. UNE SEULE COUPOLE A ÉTÉ DÉTRUITE, UN DES MEMBRES DU COMMANDO AYANT EU LE TEMPS D'EFFECTUER UN TIR AVEC UN LANCE-GRENADES.
>
> PAR CONTRE, LE VANDALISME S'EST POURSUIVI CONTRE LES INSTALLATIONS DES COMPAGNIES DE SERVICES TÉLÉPHONIQUES. PLUSIEURS TOURS DE RETRANSMISSION PAR MICRO-ONDES ONT ÉTÉ DÉMOLIES, CE QUI AFFECTE PARTICULIÈREMENT LES ABONNÉS DE LA TÉLÉPHONIE CELLULAIRE...

Bavière, 13 h 19

Herzig était retourné dans le château, où il avait établi le quartier général des opérations de ratissage. Le système de surveillance vidéo, que les techniciens avaient réussi à réactiver, lui avait permis de se faire rapidement une idée de tout ce qui se passait à l'intérieur du domaine.

La découverte qui l'avait le plus troublé avait été celle d'une chambre à gaz et d'un four crématoire hérités de la période nazie. De toute évidence, les deux installations avaient servi tout récemment. Les urnes funéraires alignées dans la salle d'accueil en témoignaient. La plus récente utilisation remontait à trois jours, s'il fallait en croire la date inscrite sur l'une des urnes.

Herzig en savait maintenant assez pour répondre aux dernières questions que le ministre avait posées au directeur. Il l'appela.

— Et alors ? fit le directeur.

— Nous sommes maintenant maîtres des lieux.

— Combien de victimes ?

— Trois policiers blessés.

— Et les occupants du château ?

— Tous morts. La plupart gazés. Un dispositif de contrôle, au château, permet de gazer n'importe quelle pièce de n'importe quel édifice du domaine.

— Vous avez arrêté les dirigeants ?

— Les dirigeants étaient des dirigeantes. Toutes celles que nous avons trouvées étaient mortes. Nous avons découvert de la documentation sur leur mouvement : le New Women Kingdom...

— Jamais entendu parler.

— Un mélange d'idéologie nazie, de féminisme extrême et de sadomasochisme. Elles recrutaient sur le Net des clients à la recherche de domination sexuelle et les transformaient véritablement en esclaves. À vie… Du moins, pour ce qui leur restait de vie. Après, c'était la chambre à gaz et le four crématoire.

— On ne peut pas laisser sortir ça dans les médias sans préparation.

— Pour l'instant, l'information est contrôlée. Personne n'est admis sur le domaine à cause du danger.

— J'ai besoin de vingt-quatre heures.

— Je peux vous les garantir.

— Je vous remercie. Je m'en souviendrai.

— Je n'ai aucun mérite : ce serait irresponsable de laisser quiconque entrer dans le domaine. À moins que vous ayez envie de voir des journalistes sauter sur des mines…

— L'idée ne me déplairait pas.

— La dernière découverte, c'est un magasin d'objets réalisés avec les restes des anciens clients. Couvertures de livres, lampes, pièces de jeux de société faites d'ossements…

— Comme dans les camps… murmura faiblement le directeur.

— Sauf que toutes les victimes sont des hommes.

— Savez-vous depuis combien de temps ça durait ?

— L'urne funéraire la plus ancienne que nous avons trouvée date de 1983. Mais il est possible que tout ait commencé avant.

— Comment ont-elles pu opérer pendant si longtemps sans attirer l'attention ?

— L'endroit est isolé. Les victimes étaient prises en charge et ne savaient pas où elles allaient. Elles ne savaient même pas que c'était en Allemagne. Le site Internet du château est enregistré en Tchécoslovaquie…

— Dès votre arrivée à Munich, vous venez directement chez moi. À la maison.

— Entendu.

— Téléphonez-moi une heure ou deux à l'avance : quelques personnes se joindront à nous.

« Probablement le ministre et un de ses adjoints », songea Herzig.

— Normalement, dit-il, je devrais rentrer ce soir. Mon adjoint va demeurer ici pour superviser la suite des opérations.

— Je vous attends. Et n'arrêtez nulle part en chemin. Il faut décider le plus rapidement possible de quelle manière on gère cette crise.

— Vous pouvez compter sur moi.

En raccrochant, Herzig se dit qu'il avait bien fait de ne pas parler du donjon et de l'endroit où étaient gardés prisonniers les jeunes garçons.

Il devait choisir soigneusement l'information qu'il faisait remonter jusqu'au ministre pour éviter que celui-ci cède à la panique : il pouvait tout aussi bien décider d'étouffer complètement l'affaire et vouloir garder toute l'opération secrète. Ce qui serait une catastrophe. Car des bribes d'information finiraient inévitablement par faire surface. Et alors, ce serait le bordel.

Si on laissait à la rumeur le soin de propager ces éléments d'information, il y avait tout à parier que des groupes néonazis s'en empareraient, les enrichiraient de toutes sortes de détails et transformeraient l'événement en une légende urbaine qui servirait d'inspiration à des groupes d'illuminés.

Un jour ou l'autre, on finirait par ne plus avoir le choix : il faudrait dire la vérité. Mais alors, elle ne serait pas crue. On soupçonnerait la manipulation. La réputation de la police serait entachée. Seuls les politiciens s'en sortiraient. Au pire, quelques-uns démissionneraient pour occuper des fonctions rémunératrices dans une grande compagnie pendant quelques années, après quoi ils auraient la possibilité soit de poursuivre leur nouvelle carrière, soit de revenir en politique.

Les seules victimes seraient les policiers qu'on poursuivrait pour faire un exemple.

Herzig n'entendait pas laisser quiconque prendre des décisions qui pourraient entraîner des sanctions pour ses adjoints et leurs hommes.

Montréal, 8 h 26

L'inspecteur-chef Théberge n'avait dormi que quelques heures sur le divan du bureau. Avec Crépeau, il regardait la carte que lui avait transmise Blunt.

Les attaques de la nuit avaient confirmé la justesse de ses indications sur la nature du code de couleurs. Quant aux lignes de points, elles désignaient bien des tours de transmission.

Au cours de la nuit, quelques-unes avaient sauté. Les explosifs étaient déjà sur place et les explosions avaient été déclenchées par radiocommande.

Normalement, il restait deux jours avant la fin des attentats prévus sur la carte. Par contre, rien ne garantissait qu'il n'y avait pas une autre carte quelque part. Les attentats pouvaient très bien se poursuivre.

— Les deux triangles rouges, toujours rien? demanda Théberge.

— Rien, répondit Crépeau. Deux marques perdues sur un lac qui est à des centaines de kilomètres de la moindre route. Je ne vois vraiment pas quelle cible ils peuvent viser là-bas.

— Ce n'est peut-être pas une cible, répondit Théberge.

Il fut interrompu par la sonnerie du téléphone. Morne l'appelait.

— Le nouveau PM ne vous a pas en odeur de sainteté, déclara immédiatement Morne. J'ai eu toutes les difficultés du monde à le persuader de ne pas vous virer.

— Qu'est-ce qu'il me reproche?

— D'être incompétent. De ne pas être capable d'arrêter les attentats.

— Vraiment…

— Au prochain, je ne pourrai plus rien pour vous.

— Vous allez dire à ce pygmée de la synapse que, s'il exerce la moindre pression pour que je sois congédié, ou simplement mis sur la touche, je l'accuse publiquement d'entrave à la justice.

— Avec ce qui se raconte présentement à votre sujet dans les médias… Remarquez, je suis plutôt d'accord avec vous, mais pour la crédibilité…

— En termes de crédibilité, c'est votre asséché du neurotransmetteur qui va avoir des problèmes quand je vais rendre public le fait qu'il est membre de l'Église de la Réconciliation Universelle.

— Vous êtes sérieux ?

— Je suis curieux de voir comment votre nouveau patron va expliquer son appartenance à une organisation liée aux attentats, alors qu'il doit son poste précisément à un attentat !

— Vous n'oseriez pas…

Le ton de Morne disait au contraire qu'il avait hâte d'assister au spectacle.

Théberge ignora la remarque.

— Les renforts ? demanda-t-il.

— J'ai obtenu ce que votre ami Lefebvre m'a demandé. La SQ et la GRC sont déjà à pied d'œuvre pour terminer le nettoyage du réseau électrique.

— Bien.

— Je viens d'entendre aux informations que vous venez d'empêcher un autre attentat. Pas complètement, si j'ai bien compris, mais…

— Une coupole secondaire a été touchée. S'ils avaient réussi leur opération, c'est une grande partie des communications téléphoniques à destination de l'Europe qui auraient été coupées. Certaines compagnies de distribution de télé par satellite auraient également été affectées.

— Ça ressemble de plus en plus à une attaque contre les infrastructures stratégiques.

— Je suis d'accord avec vous. Mais je ne comprends pas pourquoi ils y vont de façon aussi progressive.

— Moi, ce que je ne comprends pas, c'est qui peut avoir intérêt à ce genre de… situation.

— J'en saurai peut-être un peu plus en fin de journée. J'ai un témoin qui mijote en cellule.

— Ce n'est pas un témoin qu'il vous faut : c'est un coupable.

— Et, si possible, le bon, je présume !

— Théberge, quand allez-vous comprendre que je ne suis pas votre ennemi ?

— Je suppose que vous avez raison…

— Je vous promets de tout faire pour contrôler le PM.

— L'idéal serait de le mettre au réfrigérateur jusqu'à ce que l'opération soit terminée.

— Si vous voulez mon avis, l'idéal, ce serait de le mettre au réfrigérateur jusqu'à la fin de son mandat.

— Vous ne pouvez pas lui trouver un voyage en Chine ou en Australie pour quelques semaines ?

— Les journalistes ne le suivraient pas. À cause de ce qui se passe ici. Et si les journalistes ne le suivent pas…

— Bien sûr. Pourquoi un politicien se déplacerait s'il n'y a pas de journalistes ?

— À propos, sur la carte que vous m'avez montrée hier, avez-vous trouvé ce que représentent les deux triangles rouges ?

— Non. Sauf que ce sont probablement les endroits où auront lieu les deux derniers attentats.

Après avoir raccroché, Théberge se tourna vers Crépeau et soupira. Il jeta ensuite un regard vers sa pipe, se rappela sa dernière conversation avec madame Théberge sur la nécessité de réduire sa consommation de tabac, soupira de nouveau et releva les yeux vers son vieux compagnon de quilles.

— Autre chose ? demanda-t-il.

— Pour les cassettes, j'ai communiqué avec le groupe qui s'occupe de ce genre de crime à la GRC.

— Ils veulent un rapport en combien de copies ? grogna Théberge.

— Ils nous envoient quelqu'un.

— Merveilleux…

Lorsque Crépeau fut parti, Théberge fit pivoter sa chaise et prit une de ses pipes. Le geste raviva brièvement le souvenir des discussions avec son épouse, puis son esprit revint à Trappman. Il le laisserait mijoter quelques heures encore. D'ici là, peut-être apprendrait-il quelque chose qui le mettrait en meilleure position pour l'interroger…

TéléNat, 8 h 31

… MAINTENANT EN MESURE DE FAIRE LE POINT SUR LES ÉVÉNEMENTS TRAGIQUES SURVENUS À BAIE-D'URFÉ.

UN DES BÂTIMENTS, APPELÉ LE COLLÈGE, AURAIT SERVI DE PENSIONNAT À DES ÉLÈVES QUI ÉTAIENT EXPLOITÉS SEXUELLEMENT À DES FINS DE PRODUCTION DE MATÉRIEL PORNOGRAPHIQUE. CETTE ÉCOLE FONCTIONNAIT, S'IL FAUT EN CROIRE LES POLICIERS, COMME UN VÉRITABLE CENTRE DE DRESSAGE POUR JEUNES GARÇONS.

À LA SUITE DE CETTE OPÉRATION, PLUSIEURS QUESTIONS ONT ÉTÉ SOULEVÉES.

TOUT D'ABORD, POURQUOI Y A-T-IL EU AUTANT DE VICTIMES ? POUR QUELLE RAISON, AVANT DE DONNER L'ASSAUT, LES POLICIERS N'ONT-ILS PAS CRU UTILE D'ENTREPRENDRE DES NÉGOCIATIONS QUI AURAIENT PU PERMETTRE DE SAUVER DES DIZAINES DE VIES ?… ET COMMENT SE FAIT-IL QUE LES JEUNES GARÇONS, QUI SE TROUVAIENT ENCORE AU COLLÈGE DEUX JOURS AVANT LE DÉCLENCHEMENT DE L'OPÉRATION, AIENT DISPARU ?… CES QUESTIONS DEMEURENT POUR LE MOMENT SANS RÉPONSES.

PAR AILLEURS, TÉLÉNAT A APPRIS QU'UNE ENQUÊTE SERAIT SUR LE POINT D'ÊTRE OUVERTE SUR CEUX QUI ONT CONÇU ET DIRIGÉ CETTE OPÉRATION, EN PARTICULIER SUR L'INSPECTEUR-CHEF THÉBERGE, DONT LE NOM NE CESSE D'ÊTRE ASSOCIÉ À DES POSSIBILITÉS DE BAVURES.

ON SE SOUVIENDRA QUE CE POLICIER A DÉJÀ FAIT L'OBJET DE…

Au-dessus du Québec, 8 h 39

L'hélicoptère était parti de Mirabel et avait mis le cap vers le nord-est. À son bord, le président des États-Unis discutait avec Gordon Kline, le secrétaire d'État au Commerce.

— On en a pour combien de temps ? demanda le Président.

— Là-bas ? fit Kline. Trois jours.

— Dire qu'on aurait pu régler ça par téléphone !

— Voyez ça comme des vacances. Trois jours pour vous reposer et ne pas entendre parler de l'Irak ou de l'ONU.

— J'espère qu'ils ont préparé ce que j'ai demandé.

— Je suis certain que vous apprécierez votre séjour.

— Pour l'ours, est-ce que c'est arrangé ?

— Oui... Mais vous seriez mieux avec un fusil de chasse qu'un Colt 45. Il faut que l'impact l'arrête.

— Vous croyez ?... Alors, je vais demander à un des *marines* de me prêter une arme antichar.

— C'est peut-être un peu excessif.

— Vous avez dit que l'impact doit l'arrêter... Ça devrait l'arrêter, non ?

— Oui, ça devrait.

— Je vais exposer la peau à la Maison-Blanche.

— Mais...

— Je sais, ça va faire un trou. Mais Windy va trouver quelque chose à mettre par-dessus pour le cacher.

— C'est que...

Windy était le surnom affectueux avec lequel le Président taquinait son épouse. Même s'il lui reprochait souvent à la blague d'être une intellectuelle qui « brassait de l'air », il la consultait sur les sujets les plus disparates, répétant à tout le monde qu'elle avait un bon jugement, qu'elle savait trouver des solutions simples et qu'elle s'exprimait d'une façon claire, que n'importe qui pouvait comprendre.

— Est-ce qu'on arrive bientôt ? demanda le Président.

— On vient de décoller.

— On ne m'avait pas dit que c'était aussi loin.

— On vous a montré la carte, fit son aide personnel.

— Vous m'avez montré un point, quelque part au nord de Montréal. Ça fait une demi-heure qu'on est au nord de Montréal.

— Il faut voir ça de façon positive, intervint Kline. Aucun terroriste ne pourra vous rejoindre là-bas.

— Si vous avez raison, on devrait y déménager notre quartier général !

Kline ne savait pas s'il devait prendre la remarque au sérieux.

— Je vous rappelle que l'endroit appartient au Canada, dit-il.

Il avait adopté un ton qu'il voulait juste assez humoristique pour paraître ne pas avoir été dupe si c'était un trait d'humour de la part du Président, mais sans exagérer, pour le cas où le commentaire aurait été sérieux.

— On a déjà acheté la Louisiane et l'Alaska, on peut bien acheter ce bout de terrain.

— L'idée de ce voyage, c'est justement de pouvoir se servir de ce « bout de terrain », comme vous dites, sans avoir à l'acheter. D'avoir accès aux ressources sans avoir à entretenir la population locale.

— Je le vois quand ?

— Sinclair ? Cet après-midi.

— J'ai accepté son invitation, mais il a intérêt à ce que la pêche soit bonne.

Dans la mesure où ils offrent un débouché à un grand nombre de créateurs artistiques, les médias permettent d'intégrer au système des individus au potentiel révolutionnaire. Canaliser l'énergie de ces créatifs permet de neutraliser leur potentiel perturbateur et de mettre leur révolte au service de l'économie sous forme d'objets de consommation culturelle.

Cette intégration, qui permet de faire entrer les créateurs dans le marché économique, a également comme avantage de mettre leur production au service du guidage médiatique (notamment publicitaire) de la consommation.

Joan Messenger, *Le Fascisme à visage humain*, 11- Rationaliser les médias.

JEUDI (SUITE)

DRUMMONDVILLE, 8 H 54

Le signal sonore provenait du logiciel de communication téléphonique.

— Inspecteur Herzig, je présume ? fit Blunt en vérifiant l'origine de l'appel à l'écran.

— Et vous êtes ?

— Celui qui vous a envoyé les renseignements sur le château de madame Heldreth.

— Je n'aime pas beaucoup avoir affaire à quelqu'un que je ne connais pas.

— Vous comprendrez certainement que je doive obéir à des contraintes de sécurité très strictes.

L'interlocuteur de Blunt mit un certain temps à répondre.

— Votre madame Heldreth est morte, finit-il par dire.

— Et le château ?

— Nous avons pris le contrôle de l'ensemble du domaine et le nettoyage est en cours. C'est encore pire que ce que laissaient entendre vos renseignements.

En guise de réponse, Blunt murmura un rapide « oui » pour manifester qu'il l'écoutait avec attention tout en lui laissant la liberté de poursuivre au rythme où il le voulait et sur le sujet qu'il voulait.

— C'était un lieu de production de *snuff*, reprit Herzig. Nous avons trouvé des centaines de films… Une grande partie avec des jeunes. Ils avaient une école de dressage…

Blunt pensa immédiatement à ce que Théberge avait découvert à Baie-d'Urfé.

— Est-ce que c'étaient tous des garçons ? demanda Blunt.

— Oui.

— Avez-vous vérifié l'identité des jeunes ?

— Aucun n'avait de papiers d'identité ni d'effets personnels… Mais comment avez-vous su que c'étaient des garçons ?

— Ce n'est pas le premier endroit de la sorte qui est découvert.

— Comme le château ?

— Comme le bâtiment où vous avez découvert les jeunes.

— Et… ?

— Si vous réussissez à les identifier, vous allez probablement découvrir que plusieurs des jeunes appartiennent à des familles en vue, soit à cause de leur richesse, soit à cause du rôle politique de leurs parents.

— Je m'occupe immédiatement de ça.

Herzig résuma ensuite ce qu'ils avaient découvert sur le domaine : écuries humaines, salles de torture, chambres d'hôtel meublées avec du mobilier humain, donjon souterrain, studio de production de *snuff*, école de dressage, four crématoire et chambre à gaz, magasin de marchandises humaines…

— Vous savez d'où viennent les victimes ? demanda Blunt.

— Une partie était recrutée par l'intermédiaire de leur site Internet. Un site sadomaso de domination féminine intitulé New Women Kingdom. On peut lire sur leur bannière : « Ici, vos fantasmes deviennent réalité »... On ne pourra pas les accuser de fausse publicité !

— Il y a combien de victimes ?

— Pour l'instant, près d'une centaine. Mais on n'a pas fini d'explorer les souterrains. Il semble que certaines pièces servaient d'oubliettes. On a trouvé plusieurs corps décomposés.

— Comment votre gouvernement va-t-il réagir ?

— Il va probablement appuyer sur le bouton.

— Le bouton ?

— Il y a un dispositif d'autodestruction dans tous les édifices. Une fois l'enquête terminée, le domaine va être pulvérisé. Il n'est pas question de laisser un lieu de pèlerinage aux groupes néonazis.

— Est-ce que je peux compter sur vous pour m'envoyer l'essentiel des documents ?

— Je vais faire mieux : je vais vous donner une adresse Internet où vous allez trouver tout ce dont vous avez besoin. Je peux vous laisser jusqu'à demain matin sept heures. Après, je fais désactiver les ordinateurs et je les envoie au quartier général de la *Bundeskriminalamt*, à Berlin.

— Pourquoi Berlin ?

— Ce qu'il y a sur ces ordinateurs est de la dynamite. On y fait référence à des activités illégales partout sur la planète. Il y aurait une organisation appelée le Consortium...

Blunt dut faire un effort pour ne pas trahir sa surprise.

— Le Consortium, vous dites ?

— Oui.

— Vous avez trouvé ça dans l'ordinateur du château ?

— Non, les ordinateurs du château avaient été nettoyés. Il ne restait que ce qui était essentiel au fonctionnement même du château. Mais on a découvert un centre de contrôle de relève dissimulé dans les souterrains… C'est madame Heldreth qui nous a mis sur la piste.

— Comment ?

— En mourant tout près de l'entrée du souterrain.

— En mourant ?

— Elle tentait vraisemblablement de s'y rendre. C'est une véritable place forte, qui donne sur un réseau de souterrains que nous n'avons pas fini d'explorer. Il y en a des kilomètres.

— Et vous avez trouvé des choses sur le Consortium ?

— Oui.

— Est-ce que des filiales sont mentionnées ?

— Paradise Unlimited, Toy Factory…

Pas de doute, songea Blunt. C'était bien un repaire du Consortium.

— Et c'est aux ordinateurs de ce centre que vous me donnez accès ?

— Jusqu'à demain matin. Sept heures, heure de Berlin.

— C'est un peu juste, mais ça devrait aller.

— Croyez-moi, je ne peux pas faire plus. Si on savait que j'y ai donné accès à qui que ce soit…

— Je comprends… Si je trouve autre chose, je vous en ferai part.

— Et si vous rencontrez votre patronne, dites-lui que j'aimerais lui parler.

Quelques instants plus tard, après avoir pris en note l'adresse du site et les différents mots de passe nécessaires pour y entrer, Blunt interrompit la communication. Puis il activa le numéro de téléphone de Chamane.

Désolé : je suis à off pour des raisons de mécanique des fluides. De retour sous peu. Si vous désirez laisser un message, procédez immédiatement.

CKAC, 9 H 15

… VENONS DE RECEVOIR CE MESSAGE DE NATURE BOY.
« LA LUTTE CONTRE LA POLLUTION MAGNÉTIQUE COMMENCE ENFIN. IL FAUT SE DÉBARRASSER DE TOUS LES CELLULAIRES. CES APPAREILS NE FONT PAS QUE DÉTRUIRE LE CERVEAU DE CEUX QUI LES UTILISENT – APRÈS TOUT,

C'EST LEUR CHOIX ; POUR FONCTIONNER, ILS EXIGENT UN RÉSEAU DE TOURS DE RELAIS QUI TRANSMETTENT LES SIGNAUX PAR MICRO-ONDES. TOUT COMME LES TOURS HYDRO-ÉLECTRIQUES, CES INSTALLATIONS POLLUENT L'ENVIRONNEMENT PAR L'ÉMISSION MASSIVE DE... »

DRUMMONDVILLE, 9 H 18

Blunt avait établi la communication à partir du portable de F.

— Ce n'est pas trop tôt, dit-il après que l'image de Chamane fut apparue à l'écran.

— Monsieur impassibilité qui s'excite, répondit Chamane. On aura tout vu !

— Nous avons un peu plus de quatorze heures.

— *Cool !*...Quatorze heures, c'est parfait ! Habituellement, tu veux les résultats pour hier.

— On a trouvé un site appartenant au Consortium.

— Pour le bousiller, je te fais ça en une heure. Deux max.

— Je vais finir par croire que tes problèmes de fluides se situent en haut des épaules.

— Monsieur impassibilité a vraiment perdu son sens de l'humour. Bien sûr que je vais siphonner leur ordinateur avant de le bousiller.

— Il n'est pas question de le bousiller !

— Ah...

— Enfin, pas complètement.

— Je me disais, aussi.

— Tu effaces ce qui a trait à l'organisation même du Consortium et aux différentes filiales, mais tu laisses tout ce qui a trait aux activités du château.

— Du château...

— Tu t'arranges pour me fournir un accès protégé : je vais te dire quoi effacer.

— D'accord. Je t'appelle aussitôt que je suis prêt à te mettre en contact. Reste près de ton ordinateur.

— Tu penses pouvoir siphonner tout le site ?

— Ça dépend des tuyaux.

— Quels tuyaux ?

— De la capacité des lignes de transmission qui sont disponibles.

Après avoir fermé le logiciel de communication, Blunt se tourna vers F.

— C'est la meilleure piste que nous ayons jamais eue, dit-il.

— Probablement, oui.

— Il y a quelque chose qui vous tracasse?

— Hurt.

— Il faut reconnaître qu'il est particulièrement efficace.

— Mais il s'expose trop.

— Je ne vois pas ce qu'on peut faire. À moins de le récupérer dans l'Institut...

— Il est toujours dans l'Institut. Mais d'une autre manière.

— Pour ça...

— C'est peut-être l'Institut qui devra changer pour s'adapter à lui.

MONTRÉAL, 10 H 23

Grondin introduisit Trappman dans le bureau de Théberge.

— Bien dormi? fit ce dernier.

— Le service laisse un peu à désirer.

— Il va falloir vous y faire. Vous risquez de devenir un habitué.

— Vous exagérez. Pensez-vous vraiment que je me serais livré à vos hommes si j'avais cru que vous n'alliez pas me relâcher?

— Je ne vois toujours pas de raison de marchander avec vous. L'Église de la Réconciliation Universelle est détruite.

— Je sais... Mais qui a fourni les mots de passe à votre informateur, pensez-vous? Qui lui a donné accès au système de surveillance? Qui lui a donné les moyens de contourner les systèmes de sécurité et d'empêcher la destruction des édifices?

Théberge ne répondit pas immédiatement.

Un instant, il songea à joindre Campeau pour lui faire identifier Trappman. Puis il décida que les informations que Trappman lui donnait suffisaient pour le moment.

— Supposons que ce soit vous, dit-il. Ça peut tout au plus constituer des circonstances atténuantes au moment de votre procès.

— Vous n'êtes pas vous-même dans la meilleure des positions. On commence à murmurer que vos opérations ont la mauvaise habitude de se terminer par un nombre anormalement élevé de victimes.

— Vous écoutez trop les médias.

— Je ne les écoute jamais.

— Vraiment ?

— La seule façon d'être certain des informations qu'ils véhiculent, c'est de les fabriquer. Et quelque chose me dit qu'on s'inquiétera de plus en plus des victimes qui se mettent à tomber aussitôt que vous vous occupez d'une enquête…

— Si vous croyez être en position de faire du chantage !

— Disons que j'ai certains moyens à ma disposition.

Théberge déplaça une pile de documents qui recouvrait la carte où étaient indiqués les lieux des attentats.

— Une fois qu'on a compris le code de couleurs, dit-il, tout est transparent.

Trappman y jeta un regard rapide et réussit à masquer sa surprise.

— C'était un document de travail, fit-il. Vous avez dû vous rendre compte que certains points ne correspondaient à rien.

Puis il sourit à Théberge.

— Vous n'avez aucune idée de ce qui s'en vient, ajouta-t-il. Et, sans moi, vous n'avez pas la moindre chance.

— Sans vous, ce sera peut-être un peu plus difficile. Mais nous avons votre ordinateur.

— Je vous souhaite beaucoup de plaisir. Mais faites très attention : les petits 0 et les petits 1, ça s'efface à rien. Il suffit d'un mauvais mot de passe quelque part et pschitt !

— Pour prendre soin de vos petits 0 et de vos petits 1, nous avons des petits génies. En attendant, vous allez retourner poursuivre votre apprentissage de la vie en cellule.

— Vous n'avez rien contre moi.

— Pas encore.

— Vous ne pouvez pas me garder sans raison.

— Je n'ai pas besoin de raison. Officiellement, la loi sur les mesures d'urgence est encore en vigueur.

Trappman se força pour sourire.

— Vous y viendrez bien, dit-il. Vous n'aurez pas le choix d'avoir recours à moi.

Lorsque le prisonnier fut sorti, Théberge se tourna vers son portable et composa le code qui lui permettait de joindre Blunt.

TÉLÉNAT, 10 H 30

... APPRIS L'ARRIVÉE DU PRÉSIDENT DES ÉTATS-UNIS, CET AVANT-MIDI, DANS UN LIEU TENU CONFIDENTIEL. IL DEVRAIT RENCONTRER SON HÔTE, REGINALD SINCLAIR, AINSI QUE LES AUTRES INVITÉS AU DÉBUT DE L'APRÈS-MIDI.

INTERROGÉ À CE SUJET, LE PREMIER MINISTRE SINCLAIR N'A PAS VOULU PRÉCISER LE LIEU DE LA RENCONTRE, SE BORNANT À DIRE QUE LES HOMMES D'ÉTAT, COMME LES AUTRES CITOYENS, ONT DROIT À LEUR VIE PRIVÉE ET QU'ILS PEUVENT OCCUPER LEURS LOISIRS COMME ILS L'ENTENDENT.

DRUMMONDVILLE, 10 H 43

Blunt mit le logiciel de communication en état de veille et se tourna vers F.

— Qu'est-ce que vous en pensez ? demanda-t-il.

— Je pense que notre ami en a plein les bras.

— Est-ce que j'envoie la commande à Chamane ?

— Priorité deux.

— C'est aussi ce que je pensais.

— Vous avez la carte ?

— Oui.

— Les deux triangles rouges ?...

— Je suis comme Théberge : je n'ai aucune idée de ce que peuvent représenter ces triangles rouges. Je n'arrive pas à imaginer qu'ils désignent une cible quelconque.

Pendant qu'ils parlaient, un signal se fit entendre en provenance de l'ordinateur.

F et Blunt se regardèrent.

— La ligne prioritaire, dit Blunt.

Il se tourna vers l'ordinateur et ouvrit le message qui venait d'arriver.

— Pour vous, dit-il. De la part de… Tate… Non, attendez… C'est réacheminé par Tate. Ça vient de… Fogg !

> Je viens de recevoir ce bref message avec prière de transmettre. Je ne sais toujours pas si vous avez survécu. Je ne sais pas si des morceaux de l'Institut existent encore. Mais puisque cette adresse que vous m'avez donnée pour les urgences semble toujours en activité…
> Si vous savez qui est ce Fogg et de quelle façon il a pu apprendre que j'ai déjà eu les moyens de vous contacter, j'aimerais en être informé.
> Au plaisir.

À la suite du texte, le message de Fogg était reproduit.

— Vous pensez que c'est un piège ? demanda Blunt.

— C'est ce que Tate a dû se demander.

— S'il a vraiment reçu ce message.

— Je crois qu'il l'a vraiment reçu. Et j'imagine facilement qu'il a dû tout de suite penser que quelqu'un lui tendait un piège pour voir s'il se compromettrait en me le communiquant.

— À sa place, je ne suis pas certain que j'aurais pris le risque de l'envoyer.

— Avez-vous examiné les résultats du traceur ?

— Un instant…

Blunt se retourna vers le portable. Puis il ramena la tête vers F, l'air étonné.

— Il l'a envoyé depuis un café Internet, dit-il. Sans le moindre effort pour en cacher l'origine. Et le café Internet est situé…

Il reporta son attention vers l'ordinateur, fit apparaître une carte et procéda à une série d'agrandissements successifs.

— Juste à côté de chez lui.

Blunt fit de nouveau pivoter son siège vers F.

— Le simple fait d'entrer dans un café Internet constitue pour lui un risque majeur. Il veut peut-être nous donner une preuve de sa bonne foi.

— C'est possible.

— À moins que ce soit une façon de masquer le fait que c'est un piège.

— Si vous me remontriez ce message de Fogg ?

> Maintenant que les choses se sont développées comme je vous l'avais annoncé, je pense qu'il est temps que nous ayons une conversation face à face. Ce sera bien sûr où et quand vous voulez. À titre de suggestion, et pour accélérer les choses, je me permets de vous proposer une rencontre à l'endroit que le Rabbin a utilisé lorsqu'il vous a offert votre emploi. Même heure, même date.
> Leonidas Fogg

F demeura un long moment les yeux fixés sur l'écran. Blunt la regardait.

— Qu'est-ce que ça signifie ? finit-il par demander.

— Qu'il a probablement connu le Rabbin.

— Mais comment a-t-il pu savoir ?… Pour le rendez-vous, je veux dire…

— Ou ils travaillaient ensemble… ou il le surveillait.

— C'était où, cette rencontre ?

— À Paris. Je venais de terminer mes études en histoire et je faisais le tour des universités… Je me cherchais vaguement une deuxième spécialisation.

— Et vous avez rencontré le Rabbin…

— Il m'a dit qu'il cherchait une aide domestique ayant mon type de qualification.

— En histoire ?…

— Il ne me restait qu'à obtenir une formation en soins infirmiers et de bonnes connaissances en études stratégiques pour que l'emploi soit à moi !

— Tout ça pour un poste d'aide domestique ?

— Bien sûr, il acceptait de me payer toutes les études que je jugerais pertinentes. La seule condition était que tout soit bouclé en trois ans.

— Et vous avez accepté ?

— Je n'étais pas emballée par les soins infirmiers, mais les études stratégiques m'intéressaient depuis longtemps. Et puis, la curiosité a toujours été une de mes faiblesses. J'étais curieuse de voir en quoi consistait cet étrange travail d'aide domestique.

— Il est évident que ce Fogg connaît aussi cette faiblesse.

— Vous croyez ?

— Quand il parle des choses qu'il vous avait annoncées, je suppose qu'il fait référence au message que vous avez reçu à Massawippi ?

— C'est ce que je pense.

— Et les autres qui ont suivi… ?

— De lui aussi.

— Comment pouvez-vous être certaine que ce n'est pas un piège…

— Il y a une seule façon de le savoir.

— Ce n'est peut-être même pas Fogg…

— Si ce n'est pas lui, ou quelqu'un qui a son niveau d'information, je ne vois pas comment il aurait pu savoir à quel endroit le Rabbin m'a proposé de travailler pour lui… Et puis, ça confirme mon hypothèse.

— Vous voulez dire que… ?

— C'est la seule personne que je voyais comme auteur possible de ces messages.

— C'est pour cette raison que vous avez gardé votre hypothèse pour vous ?

— Je voulais voir à quelle conclusion vous parviendriez par vos propres moyens.

— J'ai effectivement pensé que ça pouvait être quelqu'un du Consortium…

— Je sais…

— Mais j'ai de la difficulté à imaginer autre chose qu'un piège.

— Alors, nos conclusions ne sont pas identiques.

— Je vais demander à Moh et Sam d'installer une surveillance autour de l'endroit. C'est où, au fait ?

— Je veux bien vous le dire, mais je ne veux aucune surveillance et aucune intervention de votre part.

— Vous vous rendez compte de ce que vous risquez ?

— Si je ne me trompe pas, il risque encore plus que moi.

— Et si vous vous trompez ? Si c'est un piège ?

— Alors, je ne suis pas inquiète : avec l'aide de Claudia, de Kim, d'Ulysse et de Dominique, vous saurez prendre la relève et définir ce que doit devenir l'Institut… Et puis, Bamboo sera encore là !

— Mais…

— Il y a aussi Moh et Sam, Chamane, la Fondation… le réseau des informateurs prioritaires… Je ne serais même pas surprise que vous réussissiez à récupérer complètement Hurt.

— Avant de songer à récupérer des agents, il faudrait peut-être commencer par essayer de ne pas en perdre d'autres !

— Ma décision est arrêtée depuis un certain temps déjà.

Un sourire passa sur son visage.

— Si jamais je ne reviens pas, ajouta-t-elle, mes dispositions sont déjà prises. Je sais que vous n'êtes pas d'accord, mais j'y ai bien réfléchi… C'est l'avenir de l'Institut qui se joue.

Elle le regarda et son sourire s'élargit. Elle se rappelait le nombre de fois où le Rabbin lui avait fait le même coup, lui annonçant des décisions surprenantes tout en la laissant dans le noir total sur ses motifs.

— Je peux vous assurer que je n'ai pas perdu la raison, ajouta-t-elle.

Elle revoyait le Rabbin lui répéter qu'il n'était pas encore sénile. Qu'il savait ce qu'il faisait.

Mais il y avait une marge entre savoir ce qu'on fait et être assuré du résultat. Elle comprenait mieux maintenant comment le Rabbin avait dû se sentir alors même qu'il s'efforçait de la rassurer.

MONTRÉAL, 12 H 37

Graff s'encadra dans la porte du bureau de Théberge pendant que ce dernier parlait à Crépeau.

Voyant son air catastrophé et devinant les raisons qui l'amenaient, le policier lui fit signe d'entrer.

— Ce ne sera pas long, dit-il. Quelques détails à régler et je suis à vous.

Puis il se tourna vers Crépeau.

— Interpol ? demanda-t-il.

— Ils n'ont toujours rien sur elle.

— Tu as essayé le FBI ?

— Ils ont promis une réponse pour le début de la semaine prochaine.

— On se voit en fin de journée pour le bilan de ce qu'ils ont trouvé là-bas ?

— D'accord.

Quand Crépeau fut sorti, Graff demanda immédiatement à Théberge si « là-bas », c'était le monastère de l'Église de la Réconciliation Universelle.

— Oui.

— Vous l'avez trouvée ?

— Non… Mais si vous pouviez me dire comment elle a fait pour y pénétrer…

— Elle voulait poursuivre son enquête. Elle s'est déguisée et elle s'est fait admettre comme disciple.

— Est-ce que vous savez à quel moment elle est allée au monastère ?

— Le jour où elle a quitté l'endroit que vous lui aviez trouvé.

— Elle a communiqué avec vous, quand elle était là-bas ?

— Non… Vous ne l'avez pas retrouvée ?… Je veux dire…

— Elle n'est pas parmi les victimes. Du moins, pas à notre connaissance. C'est la bonne nouvelle… La mauvaise, c'est que, la dernière fois que quelqu'un l'a aperçue, elle était attachée sur un lit.

Le visage de Graff marqua le coup. Il parvint quand même à poser la question suivante d'une voix qui ne tremblait pas.

— Est-ce qu'il reste des endroits que vous n'avez pas encore examinés ?

— Aucun. Les équipes de déminage en ont fini avec les édifices et les souterrains. Ils sont maintenant en train de nettoyer le parc.

— Vous n'avez aucune idée de l'endroit où elle est ?

— Non.

Théberge résista à l'envie de tourner le fer dans la plaie. Le caricaturiste devait sûrement se dire qu'il aurait peut-être été possible de sauver Pascale s'il avait parlé plus tôt.

— Aussitôt que j'ai quelque chose, je vous appelle, ajouta le policier.

— Je n'aurais pas dû l'écouter, fit Graff… Je lui avais dit que c'était risqué. Qu'il ne fallait pas jouer avec les sectes. Mais c'était une sorte de croisade, pour elle. Elle était persuadée que l'Église était responsable de la mort de Patrick et de Lortie.

— Elle n'avait pas complètement tort.

— Que voulez-vous dire ?

— Il y a une chose que les médias ne savent pas encore : le frère de Pascale n'était pas mort. C'est lui qui tenait le rôle du Grand Maître de l'Église.

Graff continua à regarder Théberge fixement, comme s'il était trop surpris pour réagir.

Le policier avait hésité à lui communiquer cette information, qui ne devait pas être rendue publique avant quelques jours. Mais il avait voulu lui montrer qu'il lui faisait confiance. Pour qu'il sache qu'il l'appellerait vraiment aussitôt qu'il apprendrait quoi que ce soit sur Pascale.

— Évidemment, vous ne parlez de ça à personne, ajouta Théberge. Pas besoin de vous expliquer que ça pourrait…

— Vous pouvez compter sur moi.

Malgré les circonstances, Théberge dut réprimer un sourire.

Il était toujours surprenant de voir avec quelle rapidité les gens des médias oubliaient leur idéal de divulgation totale lorsque c'était la vie d'un de leurs proches qui était en jeu.

Puis Théberge songea qu'il était injuste. Graff ne faisait pas dans la divulgation sauvage mais dans « la prise de conscience assistée par caricature », comme il l'avait déclaré au cours d'une entrevue.

— Allez, fit Théberge, je suis sûr qu'on va la retrouver, votre Pascale. S'ils avaient voulu l'éliminer, elle aurait été parmi les victimes.

UN LAC EN ABITIBI, 13 H 28

Le président des États-Unis accueillit le premier ministre du Canada comme s'il l'avait reçu chez lui, ce qui n'était pas complètement inexact, compte tenu que le territoire autour du chalet était sous le contrôle des forces militaires et des services de renseignements américains.

Les salutations d'usage furent rapidement expédiées et le Président amena Sinclair dans la pièce qui lui servait de bureau pour leur première discussion. Sinclair était accompagné de David Ryan, son ministre du Commerce extérieur. Le président des États-Unis, pour sa part, était assisté par son secrétaire d'État au Commerce, Gordon Kline.

— On va expédier le travail, fit le Président. Ensuite, on aura la tête plus libre pour la chasse et la pêche.

— Bonne idée, approuva Sinclair.

— Depuis le 11 septembre, attaqua Kline, la sécurité est au cœur de nos préoccupations. Autant la sécurité énergétique et alimentaire que celle du territoire.

— Pour la sécurité alimentaire, vous ne devez pas être très inquiets, fit Sinclair. Avec toutes les subventions que vous donnez à vos agriculteurs !

Le Président hésita une fraction de seconde sur la réaction qu'il devait avoir puis, quand il vit le sourire de Kline, il se mit à sourire à son tour.

— Nous allons quand même avoir besoin d'importer, reprit Kline. De plus en plus.

— On vous envoie déjà beaucoup de porc et de sirop d'érable, répliqua Sinclair.

— C'est vrai, vous nous envoyez beaucoup de porc. Mais le porc n'est pas notre plus grave problème.

— Vous avez quand même un bon *deal* : vous avez la viande et le fumier reste au Québec !

Cette fois, tous les interlocuteurs se permirent de rire franchement.

— Je sais, fit Kline. Mais nous avons un problème plus grave que le fumier : l'eau.

— L'eau…

— Ça prend de l'eau pour l'agriculture. Nous en avons de moins en moins. Nous devons sécuriser des sources d'approvisionnement en eau.

— Ça, je peux le comprendre.

— Je suis heureux que nous nous entendions aussi facilement.

— Sur quoi ?

— Sur nos projets d'alimentation en eau.

— Quels projets ?

— Nos projets d'importation d'eau du Canada.

— Je ne suis pas au courant de ces projets.

Il se tourna vers Ryan.

— Vous étiez au courant ?

— J'étais censé vous en parler le mois dernier, mais avec toutes ces histoires de terroristes…

— Au fond, ce n'est pas compliqué, intervint Kline : on prend l'eau où il y en a et on l'amène là où il n'y en a pas. Comme on est de bons voisins, on paie un bon prix.

— Vous la prenez où ? demanda Sinclair.

— Pour l'Ouest, on détourne le fleuve Fraser: c'est un projet qui dort sur les tablettes des fonctionnaires depuis des dizaines d'années. Pour le Midwest, on prend l'eau dans les Grands Lacs. Et pour la Nouvelle-Angleterre, on la transporte du Labrador dans des bateaux-citernes.

— Les gens vont réagir.

— On réalisera les projets un à la fois.

— Même un à la fois…

— De toute façon, qu'est-ce qu'ils peuvent faire ? demanda le Président.

— Exiger que le gouvernement agisse, répliqua Sinclair.

— C'est pour ça qu'il faut commencer par le Labrador, intervint Kline. Si une compagnie décide de vendre de l'eau qui lui appartient, allez-vous prendre position contre la liberté de commerce ?

— Si je laisse aller ça, je ne serai jamais réélu.

— Faites-le en début de mandat. Aux élections, les gens ne s'en souviendront plus.

— Je ne veux pas courir ce risque.

— Juste en infrastructures, ça représente des investissements de plusieurs milliards, répondit Kline. Imaginez ce que ça signifie comme emplois créés. Sans compter l'argent que ça va faire entrer dans votre pays. Ça devrait vous permettre de faire taire pas mal de monde.

— Les contrats d'infrastructures seraient confiés à des compagnies canadiennes ?

— Tout dépend de votre participation aux coûts de financement.

— Politiquement, je ne peux pas me permettre de financer ça. Juste de faire accepter qu'on vende notre eau… Je vais avoir tous les défenseurs des bébés phoques et tous les amateurs de macramé sur le dos. Sans parler des groupes anti-mondialisation !

— Si on finance en entier, on peut vous laisser trente pour cent des emplois, pas plus.

— Une fois en activité, ça va donner combien d'emplois permanents ?

— Je ne connais pas par cœur tous les détails, mais il faut que le personnel de sécurité soit américain.

— Vous voulez installer des policiers américains sur notre territoire ?

— On peut s'organiser pour que ce soit une agence de sécurité privée qui s'en occupe. Si ça vous accommode… Ce qu'on veut, c'est choisir le personnel.

— C'est la sécurité de nos approvisionnements qui est en jeu, ajouta le Président, qui, jusque-là, s'était surtout contenté de laisser parler Kline.

— Dans cette hypothèse, fit Sinclair, c'est vous qui paieriez la facture de la sécurité.

— Ça peut s'arranger.

— Présenté comme ça… Je veux dire, si je peux prouver que c'est une bonne affaire sur le plan économique…

— Il va probablement falloir refaire la canalisation du Saint-Laurent, reprit Kline.

— Pourquoi ? demanda Sinclair.

Ryan s'empressa de lui expliquer à quoi Kline faisait allusion.

— Si on leur vend l'eau des Grands Lacs, dit-il, le niveau du fleuve va baisser. Les navires ne pourront plus passer.

— C'est le genre de projet qui va nous replonger dans les déficits !

— Une autre solution est d'agrandir le terminal de Québec et de construire une ligne de chemin de fer pour les conteneurs.

— Ça tuerait le port de Montréal…

— Si vous voulez sauver votre port, intervint Kline, vous savez ce qu'il y a à faire.

— Si on recanalise le fleuve, on va avoir les écolos sur le dos !

— On pourrait compenser les Grands Lacs en utilisant les réserves d'eau de la baie James.

— Là, ce n'est pas seulement les écolos, c'est toutes les nations autochtones que je vais avoir sur le dos ! Elles vont toutes vouloir leur part, et le prix des travaux va exploser !

— Sans vouloir m'immiscer dans un sujet qui vous concerne, il me semble qu'il serait temps que vous vous en occupiez sérieusement, de vos écolos. D'après ce que j'ai vu dans les médias au cours des derniers jours…

— C'est un problème strictement interne, objecta Ryan avec une certaine sécheresse.

— Ça n'existe plus, les problèmes strictement internes, répliqua Kline. Si vous tolérez des activités qui entravent la libre circulation des marchandises, nous sommes en droit d'aller en justice pour demander une compensation.

— Les choses ne sont pas aussi simples…

— Si vous n'êtes pas capables de maintenir la paix et d'empêcher le terrorisme sur le territoire du Québec, nous exigerons des zones protégées autour des installations qui sont stratégiques pour notre sécurité.

— De quel droit ?

— Du droit de celui qui paie pour un service et dont la sécurité dépend de ce service.

— Je vois mal des troupes américaines sur le territoire canadien, fit Sinclair. Surtout pas au Québec.

— Et si c'était un mandat de l'ONU ? suggéra le Président. Est-ce que ça calmerait vos angoisses ?

— Je ne gagnerai pas de votes au Québec avec ça !

— Mais si ça vous permet de récupérer le reste des provinces…

Le Président se souvint alors d'un argument que Decker lui avait suggéré d'utiliser.

— Vous seriez celui qui a remis le Québec à sa place, ajouta-t-il. Depuis le temps que vos prédécesseurs promettent ça !

— C'est un peu ce qu'on vient de faire au cours des derniers mois.

— Je parle de terminer le travail. D'enfoncer la dernière série de clous dans leur cercueil.

— Et vous seriez prêts à fournir des troupes ?

— Pour protéger notre approvisionnement en eau et en énergie ?… Sans la moindre hésitation.

— À propos d'énergie, fit Kline, on pourrait en profiter pour éclaircir la situation.

— Quelle situation ? demanda Sinclair.

— Il est hors de question que nos contrats soient à la merci des humeurs politiques des provinces.

— Que je sache, tous les contrats signés ont été respectés.

— Je parle des projets de loi pour limiter les exportations au profit de la consommation domestique.

— Si les provinces en ont besoin…

— C'est une entorse claire au traité de libre-échange.

— Les ressources naturelles sont de juridiction provinciale, objecta Ryan.

— Vos provinces ont beaucoup trop de pouvoir pour ce qu'elles sont capables de faire, répondit le Président. Au Québec, ça fait plus de deux ans que les attentats terroristes se multiplient. Qu'est-ce que vous attendez pour agir ?

— Tout le réseau a été démantelé.

— Pas si je me fie à ce qu'on entend aux informations. Il faudrait que vous régliez le problème une fois pour toutes avant qu'il se répande dans le reste du pays.

— Vous voudriez qu'on maintienne l'état d'urgence, qu'on renvoie l'armée sur le terrain et qu'on demande l'aide des États-Unis ? fit Sinclair.

— Est-ce que les États-Unis ont déjà refusé d'aider des pays où leurs intérêts sont en jeu ? répondit Kline avec un sourire.

— Et maintenant, fit le Président, si on parlait de choses plus intéressantes ? Quand est-ce que je vais pouvoir tuer mon ours ?

LCN, 14 h 14

… L'OPÉRATION POLICIÈRE QUI A PERMIS DE NEUTRALISER LES BOMBES FIXÉES SUR LES PILIERS DES PONTS DE QUÉBEC ET PIERRE-LAPORTE. LES PONTS SONT TOUJOURS FERMÉS À LA CIRCULATION ET L'INSPECTION SE POURSUIT.

Interrogé par notre reporter, l'inspecteur-chef Lefebvre affirme n'avoir aucune information sur le groupe écoterroriste qui a revendiqué cet attentat.
Déclarant vouloir arrêter la circulation maritime qui pollue le fleuve, le groupe…

Mulhouse, 20 h 21

Pascale était enveloppée de bandelettes jusqu'au cou. On aurait dit une tête plantée sur une momie. On l'avait couchée à l'intérieur du coffre d'une horloge grand-père.

Puis la porte s'était refermée sur elle.

Sans qu'elle sache comment la chose s'était produite, l'horloge était maintenant redressée et elle semblait fonctionner normalement. Pascale entendait le bruit du mécanisme à chaque oscillation du balancier.

Le bruit gagnait en intensité de façon régulière. À l'intérieur de sa poitrine, la pression augmentait au même rythme.

C'était comme si son esprit s'était en partie détaché de son corps pour se réfugier au plafond, dans un coin de la pièce. Elle se voyait, tout emmaillotée, à l'intérieur du coffre en bois. Sa tête avait pris place dans le trou où aurait dû se trouver le cadran et tombait par en avant, comme si elle attendait la lame de la guillotine.

L'horloge montait jusqu'au plafond. Au-dessus de sa tête, un cadran aux aiguilles démesurées indiquait huit heures vingt.

Les aiguilles étaient en fait des lames extrêmement tranchantes. Celle des minutes appuyait contre son cou. Dans vingt minutes, elle aurait fini de lui trancher la tête.

Pascale se sentait coupée en deux : une partie d'elle assistait à la scène du coin du plafond, impassible, et une autre angoissait à mesure que la pression au creux de son estomac et contre son cou s'intensifiait. Elle ressentait le choc de chacun des mouvements du balancier.

Puis quelque chose se déclencha à l'intérieur de la partie impassible. L'instant d'après, elle réintégrait son corps. Un bruit d'appel d'air marqua l'événement.

Pascale commença alors à se concentrer sur les battements de son cœur. À vouloir qu'ils ralentissent.

Au bout de quelques instants, le bruit du balancier se mit à décroître, suivant le ralentissement des battements de son cœur. La pression dans sa poitrine et sur son cou diminua au même rythme, jusqu'à ce qu'elle disparaisse.

Dans sa poitrine, son cœur battait doucement, de façon silencieuse. Le bruit du balancier avait disparu.

La porte de l'horloge s'ouvrit... et elle se retrouva assise par terre, avec Lynn Gainsborough qui la regardait, l'air de se demander ce qui lui était arrivé.

— C'est juste un mauvais rêve, s'empressa de dire Pascale... Un mauvais rêve qui s'est bien terminé.

Il est illusoire de penser créer un monde sans violence et sans conflit. Par contre, on peut civiliser et rentabiliser cette violence. D'où l'importance de reconnaître le droit de chacun de se plaindre de tout et de tous. Le droit devient ainsi un opérateur de civilisation. En conséquence, l'homme nouveau doit être, autant que de biens matériels et culturels, un consommateur de droits.

En l'absence d'arbitrage informel des conflits par des autorités traditionnelles, le droit offre la seule solution de rechange à la violence brutale.

D'où la nécessité de judiciariser l'ensemble des relations d'échange entre les individus et les groupes.

Joan Messenger, *Le Fascisme à visage humain*, 12-Étendre le domaine du droit.

JEUDI (SUITE)

MONTRÉAL, 16 H 28

En entrant dans la pièce, Trappman reconnut son ordinateur sur le bureau de Théberge. Un poids lui tomba des épaules : ils avaient réussi à percer le dispositif de sécurité. Il allait maintenant pouvoir engager les véritables négociations en position de force, c'est-à-dire en paraissant en état de faiblesse.

— Comme vous le voyez, fit Théberge, nous n'avons pas eu trop de difficulté à découvrir vos petits secrets.

— Je doute que vous ayez appris grand-chose.

— Je l'admets.

— Vous ne savez toujours pas ce que représentent les triangles rouges.

— C'est également vrai. Par contre, il y en a assez sur les événements passés pour vous faire condamner plusieurs fois.

Théberge s'efforça de paraître sûr de lui. Toutefois, il prit soin de ne pas laisser voir l'écran du portable à Trappman.

Les informaticiens avaient réussi à franchir les premiers niveaux de sécurité, mais la plupart des dossiers étaient en code. Ils n'avaient pas encore découvert leur clé de déchiffrement. Théberge s'était donc retrouvé avec une liste de dossiers dont il n'avait aucune idée du contenu.

— Votre choix est simple, reprit le policier. Ou bien vous collaborez, ou bien vous vous préparez pour un long séjour à l'ombre.

— Il y a une autre solution.

— J'en doute fort.

— Ce que j'ai à échanger n'est pas sur l'ordinateur.

— Quant à moi, ce qui s'y trouve est bien suffisant.

— Vous ne savez pas qui a commandé cette opération.

— Si vous insistez pour m'éclairer…

— Je le ferais que vous ne me croiriez pas.

— Essayez toujours.

— Disons que je peux vous fournir la preuve que tous les groupes terroristes anglophones et francophones ont été financés par la même personne.

— Quelqu'un de l'Église de la Réconciliation Universelle ?

— Pas exactement, non.

— Et que voulait cette personne ?

— Rien. Elle faisait simplement son travail… ce qui lui a permis de découvrir l'ensemble du plan. Ainsi que l'identité de ceux qui sont derrière ce plan.

— Et cette personne ?

— C'est moi, bien sûr.

— Bien sûr… Et le plan ?

— Il comportait l'élection de l'APLD et l'écrasement du regroupement des partis nationaux.

— C'est assez logique. Mais pourquoi poursuivre après les élections ?

— Parce que les élections n'étaient qu'une étape. C'était une opération par vagues.

— Par vagues. Vous faites dans l'aquatique, maintenant ?

Trappman se mit à rire de bon cœur. Théberge le regardait, légèrement surpris.

— Vous ne pouvez pas comprendre, fit Trappman, qui songeait à Perrier… Mais l'idée, c'était de réaliser progressivement une série d'objectifs. La formation de l'APLD était la première. Son élection la deuxième. La proclamation de la loi sur les mesures d'urgence la troisième. En parallèle, l'Église de la Réconciliation Universelle devait infiltrer tous les lieux de pouvoir utiles pour la réalisation du projet.

— Qui est ?

— Ça, je ne peux pas vous le dire tout de suite.

— Est-ce que c'est lié au Consortium ?

Trappman regarda le policier avec une certaine surprise.

— Décidément, on avait raison de vanter vos mérites et de vouloir vous mettre sur la touche.

— Donc, vous connaissez aussi l'existence du Consortium.

— J'en ai entendu parler… À mon niveau, c'est déjà exceptionnel.

— Et GDS ? Vous savez ce que ça veut dire, GDS ?

— General Disposal System.

— Que font-ils ?

— C'est une sorte de service d'entretien et de nettoyage.

— Dans le sens de…

— Tout ce à quoi vous pouvez penser : espionnage, surveillance, intimidation, élimination… destruction de cibles matérielles.

— Où sont-ils situés ?

— Nulle part.

— Si vous étiez moins nébuleux…

— Il suffit de téléphoner à un numéro, de donner la commande et d'envoyer l'argent à un compte numéroté.

— Autrement dit, vous devez leur faire confiance.

— Le travail est garanti. S'ils ratent un contrat, ils le reprennent autant de fois que nécessaire pour le réussir… Ils ne pourraient pas se permettre de perdre leur réputation.

— Vous ne savez rien de plus à leur sujet ?

— Non. Sauf que, les fois où j'ai utilisé leurs services, le travail a été fait en moins de deux jours.

— Vous avez leur numéro ?

— Je connaissais quelqu'un qui l'avait.

— Connaissais…

— Il est mort.

— Et madame Northrop, vous la connaissez ?

— Heather Northrop ?

— Oui.

— J'en ai entendu parler. Elle fait partie de ceux qui dirigent l'opération en cours. Mais je ne l'ai jamais rencontrée.

— Pourtant, si c'est elle qui dirige l'opération…

— J'ai eu affaire à ses adjointes : Emma White et Emmy Black.

— Emma White, c'est un nom que nous avons retrouvé à Baie-d'Urfé.

— C'était la vraie dirigeante de l'Église de la Réconciliation Universelle.

— Et Maître Calabi-Yau ?

— Il ne s'occupait pas de l'organisation comme telle. Il ne faisait que méditer et présider des cérémonies pour inspirer les fidèles. C'est Emma White qui le contrôlait.

— Et madame Black ?

— Officiellement, elle était mon assistante pour la gestion du déroulement de l'opération. Dans les faits, elle me surveillait. C'est sûrement elle qui m'a donné ; mais comme je l'avais prévu, je me suis préparé.

— Autrement dit, vous n'aviez pas le choix de venir nous voir.

— Comme vous n'avez pas le choix de négocier avec moi.

— Pour ma part, j'ai presque tout ce dont j'ai besoin.

— Sauf l'information sur les triangles rouges et les preuves pour faire arrêter ceux qui ont commandé tout ce cirque.

— On ne peut pas tout avoir.

— Ni prévenir les attentats qui s'en viennent.

— De quel genre de preuves parlez-vous ?

— De conversations enregistrées en vidéo qui impliquent tout ce beau monde, y compris les commanditaires ultimes, tant du côté canadien qu'américain.

— Du côté américain ?

Théberge n'avait pas pu s'empêcher de réagir.

— Il y a plusieurs niveaux de commanditaires, reprit Trappman. Chaque niveau ignore le niveau supérieur… C'est la règle, dans ce genre d'opération.

— Et vous pouvez produire ces enregistrements ?

— Tout est sur DVD. Il y en a pour une bonne centaine de gigs.

— De gigs ?

— En prime, vous aurez le plan détaillé de chaque opération, avec le nom de toutes les personnes impliquées.

Trappman fit une pause et sourit.

— Vous y trouverez aussi des détails intéressants sur votre chère mademoiselle Devereaux.

— Vous savez où elle est ?

— Je sais surtout qui s'est acharné sur elle. Et pourquoi.

— Et ce qu'elle est devenue ?

— Au moment où on se parle, elle est probablement en Europe. Je n'en sais pas plus. C'est madame White et madame Black qui se sont occupées d'elle. À la demande expresse de personnes que vous connaissez, dois-je préciser.

— Qui ?

— J'en ai assez dit maintenant. Si vous voulez avoir une chance de retrouver mademoiselle Devereaux et, accessoirement, d'arrêter les vrais responsables de ce cirque…

— Je n'ai aucune autorité pour passer un accord avec vous.

— Alors, débrouillez-vous pour l'avoir. Il vous reste quarante-huit heures. Peut-être moins.

Trappman se tourna vers Crépeau.

— Vous pouvez me reconduire en cellule, dit-il.

Puis, ramenant son regard vers Théberge, il ajouta :

— Un conseil : ne remontez pas trop haut pour obtenir une autorisation. Vous pourriez tomber sur quelqu'un qui a intérêt à tout couvrir.

— Qu'est-ce qui me prouve que ce qui est gravé sur ces disques est vrai ?

— Je veux bien vous donner une preuve de ma bonne foi… À votre place, je surveillerais les usines de traitement des eaux usées.

Théberge ne réagit pas.

— Déjà les égouts pluviaux sont bloqués… Imaginez si, en plus, ces usines étaient sabotées !

— Des précautions ont été prises à ce sujet.

— Si j'étais vous, je les doublerais.

PARIS, 22 H 50

Jessyca Hunter regrettait son appartement du premier arrondissement. L'appartement, situé rue Saint-Honoré, était à proximité des endroits où elle aimait faire ses courses.

— Je pense que je vais quand même me plaire ici, dit-elle.

— Personne ne va penser venir vous chercher dans un endroit pareil, répondit Emmy Black, qui avait endossé pour l'occasion le rôle de Heather Northrop. Ça respire le banquier, le ministre et le chef de cabinet à tous les coins de rue.

— Et vous ? Quoi de neuf ?

— Nous avons un ennemi de moins.

— Vous voulez parler de Zorco ?

— Oui.

— Fogg m'a prévenue.

— Sans faire de mauvais jeu de mots, je dirais qu'il a eu la surprise de sa vie.

— De mon côté, j'ai malheureusement une mauvaise nouvelle. Madame Heldreth est décédée.

— Xaviera est…

Emmy Black laissa sa phrase en suspens, comme si la compléter allait donner une dimension irrévocable à la disparition de Xaviera Heldreth.

— C'est pour cette raison que les filiales sont isolées, reprit Jessyca Hunter.

— Mais qui a pu… ?

— Des troupes spéciales de la police allemande ont pris d'assaut le château. Tout le domaine est sous leur contrôle.

— Vous êtes certaine qu'elle est morte ?

— C'est Fogg lui-même qui me l'a appris.

— C'est lui qui l'a donnée ?

— Cela m'étonnerait… Si ça vient de l'interne, je penserais plutôt à Zorco. Ou à Daggerman.

— Notre pouvoir au comité des directeurs de filiales sera réduit. Le clan de Daggerman va sûrement profiter des problèmes de l'Église de la Réconciliation Universelle pour m'attaquer.

— Si tout se passe comme prévu, il ne pourra pas vous reprocher grand-chose. Vous pourrez toujours prétendre que cela faisait partie des dommages collatéraux ou d'une stratégie de diversion.

— Si le nom des membres du Noyau est rendu public, l'opération sera un succès pour tout le monde, sauf pour le Consortium… Mais, ce qui me dérange le plus, c'est que nous ayons perdu la principale personne qui pouvait intervenir auprès de Fogg.

— Pour le moment… Mais, avec l'élimination de Zorco, il ne reste que Daggerman qui est clairement identifié à l'autre camp.

— Vous avez probablement raison…

— Qu'avez-vous fait de Trappman ?

— J'avais d'abord pensé à l'éliminer. Puis je me suis dit qu'il ferait plus de dégâts si je m'arrangeais pour le faire arrêter. Pour sauver sa peau, il n'hésitera pas à leur dire tout ce qu'il sait sur la filiale de Zorco.

— Ce qui ne peut que nous être favorable. Zorco paraîtra rétrospectivement plus incompétent encore et ça se répercutera sur ceux qui lui étaient associés.

— Exactement.

— Mais s'il balance l'opération Global Warming…

— J'ai contacté tous les exécutants et j'ai changé tous les codes. Il ne peut plus rien faire… De toute manière, il n'a presque plus de temps : les chefs d'État sont déjà sur place.

— Les dommages causés à Toy Factory vont contribuer à rendre la position de Fogg plus fragile : ça veut dire qu'il aura encore plus besoin de nous.

— Il va peut-être essayer de nous affaiblir à notre tour.

— Croyez-moi : nous sommes en bonne position. Il ne reste vraiment que Daggerman pour nous mettre des bâtons dans les roues.

Heather Northrop eut un sourire.

— À l'instant où on se parle, je m'occupe de lui.

LONDRES, 21 H 56

Emma White avait toujours plaisir à retrouver Harold B. Daggerman. Elle aimait son raffinement et le détachement aristocratique avec lequel il discutait des sujets les plus sérieux.

Évidemment, cela ne changeait rien au fait qu'elle l'aurait éliminé à la première occasion si elle avait cru que cela pouvait lui être utile. Mais il était de ces ennemis qui ont le don de vous rendre le monde agréable.

En entrant dans l'hôtel, plutôt que de monter à ses appartements, elle lui avait téléphoné pour qu'il la rejoigne au bar de l'établissement.

— En terrain neutre, avait-elle dit à la blague.

Mais les deux avaient compris que la blague recouvrait tout de même un fond de vérité. Quand il y avait des morts parmi les directeurs de filiales, les autres étaient toujours un peu nerveux.

Pour l'occasion, Emma White avait revêtu une combinaison de cuir blanc trouée de façon stratégique.

— Vous avez l'air d'un vieux dégoûtant avec sa poule de luxe, dit-elle en guise d'accueil lorsqu'il s'assit à sa table.

— Si c'est là votre conception de la discrétion…

— Il ne s'agit pas de ne pas être vus, mais de ne pas être reconnus pour ce que nous sommes.

Un mince sourire éclaira le visage de Daggerman.

— Bien sûr, dit-il. Vous avez raison.

— Je vous apporte de mauvaises nouvelles. Zorco est mort. Et Trappman a probablement balancé une grande partie du réseau.

— De quel réseau ?

— De l'Église de la Réconciliation Universelle.

Daggerman ne put réprimer un léger soupir de soulagement.

— Mais aussi de Toy Factory, reprit Emma White en mettant une main sur celle de Daggerman… Il faut avoir l'air plus intéressé l'un à l'autre, dit-elle. Vous devez tenir mieux votre rôle de vieillard lubrique qui se paie une fille.

— Je ne suis tout de même pas si vieux ! protesta Daggerman avec un sourire.

Il lui prit la main et se mit à la regarder avec un intérêt évident.

— J'ai aussi une mauvaise nouvelle, dit-il. Madame Heldreth est morte. La police allemande a pris son château d'assaut.

Emma White parvint à garder sa contenance. Un instant, sa main serra celle de Daggerman, ses ongles s'enfoncèrent légèrement dans sa peau, puis un sourire revint sur son visage.

— Il va falloir procéder au nettoyage, dit-elle. Si cela vous arrange, je m'occupe de sauver ce qui est récupérable de l'organisation de Zorco.

— C'est aimable à vous, mais je vais demander à Skinner de s'en occuper. C'est un expert en stérilisation.

— Comme vous voulez.

— Par contre, si vous pouvez prendre la relève pour assurer le suivi de Global Warming… Il serait regrettable que l'opération rate, si près du but, à cause de la maladresse d'un opérateur que vous aviez la charge de surveiller.

— Il n'y a aucun danger que l'opération rate. Tout est en place. Tous les intervenants ont reçu leurs ordres et il reste moins de quarante-huit heures avant le dénouement.

— Votre optimisme est un baume. Espérons que ce ne soit pas une fausse promesse.

— Je ne fais jamais de promesse que je ne peux tenir.

RDI, 17 H 02

> … SOULAGÉ QUE CE SOIT LA FIN DU DRAME À BAIE-D'URFÉ.
> LA QUESTION QUI SE POSE MAINTENANT EST CELLE DU COMPORTEMENT DE LA POLICE AU COURS DE LA PRISE D'ASSAUT DU MONASTÈRE. CES DIZAINES DE VICTIMES AURAIENT-ELLES PU ÊTRE ÉVITÉES ? C'EST LA QUESTION QUI SERA ABORDÉE CE SOIR PAR NOS INVITÉS…

DRUMMONDVILLE, 20 H 07

Blunt referma le document qui était affiché à l'écran.

— Tu as raison, dit-il. Même si ça touche uniquement trois filiales, on n'a jamais rien trouvé d'aussi important sur le Consortium.

— Il m'en reste pour deux ou trois heures, répondit la voix de Chamane.

— Quand tu auras terminé, élimine toute trace des dossiers dont je t'ai fait la liste.

— Je peux tout effacer, si tu veux.

— Je t'ai déjà dit et redit que c'était hors de question. Je veux que les autorités allemandes aient toute l'information nécessaire pour procéder au démantèlement des filiales.

— D'accord. Mais c'est plus long et ça retarde d'autant la priorité deux.

— Quand tu auras terminé, refais une copie de leur site nettoyé. On va la distribuer à ceux qui peuvent être intéressés.

Blunt lança ensuite une commande d'impression et se tourna vers F.

— J'ai trouvé quelque chose d'intrigant, dit-il. Un livre en format PDF.

— Un livre ?

— *Le Fascisme à visage humain*. De Joan Messenger.

— C'est une blague ?

— Je vous l'imprime.

C'était une indication de plus de l'implication du Consortium derrière la montée de l'Alliance progressiste-libérale et démocratique, songea F. Rien d'autre ne pouvait expliquer la présence de ce livre dans l'ordinateur du repaire de Xaviera Heldreth. Par contre, il ne semblait y avoir aucune indication sur l'identité de cette mystérieuse Joan Messenger.

— Il va falloir avertir Herzig, dit F.

— Pour le livre ?

— Pour le nettoyage.

— Il ne va pas aimer ça. Il nous a donné accès à l'information et nous lui sabotons une partie de ses dossiers.

— Il ne sera pas heureux, mais il comprendra. Sans nous, il n'aurait rien eu. Et tant qu'on lui laisse tout ce dont il a besoin pour se couvrir en faisant des arrestations spectaculaires…

— Et vous ? Avez-vous pris une décision ?

— Pour Paris ?… Pas encore.

— Je continue de déconseiller fortement cette initiative.

— Je sais… Et je ne veux pas savoir quelle probabilité de réussite vous avez calculée.

— Je peux vous donner la probabilité d'échec…

— Je comprends vos réticences. Mais ce n'est pas tous les jours qu'on a l'occasion de s'attaquer à la racine de ce type de problème.

WASHINGTON, 21 H 09

Fellmer Bielby écoutait les informations tout en remuant avec satisfaction les glaçons dans son verre de scotch à peu près vide. La reprise des attentats au Québec, conjuguée à la visite du Président au premier ministre Sinclair, avait fait monter d'un cran le niveau d'alerte. On était passé du jaune à l'orange.

Pour l'amendement budgétaire qui allait être présenté au Congrès le lendemain, c'était idéal.

Quelques minutes plus tôt, Decker lui avait confirmé que tout se déroulait comme prévu. L'opération contre l'Église de la Réconciliation Universelle était un contre-temps, quelques actions seraient contremandées mais, pour l'essentiel, le plan se poursuivait. Le dénouement aurait lieu dans moins de deux jours.

Bielby se servit un autre verre.

Avec ces nouveaux événements, les dépenses militaires et stratégiques exploseraient. À terme, c'était l'ensemble du territoire américain qu'il faudrait surveiller. Tous les corps policiers devraient se militariser. Ce qui signifiait pour McDougall-Newtech des milliards supplémentaires de croissance des ventes.

La compagnie se positionnait depuis plus de deux ans pour répondre à cette demande. Global Warming serait de loin l'opération la plus rentable de toute l'histoire de la compagnie. Et comme c'était lui qui l'avait pilotée, il ne faisait pas de doute que sa situation personnelle s'améliorerait. Non seulement ses options d'achat sur les actions de la compagnie verraient-elles leur valeur se multiplier, mais on lui offrirait une place au Conseil. Peut-être même le poste de vice-président.

Et tout cela pour avoir œuvré au plus grand bien de la population, pour l'avoir amenée à surmonter son ignorance et ses préjugés, pour lui avoir fait accepter l'implantation d'un système de protection capable d'assurer au pays une véritable sécurité.

Drummondville, 22 h 41

— Si c'est ça, votre conception de la collaboration! explosa Herzig.

— Il manque à peine dix-sept pour cent de l'information, répondit calmement F. Et sans nous vous n'auriez rien trouvé.

— Ce sont mes hommes qui se sont farci le travail. J'en ai trois à l'infirmerie.

— Et vous, vous avez réussi une des opérations les plus spectaculaires des dix ou vingt dernières années.

— J'aurais pu ne pas vous faire confiance et ne rien vous donner!

— Les seules informations qui ont été enlevées concernent les structures administratives du Consortium. Cette organisation est beaucoup plus tentaculaire que vous ne pouvez l'imaginer.

— Et je fais quoi, pour reconnaître ces tentacules, lorsque je les rencontre?

— D'ici peu, je vais communiquer de nouveau avec vous. Si tout va bien, je serai alors en mesure de vous donner plus que ce qui a été temporairement effacé.

— Autrement dit, je suis à la merci de votre bon vouloir…

— Vous pouvez voir les choses de cette manière. Mais vous pouvez également voir votre rôle comme celui du coordonnateur qui pilotera la lutte contre le Consortium en Europe.

— C'est-à-dire?

— Je vous envoie la totalité de l'information et vous coordonnez l'action de vos collègues européens pour frapper simultanément et détruire l'ensemble de leurs activités.

— Et vous? Qu'avez-vous à gagner?

— L'atteinte de mes objectifs.

— À savoir ?

— Pour tout résumer en quelques mots, je dirais que ça se ramène à la destruction du Consortium… Mais il s'agit d'une organisation qui n'est pas sans similitudes avec l'hydre de la légende : si on ne coupe pas toutes les têtes en même temps, elles repoussent en plus grand nombre.

— Vous ne voulez quand même pas que je laisse tomber toutes les poursuites !

— Au contraire. Vous avez tout ce qu'il faut pour les engager et je vous encourage à procéder avec diligence. Il est essentiel que vous démanteliez ce réseau. D'une part, parce que cela vous permettra de vous couvrir sur le plan politique et dans les médias : personne ne remettra en cause une opération qui a permis de démolir un réseau de trafiquants d'enfants et de production de *snuff*.

— Et d'autre part ?

— Ça affaiblira le corps de l'hydre, mais ça convaincra ses dirigeants que vous n'avez rien de plus.

— Est-ce que vous prenez souvent ce type de pari ?

— Il arrive que ce soit nécessaire… En gage de bonne foi, je vais vous transmettre des informations sur un réseau de monastères liés à l'Église de la Réconciliation Universelle. Ce n'était pas dans l'ordinateur que vous avez découvert, mais il faut procéder très rapidement. Des gens y sont séquestrés et, si je ne me trompe pas, on y trouve des écoles de dressage pour jeunes garçons semblables à celle que vous avez découverte au château.

— Vous m'envoyez ça quand ?

— Tout de suite. Vous aurez très peu de temps pour contacter vos collègues des autres pays. Dans les monastères, ils sont peut-être déjà en train de nettoyer leurs locaux et de faire disparaître les gens qui y sont prisonniers.

— Comment est-ce que je peux savoir que vous me dites la vérité ?

— Vous ne pouvez pas le savoir. Vous pouvez seulement l'estimer probable, compte tenu de la valeur des premiers renseignements que je vous ai transmis.

— Comme je peux estimer probable que vous soyez F ?

— En matière de probabilités, vous avez toute liberté de procéder aux estimations qui vous semblent les plus justes.

Après avoir raccroché, F n'était pas mécontente. Si tout se déroulait de façon satisfaisante, Herzig serait un des premiers grands opérateurs. Théoriquement, il pourrait y en avoir une vingtaine.

— Il faut que je me prépare, dit-elle à Blunt. Je pars demain.

— Pour Paris ?

— Oui.

— Laissez au moins une personne vous accompagner.

— Ce n'est pas nécessaire.

— S'il vous arrive quelque chose…

— Je vous ai déjà dit que j'avais pris toutes les dispositions pour que vous assumiez la relève. Tous les codes seront transférés automatiquement dans votre ordinateur dès que je serai plus de vingt-quatre heures sans envoyer un signal par le biais de mon cellulaire.

HEX-RADIO, 23 H 02

... AURAIT ÉTÉ ARRÊTÉ CE MATIN À SON DOMICILE. L'OPÉRATION IMPLIQUAIT LE VOL DE QUATRE BOMBARDIERS B-1 ET LEUR ACHEMINEMENT À TAÏWAN. UN TEL VOL, SELON LES EXPERTS, POUVAIT DIFFICILEMENT ÊTRE RÉALISÉ SANS DES COMPLICITÉS AU PLUS HAUT NIVEAU DE L'ENTREPRISE ET DE LA HIÉRARCHIE MILITAIRE.

DE RETOUR SUR LA SCÈNE LOCALE MAINTENANT. LA POLICE AURAIT ARRÊTÉ UN SUSPECT EN RELATION AVEC LE MASSACRE DE BAIE-D'URFÉ. ON NE CONNAÎT CEPENDANT PAS...

MONTRÉAL, 23 H 38

Les deux Américains s'étaient rencontrés une semaine avant, lorsqu'ils avaient loué chacun une chambre au Delta centre-ville. Chacun avait eu droit à une garde-robe renouvelée et à plusieurs milliers de dollars en argent de poche.

Cela faisait partie de leur couverture, leur avait expliqué l'homme qui leur avait remis l'équipement qu'ils allaient utiliser dans une heure. Personne ne songerait à chercher des saboteurs parmi les riches touristes américains qui dépensaient leur argent dans un des meilleurs hôtels de la ville.

Les deux appartenaient à un groupe paramilitaire dont le programme se résumait à rétablir les anciennes valeurs fondées sur le droit des individus et à se débarrasser des profiteurs de Washington.

Le chef de leur mouvement les avait choisis personnellement pour ce travail. Il n'avait pas voulu leur expliquer l'ensemble du plan dans lequel s'insérait leur action, mais c'était normal. La règle du « besoin de savoir » était encore la meilleure protection contre les infiltrateurs qui s'attaquaient continuellement à leur mouvement.

Devant eux se dressait l'usine d'épuration des eaux. Sur le plan, des croix indiquaient les endroits précis où ils devaient déposer les explosifs. C'était un travail facile. Beaucoup plus facile que ce qu'ils avaient effectué en Amérique centrale, du temps où ils travaillaient dans l'armée.

Ils escaladèrent avec confiance la clôture entourant l'usine et se laissèrent tomber sur le sol en position accroupie.

Rien. Aucun bruit.

Un sourire apparut sur le visage d'un des deux hommes.

— *Piece of cake*, murmura-t-il à son compagnon.

C'est alors que tout se mit à déraper.

Désormais, un nombre de plus en plus restreint de travailleurs suffit à produire ce que l'humanité peut consommer.

Ce nouveau mode de production exige : 1- une élite vouée à l'excellence et à la recherche de pointe ; 2- une minorité maîtrisant des savoirs d'utilité liés au contexte technologique en usage et dont l'espérance de vie est par définition limitée ; 3- une large majorité de chômeurs ou de travailleurs occasionnels sans compétences particulières.

L'éducation doit donc se spécialiser en fonction de ces trois tâches : école de l'excellence pour l'élite ; école de l'efficacité et du recyclage pour les travailleurs spécialisés ; école milieu de vie pour la très vaste majorité.

Joan Messenger, *Le Fascisme à visage humain*, 13- Réformer l'éducation.

VENDREDI

MONTRÉAL, 7 H 21

Il y avait deux jours que l'inspecteur-chef Théberge n'avait pas dormi chez lui. Dans quelques heures, sa femme viendrait lui porter des vêtements.

Les deux jours n'avaient pas été trop mal employés. La plupart des nouveaux attentats avaient été empêchés. Seuls quelques piliers d'Hydro-Québec n'avaient pu être déminés à temps. La ligne qui acheminait l'électricité en Nouvelle-Angleterre était temporairement coupée. Le rétablissement du service prendrait quelques jours.

Son regard s'accrocha aux titres des journaux.

NOUVELLE VAGUE DE TERRORISME

LE QUÉBEC EST-IL INGOUVERNABLE ?

LA POLICE IMPUISSANTE

IS ANARCHY A FRENCH DISTINCTION ?

MONTRÉAL ÉVITE DE JUSTESSE LA CATASTROPHE

Il n'osait penser à ce qui se serait passé si l'équipe de saboteurs n'avait pas été arrêtée au cours de la nuit. On avait retrouvé sur eux des plans pour paralyser les quatre usines de traitement des égouts domestiques.

Même s'il se méfiait de Trappman, il devait reconnaître que sa mise en garde avait été utile. Et comme il ne voyait toujours pas ce que pouvaient représenter les fameux triangles rouges, il avait décidé de négocier avec lui. Ou, du moins, de tenter de le faire. Crépeau était parti le chercher.

— Alors, convaincu ? lança sans préambule Trappman lorsqu'il entra dans le bureau de Théberge.

— Convaincu de quoi ?

— De l'utilité des informations que je peux vous fournir.

— Est-ce que cela inclut une explication de ce que représentent les deux triangles rouges ?

— Bien sûr. Mais vous avez intérêt à faire vite. Il reste moins de vingt-quatre heures avant le déclenchement de l'opération.

— Je peux vous offrir vingt-quatre heures. Cela vous donne le temps de quitter le pays pour la destination que vous choisirez.

— Je savais que vous y viendriez. C'est la meilleure solution pour tout le monde.

— Aussitôt que tout est terminé, je vous libère.

— Vous voulez dire que vous me libérez et que je vous indique où est l'information une fois que je suis en sécurité...

— Je ne joue pas au poker. Si vos renseignements me permettent d'arrêter cette folie, vous serez libre. Je vous en donne ma parole. Mais il n'est pas question que je prenne le risque que ce soit un coup de bluff.

— Vous n'avez pas le choix : si vous ne me libérez pas, vous aurez la responsabilité d'une catastrophe sur les épaules.

— Mon travail est d'arrêter ceux qui commettent des délits. Je ne peux pas être tenu responsable de ce que les prévenus s'obstinent à cacher. Par contre, vous, vous n'avez pas le choix. Parce que, si ce que vous dites est vrai, cela fera une série d'accusations supplémentaires… Comme vous en avez déjà pour quelques siècles…

Trappman éclata de rire.

— Vous avez raison, dit-il. Je suis obligé de vous faire confiance.

Puis il ajouta, sur un ton moqueur :

— Mais je ne cours pas un grand danger : je suis certain que vous êtes incapable de manquer à votre parole.

— Dans votre bouche, la chose ne sonne pas tout à fait comme un compliment.

Nouvel éclat de rire de Trappman.

— Décidément, vous me plaisez, dit-il. Vous allez me manquer quand je serai parti.

— Si l'ennui vous pèse trop, vous aurez toujours une place qui vous attend ici.

Cette fois, Trappman se contenta de sourire.

— Tout est gravé sur DVD, dit-il. Les disques sont dans un casier, à la consigne de la gare d'autobus.

— Quel numéro ?

— Même si je vous le dis, vous ne les trouverez pas.

RDI, 8 H 02

> … ONT DÉJOUÉ DE NOUVEAUX ATTENTATS AU COURS DE LA NUIT. LES ACTES DE SABOTAGE VISAIENT CETTE FOIS LE RÉSEAU D'ÉGOUTS DOMESTIQUES. SELON LES EXPERTS, SI CES ATTENTATS AVAIENT RÉUSSI, LA VILLE SERAIT RAPIDEMENT DEVENUE INHABITABLE POUR UNE BONNE PARTIE DES RÉSIDENTS, CE QUI AURAIT PROVOQUÉ UN DÉPLACEMENT DE LA POPULATION VERS LES BANLIEUES ET…

MONTRÉAL, 8 H 14

Crépeau s'agenouilla et introduisit la clé dans la serrure du casier. Puis il ouvrit la porte et regarda à l'intérieur.

— C'est vide, dit-il.

— C'est ce que je vous avais dit, fit Trappman avec un sourire moqueur. Même si vous avez le numéro, ça ne vous sert à rien.

Trappman, Théberge et Crépeau étaient seuls au milieu de l'allée étroite. À chaque extrémité, des policiers montaient la garde, la main près de leur arme.

— Est-ce que vous insinuez que les disques se trouvent dans ce casier ? demanda Théberge.

— Bien sûr. Vous ne devinez pas ?

Théberge s'agenouilla et inspecta l'intérieur de la case.

— Le fond n'a pas l'air d'avoir été trafiqué, dit-il finalement.

— Inspecteur, vous m'impressionnez, fit Trappman, dont l'admiration paraissait sincère. Bien sûr, vous n'avez pas trouvé, mais vous étiez sur la bonne piste.

Il se pencha à son tour, mit la main sur le plafond du casier, appuya puis relâcha rapidement.

Un déclic se fit entendre.

Il répéta l'opération.

Après un nouveau déclic, la plaque de métal qui formait un faux plafond lui resta dans la main.

Au centre de la plaque, un étui de plomb avait été intégré. En soulevant le couvercle, Trappman découvrit quatre piles de trois DVD. Il en prit un et le tendit à Théberge.

— Il va de soi que j'ai conservé des copies de ces enregistrements dans un lieu sûr. On n'est jamais trop prudent.

— Je ne vois pas à quoi ils pourraient vous servir…

— S'il m'arrive quoi que ce soit, ces enregistrements seront communiqués aux médias. Beaucoup de gens seront impliqués. Vraiment beaucoup. Sans qu'il soit possible d'épargner qui que ce soit… Officiellement, on ne pourra rien vous reprocher. Mais ceux qui seront incriminés et qui auraient pu négocier un arrangement sauront à qui imputer leurs malheurs. Leurs amis le sauront

aussi… Croyez-moi, cela fera beaucoup de gens disposés à rendre votre vie misérable… Si vous voulez
mon avis, madame Théberge ne mérite pas ça.

— Si vous croyez m'intimider !

— Je ne veux pas vous intimider. Ce serait la dernière
des stratégies à utiliser avec vous. Je veux vous culpa-
biliser. Je veux que vous vous demandiez si vous avez
vraiment envie de laisser madame Théberge se promener
seule dans la rue.

— Vous êtes répugnant.

— Elle est votre principale faiblesse. Ce serait irresponsable de ma part de ne pas en tenir compte.

Il sourit.

— Vous devriez me savoir gré d'utiliser cette carte
uniquement à titre de police d'assurance, reprit-il. Pour
le cas très improbable où vous ne respecteriez pas vos
engagements.

DRUMMONDVILLE, 9 H 17

Dès le réveil, Blunt s'était enfermé plusieurs heures
dans la salle de go. Quand il en sortit, il se dirigea vers
la cuisine pour prendre son petit déjeuner.

F l'y attendait. Tout en buvant son café, elle écoutait
les informations à la télé.

> … SERAIENT D'ORIGINE AMÉRICAINE.
> LE PORTE-PAROLE DU SPVM A DÉCLARÉ QU'AUCUNE INDICATION NE
> LAISSAIT CROIRE QUE LES SABOTEURS PUISSENT ÊTRE RELIÉS, DE
> QUELQUE FAÇON QUE CE SOIT, À DES RÉSEAUX TERRORISTES, QUÉBÉCOIS
> OU AUTRES…

— Théberge semble réussir à se tirer d'affaire, dit F
pendant que Blunt se faisait un espresso.

Elle lui dressa un compte rendu des arrestations qui
avaient eu lieu au cours de la nuit.

— En Europe, comment ça se passe ? demanda Blunt.

— On a eu raison de faire confiance à Herzig. Il y a
déjà quatre pays où des établissements de l'Église de la
Réconciliation Universelle ont été perquisitionnés puis
fermés.

— Les autres vont tomber comme des dominos…
Vous partez toujours aujourd'hui ?

— Ce soir.

Blunt se contenta de hocher la tête en guise de commentaire.

— Entre-temps, vous allez vous occuper de ce qui se passe ici, reprit F.

— De toute façon, c'est maintenant une question de jours.

— Vous avez trouvé quelque chose sur le site allemand ?

— Non. Enfin, je n'ai rien trouvé sur les deux triangles rouges qui inquiètent Théberge. Mais j'ai réexaminé ça sur un jeu de go et j'ai eu une idée.

— Il me semblait, aussi…

— Au go, les pions ne visent pas toujours à occuper un espace particulier. Il arrive qu'ils soient placés quelque part à cause de l'influence qu'ils sont susceptibles d'exercer sur leur voisinage.

— Et… ?

— J'ai réexaminé la carte et je pense avoir découvert ce qui les intéresse. Ce n'est pas exactement dans leur voisinage, mais comme la définition du voisinage dépend des moyens de transport accessibles… Dans la région, à part les barrages, il y a une seule chose digne d'intérêt… le chalet où Sinclair rencontre le président des États-Unis et les autres chefs d'État.

F prit une gorgée de café en réfléchissant à ce que venait de lui dire Blunt.

— Quel lien faites-vous entre les deux triangles et le chalet ?

— Aucun pour l'instant. Sauf que je ne vois rien d'autre.

— Des nouvelles de Théberge ?

— Il rencontre Trappman ce matin.

… RÉCLAME UNE ENQUÊTE SUR LA VULNÉRABILITÉ DES INFRASTRUCTURES QUÉBÉCOISES. LE PORTE-PAROLE DE L'OPPOSITION À LA VILLE DE MONTRÉAL S'EST DÉCLARÉ PARTICULIÈREMENT TROUBLÉ PAR LE FAIT QUE…

— Si jamais je ne revenais pas, reprit F, j'aimerais que vous dissuadiez tous ceux qui pourraient songer à des actions de représailles. Non seulement ce serait une perte de temps…

— Je me vois expliquer ça à Claudia !… Ou à Hurt !

— … mais ce serait passer à côté d'une remarquable occasion de prouver que l'Institut a réellement disparu… Si jamais il m'arrive quelque chose, pour employer un euphémisme, le Consortium va s'attendre à des représailles. Il va juger impensable que vous ne cherchiez pas à me venger… En fait, la seule raison qui pourrait me faire douter de la sincérité de Fogg, ce serait qu'il envisage d'utiliser ma mort pour vous débusquer.

— Et si on ne fait rien…

— Il va conclure que l'Institut a vraiment disparu. D'ailleurs…

La directrice fut interrompue par un signal en provenance de l'ordinateur de Blunt.

— Probablement Théberge, fit Blunt en se levant.

Quelques minutes plus tard, il revenait dans la cuisine avec un air d'excitation contenue.

— J'avais raison, dit-il. C'est bien lié à la visite du Président.

Il résuma à F ce que Théberge venait de lui apprendre.

— Et ces fameux disques sur lesquels sont enregistrées les preuves de l'implication américaine ?

— Je suis en train de les télécharger dans la banque centrale. J'ai établi une connexion directe à partir du portable de Théberge.

— Qu'est-ce que vous prévoyez en faire ?

— Il ne reste plus beaucoup de temps pour monter une opération…

— Le plus simple serait d'avoir un accès du côté des Américains. Leurs avions sont déjà en place.

— Avec Decker en charge de la TNT Security Agency, ce ne sera pas facile. Toute l'information d'importance qui touche à la sécurité passe par lui.

— La personne à qui vous devriez parler, c'est Tate.

— Le temps de le convaincre, le temps qu'il trouve le moyen d'intervenir…

— Il y a une façon d'accélérer les choses.

AGENCE FRANCE-PRESSE, 15 H 32

> … UN DEUXIÈME ACCROCHAGE EN MER DE CHINE. AU COURS DE LEURS MANŒUVRES, DES AVIONS DE LA RÉPUBLIQUE POPULAIRE DE CHINE AURAIENT EMPIÉTÉ SUR L'ESPACE AÉRIEN REVENDIQUÉ PAR TAÏWAN ET DEUX MISSILES AURAIENT ÉTÉ TIRÉS EN GUISE D'AVERTISSEMENT.
> LES AUTORITÉS CHINOISES ONT DÉCLARÉ QU'ELLES NE TOLÉRERAIENT PLUS AUCUNE PROVOCATION ET QUE LE TEMPS ÉTAIT SANS DOUTE VENU POUR LA PROVINCE SÉCESSIONNISTE DE RÉINTÉGRER…

LONDRES, 14 H 36

— Vous avez meilleure mine, fit Joan Messenger. Si votre organisation était à votre image, ma tâche serait de beaucoup simplifiée.

Leonidas Fogg ne réagit pas à l'ironie. Même s'il était plus mal à l'aise avec la femme qu'avec son prédécesseur, il s'efforçait de n'en rien laisser paraître.

— J'ai pensé utile de vous brosser un portrait global de la situation, dit-il.

— Si vous commenciez par ce qui va bien…

— GDS, Candy Store, Brain Trust, Just Power et Safe Heaven fonctionnent sans problème.

— Ensuite ?

— Les grandes mafias sont disposées à traiter avec nous pour leurs services financiers. Elles ont rétabli leur participation dans Vacuum au niveau où elle était avant les incidents d'il y a deux ans.

— Et Global Warming ?

— Des difficultés de détails, mais presque tous les objectifs ont été atteints.

— Malgré les ratés ?

— Malgré les ratés causés par les luttes entre les deux filiales.

— Ce qui veut dire ?

— Le client canadien a obtenu ce qu'il désirait. L'industrie militaire et les militaires ont obtenu le réchauffement qu'ils souhaitaient. Dans moins de vingt-quatre heures, Decker et sa clique devraient avoir l'incident dont ils ont besoin.

— Et nous ?

— Le Consortium a obtenu la quasi-élimination de l'Institut.

— Quasi ?

— Il reste quelques-uns de leurs opérateurs sur lesquels nous n'avons pas encore réussi à mettre la main, mais, comme organisation…

— Si l'Institut est quasi éliminé, pourquoi continuez-vous à avoir autant de problèmes avec votre organisation ?

— Il s'était développé une rivalité entre deux des directeurs de filiales. Madame Heldreth avait pris parti de façon plus ou moins ouverte en faveur de la directrice de Paradise Unlimited. Des actes de sabotage ont eu lieu. Zorco s'est défendu en contre-attaquant… Ce fut l'escalade.

— Autrement dit, vous avez échoué à contrôler l'organisation.

— La personne qui avait la charge d'exercer ce contrôle était Xaviera Heldreth. C'est d'ailleurs à la demande de votre prédécesseur, monsieur John Messenger, que cette tâche lui avait été confiée. Elle devait agir comme une sorte de préfet de discipline… J'ai mentionné à plusieurs reprises à votre prédécesseur l'instabilité croissante de madame Heldreth. Il a toujours répondu qu'elle était très appréciée par nos commanditaires et qu'il était préférable de la garder à son poste.

— Maintenant qu'elle est morte, qu'allez-vous faire ?

— Je crois que Daggerman est le mieux préparé pour la succession.

— Il n'est plus très jeune.

— La combinaison jeunesse et expérience est une chose assez rare.

— À l'intérieur de la même personne, sans doute. Mais puisque vous représentez l'expérience… Que

pensez-vous de madame Hunter ? Elle incarne clairement la nouvelle génération. Ce qu'elle a fait à Meat
Shop est assez remarquable.

— Je vous l'accorde, encore que la perte de plusieurs
réseaux soit récemment venue assombrir son bilan.

— Je suis certaine que « ces messieurs » accueil-
leraient d'un œil favorable sa nomination.

— Personnellement, je la trouve un peu instable, elle
aussi. Elle me fait beaucoup penser à madame Heldreth.

— Eh bien, cette fois, vous saurez quoi faire, n'est-ce
pas ? Vous avez l'expérience de ce genre de situation.

L'insistance de Joan Messenger à promouvoir l'avancement de Jessyca Hunter confirmait l'hypothèse à
laquelle Fogg songeait depuis un bon moment. Le clan
des filles, comme il l'appelait, n'était pas une simple
formation spontanée qui s'était produite du fait de la
rencontre de quelques femmes à l'intérieur de la direction
du Consortium.

Elle avait été alimentée par certains de ces «messieurs».
Et ceux-ci étaient assez puissants pour avoir obtenu le
remplacement de John Messenger lorsqu'ils avaient senti
leurs intérêts menacés ou mal défendus.

— Et si vous me parliez maintenant de ce qui va mal ?
fit la femme.

— Le secteur américain de Toy Factory est à reconstruire. Plusieurs opérations organisées à partir de New
York ont connu des ratés. Les autorités des pays de destination ont été averties à l'avance des livraisons et elles
ont pu intervenir.

— Ça implique du sabotage à l'interne.

— Comme je vous le mentionnais tout à l'heure, les
fuites au détriment de Toy Factory et de Paradise
Unlimited se sont enchaînées. Qui a fait quoi ? Qui a
infiltré qui ? Qui a donné qui ?…

— Quelle est la situation pour Paradise Unlimited ?

— Des perquisitions visant l'Église de la Réconciliation Universelle sont en cours dans au moins quatre

pays. C'est principalement le réseau des collèges de madame Northrop qui est visé.

— Est-ce que cela risque de s'étendre ?

— Les goûts particuliers de madame Northrop, en termes de vengeance et de dressage d'enfants, vont certainement faire les délices des médias.

— Avec tous les scandales de pédophiles et de trafic d'êtres humains qui sortent... un de plus, un de moins ! D'ici un an, on n'en entendra plus parler.

— Par contre, si on rend publique l'existence des groupes d'influence qu'elle avait construits à partir de certains monastères – la plupart à notre insu d'ailleurs – et qui fonctionnaient comme des groupes de pression occultes...

— En Europe, cela va se fondre dans la série d'accusations récurrentes contre le pouvoir caché des loges maçonniques et des autres organisations du genre.

L'argumentation de la femme n'était pas sans fondement. Mais ce que Fogg comprenait d'abord dans ce qu'elle disait, c'était sa volonté de minimiser à tout prix les dégâts causés par Xaviera Heldreth et Heather Northrop.

— Dites-moi, reprit-elle, est-ce que ce sont les deux seules filiales touchées ?

— Jusqu'à maintenant. J'ai décrété l'isolement immédiat des filiales. Une rencontre des directeurs se tiendra dans quelques jours.

— Que prévoyez-vous faire ?

— Mettre les deux filiales en tutelle. Nommer Jessyca Hunter en remplacement de Xaviera Heldreth.

— Et qui allez-vous choisir pour la remplacer ?

— Normalement, c'est son privilège de suggérer un remplaçant. Sa proposition sera examinée au mérite.

— Meat Shop est appelée à devenir une filiale majeure. Vous pourriez y transférer madame Northrop et confier Paradise Unlimited à quelqu'un de nouveau. La transition serait moins difficile.

La nouvelle représentante du commanditaire avait décidément des intentions très précises quant à l'avenir du Consortium, songea Fogg. Et elle semblait pressée de parvenir à ses fins. Jamais son prédécesseur ne s'était montré aussi directif. Bien sûr, il surveillait attentivement son travail. Il lui arrivait parfois d'être critique. Mais seuls les résultats l'intéressaient. Il ne lui serait jamais venu à l'idée de s'immiscer dans la gestion du Consortium.

L'attitude de la nouvelle représentante renforçait les appréhensions de Fogg. C'était à coup sûr une véritable lutte de pouvoir qui se déroulait à l'intérieur du groupe des commanditaires. Il était temps que le Consortium s'en affranchisse. Et, pour cela, il croyait avoir trouvé un moyen.

— Vous semblez songeur, reprit Joan Messenger.

— Les récents succès de madame Northrop me laissent perplexe.

— La situation dans laquelle elle se trouvait n'existe plus. J'ai tendance à croire que, dans un nouveau contexte de travail, sous la supervision de madame Hunter, elle saura développer les compétences que vous avez pressenties en la nommant à la tête de Paradise Unlimited.

À l'époque, Fogg avait eu des doutes sur cette nomination, mais Xaviera avait insisté. Il jugea cependant préférable de ne pas relever le fait. Autant minimiser les affrontements jusqu'à ce qu'il soit prêt à agir.

— Si elle bénéficie de la supervision de madame Hunter… concéda-t-il.

— J'aimerais avoir un rapport dans les jours qui suivront la réorganisation.

— Bien entendu.

Elle voulait enfoncer le clou, songea Fogg. Cela signifiait qu'elle se sentait en position de force. Il avait eu raison de limiter les occasions de heurts. De lui laisser croire qu'il était le vieillard déclinant pour qui elle semblait le prendre.

Elle serait d'autant moins préparée lorsqu'il passerait à l'attaque.

Washington, 9 h 51

— John Tate, fit simplement ce dernier après avoir décroché.

— Horace Blunt, répondit une voix métallique.

« Un logiciel de modification de la voix », songea immédiatement Tate.

Une simple communication anonyme de l'Institut aurait déjà été un événement. Qu'un des membres les plus importants de l'ex-agence le contacte directement était la dernière chose à laquelle il s'attendait.

Il laissa passer un moment avant de répondre.

— Monsieur Blunt... Ainsi, vous existez réellement.

— J'ai pour vous des coordonnées. Il faudrait un bombardier et quelques chasseurs pour disposer de ce qui s'y trouve.

— Autre chose avec ça?

Insensible à l'ironie, Blunt poursuivit.

— Il y a des hydravions dans des hangars soigneusement camouflés. Ils ont la capacité d'attenter à la vie de votre président.

— Si vous êtes sérieux, c'est avec le Pentagone qu'il faut communiquer.

— Des militaires sont impliqués dans le projet. J'ai besoin d'un canal sûr.

— Allez directement à la TNT Security Agency.

— Votre ami Decker est un des principaux organisateurs de cette activité champêtre. Il faut quelqu'un qui ait de la crédibilité et qui sache comment court-circuiter la bureaucratie. Il reste moins de vingt-quatre heures.

Pendant qu'il discutait avec celui qui se présentait comme Blunt, Tate se demandait s'il s'agissait d'un coup monté par une des agences rivales. Decker était le candidat le plus probable : ce serait tout à fait le style de son esprit tordu de se dénoncer lui-même pour évaluer la réaction de Tate.

— Où est situé cet endroit?

— Au Canada. Au nord du chalet où se déroule la rencontre.

— Vous vous rendez compte de ce que vous me demandez ?... Aller bombarder sans prévenir un pays ami !

— Je vous offre le moyen de sauver la vie de votre président. Non pas que je l'apprécie particulièrement, ce serait même plutôt le contraire, mais il faut empêcher qu'il fasse encore plus de dégâts en mourant qu'en continuant à diriger votre pays.

— Ne commettez pas l'erreur de le sous-estimer. Sa famille participe depuis quatre générations au cercle restreint du pouvoir économique et politique.

— Je vois que j'avais raison de vous faire confiance, répliqua Blunt... J'imagine que vous ne lui avez pas pardonné votre quasi-mise en tutelle au profit de la nouvelle superagence.

Malgré les déformations provoquées par le logiciel de brouillage de la voix, un certain amusement était perceptible dans le ton de Blunt.

— Écoutez, même si tout ce que vous me dites est vrai, je ne peux rien faire sans preuves.

C'était la meilleure façon de se couvrir. Il ne prenait aucun risque. Il s'efforçait de soutirer le plus d'informations possible. De cette façon, si c'était un test, il pourrait expliquer qu'il n'avait pas voulu courir le risque de laisser passer des renseignements qui auraient pu être vitaux.

Et si jamais ils étaient vrais, il pourrait agir.

— Je peux vous les remettre en mains propres, répondit Blunt.

— Quoi !... Vous êtes ici, à Washington !

— Rejoignez-moi dans trois heures au poste frontière de Lacolle. Je vous remettrai des enregistrements vidéo ainsi que des numéros de comptes bancaires et des copies de relevés de transactions.

— Vous me « remettrez » ?

— J'ai pensé que si je prenais le risque de vous rencontrer, cela témoignerait à vos yeux de l'importance que j'accorde à ce dossier et de l'urgence d'agir.

— Je dois dire que vous m'étonnez...

— Je vous attendrai du côté canadien.

— Je suis heureux de constater que l'Institut n'est pas disparu.

— L'Institut n'existe plus. Ce sont des informations qui sont parvenues entre mes mains par l'intermédiaire d'anciennes relations.

— Vous direz à F que je suis désolé pour elle.

— Vous perdez votre temps en essayant de me tester. Vous savez aussi bien que moi que F a disparu au moment de l'attaque contre Massawippi.

— Pourtant, on n'a jamais…

— Lacolle. Dans trois heures. Du côté canadien.

Un déclic se fit entendre. Blunt avait raccroché.

DRUMMONDVILLE, 9 H 58

Après avoir raccroché, Blunt sélectionna un certain nombre de dossiers parmi ceux que lui avait fait parvenir Théberge et il les envoya à Chamane avec instruction de les transmettre à Hurt à la première occasion.

Il y joignit un court texte dans lequel il résumait à Hurt ce qu'il avait appris, autant sur l'opération au Québec que sur celle de Bavière. Il terminait en lui demandant de le contacter : il avait besoin de son aide.

Même si Hurt pensait qu'il était dangereux de faire confiance à l'Institut pour assurer sa sécurité, il ne pouvait pas être indifférent au sort des gens qu'il avait connus. Et il continuait de partager les mêmes convictions qu'eux.

Il n'aurait pas de difficulté à rendre le service qu'il lui demandait, se dit Blunt.

REUTERS, 10 H 02

... ESCLAVAGE SEXUEL, SÉQUESTRATION À DES FINS DE CHANTAGE, TOR-TURE, PRODUCTION DE PORNOGRAPHIE POUR PÉDOPHILES, FABRICATION DE VIDÉOS *SNUFF*, MEURTRES RITUELS, EXPLOITATION D'ENFANTS, TEL EST LE RÉPERTOIRE DES ACTIVITÉS QU'EXERÇAIT UN GROUPE DE CRIMINELS DANS UN CHÂTEAU RETIRÉ DE LA FORÊT-NOIRE.

OPÉRANT SOUS LE DOUBLE COUVERT D'UN GROUPE FÉMINISTE VOUÉ À L'INS-TAURATION D'UN NOUVEL ORDRE SOCIAL MARQUÉ PAR LA DOMINATION DES FEMMES ET D'UN CENTRE DE DISTRIBUTION DE SERVICES SEXUELS POUR

AMATEURS DE DOMINATION FÉMININE, LE GROUPE RECRUTAIT UNE TRÈS GRANDE PARTIE DE SES CLIENTS DANS INTERNET.

LA PRINCIPALE DIRIGEANTE DE L'ORGANISATION, XAVIERA HELDRETH, A PÉRI AU MOMENT DE L'ASSAUT DU CHÂTEAU PAR LES FORCES POLICIÈRES. LES CIRCONSTANCES EXACTES DE SA MORT N'ONT PAS ENCORE ÉTÉ DIVULGUÉES. QUANT AU RESTE DU PERSONNEL DE DIRECTION, ESSENTIELLEMENT FÉMININ, IL SEMBLE ÊTRE PARVENU À S'ENFUIR : LES POLICIERS N'ONT RETROUVÉ SUR PLACE QUE LES CORPS DES CLIENTES QUI RÉSIDAIENT DANS L'HÔTEL DU DOMAINE.

PAR AILLEURS, C'EST PRÈS D'UNE CENTAINE DE VICTIMES, PRINCIPALEMENT DES HOMMES MAIS AUSSI DES JEUNES GARÇONS, QUE LES ACTIVITÉS QUI SE DÉROULAIENT DANS LE CHÂTEAU AURAIENT FAITES.

LES MÉDIAS N'ONT PAS ENCORE OBTENU L'AUTORISATION DE VISITER LES LIEUX ET DES RUMEURS ONT COMMENCÉ À COURIR SUR LES LIENS DE CETTE ORGANISATION CRIMINELLE AVEC DES GROUPES NÉONAZIS. LES AUTORITÉS POLICIÈRES N'ONT PAS VOULU CONFIRMER CES ALLÉGATIONS ET PROMETTENT DE FAIRE TOUTE LA LUMIÈRE SUR LA SITUATION À L'OCCASION DE LA CONFÉRENCE DE PRESSE QUE TIENDRA DEMAIN WERNER HERZIG, LE DIRECTEUR DU GROUPE ANTITERRORISTE DE LA *BUNDESKRIMINALAMT*…

UN LAC EN ABITIBI, 10 H 37

Le président des États-Unis était contrarié. L'ours qu'on lui avait trouvé pour qu'il puisse l'abattre n'était pas un grizzly. Même pas un kodiak. Un vulgaire ours noir. Tout le monde pouvait tuer un ours noir.

Il avait visé l'animal, avait appuyé sur la détente, avait attendu qu'un nombre suffisant de balles aient frappé la cible, puis il avait laissé tomber l'arme et il avait tourné les talons sans s'occuper de se faire photographier avec la bête et de lui couper les oreilles en souvenir.

Rien ne fonctionnait dans ce foutu pays. Pas surprenant que les terroristes y prolifèrent. Vivement que les services américains prennent les choses en main.

Au cours de la première rencontre, il avait ménagé son hôte. Aujourd'hui, il lui mettrait les points sur les *i*. Il était temps que ce ridicule voyage se termine et que la négociation aboutisse.

— J'aimerais qu'on règle cette histoire de pétrole, dit-il. Je veux repartir d'ici avec l'assurance qu'il n'y aura pas de loi pour limiter les exportations.

— Je peux vous dire qu'il n'y aura pas de loi fédérale. Mais je ne peux pas empêcher les provinces de légiférer dans leurs domaines de juridiction.

— Je me fous de vos chicanes locales : s'il y a une loi, je veux que vous la fassiez disparaître. C'est pourtant simple à comprendre.

— Si cela ne contrevient pas à l'ALENA…

— Il y a toujours moyen de faire disparaître ces choses. Vous êtes le premier ministre de ce foutu pays, oui ou non ?

— Oui…

— Alors, débrouillez-vous pour trouver un moyen ! Je ne sais pas, moi… Il doit y avoir des choses qu'ils veulent.

— De l'argent…

— Alors, payez-les. Donnez-leur quelque chose en échange. Mais il n'est pas question que la sécurité énergétique des États-Unis soit à la merci de vos États…

— Provinces…

— États ou provinces…

Il eut un geste de la main comme pour écarter une distinction futile.

— Ce que je veux, reprit-il, c'est pouvoir dire au Sénat que rien ne va empêcher le pétrole canadien de venir chez nous.

— Il y a aussi la question des sables bitumineux, fit Gordon Kline.

— C'est vrai, approuva le Président en se tournant vers lui. Expliquez-lui, Gordon.

Le secrétaire d'État au Commerce se racla la gorge.

— Nous avons développé des projets pour exploiter les sables bitumineux, dit-il. Des projets avec d'importantes retombées en termes d'emploi…

Sinclair se méfia instantanément devant ce déballage de bonnes intentions.

— Ce sera une bonne chose pour l'image des États-Unis, dit-il, que vos investissements créent de l'emploi ici.

— Puisque vous parlez d'investissements… Vous n'êtes pas sans savoir que l'extraction du pétrole à cet endroit est très dispendieuse. Avec les nouvelles techniques, quand le cours du baril descend en bas de vingt ou vingt-deux dollars, ce n'est pas rentable. En termes financiers, s'entend. Par contre, en termes de sécurité… Donc, le problème que nous avons est un problème de financement.

— Vous voulez des exemptions d'impôt pour les compagnies exploitantes?

— Cela va de soi. Mais ce ne sera pas suffisant… Vous comprenez, les compagnies qui ont monté ces projets ne sont pas des œuvres de charité. Elles ont des marges bénéficiaires à respecter…

— Qu'est-ce que vous voulez?

— Dans ce type de projet, les coûts de développement sont souvent prohibitifs. Surtout les gisements situés dans une région aussi peu… hospitalière.

— Qu'est-ce que vous voulez? répéta Sinclair.

— Pour qu'un tel projet devienne rentable…

— Combien?

— Une dizaine de milliards… pour commencer.

— Vous rêvez.

— Une partie des subventions pourrait être accordée de façon indirecte, à titre de participation aux coûts de la sécurité continentale.

— Cela va provoquer un mouvement de protestation à la grandeur du pays.

— Et si on rend public le fait que ce sont les services secrets américains qui ont permis d'éliminer le terrorisme qui a provoqué des ravages au Québec?

— Vous voulez parler du terrorisme qui continue ses ravages?

— Pour l'instant.

— Parce que vous savez qui est derrière ça…

— Si on ne le sait pas, on a les moyens de le savoir. Rapidement.

— Autrement dit, si j'accepte votre proposition, le terrorisme s'arrête.

— Et vous pourrez en retirer le bénéfice.

— Sinon, le terrorisme continue… Jusqu'à ce que j'accepte, je suppose ?

— Il n'est pas utile de formuler les choses de façon aussi brutale.

— Les choses sont simples, intervint le Président. Ou bien vous acceptez, ce qui vous permettra de créer des emplois et d'éliminer le terrorisme, ou bien vous refusez… et vous vous démerderez avec ce qui suivra.

— Vous n'avez pas le droit de me menacer !

— Je ne vous menace pas, répliqua le Président sur un ton tranchant. Je vous explique la réalité.

Puis son visage retrouva l'expression souriante stéréotypée qu'il affichait dans toutes ses entrevues, quelle que soit la gravité des sujets abordés.

— De toute façon, dit-il, rien ne presse. Vous avez jusqu'à demain pour donner votre réponse. Cela vous laisse le temps de parler à vos conseillers. S'ils pensent à des stratégies qui permettraient de mieux faire passer les décisions, mes conseillers seront heureux de les examiner. Si on peut vous accommoder…

Il se leva.

— Je pense qu'on a fait le tour de la question. Si on s'occupait de ces saumons que je dois pêcher…

New York, 11 h 46

Monky se dirigea vers le bar de l'hôtel et commanda une eau minérale. Même s'il savait que sa vie se jouerait dans l'heure suivante, il demeurait intérieurement calme.

Il était normal que sa vie soit exposée. Le vrai détachement ne pouvait être éprouvé que face à la mort. Celui qu'il considérait comme son maître lui avait souvent rappelé cette phrase inspirée de Musashi : « Le véritable guerrier est libre parce qu'il est déjà mort. »

Comme il avait accepté sa mort, plus rien ne pouvait l'effrayer. Plus rien ne pouvait exercer de pouvoir sur lui. Ne restait que l'objectif qu'il avait accepté librement. Et cet objectif, c'était de parvenir au plus haut niveau dans le Consortium.

Une main se posa sur son épaule.

— Désolé du retard, fit Skinner.

Il avait revêtu pour l'occasion un uniforme de banquier : complet-veston sombre à fines rayures ton sur ton à peine discernables.

Il prit le siège à la gauche de Monky.

— Avec tout ce qui se passe, reprit-il, je n'ai pas le temps de m'ennuyer.

— Est-ce qu'un nouveau directeur a été nommé ?

— Pour Toy Factory ? Pas encore. Nous en sommes à l'étape du ménage.

— Et je fais partie du ménage ? demanda tranquillement Monky.

Skinner le regarda, impressionné malgré lui par le calme avec lequel l'autre avait posé la question.

— Pour être honnête, répondit-il, je ne sais pas encore ce qu'il convient de faire de vous.

— Je comprends le problème que je vous pose. Les difficultés ont commencé peu de temps après mon arrivée dans l'organisation. Vous n'avez pas le choix : à moins de raisons convaincantes, vous devez m'éliminer. Vous ne pouvez pas vous permettre de conserver un doute.

— Vous avez raison… je ne peux pas me permettre de garder un doute.

CKRL, 11 h 51

> … A ACCUSÉ LE GOUVERNEMENT D'AVOIR LAISSÉ VOLONTAIREMENT LA SITUATION SE DÉTÉRIORER ET D'AVOIR PROVOQUÉ UNE CRISE SOCIALE POUR POUVOIR PLUS FACILEMENT DEMANDER LE DÉCRET DE LA LOI SUR LES MESURES D'URGENCE.
> LA MANIFESTATION PARTIRA DES PLAINES D'ABRAHAM ET SE DIRIGERA VERS LE PARLEMENT. UN IMPOSANT SERVICE D'ORDRE A ÉTÉ PRÉVU PAR LES ORGANISATIONS POPULAIRES ET LES CENTRALES SYNDICALES POUR PRÉVENIR TOUT DÉBORDEMENT QUI POURRAIT PAR LA SUITE SERVIR DE PRÉTEXTE À…

NEW YORK, 11 h 53

Skinner se tourna vers la serveuse qui arrivait et commanda à son tour une eau minérale.

Puis il ramena son attention vers Monky.

— Si vous me donniez votre point de vue sur ce qui s'est passé…

— Ce n'est probablement pas très compliqué : des actions de sabotage amplifiées par des lacunes au niveau de la direction.

— Des lacunes ?

— Monsieur Zorco était très préoccupé par sa roulette sexuelle, comme il l'appelait. Il n'accordait plus autant d'attention à ses affaires. Jusqu'au moment où la roulette sexuelle s'est transformée en roulette russe.

Skinner ne chercha pas à dissimuler le sourire que provoqua chez lui la dernière remarque de Monky.

— Dites-moi, comment se fait-il que vous soyez au courant de ces détails concernant sa vie privée ?

— Je vous rappelle que c'est moi qui ai découvert le corps. Je suis arrivé chez lui moins d'une heure après sa mort.

— Comment avez-vous réussi à entrer ?

— Le système était désactivé. C'est ce qui m'a mis la puce à l'oreille… J'ai immédiatement envoyé le signal d'urgence convenu et j'ai activé le programme de nettoyage de l'ordinateur. J'ai ensuite récupéré les documents qui auraient pu être compromettants et je suis parti.

— Êtes-vous sûr de ne pas avoir laissé de traces de votre passage ?

— Quand j'ai compris que le système de sécurité n'était pas activé, j'ai enfilé des gants de latex.

— Des gants de latex…

— J'en ai toujours sur moi.

— Vraiment ?

— Par contre, il se peut que j'aie perdu un cheveu ou que mes vêtements aient récupéré de la poussière de l'endroit… Mais ça m'étonnerait que la police ait les moyens de m'identifier pour ensuite procéder à des analyses sur mes vêtements… De toute façon, je n'ai pas pris de risque, je les ai brûlés.

Skinner savait de moins en moins quoi penser de cet étrange comptable qui était devenu, en quelques années seulement, l'adjoint de Zorco.

Plus il parlait avec Monk, mieux il comprenait l'ascension rapide que ce dernier avait connue. Avec lui, on était loin des exécutants sans états d'âme dont Zorco aimait s'entourer. Il ne faisait pas de doute que le directeur de Toy Factory avait vu en lui le potentiel d'une véritable relève. C'était d'ailleurs écrit en toutes lettres dans un des derniers rapports qu'il avait préparés pour le comité de direction.

Il restait à savoir s'il avait été victime de cette relève.

— À votre avis, demanda Skinner, qui est responsable du meurtre de Zorco ?

— En ce qui concerne l'exécutante…

— L'exécutante ?

— Je suis persuadé que c'est une femme… ou un homme déguisé en femme, je n'avais pas envisagé cette hypothèse… qui s'est infiltrée dans l'agence avec laquelle il faisait affaire.

— Ce n'est pas un peu tiré par les cheveux ? Comme il choisissait le type de fille au hasard, il aurait fallu qu'elle attende d'être choisie.

— À moins d'avoir des complicités dans le personnel de la direction de l'agence.

— Vous avez raison. Cela pourrait expliquer « comment » le meurtre a été commis. Mais cela ne nous éclaire pas beaucoup sur les raisons qui l'ont motivé.

— Avec le métier qu'il exerçait, monsieur Zorco n'a sûrement pas manqué d'occasions pour écraser quelques pieds, se mettre des gens à dos, provoquer des animosités…

— C'est possible…

Skinner, qui était arrivé en pensant avoir à effectuer un simple nettoyage, comme il en avait fait des dizaines d'autres, se trouvait confronté à un choix difficile. Ce Monky était vraiment un élément exceptionnel. Manifester un tel calme et une telle clarté d'esprit dans des circonstances aussi difficiles, ce n'était pas à la portée du premier venu. Car il devait bien savoir que, à travers cette conversation en apparence détachée, c'était son propre sort qui se jouait.

— Si on en revenait aux ratés qu'a connus l'organisation, reprit Skinner. Avez-vous une explication ?

— Je crains que vous ne l'aimiez pas.

— Dites toujours.

— C'est vrai que les ratés ont commencé à peu près au moment où je suis entré au service de l'organisation. Mais il y a eu un autre événement important, à l'époque.

— Vous songez à quoi ?

— Le début du projet Global Warming. Ou, pour être plus précis, le début de la collaboration de monsieur Zorco avec ce qu'il appelait « le clan des filles ».

— Quel rapport voyez-vous entre cette collaboration et les ratés ?

— C'est seulement une hypothèse... Mais j'ai remarqué que monsieur Zorco n'aimait pas beaucoup ce clan des filles. À quelques reprises, pour les fois où j'en ai eu connaissance, il a donné des ordres à l'opérateur de Montréal pour qu'il leur crée des ennuis.

— Quel genre d'ennuis ?

— Des fuites dans les journaux, des renseignements sur l'Église de la Réconciliation Universelle communiqués aux policiers...

— Vous avez été personnellement témoin de ces faits ?

— À quelques reprises. Mais, ce sur quoi je veux insister, c'est qu'il croyait effectuer des représailles. Il était persuadé que le clan des filles avait trouvé le moyen de s'infiltrer dans son organisation et que c'étaient elles qui faisaient du sabotage... À la fin, il était convaincu d'être engagé dans une escalade.

Skinner prit le temps de réfléchir à ce que venait de lui dire Monky. Ce dernier ne pouvait pas être informé de la lutte qui se déroulait au sein des plus hautes instances du Consortium... À moins que Zorco ait choisi de le mettre au courant.

— Quelles preuves avez-vous de ces affirmations ? reprit Skinner.

— Je n'ai pas de preuves. Je vous ai dit que c'étaient des hypothèses.

— Vous ne me facilitez pas la tâche.

— Il y aurait peut-être une façon de vérifier.

— Je vous écoute.

— Comme je vous le disais, monsieur Zorco se méfiait de ce qu'il appelait le clan des filles, mais il n'a jamais songé à faire de lien entre elles et l'agence où il commandait les siennes.

— Et vous pensez que… ?

— Si c'est l'une d'elles qui contrôle la boîte où il s'approvisionnait, ça pourrait expliquer pourquoi la fille a pu s'introduire sans effraction… et ça fournirait un motif pour son assassinat.

Skinner regardait maintenant Monky fixement.

— Je vais vérifier vos hypothèses, finit-il par dire. Et, si vous avez raison, il se pourrait que j'aie une proposition à vous faire.

— Vous avez raison de vérifier… Vous ne pouvez pas vous permettre de garder un doute.

MULHOUSE, 18 H 24

Pascale dormait en chien de fusil sur le plancher. Son corps et celui de Lynn Gainsborough étaient tassés l'un contre l'autre dans le coin de la pièce.

Elle entendit confusément des pas à l'intérieur de son rêve.

Le bruit de la poignée qu'on s'efforçait d'ouvrir, puis celui de la porte qu'on défonçait achevèrent de la réveiller.

— On a trouvé deux femmes !

L'exclamation du policier qui venait de pénétrer dans la chambre lui fit ouvrir les yeux.

Instinctivement, elle se tassa davantage dans le coin, contre le corps de Lynn Gainsborough. L'autre femme, qui avait également ouvert les yeux, semblait totalement indifférente à ce qui se passait.

Le policier baissa son arme et s'efforça de prendre une voix rassurante.

— On vient vous libérer, dit-il. Vous n'avez plus à avoir peur. Tout va bien. Tout va bien.

Il lui fallut plusieurs minutes pour convaincre Pascale Devereaux qu'elle allait réellement être libérée. Que ce n'était pas un rêve. Ou une ruse de ceux qui la séquestraient.

Finalement, après avoir échangé quelques paroles avec le policier et une collègue qui les avait rejoints, elle dit, en se tournant vers l'autre prisonnière :

— C'est Lynn Gainsborough.

— Lynn Gainsborough… Comme dans Gainsborough Media ?

Pascale fit signe que oui.

— Tu étais au courant qu'elle avait disparu ? demanda le policier à sa collègue.

— Jamais entendu parler.

— Elle a été enlevée depuis plus longtemps que moi, reprit Pascale. À force d'être droguée, elle ne sait plus qui elle est…

— On les emmène à l'ambulance et je contacte le bureau, fit la policière. Si c'est elle, on risque d'avoir tous les médias sur le dos.

Puis elle se tourna vers Pascale.

— Mais vous, dit-elle, comment savez-vous ça ?

Une lueur de méfiance était apparue dans l'œil de la policière.

— Je suis journaliste. J'enquêtais sur sa disparition… Avez-vous trouvé les garçons ?

— Quels garçons ?

— Des jeunes… Ils étaient dans l'avion avec nous. Deux… Non, trois.

— Vous êtes venues ici par avion ?

— Et ils étaient dans l'auto.

— Est-ce qu'ils ont été enlevés eux aussi ?

— Je ne sais pas… Ils avaient l'air étrange.

— Quel âge avaient-ils ?

— Onze ans… douze… quelque chose comme ça.

On ne le répétera jamais assez : la connaissance n'est pas une valeur en soi [...] elle est un moyen. Un moyen à utiliser différemment selon les groupes sociaux et les individus.

Pour l'élite, elle est le moyen d'accéder à une créativité efficace ; pour les travailleurs spécialisés, elle est le moyen de gérer efficacement la technologie existante ; pour l'immense majorité, elle est un moyen de gérer efficacement sa consommation, notamment de loisirs, et de se construire par ce moyen un style de vie personnalisé.

C'est de cette manière que l'objectif d'homogénéisation sociale et celui d'adaptation des individus à leur situation hiérarchique peuvent être conciliés.

Joan Messenger, *Le Fascisme à visage humain*, 13-Réformer l'éducation.

VENDREDI (SUITE)

LACOLLE, 13 H 19

Dès que Tate eut franchi la frontière, Blunt ouvrit la portière de son auto, qui était garée dans le stationnement de l'agence canadienne, et fit signe à l'Américain.

— Cette rencontre est pour le moins inattendue, fit ce dernier en prenant place sur le siège du passager de la Chevrolet Caprice. Je suis étonné que quelqu'un d'aussi recherché se montre au grand jour.

— J'ai cru que cela vous convaincrait de l'importance des renseignements que je vous apporte.

— Qui vous dit que je ne suis pas partie prenante au complot que vous décrivez ?

— J'y ai pensé.

— Et… ?

— Je suis sûr à quatre-vingt-seize virgule trente-quatre pour cent que vous n'en faites pas partie.

— Je pourrais avoir averti mes collègues canadiens et vous faire arrêter.

— Là, j'avoue que les probabilités en ma faveur descendent à quatre-vingt-onze virgule sept pour cent.

— Et pourquoi pensez-vous ne pas avoir à craindre d'être arrêté ?

— Je pourrais ne pas avoir les renseignements avec moi.

— C'est vrai.

— Et…

— Et… ?

— Je crois que vous aimeriez bien m'engager.

— Ce serait possible ?

— Tout dépendra de la suite des événements… et de la forme que prendrait cette association.

— Vous avez calculé la probabilité que cela puisse se produire ?

— Soixante-neuf virgule deux pour cent… Environ.

Tate éclata de rire.

— Est-ce qu'il y a des choses sur lesquelles vous ne mettez pas de probabilité ?

— Que l'on soit un jour au chômage par manque de travail.

Nouveau rire de Tate.

— Et si vous me parliez de ce que vous avez ?

— Je vous ai apporté les enregistrements vidéo qui concernent le gouvernement américain. Les autres sont présentement en route vers les destinataires les plus susceptibles de les mettre à profit.

— L'Institut ?

— Des corps policiers, des journalistes, des hommes politiques canadiens…

— À quoi est-ce que je dois m'attendre ?

— À la concertation de votre nouveau ministre de l'Intérieur…

— Vous voulez parler de Decker ? l'interrompit Tate.

— Oui... À sa concertation avec des éléments du Consortium pour faire assassiner votre président.

— Decker... Pourquoi est-ce qu'il ferait ça ?

— Pour établir une sorte de tutelle sur le Canada afin de sécuriser l'approvisionnement américain en eau, en pétrole et en électricité.

— J'avais entendu des rumeurs au sujet d'un plan, mais de là à...

— Ça, c'est surtout la raison pour laquelle ils ont commandité la vague d'attentats terroristes. Mais il y avait une autre raison : le contrôle de l'espace continental et l'attribution de contrats de sécurité aux petits amis de Decker. Sans parler de l'augmentation du budget militaire que cela pourrait justifier.

— Il n'y a personne qui va croire une telle chose.

— Decker l'explique en clair devant la caméra.

— Ils vont prétendre que c'est une fabrication. Ils vont exiger des analyses...

— Et pendant qu'ils vont perdre leur temps à multiplier les analyses, tout va sauter. C'est pourquoi j'ai fait appel à vous. Vous êtes la seule personne que je connais qui a suffisamment de contacts chez les militaires pour trouver le moyen d'envoyer un petit groupe d'avions éliminer les deux objectifs.

— Je ne vois pas comment les deux avions dont vous me parlez peuvent menacer le Président. Avant même qu'ils arrivent à la zone interdite, ils vont être entourés de chasseurs.

— Ils n'iront pas vers la zone interdite.

— Mais alors...

— Regardez cette carte, dit-il en lui montrant l'écran de son ordinateur portable... Le chalet est ici. Les deux cibles sont là et là... Et voici l'endroit où les deux avions vont se rendre.

— Mais... je ne vois pas...

Blunt fit apparaître l'image de ce que les avions allaient attaquer.

— Vous voulez dire que… ?

— Exactement.

— Il va pouvoir s'échapper en hélicoptère.

— Pas si le secrétaire d'État au Commerce a une urgence et qu'il quitte le chalet avec le seul hélicoptère disponible.

— Le seul hélicoptère…

— Decker est reparti avec l'autre le lendemain de son arrivée et il lui a demandé de se tenir disponible pour le ramener.

— Ils vont pouvoir en envoyer un de Mirabel ou d'un autre aéroport.

— Si les communications et les installations électriques de l'aéroport n'ont pas été sabotées.

Tate se cala dans le siège du passager.

— Il me reste combien de temps ? demanda-t-il après quelques secondes.

— L'attaque est censée se produire au cours de la nuit.

— Qu'est-ce qu'il y a, exactement, sur les disques que vous voulez me remettre ?

— Trois conversations de Decker avec les dirigeants du Consortium, dans lesquelles il explique ce qu'il veut. Deux rencontres entre Decker et des militaires qui le soutiennent. Des photographies des transferts de fonds qui ont eu lieu. Des copies des rapports d'opération qui ont été remis à Decker. Un document où un membre du Consortium explique le contenu d'un rapport. Ça se passe après la deuxième vague d'attentats terroristes survenus au Québec… En prime, j'ai ajouté quelques éléments sur les magouilles de Decker pour alimenter la tension entre Taïwan et la Chine. On y voit aussi qu'il a commandité les deux récents tirs de missiles contre Israël.

Cette fois, Tate resta sans voix.

— Imaginez que ça se retrouve dans les journaux, poursuivit Blunt. À mon avis, vous avez intérêt à éteindre ça au plus vite.

— Il est cinglé, fit lentement Tate. Complètement cinglé.

— Cinglé, mais organisé. À votre place, je me dépê-cherais.

— Est-ce que vous pouvez venir avec moi ?

— Il y a des choses dont je dois m'occuper ici. Mais vous pourrez me joindre. Tenez-moi au courant de ce que vous réussirez à faire.

Blunt fit démarrer le moteur.

— D'accord, fit Tate.

Il prit la boîte de DVD que lui tendit Blunt, sortit du véhicule et se dirigea au pas de course vers sa propre voiture.

La priorité était de téléphoner au général Morton Kyle, le chef du Joint Chiefs of Staff.

Les relations de Tate avec le militaire n'avaient jamais été très cordiales. Les deux hommes s'étaient souvent opposés l'un à l'autre. Notamment au sujet de l'Institut, auquel Kyle avait toujours été hostile, mais surtout sur des questions budgétaires.

Le général avait pour tâche de défendre l'influence des militaires auprès du Président et de contrer celle des services de renseignements. Le lobbying, l'intrigue et la magouille étaient des outils essentiels à son travail et Kyle était notoirement habile à les manipuler.

Mais conspirer pour assassiner le Président ?… Non. Sur ce point, Tate était sûr de pouvoir lui faire confiance.

Et si quelqu'un était en mesure de court-circuiter la bureaucratie pour permettre une intervention rapide, c'était bien le responsable du Joint Chiefs of Staff !

Montréal, 13 h 41

— Graff ?

— Oui.

— Pascale.

— Pascale ? C'est toi ?

— Oui… Du moins ce qu'il en reste, ajouta la jeune femme sur un ton où l'humour contredisait le caractère alarmant de la déclaration.

Un silence suivit.

— Tu es où ? demanda finalement Graff.

— En France. Je t'appelle pour que tu cesses de t'inquiéter.

— Tu fais quoi, en France ?

— C'est relié à l'Église de la Réconciliation Universelle… Ici, l'histoire doit déjà être dans les médias. Je te raconterai en arrivant.

— Tu arrives quand ?

— Un jour ou deux.

— Tu veux que j'aille te rejoindre ? On pourrait en profiter pour passer un peu de temps à Paris. Te changer les idées…

— C'est gentil, mais j'ai surtout hâte de me retrouver chez moi, dans mes affaires.

— Tu m'appelles aussitôt que tu arrives.

— Promis.

— Tu veux que j'aille te chercher à l'aéroport ?

— Ça, ce serait sympathique… Et, pour l'Église de la Réconciliation Universelle, on avait raison.

— Je sais. La police a perquisitionné au monastère. Je ne sais pas si tu es au courant…

— Non.

— Il y a eu près d'une trentaine de morts. Ton ami Théberge s'occupe de l'enquête.

— Appelle-le pour lui dire que je vais bien.

— Je l'appelle tout de suite après avoir raccroché… Tu veux que j'avertisse Little Ben aussi ?

— Oui… si ça ne te dérange pas trop.

— Il va falloir que tu m'expliques un jour comment tu as fait pour avoir un garde du corps attitré.

— On appelle ça la vie de quartier.

— Oui, oui…

— J'en ai pour un jour ou deux, le temps qu'ils enregistrent mon témoignage et qu'ils s'assurent que je n'ai pas de problème de santé.

— Ça ne va pas ?

De l'inquiétude avait pointé dans la voix de Graff.

— Je me sens comme après un rêve, un peu flottante…
J'ai été droguée pendant un certain temps, mais je n'ai
rien pris depuis au moins trois jours.

— Tu es sûre que ça va ?

— Oui. Ça va tellement bien que je n'ai plus peur du
Broyeur.

Graff ne répondit pas immédiatement.

— Tu es sûre ? finit-il par demander.

— Je t'expliquerai… Allez, il faut que je te laisse
pour aller raconter ma vie à des enregistreuses.

— Si tu as besoin de quoi que ce soit, tu appelles.

— Tout ira bien.

WASHINGTON, 14 H 28

— Votre message m'a beaucoup intrigué, fit l'éditeur
du *Washington Post*. Il y a très peu de gens qui sont au
courant de cette rencontre.

Il parlait de celle que le président des États-Unis
avait convoquée, plusieurs années auparavant, pour leur
demander, à lui et à l'éditeur du *New York Times*, de lui
rendre un service. Il s'agissait de rien moins que de l'aider
à empêcher un affrontement avec l'Union soviétique.

— Je voulais être certain d'attirer votre attention, fit
Paul Hurt d'une voix froide.

Comme toujours, pendant une opération, Steel avait
pris les commandes.

— Vous avez réussi.

— Ce que j'ai à vous transmettre est du même ordre.
Cette fois, le problème est chez vous.

— Chez nous…

Hurt jeta lentement un regard autour de lui.

— Si vous voulez avoir ce que je vous ai apporté,
commencez par donner congé aux deux anges gardiens
que vous avez amenés avec vous.

D'un signe de tête, il lui montra un homme assis à une
table, à leur gauche, et un autre en train de siroter un
scotch au bar.

L'éditeur du *Post* fit un signe à l'homme assis à leur gauche. Ce dernier se leva et sortit, entraînant son compagnon avec lui.

— C'est pour votre propre protection, expliqua Hurt. Si vous décidiez de ne pas utiliser l'information que je vais vous fournir, il n'y aura personne pour témoigner que vous l'avez reçue.

— Sauf vous.

— Ce serait votre parole contre la mienne.

Un débat se déclencha à l'intérieur de Hurt pour savoir si, dans un procès, chacune de ses personnalités pourrait témoigner. À titre individuel.

Steel s'empressa de rétablir la discipline intérieure.

— Ce que j'ai à vous communiquer implique deux dirigeants du gouvernement : Gordon Kline et Paul Decker.

— Le directeur de la TNT Security Agency ?

— Lui-même.

— Qu'est-ce qu'ils ont fait ?

— Ce sont eux qui sont derrière les attentats qui ont eu lieu au Québec depuis plus de deux ans.

— Ils n'ont aucun intérêt à faire ça.

Hurt fouilla dans sa poche intérieure de veston et en sortit une boîte plate.

— Trois DVD, dit-il. Vous avez tout là-dessus. Y compris l'enregistrement vidéo où Decker explique lui-même son plan.

L'éditeur du *Post* prit la boîte.

— Je veux bien regarder vos DVD, dit-il. Mais je ne comprends pas pourquoi Kline et Decker feraient une telle chose.

— L'objectif est d'établir une zone démilitarisée au Québec sous l'administration conjointe du Canada et des États-Unis.

— Pour quelle raison ?

— Sécuriser la côte est. Mais surtout : assurer l'approvisionnement des États-Unis en eau, en électricité et en pétrole.

— Le pétrole est dans l'Ouest. Quant à l'eau, je ne vois pas…

— C'est une entente avec tout le Canada. Le terrorisme a discrédité le regroupement des partis nationaux, ce qui a mis l'Alliance progressiste-libérale et démocratique au pouvoir. Sinclair lui-même n'était probablement pas au courant de tout, mais ses organisateurs ont travaillé avec les hommes de main de Decker.

— Vous savez de qui il s'agit ?

— Vous voulez parler de ceux qui ont effectué le travail pour Decker ?

— Oui.

— Ça, pour l'instant, ça fait partie de ce que je ne peux pas vous donner. Une autre partie de l'information vous viendra de Montréal. Une autre d'Allemagne. Je vous promets que vous serez personnellement informé aussitôt que les événements le permettront.

— Et vous, vous comprenez que je vais demander une expertise de ces DVD.

— J'ai oublié de préciser que la dernière étape du plan est l'assassinat du président des États-Unis. C'est prévu pour cette nuit.

L'éditeur du *Post* regarda Hurt sans répondre.

— Normalement, reprit Hurt, la tentative devrait échouer. Si vous entendez dire que des explosions mystérieuses ont eu lieu dans le nord québécois au début de la nuit, ce sera la confirmation que votre président a échappé à l'attentat.

— Et s'il n'y a pas d'explosions ?

— Suivez attentivement les informations. Vous saurez alors quand utiliser ce que je vous ai donné. Et, croyez-moi, vous n'aurez plus besoin de faire expertiser les DVD !

— Il y a une chose que je ne comprends pas.

— Heureux homme ! répliqua la voix ironique de Sharp. Moi, il y en a des tas.

Puis le visage de Hurt reprit son masque d'impassibilité.

— Désolé, dit-il. C'est mon côté rebelle qui fait parfois des siennes.

Décontenancé, l'éditeur du *Post* examina pendant un moment la boîte de DVD qu'il avait entre les mains.

— Pourquoi moi ? demanda-t-il finalement.

— Vous êtes notre police d'assurance.

— C'est-à-dire ?

— Les preuves ont déjà été données à des gens haut placés dans l'appareil militaire et dans la communauté du renseignement. Normalement, ils ont déjà enclenché les procédures pour empêcher l'attentat. Mais il est impossible d'être certain qu'aucune de ces personnes n'est impliquée dans l'opération. Alors, même si elles neutralisent l'opération de secours, tout pourra être rendu public.

L'éditeur du *Post* se leva.

— Si vous dites vrai, fit-il, je n'ai pas un instant à perdre.

— Pour ce qui est des informations que je ne peux pas vous fournir immédiatement, je vous promets de vous les faire parvenir dès que possible… même si ça risque de prendre quelques années pour certaines !

— Vraiment… ?

— L'histoire dont je viens de vous parler n'est qu'un épisode dans quelque chose de beaucoup plus important.

— Plus important ?

Toute son attitude disait qu'il n'imaginait pas que quelque chose puisse être plus important qu'un complot émanant de l'élite américaine du renseignement pour tuer le président des États-Unis.

— Allez, vous avez peu de temps.

Hurt attendit que l'éditeur du *Post* eut tourné les talons pour le relancer avec une dernière remarque.

— En sortant, dites à l'équipe du FBI qui vous attend à l'extérieur qu'ils peuvent réintégrer leur fourgonnette grise et leur Chevrolet noire.

L'éditeur du *Post* s'arrêta.

— Sinon, vous ne reverrez jamais Lee-Ann, ajouta Hurt.

Cette fois, l'homme se retourna.

— Que lui avez-vous fait ? demanda-t-il.

— Rien. C'est une simple précaution... comme l'équipe du FBI qui arrondit ses fins de mois en travaillant pour vous.

Lorsque l'homme fut sorti, Hurt se dirigea vers les toilettes et emprunta la porte qui menait au restaurant. Il se rendit immédiatement aux cuisines, les traversa et sortit dans une ruelle adjacente à celle du bar, la traversa, entra dans un autre édifice par l'arrière puis en ressortit dans une rue animée où il avait garé sa voiture.

Il s'engouffra rapidement dans son auto et démarra. Même s'il y avait de bonnes chances que l'éditeur du *Post* l'ait cru, il préférait ne prendre aucun risque. Surtout que, si jamais il était arrêté, il n'aurait aucune monnaie d'échange.

Lee-Ann Cassidy était à son école et elle ignorait totalement qu'elle avait été impliquée dans la conversation que Hurt venait d'avoir avec son père. L'allusion à son enlèvement n'était qu'une ruse pour gagner quelques minutes. Le temps que Cassidy téléphone à l'école pour s'informer d'elle, Hurt aurait eu le temps de récupérer son véhicule et de s'éloigner.

RADIO FRANCE INTERNATIONALE, 22 H 41

... L'HÉRITIÈRE DISPARUE DE L'EMPIRE GAINSBOROUGH. LES DEUX FEMMES ONT ÉTÉ RETROUVÉES DANS UNE MAISON DE LA RÉGION DE MULHOUSE. L'ÉTAT DE LYNN GAINSBOROUGH A ÉTÉ JUGÉ SÉRIEUX MAIS NON CRITIQUE PAR LE MÉDECIN QUI L'A EXAMINÉE À SON ARRIVÉE À L'HÔPITAL. LES AUTORITÉS MÉDICALES SE SONT OPPOSÉES À CE QU'ELLE SOIT INTERROGÉE PAR LA POLICE TANT QUE SON ÉTAT NE SE SERA PAS AMÉLIORÉ. L'ÉTAT DE SANTÉ DE LA JOURNALISTE CANADIENNE PASCALE DEVEREAUX N'INSPIRE POUR SA PART AUCUNE INQUIÉTUDE. MADEMOISELLE DEVEREAUX A DÉJÀ RENCONTRÉ LES POLICIERS ET ELLE LES AURAIT MIS SUR LA PISTE DES RAVISSEURS. CE SERAIT ÉGALEMENT ELLE QUI AURAIT AVISÉ LES POLICIERS DE LA PRÉSENCE DE DEUX JEUNES GARÇONS QUI ONT ÉTÉ RETROUVÉS DANS LA CAVE DE...

MONTRÉAL, 16 H 43

Boily fut surpris de voir l'inspecteur-chef Théberge se présenter sans prévenir à son bureau. Ce dernier était accompagné de deux policiers en uniforme.

— Il y a longtemps que je ne vous avais vu, dit Boily. Avec tout ce qui se raconte à votre sujet, je suis étonné que vous ayez encore le temps d'effectuer des visites de courtoisie.

— J'ai voulu être le premier à vous apprendre la nouvelle.

— Quoi donc ?

— On a retrouvé mademoiselle Devereaux.

Boily prit un air grave.

— J'espère qu'elle n'a pas trop souffert, dit-il.

— Je suis sûr qu'elle s'en remettra.

— Vous voulez dire qu'elle n'est pas… ?

— Qu'est-ce qui vous fait croire qu'elle pourrait être morte ?

— Je ne sais pas. Quand quelqu'un disparaît comme ça…

— Elle vient de téléphoner à son ami, Graff. Il m'a tout de suite relayé le message. Comme j'avais de toute façon l'intention de venir vous voir…

— Venir me voir pour quoi ?

— J'ai regardé l'enregistrement d'une réunion de ce que vous appelez le Noyau. Votre plan pour prendre le contrôle de la province ne manquait pas d'imagination.

Boily hésita à peine une fraction de seconde.

— C'étaient de simples réunions de discussion, dit-il. Pour imaginer ce que pourrait être un gouvernement vraiment responsable, affranchi de la bureaucratie et du troupeau désinformé.

— Ce n'est pas l'avis de Trappman. Vous le connaissez sous le nom de Blake Skelton, je crois… C'est lui qui nous a fourni les enregistrements vidéo. Il nous a parlé de votre complicité dans l'enlèvement de Pascale Devereaux.

— C'est de la pure invention.

— Une invention assez crédible pour convaincre un juge d'émettre un mandat. Surtout avec les vidéos de vos visites dans une maison qui emploie de jeunes aveugles.

Cette fois, Boily semblait trop surpris pour réagir. Sa bouche s'était légèrement entrouverte.

— Vous nous accompagnez au poste, reprit Théberge. Nous avons des questions à vous poser.

— Cela ne se passera pas comme ça ! explosa finalement Boily. Attendez seulement que monsieur Gainsborough apprenne que vous m'avez arrêté. Avec votre dossier, c'est la fin de votre carrière ! C'est moi qui vous le dis !

— Monsieur Gainsborough aura sans doute fort à faire pour expliquer son rôle dans la disparition de son ex-épouse, qui avait été enlevée par l'Église de la Réconciliation Universelle et qui vient d'être retrouvée en France… Je serais étonné qu'il ait beaucoup de temps à vous consacrer.

— Vous n'avez aucune idée de ce à quoi vous vous attaquez.

— Les dirigeants de votre petit groupe de lumières autoproclamées recevront de la viste dans les heures qui viennent. Démentir leurs liens avec les organisations terroristes les occupera suffisamment pour qu'ils reportent à plus tard l'idée de voler à votre secours… Surtout s'ils voient la possibilité de rejeter sur vos épaules la responsabilité de leurs égarements.

Théberge se tourna vers les deux policiers qui l'accompagnaient.

— Embarquez-le, dit-il en ignorant les protestations de Boily. Et sortez-le par la porte principale. Ça lui fournira l'occasion de donner une entrevue, si jamais il rencontre une caméra.

— Dans moins de deux heures, mes avocats m'auront fait libérer !

— C'est ça… Et vous ferez une conférence de presse pour expliquer vos goûts en matière de massage !

Washington, 17 h 06

Paul Decker fit son apparition dans le bureau de Tate, les menottes aux poings.

— Tate, vous n'avez pas idée à quel point vous allez payer pour cette… cette… grotesque…

Il semblait incapable de trouver un terme pour exprimer sa rage devant le comportement du directeur de la NSA.

En guise de réponse, Tate se contenta de pointer une télécommande en direction du mur de son bureau.

Un écran s'alluma. On y voyait Decker discuter avec Zorco et lui rappeler les grandes lignes du plan qu'il avait financé.

— *On commence par lancer un nouveau parti pour Sinclair, puis on le fait élire en installant un climat de violence et d'affrontement au Québec. Ça va culminer avec la campagne électorale et les élections.*

— *Il va falloir le mettre au courant.*

— *Pour les premières étapes, oui. Mais il n'a pas à être informé du reste.*

— *Bien.*

— *Ensuite, on augmente le climat de violence, on justifie la loi sur les mesures d'urgence et on liquide le supposé groupe terroriste.*

— *Tout cela va prendre au moins deux ans.*

— *Peu importe. Il faut penser à long terme. On a toute la durée du mandat du Président pour agir.*

— *Et la dernière étape ?*

— *On repart la machine sous une autre couverture. L'idée, c'est de les tenir déstabilisés, que ça n'ait jamais l'air de venir des mêmes groupes. En fait, on devrait prendre un groupe terroriste différent à chaque étape et le liquider à la fin.*

— *Si on emploie le procédé trop souvent…*

Tate interrompit la projection.

— Comment avez-vous eu ça ? demanda Decker.

— Peu importe !

— C'est Zorco ! Je suis sûr que c'est cette merde de Zorco !

— Comment allez-vous expliquer que vous avez perdu deux bombes atomiques ?

— Je n'ai pas perdu de bombes atomiques.

— Et celles que vous avez fait livrer sur la réserve d'Akwesasne ? Vous les avez retrouvées, peut-être ?

— C'est une erreur : un ordre qui a été mal interprété.

— Comme la conversation que vous avez eue avec le représentant de Taïwan pour le pousser à l'escalade ?... Vous rendez-vous compte de ce que cela peut provoquer ?

— La Chine, c'est loin. Ce ne sont pas quelques flamm-mèches qui vont perturber l'ordre mondial.

— Et les deux missiles lancés contre Israël ?

Cette fois, Decker ne répondit pas.

— Vous avez eu la gentillesse de prévenir Israël, je sais, reprit Tate. Mais je serais curieux de voir la réaction de la communauté juive de New York si elle apprenait que le gouvernement a financé le lancement de deux missiles contre Israël à partir de pays arabes !

— Vous ne pouvez pas avoir de preuves de ça.

— Decker, vous vous imaginez très brillant, mais vous n'êtes rien d'autre qu'un petit lobbyiste borné, pompeux et ignorant du reste de la planète. S'il y avait un équivalent chrétien des talibans, vous en feriez partie.

— Je ne vous permets pas...

— N'allez surtout pas vous imaginer que vos maîtres, les militaires et les vendeurs d'armes, vont vous protéger. Dès que les premiers éléments d'information vont sortir dans les médias, le vide va se créer autour de vous. En fait, ma principale difficulté va être de vous garder en vie... Votre seule chance de salut est de tout avouer rapidement pour que plus personne n'ait intérêt à vous faire taire.

Decker accusait de plus en plus le coup des révélations. Il tenta quand même de crâner.

— Vous avez besoin d'avoir des preuves drôlement solides ! dit-il.

— Une vingtaine d'heures d'enregistrement. Tout le projet est expliqué : les étapes, le mode de financement, le recours à un trafiquant d'armes et à des criminels pour les opérations musclées… l'utilisation illégale de personnel militaire sur le territoire d'un pays étranger… Est-ce que ça vous suffit ?

— Est-ce que vous vous rendez compte de ce que vous faites ? C'est toute la sécurité énergétique du pays que vous balancez par la fenêtre… La sécurité du territoire !

— Je suis curieux de voir ce que le Président en pensera à son retour, demain.

— Pauvre imbécile ! Le Président est au courant ! C'est même lui qui a eu l'idée de l'attentat raté.

— Vraiment ?

— Il veut battre le record de popularité de Reagan.

— Je doute qu'il ait pu élaborer lui-même un tel plan. Mais si jamais c'était vrai, je suis certain qu'il n'était pas au courant de tous les détails de votre projet.

— Que voulez-vous dire ?

En guise de réponse, Tate pointa la télécommande en direction d'un autre écran.

Quelques instants plus tard, le visage de Decker devenait blanc.

— D'accord, dit-il. Qu'est-ce que vous voulez ?

— Il est trop tard pour marchander. Je ne suis pas le seul à avoir cet enregistrement.

Decker s'assit sur la chaise la plus proche.

— On va reprendre ça depuis le début, fit Tate. Mais avant, il y a quelques détails que je dois régler.

Il se rendit dans un bureau adjacent au sien. Son premier coup de fil fut pour son homologue chinois. C'était le complot le plus urgent à désamorcer. Ensuite, il téléphonerait à Taïwan. Puis à Tel-Aviv.

Ses vis-à-vis auraient droit à une version expurgée de l'affaire, où tout serait réduit aux manipulations politiques d'un illuminé qui voulait purifier la planète par la guerre. Decker serait dépeint comme étant tombé sous l'influence d'une secte à cause de problèmes personnels.

Ensuite, il enregistrerait les aveux de Decker en attendant l'appel de Kyle.

Paris, 23 h 12

Quand Jessyca Hunter entra chez elle, une femme l'y attendait. Elle était assise dans le grand fauteuil du salon, un verre d'eau minérale à la main.

— J'approuve votre décision de changer de résidence, fit-elle d'emblée. Avec ce qui vient de se passer, c'est une sage précaution. Je vous offrirais bien quelque chose, mais comme je ne suis pas chez moi…

Jessyca Hunter se contenta de s'avancer lentement vers elle. Ce qui l'inquiétait le plus, c'était que la femme ait réussi à entrer sans déclencher aucun des systèmes de surveillance.

— Maintenant que madame Heldreth est décédée, poursuivit la femme, je vais avoir besoin d'une nouvelle alliée au sein de la direction.

— Qui êtes-vous ?

— Celle qui va faire en sorte que vous preniez la direction du Consortium. Officiellement, je traite uniquement avec Fogg. Dans les faits, il y a déjà un certain temps que je rencontrais aussi madame Heldreth. À la fois pour avoir un autre point de vue et parce qu'elle représentait la relève.

— Et maintenant, je suis la relève ?

— Vous n'êtes pas aussi bien préparée, mais vous êtes ce qu'il y a de mieux.

— C'est agréable de se sentir appréciée.

L'autre femme ignora la remarque.

— Jusqu'à maintenant, les résultats que vous avez obtenus sont plutôt convaincants, poursuivit-elle. Comme la situation est préoccupante, je ne peux pas me permettre d'attendre que vous ayez terminé votre période de probation.

— Et je suis censée croire tout ce que vous me dites ?

— Bien sûr que non. De toute façon, cette visite n'est qu'un premier contact… La prochaine fois que je m'entretiendrai avec Fogg, je veillerai à ce que vous puissiez assister à la rencontre. Secrètement, bien sûr. Il ne faudrait quand même pas lui mettre la puce à l'oreille.

Elle se leva, lui tendit un bristol sur lequel il n'y avait qu'un numéro de téléphone.

— Si vous avez besoin de quoi que ce soit… ou si vous devez m'informer d'urgence de développements inattendus…

Elle lui tendit la main. Jessyca Hunter la serra avec une retenue manifeste.

— Bien entendu, reprit la femme, je ne m'attends pas à ce que vous me contactiez tant que je ne vous aurai pas offert des garanties acceptables.

Elle se dirigea ensuite vers la porte.

— Inutile de me raccompagner, je connais les codes et les procédures.

Montréal, 18 h 07

Théberge décrocha le téléphone en maugréant. Il attendait toujours que Blunt se manifeste pour lui dire de ne plus s'inquiéter des deux triangles rouges sur la carte, que l'affaire était réglée.

— Ici Morne, fit la voix anormalement chaleureuse du haut fonctionnaire. Je tiens à vous remercier pour les renseignements que vous m'avez fait parvenir. J'en ai transmis une partie à un de mes homologues fédéraux. Il saura encadrer Sinclair dans les négociations avec les Américains.

— Et l'attitude de l'APLD à l'endroit du Québec?

— Ça aussi, il va s'en occuper… On va trouver une manière d'expliquer au bon peuple que le terrorisme avait été fabriqué de toutes pièces sans révéler le rôle des États-Unis.

— Je suppose que vous allez également vouloir épargner l'APLD.

— Pourquoi détruire ce qu'on a maintenant les moyens de contrôler ? Je suis persuadé que Sinclair et son équipe, avec le temps, vont se révéler des amis du Québec. Des amis d'autant plus fidèles qu'ils s'en voudront d'avoir été manipulés par des groupes terroristes qui ne désiraient que détruire le pays.

— C'est dégoûtant.

— C'est de la politique.

— Et si je révèle tout aux médias ?

— Pour quelle raison le feriez-vous ?

— Parce qu'il faut bien que la vérité se sache.

— Avec ce que vous appelez la vérité, vous allez provoquer exactement ce que le complot visait à produire : un climat de haine à l'intérieur du pays et des tensions profondes avec les États-Unis. Au lieu de s'estimer en dette envers nous, ils nous en voudront d'avoir terni leur image et ils chercheront à nous le faire payer… D'ailleurs, qui croirait la vérité ?

— Avec les enregistrements…

— Au début, peut-être. Mais ensuite, des rumeurs vont commencer à courir, on émettra des doutes sur l'authenticité des documents… on fera allusion aux intérêts que vous pouvez avoir à répandre ces informations… Votre carrière sera examinée. Les plus indulgents se demanderont de qui vous faites le jeu, qui vous manipule. D'autres se demanderont quelle vengeance vous poursuivez, avec qui vous avez bien pu vous allier… Puis des preuves apparaîtront pour relier certains des attentats à des intervenants tout à fait étrangers à l'affaire… des prisonniers avoueront des crimes avant de disparaître… je ne vous donne pas trois ans avant que toute cette histoire apparaisse comme un tissu de fabrications…

— Vous ne pensez quand même pas que je vais laisser dire ça sans me défendre !

— Bien sûr que non. Mais cela vous enfoncera davantage. D'une part, vous aurez l'air du coupable qui essaie de se disculper. Après tout, on ne se défend pas quand on n'a rien à se reprocher. Et on dira que vous sombrez dans la théorie du complot. Ce qui achèvera de vous détruire. Parce que, voyez-vous, la théorie du complot, c'est l'arme ultime de tous ceux qui complotent : elle leur permet de discréditer de façon préventive tous leurs détracteurs.

— Si je vous ai bien compris, ils vont s'en tirer ?

— Bien sûr que non. Je suis même prêt à élaborer avec vous ce qui sera demain la vérité. Vous aurez ainsi l'occasion d'argumenter pour obtenir la version la plus conforme à ce que vous appelez la réalité.

— Quelle réalité ? ironisa Théberge.

— La vraie réalité, répondit très sérieusement Morne. Celle que nous inventons pour maximiser nos chances de survie collective.

TVA, 18 H 11

... AURAIT EMPÊCHÉ UNE SÉRIE D'ATTENTATS AU COURS DES DERNIÈRES QUARANTE-HUIT HEURES. L'UNITÉ SPÉCIALE D'INTERVENTION, QUE DIRIGE TOUJOURS L'INSPECTEUR-CHEF GONZAGUE THÉBERGE, SERAIT IMPLIQUÉE DANS CES ÉVÉNEMENTS.

TVA A APPRIS QUE LE PREMIER VICE-PRÉSIDENT EXÉCUTIF DE TÉLÉNAT, CHARLES BOILY, AURAIT ÉTÉ INTERROGÉ EN RELATION AVEC CETTE AFFAIRE. LES INSPECTEURS RONDEAU ET GRONDIN, QUI AGISSAIENT EN TANT QUE PORTE-PAROLE DU SPVM, N'ONT PAS VOULU CONFIRMER LA NOUVELLE, SE BORNANT À DÉCLARER QUE...

Dorval, 20 H 32

F avait flâné pendant près d'une heure dans les boutiques de l'aéroport. La prudence aurait voulu qu'elle arrive le plus tard possible et qu'elle se déniche un endroit en retrait pour attendre le dernier appel de son vol.

Elle avait préféré profiter de ses rares heures de détente pour s'octroyer une chose qu'elle ne s'était pas permise depuis des années : se promener sans but, pour le simple plaisir de regarder, de découvrir ce qui se présentait, de s'attarder où bon lui semblait sans rien calculer.

Elle se rappela que c'était de cette façon qu'elle avait rencontré Blunt : en se promenant en touriste dans les rues de Québec.

Son voyage en Europe lui donnait l'impression de vacances. Il lui redonnait une chose qui avait fini par disparaître insidieusement de sa vie : du temps à elle. Même les exercices que Bamboo lui avait suggérés, sous couvert d'être du temps consacré à sa vie intérieure, étaient une sorte de travail forcé.

Ce qu'elle redécouvrait, en errant dans les boutiques de l'aéroport, pourtant bien ordinaires, c'était le plaisir de l'insouciance.

Ses pensées furent interrompues par l'appel des passagers à destination de Paris. Lentement, elle se dirigea vers le terminal. Pour tout bagage, elle avait un sac à main où étaient rangés l'ordinateur de poche et le téléphone portable qui lui permettaient d'être reliée à l'Institut par lien satellite.

Autant voyager léger. Avec la prolifération des contrôles, c'était la meilleure manière de ne pas être importunée. Et puis, ou bien la rencontre se déroulerait bien, et elle aurait alors tout le temps de faire le tour des boutiques parisiennes, ou bien les choses iraient mal, et alors elle n'aurait probablement plus besoin de rien.

Au responsable de la sécurité, elle présenta un passeport au nom de Stefanie Hobbs. Selon sa biographie, son lieu de résidence était l'Australie, mais elle passait plusieurs mois par année au Canada et en Europe, où elle s'efforçait de dépenser l'héritage de ses parents, morts prématurément après avoir fait fortune dans les mines.

Une fois à Paris, il lui resterait une journée à elle avant de se rendre à l'hôtel Crillon. C'était à cet endroit qu'elle avait définitivement mis un terme à sa vie antérieure en acceptant l'offre du Rabbin.

À l'époque, elle ne pouvait imaginer les répercussions de son choix. Et maintenant, elle se demandait si cette nouvelle rencontre, après plus de vingt ans, n'allait pas l'amener à tourner une nouvelle page de sa vie. Peut-être même la dernière, si la situation dérapait…

Quand F prit son siège en première classe, elle ferma les yeux et s'appliqua à faire le vide en elle. Il était inutile de s'inquiéter pour la rencontre avec Fogg. Il y avait près de trente ans qu'elle s'entraînait pour ce genre de situation. Si elle n'était pas prête, elle ne le serait jamais.

À l'hôtesse qui lui demanda ce qu'elle voulait, elle répondit :

— Un verre de champagne.

Lac des Deux Huards, 23 h 19

James Norton et Joe Greaves ne parvenaient pas à dormir.

Norton, lui, aurait facilement pu trouver le sommeil. Mais il n'y arrivait pas parce que Greaves, sur la couchette à côté de la sienne, n'arrêtait pas de se retourner, de soupirer, de le bombarder de questions.

Et il insistait pour que Norton lui réponde.

— J'ai un mauvais pressentiment…

— Qu'est-ce que tu veux qu'il arrive ? Ce sont des barrages, *for crissake* !

— Je le sais…

— On n'attaque pas un site militaire…

— Quand même…

— Il n'y a aucune défense… Tu amènes ton avion au-dessus du réservoir, tu enclenches l'ordinateur qui contrôle la trajectoire et tu sautes… Ce n'est pourtant pas compliqué !

Norton s'efforça de calmer son impatience. À chaque contrat, c'était la même chose…

Greaves était un des meilleurs pilotes qu'il ait rencontrés. Il suffisait de lui mettre un avion entre les mains pour savoir qu'il se rendrait à bon port, qu'il effectuerait la mission prévue et qu'il ramènerait l'appareil. Si lui ne le pouvait pas, personne d'autre ne le pouvait.

En Amérique centrale, Norton l'avait vu atterrir puis redécoller sur des pistes où lui-même n'aurait jamais osé se risquer. À bord d'un avion, Greaves avait des nerfs d'acier. Mais avant le décollage…

Avec le temps, Norton avait conclu que c'était une sorte de trac. Si les grands artistes vomissaient dans les coulisses avant d'entrer en scène, c'était peut-être normal que les pilotes virtuoses aient le trac avant le décollage.

La seule chose qui semblait calmer Greaves un peu, c'était de coucher à côté de son avion. La veille, Norton l'avait aidé à installer les couchettes dans le hangar, à côté de l'appareil.

Dans un autre hangar, quelques centaines de mètres plus loin, deux autres appareils identiques attendaient, eux aussi chargés d'explosifs. Leurs pilotes dormaient cependant dans les locaux aménagés pour eux au fond du bâtiment.

— Tu sais pourquoi ils veulent qu'on les fasse sauter, les foutus barrages ? reprit Greaves.

— Il paraît que c'est une sanction contre la compagnie d'assurances qui les couvre. Elle a refusé de payer pour un accident quelque part aux États-Unis.

— Elle va encore refuser de payer.

— La rumeur va se répandre que tout ce que la compagnie assure est une cible… Quand elle va commencer à perdre des clients, elle n'aura pas le choix : il va falloir qu'elle paie.

Un moment de silence suivit.

Norton songea qu'il allait peut-être enfin pouvoir dormir.

Ciel de l'Abitibi, 23 h 25

Le bombardier survolait le nord du Québec à vingt mille pieds d'altitude. Dans l'ordinateur de vol, les coordonnées de deux cibles avaient été emmagasinées.

Pour les détruire, l'appareil n'aurait pas à descendre plus bas. Les bombes, verrouillées sur le rayon laser qui servait de guidage, exploseraient à moins d'un mètre de l'endroit prévu.

Le pilote ne connaissait pas la nature des cibles. Il ne connaissait même pas leurs coordonnées précises. Des types de Washington étaient entrés dans l'avion pour les programmer eux-mêmes dans l'ordinateur. Son rôle à lui se limitait à déclencher la procédure au moment opportun, à s'assurer que la cible avait été touchée, puis à ramener l'appareil à la base.

Officiellement, la mission n'aurait jamais eu lieu. Ce ne serait qu'un entraînement de plus, comme il y en avait chaque mois. Pour la circonstance, les membres de l'équipage n'étaient pas seulement tenus au secret, il leur était même interdit d'en parler entre eux.

À leur retour, chacun prendrait la direction d'une base différente, où il recevrait une promotion. Aucun ne connaîtrait jamais l'objectif de cette mission. On leur avait simplement dit que c'était une question de sécurité nationale.

Ils ne sauraient pas qu'un autre avion les suivait pour prendre des photos des points d'impact et lancer des bombes à pénétration pour détruire tout ce qui pourrait subsister des structures métalliques que les satellites avaient détectées à travers le camouflage. Peut-être s'agissait-il d'une précaution inutile. Peut-être les structures ne s'enfonçaient-elles pas très profondément dans le sol, mais ceux qui avaient planifié l'opération préféraient éliminer tous les risques.

Quant à l'équipage du deuxième avion, il croirait participer à un exercice pour tester le comportement des équipements avec des cibles dissimulées en milieu naturel. Eux aussi seraient tenus au secret. Mais ils en avaient l'habitude. Tous ces tests devaient par nature demeurer secrets.

CBF-FM, 23 H 31

> ... A DÉNONCÉ LES DÉRIVES EXTRÉMISTES DU NATIONAL-SÉCESSIONNISME QUÉBÉCOIS. IL A CEPENDANT REFUSÉ DE RELIER À CES ÉVÉNEMENTS LA RÉCENTE HAUSSE DE LA COTE D'ALERTE AU NIVEAU ORANGE. LA DÉCISION SERAIT MOTIVÉE PAR DES INFORMATIONS SUR D'ÉVENTUELLES ATTAQUES D'AL-QAÏDA SUR LE TERRITOIRE AMÉRICAIN.

LAC DES DEUX HUARDS, 23 H 34

Il y avait plusieurs minutes que Greaves n'avait pas parlé. À peine s'était-il retourné à quelques reprises. Norton était sur le point de s'endormir.

— Tu penses qu'ils vont être là pour nous récupérer ? demanda Greaves.

— Pourquoi veux-tu qu'ils ne soient pas là ?

— Je ne sais pas…

— On a souvent travaillé pour eux. Ils ont toujours été fiables.

— Je sais…

— Quand le contrat a été annulé, au nord de la Manic, ils nous ont payés exactement comme si on l'avait fait.

— Je sais, répéta Greaves.

— Si tu le sais, pourquoi tu poses la question ? s'impatienta Norton.

— Je ne peux pas te dire ce que c'est, mais il y a quelque chose que je n'aime pas…

— Des pilotes qui ont notre expérience, il n'y en a pas des tonnes. Ils comptent sur nous pour travailler dans leur compagnie.

— J'ai quand même un mauvais pressentiment.

— C'est ton trac…

— Je te jure… Cette fois, c'est différent.

— Tu devrais essayer de dormir. Il nous reste seulement trois heures…

— Tu es certain que tout va bien aller ?

— Oui, je suis certain, répliqua Norton avec irritation. Qu'est-ce que tu veux… ?

Il ne termina pas sa phrase. La première bombe venait de pulvériser le hangar.

New York, 23 h 58

Paul Hurt s'installa dans la limousine et décida de consacrer le temps que durerait le trajet à dormir. Quand il arriverait à l'hôtel Bonaventure, il ne lui resterait que quelques heures pour tenter de récupérer un peu de sommeil.

Ensuite, il se rendrait au poste de police où travaillait l'inspecteur-chef Théberge. C'était là qu'il avait le plus de chances d'apprendre ce qu'il cherchait.

En fermant les yeux, il revit le visage de Gabrielle. Sa seule consolation était que plusieurs des responsables de sa mort avaient payé. En fait, ce n'était pas vraiment une consolation. Plutôt le sentiment qu'un certain ordre avait été rétabli. Même s'il restait encore beaucoup à accomplir. La vengeance ne faisait que commencer.

C'était le compromis qui avait été accepté par les différents alters. Partagés entre la violence de Nitro, le désir de vengeance de Sharp, les sermons du Curé, le désir de paix de Sweet, les craintes de Panic Button et l'indifférence de Zombie, ils s'étaient ralliés au compromis proposé par Steel : il y aurait une vengeance, mais elle tiendrait compte des priorités de l'Institut. Seuls seraient ciblés les responsables directs de la mort de Gabrielle : ceux qui avaient commandé et planifié l'attentat de Massawippi.

Et ils le seraient de manière à ne pas nuire aux initiatives de l'Institut. Cela prendrait du temps, mais Hurt était patient.

Le temps était tout ce qu'il lui restait.

> ... de milieu d'apprentissage, l'école doit devenir
> milieu de vie. [...] Cela ne signifie pas qu'on n'y
> apprendra plus rien, mais plutôt qu'on y reconnaîtra
> la valeur pédagogique du vécu des élèves.
>
> Cette transformation est rendue nécessaire par le
> nouveau rôle de l'école : assurer la « gérabilité » de
> cette majorité de travailleurs dont le marché écono-
> mique n'a plus besoin, sauf dans des emplois non
> qualifiés, souvent temporaires ou à temps partiel,
> principalement dans le secteur des services.
>
> Joan Messenger, *Le Fascisme à visage humain*, 13-
> Réformer l'éducation.

SAMEDI

SAINT-SAUVEUR, 7 H 18

Boily n'avait dormi que quelques heures. Assis dans le grand divan du salon, face au lac, il avait regardé le soleil se lever.

En vain. La lumière du jour n'avait pas réussi à dissiper son angoisse.

Le whisky n'avait pas été plus efficace.

La veille, après que son avocat eut négocié sa remise en liberté, il s'était réfugié à sa résidence de Saint-Sauveur. Pour être seul et réfléchir, c'était l'endroit idéal : sa femme et ses enfants y mettaient rarement les pieds, à moins que ce soit pour une fin de semaine de ski.

À son arrivée, une surprise l'attendait. Une enveloppe contenant une feuille de papier noir... et rien d'autre.

Boily fut tiré de ses ruminations par une information à la radio.

SELON L'INSPECTEUR RONDEAU, LE PORTE-PAROLE DU SPVM, DES
PREUVES SERAIENT FOURNIES CET APRÈS-MIDI, RELIANT LA VAGUE D'AT-
TENTATS QU'A CONNUE LE QUÉBEC À L'ÉGLISE DE LA RÉCONCILIATION
UNIVERSELLE.
PAR AILLEURS, NOUS AVONS APPRIS DE SOURCE GÉNÉRALEMENT BIEN
INFORMÉE QUE CES INCIDENTS SERAIENT ÉGALEMENT RELIÉS À UN
COMPLOT DE GRANDE ENVERGURE VISANT...

Boily trouvait maintenant qu'il avait accepté avec
beaucoup de légèreté l'entente que Trappman lui avait
proposée quelques années plus tôt : on prenait sa carrière
en main, son ascension à l'intérieur de l'empire Gainsborough était assurée, mais, en échange, s'il recevait
une lettre contenant une simple feuille de papier noir, il
avait vingt-quatre heures pour disparaître. Et il ne devait
en aucun cas tomber entre les mains des policiers.

Pendant la nuit, il avait fait le ménage dans ses affaires :
tous les papiers compromettants avaient disparu dans le
foyer et il n'avait plus qu'à appuyer sur une touche pour
enclencher le reformatage du disque dur de l'ordinateur
portable par lequel avaient passé toutes ses communications avec l'empire Gainsborough Media.

Il ne lui restait qu'à s'enlever la vie. Mais il ne s'y
décidait pas.

... APPARTENANT À L'ÉGLISE DE LA RÉCONCILIATION UNIVERSELLE
AURAIENT ÉTÉ PERQUISITIONNÉS DANS PLUS DE ONZE PAYS. À CHAQUE
ENDROIT, DES GENS PORTÉS DISPARUS ONT ÉTÉ RETROUVÉS. IL SEM-
BLERAIT QUE L'ÉGLISE AVAIT MIS SUR PIED UN SYSTÈME PERMETTANT À
QUI EN AVAIT LES MOYENS DE FAIRE DISPARAÎTRE UN CONJOINT, UN
HÉRITIER, UN ASSOCIÉ OU UN PROCHE ENCOMBRANT.
CE SYSTÈME DE CONVERSION FORCÉE SERAIT, SELON LA POLICE BELGE,
L'ÉQUIVALENT D'UN MEURTRE INTELLECTUEL, LA VICTIME SE RETROUVANT
DANS UN ÉTAT PROCHE DE...

Boily vit l'auto des policiers amorcer sa montée vers
le chalet. Il n'avait plus que quelques minutes.

Après sa disparition, l'avenir de ses proches serait
assuré. De généreuses polices d'assurance avaient été
accumulées sur leurs têtes.

Mais Boily éprouvait peu de consolation à l'idée que
d'autres profiteraient abondamment des fruits de son

travail pendant qu'il irait pourrir de façon prématurée six pieds sous terre.

> … LA PLUS CÉLÈBRE ÉTANT LYNN GAINSBOROUGH, L'EX-ÉPOUSE DU CHEF DE L'EMPIRE GAINSBOROUGH MEDIA. DES RUMEURS CIRCULENT SELON LESQUELLES L'ÉGLISE DE LA RÉCONCILIATION UNIVERSELLE AURAIT REÇU PLUSIEURS MILLIONS DE LA FAMILLE GAINSBOROUGH POUR S'OCCUPER DE LA JEUNE FEMME.
> LE PORTE-PAROLE DE LA FAMILLE N'A VOULU FAIRE AUCUNE DÉCLARATION SUR LES CIRCONSTANCES QUI AVAIENT AMENÉ LA SÉQUESTRATION DE…

Si l'affaire de Lynn Gainsborough éclatait au grand jour, et que c'était ce que Boily soupçonnait, l'empire risquait de s'écrouler. C'était peut-être l'occasion de négocier quelque chose de plus avantageux avec les policiers ? S'il pouvait garder une partie de sa fortune et profiter du programme de protection des témoins…

CBV, 7 H 29

> … QUANT À LA CHINE, ELLE A ENTREPRIS LE RETRAIT DE SES TROUPES MASSÉES SUR LA CÔTE EN FACE DE TAÏWAN, CONFIRMANT AINSI LE PROCESSUS DE DÉSESCALADE.
> À OTTAWA, LE SÉNATEUR LAMARETTO EST DÉCÉDÉ TÔT CE MATIN DANS UN ACCIDENT DE LA CIRCULATION. IL REVENAIT D'UNE SÉANCE DE TRAVAIL À LA RÉSIDENCE DE PAUL BOURGAULT, OÙ IL AVAIT PARTICIPÉ PENDANT TOUTE LA NUIT À UNE DISCUSSION SUR L'ASSOUPLISSEMENT DES RAPPORTS COMMERCIAUX AVEC LES ÉTATS-UNIS.
> L'HYPOTHÈSE RETENUE POUR EXPLIQUER L'ACCIDENT EST CELLE DE LA FATIGUE. DÉCRIT COMME UN VÉRITABLE BOURREAU DE TRAVAIL, LE SÉNATEUR LAMARETTO…

SAINT-SAUVEUR, 7 H 32

Boily ouvrit la porte et invita les deux policiers à l'accompagner au salon.

— Je suppose que vous savez pourquoi nous sommes ici, fit le plus petit des deux.

— C'est Théberge qui vous envoie ?

Les deux policiers échangèrent un regard.

— Dites-lui que je suis prêt à négocier, poursuivit Boily. Mais je veux que ce soit directement avec lui.

— Vous voulez négocier quoi ?

— Une nouvelle identité. Plus la possibilité de garder soixante pour cent de ma fortune.

— En échange de quoi ?

— De ce qu'il veut savoir.

— Vous avez des preuves ?

— Assez pour impliquer Gainsborough Media dans les attentats qui ont lieu depuis deux ans. Les dirigeants de l'APLD sont également compromis, de même que des hauts fonctionnaires et des ministres du gouvernement provincial. Est-ce qu'il vous en faut plus ?

— Vos révélations vont déclencher un certain tapage médiatique.

— Ça, vous pouvez en être sûrs. Mais c'est à la condition que j'obtienne ce que je veux. Faites-lui le message. Il a jusqu'à six heures ce soir pour se décider.

De nouveau, les deux policiers échangèrent un regard en silence. Puis le plus grand des deux prit la parole.

— Qu'en pensez-vous, monsieur Smith ? demanda-t-il à son collègue.

— La même chose que vous.

— Il va falloir lui expliquer les choses.

— Cela me paraît essentiel.

Le plus petit des deux se tourna vers Boily.

— Je suis monsieur Wesson, dit-il. Il est monsieur Smith. Nous ne sommes pas policiers.

— En fait, nous sommes plutôt des anges gardiens, reprit l'autre.

— Notre rôle consiste à aider les gens dans des moments difficiles.

— Lorsqu'ils ont à franchir une étape.

— Souvent, c'est la première fois qui est difficile.

— Ou la dernière.

— Oui, ou la dernière.

— Nous les aidons à résister à la tentation.

— Et le seul moyen d'éliminer la tentation, comme on dit…

— C'est d'y succomber.

— C'est comme le danger.

Boily avait écouté l'échange sans répondre. Malgré le côté en apparence surréaliste de leurs propos, il avait peur de comprendre qui ils étaient. Néanmoins, il ne put s'empêcher de demander :

— Quel danger ?

— La seule façon de ne plus vivre sous la menace du danger… répondit Smith.

— … c'est d'en être victime, compléta Wesson.

— Après, on se sent plus libre.

— On est libéré de tout.

Quelques minutes plus tard, la mise en scène était terminée. Smith et Wesson retournèrent à leur voiture.

Pendant que leur véhicule s'éloignait, Smith sortit un cellulaire de la poche intérieure de son veston et composa un numéro.

— Super Security System, répondit une voix feutrée de femme.

— Je voudrais monsieur Skinner, département des contrats internationaux à Vacuum.

— Un instant, je vous prie.

Un lac en Abitibi, 8 h 11

— Vous avez besoin d'avoir de bonnes raisons pour venir me relancer ici aux petites heures du matin, fit Sinclair en entrant dans la pièce. Avez-vous une idée de l'heure à laquelle je me suis couché ?

Son regard avait d'abord rencontré celui de Gary Brooks, son principal conseiller en matière de politique internationale. Puis il aperçut Morne, assis dans un fauteuil.

— Qu'est-ce qu'il fait ici, lui ?

— Je viens vous aider à sauver votre peau, répliqua Morne avec un sourire amusé. Cela vous intéresse ?

Le regard de Sinclair se tourna vers Brooks.

— Il a raison, fit ce dernier. Il peut vraiment sauver votre peau. Et, accessoirement, celle du Président.

— Du président des États-Unis ?

— Avouez que ce serait pas mal, répondit Morne, si le Président vous était redevable de ne pas voir sa carrière définitivement ruinée.

Sinclair se tourna de nouveau en direction de Brooks.

— C'est sérieux ? demanda-t-il.

— Je ne prendrais pas le risque de ne pas l'écouter.

— Je dois signer les derniers documents et leur offrir un cocktail, répliqua Sinclair. Ça ne peut pas attendre à demain ? Ou à ce soir, si vous dites que ça presse…

— À votre place, je ne signerais aucun document avant d'avoir regardé ce que Morne a à vous montrer.

— Cela vous permettra de voir la mort de Lamaretto d'un autre œil, ajouta Morne.

CNN, 8 h 20

… L'incertitude règne toujours quant à l'état de santé de Lynn Gainsborough, l'ex-épouse du PDG et principal actionnaire de Gainsborough Media, Peter Gainsborough.

De source policière, nous avons appris que madame Gainsborough est présentement soignée dans une clinique privée en banlieue de Paris. Les enquêteurs se sont rendus auprès d'elle, mais ils n'ont pas pu recueillir son témoignage, les médecins ne la jugeant pas encore suffisamment rétablie pour…

Un lac en Abitibi, 8 h 43

Le premier ministre leva les yeux de l'écran et les tourna vers Morne.

— Ce n'est pas un truc que vous avez trouvé dans Internet ? Une vidéo bricolée par des amateurs de théories de la conspiration ?

— Ils n'auraient pas les moyens de se payer ces images-là.

— Des images, ça se trafique.

— Cette nuit, des avions américains ont détruit deux cibles à une soixantaine de kilomètres au nord de votre chalet. S'ils ne l'avaient pas fait, vous ne seriez pas ici ce matin pour me parler.

— Que voulez-vous dire ?

— Que le plan allait plus loin que ce que vous aviez prévu, répondit Brooks. Et plus loin que ce que le Président avait prévu.

— Quel plan ?

— Vous pensiez acheter une élection, reprit Morne. Et régler le problème du Québec par la même occasion.

— Ils ont des enregistrements de Lamaretto avec Trappman, intervint de nouveau Brooks. Tout votre plan est détaillé, y compris les déclarations que vous avez faites… et celles qui étaient prévues pour les prochaines semaines. Ils ont des copies des virements effectués par Lamaretto pour financer la partie canadienne du projet.

Sinclair préféra ne pas insister sur le sujet. Il se dépêcha de faire dévier la conversation.

— Qu'est-ce que les Américains avaient prévu ?

— La même chose que vous. Se servir des événements… au besoin les provoquer… pour renforcer leur position.

— Ce qui veut dire ?

— Mettre en scène un attentat raté.

Sinclair se tourna vers Morne.

— Qu'est-ce que vous voulez ?

— Vous allez d'abord annuler toutes les ententes que vous avez conclues ou que vous alliez conclure avec le président des États-Unis.

— Vous en avez de bonnes, vous ! Comment voulez-vous que je le convainque d'annuler ?

— En lui montrant les bandes que nous allons vous prêter, fit Brooks.

— Et en lui demandant à quelle heure, hier soir, est parti le secrétaire d'État au Commerce.

— Je ne comprends pas.

— Lui va comprendre, quand vous lui expliquerez de quelle manière on prévoyait l'éliminer.

Sinclair se leva.

— Mais vous avez dit…

— Le Président croyait que l'attentat allait rater. D'autres avaient modifié le scénario.

— Et le secrétaire d'État au Commerce…

— Le Président, lui aussi, va perdre un certain nombre de collaborateurs dans ce scandale. Il n'aura pas le choix d'être conciliant.

— Surtout qu'il va croire que vous avez conservé l'original des bandes, ajouta Morne.

— Et vous ? demanda Sinclair. Que voulez-vous ?

— Vous parlez de mon gouvernement ?

— Je vous imagine mal faisant tout cela de façon désintéressée.

— Dans un premier temps, une conférence de presse suffira. Cet après-midi, ce serait bien. Avant que la situation se détériore trop et que les rumeurs s'emballent.

— Une conférence de presse pour dire quoi ?

— Pour désavouer les initiatives de votre collaborateur – je veux parler de Lamaretto. Pour présenter vos excuses à la population du Québec pour le tort qu'il lui a causé. Et pour offrir un dédommagement à ceux qui ont subi des préjudices personnels du fait des attentats. Je pense à la synagogue et aux journaux plastiqués, aux familles des victimes…

— En échange de quoi ?

— Le Québec acceptera officiellement vos excuses et ne réclamera pas votre démission.

— C'est tout comme ! Un de mes principaux collaborateurs est impliqué dans le terrorisme !

— Vous venez d'être élu : il vous reste quatre ans pour faire oublier ces incidents malheureux… Si vous passez le premier mois, vous avez une chance.

— Et si je refuse ?

— Les documents qui vous incriminaient personnellement seront rendus publics.

— Si je parle de tout ça en conférence de presse, la mort de Lamaretto paraîtra suspecte.

— Vous pouvez prétendre de façon convaincante qu'il était sûrement préoccupé par le double jeu qu'il menait et que, la fatigue aidant, il a probablement eu une distraction.

Sinclair se mit à marcher de long en large dans le bureau.

— Vous ne vous rendez pas compte de ce que vous me demandez, dit-il finalement. C'est quand même le président des États-Unis. Je n'ai pas envie qu'il me prenne en grippe comme Kadhafi, Arafat ou le gouvernement iranien.

— Rassurez-vous, il aura d'autres personnes sur qui passer sa mauvaise humeur. Des gens beaucoup plus près de lui et beaucoup plus accessibles.

MONTRÉAL, 10 H 21

Sur la petite table de conférence, les titres des journaux rivalisaient d'horreur. L'Église de la Réconciliation Universelle accaparait tous les commentaires.

VIBRER À MORT

LA SECTE DE L'HORREUR

MAIN BASSE SUR LE QUÉBEC

LE GURU QUI SACRIFIAIT LES ENFANTS

Un des éditorialistes réclamait une enquête publique sur tous les gens ayant appartenu à l'Église. D'autres mettaient en garde contre les tentatives de chasse aux sorcières. Tous s'entendaient cependant pour réclamer des policiers plus de transparence.

> Faire la lumière sur… toute la lumière sur… les gens doivent savoir… aller au fond des choses…

À mesure qu'il butait contre ces expressions, Théberge était envahi par le sentiment que la divulgation avait remplacé l'efficacité comme valeur. Comme si l'essentiel n'était plus d'arrêter les criminels et de mettre un terme à leurs activités, mais de documenter la façon dont on s'y était pris, de motiver en détail le moindre élément de décision, de multiplier les consultations à chaque étape du processus. À la limite, il était de loin préférable de rater une opération, de préférence sous l'œil de la caméra, tout en pouvant expliquer chacun de ses éléments avec la plus grande transparence, que de la réussir sans couverture médiatique et sans pouvoir appuyer chacune de ses décisions par une pile de documents.

— Entrez ! fit Théberge après que deux coups rapides eurent été frappés à la porte de son bureau.

Grondin amenait Trappman.

— Alors ? fit ce dernier.

— Alors quoi ?

— Comme je n'ai rien entendu aux informations ce matin, je présume que les renseignements que je vous ai fournis ont été utiles.

— Ils l'ont été.

— J'ai tenu ma partie du contrat. À vous de tenir la vôtre.

— Il reste un dernier détail à régler. Sur les DVD que vous m'avez remis, il n'y a aucune information qui permette de compléter la liste des membres de l'Église.

— Je peux téléphoner ?

— Je vous en prie.

Théberge accompagna sa réponse d'un geste en direction de l'appareil sur le bureau.

Trappman composa un numéro, laissa sonner pendant une vingtaine de secondes, puis raccrocha sans avoir dit un mot.

— Voilà, dit-il. Les informations vous seront livrées à votre domicile pendant la soirée.

Puis son visage s'éclaira d'un sourire.

— Cette fois, reprit Trappman, c'est vous qui allez devoir me faire confiance.

Théberge le regarda un long moment sans répondre.

— D'accord, finit-il par dire. Je vous avais promis vingt-quatre heures ; alors, vous avez vingt-quatre heures.

— C'est bien assez. Je n'ai pas l'intention de moisir dans votre « pluss beau » pays. Je vais partir loin d'ici. Dans un endroit où je pourrai être libre.

— Libre ? Avec tous les gens que vous avez trahis ?

— La vie est un jeu. Si on n'accepte pas la possibilité de perdre, il n'y a aucun plaisir à gagner.

— Grondin va vous accompagner pour que vous puissiez récupérer vos effets personnels. Aussitôt que vous serez sorti de l'édifice, il va revenir me prévenir et je vais commencer à compter.

— Inutile de me coller un de vos hommes aux talons. Je peux vous dire ce que j'ai l'intention de faire. Je vais commencer par aller manger un *smoked meat* chez Schwartz's, puis je vais me rendre à Dorval et prendre le premier vol intercontinental disponible… Si vous voulez, je vous invite à déjeuner. Je suis certain qu'il y a des tas de questions que vous aimeriez me poser.

Théberge écarta la suggestion d'un geste.

Quand Trappman fut parti, il prit son téléphone, composa un numéro et se contenta de dire :

— Il sort dans quelques instants. Il devrait aller déjeuner chez Schwartz's.

Après avoir raccroché, il prit le projet de conférence de presse que Grondin avait laissé sur son bureau et commença à le parcourir.

LONDRES, 15 H 57

Joan Messenger pénétra dans le Mount St. Sebastian Club.

Dans l'entrée, en apercevant la reproduction de la toile de Mantegna représentant l'officier romain, elle ne put faire autrement que de penser à Xaviera Heldreth. Une grimace involontaire passa de façon fugitive sur ses traits.

Un maître d'hôtel s'empressa de prendre son imperméable et le confia à un assistant, puis il l'accompagna jusqu'à un salon privé.

— On vous attend, dit-il sans s'informer de son nom ni même le mentionner.

C'était pourtant la première fois que la femme venait dans cet endroit.

Il lui ouvrit la porte d'un salon luxueux, réchauffé par un feu de foyer. Tous les murs étaient couverts de livres.

Deux fauteuils et une petite table étaient installés à une distance respectable du feu.

Sur la petite table, dans un plateau en argent, il y avait le nécessaire pour servir le thé.

— Monsieur arrive dans un instant, dit le maître d'hôtel avant de se retirer. Vous trouverez certainement de quoi occuper votre attente, ajouta-t-il en lui désignant les murs d'un geste de la main.

Joan Messenger prit machinalement un livre, l'examina brièvement, en prit un autre.

La personne qui avait constitué cette collection était soit très riche, soit décédée depuis longtemps. « Probablement les deux », songea-t-elle. Les livres les plus récents semblaient dater du milieu du XIXe siècle.

— Désolé de vous avoir fait attendre, fit brusquement une voix derrière elle. Je suis impardonnable.

— Je ne vous ai pas entendu entrer.

— Ces vieux édifices sont pleins de passages secrets, répondit l'homme en riant.

Grand, la soixantaine élégante, les yeux gris, il dégageait l'aisance qui vient avec une fréquentation intime de l'argent pendant plusieurs générations.

— Il était temps que nous ayons une rencontre dans un cadre un peu moins anonyme, dit-il en l'entraînant vers les fauteuils. Je n'ai rien contre les cabinets d'avoués, mais ce décor est quand même plus approprié à la conception de grands projets.

— Vous avez raison, c'est un décor magnifique. Les gens doivent se bousculer pour devenir membres du club.

— Nous appelons ce club le Cénacle. Les candidatures ne sont posées que sur invitation… Mais assoyez-vous, je vous en prie.

Il lui servit une tasse de thé puis s'en servit une avant de s'asseoir.

— Si vous me racontiez comment s'est déroulée votre rencontre avec Fogg.

— Physiquement, il va mieux. Il ne m'a pas paru trop affecté par le décès de madame Heldreth.

— Vous croyez qu'il y est pour quelque chose ?

— Directement, cela m'étonnerait… Il a peut-être été informé de projets, mais comme il doit naviguer entre les clans qui se sont formés…

— À votre avis, il contrôle encore la situation ?

— Pour l'instant, oui… Mais il a échoué à donner une véritable unité à la direction du Consortium. À moyen terme, je recommanderais de le remplacer.

— Et le Consortium ? Dans quel état est-il ?

— Les filiales de Zorco et de madame Northrop ont subi des dégâts majeurs. Pour le reste, tout va relativement bien.

— Safe Heaven ?

— Opérationnel à quatre-vingt-dix pour cent.

— Et le cœur de notre projet ?

— Les principales mafias ont toutes repris les discussions. Elles voient les avantages qu'elles pourraient tirer du projet Consortium, mais chacune rêve de le diriger.

— Un problème semblable à celui que rencontre Fogg avec ses directeurs de filiales…

— Oui.

— Il s'agit de la seule véritable difficulté dans l'implantation de ce projet. Mais elle peut s'avérer insurmontable. C'est pour cette raison que je veux que vous observiez attentivement les décisions qu'il va prendre au cours des prochains mois.

— Vous ne croyez pas utile de le remplacer ?

— Vous connaissez le proverbe, mieux vaut un diable que l'on connaît…

Il prit une gorgée avant d'ajouter, avec un sourire :

— Mais je suis sûr que cela ne vous empêchera pas de préparer une relève.

La femme prit une gorgée à son tour.

— J'avoue y avoir songé, dit-elle.

— Je serais surpris que vous vous soyez contentée d'y songer. Je désire seulement que vous ne mettiez pas vos projets à exécution avant de m'en parler.

Il déposa sa tasse sur le plateau. Quelques secondes plus tard, comme s'il avait deviné que ses services étaient requis, le maître d'hôtel se matérialisait à leurs côtés.

— John va vous faire reconduire chez vous, dit-il à la femme. Vous seriez aimable de m'envoyer les derniers comptes rendus que Fogg vous a remis.

La femme se leva. Une ombre d'inquiétude voila un instant son regard.

— Ce n'est pas ce que vous pensez, fit l'homme en souriant. J'ai pleinement confiance en vous. Mais « ces messieurs » m'ont demandé de leur présenter un état détaillé de la situation.

Il l'accompagna jusqu'à la porte de la bibliothèque.

— Dès que j'en aurai terminé avec ces rapports, reprit-il, je vous contacterai. Vous m'accompagnerez à la réunion du Cénacle.

— Vous voulez dire…

— À titre de membre postulant. J'aurai l'honneur de parrainer votre candidature.

Joan Messenger le regardait sans pouvoir répondre.

— « Ces messieurs » ont hâte de faire votre connaissance.

Puis il ajouta avec un sourire :

— Ces messieurs et ces dames… cela va de soi.

RDI, 12 H 03

> … LE CORPS DE CHARLES BOILY, LE CONTROVERSÉ DIRIGEANT DE TÉLÉNAT, A ÉTÉ RETROUVÉ SANS VIE DANS SA RÉSIDENCE SECONDAIRE DE SAINT-SAUVEUR. SELON LES PREMIÈRES CONSTATATIONS, IL SE SERAIT SUICIDÉ EN UTILISANT UN REVOLVER DE SA COLLECTION D'ARMES À FEU.
> ON NE CONNAÎT PAS ENCORE LES MOTIFS DE SON GESTE, MAIS LA RUMEUR VEUT QUE SON NOM APPARAISSE SUR LA FAMEUSE LISTE DE PERSONNALITÉS QUI…

UN LAC EN ABITIBI, 12 H 36

— Ce n'est pas trop tôt, fit le Président lorsque Sinclair entra dans la salle à manger en compagnie de Brooks.

— Un imprévu, se contenta de répondre Sinclair.

Pour la première fois, Kline n'assistait pas à la rencontre. Un de ses adjoints le remplaçait.

— Il ne reste que les questions de sécurité à régler, dit le Président, visiblement pressé d'en finir.

— Il reste beaucoup plus que ça, répondit Sinclair en s'assoyant. Première chose… C'est un détail, mais je veux que vous le sachiez : ce n'est pas moi qui ai insisté pour ce… sommet.

— Mais…

— Je sais ce que Decker vous a dit. On m'a menti de la même façon en prétendant que c'est vous qui y teniez…

— Ce sont des accusations graves que vous portez à l'endroit de…

— Croyez-moi, c'est bénin par rapport à ce qu'il me reste à vous dire.

Sinclair ressentait un mélange de crainte et d'exaltation. Ce n'était pas tous les jours qu'il aurait l'occasion de négocier avec le président des États-Unis en ayant tous les atouts dans ses mains.

Le Président lança un coup d'œil rapide à son assistant puis s'efforça de conserver un visage impassible.

— Deuxième chose, fit Sinclair en prenant un minuscule hors-d'œuvre dans l'assiette posée au centre de la table : on annule toutes les ententes des derniers jours. Ensuite, on regarde un peu de télé.

Le Président l'examina comme s'il avait perdu la tête.

Avec un sourire retenu, Sinclair lui tendit un boîtier.

— Voici quatre DVD, dit-il. Vous pouvez les faire jouer sur le portable de votre assistant.

Le Président s'avança sur sa chaise. Sinclair recula sur la sienne, croisa les mains sur son ventre et laissa son sourire s'élargir.

— C'était une très bonne idée, dit-il, de cannibaliser le plan de la victime pour s'en servir à ses propres fins. D'abord, vous me faites élire. Ensuite, vous veillez à ce que je puisse promulguer la loi sur les mesures d'urgence. Puis vous déclenchez une ultime vague d'attentats pour laisser croire que nous sommes incapables de contenir la menace terroriste.

Sinclair, à la suggestion de Brooks, avait pris soin d'employer le plus possible d'expressions tirées textuellement des vidéos.

— Vous gagniez sur tous les tableaux, conclut Sinclair. Ma position de négociation était complètement détruite et j'étais obligé d'accepter ce que vous voulez en matière de sécurité. En prime, votre cote de popularité se remettait à grimper dans votre pays à cause de l'attentat raté. Que demander de plus ?

Un sourire apparut sur le visage du Président.

— C'est une bonne tentative de récupération, dit-il. Je ne sais pas comment vous avez appris qu'il y avait eu une tentative d'attentat, mais vous ne ferez jamais avaler votre explication à personne. De toute manière, les avions auraient été abattus longtemps avant d'arriver au chalet.

— Vous devriez regarder les vidéos, répliqua calmement Sinclair : vous y verrez des gens que vous connaissez bien.

— Par exemple ?

— Kline, Decker… la plupart de ceux qui ont organisé les attentats terroristes. Ils ont été filmés à leur insu. On les voit mettre au point toutes les étapes du plan.

— Des images, ça se fabrique.

— On a également l'information sur la filière bancaire par laquelle les paiements ont été réalisés. Des fonds présidentiels jusqu'aux mercenaires qui ont effectué le travail, tout est documenté. Y compris la mission des commandos spéciaux de Fort Bragg en territoire canadien pour aller y cacher des armes nucléaires.

— C'est du délire !

— Si c'est du délire, comment expliquez-vous que Kline ne soit plus avec vous ?

— Un problème personnel. Il est parti hier soir.

— Je sais. Avec le dernier hélicoptère disponible. Il savait pouvoir compter sur vous. Vous lui avez offert le vôtre parce que l'autre était défectueux. Je me trompe ?

— Où voulez-vous en venir ?

Dans la voix du Président, il commençait à y avoir des signes de nervosité.

— Les avions n'avaient pas pour objectif de venir vous bombarder, répondit Sinclair. Ils n'auraient pas pénétré dans le périmètre critique et n'auraient pas été abattus. Ils avaient un bien meilleur moyen de vous éliminer. Mais, pour cela, il fallait qu'il ne reste plus d'hélicoptère… Voulez-vous savoir de quelle façon vous étiez censé mourir ?

> Libérée du fétichisme des contenus et de l'obligation de maîtrise des savoirs accumulés, l'éducation devient essentiellement affaire de pédagogie. La matière est ramenée au statut de moyen et le choix des contenus secondaire : l'essentiel est de développer des habiletés et des stratégies d'apprentissage facilement mesurables qui donnent à l'étudiant l'impression de progresser et qui stimulent son estime de lui-même.
>
> L'apprentissage austère des disciplines, qui place inévitablement les étudiants face à l'expérience déstabilisante de l'ignorance, est remplacé par le partage joyeux et sans efforts d'éléments d'information et de points de vue.
>
> L'école milieu de vie, c'est l'école du respect.
>
> Joan Messenger, *Le Fascisme à visage humain*, 13-Réformer l'éducation.

SAMEDI (SUITE)

MONTRÉAL, 12 H 49

Quand l'inspecteur-chef vit entrer Polydore Campeau dans son bureau, il porta la main à son estomac. Quelle nouvelle catastrophe l'émissaire spécial du diocèse venait-il encore lui annoncer ?

Puis il remarqua son sourire. Campeau n'avait décidément pas l'air d'un porteur de mauvaises nouvelles.

— Alors, quoi de neuf ? demanda ce dernier.

— L'Église de la Réconciliation Universelle semble définitivement rayée de la carte, répondit Théberge. Du moins au Québec. Ailleurs, le nettoyage est en cours. Mais je ne sais pas ce que cela va donner…

— Et votre demoiselle Devereaux ?

Les sourcils de Théberge se froncèrent un instant. Pourquoi tout le monde s'acharnait-il à lui parler de « sa » demoiselle Devereaux ?

Il imagina un instant la réaction de madame Théberge si elle apprenait la chose. Puis il songea qu'il était sans doute imprudent de sa part d'imaginer les réactions de sa femme. Il la revoyait encore entrer au Palace et se mettre à converser avec tout le monde comme s'il s'agissait de vieilles connaissances.

— Elle va très bien, répondit finalement le policier. Je suis censé la voir ce soir avec son ami, le caricaturiste.

— Bien, bien… Je suis venu vous inviter à déjeuner.

— Que me vaut l'honneur ?

— C'est ma dernière visite. À partir de demain, je vais occuper de nouvelles fonctions.

— Vous êtes muté ?

— C'est un peu plus complexe… J'entreprends une nouvelle vie.

— Vous défroquez ?

— On peut dire les choses comme ça.

— Et vous allez où ?

— Tout près d'ici. Une firme dans McGill College.

— Vous ? Dans une firme ?

— C'est une firme un peu spéciale. Jones, Jones & Jones, Multi Management.

— Jones, Jones & Jones…

Le sourire de Campeau s'élargit.

— C'est bien ça, dit-il.

— Vous êtes…

— Oui.

— Et Saint-Constant ?

— Le groupe a amorcé une nouvelle métamorphose.

Théberge referma son agenda et recula sur sa chaise. Il ferma les yeux un instant et revit la tête de maître Guidon.

— Et votre emploi à l'archevêché ? demanda-t-il.

— Vous voulez savoir si c'était une simple façade ?

— Oui.

— L'emploi était réel. Je suis réellement prêtre. Enfin, je l'ai été. Je suppose que je le suis toujours. Dans une de mes vies, au moins. Si vous y tenez, je vous raconterai ça au restaurant. L'histoire de ma vocation puis de mon entrée dans les Heavenly Bikes…

— Je dois revenir ici pour deux heures trente.

— J'ai déjà réservé chez Soto. Aimez-vous toujours les sushis ?

— J'aimerais avoir plus de temps, mais j'ai une conférence de presse en fin d'après-midi.

— Si vous préférez, on peut se contenter d'apéros au bar le plus près.

— Non non, je tiens à vous accompagner.

— Je vous remercie. Je souhaitais vivement enterrer avec un certain décorum la vie de Polydore Campeau.

STONEHENGE, 19 H 07

Les sept membres de la Fondation avaient terminé la première réunion.

Le curieux moine qui avait présidé aux délibérations avait immédiatement gagné la confiance de chacun. Quant au financier qui l'accompagnait, s'il n'avait pas provoqué de réaction négative, il n'avait par contre suscité aucun mouvement particulier de sympathie.

Ils acceptaient cependant de se fier à lui parce que son esprit avait la rigueur d'une machine bien huilée et que le moine lui vouait une confiance absolue. Aucun d'eux ne savait par quoi il était passé, ni les longues heures d'argumentation qui avaient été nécessaires pour le convaincre de continuer de travailler à la Fondation.

— Je suis heureux que vous soyez parvenus à des décisions sur tous les sujets qui vous préoccupaient, fit le moine.

— C'est loin de régler tous les problèmes, fit remarquer Sheldon Bronkowski.

— Bien entendu. Mais des voies de solution ont été déterminées.

Ces voies étaient simples. À la lumière des réactions suscitées un peu partout par ses interventions, la Fondation avait décidé d'encadrer ses interventions à l'aide de trois principes : intervenir de manière graduelle pour ne pas provoquer de remous dès le départ ; désamorcer les résistances de façon préventive au moyen de campagnes d'information dans les médias ; déceler les principales sources d'opposition violente et les communiquer à l'Institut.

Le moine avait présenté cette stratégie comme étant celle de l'huile et du sable. Les deux premiers éléments, l'argent et les médias, étaient l'huile qui facilitait le travail de reconstruction. Le troisième élément consistait pour sa part à mettre des grains de sable dans l'engrenage de la répression visant à contrer le travail de la Fondation.

Ce troisième élément ne relevait pas de la Fondation comme telle. Les membres se contenteraient de remettre leur rapport au coordonnateur et celui-ci transmettrait l'information à un groupe dont ce serait l'essentiel du travail.

Ce groupe n'aurait aucun lien direct avec la Fondation. La seule garantie que le moine avait consenti à donner, c'est que le groupe n'aurait pas recours à des moyens du type assassinat des oppresseurs. Son approche serait plutôt de type judo et sa principale arme serait l'information.

— Est-ce que vous jugez utile que d'autres rencontres de ce genre aient lieu ? demanda le moine. La réponse vous appartient.

La discussion fut rapide : oui, il était utile de faire le point à intervalles réguliers, ne serait-ce que pour échanger sur les obstacles qu'ils rencontraient dans l'implantation des programmes d'aide.

— J'aimerais soulever une question, fit Ludmilla Matzneff.

— Oui ?

— Nous ne connaissons toujours pas l'origine des fonds que nous distribuons.

— Sur ce point, répondit le moine, je ne peux malheureusement pas vous éclairer autant que vous le voudriez. Tout ce que je peux vous dire, c'est qu'il s'agit d'une forme particulièrement créative de recyclage.

— De recyclage ?

— Ou d'alchimie…

Cette fois, personne ne posa de question. Chacun se contenta de maintenir son regard sur le moine.

— La visée fondamentale de l'alchimie était de transformer la matière vulgaire en or, reprit ce dernier. Ou, en termes moraux, de transformer le mal en bien.

— Le mal en bien ?

— L'argent du mal en instrument du bien.

— La Fondation serait une entreprise d'alchimie !

C'était Genaro Mendoza qui n'avait pu s'empêcher de s'exclamer, sur un ton où l'ironie le disputait à l'incrédulité.

— Le grand œuvre est le seul projet qui ait jamais animé l'humanité.

— Et qu'est-ce que le grand œuvre ?

— Dans la tradition des alchimistes, il s'agit de transformer le vil métal en or. À un niveau plus profond, ce n'est pas de l'or qu'il s'agit de produire, mais de l'humain. À travers sa discipline et ses expériences, ce que l'alchimiste recherche, c'est de se produire lui-même comme être humain.

Les regards continuaient de fixer le moine, comme s'ils attendaient la suite de l'explication.

— La Fondation travaille sur le plan plus collectif, mais son projet est le même : il s'agit de transformer le non-humain, ou l'inhumain, en humanité.

Après une pause, il ajouta :

— Bien sûr, nous ne réussirons jamais. Notre objectif ne sera jamais atteint. Nous ne créerons pas de monde meilleur ou de nouvelle humanité. Mais ce n'est pas une raison pour ne pas essayer. Et, ce faisant, nous pourrons améliorer certaines choses. Rendre la vie plus humaine pour certaines personnes.

Montréal, 14 h 28

Au moment où il sortait du restaurant, Trappman vit le chauffeur ouvrir la porte de la limousine-taxi garée devant l'entrée et s'y engouffra.

— Vous êtes libre ? s'empressa-t-il de lui demander avant d'avoir eu le temps de refermer la porte.

Le chauffeur fit oui d'un signe de la tête.

Trappman s'installa sur le siège arrière et prit d'autorité le journal que le chauffeur avait coincé entre les dossiers des deux sièges, à l'avant.

— On va où ? demanda le chauffeur.

— À l'aéroport.

La voiture démarra. Après un instant, un déclic signala le verrouillage automatique des portes. Puis, quelques minutes plus tard, une vitre remonta derrière les deux sièges avant pour isoler l'habitacle du chauffeur.

— Qu'est-ce que ça signifie ? demanda posément Trappman en levant les yeux de son journal.

— C'est une question de sécurité.

— Immobilisez la voiture. Je descends.

— Impossible.

La voiture tourna à droite dans Sherbrooke et se dirigea vers l'ouest. Trappman vérifia les portières puis sortit son pistolet.

— À votre place, je serais prudent, le prévint le chauffeur. Il risque d'y avoir des ricochets.

— Qu'est-ce que vous voulez ?

— Vous faire rire.

Le chauffeur appuya sur un bouton et un léger sifflement se fit entendre dans la partie du véhicule où était retenu Trappman. Quelques instants plus tard, ce dernier commençait doucement à rire.

— Pourquoi ? demanda-t-il, se contraignant à ne pas rire pendant une dizaine de secondes.

— Parce que vous avez organisé ce qui s'est passé à Massawippi.

— Ah, Massawippi…

Puis il ajouta, quelques instants plus tard, entre deux rires :

— Je veux une dernière faveur.

— Dites toujours.

— Je veux savoir… qui vous êtes… qui vous êtes vraiment.

Il avait de plus en plus de difficulté à s'arrêter de rire pour terminer ses phrases.

— Hurt. Paul Hurt.

— Hurt… le zombi de l'Institut ?

Hurt ne répondit pas. Il ne servait à rien de lui parler de Gabrielle. Quand tout serait fini, il abandonnerait la voiture dans une partie retirée du stationnement de l'aéroport, récupérerait la sienne et se rendrait à Massawippi.

Avant de partir, il voulait revoir l'endroit où Gabrielle était morte.

LCN, 15 H 30

… LES MYSTÉRIEUSES DÉFLAGRATIONS SERAIENT DUES À L'EXPLOSION DE RÉSERVOIRS DE CARBURANT DANS UN HANGAR À LA TÊTE DU LAC DES DEUX HUARDS. LES DEUX APPAREILS DE CETTE NOUVELLE COMPAGNIE, QUI VOULAIT DÉVELOPPER UN CIRCUIT DE VISITES TOURISTIQUES, ONT ÉTÉ COMPLÈTEMENT DÉTRUITS.

PAR AILLEURS, UN DÉVELOPPEMENT INATTENDU EST SURVENU CE MATIN DANS L'AFFAIRE DE L'ÉGLISE DE LA RÉCONCILIATION UNIVERSELLE. UN PHYSICIEN DE L'UNIVERSITÉ DE MONTRÉAL ENTEND EN EFFET INTENTER UNE POURSUITE POUR ATTEINTE À LA RÉPUTATION D'UN TIERS. IL SEMBLE QUE LE CHEF DE L'ÉGLISE, MAÎTRE CALABI-YAU, SE SOIT APPROPRIÉ LE NOM D'UN COUPLE D'ÉMINENTS CHERCHEURS QUI ONT EU LA DISTINCTION DE VOIR NOMMÉ D'APRÈS LEURS NOMS UN TYPE PARTICULIER D'ESPACE À DIX DIMENSIONS.

EUGENIO CALABI ET SHING-TUNG YAU ONT CONÇU LE MODÈLE QUI…

MONTRÉAL, 16 H 03

L'inspecteur Rondeau regardait les journalistes avec un air de gourmandise qui inquiétait un peu son supérieur. Plus les représentants des médias étaient nombreux à assister aux conférences de presse, plus le coloré porte-parole du SPVM avait tendance à multiplier les écarts de langage à l'endroit des journalistes et des autorités politiques ou policières. Or la salle était pleine.

C'est quand même d'une voix assurée que l'inspecteur-chef Théberge réussit à déclarer :

— Pour ce qui est des détails, je vous confie aux bons soins de l'inspecteur Rondeau.

Une vague d'applaudissements parcourut l'assemblée. De mémoire de policier, Rondeau était le seul à s'être jamais fait applaudir en conférence de presse.

— Chers petits rémoras, commença Rondeau, aujourd'hui la pitance sera généreuse.

Il parcourut l'assemblée du regard.

— Tout d'abord, les attentats et autres débilités que nous avons connus ces derniers temps font partie d'une opération globale qui a commencé il y a environ deux ans avec l'attaque à la roquette d'une résidence située sur les bords du lac Massawippi.

— Si je me souviens, fit un journaliste, ce n'était pas des roquettes mais des missiles. Il y avait même des camions lance-missiles.

— Pour les habitants de la résidence, répliqua Rondeau, imperturbable, je ne suis pas certain que cela ait fait une grande différence.

— On n'a jamais connu les véritables raisons de cette attaque, rétorqua le journaliste.

— Si c'est tout ce que ça prend pour vous satisfaire, je veux bien vous les donner.

Plusieurs crayons s'approchèrent des carnets de notes. Des regards furent lancés en direction des enregistreuses pour vérifier qu'elles étaient en marche.

— L'objectif premier était d'implanter l'idée du terrorisme au Québec. De le rendre crédible. En frappant un grand coup, ça permettait de situer les actes qui suivraient dans un contexte de terrorisme, même s'ils étaient moins spectaculaires.

— Et le trafiquant d'armes allemand ?

— Fabrication… L'inspecteur-chef Théberge n'a d'ailleurs jamais cru à cette rumeur lancée par les médias.

Mais, à l'époque, on n'avait aucune autre piste à vous jeter en pâture pour vous faire changer d'idée. En fait, vous avez tous admirablement fait le jeu des terroristes : vous avez accrédité l'idée que des terroristes étaient implantés au Québec et que les attentats terroristes faisaient désormais partie de la réalité québécoise.

Quelques sourires accueillirent la remarque. C'était la première pique. Normalement, il y en avait plusieurs à chacune des conférences de presse de Rondeau.

— Vous n'êtes pas pour la liberté d'information ? lui lança un des journalistes.

— Bien sûr. Je suis même pour la liberté de spéculation. Pour la liberté de fabulation. Pour la liberté de dire n'importe quoi… Je tiens seulement à ce qu'on distingue… Et maintenant, si vous ne me laissez pas parler, vous ne saurez rien.

Le silence se fit. Rondeau continua.

— Je disais donc que le but poursuivi était d'instaurer progressivement un climat social qui rende plausible puis évidente l'existence du terrorisme.

— Pourquoi ?

— D'abord pour faire élire l'APLD. Et, avant que vous posiez la question, non, Sinclair n'était pas au courant. C'était le sénateur Lamaretto qui commanditait ce plan, à l'insu de son chef. Le but était de discréditer les partis nationaux en les associant à l'intolérance, à la violence sociale et à ces autres « joyeuses débilités », comme dirait l'empesteur-chef, dont vous faites vos premières pages et vos manchettes.

— Vous n'allez quand même pas nous dire que le GANG n'a pas existé !

— Bien sûr qu'il a existé. Il a d'abord existé dans la tête de ceux qui ont monté cette opération. Puis dans celle des gens qui l'ont mis en œuvre. Puis dans celle des journalistes qui ont rapporté les faits. Puis dans celle de la population…

— Et dans celle de la police, ajouta un journaliste.

— Oui. Dans celle de la police. Mais ce qui aurait pu n'être qu'une hypothèse de travail, pour nous, est devenu pour la population, par la force des médias, une certitude. Il fallait un coupable et les responsables de cette opération se sont empressés de vous en fournir un… Je dois dire qu'ils se sont bien moqués de tout le monde. Ils disaient la vérité en affirmant qu'il y avait un seul coupable derrière tous ces attentats, mais ils ont détourné cette vérité en désignant le GANG comme responsable.

— Il y a un problème majeur dans votre explication, fit le représentant du *Partitionist*. Les attentats se sont poursuivis après les élections. En fait, je me demande si toute cette théorie n'est pas une tentative pour sauver les sécessionnistes.

— Il y a effectivement un problème majeur avec mon explication, admit benoîtement Rondeau.

Puis il reprit, après une pause :

— Le problème, c'est qu'un petit nécrophore l'a interrompue avant qu'elle soit terminée… Est-ce que vous êtes intéressés à connaître la suite ?

Des murmures se firent entendre dans l'assistance.

— Donc, reprit Rondeau, les attentats se sont poursuivis. Parce que la deuxième étape était la promulgation de la loi sur les mesures d'urgence et l'envoi de l'armée au Québec. Pour cela, il fallait prouver que la situation était hors de contrôle, que le fanatisme était répandu dans la population et que seule l'armée pouvait interrompre la dynamique de la violence.

— Mais pourquoi ?

— La réponse dépend de la personne à qui vous posez la question. Pour le sénateur Lamaretto, il s'agissait de faire rentrer le Québec dans le rang et de discréditer une fois pour toutes le nationalisme. Ce qu'il appelait, comme plusieurs de vos confrères, le national-sécessionnisme.

— Et Sinclair ?

— Sinclair était comme vous… et comme le reste de la population : complètement manipulé. Ce qui n'est pas une raison de lui en vouloir plus qu'aux journalistes, qui, eux aussi, ont été bernés… Lui non plus n'avait aucune idée des forces avec lesquelles il était aux prises.

— Quelles forces ?

— Le but ultime était de créer pour le Québec un statut particulier.

— Vous voulez dire que, derrière tous ces événements, il y a un complot nationaliste ?

— Oui…

— Je le savais, triompha le représentant du *Partitionist*.

— … si vous parlez du nationalisme américain, compléta Rondeau.

Le silence se fit.

— Vous voulez dire que les Américains seraient derrière… ? finit par demander le représentant du *Global Post*.

— Pas « les » Américains. « Des » Américains… Article indéfini… Je suppose que vous voulez la suite de l'histoire ?

Une rumeur d'approbation lui répondit.

— Moi, je n'ai plus rien à vous dire, fit alors Rondeau.

— Mais…

— Du calme, les petits rémoras. Mon collègue Grondin va prendre la relève. Je vous demanderais d'éviter de le stresser. Le rachitique est très porté sur le bourgeonnement depuis quelques jours.

Grondin s'approcha du micro en se grattant nerveusement le dessus de la main gauche.

— Alors, voilà ce que nous avons découvert, dit-il. Il y avait un complot derrière le complot. Le but était de démontrer que le Québec est ingouvernable. Pour des raisons de sécurité, le Canada aurait alors fait appel aux États-Unis pour l'aider à lutter contre le terrorisme et sécuriser la partie est de son territoire. En échange de leur aide, les Américains auraient obtenu des garanties sur leur approvisionnement en eau, en électricité et en pétrole.

— Vous voulez dire que le gouvernement des États-Unis était derrière ce complot ?

— Pas le gouvernement. Des individus qui comptaient s'enrichir en vendant aux Américains un plan de sécurité énergétique et d'approvisionnement en eau.

— Vous avez le nom de ces individus ?

— Seulement leurs noms de code.

— Vous pouvez nous les donner ?

— Andersen, Enron et WorldCom.

Les journalistes regardaient Grondin en se demandant s'il était sérieux.

— Ce n'est pas moi qui ai choisi leurs noms de code, se défendit le policier. Ils apparaissent dans les documents que nous avons saisis. Leur auteur est un dénommé Trappman.

— Les ressources naturelles sont de juridiction provinciale, objecta alors un journaliste. Comment le fédéral aurait-il pu conclure une entente sur ce sujet avec les États-Unis ?

— Ceux qui avaient conçu le plan avaient prévu cette difficulté. C'est ici que l'Église de la Réconciliation Universelle entre en jeu. Elle avait un double rôle : servir de couverture aux auteurs des attentats et former une sorte de société secrète de dirigeants haut placés dans tous les secteurs importants de la société. Une sorte de gouvernement parallèle, si vous voulez.

— Tout ça pour avoir le contrôle du pétrole, de l'eau et de l'électricité ?

Le scepticisme était palpable dans la salle.

— C'est un marché de plusieurs milliards, répondit Grondin. Sans compter qu'Ottawa aurait pu, de son côté, faciliter l'exportation prioritaire du pétrole vers les États-Unis.

— On est dans la science-fiction, fit un des journalistes.

— Bienvenue dans la réalité, intervint Rondeau.

— Et le massacre qui a eu lieu à Baie-d'Urfé ? demanda le journaliste de *La Presse*.

— Ça, c'est quelque chose qui n'a rien à voir avec les autres événements. L'Église de la Réconciliation

Universelle servait aussi de couverture à un réseau de fabrication de matériel pornographique et de trafic de jeunes. Elle enlevait également sur commande des gens dont on voulait se débarrasser sans avoir à les assassiner. C'est en enquêtant sur une de ces disparitions que mademoiselle Devereaux a été amenée à s'intéresser à l'Église de la Réconciliation Universelle. Et c'est à cause de son enquête qu'elle a été enlevée… Elle et l'ex-épouse de Peter Gainsborough ont été retrouvées en Europe, au moment où les dirigeants de l'Église s'apprêtaient à les enfermer dans un de leurs monastères-prisons.

La discussion se poursuivit pendant quelques minutes sur l'état de santé de Pascale Devereaux et sur les circonstances de sa libération.

— Je voudrais revenir aux Américains, fit alors un journaliste. Est-ce qu'il y a un rapport entre le complot dont vous parlez et la visite du Président?

— Tout comme vous, répondit Grondin, je peux constater que sa visite a coïncidé avec la résolution de cette crise. Que les deux pays aient collaboré pour faciliter cette résolution, c'est fort possible. Mais je ne suis pas dans le secret des dieux… alors, à vous de tirer vos propres conclusions.

— Vous pouvez également faire votre travail en allant interroger directement les gens impliqués, ajouta sans ménagement Rondeau.

— Et les autochtones? demanda un journaliste.

— Que voulez-vous savoir? poursuivit Rondeau, visiblement soucieux de donner un répit à Grondin.

— Pouvez-vous nous parler de l'opération policière qui s'est déroulée sur leur territoire?

— Cette opération ne visait pas des autochtones mais des trafiquants qui voulaient utiliser la réserve pour faire passer des armes au Canada. Une collaboration des forces policières américaines et canadiennes a permis de contrer leurs plans.

— Est-ce que des poursuites vont être intentées contre les personnes dont les noms apparaissaient sur la liste des membres de l'Église de la Réconciliation Universelle ?

Ce fut l'inspecteur-chef Théberge qui s'approcha du micro pour répondre.

— Les personnes seront rencontrées, mais il est peu probable que des poursuites soient intentées. La plupart ont agi de bonne foi. On leur disait que l'univers s'écroulait autour d'eux, que plus personne ne réussissait à faire respecter un minimum d'ordre, et on leur proposait de devenir membres d'un groupe qui œuvrerait au maintien de la civilisation… On a abusé de leur bonne foi, de leur sens des responsabilités… comme on a abusé de la vôtre, de celle des politiciens… et de celle de la population. C'était ça, l'intelligence de ce plan : jouer en même temps sur les pires préjugés et sur les meilleurs sentiments de toutes les parties.

DRUMMONDVILLE, 17 H 09

À la demande de F, Claudia était arrivée la veille pour prêter main-forte à Dominique. Cette dernière allait se retrouver avec des responsabilités accrues et, pour les premiers mois, elle préférait être secondée par une personne qui avait une bonne connaissance de l'Institut.

Les deux femmes regardaient la fin de la conférence de presse du SPVM à la télé.

Blunt baissa le volume de la télévision puis se tourna vers elles.

— Alors, qu'est-ce que vous en pensez ?

— Pas un mot sur le Consortium, fit Claudia.

— Ni sur le rôle du gouvernement américain, ajouta Dominique. Vous croyez que le Président va tenir ses engagements ?

— Avec la lutte contre le terrorisme qui ne mène nulle part, la guerre en Irak qui continue de susciter la controverse dans la communauté internationale et la situation économique qui se dégrade, il n'a pas les moyens de se permettre un scandale.

— Et Sinclair ?

— Lui aussi a intérêt à se tenir tranquille. Il sait que des enregistrements de ses rencontres avec Trappman sont en lieu sûr… De toute façon, il a maintenant un nouveau programme : la réconciliation nationale !

— Il me semble que j'ai déjà entendu cette expression !

Blunt se leva pour se servir un thé.

— Des nouvelles de la Fondation ? demanda-t-il.

— Leur réunion est terminée, répondit Dominique. J'ai eu un message de Poitras. Ils ont accepté le plan qu'il leur a proposé.

— Est-ce qu'ils continuent de se méfier ?

— Probablement un peu. Mais comme aucune de leur décision n'a jamais été remise en question et qu'ils n'ont subi aucune pression pour orienter les dons… Ce qu'ils trouvent le plus difficile, je pense, c'est de découvrir que l'argent et la bonne volonté ne suffisent pas. Que la misère est liée au maintien de privilèges. Qu'il y a des gens, autant à l'intérieur qu'à l'extérieur de ces pays, qui ont intérêt à ce que la misère et la pauvreté se perpétuent. Que ces gens sont prêts à tout pour empêcher que la situation change… Ils pensaient que le problème principal était un manque d'argent. Ils ont découvert que c'est aussi une question de pouvoir et de système de privilèges. De rapports de force géopolitiques.

— Vous croyez que la Fondation va pouvoir se maintenir ?

— Je dirais que oui. Mais de quelle façon, ça reste à voir.

— La Fondation en est au même point que l'Institut, fit Claudia.

— Qu'est-ce que tu veux dire ? demanda Dominique.

— Qu'ils ont la volonté de poursuivre, mais qu'ils sont à un carrefour. Ils ne savent pas quelle direction les choses vont prendre.

Un moment de silence suivit.

— Vous avez une idée de ce qu'elle est allée faire en Europe ? demanda Dominique.

— Elle doit rencontrer quelqu'un.

— Quelles sont les chances qu'elle ne revienne pas?

— Je n'ai pas les données pour les calculer. Tout ce que je sais, c'est qu'elle m'a transmis les quelques codes d'accès que je n'avais pas… Et elle m'a dit que vous étiez prête à prendre la relève pour le contrôle des opérations. Que vous connaissez maintenant toutes les ressources de l'Institut.

— Je ne suis absolument pas prête à la remplacer, protesta Dominique.

— Ce n'était pas son avis.

— Je vous jure que je ne saurais pas quoi faire!

— Son idée, reprit Blunt, c'est qu'on travaille en groupe et qu'on se répartisse les tâches selon nos spécialités. Vous à la coordination et aux relations avec l'extérieur, Claudia et Kim pour monter les opérations… Chamane pour s'occuper de la quincaillerie. Poitras, des finances. Et moi… aux orientations stratégiques.

Il fit une pause, puis il ajouta:

— Mais je suis sûr qu'elle va revenir. C'est simplement que, depuis Massawippi, elle est devenue plus… comment dire… prévoyante. Elle ne voudrait pas disparaître sans savoir qu'elle a fait tout ce qu'elle pouvait pour que le combat qu'elle mène se poursuive.

— Tu es sûr à combien? demanda alors Claudia.

Blunt parut mal à l'aise.

— Comme je le disais, fit-il après une hésitation, je n'ai pas de données suffisantes pour le calculer.

RDI, 18 H 02

… SE SITUE DANS LA SUITE DES RÉVÉLATIONS FAITES PAR LE SPVM CET APRÈS-MIDI. LE PREMIER MINISTRE DU CANADA A PRÉSENTÉ SES EXCUSES AU PEUPLE CANADIEN, ET PARTICULIÈREMENT AUX QUÉBÉCOIS, POUR LE COMPORTEMENT INQUALIFIABLE DU SÉNATEUR LAMARETTO.

IL A PAR AILLEURS CONFIRMÉ QUE LE PRÉSIDENT AMÉRICAIN ET LUI-MÊME AVAIENT UNI LEURS EFFORTS POUR CONTRER LES EFFETS DESTRUCTEURS DES TERRORISTES SUR LES RELATIONS ENTRE NOS DEUX PAYS.

DISANT QUE LE TEMPS ÉTAIT MAINTENANT À LA RÉCONCILIATION, LE PREMIER MINISTRE A PROMIS QUE SON PARTI ŒUVRERAIT EN PRIORITÉ AU

RÉTABLISSEMENT DE RELATIONS ADULTES ET FRATERNELLES ENTRE LES DIFFÉ-
RENTES PARTIES DU PAYS.

POUR SA PART, LE PRÉSIDENT AMÉRICAIN, DÈS SON ARRIVÉE À WASHINGTON,
A TENU À RÉITÉRER LA CONFIANCE DES ÉTATS-UNIS ENVERS LEUR ALLIÉ LE
PLUS NATUREL ET À REMERCIER LES FORCES CANADIENNES DE SÉCURITÉ POUR
LEUR TRAVAIL. SANS LEURS EFFORTS, A DIT LE PRÉSIDENT, UN GROUPE
PARTICULIÈREMENT DANGEREUX DE TERRORISTES AURAIT PU RÉUSSIR À
SABOTER LA COOPÉRATION FRANCHE ET GÉNÉREUSE QUI, DE TOUT TEMPS, A
MARQUÉ LES RELATIONS ENTRE NOS DEUX PAYS.

IL A TOUTEFOIS REFUSÉ DE PRÉCISER SI CES GROUPES TERRORISTES ÉTAIENT
OU NON RELIÉS À AL-QAÏDA. DE LA MÊME MANIÈRE, IL N'A PAS VOULU
ÉLABORER SUR…

Tout marché économique et social, à cause de l'imperfection de ses composantes – des individus aux compétences limitées et soumis aux particularismes à l'intérieur desquels ils ont été produits –, possède une efficience imparfaite.

Il en résulte une relégation dans les marges de la société d'une partie significative de l'activité économique et sociale : économie au noir, délinquances diverses, activités criminelles…

La réintégration de ces activités à l'intérieur de l'ordre économique et social est possible. L'institution qui a pour tâche d'assumer cette réintégration est le crime organisé.

Joan Messenger, *Le Fascisme à visage humain*, 14- Intégrer les marges.

SAMEDI (SUITE)

BROSSARD, 18 H 56

L'inspecteur-chef Théberge avait eu congé de cuisine. Madame Théberge avait tout au plus accepté qu'il prépare une assiette de bouchées pour l'apéritif.

Il terminait le montage des assiettes lorsque le carillon se fit entendre. Sans prendre la peine d'enlever son tablier à l'effigie de Garfield, il alla ouvrir la porte.

— Vous me voyez dans l'uniforme de mes fonctions, dit-il à Pascale et à Graff, qui se regardaient avec un air étonné. Entrez, entrez…

Il enleva son tablier et les emmena au salon, où la bouteille de champagne et les flûtes de cristal les attendaient.

— Nous avons décidé que vous méritiez un petit quelque chose pour célébrer votre retour. Madame Théberge va nous rejoindre dans quelques minutes… Je suis heureux que vous ayez accepté mon invitation.

— J'avoue que j'ai été un peu surprise… Je ne vous ai pas rendu la vie toujours facile.

— Ceux qui ne nous ont pas rendu la vie facile, ce sont ceux qui vous ont enlevée.

Il entreprit d'ouvrir la bouteille.

— On devrait attendre votre épouse, fit Pascale.

— Je suis en mission commandée sur mandat express de ladite épouse. Ce soir, elle ne prendra pas de champagne et elle tient à ce que je vous serve immédiatement. Tel que vous me voyez, j'ai été expulsé des fourneaux pour le reste de la soirée et relégué aux amuse-gueules. Madame mon épouse tient à ce que je m'occupe de vous. À peine ai-je eu l'autorisation de préparer quelques bouchées.

— On parle de moi ? fit madame Théberge.

Le policier la regarda en se demandant une fois de plus comment elle faisait. En quelques instants, elle avait réussi à se changer. À la voir, on n'aurait jamais dit que, quelques minutes plus tôt, elle était en pleine élaboration culinaire.

— Je suis très heureuse de faire votre connaissance, dit-elle en tendant la main à Pascale.

— Je suppose que votre mari vous a parlé de moi.

— Oui, mais j'ai surtout suivi vos reportages. J'aime bien l'attention que vous accordez à ceux dont on ne s'occupe pas.

Pascale hésita pendant une fraction de seconde, puis son sourire s'éclaira. En une phrase, cette femme qu'elle n'avait jamais vue venait de lui résumer l'essentiel de ce qu'elle cherchait à réaliser à travers tous ses reportages : attirer l'attention sur ceux dont on ne s'occupe pas.

— Et vous, jeune homme, dit-elle en se tournant vers Graff, j'ai une faveur à vous demander.

Ce fut au tour de Graff d'être étonné.

— J'ai découpé une des caricatures que vous avez faites de mon mari et j'aimerais que vous l'autographiiez.

Graff la regarda puis jeta un coup d'œil à Théberge.

— Depuis que vous avez commencé à le caricaturer, reprit-elle, Gonzague fait plus attention à son poids. Vous avez réussi une chose que je n'ai pas réussie en vingt ans de mariage… Je ne vous en suis pas peu reconnaissante.

Un silence gêné suivit.

— Allez, reprit madame Théberge. Ce n'est pas parce que Gonzague se bat contre les calories qu'il faut se laisser mourir de faim. Ce soir, il a congé. Je retourne à la cuisine chercher les bouchées pendant que Gonzague vous sert le champagne.

REUTERS, 19 H 37

> … UN RÉSEAU INTERNATIONAL D'ENLÈVEMENT ET DE SÉQUESTRATION QUI OPÉRAIT AVEC LA COMPLICITÉ DE PARENTS OU DE PROCHES DÉSIREUX D'OBTENIR UNE RANÇON OU UNE MEILLEURE PART D'HÉRITAGE.
> CERTAINES VICTIMES ÉTAIENT EXPÉDIÉES DANS UNE SORTE DE CAMP DE CONCENTRATION, EN BAVIÈRE, OÙ ELLES ÉTAIENT UTILISÉES PAR UN RÉSEAU DE PRODUCTION DE PORNOGRAPHIE VIOLENTE. DE TELS CAMPS EXISTERAIENT DANS PLUSIEURS PAYS ET DES ENQUÊTES SONT PRÉSENTEMENT EN COURS POUR…

BROSSARD, 20 H 34

Quand madame Théberge arriva à la table avec les mini-feuilletés de pintadeau, son mari achevait de raconter à Pascale ce qui s'était passé pendant qu'elle avait été prisonnière de l'Église de la Réconciliation Universelle.

Graff lui avait déjà parlé des attentats qui s'étaient succédé. Théberge avait complété l'histoire en lui expliquant la nature du complot qu'il avait découvert. Il lui avait également appris la mort de Boily.

— Si j'ai bien compris, fit Pascale, il ne reste plus personne pour répondre de ces actes. Tous les responsables sont morts.

— Il faut voir les choses de façon positive : le contribuable va épargner des millions en frais de justice.

— Et tous ceux qui étaient prêts à participer au gouvernement secret de l'Église de la Réconciliation Universelle ? Ils vont s'en tirer sans être inquiétés ?

— Du point de vue de la loi, on ne peut rien leur reprocher.

— S'il y avait eu des procès, l'opinion publique se serait intéressée à eux. On aurait su qu'ils se préparaient à prendre clandestinement le contrôle du Québec.

— La chose est déjà connue.

— Mais elle n'est pas médiatisée.

— Rien ne vous empêche de faire un reportage sur le sujet.

— Je n'ai plus d'emploi.

— Je suis persuadé que TéléNat, ou n'importe quelle chaîne à vrai dire, serait heureuse de vous offrir du temps d'antenne.

— Je n'ai pas tellement envie de retourner à TéléNat.

— Vous avez des projets ?

— Me reposer… Puis je vais voir ce qui se présente.

— Vous allez voyager un peu ? demanda madame Théberge.

— Pas pour le moment. Je vais rester chez Graff pendant quelques semaines, le temps de refaire des forces.

— Tu vas certainement avoir des tas de propositions pour reprendre le métier, fit Graff.

— Il me semble, oui, que je vais aller écumer des émissions de télé ou de radio pour « raconter mes expériences » !…

— Vous n'êtes pas obligée d'en rester aux banalités, fit alors madame Théberge. Est-ce que ça ne pourrait pas être une occasion pour attirer l'attention des gens sur les questions dont vous parliez tout à l'heure ?

— Ce n'est pas de ça que les gens veulent entendre parler. Ils veulent savoir si j'ai été agressée, si j'ai été maltraitée et, surtout, comment je l'ai été. Ils veulent des détails croustillants. Des révélations !…

— Et alors ? Qu'est-ce qui vous empêche de leur donner un portrait réel : à la fois de ce qui vous est arrivé, sans vous appesantir sur vos misères, et des enjeux beaucoup plus larges qui étaient impliqués ?

Graff renchérit.

— Tu as toujours dit que c'était ça la chose importante dans un reportage : présenter des enjeux collectifs à travers des destins individuels.

— Je sais, répondit Pascale… Mais je n'ai pas envie de parler de moi.

— Alors, écris un roman, rétorqua Graff. Tu peux te cacher derrière le personnage principal. Ou n'importe quel autre…

— Tout le monde va comprendre…

— Tu peux prendre un pseudonyme… ou imiter Romain Gary : trouver quelqu'un qui assume le rôle public de l'auteur à ta place.

— Peut-être… Si j'écrivais un roman…

— Tu vois !

— … j'aimerais que ce soit une sorte de machine de guerre contre les illuminés.

— Elle parle des politiciens, glissa Graff en se penchant vers Théberge.

— Pas seulement des politiciens, reprit Pascale. Des gurus. De tous les beaux parleurs. De tous ceux qui s'acharnent à nous rendre la vie misérable supposément pour notre bien !

— Tu devrais les remercier, répliqua Graff en riant. Sans eux, tu n'aurais plus de causes à défendre !

— On sait bien ! fit Pascale sans pouvoir s'empêcher de sourire. Toi, tu ne crois à rien.

— C'est faux. Je crois qu'on peut faire plaisir aux gens à l'occasion. La preuve…

Il se leva et se dirigea vers l'entrée, où il avait déposé son sac en arrivant. Il en sortit une enveloppe qu'il rapporta avec lui et la tendit à l'inspecteur Théberge.

— Pour vous, se contenta-t-il de dire.

Le policier prit l'enveloppe et en sortit un carton sur lequel il y avait une caricature.

— En souvenir de notre dîner au restaurant, fit Graff. Je me suis dit que vous alliez l'apprécier.

CNN, 21 H 50

... LA VÉRITABLE TRAGÉDIE QUI FRAPPE CE SOIR L'ADMINISTRATION AMÉRI-
CAINE. PAUL DECKER, LE DIRECTEUR DE LA TNT SECURITY AGENCY, ET
GORDON KLINE, LE SECRÉTAIRE D'ÉTAT AU COMMERCE, SONT MORTS EN
DÉBUT DE SOIRÉE.
LES DEUX HOMMES ONT PÉRI DANS L'INCENDIE DU CHALET DU SECRÉTAIRE
D'ÉTAT AU COMMERCE, OÙ ILS S'ÉTAIENT RETIRÉS POUR UNE FIN DE SE-
MAINE DE TRAVAIL. IL SEMBLE QUE LE RÉSERVOIR DE GAZ SITUÉ SOUS LE CHALET
AIT EXPLOSÉ, TRANSFORMANT L'ÉDIFICE EN UNE VÉRITABLE FOURNAISE.
LE PRÉSIDENT S'EST DIT BOULEVERSÉ PAR LA NOUVELLE ET IL A PROMIS
QUE...

MASSAWIPPI, 22 H 43

Paul Hurt avait passé plusieurs heures à errer dans les bois où Gabrielle était morte. Les ruines des édifices avaient été laissées à l'abandon et, maintenant que la neige avait presque totalement disparu, on voyait que la végétation avait commencé à reprendre ses droits.

Hurt marcha jusqu'à ce que l'agitation à l'intérieur de lui se soit estompée. Il se dirigea alors vers le seul banc qui avait été épargné dans l'ancien parc.

Un sourire effleura ses lèvres : c'était le banc sur lequel le Vieux lui était si souvent apparu en rêve.

Une fois assis, il ferma les yeux et s'appliqua à faire le calme en lui. Peu à peu, les alters se turent.

C'était une chose qu'il avait découverte avec le temps : son silence était communicatif. Lorsqu'il se taisait de façon suffisamment profonde, les alters se taisaient à leur tour. C'était le meilleur moyen qu'il avait trouvé d'apaiser les angoisses qui les faisaient s'agiter.

Soudain, il se trouva projeté dans le parc d'avant l'attentat. Le Vieux était assis sur le banc, à côté de lui, et lui souriait.

— *Il y a un certain temps que je t'attendais.*

— *J'étais occupé.*

— *Tu as essayé d'inverser le cours du temps.*

— *Qu'est-ce que vous voulez dire ?*

— *Éliminer les responsables de la mort de Gabrielle ne la ramènera pas à la vie.*

— *Je le sais. Vous pouvez m'épargner vos poncifs.*

La voix agressive de Sharp s'était brusquement substituée à celle de Hurt.

— *Les choses essentielles sont souvent banales*, répondit le Vieux.

— *Il faut bien qu'ils paient. Qu'elle ne soit pas morte pour rien.*

— *Tout le monde meurt pour rien.*

Un silence suivit.

— *Voulez-vous dire que la vie n'a pas de sens ?* demanda la voix de Hurt.

— *Je veux dire qu'elle a le sens qu'on lui donne pendant qu'on est vivant. Après, elle n'a plus aucun sens pour elle-même : elle est seulement un élément dans la vie de ceux qui restent.*

— *Elle n'est pas simplement morte : on l'a tuée !*

— *De son point de vue à elle, cela n'a fait aucune différence : avant, elle vivait ; après, elle ne vivait plus. C'est la seule chose qui a changé... De son point de vue à elle, tout le reste est accessoire.*

— *De mon point de vue à moi, ça ne l'est pas.*

— *Vraiment ? Auriez-vous eu moins de peine si elle était morte d'un empoisonnement accidentel ? D'un cancer foudroyant ?*

— *Peut-être...*

— *Je pense que la seule chose qui aurait changé, ce serait que vous n'auriez eu personne à blâmer pour votre peine. Pas de responsable à qui reprocher cette injustice.*

— *C'est facile à dire, quand on passe son temps à méditer dans son coin, à l'abri du monde.*

— *La mort est partout. Que l'on passe sa vie assis dans une caverne au Tibet à méditer ou que l'on parcoure la planète à la recherche de vengeance, on est toujours à une égale distance de la mort.*

— *À une égale distance,* reprit la voix ironique de Sharp. *Je suppose que vous allez me dire qu'on porte tous la mort en soi.*

— *Pas en soi : ça supposerait qu'il y a une différence entre la vie et la mort, alors que la vie n'est possible que parce qu'on est mort à la presque totalité de l'univers... C'est tout ce que vous n'êtes pas, tout ce que vous ne pouvez pas percevoir, tout ce que vous ignorerez à jamais qui vous constitue. Qui constitue votre... originalité, votre moi... Vous êtes celui qui ne sera jamais né au XIXe siècle. Qui ne vivra pas au XXIIIe. Celui qui ne sera jamais né Chinois ou Arabe. Qui ne sera jamais neurochirurgien. Malgré toute votre diversité intérieure, ce que vous n'êtes pas fait paraître insignifiant ce que vous êtes.*

— *Vous jouez sur les mots.*

— *La mort, c'est la séparation. C'est ce qui nous permet d'exister comme moi séparé. Mais c'est aussi la limite de ce que nous sommes. C'est pourquoi l'expérience de la séparation est le principal révélateur de la mort... Même à l'intérieur de vous, c'est une certaine forme de mort qui a permis aux différentes personnalités d'exister. Il n'y a donc rien de surprenant à ce que votre séparation brutale d'avec Gabrielle soit aussi douloureuse.*

— *Et qu'est-ce que je suis censé faire ? Me résigner parce que c'est mon karma de faire plus que les autres l'expérience de la séparation ? Parce que la mort est dans l'ordre des choses ?*

— *En tout cas, vous pouvez ne pas y ajouter en vous séparant de vos amis.*

Une autre période de silence suivit.

— *Vous croyez que je devrais les revoir ?* demanda finalement la voix de Hurt.

— *Il n'est pas bon que l'homme soit seul... même à plusieurs !* ajouta le Vieux en riant.

Puis, après une pause, il reprit, sur un ton redevenu sérieux :

— *Vous ne devriez les revoir que si vous êtes prêt à cesser de prendre votre besoin de vengeance pour un combat en faveur de la justice.*

— *Si je retrouve mes amis, comme vous dites, ce sera pour reprendre le combat contre ceux qui sont responsables de la mort de Gabrielle.*

— *Je ne parle pas de ce que vous ferez, je parle des raisons pour lesquelles vous le ferez.*

LCN, 23 h 06

... LA CONFÉRENCE DE PRESSE QUE DONNAIT CE MATIN JARVIS POTTER, LE DIRECTEUR DU JOURNAL *THE PARTITIONIST*.

NIANT TOUTE RELATION AVEC LES RESPONSABLES DES ATTENTATS, IL A CEPENDANT CONFIRMÉ QUE SON JOURNAL AVAIT REÇU UNE IMPORTANTE CONTRIBUTION FINANCIÈRE D'UN INDIVIDU QUI S'EST RÉVÉLÉ PAR LA SUITE AVOIR ÉTÉ IMPLIQUÉ DANS LES ÉVÉNEMENTS...

INTERROGÉ SUR L'AVENIR DU JOURNAL QU'IL DIRIGE ET SUR LA PERTINENCE DE SON OPTION POLITIQUE À LA LUMIÈRE DES ÉVÉNEMENTS RÉCENTS, IL A AFFIRMÉ QUE *THE PARTITIONIST* POURSUIVRAIT SON ŒUVRE EN DONNANT UNE VOIX À CETTE PARTIE DE LA POPULATION QUI...

Brossard, 23 h 39

L'inspecteur-chef Théberge et son épouse reconduisirent leurs deux invités à la porte. Ils assurèrent à Pascale qu'ils accepteraient avec plaisir d'aller manger chez elle dès qu'elle se sentirait vraiment remise de son enlèvement.

Pendant qu'ils les regardaient s'éloigner par la fenêtre du salon, madame Théberge dit à son mari :

— Je trouve qu'ils forment un beau couple.

— Ils ne sont pas ensemble : c'est un ami de longue date. Il lui a offert une chambre chez lui pour qu'elle ne se sente pas trop seule.

— Ah oui ?… Et pourquoi elle n'est pas allée rester chez son amie… comment elle s'appelle, déjà… Elle nous en a parlé ce soir…

— Véronique ?

— Oui.

— Est-ce que je sais ?

— Je ne pense pas me tromper, Gonzague. Ils forment vraiment un beau couple. Il leur faut juste encore un peu de temps pour s'en apercevoir.

Théberge regarda sa femme sans dire un mot. Il avait appris à respecter ses intuitions sur les rapports entre les gens. Et, comme souvent dans ces cas-là, il imaginait quel redoutable enquêteur elle aurait fait, si elle avait opté pour la carrière de policier.

— Je sais à quoi tu penses, Gonzague. Mais tu es un bien meilleur policier que je n'aurais jamais pu l'être. Moi, avec mon bénévolat, je travaille à recoller les morceaux. Il en faut, comme toi, qui s'occupent du nettoyage.

— On ne nettoie jamais rien, tu sais. Ça, c'est l'illusion des policiers qui commencent. Tout ce qu'on peut faire, c'est contenir l'expansion et les ravages de la bêtise.

Massawippi, 23 h 47

Le Vieux avait disparu depuis longtemps. Hurt était toujours assis sur le banc, immobile.

À l'intérieur de lui, les alters discutaient à voix basse. Une seule question accaparait la conversation, celle que le Vieux lui avait laissée avant de partir : pendant combien de temps encore allaient-ils vivre pour la vengeance ?

Puis le silence se fit. Steel avait exprimé l'opinion qui les ralliait tous.

On va faire ce qu'il y a à faire. Si cela permet de venger Gabrielle, tant mieux. Mais on ne peut pas vivre uniquement pour ça.

Même le Curé n'avait rien trouvé à redire. Et Sharp n'avait émis aucune remarque ironique.

On ferait ce qu'il y avait à faire.

Hurt se leva, sortit de sa poche le bout de papier sur lequel il avait inscrit une liste de noms.

Il le posa sur le banc, puis sortit son briquet et l'alluma.

Pendant qu'il le regardait brûler, il entendait la voix de Sharp murmurer à l'intérieur.

Ce n'est pas parce que la liste est brûlée qu'on ne se souviendra pas des noms.

CBV, 23 H 58

> ... EN TERMINANT, LE PORTE-PAROLE DU DÉPARTEMENT D'ÉTAT A PAR AILLEURS QUALIFIÉ DE FARFELUE LA RUMEUR SELON LAQUELLE LES ÉTATS-UNIS AURAIENT SONGÉ À FAIRE DU QUÉBEC UNE ZONE DÉMILITARISÉE SOUS L'ADMINISTRATION CONJOINTE DE SON PAYS ET DU RESTE DU CANADA.
>
> À QUÉBEC, LA DÉCISION DU NOUVEAU PREMIER MINISTRE, BERTIN DUQUETTE, DE QUITTER SES FONCTIONS LE PLUS RAPIDEMENT POSSIBLE A PRIS PAR SURPRISE...

> Pour les individus qui n'arrivent pas à négocier des compromis acceptables entre leurs intérêts et ceux des autres, pour les individus malhabiles ou inaptes à s'intégrer au marché social, la structure rigide et brutale des organisations criminelles offre une possibilité d'intégration : elle opère comme outil de contrôle tout en offrant des perspectives d'ascension hiérarchique.
>
> Ces organisations sont également les mieux outillées pour effectuer le recyclage des éléments irrécupérables.
>
> Joan Messenger, *Le Fascisme à visage humain*, 14-Intégrer les marges.

DIMANCHE

WASHINGTON, 7 H 36

John Tate avait passé une grande partie de la nuit précédente à parcourir l'information qu'il avait reçue de Blunt, notamment sur l'Église de la Réconciliation Universelle et Global Warming. Le reste du temps, il s'était affairé à réparer les pots cassés.

Le plus important avait été de calmer la tension entre Taïwan et la Chine. Il avait rapidement envoyé aux deux parties un compte rendu des manœuvres de Decker pour les manipuler et les amener à un affrontement.

Pour les dirigeants de Taïwan, la simple affirmation que la puissance des États-Unis n'était pas derrière eux avait suffi à calmer leurs ardeurs guerrières. Avec la Chine, il avait fallu négocier et concéder quelques accommodements sur l'importation de technologies de pointe.

Dans deux heures, Tate rencontrerait le Président pour le mettre au courant de l'ensemble de la situation et lui apprendre à quel point il avait été manipulé par son homme de confiance. Ce serait la planche de salut qu'il lui offrirait : il ferait mine de croire que le Président n'était vraiment au courant de rien.

Le chef de l'État ne connaîtrait jamais l'ampleur des preuves que Tate détenait de son implication. Ce dernier se contenterait de quelques allusions vagues. Et si jamais ce n'était pas suffisant, il s'arrangerait pour que des rumeurs apparaissent dans les médias.

En échange de sa discrétion, il exigerait de prendre le contrôle effectif des grandes orientations de l'administration en matière de sécurité.

Tate fut interrompu dans ses réflexions par l'arrivée du général Morton Kyle.

— Maintenant, je comprends mieux vos demandes budgétaires, fit le général en parcourant du regard l'immense bureau de Tate, avec ses deux murs couverts d'écrans et les multiples terminaux d'ordinateurs qui s'alignaient sur une table, au fond de la pièce.

La NSA était l'agence de renseignements qui avait, et de loin, les budgets les plus importants. À ce titre, elle faisait figure de principal adversaire dans la rivalité qui opposait les militaires aux services de renseignements pour l'obtention des fonds fédéraux.

— Je dois d'abord vous féliciter de votre efficacité, fit Tate.

— Deux ou trois avions, se contenta de répondre Kyle, avec un geste de la main qui signifiait que ce n'était pas grand-chose.

— Tout de même…

— Si on m'avait dit que je prendrais un jour ce genre de risque pour collaborer avec un *spook*…

— Je pense que nous avons intérêt à poursuivre cette collaboration, répondit simplement Tate.

— Vous parlez de l'intérêt de la NSA ?

— Je parle de l'intérêt du pays… et de celui des groupes que nous représentons.

— J'ai lu les derniers documents que vous m'avez envoyés sur cette folie de Decker…

— Vous n'avez encore rien vu. J'ai préparé personnellement le matériel de notre réunion. Je vais vous montrer tout ce que j'ai. Nous déciderons ensuite de ce que nous devons faire, de ce que nous pouvons dire… et à qui.

— Autrement dit, vous me proposez de conspirer avec vous ? fit Kyle avec un rire qui ne démentait pas entièrement le sérieux de l'accusation.

— On peut présenter les choses de cette façon. Mais quand les plus hautes autorités du gouvernement conspirent avec des militaires, des industriels et des hauts représentants du crime organisé pour asservir la politique extérieure du pays à leurs fins, il n'est pas déraisonnable de prendre un certain nombre de précautions.

— J'ai encore de la difficulté à croire qu'il faisait partie de la conspiration.

— Vous parlez du Président ?

— Il n'est quand même pas débile ! Il ne se serait pas embarqué dans un plan qui prévoyait sa propre élimination !

— Decker lui avait caché la dernière étape du plan.

— Je sais, c'est ce que vous m'avez dit… Mais…

Le militaire fit un geste d'impuissance, comme s'il n'arrivait pas à se faire à l'idée, secoua la tête, puis s'assit dans le fauteuil placé devant le bureau de Tate.

— D'accord, dit-il, c'est quoi, votre proposition ?

— Vous prenez la tête des militaires, je m'occupe des renseignements. Ensemble, on s'occupe du Président.

— Vous voulez le faire sauter, vous aussi ? ironisa Kyle.

Tate sourit.

— Pas le faire sauter. Le contrôler… La première étape consiste évidemment à nettoyer son entourage.

— Vous pensez à quel type de nettoyage ?

— Ce qu'il faudra.

Une heure plus tard, les deux hommes avaient passé en revue les nouvelles informations de Tate et ils avaient convenu des modalités d'une collaboration d'urgence. Par la suite, ils verraient.

Comme il allait franchir la porte du bureau, Kyle se retourna vers Tate.

— Dites-moi, avec leur projet de protectorat, ils étaient vraiment sérieux ?

— Officiellement, le Québec serait demeuré une province du Canada ; dans les faits, il aurait été administré conjointement par les deux pays.

— Ils n'auraient pas pu maintenir ce genre de situation longtemps.

— Un an ou deux. Ensuite, ils auraient fait élire une aile provinciale de l'APLD. Le même groupe qui a fait élire Sinclair avait déjà accepté le contrat.

— Cette information n'était pas dans les documents.

— Elle fait partie de ce que Decker m'a dit lorsque je l'ai interrogé.

Après le départ du militaire, Tate songea à une personne dont il n'avait pas parlé à Kyle : Gloria, sa maîtresse qui travaillait pour le trafiquant d'armes. Elle aussi, elle avait été un des rouages du complot. Mais tout le groupe auquel elle appartenait avait été éliminé. Il n'y avait probablement plus de danger à la garder. Du moins pour un temps. Plus tard, il pourrait lui dire qu'il savait tout de ses activités passées… Et lui proposer de travailler pour lui !

Son esprit revint à Blunt. Il se demandait s'il devait le croire quand celui-ci affirmait que l'Institut n'existait plus. Qu'il ne restait qu'une poignée de survivants qui n'avaient aucune intention de remettre l'organisation sur pied.

Le meilleur moyen de vérifier cette affirmation, ce serait de tenter de le recruter. Si jamais Blunt acceptait de travailler pour la NSA, ce serait la preuve de la disparition de F et de son groupe.

Paris, 16 h 41

Le rapport était arrivé sur le bureau de Leonidas Fogg, dans sa suite de l'hôtel Crillon, quelques minutes avant qu'il soit déposé sur celui du directeur général de la *Bundeskriminalamt*.

On pouvait y lire que l'attaque des forces policières allemandes contre le domaine de Xaviera Heldreth, en Bavière, n'avait pas fait des victimes uniquement parmi la clientèle du château et les esclaves qui étaient à leur disposition : on avait trouvé les corps de l'ensemble du personnel de direction dans un des souterrains. Les femmes avaient été tuées au moyen d'un gaz dans le sas d'isolement du souterrain qui menait à l'extérieur, de l'autre côté du parc entourant le château.

Le résultat, c'était que toute la garde rapprochée de Xaviera Heldreth était éliminée, ce qui n'était pas pour déplaire à Fogg.

Dans les autres monastères de l'Église de la Réconciliation Universelle et les collèges qu'ils abritaient, un scénario semblable s'était déroulé : l'ensemble des dirigeantes y avaient trouvé la mort, d'une façon ou d'une autre.

Cette similitude ne tenait pas du hasard et ne résultait pas du mode de fonctionnement de Paradise Unlimited : elle avait eu pour origine les coups de fil que Daggerman avait donnés, à la demande de Fogg, à des personnalités influentes dans les pays où se trouvaient les établissements de l'Église.

Une fois mortes, avait argumenté Daggerman, elles ne pourraient pas incriminer des politiciens en vue ou de respectables hommes d'affaires. Sans leur témoignage, on ne pourrait pas prouver qu'une grande partie des enlèvements avaient été réalisés à la demande de ces respectables citoyens et qu'ils avaient été financés par eux.

Les gens que Daggerman avait contactés avaient été sensibles à cet argument. Aussi, plusieurs accidents avaient marqué les opérations contre les monastères de l'Église de la Réconciliation Universelle. Dans quelques cas, on avait réussi à récupérer un certain nombre de prisonniers. Surtout des enfants. Mais, à chaque endroit, le personnel et les dirigeantes de l'établissement avaient résisté jusqu'au bout, préférant la mort à la reddition.

Ce n'était pourtant pas pour épargner des réputations que Fogg avait demandé à Daggerman d'intervenir : il voulait s'assurer qu'une grande partie de la structure décisionnelle de Paradise Unlimited soit éliminée.

Heather Northrop aurait beau avoir les faveurs de Joan Messenger, les capacités opérationnelles de son organisation seraient fortement diminuées pour les mois à venir.

L'attention de Fogg se porta ensuite sur le *Financial Times*, qu'il avait laissé ouvert à la page sept. On y voyait la photo de Sydney Entwistle, le vice-président de Image & Crisis Management, une firme de consultants qui conseillait les entreprises dans la gestion de leur image publique.

L'homme avait été abattu au moment où il entrait chez lui. L'hypothèse privilégiée par les policiers était celle du cambriolage qui avait mal tourné : la victime aurait surpris les voleurs en rentrant à l'improviste.

Fogg était d'un avis différent. La photo de Entwistle reproduisait avec précision le visage de John Messenger. Son remplacement par Joan Messenger prenait tout à coup une signification plus préoccupante. La lutte de pouvoir à l'intérieur du groupe des commanditaires semblait plus avancée qu'il ne l'avait cru.

Cela le confortait dans la décision d'accélérer la réalisation de son plan : il fallait qu'il se protège à la fois des magouilles du clan des filles et des « retombées » de cette guerre entre « ces messieurs ».

Il fallait aussi qu'il se ménage une sortie en cas de catastrophe. En matière de planification à l'échelle des sociétés, il était toujours prudent de conserver une certaine marge de manœuvre pour les erreurs d'appréciation… et pour toutes les situations qui pouvaient subitement se mettre à déraper.

Et le plus surprenant, songea-t-il, c'est que, dans toutes ces tâches, son principal allié serait l'Institut.

Montréal, 13 h 12

L'inspecteur Gonzague Théberge entra dans le petit café dépanneur et parcourut l'intérieur du regard. Margot s'affairait entre deux tables ; Nicolas, le facteur, était au comptoir, à sa place habituelle, avec un café. Il repartirait dans huit minutes pour terminer sa tournée.

Léopold, le mari de Margot, était debout derrière la caisse. Du haut de ses deux mètres, il supervisait les conversations qui se déroulaient entre les habitués, intervenant à l'occasion sur un ton sans réplique pour corriger un fait ou sanctionner une opinion, particulièrement lorsqu'il s'agissait de politique.

Au cours des trente-six années précédentes, il n'avait pas raté une seule réunion du Conseil municipal et il était un habitué des chaînes de télé au nom obscur qui retransmettaient les débats parlementaires.

L'inspecteur-chef Théberge s'assit à l'une des deux tables du fond après avoir été salué de bruyante façon par le propriétaire.

— Inspecteur Théberge ! C'est toujours un plaisir de vous voir !

— Ce que j'aime, ici, c'est l'incognito ! répliqua le policier en posant son journal sur la table.

Le propriétaire se contenta de sourire. Sa femme s'empressa de passer un linge humide sur la table pourtant propre où Théberge venait de s'asseoir.

— Si vous voulez dîner, il me reste du rôti de porc avec des patates brunes et de la tourtière du lac Saint-Jean, dit-elle.

— Je ne sais pas si je vais pouvoir. J'attends quelqu'un.

— Vous n'avez qu'à le prendre, le temps ! Quand on est dans la police, on peut faire ce qu'on veut. Autrement, à quoi ça servirait ?

Puis elle sourit et ajouta :

— Ça fait plaisir de vous voir. Vous m'avez négligée, ces derniers temps. Je me demandais si je ne vous avais pas empoisonné sans m'en apercevoir !

— Le travail… esquissa Théberge pour se défendre.

— Ce n'est pas une raison pour ne pas manger. Au contraire, plus on a de travail, plus il faut manger…

Théberge la laissa dire sans protester. Chez Margot était un des rares endroits où il savait pouvoir manger en toute quiétude sans craindre soit d'être empoisonné, soit d'être réduit à l'état de famine par une assiette à peu près vide sous prétexte de cuisine beauté. Bien que peu sophistiqués, les plats étaient immanquablement savoureux et, comble de service, on pouvait toujours téléphoner à Margot pour lui suggérer un plat du jour pour le lendemain. Si on était un habitué, bien sûr.

Le policier s'était installé à la table du fond qui était dans le coin et il avait le dos au mur. De là, il avait une vue sur l'ensemble de la salle.

Il n'eut pas à attendre longtemps.

Quelques minutes plus tard, une femme entrait, parcourait la salle du regard, puis, après une légère hésitation, se rendait directement à la table de Théberge.

Un observateur distrait aurait eu de la difficulté à reconnaître l'ex-présidente de la Caisse de dépôt. Pour cette rencontre, l'inspecteur-chef lui avait demandé un habillement discret. Aussi, elle avait choisi le jean et la blouse qu'elle avait l'habitude de porter lorsqu'elle s'attaquait au nettoyage de la chambre de son fils, un adolescent de quatorze ans dont la version personnelle du ménage se ramenait à entasser tout ce qui traînait sur le plancher de sa chambre dans le fond de la penderie, par-dessus les vêtements qu'il avait portés, ceux qui étaient propres mais qui avaient eu le malheur de tomber des cintres et les manuels d'informatique désuets.

Une fois par semaine, il faisait le ménage de sa chambre. Une fois par mois, sa mère supervisait les opérations pour s'assurer que tout était fait à peu près correctement et qu'aucune nouvelle forme de vie n'était en train de se développer dans le fond de la penderie.

Alors, immanquablement, exaspérée par la lenteur et la gaucherie de son ado, elle finissait par faire une grande partie du travail à sa place. D'où le jean et la blouse de travail.

— Vous m'aviez déjà parlé de cet endroit, dit-elle en continuant de jeter des coups d'œil autour d'elle. Mais j'avoue que je suis surprise.

— Pas trop dépaysée ? fit Théberge.

— C'est la réplique presque exacte du restaurant de quartier qu'il y avait en face de chez moi quand j'étais enfant. Il y avait deux ou trois plats du jour. Ça se remplissait de travailleurs le midi et…

Elle fut interrompue par le retour de Margot.

— À cette heure-ci, dit-elle, il me reste seulement du rôti de porc et de la tourtière du lac Saint-Jean.

Les deux choisirent la tourtière.

— C'était Margot, dit Théberge lorsque la femme fut repartie à la cuisine. Celui qui est debout derrière le comptoir, à côté de la caisse, c'est Léopold, le mari de Margot.

Lucie Tellier continuait de regarder autour d'elle comme pour observer le décor.

— J'avoue être curieuse de savoir ce qui me vaut cette invitation subite, dit-elle.

— J'ai des choses à discuter avec vous, qui doivent demeurer confidentielles. Je cherchais un endroit où je pouvais être sûr que nous ne serons pas dérangés… ou surveillés.

— J'aurais pu me rendre chez vous… ou vous inviter à la maison.

— Je voulais un endroit où je serais certain qu'on n'a pas planté de micro… où personne n'a tripatouillé le réseau téléphonique pour le transformer en système d'écoute…

La femme regarda Théberge avec un sourire retenu. C'était la dernière personne qu'elle aurait soupçonnée de délire paranoïaque, mais elle n'arrivait pas à prendre cet accès de prudence tout à fait au sérieux.

— Vous pensez que nos domiciles ne sont pas des endroits sûrs ? finit-elle par demander.

Pour toute réponse, Théberge sortit une enveloppe jaune de son journal et la posa devant elle.

Le regard de la femme fut d'abord attiré par la photo, en première page du journal, du ministre Rodolphe Langlois, celui que tout le monde voyait comme l'homme de confiance et le successeur de Duquette.

Sous la photo, le titre proclamait :

LA CDP PERD DES CENTAINES DE MILLIONS

Pendant qu'elle ouvrait distraitement l'enveloppe jaune, une expression de contrariété apparut sur son visage. Elle se pencha pour parcourir rapidement le texte de l'article.

— Il ne s'améliore pas, dit-elle après quelques instants.

— Que voulez-vous dire ?

Son regard se leva lentement vers Théberge.

— Supposons que je vous confie de l'argent à gérer et que je vous demande de me procurer un rendement de six pour cent en moyenne sur cinq ans. Vous, de votre côté, comme vous êtes prudent, vous ne voulez pas mettre tous vos œufs dans le même panier. Vous répartissez l'argent en dix parts que vous investissez à dix endroits différents.

— Jusque-là, je vous suis.

— Cinq ans plus tard, quand vous calculez ce que vos placements ont rapporté, vous arrivez à un rendement annuel moyen de huit pour cent. Alors, vous vous attendez à ce que je sois satisfaite, n'est-ce pas ?

— Je suppose, oui.

— Maintenant, imaginez que j'isole les deux années où le rendement a été moins bon, puis que, dans ces deux années, je choisisse les trois placements les moins bons, ceux où vous avez perdu de l'argent. Ensuite, je convoque la presse pour crier au scandale parce que vous m'avez fait perdre de l'argent dans ces trois placements en négligeant complètement le fait qu'au total vous m'en avez fait gagner plus que ce que je vous ai demandé sur la période de cinq ans. Comment réagiriez-vous ?

— Disons que ce ne serait pas l'euphorie et le ravissement.

— Pas vraiment, n'est-ce pas ? Maintenant, supposons qu'au cours des ans j'aie pigé dans l'argent que je vous ai confié pour payer toutes sortes de factures. Supposons que l'argent que j'ai pris dans la caisse, augmenté des intérêts, soit plus important que l'argent que je vous accuse d'avoir perdu… mais que je continue à dire que c'est de votre faute si je perds de l'argent… Comprenez-vous, maintenant, pourquoi je n'envie pas le sort de mon successeur à la Caisse ?

— Ce que vous venez d'expliquer, il ne peut pas le dire ?

— Des explications, surtout des explications avec des chiffres, ce n'est pas vendeur. Qui veut entendre des experts se lancer des chiffres par la tête ?

Puis un sourire revint sur le visage de l'ex-présidente de la Caisse.

— J'ai tort de réagir de la sorte, dit-elle, mais c'est plus fort que moi…

Elle fit un geste en direction de la photo du ministre.

— Il a toujours eu le don de me faire sortir de mes gonds.

Elle ramena son regard sur l'enveloppe jaune que lui avait donnée Théberge et l'ouvrit pour ensuite en sortir un document constitué de six feuilles de format huit et demi sur onze brochées ensemble dans le coin gauche.

Pour l'essentiel, il s'agissait d'une liste de noms, chacun étant suivi d'un titre ainsi que d'une indication générale de son emploi et de ses habiletés particulières.

Elle commença à la parcourir.

— Je suis certain que vous reconnaîtrez plusieurs noms, fit Théberge.

— En effet, répondit la femme sans lever les yeux du document… Qu'est-ce que c'est ?

— Un groupe qui s'appelait le Noyau. Ils avaient été réunis par l'Église de la Réconciliation Universelle pour prendre le contrôle du Québec.

Les yeux de la femme se rétrécirent jusqu'à devenir deux fentes.

— Qu'est-ce que vous attendez de moi ? demanda-t-elle.

— D'abord que vous conserviez cette liste. Ce sera une sorte de copie de sécurité. Vous acceptez ?

— Bien sûr, mais…

— J'aimerais également avoir votre avis sur la manière de contrer ces gens, s'il leur prenait l'idée de ressusciter leur groupe à leurs propres fins. Pour vous aider, vous pouvez consulter ceci.

Il lui tendit une deuxième enveloppe, plus petite mais plus épaisse.

— Ce sont trois DVD… Vous allez voir, c'est très éducatif… Notre élite à son meilleur !

— Vous vous attendez vraiment à ce qu'ils tentent quelque chose ?

— Je n'aimerais pas être mis devant le fait accompli avant de commencer à penser à une contre-attaque.

— Ce que vous faites est loin du travail normal de policier.

— Ce qu'ils font est loin de l'action politique normale.

— Et vous ne pouvez rien contre eux ? S'ils étaient liés à l'Église de la Réconciliation Universelle…

— Certains des membres de cette liste verront sans doute leur nom apparaître dans les journaux. Mais, dans la plupart des cas, les preuves sont trop circonstancielles. Ils pourront protester de leur bonne foi, prétendre qu'on a abusé d'eux, qu'ils sont des victimes… Prenez le temps de regarder les DVD. Vous me direz plus tard de quelle façon, à votre avis, il serait possible de se préparer à cette éventualité.

Ils furent interrompus par l'arrivée de Margot qui apportait les assiettes.

— Désolée du retard, j'ai des problèmes avec mon poêle.

Elle posa deux immenses assiettes devant eux.

— J'en ai mis plus que moins, dit-elle : il ne faut pas vous sentir obligés de tout manger.

Puis, avant de retourner à la cuisine, elle ajouta en s'adressant à Théberge :

— Mais, si vous en laissez, il n'est pas question que vous ayez de la tarte aux fraises et au sucre.

Paris, 22 h 27

Chamane ouvrit la porte et demeura figé un instant.

— Entre, entre… dit-il tout à coup, comme pour secouer sa torpeur.

Paul Hurt parcourut la pièce d'entrée du regard pendant que Chamane fermait la porte derrière lui.

Rien ne traînait. Aucun appareil électronique n'était visible. Les murs étaient décorés d'affiches illustrant des spectacles de danse et des expositions de peinture.

Chamane, lui, n'avait pas changé de manière aussi radicale que son décor. Ses vêtements usés et ses cheveux en bataille semblaient sortir tout droit de son époque Montréal. Seule nouveauté : sa victoire sur l'acné semblait maintenant complète.

— Tu t'es recyclé dans le design intérieur ? fit la voix ironique de Sharp.

— Geneviève, se contenta de répondre Chamane en guise d'explication.

— Tu as encore un ordinateur, au moins ?

Chamane regarda Hurt comme si ce dernier s'était subitement mis à parler lituanien ou swahili.

— C'est une vraie question ? finit-il par demander.

Un sourire affleura sur les lèvres de Hurt. Il secoua légèrement la tête.

— Non. Je ne pourrais pas t'imaginer sans ordinateur.

— Et toi ?… Je te pensais aux États-Unis.

Sans attendre la réponse, Chamane entraîna Hurt à travers la pièce d'entrée puis un couloir d'une quinzaine de mètres.

— Je suis arrivé tout à l'heure à Roissy-Charles-de-Gaulle, répondit Hurt.

À l'extrémité du couloir, à gauche, Chamane ouvrit une porte. Elle donnait sur trois grandes pièces en enfilade.

— Mon royaume, dit-il. C'est ici que je travaille.

Hurt examina les trois pièces aux murs blancs habillés de tableaux. On aurait dit une galerie d'art. Le seul matériel informatique était le poste de travail qu'il y avait au centre de chacune des pièces.

— Où est passé ton bordel? fit la voix ironique de Sharp.

— Viens voir…

Chamane amena Hurt dans la pièce du fond, s'assit devant le clavier de l'ordinateur et appuya rapidement sur une série de touches.

Les murs blancs coulissèrent un à un et disparurent dans le plafond, révélant des étagères remplies d'appareils qui couvraient les trois murs.

Hurt ne put dissimuler complètement sa surprise.

— Il me semblait, aussi…

— Tout est relié au terminal central, expliqua Chamane. En mode utilisateur, je n'ai besoin de rien d'autre. Je lève les murs uniquement pour l'entretien ou quand je veux mettre à jour des composantes.

— Et ça sert à quoi? Contrôler la planète?

— Cette pièce-ci me permet de gérer l'ensemble du réseau informatique de l'Institut.

Ce que Chamane ne dit pas à Hurt, c'est qu'une section du mur du fond, bien que couverte d'appareils, pouvait également se lever comme les murs pour dégager une porte. Derrière, dans un réseau d'ordinateurs protégé par des murs de plomb, était entreposé l'essentiel des informations de la banque centrale de données.

Chamane fit redescendre les murs et amena Hurt dans la deuxième pièce. Les deux fauteuils placés devant le poste de contrôle étaient beaucoup plus confortables.

— Je suppose que c'est la même chose, fit Hurt avec un geste en direction des murs.

— Pas exactement… C'est la salle de *briefing*.

Le jeune *hacker* s'installa dans un des fauteuils et fit asseoir Hurt dans l'autre. Il tapa ensuite une série de commandes sur le clavier.

L'instant d'après, le fond d'un des immenses tableaux, sur le mur devant eux, coulissait pour faire place à un écran. Puis une image apparut : une vue en plongée de la rue devant l'entrée de l'appartement.

Chamane fit rapidement défiler une série de prises de vue.

— Est-ce que tous les tableaux… ?

— Oui. Je peux les mettre en mode surveillance.

Il pianota pendant quelques secondes. Quatre des tableaux affichèrent des vues simultanées des quatre rues entourant le pâté de maisons.

— L'écran principal peut se diviser, ajouta Chamane.

Il s'activa de nouveau sur le clavier. Le tableau le plus grand se divisa en quatre, chaque partie affichant l'intérieur et l'extérieur des deux entrées de l'édifice.

— Tu as vu trop de films de James Bond, fit la voix ironique de Sharp.

— Venant du maître de la paranoïa, je prends ça comme un compliment.

— Tu parlais de *briefing*…

— Sur les écrans, on peut présenter n'importe quel dossier, n'importe quel extrait vidéo… J'ai justement quelque chose pour toi.

Chamane prit la télécommande dont le support était incrusté dans la table et il fit pivoter son siège, invitant Hurt à faire de même.

Ils étaient maintenant face à un immense mur blanc.

Après que Chamane eut appuyé sur une touche de la télécommande, le mur coulissa, révélant une mosaïque d'écrans vidéo.

— Et la plante dans le coin ? reprit la voix ironique de Sharp. Est-ce qu'elle pivote pour dégager une sortie de secours ?… Est-ce qu'elle s'enfonce dans le plancher ?

— Ça serait *cool*, répondit Chamane en souriant.

Il entra quelques instructions au clavier.

— Je pense que ça va t'intéresser, dit-il.

Un film remplit les écrans, qui fonctionnaient de façon intégrée. C'était une vue aérienne d'un domaine au centre duquel il y avait un château. L'image bougeait beaucoup. Le film semblait avoir été tourné à partir d'un hélicoptère par une caméra à l'épaule.

— Je suppose que tu vas me dire ce que c'est? fit Sharp.

— C'est le domaine de Xaviera Heldreth.

Quelque chose changea dans le regard de Hurt.

— Tu as pris le message que j'avais laissé sur ton ordinateur? poursuivit Chamane.

— Oui.

— Comme tu le sais probablement, elle est morte. Il y a eu une centaine de victimes.

La caméra tourna au-dessus du château, puis s'attarda à chacun des bâtiments.

Hurt regardait et continuait de se taire.

— Et tu es sûr…? finit-il par demander.

— Le film n'a pas été tourné dans un studio de Hollywood, si c'est ce que tu veux savoir.

— Je veux dire, tu es sûr que ce n'est pas un coup monté? Que c'est bien Xaviera Heldreth…

— À moins qu'elle ait un clone…

Chamane lui raconta ce qu'il savait des circonstances de sa mort ainsi que ce qu'il avait appris en expurgeant le site du château à la demande de Blunt.

— En Allemagne, le gouvernement voulait étouffer l'affaire, conclut-il. Mais comme ça commence déjà à sortir dans les médias…

RDI, 16 H 46

… ET TAÏWAN ONT ANNONCÉ SIMULTANÉMENT L'ARRÊT DE LEURS EXERCICES MILITAIRES EN MER DE CHINE. DES POURPARLERS SONT PRÉVUS DANS LES PROCHAINES SEMAINES POUR RÉGLER CE DIFFÉREND QUI AURAIT PU DÉGÉNÉRER EN CONFLIT ARMÉ…

MESDAMES ET MESSIEURS, NOUS VENONS TOUT JUSTE D'APPRENDRE QUE LE FILS DU PREMIER MINISTRE REGINALD SINCLAIR…

Paris, 22 h 49

Le mur descendit et masqua la mosaïque d'écrans. Chamane déposa la télécommande dans son support sur le bureau. La pièce reprit son allure de salle d'exposition.

Chamane se leva et entraîna Hurt dans la première salle.

Sharp se manifesta de nouveau.

— Ici, il y a combien de murs qui coulissent?

— Un seul… C'est l'endroit où je travaille le plus souvent.

Il approcha de la console d'ordinateur et entra quelques instructions sur le clavier.

Une cloison blanche descendit du plafond derrière eux, isolant la pièce des deux précédentes.

— La plupart du temps, la cloison est descendue, fit Chamane. C'est la pièce préférée de Geneviève.

Il appuya sur une nouvelle série de touches. Les toiles glissèrent à l'intérieur des cadres, révélant des écrans sur lesquels se mirent à se succéder des reproductions des œuvres des plus grands peintres.

— Ça lui permet de décorer comme elle veut, conclut Chamane.

— Et tu n'as pas d'appareils en réparation, de morceaux ou de manuels d'informatique qui traînent dans l'appartement? demanda Hurt comme s'il ne pouvait y croire.

— J'ai un atelier où je peux bricoler et entasser tout ce que je veux. La seule chose que Geneviève demande, c'est que je garde la porte fermée… Je pense qu'elle a peur que les appareils se mettent à marcher tout seuls pour envahir le reste de l'appartement!

Il fit un geste en direction du mur qui dissimulait les deux autres pièces.

— Ici, on partage l'espace avec l'Institut, reprit-il… Le reste de l'appartement est uniquement pour nous… Tu veux un café?

Puis, sans attendre la réponse, Chamane entraîna Hurt dans le couloir, revint dans la pièce d'entrée et l'amena à la cuisine.

— Geneviève n'est pas ici ? demanda Hurt.

— Elle travaille avec un groupe qui prépare une pièce de théâtre.

Hurt prit une chaise à la table pendant que Chamane se dirigeait vers le comptoir et préparait la cafetière.

— Qu'est-ce qui me vaut cette visite ? demanda-t-il sans se retourner.

— J'ai pensé que je pourrais… rétablir les ponts. Progressivement.

— Et je suis l'heureux privilégié ?

— Il faut bien commencer quelque part.

Chamane apporta les cafés sur la table.

— Tu as su, pour Toy Factory ?

— Su quoi ?

— Les informations que tu as trouvées ont été communiquées aux Français. Ils ont commencé le nettoyage. Comme ce sont surtout des compagnies américaines qui sont impliquées, ils vont se faire un plaisir de démolir leurs opérations.

Hurt songea qu'il avait probablement raison de renouer des liens plus étroits avec l'Institut. L'organisation semblait avoir retrouvé une certaine efficacité. Du moins en ce qui avait trait aux opérations. L'idée d'utiliser les Français pour effectuer le travail contre les Américains…

— En plus, reprit Chamane, ils vont s'en servir pour amener Washington à mettre la pédale douce sur sa politique de *french bashing*.

— De quelle manière ? demanda la voix froide de Steel.

— Ce n'est pas ce que tu crois. Ils ne feront pas de compromis sur les opérations. Mais ils vont négocier ce qui va sortir dans les médias.

Un silence suivit.

— Mais toi ? fit Chamane. Tu veux vraiment revenir ?

— Pour l'instant, tu seras mon seul contact.

— C'est ce que Blunt avait prévu… Quatre-vingt-treize virgule dix-huit pour cent !

— Qu'est-ce que tu veux dire ?

La méfiance était de retour dans la voix de Hurt.

— Il m'a dit que, si tu reprenais contact avec quelqu'un, ce serait avec moi. Et que tu ne voudrais probablement pas rencontrer d'autres personnes de l'Institut avant un certain temps… Et pour le pourcentage, tu sais comment il est !

Un léger sourire apparut sur les lèvres de Hurt.

— Oui, je sais…

— Je pense même que ça fait leur affaire.

— Ils se méfient de moi ?

Un mélange de méfiance, de déception et d'agressivité perçait dans la voix de Hurt.

Chamane éclata de rire.

— Toi et tes petits copains intérieurs, dit-il, vous êtes décidément trop paranos !

Puis sa voix redevint sérieuse.

— F est en train de revoir le fonctionnement de l'Institut… Blunt ne m'a pas donné beaucoup de détails. Je sais qu'ils veulent décentraliser davantage. Avec des équipes qui travaillent de façon autonome sur des dossiers…

— Et ils veulent qu'on travaille ensemble ?

— D'après ce que j'ai compris, ils veulent surtout que les gens qui aiment travailler ensemble le fassent… sans avoir une structure rigide de décision… J'imagine que tu ne seras pas contre !

— Cette réorganisation, ils veulent faire ça quand ?

— Dans les semaines qui viennent… Tout va dépendre de certaines démarches que F a entreprises…

— « De démarches que F a entreprises »… Je ne pensais pas que tu finirais un jour par parler comme un politicien !

— C'est l'expression exacte que Blunt a employée… Parano comme tu es, je sais que je ne devrais pas te dire ça, mais…

— Mais quoi ? fit la voix impatiente de Sharp.

— Blunt avait l'air inquiet… ou mal à l'aise… comme s'il n'était pas complètement d'accord avec ces fameuses « démarches ».

— L'air inquiet ? reprit Hurt, comme si l'expression de sentiments chez Blunt lui paraissait aussi incongrue que l'annonce d'une canicule hivernale. Tu es sûr que tu ne fabules pas ?

— Je sais… Monsieur impassibilité ne fait pas dans l'exubérance. Mais depuis le temps que je le connais…

Puis, comme s'il se rappelait subitement de quelque chose, il ajouta :

— J'étais en train d'oublier… il faut que je te laisse pour une heure ou deux.

Quelque chose de sombre passa fugitivement dans le regard de Hurt.

— J'ai rendez-vous avec Geneviève, expliqua Chamane. Après les répétitions, je vais la rejoindre dans un bistro… Tu veux venir ?

Le problème n'est pas celui de l'existence des mafias, mais celui de leur efficacité.

Le projet d'un consortium des mafias vise à combler cette lacune en assurant l'intégration planétaire du marché clandestin et de ce qui appartient pour l'instant à l'économie au noir. L'intégration de ce marché est un préalable à l'établissement d'une concertation entre le marché économique officiel et son homologue clandestin, concertation qui est la clé d'une véritable intégration planétaire des activités humaines.

Joan Messenger, *Le Fascisme à visage humain*, 14-Intégrer les marges.

LUNDI

PARIS, 19 H 08

La veille, à la sortie de l'avion, F avait été accueillie par Moh et Sam. Ils l'avaient conduite à un petit hôtel près du café de la Madeleine, où ils lui avaient réservé une chambre au nom d'Élisabeth Schreiber.

Ils lui avaient alors remis les papiers et les cartes de crédit correspondant à sa nouvelle identité.

Puis ils s'étaient éclipsés sans demander à F pour quelle raison elle avait réclamé qu'ils laissent une pilule de cyanure dans la chambre qu'ils avaient louée à son intention.

Le matin, après un petit déjeuner au café, elle était revenue à sa chambre, où elle avait passé une bonne partie de la journée à pratiquer les exercices que lui avait conseillés Bamboo Joe. Puis, en fin d'après-midi, elle était sortie se promener.

Elle était remontée jusqu'au Marais, puis elle était revenue par le bord de la Seine vers les Champs-Élysées, où elle avait pris un apéritif.

L'endroit avait changé. Il ressemblait de plus en plus à un centre commercial à ciel ouvert. Les boutiques des grandes chaînes américaines avaient envahi les façades.

Son pastis terminé, elle se dirigea lentement vers l'hôtel Crillon. Là aussi une chambre lui avait été réservée. Au nom d'Abigaïl Ogilvy, cette fois. Elle n'avait pas l'intention d'y mettre les pieds. Le seul rôle de cette chambre était d'entraîner sur une fausse piste ceux qui auraient connu cette ancienne identité.

À la réception de l'hôtel, on lui apprit qu'elle était attendue. Leonidas Fogg avait demandé qu'on escorte à sa suite toute femme qui demanderait à le rencontrer, quel que soit son nom.

— Je suis heureux que vous ayez pu vous libérer, fit l'homme qui lui ouvrit.

— Je présume que vous êtes Leonidas Fogg, répondit F.

— Cela va de soi.

Le chasseur qui avait accompagné F s'éclipsa. Fogg referma la porte derrière elle.

Au centre de la pièce, une table avait été dressée.

— Je suis heureux que vous ayez pu venir, reprit Fogg. Manger seul est triste. C'est même contre nature. Vous voulez un porto avant de passer à table ?

— Pourquoi pas !

— On m'a dit, il y a plusieurs années, que c'était une de vos faiblesses. J'ai demandé qu'on prévoie une bouteille de Da Silva 1944.

Il lui montra un décanteur et deux verres sur une petite table ronde, entre une causeuse et un fauteuil. D'un geste, il l'orienta vers la causeuse pendant qu'il prenait place dans le fauteuil.

— Je vous imaginais un peu plus jeune, dit-il. Vous avez d'ailleurs la voix d'une personne plus jeune… Je vous soupçonne de vous être vieillie pour la circonstance.

— Et vous ?

— Oh, moi… Dans l'état où je suis, je ne peux que me rajeunir… temporairement.

Ils échangèrent pendant quelques minutes sur le plaisir qu'il y avait à demeurer au Crillon.

— L'endroit devient un peu trop fréquenté par les dictateurs africains et leurs laquais hexagonaux, mais le personnel fait en sorte qu'on ne les remarque pas trop, conclut Fogg.

— Vous êtes un habitué ?

— Je l'étais. Dans une ancienne vie… Et vous ?

— Je n'y suis venue qu'une fois.

— Avec le Rabbin.

Fogg avait énoncé la phrase sur le ton d'une évidence. Sans y attacher plus d'importance qu'à une remarque sur le temps qu'il fait.

— Vous l'avez connu ? demanda F.

— Indirectement. Mais j'ai étudié plusieurs de ses opérations. Vous êtes allée à la meilleure école.

— Et vous ?

— À côté de lui, je suis un dilettante autodidacte… Si nous passions à table ?

Il se leva et, sans que F ait pu distinguer le moindre geste particulier de sa part, un maître d'hôtel se matérialisa près de la table.

— Lui et son assistant ne connaissent que le chinois, le japonais et l'arabe, dit Fogg. Nous pouvons parler librement en leur présence.

Ils prirent place pendant que le maître d'hôtel leur servait une entrée.

— Votre premier message n'était pas d'une limpidité excessive, dit F.

— Je sais. Je voulais que vous le compreniez plusieurs mois seulement après que je vous l'eus envoyé. De cette façon, il devenait évident que j'avais une vraie connaissance de ce qui allait se produire.

— Et je ne pouvais plus empêcher les événements de se produire.

— Vous pouviez les empêcher d'aller trop loin. Ce que vous avez d'ailleurs fait admirablement et je vous en remercie.

— Parce que vous ne pouviez pas intervenir vous-même pour le faire ?

— J'aurais pu. Mais c'était trop risqué. Je vous ai cependant donné quelques coups de pouce en cours de route.

— Votre message n'aurait servi à rien si j'étais morte au moment de l'attaque à Massawippi.

— J'ai parié sur votre survie. Mais j'ai cru, à tort, que le message suffirait à vous faire changer d'endroit… J'avoue que vous avez un peu joué avec mes nerfs.

F songea que son premier réflexe avait été de déménager sans attendre. Mais elle avait décidé de prendre le temps de venir à bout des réticences de Gunther.

— J'étais sur le point de quitter les lieux, se contenta-t-elle de dire.

— Je suis sincèrement désolé pour les proches que vous avez perdus.

— Pour ma part, je vous mentirais si je vous disais que je regrette la disparition de madame Heldreth et consorts.

— Je vous comprends. Quoique Zorco, pour sa part, n'ait pas été une si mauvaise personne.

— Ce que j'aimerais savoir, c'est ce que vous voulez de moi.

Fogg recula lentement sur sa chaise.

— Bien sûr, dit-il. Puisque j'ai pris l'initiative de cette rencontre, c'est la moindre des choses que j'ouvre les enchères.

Il avait à peine terminé sa phrase que le maître d'hôtel venait desservir. L'instant d'après, il apportait le potage.

— J'ai effectivement une proposition pour vous, reprit Fogg. Mais, auparavant, j'aimerais avoir votre opinion sur le Consortium.

— Mon opinion…

— Votre appréciation.

— Vous voulez savoir comment je vois le Consortium ?

— Si ce n'est pas trop vous demander.

— Je vois deux filiales sérieusement compromises : celle qui s'occupe des sectes et celle qui s'occupe du trafic d'armes. Il y en a une que j'imagine être en restructuration, celle qui supervise le trafic d'êtres humains. Safe Heaven, votre filiale financière, est probablement elle aussi en bonne voie de reconstruction.

— Je suppose que vous avez eu accès à ces informations par l'intermédiaire de monsieur Hurt.

— Entre autres.

— Que pensez-vous du projet global ?

— Unifier les mafias ?… C'est voué à l'échec.

— J'aimerais entendre vos raisons.

— C'est un rêve de… j'allais dire de bureaucrate, mais ce serait injuste… C'est un rêve de gestionnaire. Au fond, c'est une utopie.

— Et si vous regardez froidement la réalité qui nous entoure ?

— C'est précisément là le problème. Vous posez un regard froid sur la réalité.

— Mais…

— J'ai lu votre traité sur la manipulation.

— Vraiment ?

Pour la première fois, Fogg avait trahi un certain étonnement.

— Je sais. Celui-là, vous ne me l'avez pas envoyé.

— Hurt, je suppose…

F se contenta de hocher légèrement la tête.

— Vous avez là un précieux collaborateur, reprit Fogg. Mais si on revenait au livre que vous avez mentionné… Ne partagez-vous pas l'analyse qui y est faite ?

— Le constat sur l'état de la planète, oui. L'analyse, non. Pas plus que celle élaborée dans *Le Fascisme à visage humain*. Je pense que vous pouvez trouver dans ces deux textes les motifs de l'échec inévitable de votre projet.

— Mais vous êtes d'accord avec le constat et les objectifs ?

— Sur l'essentiel du constat et des objectifs.

— Avec quoi, alors, n'êtes-vous pas d'accord ?

— Avec les bienfaits de la hiérarchie que vous voulez instaurer. Tout votre projet repose sur une hiérarchisation stricte et sur une rationalisation de plus en plus complète des processus.

— Bien sûr.

— Là est votre problème.

Fogg ne répondit pas immédiatement.

— À votre avis, de quelle manière est-ce que je devrais corriger la situation ? finit-il par demander.

F éclata de rire.

— Vous n'allez quand même pas me demander de vous aider à améliorer le fonctionnement du Consortium !

— Pourquoi pas ?

— Vous êtes sérieux…

— Je vous ai invitée pour vous offrir un emploi. En fait, je vous ai invitée pour vous demander de prendre ma relève.

F le regardait, incapable de réagir à la proposition.

— Après un certain temps de familiarisation avec l'organisation, bien sûr, précisa Fogg.

— Vous ne pouvez pas être sérieux.

— Au contraire. Nous partageons le même objectif : limiter le chaos social. Le reste est une simple question de moyens… Mais, avant de poursuivre, il est temps que nous passions à des nourritures plus… soutenantes.

L'instant d'après, le maître d'hôtel revenait. Le potage fut escamoté avec des gestes de prestidigitateur par le serveur qui l'accompagnait. Une sole de Douvres leur fut présentée.

Une fois le service terminé et les premières bouchées dégustées, F reprit le sujet laissé en plan.

— M'offrir un emploi après avoir assassiné Gunther, vous ne trouvez pas que ça manque de… délicatesse ?

— Croyez bien que je regrette ce qui est arrivé à votre mari. Je n'étais pas favorable à cette attaque, mais je n'étais pas en position de m'y opposer ouvertement.

— Je croyais que vous dirigiez le Consortium.

— Ma situation est plus complexe qu'elle ne le paraît.

— Vous avez fait éliminer plusieurs de mes collaborateurs.

— Eux-mêmes ne se sont pas privés d'en faire autant.

Un silence suivit.

— Nous aurions toutes les raisons de poursuivre une vendetta jusqu'à ce que nos deux organisations s'exterminent l'une l'autre, reprit Fogg. Je pense qu'il est temps de mettre fin à ce gaspillage. Nos organisations sont les seules qui sont en mesure, si elles se développent, de circonscrire le chaos qui menace d'envahir la planète entière.

— Vous me proposez une alliance pour sauver le monde…

— Le sauver est un grand mot, mais vous avez raison… Au fond, nous voulons la même chose. Lutter contre le désordre. Humaniser la planète.

— Vous ne voulez pas l'humaniser, vous voulez la rationaliser.

— C'est tout de même mieux que de la laisser en proie à tous les délires irrationnels, à toutes les cupidités, à toutes les brutalités…

— Si vous êtes sûr de détenir la bonne solution, pourquoi avez-vous besoin de moi ?

— D'une part, je ne suis pas éternel. Et ma survie, même à court terme, est, disons, problématique… Elle dépend de recherches qui sont présentement en cours.

— Et d'autre part ?

— Vous avez réussi une chose que je n'ai pas réussie : créer une organisation sans divisions internes importantes.

— Parce que le Consortium…

— … a failli exploser à cause de luttes internes. C'est d'ailleurs à ces luttes, à ces tensions que vous devez une partie de vos succès. Sur ce point, vous vous êtes révélée plus efficace que je ne l'ai été.

Fogg prit une petite bouchée de poisson et remit la fourchette dans son assiette.

F nota que, depuis le début, il touchait à peine à ses plats.

— Je sais, reprit-il… Ce genre de déclaration peut vous surprendre. Mais je me suis toujours efforcé de voir la réalité de façon objective sans laisser intervenir de ridicules intérêts narcissiques… C'est un fait que, sur le plan de la cohérence organisationnelle, vous avez accompli un meilleur travail que moi. Le Consortium pourrait bénéficier grandement de vos talents d'organisatrice.

— Ce n'est pas seulement une question d'organisation. Je dirais que ce n'est même pas d'abord une question d'organisation.

— Et c'est… ?

— Une question de philosophie.

— Bien sûr.

— J'ai lu à plusieurs reprises le livre que vous m'avez fait parvenir…

— *Le Fascisme à visage humain*, oui…

— C'est un livre habile, d'une certaine manière. Assez bien structuré malgré son apparence de morcellement… Mais il a un défaut fondamental.

— Vraiment ?

— Vous ne réussirez rien si vous ne faites pas confiance aux individus.

— Livrés à eux-mêmes, les individus ne font rien. Regardez autour de vous !

— Je sais que nous ne vivons pas dans un monde parfait. Je sais qu'il faut que les individus s'organisent entre eux pour être efficaces. C'est sur le type d'organisation que nous ne sommes pas d'accord.

— La société, comme n'importe quel organisme, a besoin d'un système nerveux central, dirigé par un cerveau.

— Cette partie-là, ce sont les institutions qui s'en occupent. Et puis, ce que vous oubliez dans votre modèle, c'est qu'une partie des neurones fonctionnent de façon indépendante. Il y en a même autour de l'intestin qui forment une sorte de cerveau plus ou moins autonome !… Par ailleurs, une grande partie de la régulation se fait au moyen de régulateurs chimiques sécrétés un peu partout dans le corps.

— Quel genre d'organisation préconisez-vous ?

— Le contraire de la hiérarchie rigide que vous voulez implanter pour mettre de l'ordre dans la partie obscure de la planète, comme vous dites.

— Parce qu'il existe d'autres formes d'organisation ?

— Vous en doutez ?

— Avant que vous m'expliquiez ce type d'organisation, nous allons passer au prochain service.

Le maître d'hôtel et son assistant exécutèrent leur numéro. La sole céda la place à un faisan au porto.

— Alors, ce type d'organisation ? reprit Fogg.

— Le plus simple est de vous donner un exemple. Regardez comment est structurée Al-Qaïda.

— Vous proposez de transformer le Consortium en organisation terroriste ? demanda Fogg avec une lueur d'amusement dans les yeux.

— Ses buts n'ont aucune importance pour les fins de mon exemple. C'est sa structure organisationnelle qui m'intéresse. Al-Qaïda est structurée globalement en cinq niveaux qu'on pourrait représenter comme des cercles concentriques. Dans le premier cercle, il n'y a qu'un nombre assez restreint de dirigeants cooptés, inspirés par une ou plusieurs figures centrales qui définissent les grandes orientations idéologiques. Autour de ce noyau, dans un deuxième cercle, se trouvent des cellules spécialisées dans différentes activités : finances, renseignements, informatique. Les dirigeants du deuxième cercle sont les seuls qui ont des contacts avec le premier cercle. Le troisième cercle est constitué de gens regroupés dans des organisations autonomes, mais qui se reconnaissent dans les orientations définies par le premier cercle et qui ont recours à l'aide des spécialistes du deuxième cercle. Leurs luttes se situent autant sur le plan des affrontements armés que sur celui de l'éducation. Le quatrième cercle regroupe les cellules d'intervention qui se réclament d'une des organisations du troisième cercle. Leurs activités sont axées sur des objectifs de lutte précis. Et puis, il y a tous ceux qui agissent de façon indépendante tout en se déclarant inspirés par Al-Qaïda…

— Il y a donc malgré tout une hiérarchie !

— En un sens, mais une hiérarchie qui n'est pas entièrement décisionnelle. L'influence de la direction est essentiellement de l'ordre de l'inspiration et du soutien. Elle inspire les groupes d'action en leur proposant des orientations et elle offre un soutien aux projets qui surgissent au sein des organisations. Au besoin, elle peut en suggérer. C'est un type d'organisation beaucoup plus près du biologique que du mécanique… C'est pourquoi l'élimination de ben Laden, si elle survenait, ne réglerait rien.

— Et vous proposez d'implanter ce style de fonctionnement dans le Consortium…

— Pas du tout. Je vous expose la différence qu'il y a, maintenant, entre l'organisation du Consortium et celle de l'Institut… Sans m'en rendre clairement compte au début, j'ai fait évoluer l'Institut, qui est passé d'un modèle hiérarchique fortement institutionnalisé à un modèle plus biologique.

— Plus terroriste, ironisa Fogg.

— Certaines bureaucraties ont pu nous percevoir de cette façon, admit F en riant.

— Et c'est pourquoi, si je suis votre raisonnement, il serait parfaitement inutile de vous éliminer. Ça ne changerait rien à l'Institut.

— Disons que ce ne serait pas un drame pour l'organisation… Mais vous, pourquoi avez-vous pris le risque d'une telle rencontre ?

— Si vous le voulez bien, je vais garder cette réponse pour le dessert.

Lorsque le maître d'hôtel et son assistant apportèrent le service suivant, Fogg, une fois de plus, avait à peine touché à son assiette.

Il regarda d'un œil intéressé l'assortiment de sorbets qui dessinait dans l'assiette une reproduction de la façade de l'hôtel. Il goûta à deux des parfums puis reposa sa cuiller.

— Le Consortium est un projet que j'ai créé de toutes pièces et, en quelque sorte, proposé à un certain nombre de commanditaires dont j'ai obtenu le soutien. Ce soutien n'est pas remis en cause, mais je me sentirais plus à l'aise si le développement de l'organisation se faisait de façon plus harmonieuse.

— Et c'est pour cette raison que vous voulez me recruter ?

— Oui… On peut dire que je me suis déguisé en chasseur de têtes.

— Je dois malheureusement refuser votre invitation. Je suis profondément en désaccord avec l'analyse sur laquelle repose le projet.

— C'est dommage.

— Je serai franche avec vous. L'Institut fera tout ce qui est en son pouvoir pour contrecarrer les activités du Consortium.

— Je serais étonné que vous connaissiez de grands succès.

— Je ne serai pas seule.

— Vraiment ?

— Je sais, comme vous l'avez vous-même mentionné tout à l'heure, que je peux compter sur le Consortium pour s'autodétruire.

— Pour ma part, je crains de ne pas toujours être en position de vous protéger.

— De qui ? Du Consortium ?

— D'eux, bien sûr, mais surtout de mes commanditaires.

F goûta à son tour aux différents sorbets.

— Je me pose une question, reprit-elle. Est-ce que c'est moi ou est-ce que c'est vous qui allez avoir le plus besoin de protection contre vos commanditaires ?

Fogg sourit.

— On dirait que nous sommes dans une position identique. De votre côté, vous êtes beaucoup plus menacée que moi par les différentes institutions vouées au maintien de l'ordre.

— Comme le dit la prière : « Dieu, protégez-moi de mes amis ; mes ennemis, je m'en occupe. »

Fogg se leva.

— Si vous le voulez, nous pouvons reprendre un porto en digestif, dit-il en lui montrant la carafe.

— Pour un Da Silva 44, on peut bien faire une entorse aux usages.

— Je l'aurais parié !

Après avoir servi deux verres, il en offrit un à F, prit le sien et porta un toast.

— À nos alliés, dit-il.

Quand ils reposèrent les verres sur la table, il alla chercher une enveloppe sur le manteau du foyer.

— J'ai fait en sorte que toute information concernant cette personne disparaisse des banques de données du Consortium, dit-il.

Il tendit l'enveloppe à F.

— Considérez cela comme un cadeau et un gage de ma bonne foi.

F prit l'enveloppe qu'il lui tendait et l'ouvrit.

Elle contenait une simple feuille de papier sur laquelle quelqu'un avait écrit, en guise de titre :

KARL ADAMAS THORNBURN

Suivaient des coordonnées géographiques.

$$45° 30' 23.97 N$$
$$73° 36' 23.97 O$$

— Il est dans la région de Montréal, se contenta de dire F.

— Il s'y est établi de façon définitive il y a trois ans.

— Vous voulez dire…

— Les coordonnées désignent un emplacement dans le cimetière Côte-des-Neiges, expliqua Fogg, dont la voix avait subitement une douceur inattendue.

Un instant, F se demanda si la révélation visait à la déstabiliser avant la phase cruciale de leur conversation.

Fogg ne pouvait pas ne pas y avoir songé. Mais il ne pouvait pas non plus ne pas avoir réalisé que cela risquait de la blesser ; que c'était la dernière chose à faire, s'il voulait se présenter à elle sous un jour favorable pour l'amener à travailler pour lui. Pour quelle raison avait-il pris ce risque ?

Pour montrer qu'il était prêt à une franchise complète ? Brutale, même ?

— Je vous remercie, dit-elle.

— J'ai cru que vous préféreriez…

— … savoir, compléta F. Oui. Il faut accepter que les choses se terminent.

— Je sais… Autrement, on reste piégé dans le passé.

TF1, 21 h 03

> … DE CE NOUVEAU SCANDALE QUI METTRAIT EN CAUSE DES PROCHES DU PRÉSIDENT AINSI QUE PLUSIEURS DIRIGEANTS DE L'ARMÉE.
>
> LE PORTE-PAROLE DE L'ÉLYSÉE A QUALIFIÉ DE SUPPUTATIONS GROSSIÈRES ET DIFFAMATOIRES CES ALLÉGATIONS RELATIVES À UN TRAFIC D'ARMEMENT À DESTINATION DE L'AFRIQUE.
>
> AUTRE SCANDALE, EN ALLEMAGNE CETTE FOIS. LA RUMEUR SEMBLE SE CONFIRMER QUE LE GOUVERNEMENT AURAIT TENTÉ DE CACHER UN MASSACRE SURVENU LA SEMAINE DERNIÈRE DANS CE QUI SEMBLE AVOIR ÉTÉ UNE ORGANISATION SECTAIRE…

PARIS, 21 h 07

Ils n'avaient pas parlé depuis plus d'une minute. Fogg faisait tourner lentement le porto dans son verre.

— Mais vous ? reprit F. Avec le Consortium, est-ce que vous n'êtes pas en train de vous piéger vous-même ? De vous enfermer dans le passé ?

— C'est une question que je me suis posée.

F ne lui demanda pas s'il avait trouvé une réponse. La conversation approchait du point le plus sensible. Tout dépendrait de son habileté à lire les véritables intentions de Fogg – et du doigté avec lequel elle tenterait de l'amener à accepter sa proposition.

— Si vous avez raison, reprit Fogg, si l'orientation du Consortium était pour moi un piège, je ne devrais pas vous offrir un emploi : je devrais vous en demander un.

— C'est une proposition sérieuse ? demanda F en souriant.

— Si vous aviez raison, cela pourrait en être une.

Fogg souriait à son tour. Il songeait à une hypothèse qu'il n'avait pas encore envisagée.

En effet, rien ne l'obligeait à choisir immédiatement. Il pouvait accepter de collaborer avec F dans le but de nettoyer le Consortium et de le rendre plus efficace. Comme lorsqu'on introduit une bactérie dans une population pour provoquer des mécanismes d'adaptation et la rendre plus résistante.

L'Institut pourrait se charger à sa place des coupes sévères qu'il fallait effectuer dans les filiales. Au besoin, il pourrait lui faire éliminer les dirigeants qui menaçaient son autorité sur l'organisation.

En échange, l'Institut pourrait atteindre certains de ses objectifs et revendiquer des résultats qui contribueraient à renforcer son image.

— Quel genre d'emploi envisageriez-vous ? demanda F.

— Je pourrais vous remplacer, répondit Fogg en souriant.

— J'avoue y avoir songé… mais vous seriez plus utile en demeurant à la tête du Consortium.

— C'est une façon de voir les choses.

— Il y a de ça…

— Je resterais donc au Consortium le temps que vous puissiez organiser une attaque d'envergure.

— Vous m'avez dit avoir des commanditaires. Il me semble inutile d'abattre le Consortium si vos commanditaires demeurent libres d'en mettre un autre sur pied.

— Vous allez rire, j'avais songé à quelque chose du genre pour vous : vous demeurez à la tête de l'Institut et vous l'intégrez progressivement aux activités du Consortium… à l'insu de la plupart de vos collaborateurs, cela va de soi. Jusqu'à ce que vous soyez prête à prendre la tête de notre organisation.

— Je ne vois pas très bien…

— L'Institut pourrait être le service de renseignements du Consortium. Sa tâche serait de s'occuper de nos concurrents… À l'intérieur de votre organisation, la plupart des gens ne verraient aucune différence dans leur travail. Vous poursuivriez votre lutte contre les principales organisations criminelles mondiales.

— Autrement dit, on nettoierait le terrain pour que le Consortium puisse prospérer.

— Prospérer et introduire une certaine forme d'ordre dans ce milieu. Y éliminer la violence inutile.

La proposition de Fogg ne prenait pas F entièrement par surprise. Elle avait prévu que la discussion puisse aller dans cette direction. Mais elle ne s'attendait pas à une proposition aussi rapide et aussi précise. Ce que lui présentait Fogg était l'arrangement le plus ambigu : on amorçait une collaboration limitée, mais sans rien garantir sur la tournure finale que prendraient les événements.

Dans l'intervalle, chacun des deux collaborerait avec l'autre pour faire avancer ses propres objectifs.

De son côté, elle risquait de contribuer au renforcement de son adversaire. Fogg, quant à lui, acceptait de protéger l'Institut et de l'aider dans sa tâche, quitte à ce que certaines de ses activités se fassent au détriment de l'une ou l'autre des filiales du Consortium.

S'il était l'homme qu'elle croyait, il devait avoir effectué une analyse similaire. Cela voulait dire qu'il était prêt à courir ce genre de risque. Et s'il l'acceptait, il y avait, en gros, deux raisons possibles : soit il avait confiance de remporter à terme la bataille; soit il voulait s'aménager une porte de sortie du Consortium sans avoir à se compromettre immédiatement.

— Au fond, dit F, vous désirez établir une collaboration qui puisse, après un certain temps, aller aussi bien dans un sens que dans l'autre.

Le sourire de Fogg s'élargit.

— Je savais que je pouvais me fier à votre intelligence, dit-il… Avouez que si je vous avais fait toute autre forme de proposition, elle n'aurait pas été crédible.

— C'est juste.

— Ou bien elle aurait eu l'air d'un piège grossier, ou bien elle aurait paru être le fait d'une personne aux abois.

— Alors qu'en maintenant l'indétermination…

— … vous avez l'assurance que je suis bien la personne que vous pensez et que je choisirai de façon rationnelle après avoir analysé les résultats de notre collaboration…

— … et l'évolution de votre propre situation personnelle par rapport à vos commanditaires.

— Cela va de soi.

— Je ne détesterais pas avoir un gage de votre bonne foi avant de décider si j'accepte ou non ce pari.

— C'est tout à fait normal.

Il sortit une enveloppe de la poche de son veston et la tendit à F. Elle l'ouvrit et y trouva la photo d'une femme.

— Qui est-ce?

— Une personne qui vous mènera au cœur de ceux que j'ai appelés tout à l'heure mes commanditaires.

Ainsi, c'était cela, le vrai travail qu'il attendait d'elle, songea F. Il voulait qu'elle l'aide à affranchir le Consortium de ses commanditaires. Sans doute aurait-il pu effectuer une partie du travail lui-même, mais il préférait pouvoir se dissocier totalement de l'initiative. Cela indiquait à quel point il jugeait la tâche périlleuse.

Est-ce que cela signifiait que tout le reste de leur discussion n'avait été que de la poudre aux yeux? Sans doute pas. Mais l'élément central était bien relié à ce que l'Institut pourrait faire contre ces mystérieux comman-ditaires. Pour assimiler l'Institut ou pour s'y dissoudre, le Consortium devait d'abord s'affranchir de ses maîtres.

Cette solution avait également pour effet de créer un certain délai pendant lequel aucune des deux organi-sations n'aurait intérêt à sacrifier l'autre. Elles auraient le même intérêt objectif : la mise au jour et la destruction de l'organisation dont le Consortium était l'une des acti-vités.

— Cette femme dont vous m'avez donné la photo, reprit F, vous pouvez me parler d'elle ?

— Tout ce que je puis vous dire, c'est qu'elle se fait appeler Joan Messenger.

— Celle qui… ?

— Oui, l'auteure du document que je vous ai envoyé.

— Et elle se « fait appeler » Joan Messenger…

— Je serais fort étonné que vous trouviez quoi que ce soit à partir de ce nom. Par contre, si vous consultez les banques d'images pour retrouver son visage…

Un silence suivit. Chacun s'absorba dans la contem-plation de son verre, auquel il n'avait presque pas touché.

— À notre collaboration ? demanda Fogg en levant son verre.

Jamais un mot n'avait eu une signification aussi incer-taine, songea F. Jamais elle n'avait été aussi peu sûre de la réalité qu'un terme allait recouvrir.

Et jamais elle n'avait pris de tels risques.

Un instant, elle se demanda si c'était lié à la mort de Gunther. Si le besoin de le venger ne l'amenait pas à mettre en péril non seulement sa propre vie, mais aussi l'avenir de son organisation.

Puis elle songea à ses dernières conversations avec « oncle Joe ». Tout comme son organisation, elle abordait une nouvelle étape de sa vie, lui avait-il dit. Une étape qui serait marquée par le jeu.

Il y avait d'abord eu ce rôle de serveuse, qui avait des allures de blague étudiante. Maintenant, c'est un jeu beaucoup plus dangereux qui l'attendait. Un jeu qui avait à la fois un aspect théâtral, puisqu'elle devait jouer de façon convaincante son personnage, mais aussi un aspect de jeu de stratégie, puisqu'il s'agissait de faire des choix qui mèneraient, à terme, à la disparition de l'une ou l'autre des deux organisations.

— À notre collaboration, répondit-elle finalement en levant son verre.

Ainsi s'achève
Le Bien des autres

REMERCIEMENTS

Merci d'abord à André-Philippe, caricaturiste redoutable et observateur pénétrant de la réalité sociale, pour avoir bien voulu donner forme aux œuvres de Graff.

Merci à Hugues pour ses éclaircissements sur les mystères de l'organisme humain, à Jean-François, qui me tient au fait des développements en matière d'informatique « créative », et à Michel, expert inépuisable en technologies variées et connaissances inattendues.

Merci à Richard, dont la truculence et les élans gastronomiques continuent d'inspirer l'inspecteur Théberge.

Plus généralement, je tiens à remercier tous ceux dont j'ai sollicité l'expertise et dont j'ai parfois exercé la patience par mes nombreuses questions.

Merci également à Jean Pettigrew, éditeur minutieux et passionné, pour ses suggestions, ses commentaires et, de façon plus générale, pour l'attention qu'il a accordée au texte et à la structure de ce roman.

Merci à Brian Greene pour son extraordinaire livre, *L'Univers élégant*, qui est l'une des plus brillantes introductions qui soit aux théories physiques actuelles.

Et, surtout, merci à Lorraine, à Jean-Philippe et à Stéfanie, qui m'aident à demeurer en contact avec les réalités les plus importantes de la vie.

Jean-Jacques Pelletier...

... enseigne la philosophie depuis plusieurs années au cégep Lévis-Lauzon. Il siège également sur plusieurs comités de retraite et de placement.

Écrivain aux horizons multiples, le thriller est pour lui un moyen d'intégrer de façon créative l'étonnante diversité de ses centres d'intérêt : mondialisation des mafias et de l'économie, histoire de l'art, gestion financière, zen, guerres informatiques, chamanisme, évolution des médias, progrès scientifiques, troubles de la personnalité, stratégies géopolitiques...

Depuis *L'Homme trafiqué* jusqu'au *Bien des autres*, c'est un véritable univers qui se met en place. Dans l'ensemble de ses romans, sous le couvert d'intrigues complexes et troublantes, on retrouve un même regard ironique, une même interrogation sur les enjeux fondamentaux qui agitent notre société.

Extrait du catalogue

ALIRE

Collection « Romans » / Collection « Nouvelles »

Collection « Essais »

VOUS VOULEZ LIRE DES EXTRAITS
DE TOUS LES LIVRES PUBLIÉS AUX ÉDITIONS ALIRE ?
VENEZ VISITER NOTRE DEMEURE VIRTUELLE !

www.alire.com

LE BIEN DES AUTRES -2
est le quatre-vingt-unième titre publié
par Les Éditions Alire inc.

Il a été achevé d'imprimer
en février 2004 sur les presses de

Transcontinental
IMPRESSION
IMPRIMERIE GAGNÉ

IMPRIMÉ AU CANADA